중세문학의 재인식 1

하나이면서 여럿인 동아시아문학

조동일

지식산업사

중세문학의 재인식 1
하나이면서 여럿인 동아시아문학

초 판 1쇄 발행 1999. 4. 20
초 판 2쇄 발행 2003. 4. 25

지은이 조동일
펴낸이 김경희
펴낸곳 (주)지식산업사
주소 서울시 종로구 통의동 35-18
전화 (02)734-1978(대)
팩스 (02)720-7900

인터넷한글문패 지식산업사
인터넷영문문패 www.jisik.co.kr
전자우편 jsp@jisik.co.kr, jisikco@chollian.net

등록번호 1-363
등록날짜 1969. 5. 8

ISBN 89-423-7540-5 93890
89-423-0028-6 (세트)

책값 22,000원

이 책을 읽고 지은이에게 문의하고자 하는 이는 지식산업사 e-mail로 연락 바랍니다.

머리말

이 책은 우리 학문의 새로운 방향을 제시하는 구체적인 본보기이다. '수입학'을 배격하고, '자립학'을 넘어서는 '창조학'의 작업을 실제로 이룩하면서, 한국문학에서 세계문학으로 나아가는 길을 여는 연작 가운데 하나이다. 《세계문학사의 허실》에서 기존의 세계문학사 서술을 비판한 데 이어서, 내 자신이 세계문학사 이해의 이론을 정립하는 일련의 저서 가운데 넷째 것에 해당한다.

첫 권인 《인문학문의 사명》에서 연구를 새롭게 하는 방향과 과제를 제시했다. 둘째 권 《카타르시스·라사·신명풀이》에서 연극사의 전개를 신과 사람의 관계에 관한 종교의식과 관련시켜 다루었다. 셋째 권 《동아시아 구비서사시의 양상과 변천》에서 서사시의 풍흉이 정치적 흥망과 어떤 관계를 가지고 있는가 해명했다. 이제 서정시의 문제를 중점적으로 다루면서 공동문어문학과 민족어문학의 관계를 언어생활사의 관점에서 고찰하기 위해 그 다음 책을 여기 내놓는다.

이 책은 원래 한 권으로 쓰겠다고 계획했는데, 작업 도중에 관심이 확대되고 분량이 늘어나 삼부작이 되었다. 삼부작 전체를 《중세문학의 재인식》이라고 하는데, 이 말은 중세문학을 재인식의 대상으로 삼아 세계문학사 이해의 새로운 길을 열고자 하는 뜻을 나타낸다. 근대학문이 중세문학을 폄하하고 왜곡한 잘못을 시정하고, 문학이 문명의 다른 양상들과 긴밀하게 연관되어 불가분의 총체를 이룬다는 사실을 밝혀내면서, 다음 시대를 열기 위한 학문 혁신의 과업을 수행하겠다는 것을 더 깊은 뜻으로 한다.

그렇지만 각 권은 다루는 내용이나 논지 전개에서 독립되어 있다. 전체의 체계나 윤곽이 아직 분명하지 않은 연구를 위한 부분적인 작업을 적절한 자료를 이용해서 하나씩 전개한다. 세계문학사 이해의 유럽문명권중심주의와 근대지상주의의 기존 관념을 청산하는 데 필요한 발상을 자유롭게 펼친다. 한국문학에서 동아시아문학을 거쳐 세계문학으로 나아가는 방법을 공통되게 사용하면서, 한동안 그 어느 쪽에 머물러 자세한 논의를 펼 수 있는 재량권을 가진다.

각 권의 표제를 각기 따로 내세운다. 제1부인 이 책 《하나이면서 여럿인 동아시아문학》에서는 공동문어문학과 민족어문학의 관계를 동아시아의 범위 안에서 다루고, 제2부 《공동문어문학과 민족어문학의 세계사》에서는 다른 여러 문명권과의 비교론을 전개한 다음에, 제3부 《문명권의 동질성과 이질성》에서는 여러 문명권의 중세문학이 어떻게 같고 다른가를 해명하기 위해서 문학사의 범위를 넘어선 문제까지 널리 거론하게 되었다.

이 책은 동아시아문학사론이라는 점에서 여러 해 전에 내놓은 《동아시아문학사비교론》의 속편이라고 할 수 있다. 거기서 동아시아문학 전체가 한 눈에 들어오도록 한 작업에 이어서, 동아시아문학이 하나이면서 여럿인 양상에 대한 더욱 정밀한 이해를 얻는 것이 이 책의 목표이다. 그러나 필요한 고찰을 두루 갖추어 체계적인 저술을 내놓는 것은 가능하지 않으므로, 자료를 확보할 수 있고, 연구의 의의가 큰 과제 몇 가지를 본보기로 삼아 다루는 데 그치지 않을 수 없다.

동아시아문학이 하나이면서 여럿인 것은 중세보편주의의 공통된 이상을 여러 민족이 각기 다르게 구현했기 때문이다. 그 점에 관해 고찰하는 새로운 시도를 하면서, 중세보편주의를 중국에서 마련한 과정에 관해서는 최소한 필요한 논의만 하고, 관심의 확대를 긴요한 과제로 삼는다. 韓國, 日本, 越南, 南詔, 琉球 등의 여러 민족문학권에서 동아시아문학의 동질성과 이질성을 구현한 양상을 비교해 연구하는 데 힘쓴다. 그 여러 나라의 문학에 관해서 되도록 광범위한 고찰을 하면서, 한국을 특별히 내세우지 않도록 경계해 자기중심주의를 벗어나고, 또한 세력의 우열에 따라 문학을 평가하는 차등의 관점을 철저하게 불식하려고 노력한다.

그렇게 해서 동아시아문학을 통괄해서 이해하는 데 중국문학 못지 않게 다른 여러 민족의 문학이 소중하고, 문학은 민족의 대소나 강약에 따라서 평가될 수 없다는 사실을 입증한다. 문명권 중심과 변방의 관계를 진지하게 검토하면서, 중심의 우위를 불변의 전제로 여기는 단견에서 벗어나 변방의 기여가 시대에 따라서 어떻게 달라져왔는가 파악하는 이론을 도출하는 것이 또한 긴요한 과제이다. 그 결과 장차 다른 여러 문명권의 경우를 함께 거론하면서 중세문명의 동질성과 이질성을 세계적인 범위에서 해명하는 데 필요한 지침을 마련한다.

연구대상뿐만 아니라 연구시각의 균형을 갖추는 것도 필수적인 과제이다. 일반이론, 구비문학, 불교문학, 한문학, 시가문학, 산문문학 등에 관해 연구를 하는 사람들이 각기 자기 전공에만 매몰되어 전체를 볼 수 없는 폐단을 시정하기 위해서, 각 분야마다 하나씩, 모두 여섯 가지 작업을 한다. 동아시아 여러 민족의 문학을 횡으로 배치하고, 그 여섯 분야를 종으로 배치해서, 동아시아문학을 종횡으로 살피는 구도를 마련한다. 문학의 범위 밖으로 논의가 뻗어나는 것을 막지 않는다.

〈연구방향 전환을 위한 구상〉은 이 책뿐만 아니라 삼부작 전체를 위한 서장이다. 학문을 새롭게 해야 한다고 역설해온 주장을 발전시키고 더욱 가다듬어, 중세문학연구의 의의를 밝히고 그 방법을 정립하는 데 필요한 논의를 다각도로 편다. 별권을 삼을 만한 내용이지만, 분량이 많지 않아 이 책의 서두에 내놓는다.

〈시조도래건국신화의 중세 인식〉에서는 구비문학연구를 새롭게 시도한 성과를 보였다. 고대의 건국신화가 중세의 건국신화로 변모한 양상을 고찰해 중세화가 무엇인가 다시 해명하는 시각을 마련했다. 그러면서 신화전승과 역사서술의 관계에 관해서도 고찰했다.

〈대장경 주고 받기〉에서는 불교문학의 의의를 확대시켜 다루었다. 한문 국서를 교환하면서 이루어진 불교경전의 국제적인 이동을 통해서 동아시아 중세문명의 구조를 파악했다. 그 작업을 통해서 언어문화 교류와 소통에 관한 광범위한 논의를 폈다.

〈한시가 같고 다른 양상〉에서는 한문학에 관한 고찰을 한시를 통해서 했다. 공동문어문학의 정수인 한시가 전반적인 동질성을 유지하면서 시대와 민족에 따라 달라진 과정을 살폈다. 그렇게 해서 동아시아문학사를 서술하는 근간을 마련하는 성과를 얻고자 했다.

〈민족어시의 대응방식〉에서는 민족어시가에 관해서 논했다. 한시에 대응하는 민족어시의 율격을 서로 다르게 마련한 방법을 비교해서 고찰했다. 그렇게 해서 율격비교론의 새로운 시야와 방법을 개척하기 위해서 힘썼다.

〈번역으로 맺어진 관계〉에서는 민족어문학이 전개된 양상을 번역의 역사와 관련시켜 다루었다. 동아시아 각국에서 중국문학을 번역해온 양상이 달라져온 과정을 고찰한 결과, 번역과 창작이 소설에서 어떤 관계를 가졌는가 해명하는 데 이르렀다. 번역학연구의 의의를 확장하는 데도 힘썼다.

그 모든 논제에서 동아시아 여러 민족의 문학을 광범위하게 다루어 전모를 소상하게 보이려고 했지만, 결과가 의도를 따르지 못한다. 일본, 중국, 월남, 세 나라 현지에 가서 자료를 모으려고 내 나름대로 애썼으나, 기간이 오래 되지 않고, 언어의 장벽을 넘지 못해 성과가 크지 않다. 동아시아문학의 상관관계에 관한 이해를 한문자료를 위주로 해서 얽어보는 데 그치고, 민족어 자료는 제대로 다루지 못한 것이 결정적인 한계인 줄 알지만, 어쩔 수 없다.

동아시아문학에 두루 통달한 학자를 나는 바랄 수 없어, 장차 출현할 것을 기대한다. 많은 시간을 들여 이 나라 저 나라를 오고가면서 여러 언어를 제대로 익히고 필요한 자료를 넉넉히 확보해, 동아시아문학을 유감없이 파헤쳐 비교 연구한 성과를 근거로, 세계학문의 역사를 바꾸어놓는 과업을 다음 세대의 역군들은 제대로 수행할 것으로 믿는다. 그렇게 하는 방향을 제시하고, 본보기를 보인 첫 시도로 이 책이 평가될 수 있다면, 나로서는 지금 알 수 없는 많은 잘못이 장차 밝혀진다고 해도 용서받을 수 있으리라고 믿는다.

이 책의 원고를 가지고 강의를 한 경과를 밝혀 동참자들에게 감사하고, 연구와 강의를 일치시킨 구체적인 방법의 내역을 기록해둔다. 첫 단계로 이 책의 초고를 1997년 1학기 서울대학교 대학원 석사과정 강의에서 발표하고 검토했다. 복사해서 배부한 원고를 내가 읽어나가면서 검토한 뒤에, 학생들이 문제점을 전반적으로 시비하면서 어느 한 가지 원고를 전담해 수정하고 보완하는 발표를 하고, 그 내용을 가다듬어 학기말 과제로 냈다. 그 강의에 참여한 심우장·권정은·정진희·노로브냠·김경화·김아리·임재욱·이영화·강경아·김복영·이민희·허선자·배수찬·후지이아사리·임지오·정길수에게 감사한다. 청강하면서 동참한 손태도·이경하·임부연에게도 감사한다. 임부연은 종교학과 학생이다.

노로브냠은 몽골 학생이고, 후지이아사리는 일본 학생이다. 그 두 사람이 각기 몽골과 일본에 관한 서술을 검토하고 보충해주었다. 월남에서 유학와 한국문학을 공부하는 부주이홍이 책 맨 뒤의 논문을 읽고 월남소설에 관한 사항을 검토했다. 동아시아 여러 나라 사람들이 함께 공부하면서 동아시아문학에 대한 공동의 연구를 하기를 바란 오랜 소망이 이제 실현되기 시작했다.

이 책을 일단 집필한 다음 1997년 2학기 서울대학교 대학원 박사과정 강의에서 다시 내놓고 검토하고 수정해서 이 책을 완성했다. 대학원 강의에 참여해 원고를 검토하고 수정한 김동준·이경하·정천구·류준경·손태도·이지영·장시광·고정희·김은정이 그 일을 맡았다. 박사과정을 수료한 황재문, 이미 박사가 된 최귀묵도 기꺼이 동참했다. 최귀묵은 지금 월남 하노이대학에 가서 공부하고 있다.

같은 학기의 교양선택과목 강의에서도 이 책 원고를 교재로 삼아 학생들과 함께 논의하고, 총괄적인 평가를 학기말 과제로 했다. 1998년 1학기 국문학과 전공과목 강의를 하면서 이 책의 원고를 다시 손질할 기회를 가졌다.

경기대학교 김헌선 교수는 삼부작의 저술이 진행되는 동안에 계속 관심을 가지고 토론을 하면서, 개고를 위한 지침이 되는 검토의견을 제시해주었다. 지식산업사 김경희 사장 또한 삼부작 전체의 원고를 미리 읽고 교정해주어, 다듬어서 넘길 수 있게 했다.

차 례

대장경 주고 받기

한시가 같고 다른 양상

민족어시의 대응 방식

번역으로 맺어진 관계

연구방향 전환을 위한 구상

다시 출발하는 각오

국문학연구의 관습을 반성하는 데서 논의를 시작하자. 지금까지 한국의 국문학자들은 다음과 같은 방향을 설정하고 국문학연구를 해왔다.

(가) 국문학은 문학이므로, 국문학에서 문학이 문학다운 점을 밝혀내야 한다.

(나) 국문학은 한국의 민족문학이므로, 국문학연구의 이론은 민족문학론이어야 한다.

(다) 국문학은 근대문학에 이르는 발전을 이룩했으므로, 국문학사의 전개를 살펴 근대문학의 성립과정을 밝히고 근대문학을 더욱 발전시키는 근대문학론을 정립해야 한다.

(라) 국문학연구의 방법은 문학일반론에 근거를 두어야 하므로, 문학일반론의 선진이론을 받아들여 적용하는 데 힘써야 한다.

이렇게 하는 것이 타당한가 따지고 방향 설정을 다시 하기 위해서, 우선 '국문학'을 '한국문학'으로 고쳐 일컬을 필요가 있다. '국문학'은 나라 안에서만 쓰는 말이다. '한국문학'은 나라 안팎에서 함께 쓸 수 있는 말이다. 나라 안의 학문에 머무르는 '국문학연구'를 넘어서서, 나라 안팎에서 함께 하는 '한국문학연구'에 힘써야 할 때가 되었다.

이제 한국문학에 대해서 알고자 하는 나라 밖 여러 곳의 요구에 부응해야 하며, 안에서 하는 연구가 보편성을 갖추어 밖으로 뻗어날 수 있게 해야 한다. 외세에 의해 강요되는 피동의 세계화를 우리가 스스로 판단해서 주체적으로 이룩하는 능동의 세계화로 바꾸어놓아야 할 때가 되었다. 연구 방향을 다시 설정해야 하는 이유가 바로 거기 있다. 지금까지 해온 국문학연구는 양과 질 양면에서 이미 상당한 성과를 이룩했으므로, 우리 학문 전반의 방향 전환을 선도할 수 있다.

위에서 든 (가)에서 (라)까지를 재검토해 방향 전환을 구체화하기로 한다.

"국문학은 문학이므로, 국문학에서 문학이 문학다운 점을 밝혀내야 한다"는 (가)에 대해서 재론해야 할 근거는 우선 문학이 사상의 표현이며 역사적 변천을 겪는 데 있다. (나)의 연구를 위해서는 한국민족문화에 대한 포괄적인 이해를 하는 열린 시야가 필요하고, (다)의 연구를 하기 위해서는 문학사의 이론이 마련되어야 하는데, (가)에서 막혀 그렇게 하지 못한다. 문학에서 문학 아닌 것은 되도록 배제하고 문학 그 자체의 특징을 찾아내려고 하는 노력은 연구의 주제를 고갈시키고 성과를 빈약하게 하는 구실을 한다. 한국문학을 공부하거나 전공하는 학생 수를 줄이는 작용을 하기도 한다.

문학은 언어예술이므로 언어사용의 방식에 관한 연구를 소중하게 여겨야 한다는 말이나 하면서 문학의 순수성을 옹호하려는 것은 학문하는 태도가 아니다. 언어가 그 자체의 독자적인 법칙을 가진 기호체계임을 들어 문학의 자립성을 입증하려면 힘든 연구를 해야 한다. 문학과 언어, 문학연구와 언어학의 관련을 정면에서 다루면 문학의 실상을 근거 있게 밝히고 문학연구를 체계적인 학문으로 정립시키는 데 기여할 수 있는데, 그런 연구를 제대로 하지 못하고 있다. 문학과 언어의 관계를 실제로 연구하지는 않고, 문학은 언어로 이루어져 있다는 사실을 문학연구에 대한 다른 학문의 간섭을 막는 구실로나 써온 것은 잘못이다.

문학과 언어의 관계에 대한 연구가 제대로 진척되지 못하는 것은 국어국문학과를 이루고 있는 두 분야인 국어학과 국문학이 서로 아주 멀어졌기 때문이다. 그 잘못은 양쪽에 다 있다. 국문학 전공자는 흔히 창작이나 독서의 경험으로 문학을 다루려고 하며 학문을 하는 데는 관심이 없어, 국어학 공부에서 흥미를 느끼지 못한다. 국어학 쪽에서는 언어를 미세하게 분석하는 것을 능사로 삼는 탓에, 언어와 문학을 함께 다루는 범위가 넓은 연구는 감당하지 못한다.

서로 얽혀 있는 연구분야를 개척하는 일은 어학과 문학 양쪽에서 모두 기피해, 언어의 쓰임새에 대한 포괄적인 연구를 하지 못한다. 언어생활사 같은 연구영역이나 강의가 전혀 없는 것이 그 때문이다. 그런 잘못을 바로잡기 위해서 문제 제기를 다시 할 필요가 있다. 국어사를 "국어의 내적 역사"라고 하고 말면 "국어의 외적 역사"는 어디서 다루는가? 말과 글을 사용해온 내력을 근거로 삼지 않고 문학연구를 할 수 있는가?

말과 글을 사용해온 내력인 국어의 외적 역사가 언어생활사이다. 국어학과 국문학이 힘을 합쳐 언어생활사를 힘써 연구하고 그런 강의를 부지런히 해야, 국어국문학과가 학문의 내부적인 결속을 다지고 외부적인 기여를 확대할 수 있다. 학과의 경계를 헐고 학부제를 하는 것이 바람직하다고 하는 시대를 맞이해, 국어국문학은 세상에 기여하는 바를 크게 확대할 수 있어야 한다. 연구 대상이나 방법의 순수주의를 버리고, 복합적인 문화현상을 다각도로 이해하는 이론을 마련하고 실제 작업을 해야 한다. 그 길을 택해서, 학문 자체의 의의를 더욱 확고하게 하면서 실용적인 가치를 대폭 확대해야 한다.

말과 글 ; 한문과 국문 ; 중국어, 일본어, 영어 등의 외국어와 국어 ; 남북으로 나누어진 어문 ; 해외동포의 이중언어생활 등이 모두 어문생활사에 포함되는 긴요한 연구 대상이다. 언론, 광고, 영화, 만화, 음악 등, 이 시대 대중문화의 주요영역에서 언어를 다른 매체와 결합시켜 활용하는 방식을 점검하고 평가하는 일도 맡아야 한다. 대학입시 논술고사를 어떻게 정착시켜 글읽기 학풍에서 글쓰기 학풍으로의 전환을 바람직하게 이룩할 것인가 하는 당면 문제에서, 나날이 확대되고 있는 강대국 패권주의의 도전에 약소민족이 어떻게 맞서면서 자기 언어를 지켜나갈 것인가 하는 문제까지 두루 해결하는 방안을 내놓는 데 적극 기여해야 한다.

문학은 언어생활에서 이루어진 사상 표현물이며, 역사적인 변천을 겪어왔다. 문학과 사상, 문학과 역사의 관계를 정면에서 다루어야 어문생활연구가 바람직하게 뻗어날 수 있다. 어문생활은 사상과 함께 변천해왔으며, 또한 사회사의 산물이다. 사상사와 사회사를 받아들여 함께 연구하는 어문생활사는 역사에 관한 총체적인 이해를 가시적인 형태로 구체화해서, 인류 문명의 과거·현재·미래를 투시하는 데 크게 기여할 수 있다.

시장경제에서 평가하는 가치가 결핍되어 있다는 이유로 위기에 몰린 인문학문의 가치를 거시적인 논리로 입증하고, 학문 일반을 새롭게 이끌어가는 모범 사례를 그런 작업을 통해서 만들어내야 한다. 남들을 따라가기에 급급한 철학, 미세한 사실 고증에 매몰되어 있는 역사학을 구출해서 학문 혁신을 위한 과업을 함께 해나가야 하는 책임을 수행해야 한다. 그 과업에 관해서 《인문학문의 사명》

에서[1] 자세하게 밝혀 논했다.

이상의 논의는 "국문학은 한국의 민족문학이므로, 국문학연구는 민족문학론이어야 한다"는 (나)의 문제점을 다루는 데로 이미 넘어와 있다. 한국문학은 문학으로 고립되어 있지 않을 뿐만 아니라 한국에 국한되어 있는 것도 아니다. 한국 이하 층위의 문학은 어느 계급의 문학이고, 또한 어느 지역의 문학이다. 그 둘 가운데 지금부터는 지역문학인 쪽이 더욱 중요시되어야 마땅하다. 계급대립은 완화되어 가면서 지역대립은 더욱 확대되고 있는 것이 세계 전체에서 벌어지고 있는 새로운 사태이다. 지역대립에 민족모순이 겹쳐진 경우에는 문제가 더욱 심각하다.

오늘날 한국에서 문제되고 있는 지역대립이 정치지도자 누가 잘못해서 생겨난 일시적이고 우연한 사태라고 보는 것은 단견이다. 지역대립은 인류 역사와 더불어 있어왔는데, 단일체임을 표방하는 근대국가가 어느 지역의 패권구도 위에 구축되면서, 지역대립 자체를 부인해 사태를 악화시켰다. 패권구도를 바꾼다 해서 문제가 해결되지는 않는다. 국가는 단일체여야 한다는 신화를 부정하고 지역의 독자성과 자율성을 보장하는 근대 극복의 노선을 택해야 한다.

통일을 어떻게 이룩하든, 통일 후의 한국에서는 지역대립의 문제가 지금 남한에서 경험하는 것보다 훨씬 심각하게 제기될 것이다. 그때의 일을 미리 생각하고 대비하는 것이 통일을 지향하는 학문의 당연한 과제이다. 예기하지 못했던 난관을 임기응변으로 돌파하려고 허둥대지 말아야 한다. 단일민족의 대동단결론으로 모든 문제를 해결하려고 하는 안이한 발상을 버려야 한다. 세계 전체가 당면하고 있는 문제를 심도 있게 진단하고 해결하는 철학을 갖추어야 한다.

---

1) 서울 : 서울대학교출판부, 1997.

근대민족국가를 단일체로 무리하게 만든 폐해가 세계 도처에서 이제 갖가지로 노출되고 있어, 근본적인 반성과 재출발을 위한 사고의 혁신의 요망된다. 근대민족국가의 강령에 맞춘 민족문학의 개념과 민족문학사 서술의 체계도 재검토의 대상이 되지 않을 수 없다. 한국문학의 단일체가 지역문학의 복합체임을 인정하고, 문학사 연구에서 시작해 지역문학의 독자적인 의의를 밝혀야 지난날의 잘못을 시정할 수 있다. 나는 경상북도 산골 사람이고, 그곳 구비문학에 관한 조사연구를 득도의 기회로 삼은 것을 거듭 분명하게 해야, 새로운 학문을 개척할 수 있는 자격을 얻는다.

자기 지역의 문학을 배타적으로 옹호하자는 것은 아니다. 다른 여러 지역문학에 대해서도 깊은 관심을 가지면서 지역문학을 문학 이해의 기본단위로 삼는 일반이론을 마련하는 데 힘써야 할 일이다. 제주도문학이 본토문학과 얼마나 다른가 이해하는 것이 지금 하고 있는 세계문학사 이론 정립 작업의 시발점이 된다. 《동아시아 구비서사시의 양상과 변천》에서,[2] 제주도 서사무가를 동아시아 또는 세계의 구비서사시를 새롭게 이해하는 출발점으로 삼고, 그 다음 순서로, 한국·아이누·유구·만주족·운남민족군·중국·일본·몽골·티베트·키르기스의 경우를 고찰하고, 다시 아시아의 다른 곳으로, 세계 전체로 논의를 확대했다.

민족국가 이상 층위의 문학은 문명권문학이다. 한국문학은 한국문학이면서 또한 동아시아문학이다. 그 자체가 출현 당시부터 동아시아문학이면서 한국문학인 한문학뿐만 아니라, 구비문학이나 국문문학 또한 거시적인 관점에서 파악하면 한국문학이면서 동아시아문학이다. 모든 한국문학은 한국민족문화와 동아시아문명의 양면성을

2) 서울 : 문학과지성사, 1997.

지닌다. 그런데 문명권문학은 무시하고 민족문학만 소중하게 여기면서, 민족문학의 독자성·배타성·우월성을 주장해온 것은, 근대국가의 이념에다 맞추어 문학을 연구해왔기 때문이다.

국문학사라는 저술이나 교과목이 근대민족국가의 정신적 지침으로서 국사와 함께 커다란 구실을 하는 것은 어디에서나 볼 수 있는 일이다. 근대화를 먼저 이룩한 유럽에서 마련한 그런 풍조가 세계 전체에 확대되는 데 우리도 끼어들었다. 우리 민족은 역사가 시작될 때부터 국사와 국문학을 남달리 소중하게 여겼다고 하는 것은 역사 왜곡에 기인한 착각이다. 중세 이전의 역사에 대한 근대적인 왜곡이 세계 도처에서 빚어낸 폐단의 하나가 그렇게 나타나 있다.

민족문학사라야 문학사라고 생각하는 잘못을 시정하고, 민족문학사와 함께 문명권문학사를 이해하고, 문명권문학사 속에서 여러 민족문학사가 어떤 공통된 전개를 보이고 상보적인 관계를 가졌는가 밝히는 작업을 하기 위해서 《동아시아문학사비교론》을[3] 내놓고, 이제 그 후속 작업을 하고 있다. 여기서 한문문명권의 경우를 고찰하고, 이어서 산스크리트문명권·아랍어문명권·라틴어문명권의 경우를 두루 다루어 세계적인 일반론을 이룩하고자 한다.

문명권문학사 위의 층위에는 세계문학사가 있다. 한국문학은 동아시아문학이면서 또한 세계문학이다. 그 점에 관해서는 수준 이하의 오해가 적지 않으므로, 번거롭지만 거론해서 시정하지 않을 수 없다. 한국문학은, 선진국문학이라야 행세하는 특권층의 모임인 세계문학의 변두리를 기웃거리는 준회원이 아니고, 아무런 결격사유 없는 정회원이다. 세계 어느 민족의 문학이라도 일제히 갖추고 있는 그런 자격을 확인하고 활용해서 세계문학에 대한 새로운 이해를

3) 서울 : 서울대학교출판부, 1993.

이룩하는 데 적극 동참해야 하는 것이 한국문학연구자의 임무이다.

세계사는 문명권이 충돌하는 시공이기만 하지 않고, 여러 문명권이 生克의 관계를 가지고 함께 이룩해온 공동의 창조물이다. 그런데 지금까지 나온 세계문학사는 자기 문명권이나 자기 민족의 문학이 우월하다는 편견을 합리화하는 구실이나 해왔다. 그런 잘못을 《세계문학사의 허실》에서[4] 밝혀 논하고, 새 출발을 다짐했다. 생성과 극복, 조화와 대립이 둘이 아니고 하나이며, 하나가 아니고 둘임을 명시하는 生克論으로 세계문학사의 역사철학을 이룩해야 한다고 거듭 역설했다.

“국문학은 근대문학에 이르는 발전을 이룩했으므로, 국문학사의 전개를 살펴 근대문학의 성립과정을 밝히고 근대문학을 더욱 발전시키는 근대문학론을 이룩해야 한다”는 (다)에 관한 재론은 세계문학사의 기존 저술을 검토하는 데서 시작된다. 유럽문명권에서 내놓은 세계문학사는 어느 것이든지 예외 없이 역사의 발전은 유럽문명권에서나 이룩해서 근대를 만들어내는 데 이르렀다고 자랑하고 있다. 그렇게 하느라고 다른 문명권을 무시했을 뿐만 아니라, 중세 이전의 자기네 역사도 왜곡했다. 그 잘못을 나무라고 바로잡는 일을 이제 우리가 맡아야 한다.

유럽문명권중심주의와 근대지상주의는 표리를 이루고 있다. 아시아에서도 근대를 이룩하고 한국도 근대화했다는 것을 들어 유럽문명권중심주의를 극복하려고 하는 것은 이루어질 수 없는 희망이고, 논리적인 타당성이 없다. 일본이나 중국에서 세계문학사를 다시 써서 자기네 학문도 상당한 수준에 이르렀음을 보여주려고 했지만, 제1세계의 시각에서든 제2세계의 시각에서든 근대화가 역사 발전의

---

4) 서울 : 지식산업사, 1996.

최종성과라고 하는 데 동의하면서 유럽문명권중심주의와 근대지상주의를 분리시키려고 한 탓에, 반론이 될 만한 것을 내놓지 못했다. 남들이 거짓말을 하는 데 보증을 서느라고 공연한 수고를 한 셈이다.

한국을 포함한 제3세계의 모든 나라는 근대 동안에 시련을 겪고 희생자가 되었다. 그런 불운에서 벗어나기 위해서 근대화하는 것이 최종적인 방안은 아니다. 근대를 극복하고 다음 시대를 맞이해야 한때의 불행을 온전하게 청산할 수 있다. 근대 다음의 시대가 어떤 시대이고 어떻게 시작될 수 있는가 하는 것은 과학기술, 경제, 정치 등의 국면에서도 힘들여 연구해야 할 과제이지만, 그쪽은 근대학문에 제한된 시야에 매몰되어 있으므로, 세계사의 전환을 위한 설계도인 거시적인 이론을 창출하는 데 인문학문에서 앞서 나아가지 않을 수 없다. 문학사학에서 마련한 生克論의 역사철학이 그 과업을 적극 수행하고 있다고 자부하면서, 그 성과를 공유재산으로 만들 다른 분야 연구자들의 분발을 촉구한다.

근대를 이룩하기 위해서 중세를 비판하고 고대를 긍정적으로 평가해 계승하고자 한 것과 같은 일이 다시 필요하다. 지금은, 근대를 넘어서서 다음 시대를 마련하기 위해 근대를 비판하고 중세를 긍정적으로 평가해 계승할 때이다. 그렇게 해야 전환의 거점을 마련할 수 있다. 근대 동안에 잘 나가서 성공에 도취하고 있는 곳에서는 그렇게 하기 어렵다. 근대에 와서는 피해자가 되어 근대를 벗어나고자 하는 의지를 가지지 않을 수 없으면서 중세를 평가해 계승할 만한 유산이 있는 곳에서, 그 전환을 선도하는 것이 당연하다. 영국이나 일본은 중세의 열등생이므로 근대화에는 앞장설 수 있었듯이, 인도나 한국은 근대의 열등생이면서 중세의 우등생이었으므로 근대 극복에 앞장설 수 있다.

바로 그 길로 나아가야 한다고 《우리 학문의 길》[5] 이래로 거듭 주장해왔다. 이제 중세론을 본격적으로 펴면서 동아시아의 중세를 실상대로 재인식하는 데 힘쓴다. 거기서 더 나아가, 다른 문명권의 중세에 대해서도 함께 논의하고, 세계사에서 중세가 어떤 시대이고, 중세에 대한 근대의 비난과 왜곡이 왜 잘못되었는가 밝히기로 한다.

"국문학연구의 방법은 문학일반론에 근거를 두어야 하므로, 문학일반론의 선진이론을 받아들여 적용하는 데 힘써야 한다"는 (라)에 관한 재검토가 지금까지의 논의에서 자연스럽게 시작되었다. 한국문학은 한국에서 스스로 개척한 방법과 이론으로 연구해야 그 독자성에 대한 주체적인 해명을 할 수 있다는 좁은 생각에서 벗어나야 한다. 동아시아문학론의 전통을 재인식하고 계승해야 한다고 주장하고 말 것도 아니다.

근대문학론을 문학일반론으로 삼고 있는 유럽문명권의 문학이론에서 벗어나지 않고서는 지금까지 말한 일을 해낼 수 없다. 유럽문명권의 문학이론은 이제 선진이론이 아니고 후진이론이다. 근대문학론으로서는 선진이론이므로, 근대극복의 문학이론으로서는 후진이론이다. 《세계문학사의 허실》에서 유럽문명권의 세계문학사 서술을 소상하게 검토해서 그 점을 확인하고 새로운 길을 찾았다.

유럽문명권의 패권주의를 물리치고 다른 여러 문명권, 많은 민족의 문학을 함께 포괄해 대등하게 고찰하는 진정한 세계문학사를 이룩하기 위해서는, 이제 근대극복의 문학이론을 마련해야 한다. 우리는 한국문학에서 동아시아문학으로, 동아시아문학에서 세계문학으로 나아가면서 그 과업을 성취하는 데 적극 기여해야 한다. 유럽문명권의 편견을 합리화하는 문학이론을 수입하고 있어서는 그렇게 할 수 없다. 한국문학을 출발점으로 삼아 검증의 영역을 확대하면

5) 서울 : 지식산업사, 1994.

서 진정으로 보편적인 문학이론을 찾는 것이 마땅한 방안이다.

《한국문학의 갈래 이론》에서[6] 집약해 보인 것과 같이, 문학갈래를 크게 나누는 이론을 3분법에서 4분법으로 바꾼 것은 유럽문명권 전래의 근대적인 편견을 시정하기 위해서 불가결한 기초작업이었다. 《한국문학과 세계문학》,[7] 《한국의 문학사와 철학사》,[8] 《한국민요의 전통과 시가율격》[9] 등의 다른 저서에서 제시한 여러 착상도 문학이론을 바꾸어놓는 작업의 출발점이 된다.

《한국문학통사》[10] 이래로 개발해온, 언어 사용, 갈래 선택, 문학담당층의 교체에 따라 문학사의 시대구분을 하고 문학사와 역사 일반과 연관시키는 것도 또한 방향 전환을 위한 필수적인 과정이다. 그렇게 해서 얻은 고대문학, 중세전기문학, 중세후기문학, 중세에서 근대로의 이행기문학, 근대문학의 시대구분을 먼저 동아시아문학사에, 다시 세계문학사에 적용하면서 그 타당성을 검증하고 있다.

그런 이론을 한국문학의 범위를 넘어서서 다른 문학에도 적용하고, 세계문학의 이론으로 삼는 것이 후속연구의 과제이다. 유럽문명권에서는 근대지상주의 때문에 자기네 문학사를 왜곡한 것을 바로잡는 책임이 다른 문명권에 있고, 한국에 있고, 나에게 있다. 그 모든 일을 하는 데 핵심이 되는 기본이론이 지금 나로서는 生克論이다.

한국이나 동아시아의 문학이론을 계승해서 다시 재활용하는 것이 능사가 아니다. 문학연구의 당면문제를 해결하기 위해서 기본이 되는 이론을 새롭게 만들어내야 한다. 계승해야 할 것은 각론 차원의

6) 서울 : 집문당, 1992.
7) 서울 : 지식산업사, 1991.
8) 서울 : 지식산업사, 1996.
9) 서울 : 지식산업사, 1996.
10) 서울 : 지식산업사, 1994.

문학이론이 아니고 그 근거가 되는 철학이다. 生克論을 이어받아, 각론 개척에 널리 활용하고 있다. 다른 사람들이 生克論 발전에 동참해서 그것을 공유물로 만들거나, 이름과 내용이 다른 별개의 이론을 내놓거나, 우리는 이제 일반이론 창조의 세계사적 사명을 수행하기 위해서 함께 분투할 일이다.

서두에서 제시한 (가)에서 (라)까지를 고쳐 적는 것이 이 대목에서 얻을 수 있는 결론이다.

(가) 한국문학은 언어생활에서 이루어진 사상 표현물이며 역사적인 변천을 겪어왔으므로, 그 모든 양상을 총괄해서 이해하는 방법으로 연구해야 한다.

(나) 한국문학은 지역문학·민족문학·문명권문학·세계문학이므로, 그 모든 층위를 하나도 소홀하지 않게 다루면서 상관관계를 밝히는 연구를 해야 한다.

(다) 한국문학은 근대를 극복하고 다음 시대를 이룩하는 데 앞서야 하므로, 그 지침이 되는 연구를 하는 데 힘써야 하며, 근대를 비판하고 중세를 계승해 새로운 역사 창조의 발판으로 삼는 작업을 진행시켜야 한다.

(라) 한국문학연구의 방법을 한국문학을 근거를 삼아 도출해서, 그 성과를 동아시아문학에, 다시 세계문학에 확대해 적용하면서 타당성을 검증해, 세계학문 발전에 적극 기여하는 것이 한국문학연구자의 임무이다.

세계인식 전환의 과제

우리는 지금 지구촌 시대에 살고 있다고 한다. 세계가 하나가 되는 세계화시대를 맞이한다고 한다. 민족국가의 장벽을 넘어서서 인류가 서로 교류하고 협동하는 소망을 이루게 되었다고 한다. 그러나 공연히 말만 앞세울 것은 아니다. 과연 그럴 수 있는 단계에 들어섰는가 점검해보아야 한다. 세계가 하나가 되기 위해서는 누구나 세계 전체의 모습을 이해할 수 있어야 하는데, 그렇지 못하다. 세계가 어떻게 이루어져 있는지 알지 못하면서 세계인이 될 수는 없다.

지구의 모양을 구면체를 그대로 두고 축소해서 보인 지구의가 있어, 세계 인식의 시각적 기초를 제공해 준다. 구면체인 지구의를 평면에다 옮긴 세계지도는 중심점을 어디다 두는가 하는 데 문제가 있고, 면적을 축소한 비율이 위도에 따라 달라져 실상 왜곡이 불가피하지만, 세계 각국이 어디에 자리잡고 있으며, 그 지형이나 지세가 어떤가 대강 알 수 있게 한다. 세계에 대한 공간적 인식을 담당하는 지리학 쪽에서는 실상과 근접된 관점을 제공하고 있다.

세계에 대한 시간적 인식을 맡은 역사학에서도 세계지도에 해당하는 총괄적인 시야를 마련하려고 노력해왔다. 세계사라는 이름의 역사서가 거듭 나오고, 각급 학교의 교재로 채택된 것이 어느 나라에서든지 볼 수 있는 공통된 현상이다. 그러나 그 내용을 보면, 정치적 쟁패가 전개된 과정에 지나친 비중을 두고 있으며, 침략의 범위를 크게 넓힌 거대제국의 흥망사가 세계사라고 하는 주장을 그 피해자들 쪽에서도 받아들여, 세계사는 어디서 쓴 것이든 서술의 균형을 상실하고 있다.

유럽문명권에서는 거대한 규모로 세계사를 총괄했다고 하는 야심적인 업적을 여럿 내놓았다. 그 가운데 하나인 "사람과 문명"이라는 이름을 내건 총서를 본보기로 들 만하다. 거기 들어 있는 《11-13세기 유라시아》라고[11] 하는 책을 보자. 근대가 아닌 중세시기의 세계사를 서술한 그런 책에서 유럽문명권중심주의의 편중된 시각을 뚜렷하게 나타내고 있어 놀라지 않을 수 없다.

책은 모두 여섯 장으로 이루어져 있는데, 서유럽의 역사를 몇몇 나라에 중심을 두고 고찰하는 작업을 네 장에 걸쳐 여유 있게 펼치고, 비잔틴문명과 이슬람문명은 한 장에다 동거시키며, 나머지 한 장에 그 밖의 여러 문명권을 함께 몰아넣는 집단수용소를 만들었다. 개별적인 사실은 근대사학에서 자랑하는 실증적인 방법으로 다루어 신뢰감을 주고서, 전체의 윤곽 설정에서는 19세기 이후에 유럽문명권 제국주의가 세계지배의 횡포를 부린 시대의 세계상을 11세기에서 13세기까지의 중세로 끌어올렸다. 그런 방식으로 유럽문명권중심주의를 옹호하는 것이 기존 세계사 서술의 숨은 주제이다.

세계에 대한 공간적 인식이나 시간적 인식만으로는 충분히 드러나지 않는 또 하나의 영역인 인류의 내면의식에 대한 총괄적인 이해는 더욱 미흡하다. 종교, 사상, 예술 등을 세계적인 범위에서 고찰하는 작업은 정치사 위주의 세계사에서 보이는 정도만큼의 포괄적인 시야도 확보하지 못하고 있다. 문학의 경우에는, 세계문학사라는 책이 여러 나라에서 거듭 씌어지고 분량이 대단한 것도 있으나, 취급한 범위에서 이름과 실상이 크게 어긋나며, 유럽문명권중심주의의 독선이 심각할 대로 심각해진 증상을 보여주기나 한다.

《세계문학사의 허실》에서 8개 언어로 이루어진 모두 38종의 세계문학사를 검토하고 비판한 성과를 이용해서 논의를 계속하기로 하자. 유럽문명권에서 이룩한 기존의 세계문학사 가운데 대표적인 것 몇 가지를 집중해서 재론하고, 세계문학사 시대구분의 새로운 방안을 제시한 논문도[12] 필요한 논거를 제공해준다. 자세한 논의는 기존

---

11) Georges Duby et Robert Mantran dir., *L'Eurasie XIe-XIIIe siècles*(Paris : Presses Universitaires de France, 1982).

12) "Toward a New Theory of the Periodization of World Literary History"라고 하는

업적으로 미루고, 특히 긴요한 사안만 여기서 다시 언급한다.

영어로 쓴 세계문학사는 《세계문학 이야기》에서[13] 어느 정도 체계적인 서술을 갖추었다. 세익스피어를 세계문학의 정상으로 삼은 유럽문학은 고대에서 근대까지 발전했으나, 아시아문학은 고대에 머무르고 있으며, 아프리카문학은 존재하지 않는다고 여겨 언급조차 하지 않고 제외한 것이 이 책의 개요이다. 그런데 영어권에서는 그 뒤에 세계문학사를 다시 쓰지 않아, 거기서 고착화된 편견이 재검토되지 않고 있다.

프랑스와 독일은 세계문학사를 거듭 쓰면서 서로 경쟁했으므로 다루어야 할 자료가 많으나, 가장 두드러진 성과를 들어 살피는 것이 마땅하다. 프랑스에서 내놓은 전6권 규모의 《문학의 일반적 역사》는[14] 수많은 전문가가 참여해서 집필한 본격적인 세계문학사의 첫 번째 업적이라고 할 수 있는데, 세계문학사란 문학의 영역에서 프랑스인의 세계인식이 확대되어 온 역사라고 하는 자기중심의 일방적인 관점을 택했다. 《문학연구의 새로운 핸드북》이라는[15] 이름으로 독일에서 25권이나 되는 가장 방대한 규모로 이룩한 세계문학사에서는 아시아문학을 부록에 해당하는 맨 뒤로 돌려 국적별로 개관해, 세계문학사 전개에서 제외되어 있는 영역으로 간주하도록 했다.

러시아에서는 자본주의 진영의 세계문학 이해를 줄곧 비판해오다

논문을 영문으로 써서 1995년 12월 이집트 카이로대학에서 개최된 "Comparative Literature in Arab World"라는 학술회의에서 발표하고, *Korean Literature in Cultural Context and Comparative Pespective*(Seoul : Jipmundang, 1997)에 수록했다.

13) John Macy, *The Story of the World's Literature*(New York : 1925).

14) Pierre Giaon dir., *Histoire générale des littératures*(Paris : 1961).

15) Klaus von See hersg., *Neues Handbuch der Literaturwissenschaft*(Wiesbaden : 1978-1984).

가, 그 대안이 되는 《세계문학사》를 전10권으로 계획하고, 그 가운데 제8권까지 출간했다.[16] 그 책은 마르크스주의 역사관의 정당성을 입증했다고 자부하지만, 편향된 시각을 시정하지 못했다. 유럽에서는 문학이 사회경제사의 전개와 더불어 유기적인 발전을 하고, 그 도달점이 러시아 사회주의문학이라고 하는 주장을 입증하는 데 힘을 기울였을 따름이고, 세계문학사를 통괄해서 이해하는 관점을 보인 것은 아니다. 다른 문명권의 문학은 유럽문명권과 동시대의 것을 같은 권에 넣기는 했어도 개별적인 사실을 각기 고립된 것으로 열거하는 데 머물렀다.

세계문학사를 쓰는 일은 유럽문명권에서 주도해왔다. 세계문학사 이해의 근거가 되는 세계라는 개념을 그쪽에서 먼저 정립하고, 또한 세계 도처에서 필요한 자료를 모아들였기 때문에, 세계사도 쓰고 세계문학사도 쓸 수 있었다. 지구상의 모든 인류가 같은 세계에 살고 있다고 일깨워준 것은 유럽문명권에서 근대에 이르러 이룩한 공적이다. 그러나 공적은 시효가 끝났다 하겠으며, 세계의 개념을 편파적으로 설정한 잘못을 시정하는 것이 이제 긴요한 과제로 등장했다.

중세 동안에는 어디서나 자기네 문명권이 '天下'라고 여겼다. '天下同文'의 영역 밖에 사는 사람들은 '夷狄'에 지나지 않는다는 생각을, 용어나 표현은 서로 달라도 어느 문명권에서든 함께 지니고 있었는데, 유럽문명권이 먼저 근대화하면서 그런 구도를 깼다. 중세인의 폐쇄된 사고방식을 버리고, 지구 전체가 한 세계라고 하는 세계

16) 고르키세계문학연구소에서 낸 *История Всемнрной Литературы*(Москва, 1987-1994)가 그 책이다. 제8권까지에서 1917년 이전의 문학을 다루었으며, 그 이후 시기의 문학을 취급하는 제9권과 제10권을 계속 집필하고, 출간하는 일은 체제 변화 때문에 계속하지 못하고 있다.

상을 마련한 것은 획기적인 발전이다. 그렇지만 그것은 차등의 원리에 의해 구성된 세계상이라는 데 문제가 있다.

유럽문명권 열강의 군사적·정치적·경제적 지배의 그물망으로 연결되어야 비로소 세계가 하나가 된다고 하면서, 선진과 후진, 중심과 변방의 차등을 최대한 벌려놓았다. 그 그물이 더욱 단단하게 조여들고 있다. 그 때문에 심각한 위기 상황이 조성되고, 인류의 장래가 암담하다. 유럽문명권에서 근대화를 선도하면서 세계를 하나로 만든 공적은 새삼스러운 의의를 가지지 않고, 세계를 하나로 만드는 방식이 잘못되었기 때문에 빚어진 차질이 크게 문제되고 있는 것이 지금의 상황이다.

세계에 대한 지리적 인식, 역사적 인식, 내면적 인식이라고 한 것들 가운데, 앞에 든 것일수록 유럽문명권에서 근대화를 통해서 세계인식을 넓힌 공적을 더 잘 보여주고, 뒤에 든 것일수록 그 때문에 생긴 왜곡과 파탄의 증후를 입증하는 증거력이 한층 크다. 이제 그 파탄을 시정하는 세계사의 전환을 유럽문명권이 아닌 다른 여러 문명권에서 주도해, 근대를 극복하고 다음 시대를 향해 나아가야 인류의 미래가 다시 밝아질 수 있다. 그렇게 하기 위해서는 세계인식의 방법을 선택하는 우선 순위를 바꾸어야 한다. 왜곡의 정도가 가장 심한 내면적 인식을 바로잡는 일부터 하고서 역사적이고 지리적인 인식으로 나아가야 한다.

문명권의 범위와 특성은 중세시기에 결정되었다. 지역과 공동문어를 들어 말하면, 서유럽의 라틴어문명권, 서아시아 및 북·동아프리카의 아랍어문명권, 남·동남아시아의 산스크리트문명권, 동아시아의 한문문명권, 이 넷으로 문명권이 크게 나누어졌다. 보편종교를 기준으로 삼아, 다시 말하면 기독교문명권·이슬람교문명권·힌두교문명권·유교문명권이 서로 갈라섰다. 지역, 공동문어, 보편종교 가운데 어느 쪽을 들어 문명권을 지칭할 것인가는 논의하고자 하는 문제의 성격에 따라서 선택할 수 있다.

중세 동안에는 여러 문명권이 각기 별개의 영역을 이루어, 어느 한쪽이 다른 쪽을 침해하지 않은 대등하면서도 평화로운 관계를 유지했다. 서로 상대방을 멸시해도 각기 자기 주체성이 분명하기 때문에 명예상의 손상을 입지 않았고, 서로 싸워서 승패를 나누는 일은 국지적으로나 일어났을 따름이며, 문명권 전체의 안위를 좌우하지는 않았다. 이슬람문명권의 확장으로 인해 기독교문명권과 힌두교문명권이 타격을 받는 사태가 한때 심각했으나, 적절한 선에서 멈추어 문명권들 사이의 균형이 유지될 수 있었다.

그런데 근대에 이르러서는 사정이 달라졌다. 교통이 발달하고, 군사기술이 혁신되고, 자본주의경제가 세계 전역으로 뻗어나는 힘을 장악한 유럽문명권에서 다른 여러 문명의 독자적인 영역을 침해했다. 그래서 유럽문명권 주도의 세계질서가 이루어진 것이 잘못이라고 나무라도 타격을 받지 않았다. 유럽문명권의 근대에 맞서서 다른 문명권에서 중세를 수호하려고 한 모든 노력은 실패로 돌아갔다.

세계가 단일화되는 것은 당연하다고 받아들여야 한다. 그렇지만 단일화를 이유로 해서 여러 문명권이 각기 지니고 있는 다양성을 밀어내지 말아야 한다. 같으면서도 다르고, 다르면서도 같은 것이 바람직한 관계이다. 근대에서 이룩한 세계화와 중세시기의 서로 대등한 관계를 함께 실현하는 것이 근대를 극복하는 다음 시대의 과제이다. 차등의 세계화를 대등의 세계화로 바꾸어놓아야 하는 것이 세계사 창조의 새로운 지표이다.

그렇게 하기 위해서는 우선 근대가 세계사의 종점이라는 생각을 버려야 한다. 인류가 살아오는 오랜 기간 동안 세계사의 전환이 이루어질 때마다, 자기 시대가 역사의 종점이라고 하는 보수세력과 다음 시대를 만들려고 분투하는 혁신세력이 서로 다투었다. 유교문명권·힌두교문명권·이슬람교문명권에서는 중세화를 너무 잘 했던 탓에 중세가 역사의 종점이라고 믿고 있을 때, 중세에는 후진이었던 유럽문명권에서는 그대로 머무를 수 없어 다음 시대로 나아가 근대를 창조한 것도 그런 전환의 하나였다.

중세를 벗어나서 근대화를 이룩할 때, 중세의 가치를 부정하고 고대를 재인식해서 전환의 발판으로 삼았던 것은 세계사의 전환을 이해하는 데 소중한 의의가 있다. 그렇게 하겠다고 해서 근대가 고대로 되돌아간 것은 아니다. 근대는 고대의 부정의 부정이다. 고대는 이미 중세에서 부정되어 남아난 가치가 없었던 것 같지만, 중세를 부정하고 근대로 넘어오기 위해서는 고대를 다시 긍정해서 전환의 발판으로 삼아야 했다.

노예를 학대하던 고대에 인간성의 자유로운 발현이 보장되고 민주주의의 이상이 실현되었다고 하면서 근대이념을 만드는 지표가 거기 있다고 한 것을, 논리적으로 당착되고 역사의 실상을 몰각한 오류라고 나무랄 수 없다. 노예 학대는 고대를 극복하고 중세를 이룩할 때 이미 상당한 정도로 시정했으므로 새삼스러운 문젯거리가 되지 않았다. 중세가 고대의 잘못을 시정한 공로는 젖혀두고, 중세에서 버린 고대의 가치만 야단스럽게 들추어내서 근대화에 이용하는 것이 부정의 부정을 관철시키는 역사 전환의 당연한 과정이었다.

근대를 벗어나서 다음 시대를 이룩하고자 하는 지금에 이르러서, 그런 일을 다시 하는 것이 당연하다. 근대를 극복하는 다음 시대는 중세의 부정의 부정이어야 한다. 근대가 중세의 잘못을 시정해 신분제를 철폐한 것과 같은 공적은 새삼스럽게 평가하지 않고, 근대화 과정에서 파괴된 중세의 가치를 되살리는 것이 부정의 부정을 이룩하는 마땅한 방법이다. 되살려야 할 중세의 가치가 무엇인가 찾아내는 데서 그 일이 시작된다.

오늘날 유럽문명권에서도 근대 비판이 많이 일어나고 있다. 포스트모더니즘이라는 것이 성행해서 근대가 끝났음을 알리는 듯한 언사를 늘어놓는다. 그러나 근대 다음의 시대를 어떻게 마련해야 하는가 하는 대안은 구상하지 못해 근대 부정에까지는 가지 못하고 근대 불신에 머무른다. 근대학문에 대해 무분별한 험담을 일삼으면서 학문의 기초를 와해시키는 허무주의로 나아가고 있는 것이 아닌가 하는 우려를 자아내는 것이 더 큰 문제이다.

다른 한편에서 중세를 재인식하는 연구를 활발하게 하고 있는 역사학 전문가들은 학문을 재건하는 데 기여한다. 근대연구를 역사학의 기본 과업으로 하면서 정치사나 경제사를 일방적으로 앞세운 폐단을 시정하고, 역사를 다면적이고 총체적인 관점에서 이해해야 한다고 하는 것은 타당한 방향이다. 그렇게 하면서 종합학문을 탄생시키고 있는 데 대해서 기대를 걸 수 있다.

근대에서 이룩한 발전을 반성해야 할 단계에 이르렀고, 민족국가끼리의 경쟁을 넘어서서 유럽의 통합을 이룩하는 것이 바람직하다는 생각 때문에 중세를 재평가해야 한다는 주장이 대두해,[17] 연구의 방향을 돌리게 한다. '새로운 중세주의'라고 일컬어지는 풍조가 생겨나 근대화 과정에서 잃어버린 중세의 소중한 유산을 되찾자고 한다. 일반 독자들이 중세연구서를 요구한다. 그래서 근대 대신에 중세를 가장 긴요한 연구 대상으로 삼는 새로운 학풍이 유럽학계를 휩쓸다시피 하고 있다. 그러나 방향 설정이 제대로 되었다고 하기는 어렵다.

---

17) Alain Touraine, *Critique de la modernité*(Paris : Fayard, 1992)에서는 "우리는 이미 진보를 신뢰하지 않는다"고 하고, "부유해지면 민주화와 행복도 따라서 온다는 것을 믿지 않는다"는 말로 근대 불신의 구체적인 이유를 제시했다.

프랑스의 아날학파가 그런 학풍을 이끌고 있으며, 그 선구자는 마르크 블로크이다. 대표작이라고 하는 《봉건사회》는[18] 총체적인 역사학의 안목으로 중세유럽의 다양한 면모를 포괄적으로 이해하는 커다란 틀을 마련한 획기적인 업적이다. 그러나 중세의 기본 특징이 '봉건사회'에 있다는 견해를 지속시켜, 유럽의 중세를 다른 문명권의 중세와 함께 이해할 수 있는 길을 막았다. 중세에 관한 비교사학의 작업이 필요하다고 하면서, 다른 곳 가운데 오직 일본만은 '봉건사회'를 거쳤으므로 유럽과 한 자리에 두고 논할 수 있다고 하는 해묵은 주장을 되풀이했다.

블로크의 뒤를 이어 중세연구의 성과를 더욱 심화했다고 평가되는 자크 르 고프는, 《또 다른 중세를 위해서》를[19] 비롯한 일련의 저서에서, 지식인문화 이면의 민중문화, 글이 아닌 말의 영역에 대해서도 관심을 가지고 양쪽의 관계를 총괄해서 살펴, 중세 이해의 일반론일 수 있는 것을 도출하려고 했다. 그러나 유럽이 아닌 다른 문명권의 경우를 함께 다루지 않고 모든 논의를 유럽에 국한시켜, 그 가능성을 스스로 차단했다.

아날학파의 다른 석학이라고 하는 페르디낭 브로델은 《문명의 문법》에서[20] 문명에 관한 일반론을 정립하고 문명을 비교하는 대단한 시도를 했는데, 내용이 미흡하고 빗나가 있다. 유럽문명권과 다른 여러 문명권으로 세계를 양분해 유럽문명권의 비중을 지나치게 확대하고서, 유럽문명권에 관한 서술에서는 새로운 연구를 충분히 반영한 것과는 달리, 다른 여러 문명권에 관해서는 불필요한 선입견

---

18) Marc Bloch, *Société féodale*(Paris : Albin Michel, 1968).

19) Jacques Le Goff, *Pour un autre moyen age*(Paris : Gallimard, 1977).

20) Ferdinand Braudel, *Grammaire des civilizations*(Paris : Artaud, 1987, Flammarion, 1993).

이나 낡은 지식을 열거했을 따름이다. 유럽사 연구의 새로운 시야를 연 성과가 세계사와는 연결되지 않는 한계를 보여주었다.

그런 것이야 본의 아니게 생긴 불기피한 결함이므로 비난받아야 할 이유가 없다고 변명하면 앞으로 나갈 길이 막힌다. 유럽학문의 한계는 세계 전체에서 이제부터 해야 하는 새로운 과업 설정을 위한 지침이 된다. 근대를 극복하기 위해서 세계사의 중세를 재인식하는 역사학은 유럽문명권 밖에서 선도해야 한다는 것을 아날학파 학문의 빛나는 성과가 입증해준다. 블로크, 르 고프, 브로델은 위대한 유럽인이기 때문에 세계인은 아니다. 유럽인의 키를 낮추지 못해서 세계인은 되지 못한다. 이 경우에는 잘났다는 것이 못났다는 뜻이 된다.

유럽문명권중심주의를 극복하지 않으면서 근대를 넘어서려고 하는 것은 이루어질 수 없는 희망이다. 유럽의 근대에 의해 훼손되기 전 단계인 세계사의 중세를 재인식하는 데서 유럽문명권중심주의 극복이 시작될 수 있다. 그 일은 마땅히 유럽문명권이 아닌 다른 문명권에서 주도해야 한다. 일거에 성취할 수 없는 힘든 과업이므로 필요하고 가능한 단계를 밟아야 하지만, 획기적인 전환의 거대한 구상을 마련해야 수고를 하는 이유를 알고 중간에 그만두지 않을 수 있다.

유럽문명권에서 유럽의 중세를 새롭게 연구한 성과를 다른 문명권에서 받아들여 토론의 대상으로 삼으면서, 자기 문명권의 중세연구를 쇄신하는 것이 우선 할 수 있는 일이다. 그 성과를 다른 여러 문명권으로 확장해서 점검하는 과정을 거쳐, 무엇을 재평가하고 계승해야 할 것인가를 밝히는 것이 마땅한 순서이다. 그러나 세계사의 방향을 전망하는 거대한 구상에 관한 통찰을 갖추어야 그런 세부적인 작업이 제대로 이루어진다.

유럽문명권 학자들이 자기네 중세를 연구한 성과가 처음에 새로운 작업을 위한 자극은 되지만, 대응되는 연구를 한참 진행하면 치명적인 한계가 드러나 극복의 대상이 된다. 세계사 전체는 근대주의의 관점에서 고찰하는 관습을 그대로 두고 유럽문명권의 중세만 재평가하려고 하니, 균형이 이루어지지 않는다. 유럽문명권의 중세에 관해서 알아낸 사실 가운데 어느 것이 얼마나 보편적인가 밝힐 수 있는 비교연구를 하지 않아, 일반이론을 마련할 수 없다. 세계사의 미래에 대한 거시적인 통찰을 상실하고 있어 과거를 과거로 고찰하는 데 그친다. 그런 이유에서 유럽문명권 역사학의 가장 높이 평가되는 새로운 작업에서 세계사 이해의 거대이론이 도출되지 못한다.

거대이론의 시대는 끝났다는 말에 현혹되지 말자. 유럽문명권에서는 기권하겠다는 말을 그렇게 둘러서 한다. 세계사의 미래를 통찰하는 거대이론을 만드는 작업을 다른 데서 맡아야 하는 시대에 이르렀다는 것이 정확한 진단이다. 선진이 후진이고 후진이 선진이어서, 인류 역사상 여러 차례 있었던 선수 교체가 다시 한 번 일어날 때가 되었다. 유럽문명권의 학문은 그 세련성이나 엄밀성이 지나쳐 뒤로 물러나고, 사태를 크게 파악하려고 하는 태도가 야만스럽다고 할 수 있는 쪽이 전면에 나서서, 기존의 성과를 흡수해 넘어서면 학문의 새 역사가 시작된다.

거대이론을 만들기 시작하는 작업은 논의가 거칠고, 자료가 미비하며, 표현이 서투른 결함이 있는 것이 당연하다. 못난 짓을 하지 않고서는 새로울 수 없다. 동아시아에 나타난 유럽의 근대인은 흉물스럽게 생기고 사람의 도리를 모르는 야만인으로 보였다. 禮義之邦의 君子들이 洋夷를 멸시하고 배격하는 것이 당연한 일이었다. 싸움을 일삼고 빼앗아 가지기를 좋아하는 습성은 도저히 용납할 수 없었다. 그러나 그 못난 거동에 바로 중세를 무너뜨리는 근대의 선진성이 집약되어 있었다.

지금 밖에서 근대 극복의 새로운 학문을 시작하는 성과를 유럽문명권 안으로 전달하면, 논지가 엉성하고 주장이 과격해서 도무지 신용할 수 없다고 할 것이다. 洋夷가 예의를 차리는 일을 먼저 할 수 없었듯이, 근대 학문을 뒤집으면서 세부적인 고증부터 착실하게 다질 수는 없다. 문제를 크게 다루어 거대한 규모의 착상을 다시 마련해야 세계사의 방향을 여는 통찰을 얻을 수 있다. 싸워서 승패를 나누는 힘을 기르려고 하지 말고, 누구든지 함께 나아가는 지혜를 마련하는 데 힘써야 한다.

누구든지 함께 나아가기 위해서 되살려야 할 중세의 가치는 여러 문명권이 서로 대등한 관계를 가졌다는 것을 그 출발점으로 삼는다. 여러 문명권이 서로 대등한 이유는 각기 자기 나름대로의 보편주의를 갖추었다는 사실에 깊이 탐구해야 할 과제가 있다. 사람은 누구나 사람이어서 민족과 국적에 구애되지 않고 공통된 이상을 지녀 마땅하다는 사고방식이 보편종교에서 뒷받침을 얻고, 경험할 수 있는 영역에서는 받아들여지지 못해도 경험을 넘어선 영역에서는 실현된다고 한 중세보편주의에 관심을 모을 필요가 있다.

중세보편주의는 근대의 비판을 받고 물러난 낡은 사고방식이다. 종교에서 말하는 평등과 현실의 차별이 따로 노는 장벽은 종교와 세속의 삶을 바로 연결시키고, 이상과 현실이 둘이 아니라고 하는 근대인의 사고방식 때문에 무너졌다. 그래서 중세의 이원론을 근대의 일원론으로 바꾸었다. 평등의 이상을 별개의 영역이 아닌 현실 자체에서 실현하려고 한 것이 일원론의 기본노선이다.

그렇지만 차등의 현실이 해결되지 않고 남아 있어 심각한 문제를 일으킨다. 계급모순, 민족모순, 문명의 충돌이 크게 벌어져 근대는 분란의 시대가 되었다. 계급모순이 어느 정도 완화되자 민족모순은 더욱 격화되었으며, 민족모순의 확대판인 문명의 충돌은 세계사를 위기로 몰아가고 있다. 근대에서 해결하지 못한 그런 문제를 중세인처럼 종교적인 이상의 영역으로 미루지 않고 그 자체로 다루어, 보편주의를 현실화하는 것이 이제부터 해야 할 일이다.

그렇게 하기 위해서는 접근 순서와 해결 방법에 전반적인 전환이 있어야 한다. 근대의 학문으로는 근대를 극복하지 못한다. 근대 극복의 학문을 해야 역사 창조의 새로운 길을 열 수 있다. 유럽문명권이 아닌 다른 곳에서, 인문학문이 사회학문보다 앞서 나가면서, 내면의식을 통해서 세계인식을 하는 방법을 시간적 인식이나 공간적 인식의 체계보다 먼저 바로잡아야 그렇게 할 수 있다.

유럽문명권의 학문이 새로운 시대를 열지 못하는 것은 근대에 머무르려고 하기 때문이다. 근대를 만드는 데 앞서고 근대화를 모범적으로 이룩한 유럽문명권에서는 근대가 역사의 종점이라고 여기면서 변혁을 거부하는 것이 당연하다. 그 점에서는 유럽문명권의 좌파이든 우파이든 모두 보수주의자이다. 사회주의권이 무너지고 좌우의 이념 대립이 우파의 승리로 돌아갔으니 이제 역사는 끝났다고 《역사의 종말》[21]이라는 책에서 편 것과 같은 지론은, 세계사의 전환을 바라지 않아 인식하지 못하는 보수주의의 근시안을 구체적으로 확인할 수 있게 한다.

근대를 넘어서서 다음 시대 창조를 하는 과업은 보수주의 일색인 유럽문명권에서 선도할 수 없고, 다른 문명권의 혁신세력이 맡아야 한다. 선진이 후진이 되고, 후진이 선진이 되는 전환은 고대가 시작

---

21) Francis Fukuyama, *The End of History and the Last Man*(New York : Avon Books, 1992) 그 번역판이 프랜시스 후쿠야마, 이상훈 역, 《역사의 종말, 역사의 종점에 선 최후의 인간》(서울 : 한마음사, 1992)으로 나와 있다.

될 때에도, 고대가 중세로 바뀔 때에도 있었던 일인데, 이제 재현되는 시기에 이르렀다. 유럽문명권은 근대의 선진이므로, 근대 극복에는 후진일 수밖에 없다. 근대화에서 뒤떨어진 다른 문명권에서 후진이 선진임을 입증하는 세계사의 전환을 주도하는 것이 당연하다.

그러나 선진이 후진이 되는 것은 뜻하지 않아도 저절로 되지만, 후진이 선진이 되는 것은 그 원리를 알고 마땅한 방법을 강구할 때 비로소 가능하다. 모든 후진이 반드시 선진이 되지는 않는다. 어느 특별한 후진만 적절한 조건을 스스로 만들어서 선진으로 다시 태어난다. 그런 원리를 바로 알아 마땅하게 실행하는 방안을 마련하는 것이 지금 우리 학문에서 힘써 감당해야 할 긴요한 과제이다.

유럽문명권의 세계 제패 때문에 피해자가 된 다른 여러 문명권은 모두 후진이 선진이 되는 전환을 이룩하기를 바라는 것이 당연한데, 아직 그렇지 못하다. 유럽문명권중심주의에 깊이 물들고, 근대가 역사의 종점이라고 믿어 근대화를 수입하는 데 여념이 없는 사람들 때문에, 세계사의 전환에 제동이 걸리는 것이 가장 심각한 위기 상황이다. 이제 그런 잘못을 깨닫고 분연히 떨쳐 일어나야 한다.

남들을 상대로 해서 그렇게 하라고 주문하는 것이 능사가 아니다. 정당한 행위는 스스로 해야 한다. 내 마음을 마음대로 하지 못해 세상을 마음대로 하려고 하는 어리석은 짓은 그만두자. 남들을 향해서 당위론을 펴는 데 열을 올리기나 하지 말고, 내가 실제로 무엇을 어떻게 할 수 있는가 슬기롭게 판단하고 가능한 순서와 방법에 따라 하나씩 실행해야 한다.

다른 문명권에서는 어떻게 하든 동아시아문명권에서는, 다른 나라는 가만 있더라도 한국에서는, 다른 사람은 무어라고 하든 나는 일어나야 한다. 근대를 극복하고 다음 시대를 창조하는 데 앞서서 후진을 선진으로 바꾸어놓는 과업을 투철한 자각을 가지고 성과 있게 달성하기 위해 분투해야 한다. 그렇게 하는 성과를 실제로 이룩해야 확대하고 일반화할 수 있다.

나는 한문문명권의 한 나라인 한국에서 새로운 학문을 하고자 하는 사람이다. 여러 나라 많은 민족이 함께 이룩한 한문문명권에서 중국은 중심부이고, 일본은 주변부라면 한국과 월남은 중간부라고 할 수 있다. 근대에 이르러서 파괴된 한문문명권의 동질성을 재인식하고 회복하는 데 중간부에서 앞서는 것이 당연하다고 믿어 힘을 얻는다.

오랜 역사를 통해서 한국에서 경험한 바를 월남의 경우와 함께 다루어 중간부의 동질성을 확인하고, 한편으로는 중심부를, 다른 한편으로는 주변부를 끌어들여 동아시아문명이 하나이면서 여럿인 원리와 양상을 밝히려고 한다. 그래서 얻은 성과를 산스크리트문명권, 아랍어문명권, 라틴어문명권 등의 다른 여러 문명권에 적용하고 검증해서 인류문명의 동질성과 이질성을, 세계가 하나이면서 여럿인 원리를 찾는 작업을 한다.

그런 목적을 달성하려고 하는 연구는, 근대를 극복하기 위해서 중세를 재인식하고, 세계를 바꾸어놓기 위해서 세계에 대한 인식의 틀인 세계상을 먼저 고치는 순서로 이루어진다. 그래서 실효가 없고 허황되다고 할 것은 아니다. 근대의 세계 자체를 두고 주도권 싸움을 벌이려면 학문을 버리고 현장으로 뛰어들어야 하고, 학문을 하더라도 공학, 경제학, 정치학 같은 것들을 먼저 해야 한다. 그런 길로 나서서 일선에서 분투하는 부대가 있으므로, 나는 다행스럽게 후방으로 몸을 빼서, 당면한 전투가 뜻대로 진행되지 않고 단기적으로는 패색이 짙은 이유를 밝히고, 국면 전환의 장기적인 대책을 마련할 수 있다.

근대를 인류역사의 종점이라는 데 동의하면서 근대를 만들고 휘두르는 주역들과 근대의 방법으로 싸워서는 승산이 없는 것이 당연한 일이다. 근대를 극복하는 길은 근대에 들어선 통로 반대쪽에 있다. 반대쪽에서 다른 작전을 세워야 한다는 것을 밝히고, 실제로 그렇게 하는 작업의 본보기를 보이는 것이 내가 지금 하고 있는 일이다.

유럽의 모험가들이 배를 타고 바다를 건너가 미지의 지역으로 항해를 해서 지리상의 발견을 했다고 한 사건이 근대로의 전환의 시발점이었다. 그때 현장에 가서 지형을 실측하는 방법이 인식을 전환하는 데 위력을 발휘했다. 그런데 근대를 떠나는 시기의 동아시아 학자인 나는 지금 그 반대쪽에 자리잡고 있으면서, 내면의식의 역사를 새롭게 점검하는 작업을 하며 새로운 세계상을 마련해 다음 시대로 나아가려고 한다. 세계 도처를 항해하면서 지형을 실측해 지도를 만든 것과 다르게, 인류가 남긴 광범위한 문학유산의 상징적 의미를 읽어내 역사의 미래를 투시하는 통찰의 방법을 사용하고 있다.

세계에 대한 공간적 인식을 일단 멀리하고, 시간적 인식의 통상적인 방법도 거부하고, 인류의 내면의식을 문학을 통해서 탐구하는 것을 학문적 전환의 출발점으로 삼고 있다. 지리상의 발견과는 반대가 되는 내면의식 혁신의 성과를 세계 도처에서 내 서재로 가져와서 그 작업을 하고 있다. 사람은 무엇을 생각하고·주장하고·희구하면서 살았던가 밝히는 작업을, 한국문학에서 동아시아문학 한문문명권으로, 한문문명권에서 다른 문명권으로, 중세에서 앞뒤의 다른 시기로 나아가면서 진행한다.

유럽문명권 근대인이 인류의 내면의식의 분포와 변천을 그릇되게 파악한 독선과 파탄의 질병을 치유하면서, 세계상 시정의 거대한 작업을 세계문학사를 제대로 쓰는 것으로 구체화한다. 이름과 실상이 일치하고, 세계문학이 서로 같고 다른 원리를 밝혀내는 작업을,

대등의 관점에서 세계 여러 문명권, 많은 민족의 문학을 널리 포괄하면서 진행해, 지구의를 처음 만든 것과 같은 작업을 그 반대쪽에서 한다. 그 과업을 완수하는 것은 사람의 일생에 가능하지 않으므로, 세계문학사를 쓰는 기본설계에 해당하는 이론 정립의 작업을 여러 권으로 이어지는 연작 저서를 통해서 하면서, 국내외 많은 동지의 광범위한 참여를 촉구한다.

세계문학사를 쓰는 작업은 문학에 관한 다각적인 이해와 논의를 전개하면서, 세계에 대한 시간적 인식을 담당하는 역사학의 과업을 쇄신하고, 또한 지리학에서 관장하는 공간적 인식의 틀을 다시 마련한다. 그렇게 해서 유럽문명권에서 근대로 들어선 통로를 마련한 곳까지 나아가 그때의 잘못을 바로잡는다. 지리적 인식의 가시적 영역만 진실되다고 하면서 그 자체로 분리시켜, 세계 도처에 살고 있는 사람들의 사람다운 삶은 무시하고, 자기네가 차지하고 이용할 영토나 자원이나 찾으려고 한 잘못을 시정하는 대안을 학문 혁신에서 이룩한다.

그런 작업을 문학사학에서 시도하겠다는 데 대해서 마땅하지 않게 여기는 사람들이 반론을 제기하는 것은 당연히 예상되는 일이다. 문학은 언어예술이라고 규정하고, 언어를 어떻게 사용해서 예술이 되게 하는가 하는 문제에 국한된 연구를 해야 문예학이 학문다울 수 있다고 해온 근대의 관점을 반론의 근거로 삼으리라고 생각한다. 그러나 그런 관점 자체가 극복의 대상이므로, 문학의 정의부터 바꾸어야 한다. 이제 문학은 인생만사에 대한 총체적인 관심의 표현이라고 다시 규정하고, 문학을 통해서 세계 인식의 시간적·공간적 방법을 다시 결합시켜 쇄신하면서, 역사철학을 재창조해서 이치의 근본을 다시 밝히는 데까지 나아가고자 한다. 세계문학사의 이론을 마련하는 작업에서 학문학 혁신을 선도하고자 한다.

세계문학사의 이론에서 역사철학을 다시 정립하고, 역사철학 정립에서 학문학을 새롭게 마련하는 것이 유럽의 학문에 대한 동아시아의 대응이다. 양쪽 학문의 차이점을 명시해야 논의의 출발점이 마련된다. 동아시아학문이 유럽학문과 구별되는 진정으로 소중한 차이점은 유럽학문을 포용하면서 넘어서는 데 있어야 한다. 동아시아학문은 유럽학문을 배격해야 하는가, 아니면 유럽학문을 받아들여 넘어서야 하는가? 그 어느 쪽을 목표로 하는가에 따라서 동아시아 사상의 흐름 가운데 어느 것을 이어서 재창조하는가 하는 물음에 대한 해답이 달라진다.

동아시아 사상의 다양한 전통 가운데 어느 쪽이 정통인가 하는 내부의 논쟁은 긴요하지 않다. 성현의 생각과 부합되어야 정통으로 인정된다고 하는 중세 자체의 사고방식은 근대의 도전에 견딜 수 없다는 것을 거듭 경험하고서도 정신을 차리지 못하면 구제불능이다. 해결해야 할 문제를 떠나서 전통을 그 자체로 평가할 수는 없다.

지금 설정하는 동아시아 학문의 지표가 무엇인가 분명하게 하고서, 계승해야 하는 전통을 선택해야 한다. 유럽에서 정립한 역사철학의 원리 가운데 변증법이 가장 큰 도전으로 동아시아에 닥쳐왔다. 이에 대해서 어떻게 대응해야 하는가? 이것이 문제이다.

변증법이 유물변증법으로 바뀌었다가 유물변증법이 불신의 대상이 되면서, 변증법 자체가 시세폭락했는데, 새삼스럽게 길게 거론하는 것은 유령과의 싸움인 것처럼 보인다. 그러나 변증법의 기본요소인 투쟁을 중요시하는 사고방식은 유럽문명권 사람들에게 널리 자리를 잡고 있어서 어떤 이론을 정립하든 쉽사리 표출된다. 《문명의 충돌》이라는 데에[22] 집약되어 있는 논의가 그 가운데 하나이다.

---

22) Samuel P. Huntington, *The Clash of Civilizations and the Remaking of World Order* (New York : Simon and Schuster, 1996)이 그 책이다.

계급의 충돌이나 이념의 충돌 대신에 이제부터는 문명의 충돌이 세계사를 결정짓는 가장 큰 사건이라고 진단하고 그것에 대처하는 유럽문명권의 자세에 관해 말한 것은, 이치의 근본보다는 당면 정세를 더욱 중요시하는 국제정치학자의 발언이니 심각하게 다룰 필요가 없다고 할 수 있다. 그러나 문명의 충돌을 일으켜서 유리하게 이끌려고 하는 작전이 현실적으로 커다란 문젯거리로 등장해서 대응책을 강구하지 않을 수 없다. 문명과 문명의 관계가 다시 중요시되는 전환기를 맞이한 것은 다행스러운 일인데, 그런 일방적인 주장 때문에 바람직한 논의의 길이 막히지 않을까 염려하는 것도 또한 당연한 일이다.

문명의 충돌에 대응하는 마땅한 주장은, 문명은 충돌할 뿐만 아니라 화합하기도 한다는 것이다. 문명의 충돌을 부추기지 말고 화합의 도리를 강구하는 것이 학문하는 사람으로서 더욱 바람직한 일이라고 충고할 수도 있다. 그러나 그 충고가 국제정치학자를 윤리사상가로 오해하고 한 것이면 무력하고 무의미하다. 윤리사상가야 충고하지 않아도 화합을 역설하게 마련이지만, 국제정치학자는 정책결정의 당면과제에 관해서 집권자에게 필요한 지식을 제공하니, 문명의 충돌에 관해서 말해야 본분을 수행한다. 집권자더러 국제관계에서 윤리적인 모범을 보이라고 충고하는 국제정치학자는 실직하고 만다.

그런 성격의 학문이 동아시아에서도 諸子百家가 활약하던 春秋戰國 시대에는 있었으나, 유가사상이 정통의 위치를 굳힌 중세 이후에는 밀려났다. 집권자에게 대의명분에 합당한 王道를 제시하는 것이 선비의 도리라고 하는 전통이 오래 지속되었다. 그런데 그것과는 반대로 집권자가 실리를 취하도록 하는 覇道를 제공해 일신이 영달하는 기회를 얻는 것을 자랑스럽게 여기는 풍조가 유럽문명권에서는 근대가 시작될 때 나타나서, 오늘날 미국에서 극성하고 있다. 그래서 벌어진 견해차가 우리 학문의 내부에서도 혼란을 일으키고 있다.

전통학문의 정도를 되찾아 혼란을 시정할 수는 없다. 동아시아학문은 무력하게 되었으므로 정당하다고 주장해도 설득력이 없다. 실제로 필요한 구체적인 지식을 제공하는 학문을 하겠다는 풍조를 학문의 타락이라고 나무랄 수는 없다. 그런 학문의 유용성을 인정하고, 유용성의 차원에서 논의를 전개하는 것이 마땅한 자세이다. 유용성에 관해서도 대응학문을 마련해야 한다.

윤리에 대한 환상적인 기대를 버리고 문명의 충돌을 직시하면서 충돌에서 이겨내는 방도를 마련하는 것이 국익에 도움이 된다고 하는 데 대해서 동의해야 한다. 학자가 자기 나라의 국익을 위해 봉사하는 것이 당연하다고 인정하고, 문명의 충돌과 화합의 양면의 관계를 바르게 아는 것이 실용적인 목적에서든지 학문의 이치를 바르게 알기 위해서든지 필수적인 과제임을 명시해서 한 걸음 더 나아가야 한다.

세계체계론은 마르크주의의 사회경제사에 대한 수정 이론이다. 정통 마르크스주의에서는 자본주의 발전단계의 선후를 구분해서 동시대에 사는 사람들이 서로 다른 시대에 속한다고 했는데, 세계체계론에서는 자본주의가 그 중심부의 선진국을 변화시킬 뿐만 아니라, 그 중간부, 주변부의 후진지역까지도 단일 체제에 편입시켜 세계를 단일화한다는 사실을 밝혔다. 세계체계는 불평등관계이기는 하지만 주변부를 파멸로 이끌지는 않는다고 하면서, 공존과 화합의 관점에서 세계상을 파악하는 논리를 개척했다.

그러나 그것은 근대에 나타난 현상을 설명하는 데 그쳐, 현상을 고착화시키는 데 기여하는 것이 가장 두드러진 한계이자 결함이다.

자본주의 세계체계가 나타나기 전의 역사를 이해하는 이론은 갖추지 못하고 있으며, 그 이후의 역사는 어떻게 전개될 것인가 예견하고 전망하는 논의가 결여되어 있다. 중심부·중간부·주변부의 차이를 경제의 관점에서 일면적으로 파악하는 데 그쳤으며, 경제가 아닌 다른 측면에서는 서열이 역전되어 역사적 전환이 준비될 가능성은 문제삼지 않고 있다.

이에 대해서 반론을 제기하는 작업은 논의의 시각을 바꾸어야 시작될 수 있다. 문학사를 깊이 이해하면 시각 전환을 이룩할 수 있다. 다른 민족을 침략해서 지배한 정치적인 승리자에게는 상실되고 없는 구비서사시를, 패배해서 지배당한 쪽에서는 소중하게 전승하고 풍부하게 재창조해왔다는 사실이 세계 전체의 범위에서 밝혀졌다.[23] 동시대에 활동하면서 비슷한 소재를 다룬 두 작가 가운데 영국의 키플링보다도 인도의 타고르가 더욱 큰 감동과 반향을 불러일으키는 문학을 했다. 오늘날 문제의식의 고갈을 보이고 있는 유럽문학 앞에, 고난에서 벗어나려고 깊이 고민하고 열렬하게 투쟁하는 아프리카문학이 커다란 도전으로 닥치고 있다. 그 모든 사례에서 주변부의 활력을 확인할 수 있다.

중심부·중간부·주변부 사이의 우열관계는 인간 활동의 측면에 따라서 다를 뿐만 아니라 역사의 전개와 더불어 여러 차례 바뀌어서, 고대에서 중세로, 중세에서 근대로의 전환이 이루어져 왔다. 중세의 주변부가 근대의 중심부가 된 것은 문명과 문명의 관계에서도, 한 문명권 내부에서도 확인된다. 그렇게 해서 선진이 후진이 되고 후진이 선진이 되는 변화가 근대를 이룰 때 마지막으로 나타났다고 할 수 없으며, 근대를 극복하고 다음 시대로 나아가는 추진력 노릇

---

23) 《동아시아 구비서사시의 양상과 변천》에서 그런 연구를 했다.

을 할 것이다. 역사의 모든 시기에 걸쳐 그 점을 밝히는 것이 긴요한 과업이다.

문명의 충돌과 세계체계론은 서로 다른 이론이다. 한쪽에서는 투쟁을, 다른 쪽에서는 화합을 말해, 국제관계를 이해하는 기본논리가 상이하다. 그러나 둘 다 유럽문명권의 우위를 위해서 봉사하는 점은 마찬가지이다. 같은 목적을 서로 다른 방법으로 달성하고자 한다. 이에 대해서 반론을 제기하기 위해서는 투쟁과 화합을 양분하는 논리를 거부하고, 투쟁이 화합이고, 화합이 투쟁임을 밝히는 생극론의 원리를 명확하게 해야 한다. 문명의 충돌은 상호간의 화합을 통해서 다면적으로 전개되어, 중심부·중간부·주변부의 차이가 국면에 따라서 역전되는 다면적인 현상을 깊이 자각하면, 근대를 극복해서 유럽문명권의 횡포를 제어하는 길이 발견된다.

그런 원리에 대한 커다란 각성을 실제 사례를 통해 구체화해서, 통찰이 과학이고 과학이 통찰이게 하는 것을 목표로 삼는다. 통찰에서는 동아시아학문의 전통을 깊이 자각하고 적극 계승하면서, 유럽문명권 근대학문에서 이룩한 과학적 실증의 방법을 그것과 결합시켜, 이론생산물을 가시적인 형태로 내놓고자 한다.[24)] 동·서 학문을 합치는 길이 거기 있다.

세계문학사의 이론을 마련하는 데 힘쓰는 것은 과학연구에서 분과학문의 독자적인 영역을 중요시하는 데 동의하기 때문이고, 그 작업을 통해서 역사철학의 커다란 문제를 해결하고 이치의 근본을 새롭게 밝히려고 하는 것은 천지만물의 이치를 통괄하는 데까지 이르러야 한다는 선인들의 가르침을 따르기 때문이다. 그 두 가지 일을 한꺼번에 하는 이론생산물 자체에서 지금까지 행세해온 유럽문

---

24) 과학과 통찰을 합치는 학문을 해야 하는 이유와 그 방법에 대해서는 《인문학문의 사명》에서 밝혀 논했다.

명권의 선진학문이 후진임을 입증하고자 한다.

선진이 후진이고, 후진이 선진임을 문학사연구를 통해서 입증하고, 역사철학의 원리로 정립하는 것만으로는 부족하다. 내 자신이 이룩한 연구성과가 그런 의의를 가지도록 해야 이론과 실천이 합치된 결과를 보여줄 수 있다. 그렇더라도 유럽문명권 학계에서 몰라서 외면하면 아무 소용이 없다고 할지 모르나, 어느 경우에든 역사의 전환은 처음에 널리 알려지지 않은 잠재적인 형태로 진행된다. 선진이었다가 후진이 되는 쪽은 역전이 이루어지고 있는 줄 모르고 있어서 사태의 진행을 정지시키지 못하고, 선진에 가담할 기회를 놓치는 것이 상례이다.

그러나 후진이었다가 선진이 되는 쪽에서 그 때문에 즐거워할 것은 아니다. 몰락하는 쪽의 지혜까지 자기 것으로 받아들여 양쪽이 함께 나아가는 길을 제시해야 새로운 미래의 청사진을 만들 수 있다는 원리를, 창조의 내면적인 과정에서 관철시키는 데 그치지 않고, 밖으로 드러내고 널리 알려서 양쪽을 합치는 데 써야 한다.

동아시아학문의 전통 계승

오늘날 우리 학문을 걱정하고 잘못을 지적하는 사람들은 많지만, 대책을 찾는 데는 관심이 적다. 자기는 학문을 하지 않고 다른 사람들을 시켜서 하려고 하는 훈수꾼들이 함부로 설치고 다녀 논의를 혼탁하게 한다. 수입학문에서 벗어나야 한다는 훈계를 일삼으면서 창조학문이 실제로 시작되는 것은 용납하지 않으려고 하는 풍조가 만연되어 있는 것도 문제이다. 유럽문명권에서 수입한 학문에 빠져 헤어나지 못하면서 그 내부의 불평을 되뇌고, 포스트모더니즘이라는 이름의 허무주의를 새로운 우상으로 섬기기나 해서는 타개책이 생기지는 않고 사태가 더욱 악화되기만 한다.

학문을 되살리기 위해서는 학문론을 재정립하면서 또한 스스로 주장하고 역설하는 연구를 실제로 해서 言行을 일치시켜야 한다. 학문론 자체를 학문연구의 내용으로 삼는 풍조가 근대에 이르러 유럽문명권에서 처음 나타나 철학이라는 독립학문을 탄생시킨 것은 바람직하지 않은 일탈행위이다. 그런데 다른 여러 학문에서 자기네 학문의 철학을 한다며 이론이나 방법에 관한 논의에 몰두하는 경향이 나타나 사고를 혼미하게 했다. 유럽문명권에서 만들어낸 철학의 철학, 개별학문의 철학을 다른 문명권 여러 나라에서 수입해서 써먹으면서 공허한 말을 더욱 공허하게 하는 것은 세계사의 불행이다.

그런 폐단을 말을 많이 해서 시비하고 시정하려고 하는 것은 헛된 희망이다. 실질적인 내용이 있는 대안을 학문연구를 통해서 구축해야 학문론을 혁신하는 총괄작업을 성과 있게 할 수 있다. 그래서 동아시아의 학문을 해야 한다. 유럽문명권에서 주도해서 발전시킨 근대학문에 대한 근본적인 재검토를 하고 근대 극복의 새로운 학문을 하기 위해서는, 학문을 다시 시작하는 거점이 필요하다. 국학 또는 한국학의 주체성을 가지는 것만으로는 부족하므로 동아시아학문의 각성이 요망된다. 세계 학문의 역사를 거시적으로 고찰하면서, 근대 극복의 학문을 유럽문명권이 아닌 다른 문명권에서 주도해서 창조해야 하는 너무나도 당연한 과업 수행을 위해 동아시아는 분발해야 한다.

《우리 학문의 길》을[25] 내놓자, 트집 잡기를 좋아하는 사람들은 세계화시대에 무슨 우리 학문인가, 우리 것이 제일이라고 강변하는

---

25) 서울 : 지식산업사, 1993.

국학의 나쁜 버릇은 이제 시정해야 한다고 했다. 그러나 그 책에서 국학을 그 자체로 옹호한 것은 아니다. 우리가, 학문의 노예가 아닌 주인이, 학문의 구경꾼이 아닌 당사자가 되어, 우리 문제를 스스로 해결하는 방안을 주체적으로 찾을 뿐만 아니라 세계사의 방향을 새롭게 개척하는 데 필요한 기본설계를 마련해야 한다고 했다. 유럽 문명권이 주도해서 발전시킨 근대학문의 한계를 극복하고 근대를 넘어선 다음 시대를 창조하는 작업을, 근대 동안에 피해자가 된 다른 여러 문명권에서 일제히 하는 데 우리 한국의 학계가 적극적으로, 주도적으로 참가하는 것이 마땅하다고 했다.

그런 논의가 미비해 《인문학문의 사명》에서 학문을 새롭게 하는 구체적인 방안을 제시했다. 자연학문이라야 제대로 된 학문이라고 하는 편향성을 시정하고, 자연학문·사회학문·인문학문이 대등한 자리에서 서로 연결되고, 더 나아가서 하나가 될 수 있는 길을 마련하고, 과학을 일방적으로 숭상하는 잘못을 바로잡아 과학과 통찰을 아우르는 학문을 하는 데 한국의 인문학문이 앞장서야 한다고 했다.

한국학문이 세계학문으로 나아가기 위해서는 그 중간단계인 동아시아학문을 하는 데 힘써야 한다. 한국에 관해 연구하는 데 그치는 국학, 국사학이나 국문학은 학문다운 학문일 수 없다. 한 번만 일어난 일을 다루므로, 일반화할 수 있는 원리를 발견할 수 없다. 자기 나라를 일방적으로 옹호하는 애국주의는 학문의 보편성을 찾는 데 장애가 된다. 유럽문명권에서 주도한 근대화 때문에 피해자가 된 모든 민족이 자기의 특수성을 옹호하는 방어논리에만 집착하고 있으면, 유럽의 근대가 보편적인 것의 척도이고 세계사의 도달점이라고 하는 주장은 재검토될 수 없다.

유럽근대학문에서 일방적으로 설정한 보편주의를 논란의 대상으로 삼아 그 결함을 시정하는 진정한 보편주의에 이르는 것이, 우리

학문의 목표이고 세계학문이 나아갈 길이다. 그렇게 하기 위해서 유럽학문을 동아시아학문의 관점에서 시비하고 비판해야 하는 것이 필수적인 과정이다. 유럽에 대해서 동아시아 전체가 맞서야 한다. 어느 나라든지 홀로 유럽문명권을 상대하겠다는 것은 잘못이므로 공동전선을 펴야 한다.

서양이라고 일컬은 유럽문명권 전체와 자기 나라 하나를 대응시키는 불균형을 감수하고서, 일본은 서양에 편입되겠다고 자원하고, 중국은 동양의 위신을 홀로 지키겠다고 하는 것은 둘 다 잘못되었다. 동아시아 국가들끼리 배타적인 관계를 가지면서 우열을 다투려고 하는 좁은 소견에서 벗어나, 공동의 유산을 적극 활용하기 위한 선의의 경쟁을 해야 한다. 유럽문명권과 동아시아문명권이 서로 대응된다고 해야 균형이 이루어지고, 보편성에 관한 논쟁이 성과 있게 진행될 수 있다. 그렇게 해야 세계학문을 쇄신하는 출발점을 마련할 수 있다.

유럽문명권의 잘못을 동아시아의 이름으로 나무라는 것이 능사가 아니다. 유럽문명권의 주도권을 동아시아에서 차지하겠다는 것은 어리석은 생각이다. 유럽문명권이 세계를 제패한 시대인 근대를 넘어서서 다음 시대로 나아가려면, 차등의 세계상을 대등의 세계상으로 바꾸어놓아야 한다. 동아시아의 중세문명을 재인식하고 다른 여러 문명권의 중세문명과 비교연구해서 동질성을 찾아내면서 그 작업을 진행하고, 유럽의 중세문명에 대한 새삼스러운 관심도 그 속에다 받아들여 함께 다루는 것이 마땅하다.

오늘날 유럽이 유럽통합으로 나아가면서, 자기네 중세를 재인식하고 계승하기 위해 근대연구에서 중세연구로 방향을 돌리는 것은 반가운 일이다. 중세 동안에 여러 문명권이 서로 대등한 관계를 가지고 인류의 이상을 함께 추구하던 경험을 되살릴 수 있는 시기가 도래했다. 그 일을 여러 문명권에서 일제히 열심히 하는 데 동아시아학계가 성실하게 동참해 앞서 나가면서, 얻은 성과를 나누어 가지고 서로 비교해서 합쳐야 한다. 그래서 문명의 충돌을 넘어서서 문명의 화합을 이루는 길을 찾아야 한다.

동아시아학문은 동아시아를 연구대상으로 하는 학문과, 동아시아에서 학문을 해온 전통을 계승해서 발전시키는 학문이라는 두 가지 측면이 있다. 그 두 가지 측면은 하나로 합치는 것이 바람직하지만, 그 둘을 각기 추구하는 것이 또한 필요한 일이다. 동아시아를 연구대상으로 한 학문이든 동아시아의 전통을 계승한 학문이든, 동아시아를 중국과 그 주변 지역이라고 하는 사고방식을 버리고, 또한 국가끼리의 우열을 다투는 사고방식을 청산하면서, 동아시아에서 이룩한 문화와 사상의 전폭을 이해하고 그 최상의 성과를 이어받아야 한다.

동아시아를 연구대상으로 하는 학문을 구체화하기 위해서 나는 몇 가지 시도를 했다. 먼저 동아시아 각국의 문학사 서술을 검토하고, 《동아시아문학사비교론》에서 동아시아의 문학사 전개를 총괄해서 이해하는 길을 찾았다. 다시 《동아시아구비서사시의 양상과 변천》에서는 구비서사시를 예증으로 삼아 동아시아문학의 공통된 전개를 재인식하고, 세계문학사 이해에서 유럽문명권중심주의를 시정하는 방안을 제시했다. 유럽문학사는 정상적인 과정을 거쳐 전개되고 다른 문명권의 문학사는 그렇지 못하다는 편견을 시정하고, 문학사 이해의 새로운 관점을 마련했다. 정치적 승패에 따라서 문학을 평가하는 잘못을 바로잡고, 정치적 억압에 대한 정당한 반론이 문학을 통해 구현된 양상을 밝혔다.

그 책에서 한 연구작업은 제주도에서 시작해 한국으로, 한국에서 동아시아로, 동아시아에서 그 주변의 아시아로, 아시아에서 세계 전체로 나아가면서, 서사시가 형성되고 변천된 과정을 밝힌 긴 여정으로 이루어져 있다. 유럽문명권의 기록서사시를 전범으로 삼아 다른 모든 곳의 서사시를 함부로 재단해온 잘못을 시정하고, 서사시의 본질과 역사를 새롭게 성찰하는 성과를 이룩했다. 그렇게 해서 세계문학사의 이론을 다시 정립할 수 있게 되었다.

서사시는 구비서사시로 형성되고 변천되어왔다. 서사시가 신의 이야기인 신앙서사시와 창세서사시에서 시작되어, 영웅의 이야기인 여성영웅서사시와 남성영웅서사시를 거쳐, 범인의 이야기인 신앙비판서사시·성자서사시·생활서사시로 전개되어온 과정이, 구비서사시가 전해지고 있는 곳이라면 어디서나 일제히 확인된다. 이렇게 요약될 수 있는 서사시의 역사에 원시문학·고대문학·중세문학의 계기적 상관관계가 선명하게 나타난다고 했다.

세계사의 전개에 대한 총괄적인 이해는 유럽문명권에서나 할 수 있다는 편견을 시정하고, 유럽인의 세계사를 세계인의 세계사로 바꾸어놓으면서, 고대·중세·근대의 상관관계에 대한 인식의 편향성을 구체적으로 시정하는 작업을 동아시아에서 시작한 것이 그런 연구의 가장 큰 의의이다. 세계의 중심이 유럽이 아니고 동아시아여서 그럴 수 있는 것은 아니다. 세계사에 중심이 있다는 착각을 깨는 작업을, 변방이라고 취급되어온 곳에서, 강대세력 때문에 희생된 피해자 쪽에서 감당해야 차등의 세계상을 대등의 세계상으로 바꾸어 놓을 수 있다는 것을 실제로 보여주었다.

동아시아에서 학문을 해온 전통을 오늘날의 학문으로 계승하기 위해서는, 무엇을 계승해야 할 것인가 하는 문제를 동아시아학문의 역사 속에서 검토하는 것이 선결과제이다. 문학사 이해의 일반이론으로 마련한 시대구분을 사상사에도 적용하면 필요한 논의를 구체화할 수 있다. 동아시아학문의 두 가지 원천인 유학과 불교가 어떤 관계를 가지고, 오늘날 학문을 위해서 어떤 유산을 남겼던가 하는 문제를 시대 변천과 함께 고찰해야 마땅하다. 중세보편주의의 형성과 극복이 특히 긴요한 연구과제로 등장한다.

동아시아의 학문은 유학에서 시작되었다. 고대유학은 仁義를 존중하는 윤리의식을 가져 경쟁관계에 있던 다른 諸子百家의 사상과는 구별되는 특별한 의의를 확보하고, 중세보편주의를 마련할 수 있는 조건을 갖추었다. 중세전기에는 空이라고 한 없음과 色이라고 한 있음의 궁극적인 양상을 따지는 불교가 밖에서 들어와서 사상계의 주도권을 잡았다. 있음이 궁극적인 것이라고 한 힌두교에 맞서서 있음이 없음이라고 한 불교는 동시대 세계 최고 수준의 철학을 마련했다. 그런 철학을 갖추지 못한 유학이 한동안 뒤로 물러난 것은 당연한 일이었다.

그러나 중세후기에는 사정이 달라졌다. 없음과 있음의 문제에 대한 유학의 대응논리를 윤리적인 각성과 함께 마련하자, 儒佛의 우열이 역전되었다. 유학에서 空과 色의 문제를 無極과 太極으로 바꾸어 재론한 것은 불교를 받아들여 극복한 성과이고, 사물의 이치를 따지는 일과 사람의 道理를 구현하는 일을 하나로 하려고 한 데서는 유학 본래의 노선을 재확인했다. 그 양면을 구비하자 중세보편주의가 완성되었다. 중세후기에는 理學이 두드러진 기여를 해서 정통의 위치를 굳혔으나, 다음 시기인 중세에서 근대로의 이행기에는 氣學 쪽에서 사상의 혁신을 다각도로 추진하면서 중세보편주의를 극복하고자 했다.

유학이 오늘날의 학문을 위해서 지속적인 의의를 가지는 가장 중요한 이유는 學行의 일치를 요구하는 데 있다. 학문하는 사람이, 주장하는 바를 자기 행실을 통해서 보여주어야 한다는 것은 불변의 원칙이라 간단하게 말하고 말 것이 아니다. 그 점에 관한 새삼스러운 각성이 지금 당면하고 있는 학문의 위기를 극복하기 위해서 커다란 의의를 가진다. 學과 行은 분리될 수 있다고 하고, 과학의 가치는 윤리 문제와는 무관하다고 하는 유럽문명권의 지론은 근대학문을 발전시키는 데 그 나름대로 상당한 기여를 했으나, 가치관의 혼란을 가져오고 분열과 투쟁을 격화시켜 세계사의 위기를 초래했으며, 생명의 질서를 유린하고 환경의 파괴를 초래했다. 사람까지 복제하겠다고 하는 데서 학문의 위기가 극도에 이르렀다.

그런 잘못을 근본적으로 시정하기 위해서 학문연구와 가치실현을 일치시켜야 한다는 것은 널리 인정되고 있는 주장이다. 그러나 그런 말로 훈계하는 것을 일삼기나 해서는 이루어지는 결과가 없고 반발만 커질 수 있다. 가치를 배제한 학문을 가치를 추구하는 학문으로 바꾸어놓아, 학문 자체를 실제로 혁신해야 목적을 달성할 수 있다. 그렇게 하기 위해서 새로운 학문론이 필요하다. 학문은 과학이어야 한다는 생각을 버리고, 과학과 통찰을 아울러 학문을 하는 원리와 방법을 마련해야 뜻하는 바에 이를 수 있다.

없음과 있음의 문제를 불교에서와 같은 수준으로 탐구하는 과업이 도의를 구현하는 것과 둘이 아니라고 한 중세후기의 유학은, 일방적인 훈계를 일삼는 데 머무르지 않고 학문을 학문답게 하는 진일보한 작업을 실제로 하도록 하는 지침이 되어야 그 의의를 입증한다. 학문은 연구대상에 대한 궁극적이고 포괄적인 해명을 갖추는 것을 최상의 목표로 삼아야 하고, 사람이 실행해야 하는 마땅한 도의가 거기서 도출되어야 한다고 하면, 所以然과 所當然이 합치되게 할 수 있을 것 같다. 그러나 所以然을 氣에서 탐구하는 작업과 所當然을 理에서 구하는 작업이 끝내 어긋나, 理와 氣는 둘이라고 하지 않을 수 없게 된다.

理와 氣가 별개라고 하면, 두 가지 어려움이 생긴다. 없음의 총체인 0과 있음의 총체인 1과 있음의 개별양상인 2 가운데, 0과 1은 理이고 2는 氣라고 하면, 양쪽의 연결이 끊어진다. 理가 무엇인가 하는 물음에 대한 의문을 氣에서 해결할 수는 없어 성현에게서 물어 해결한다면, 몇천 년 전에 살았던 성현의 식견을 넘어설 수는 없다. 氣에 대한 탐구는 나날이 새로워지는데 理에 대한 이해는 성현의 가르침에 머무르고 있어야 한다면, 그것은 성현의 뜻을 왜곡해서 성현을 모독하는 처사라고 하지 않을 수 없다. 유학의 정통을 옹호하고 숭상해야 한다는 이유에서, 유학을 무력화해서 동아시아학문이 다시 일어날 수 없게 하는 것은 선조에 대한 최대의 배신이다.

강대세력 때문에 희생된 피해자 쪽에서 사고의 혁신을 이룩해야 차등의 세계상을 대등의 세계상으로 바꾸어놓아 세계사의 난관을 해결할 수 있다는 것은, 유럽과 동아시아, 동아시아의 강대세력과 약소민족 사이에서뿐만 아니라, 유학의 주류와 비주류 사이에서도 타당하다. 유학의 비주류였던 氣學이 제공하는 논리를 되살려야, 서로 대등한 세계에서, 발전이 순환이고 순환이 발전인 역사를 이룩해온 과정을 밝히고 그 미래의 전망을 제시할 수 있다. 이미 시도한 그 작업을 더욱 진척시키기 위해서 논의의 심화와 확대가 필요하다.

없음의 총체인 0과 있음의 총체인 1과 있음의 개별양상인 2는 모두 氣의 변이이고, 理는 氣의 원리일 따름이라고 하는 氣學의 지론을 이으면, 그런 난점을 해결할 수 있다. 氣는 하나이면서 여럿이어서, 여럿을 하나로, 하나를 여럿으로 인식할 수 있다. 鄭道傳이 心·身·人·物에 일관된 학문을 해야 한다고 한 말을 되새겨보자. 心은 마음이고, 身은 신체활동이고, 人은 사람들 사이의 관계이고, 物은 물질세계이다. 그 넷을 통괄하는 학문은 理學일 수 없고 氣學이어야 한다. 理學은 철학에 머무를 수 있지만, 氣學은 개별학문의 모든 영역을 아우르는 총괄론이므로 철학을 넘어서는 철학이다.

理氣一元論과 氣一元論, 또는 理學과 氣學 사이의 내부적인 논란에서 理學을 지지하고 氣學을 배격하는 것이 그 자체로 잘못이라고 할 수는 없다. 그 둘 가운데 理學이 성현의 가르침을 바르게 이어 정통의 위치를 차지한다는 데 대해서 반론을 제기할 필요가 없다. 오늘날 심각하게 만연되고 있는 윤리적인 타락상을 理學에 입각해서 나무라야 한다는 주장에 동의할 수 있다. 0과 1은 理이고 2는 氣라고 하는 理學의 지론은 2의 그릇된 상태를 넘어선 궁극적인 원리를 별도로 설정하므로 그럴 수 있다.

그러나 학문하는 목표를 다시 설정하면, 그 둘에 대한 평가가 달라지지 않을 수 없다. 오늘날 동아시아학문은 유럽문명권의 학문과 맞서 있다. 맞서 있는 관계를 바람직하게 해결하기 위해서 어떻게 해야 할 것인가 분명하게 가려 필요한 결단을 내려야 한다. 유럽문명권의 근대학문에 맞서서 동아시아의 중세학문을 그 자체로 옹호하려고 하는가, 아니면 유럽문명권의 근대학문을 넘어선 다음 시대 학문을 창조하고자 하는가를 분별해서 학문하는 목표를 분명하게 해야 한다. 앞의 과업은 理學이 氣學보다 더 잘 할 수 있다. 뒤의 일은 氣學이 理學보다 더 잘 할 수 있다. 그래서 나는 氣學의 전통을 이어 生克論을 전개하면서 心·身·人·物을 일관되게 처리하는 학문을 하고자 한다. 0과 1과 2가 모두 氣라고 해야 그런 학문을 할 수 있다.

心·身·人·物에 관한 오늘날의 학문은 별개의 것으로 나누어져 있어, 心은 인문학에서, 人은 사회과학에서, 身과 物은 자연과학에서 다루고 있는 데 대해 理學에서 반론을 제기한다면, 인문학에 속한 부분이나 문제삼고 사회과학까지는 어느 정도 나아갈 수 있지만, 자연과학에 대해서는 속수무책이다. 그러나 氣學에서는, 인문학문·

사회학문·자연학문이 하나이면서 여럿이고 여럿이면서 하나인 학문임을 명시할 수 있다. 인문학문이 선도하는 통찰과 자연학문에서 발전시키는 과학을 하나로 아우를 수 있는 길을 그렇게 해야 마련할 수 있다.

0과 1은 理이고 2는 氣라고 해서 理와 氣 사이에 간격을 두고 理尊氣賤이나 理通氣局을 주장하면, 陰陽의 작용은 미천하고 또한 국한되어 있다. 陰陽의 작용 가운데서 相生은 바람직하고 相克은 그렇지 못하다는 차등론을 전개하는 것은 사물의 이치나 사회현실의 실상과 거리가 있어 실효가 없는 발언이다. 相克의 관계에서 벗어나 相生을 함께 이룩하자고 하면, 오늘날 인류를 불행하게 하는 세계사의 난문제가 해결될 수 있는 것은 아니다. 所以然에서 벗어난 所當然을 역설해서 세상을 바꾸어놓을 수는 없다.

그런 잘못을 시정하려면 논의의 방향을 바꾸어, 理學을 버리고 氣學을 택해야 한다. 徐敬德이 "一不得不生二 二自能生克 生則克 克則生 氣之自微至鼓盪 其生克使之也"(하나는 둘을 生하지 않을 수 없고, 둘은 스스로 능히 克한다. 生하면 克하고, 克하면 生한다. 氣가 미세한 데서 진동하는 데까지 이르는 것은 生克이 그렇게 한다)고[26] 한 원리를 받아들여, 새로운 학문의 원리로 삼아야 한다.[27] 生이 克이고 克이 生이며, 조화가 갈등이고 갈등이 조화이며, 화해가 투쟁이고 투쟁이 화해라고 하는 生克論에 서면, 중간에 단절된 논의를 하나로 잇고 이치와 주장을 합치시켜, 지금까지 지적한 모든 난관을 해결하는 길이 열린다.

유럽문명권 학문에서는 형이상학과 변증법이 양분되어 있고, 유

---

26) 《花潭集》 2, 〈原理氣〉.

27) 《한국의 문학사와 철학사》(지식산업사, 1996)의 〈生克論의 역사철학 정립을 위한 기본구상〉에서, 생극론을 정립한 작업이 그렇게 해서 시작되었다.

물변증법에 이르러서는 그 간격이 더 커졌다. 그 둘 가운데 변증법 또는 유물변증법이 크게 확대되어 모순을 투쟁으로 해결해야 한다고 주장하는 데 대해서 형이상학의 반론이 설득력을 가지지 못하듯이, 陰陽의 싸움에 理를 내세워 제동을 걸 수도 없다. 모순이 사물의 본질이라면 화합도 본질이고, 투쟁이 해결책이듯이 화해 또한 해결책이라고 하는 음양생극론은 유물변증법을 모두 포괄해서 그 편향성을 시정해서 넘어설 수 있다.[28)]

음양생극론에서 말하는 氣는 心·身·人·物을 관통하고 있어, 유물변증법에서 말하는 물질이 物에 치우쳐 있어 心쪽의 정신과 대립되지 않을 수 없는 결함을 시정한다. 유물변증법의 역사철학을 대신하는 음양생극론의 역사철학은 과학과 통찰을 하나로 합치는 작업을 실제로 이룩해서 세계사의 과거·현재·미래를 꿰뚫을 수 있다. 그렇기 때문에 근대를 넘어서서 다음 시대를 창조하는 지침을 제공한다.

그 작업을 온통 맡아 추진할 수 있는 능력이나 시간을 나는 갖추지 못해서, 직접 할 수 있는 일을 스스로 한정하고 있다. 생극론을 적용하고 입증하는 작업을 세계문학사의 역사철학 정립을 통해서 하는 데 노력을 집중하는 것이 그 때문이다. 모든 학문을 총괄해 철학을 넘어선 철학을 하는 작업의 일단을 힘 자라는 데까지 하고, 그 일반적인 의의에 관해서 분에 넘치는 논의를 엉성하게나마 펴면서, 다른 분야에서 다른 분들이 동참해줄 것을 간절하게 호소한다.

이미 위에서 들어 논한 서사시론과 함께, 연극미학의 기본원리를 비교해서 고찰하는 작업 《카타르시스·라사·신명풀이》가 그렇게 해서 이루어진 결과이다. 거기서는 고대그리스 연극의 '카타르시스'는

28) 毛澤東의 〈矛盾論〉을 예증으로 삼아, 변증법을 받아들여 극복하는 생극론의 방안을 위의 글에서 제시했다.

극복의 원리를, 중세인도연극의 '라사'는 생성의 원리를 구현하는 쪽에 치우친 결함이 중세에서 근대로의 이행기 한국연극의 기본원리인 '신명풀이'의 생극론에서 시정된다고 했다. 다시 그 후속 작업으로 진행하면서 책을 여러 권 쓰고 있다.

生克論은 어느 누구의 사유재산이 아니고 우리 모두의 공유재산이다. 공유재산인 생극론을 활용해서 다른 분야의 연구를 다각도로 구체화하는 데 많은 사람이 힘을 모으기를 바란다. 학문론 혁신은 학문연구의 실제작업과 함께 이루어져야 한다. 동아시아에서 학문을 해온 전통을 오늘날에 되살려 인문학문·사회학문·자연학문을 근접시키거나 통합하고, 과학과 통찰을 아우르는 새로운 학문을 하는 과업을 어느 특정 분야에서 맡아서 할 수 있는 것은 아니다. 전공과 관점이 서로 다른 사람들이 공동의 문제의식을 가지고 각기 자기 나름대로 연구를 진행하는 구체적인 작업을 하면서 공유재산을 늘여나가야 한다.

동아시아문명론의 반성과 전망

근대학문을 시작한 일본이 동아시아에서 이탈한 것을 계기로 동아시아의 유대는 파괴되고, 동아시아의 동질성에 관한 인식은 유린되었으며, 동아시아 전체를 함께 다루는 연구는 없어졌다. 일본의 역사는 처음부터 독자적으로 전개되어왔음을 밝혀 내부의 결속을 다지고 밖으로 뻗어나는 힘을 기르고자 하는 일본의 국사학에 자극을 받고, 또한 거기 대응해 자위권을 행사하기 위해서 한국은 물론 중국에서 민족국가 수호의 역사학을 일으켜야 했다.

한국은 일본의 침략 때문에 시달리고, 중국 또한 주권을 지키기에 급급해서 이웃의 처지를 돌아볼 수 없었다. 월남은 프랑스식민지가 되고나서 동아시아에서 분리되었다. 월남의 구국투사 潘佩珠가 한문으로 저술한 《越南亡國史》를, 중국을 거쳐 한국에서 받아들여, 거듭 번역해 널리 애독하면서 깊은 공감을 나타내던 시기가 지나자, 월남을 동아시문명권의 이웃이라고 여기지 않게 되었다.

새로운 정세에 맞추어 역사인식을 다시 해야만 했다. 유럽문명권 열강 및 유럽화한 일본의 침략을 夷의 책동이라고 규정하고, 거기 맞서서 동아시아문명의 정신적 가치의 진수인 華를 수호해야 한다고 역설한 斥邪衛正의 논리가 차차 설득력을 잃었다. 그런 주장을 줄기차게 편 柳麟錫이 거족적인 존경을 받았으면서도 대세를 바꾸어놓지는 못했다. 儒家·漢學派·事大黨의 그릇된 노선을 청산하고, 郎佛家·國風派·獨立黨의 전통을 되살려야 민족이 소생하고 주권을 찾을 수 있다고 하는 申采浩의 지론이 근대화된 민족의식의 정통노선으로 인정되었다. 그 뒤 오늘날까지의 국사학에서도 그 노선을 이으면서 사실 인식을 정확하게 하는 데 힘쓸 따름이다.

일본에서 근대사학을 정립하면서 동아시아 역사의 공동영역은 중국사라고 해서 중국에 넘겨주었으며, 중국 또한 그렇게 하면서 대국의 위신을 높이는 데 이용했다. 일본의 침략주의와 중국의 대국주의 사이에 끼인 한국에서 동아시아문명의 공동영역을 수호하는 것은 너무나도 힘겨운 노릇이었다. 과거에는 중국이 동아시아를 온통 간섭하고 현재에는 일본이 동아시아를 지배하려고 하는 데 맞서서, 민족사의 독자성을 옹호하고 민족독립을 수호하는 역사학을 하는 데 급급했다. 중국의 대국주의와 일본의 침략주의가 근본적으로 잘못되었다는 반론을 동아시아문명에 대한 총체적인 이해를 새롭게 해서 제기해야 한다고 생각하지 못했다.

국사와 동양사를 병행시키는 일본의 관례를 한국에서도 받아들여 양쪽의 균형을 이룬 듯하지만, 동양사란 사실상 중국사이다. 중국사에다가 그 주위 다른 민족의 역사를 보태서 동양사의 범위를 넓힌다 해도, 국사를 여럿 집합시켜서 동양사를 이해할 따름이고, 국가의 역사를 넘어선 차원의 공동문명의 역사를 인정하지 않는다. 동아시아문명을 총괄해서 이해하려고 하는 노력조차 없다.

동아시아에 대한 총체적인 이해는 유럽문명권에서 먼저 했다. 먼 곳에서 다른 문명권을 바라볼 때에는 전체를 보고나서 부분을 보아야 하는 것이 상례이다. 유럽문명권 학자들은 동아시아 각국에 대해서 개별적인 연구를 하기 위해서도 동아시아문명에 대한 총괄적인 이해를 할 필요가 있어서, 동아시아 전체를 개관하는 책을 여럿 내놓았다.

그러나 동아시아를 총괄하는 데 필요한 지식을 갖추지는 못하고, 중국이나 일본에 관한 연구에 종사하면서 그 어느 한 나라의 시각으로 다른 나라까지 살피는 것이 예사이다. 중국만 일방적으로 확대하고 거기다가 일본이나 보태는 정도에 머무르고, 한국이나 월남은 제대로 취급하지 않아 서술의 균형이 마련되지 않았으며, 동아시아문명의 공통된 영역에 대해서 이해하지 못하는 근대인의 관점에서 과거의 역사까지 취급하는 결함이 그런 책에서 공통되게 발견된다.

콜프의 《동아시아, 중국 일본 한국 월남》에서는[29] 한문을 공유하고, 또한 젓가락을 사용하는 공통점이 있는 동아시아 네 나라를 지리학의 관점에서 함께 다루었다. 그러나 한문이 어떤 구실을 했던가에 관해서 고찰하지는 못했다. 중국에 압도적인 비중을 두고 다른 나라는 간략하게 취급하는 데 그쳐 상당한 불균형을 보인다.

---

29) Albert Kolb, C. A. M. Sym, tr., *East Asia, China Japan Korea Vietnam*(London : Methuen, 1971).

동아시아의 역사를 개관한 책은 라이샤워와 페어뱅크의 《동아시아, 위대한 전통》이[30] 대표적인 업적이라고 할 수 있다. 거기서 중국·일본·한국의 역사를 다룬 내용은 비교적 상세해 널리 참고가 된다 하겠으나, 동아시아문명의 공통된 전개에 대해서는 이해하려고 하지 않아 무엇을 "위대한 전통"이라고 했는가 의심스럽다. 국가끼리의 쟁패에서 누가 강자이고 누가 약자였으며, 누가 앞서고 누가 뒤떨어졌는가 가리는 데나 관심을 두었다.

한국사에 관한 서술이 현저하게 미비한 것이 그 때문이다. 한국은 무시해도 좋다는 선입견을 가졌다고 하겠으며, 이해 부족이 적지 않게 보인다. 18세기 무렵에 상업도시의 시정문화가 성장한 것이 중국이나 일본에서는 발전이고 한국에서는 타락이었다고 한 것이 그 한 예이다. 월남은 동아시아에서 제외했다. 독립국이었던 시기 유구국의 역사를 되찾으려고 하지 않았다. 중국 안의 여러 민족의 독자적인 삶에 관심을 가지지 않았음은 물론이다.

페어뱅크가 엮은 책 《중국의 세계질서, 중국의 전통적인 외교관계》는[31] 중국 천자와 다른 나라 국왕 사이의 冊封-朝貢 관계를 다루어, 동아시아문명의 내부적인 구조를 해명하는 데 필요한 소중한 작업을 했다. 13인의 논자가 쓴 글을 모아서, 문제를 다각도로 고찰하려고 했다. 이 책에서 다룰 내용과 상당한 관련이 있는 선행업적이므로, 소중하게 여겨 마땅하다. 그러나 논의의 시각과 내용이 미비하고, 문제의 핵심을 잘못 파악했다고 지적해서 말하지 않을 수 없다.

---

30) Edwin Reishauer and John K. Fairbank, *East Asia, the Great Tradition*(Boston : Mifflin, 1960).

31) John King Fairbank ed., *The Chinese World Order, Traditional China's Foreign Relations*(Cambridge, Mass. : Havard University Press, 1968).

冊封-朝貢 관계를 외교관계의 실제 상황의 측면에서만 다루고, 정신문화적인 의의를 밝혀 고찰하는 작업은 하지 않아 내용이 단순하다. 유교-한문문명에서 동아시아는 하나인 원리를 정치적인 관계에서 상징적으로 표현하는 행위를, 그 근거는 찾지 않고 겉으로 드러난 사실만 고찰하려고 했다. 불가분의 관계를 가진 문화적 관계와 정치적 관계 가운데 정치적 관계만 따로 분리시켜 다루고자 해서 무리가 생겼다. 사신이 왕래하면서 한시를 주고받는 행사 같은 것은 관심의 대상으로 삼지 않은 것이 잘못이다.

冊封-朝貢 관계의 전형을 마련한 명나라 시기는 고찰의 대상으로 삼지 않고 청나라 시기만 다루어서 핵심에서 벗어났다. 일본은 명나라 시기에 중국과 冊封-朝貢의 관계를 가졌는데, 청나라 시기에 거기서 벗어났다. 문화적인 관계는 지속되면서 정치적인 관계는 달라졌다. 그래서 고전적인 동아시아가 한편으로 지속되면서 다른 한편으로 해체되는 중세에서 근대로의 이행기에 들어선 것이다. 중세에서 근대로의 이행기를 연구의 대상으로 삼아도 좋으나, 무엇이 어떻게 달라졌는가 밝히기 위해서는 그 앞 시기의 전형과 비교해야 하는데, 그렇게 하지 않았다.

다른 문명권과의 비교를 본격적으로 시도하지 않고, 부분적인 언급을 잘못해서 혼선을 빚어냈다. 유럽문명권에서는 주권국가가 서로 대등한 관계를 가져 동아시아와 달랐다고 말한 것이 비교론의 전부이다.[32] 그래서 동아시아에서만 중국이 다른 나라를 간섭하고

32) 5면. 그렇게 말한 것은 사실과 어긋난다. 동아시아의 중세를 유럽의 근대와 비교하지 말고, 유럽의 중세와 비교하면 그렇게 말할 수 없다. 유럽의 기독교세계에서는 교황이 황제를, 황제가 왕을 冊封하는 이중의 관계가 이룩된 것이 유럽중세의 특징이다. 이슬람세계에서 교황이면서 황제인 칼리파(khalifa)가 국왕인 술탄(sultan)과 冊封-朝貢의 관계를 가지는 방식은 동아시아문명권의 경우와 더욱 근접되어 있었다. 남·동남아시아에서 힌두교를 배경으로 해

지배하기 위해서 冊封-朝貢의 관계를 가지는 기이한 제도가 있었던 것으로 이해하게 했다.

冊封-朝貢 관계는 중세문명의 동질성을 확인하는 구실을 했는데, 근대 주권국가 사이에서 지배와 복종을 위한 구실로 바꾸어서 이해하는 것은 무리이다. 그 점에 오해를 바로잡는 것이 이 책에서 하는 작업의 중요한 과제이다. 그렇다고 해서 동아시아정치사를 다시 쓰려고 하는 것은 아니다. 공동문어문학과 민족어문학의 관계를 통해서 동아시아 중세문명이 하나이면서 여럿임을 밝히는 작업을 하면서 정치사에 치우친 근대사학의 한계를 극복하고자 한다.

근래 동아시아 여러 나라가 경제발전을 이룩해 유럽문명권의 주도권에 대한 도전세력으로 등장하고 있는 데 관심을 가지고, 동아시아의 저력이 무엇이며 유럽문명권에서 무엇을 경계해야 할 것인가 따진 책이 여럿 나왔다. "문명의 충돌"과 같은 발상을 가지고 동아시아에 대해서 실질적인 내용이 있는 논의를 하고자 한 것이다.

방데르메르슈가 쓴 《중국화된 새로운 세계》가[33] 그 좋은 본보기이다. 거기서는 동아시아를 "중국화된" 지역이라고 했다. 그러면서 과거의 역사가 아닌 오늘날의 상황을 문제삼았다. 지금 이루어지고 있는 경제발전을 논의의 대상으로 삼아 동아시아를 고찰했다. 동아시아 공통의 문화전통이라고 한 한문과 유교가 오늘날의 경제발전을 위해서 어떤 구실을 하는가 하는 문제에 대한 해답을 찾았으나, 납득할 만한 결과에 이르지 못했다.

동아시아 안에서 동아시아에 관한 논의를 다시 시작하는 일은 일본에서 먼저 시작했다. 일본이 아시아를 떠나는 것이 자랑스럽다고

서 마련한 冊封-朝貢 관계는 그 나름대로의 특징이 있었다.

33) Léon Vandermeersch, *Le nouveau monde sinisé* (Paris : Press Universitaires de France, 1986).

한 脫亞의 노선에 대해서 스스로 반성하고 아시아로 복귀하는 入亞로 선회하는 것이 유익하고 떳떳하다고 인정하게 되어, 방향 조정을 위한 저술이 이루어지고 있다. 동경대학 일본사 교수진이 중심이 되어 《아시아 속의 일본사》라는[34] 이름의 총서를 마련한 것이 그 대표적인 업적이다. 거기서 일본이 동아시아문명의 일원임을 명시하고, 일본사를 동아시아 다른 나라의 역사와 비교해 이해하면서, 일본사에서 동아시아사로 나아가고자 했다.

그러나 일본사의 독자성을 밝혀 일본인의 자부심을 고취하고 일본의 국가 이익을 도모하고자 하는 오랜 습성을 과감하게 청산했다고 하기는 어려우며, 정치사 위주의 역사 이해에서 아직 벗어나지 못했다. 동아시아가 하나이면서 여럿인 원리를 적극 탐구하고자 하는 진취적인 자세나 성과가 없다. 그런 일을 여기서 하면서 동아시아문명의 동질성 이해의 새로운 방향을 제시하고자 한다.

《문명의 충돌》의 저자 헌팅턴은, 일본은 동아시아문명권에 속하지 않고 별도의 문명권을 이룬다고 했다. 중국·한국·월남은 중국문명권 또는 유교문명권에 속하지만, 일본은 거기서 분리된 별개의 문명을 이룬다고 했다. 문명을 구분하는 기준이 일정하지 않다. 자기가 한 말이 서로 상치되는 과오를 저질렀다.

그렇게 말한 이유는 둘로 생각할 수 있다. 동아시아문명권의 동질성에 대한 이해가 부족하기 때문일 수 있다. 책 표지에 기독교의 십자가, 음양, 달과 별을 그려놓아 세 문명권을 나타내는 상징으로 삼았으나, 음양을 상징으로 하는 문명권에 대해서는 실제로 잘 알지 못해서 일본을 거기서 제외했을 수 있다. 십자가, 음양, 달과 별이 상징하는 바에 따라서 문명이 구분되고, 그런 것들이 오늘날도

34) 荒野泰典·石井正敏·村井章介, 《アジアのなかの日本史》(東京 : 東京大學出版會, 1993)이다.

계속 의미를 가지는 데 대해서 깊은 이해가 전반적으로 결여되어 있어, 그런 잘못을 저질렀다고 보는 것이 더욱 깊이 있는 진단이다.

일본은 동아시아 유교·한문문명권에서 벗어나서 독자적인 문명권을 이루었다는 견해는 근대 일본의 억지이다. 유교·한문의 중세문명을 단죄하고 거기서 벗어나 유럽화된 힘으로 일본제국을 건설한다고 자랑하자, 일본은 소속불명이고 정체불명의 나라가 된 것을 합리화하기 위해서 일본이 독자적인 문명을 이룬다는 주장을 폈다.[35] 유럽문명권 논자들 일부가 동아시아에 대해서 잘 모르기 때문에 그런 주장을 받아들인 데 헌팅턴도 동참했다.

시비를 가리기 위해서 문명의 정의를 명확하게 해야 한다. 문명은 중세에 이루어진 세계종교와 공동문어의 전통을 공유한 정신생활의 영역이다. 세계종교와 공동문어가 서로 연결되어, 유럽의 기독교·라틴어문명권, 서아시아 및 북아프리카의 이슬람교·아랍어문명권, 남아시아 및 동남아시아의 힌두교-불교·산스크리트문명권, 동아시아의 불교-유교·한문문명권이 서로 뚜렷하게 구분되고 두드러진 비중을 가진 문명권이다.

이런 기준에서 판정하면, 일본은 중국·한국·월남과 동아시아의 불교-유교·한문문명권에 속한다는 데 의문과 반론의 여지가 없다. 중세에 거기 소속되기로 결정한 다음 오늘날까지 그 전통을 이어오고 있다. 일본이 경제가 선진화되고, 생활이 유럽화했기 때문에 동아시아문명권에서 벗어났다고 한다면, 그것은 문명이 무엇인지 모르는 말이다. 문명은 중세 이래의 전통을 잇고 있는 정신생활의 영역이어서, 근대에 와서 구획이 바뀌는 것이 아니며, 경제나 물질 생활의 상황 때문에 다시 규정되지도 않는다.

---

35) 〈근대 극복의 과제와 한·일학문〉, 《한국의 문학사와 철학사》에서 그 점에 관해 자세한 논의를 폈다.

경제나 물질 생활을 들어 문명권을 구분한다면, 유럽문명권의 세계제패가 곧 완성되어 다른 문명권은 모두 사라져, 문명의 충돌이 문제되지 않게 되었다고 할 수 있다. 그럴 수는 없기 때문에 문명의 충돌이 심각한 문제라 하고서, 충돌의 원인을 물질 생활 이상의 것에서 찾았다. 문명을 구분하고 충돌하게 하는 데는 종교가 가장 큰 구실을 한다고 저자 자신이 거듭 밝혔다. 그런데도 일본은 동아시문명권에서 분리된 별개의 문명권이라고 한 것은 단순 착오 이상의 이유가 있기 때문이다.

미국은 유럽에서 분리되어 별개의 문명을 이룬다고 하지 않았으며, 유럽과 미국은 한 문명권에 속하므로 깊은 유대를 가지고 이해관계를 함께 해야 한다고 거듭 강조한 것과, 일본을 동아시아문명권에서 분리시킨 것은, 논지의 일관성을 버리고 저술 의도를 명확하게 하려고 한 처사이다. 적은 분열시키고 자기 진영은 단합시키는 초보적인 전술을 구사해서 그렇게 했다. 일본과 싸워 미국이 이기기 위해서 일본은 동아시아문명에서 떼어놓아 힘을 약화시키고, 미국은 유럽문명과 연결시켜 힘을 강화하는 것이 반드시 필요했다. 승리에만 집착하는 싸움꾼 수준의 사고를 이론이랍시고 책을 써서 펴냈다.

그런 말이라도 미국에게 힘을 보태고, 일본을 실제로 약화시키는 데도 도움이 될 수 있어 저자는 목적을 달성할 수 있다. 일본에 일본문명의 독자성에 대해서 강한 집착을 가진 지식인이 적지 않고, 미국에서 새로 나온 학설이면 받아들여 숭상해야 마땅하다는 풍조가 있어 헌팅턴의 공격이 먹혀들어갈 수 있다.

한국에서도 요즈음 동아시아 연구의 필요성을 역설하는 말을 자주 한다. 그런 추세에 호응해서 몇 가지 서론적인 저술이 이루어졌다. 내가 쓴 《동아시아문학사비교론》도 그 가운데 하나이다. 서남재단에서 동아시아연구서 집필을 위해 연구비를 지급하고 있어, 여러 사람이 그 일에 종사하고 있다. 나도 거기 동참해 《동아시아 구비서사시의 양상과 변천》을 내놓았다.

국내의 잡지에서 동아시아론에 관해 특집을 하고, 여러 논자가 기고를 하는 것이 유행이 되다시피 했다.[36] 그런데 "담론"이라는 말을 앞세우고 각자의 소견을 피력하면서 국내외의 동향을 시비하는 것이 두드러진 풍조이다. 동아시아론에 관해서는 존경하면서 수입할 상품을 찾기 어렵고, 생산업에 종사할 의향은 없으므로, 시비학을 일삼기나 한다.

이제는 유럽문명권과 한국을 대비하는 데 그치지 않고, 동아시아에 대해서 말해야 행세를 할 수 있다고 하는 것을 알려준 의의는 있으나, 그 내용이 너무 부실하다. 동아시아의 어느 일각 중국이나 일본에 대해서 조금 알고 있는 것을 일반화하려고 하는 것은 나은 편이다. 그 정도의 지식도 없는 문외한이 막연한 인상을 시비학 "담론" 특유의 문체로 서술하는 폐단이 적지 않아 경계하지 않을 수 없다.

몇 해 전에는 제3세계의 "시각"이라는 말을 앞세워 문학론에서도 무언가 새로운 논의를 펴는 것 같은 거동을 보이다가 만 일이 있다. 학문적인 근거를 가진 연구는 하려고 하지 않고, 막연한 수작을 늘어놓는 잡지글이나 써서 인기를 얻으려 하는 풍조가 있다가 곧 시들어져버린 것을 기억한다.[37] 이제 제3세계의 "시각" 대신에 동아시

---

36) 《상상》 16, 1997년 여름호(서울 : 살림출판사, 1997)에서 "대점검, 동아시아 담론의 전개와 본질"이라는 특집을 하고, 그 부록에 "90년대 국내 월간지 및 계간지 동아시아 관련 논문 목록"을 이용해 그 동안의 상황을 파악할 수 있다.

37) 제3세계문학에 관해서 말하려면 우선 공부를 해야 한다고 강조해서 말하면서 제3세계문학의 연구논저를 모아 해설한 《제3세계문학연구입문》(서울 : 지식산업사, 1991)을 내놓았더니 별반 호응이 없었으며, 제3세계문학에 대한

아의 "담론"을 인기품목으로 삼는 잡지 편집자들과 기고가들이 그 전례를 되풀이하지 않을까 염려된다. 자료를 널리 구해 힘들여 연구하며 자기 생각을 정립하는 과정을 거치지 않고, 시류에 편승하는 산뜻한 말을 하려고 하는 사람들이 행세해서 그렇게 된다고 할 수 있다.[38)]

그런 수준을 넘어서려면, 제3세계문학이든 동아시아문학이든 광범위한 자료를 들어 본격적으로 연구해 전작저서를 써내면서, 자기 이론을 창조하는 작업을 부지런히 해야 한다. 평론가들에게 일을 내맡겨놓지 말고, 강단에 선 교수들이 그렇게 하는 것이 마땅하다고 강의하면서 모범을 스스로 보여야 한다. 대학이 달라지고 학문하는 작업의 본론이 바뀌어야 하는데, 평론계의 허튼 수작과 학계의 보수적인 자세가 그렇게 되지 못하게 양쪽에서 방해하고 있다.

개별적인 연구가 축적되고 종합되면 새로운 학풍이 정착될 수 있다고 낙관할 것은 아니다. 문학사 또는 역사 일반을 이해하는 기본 관점을 바로잡아야 새로운 창조를 할 수 있다. 출발단계의 난관을 극복하는 것이 시급한 과제로 제기되어 있다. 실증사학의 귀납법에 대한 헛된 신앙을 버리고 역사철학의 혁신에 힘써야 한다.

국가 흥망의 정치사를 역사 이해의 기본과제로 삼고 민족국가의 배타적인 이익을 옹호하는 근대사학의 한계를 극복하는 것이 역사철학 혁신의 긴요한 과제이다.[39)] 역사철학이란 수입품이라고 여겨

관심이 오히려 그 뒤에 퇴조를 보였다.

38) 동아시아문학의 "담론"을 들먹이면서 내게 관해서도 시비를 하는 논자들이, 동아시아 각국의 문학사 서술과 문학사 전개를 비교해서 논한 전작저서 《동아시아문학사비교론》은 언급조차 하지 않고 무시하거나 지엽적인 사항에 관해서 무리한 비난을 한다.

39) 그 점에 관해서 《인문학문의 사명》의 〈국사를 넘어선 역사이해의 열린 시야〉에서 다각도로 밝혀 논했다.

수입원이나 바꾸려 하지 말고, 우리 스스로 논란을 벌여온 내력을 다시 살피자. 중세사상과 근대사상의 대결을 해결하고 다음 시대로 나아가는 결단을 내리는 데 필요한 자료를 가까운 곳에서 얻을 수 있다.

중세사상의 정통을 마지막으로 계승한 柳麟錫의 주장을 근대사상 개척의 선구자 申采浩가 극복한 것과 같은 일을 다시 해서, 근대 극복의 다음 시대를 여는 데 기여하는 것이 지금 해야 할 일이다. 유인석이 "人倫의 근거가 되는 天理는 불변한다"는 신념으로 중세를 수호하고자 하고, 신채호가 "我와 非我의 투쟁"으로 근대를 이룩하고자 한 데 맞서서, 나는 "생성이 극복이고 극복이 생성이다"라고 하는 生克論의 원리로 다음 시대를 이룩하고자 한다. 그 작업이 이 책 전체의 주제이다.

그 원리를 추상적인 일반론으로 정립하려 하지 말고 구체적인 연구를 통해서 입증해야 하므로, 한국사·동아시아사·세계사의 연관을 새롭게 해명하는 데 힘쓰기로 한다. 신채호처럼 역사를 중요시하면서 유인석이 끝까지 숭상했던 한문의 의의를 살핀다. 그래서 중세의 부정의 부정을 한문문명의 부정의 부정을 통해서 구체화하고자 한다.

한문학과 국문문학의 관계를 다시 살피는 작업을 문명권 전체의 범위로 확대하면서 세계로 나아간다. 중세시기에 공동문어문학과 민족어문학이 어떤 관계를 가지고 동아시아가 하나이면서 여럿이게 했는가 하는 문제를 구체적인 자료를 들어 다각적으로 고찰해 그런 성과를 얻고자 한다. 산발적인 논의를 자유롭게 펴는 가운데 생극론의 역사철학을 더 다듬는 새로운 성과가 있기를 바란다.

중세문명의 구조에 관한 논란

서유럽에서는 자기네 문명권의 동질성과 이질성을 문학사 서술을 통해서 밝히는 작업이 중단되지 않고 계속되었다. 유럽에서 문학사 서술을 시작한 선구적인 업적인 쉴레겔의 《신구문학사》에서[40] 이미 유럽문학사를 통괄해서 서술했다. 고대의 그리스문학에서 자기 시대까지의 유럽각국문학을 모두 고찰하면서 원래 하나였던 문학이 여럿으로 갈라졌다고 했다. 18세기 동안의 전환을 거쳐 유럽문학이 각국문학으로 분화된 것이 당연한 발전과정이라고 하고, 그래서 독일문학이 출현한 것이 자랑스럽다고 여겼다.

그 뒤에 유럽문학사라고 하는 책이 여럿 나온 가운데 특기할 만한 것이, 그리스인 저자가 프랑스에 머물면서 1928년부터 12년의 기간 동안 프랑스어로 쓴 전5권의 《유럽문학사》이다.[41] 그 책은 고대그리스문학에서 시작해서 근대프랑스문학에 이른 과정을 주축으로 삼아 유럽문학사의 전개를 총괄해서 고찰한 업적의 대표적인 예가 된다. 그 책을 그리스인이 프랑스에서 썼다는 것 자체가 유럽문학의 정통을 분명하게 하는 데 특별한 의의가 있다.

제1권 첫 장 〈그리스문학 입문〉에서 맨 마지막 제5권 끝 장 〈프랑스가 근대의 사상과 예술을 위한 새로운 길을 열다〉에 이르기까지, 유럽문학사는 여러 곁가지가 있어도 단일한 흐름을 이루어왔다고 강조해서 말했다. 그 중간에 중세문학을 다루면서 제2권 〈중세의 라틴어〉라는 장에서는, 라틴어 덕분에 유럽이 하나가 되었다는 데 대해서 "완벽하고 보편적인 언어, (과거의 로마와 교회에서) 이중

40) Friederich Schlegel, *Geschichte der alten und neuen Literatur*(Wien : 1815).
41) Nicolas Ségur, *Histoire de la littérature européenne*(Paris : Victor Attinger, 1948).

으로 영광스러운 과거가 있어 신성하게 된 언어"인 라틴어는 "유럽의 여러 언어가 각기 자기 주장을 내세우는 데 구애되지 않고 지배력을 행사했다"고 하고, "이 언어가 단일한 신념으로 유럽을 재결합했다"고 했다.[42)]

유럽문학의 동질성을 보장하는 중심점이 거기 있다고 했다. 고대 그리스·로마문학을 연원으로 한 유럽문학이 중세시기에 동질성을 분명하게 한 사실을 재확인하고, 근대에 이르러 각국어문학으로 분화된 이질성 때문에 동질성의 오랜 전통이 흔들리지는 않는다고 한 것이 유럽문학사 서술의 가장 긴요한 의도이다. 그렇게 하기 위해서 논란의 여지가 많은 여러 문제를 한쪽 방향에 치우쳐 해결했다. 그 내역을 지적해서 말하면 다음과 같다.

(가) 유럽문학의 원천은 고대그리스문학이고, 그것보다 앞서거나 그것과 대등한 다른 원천은 없다고 했다. 헤브라이문학, 북유럽문학 등의 경쟁자를 논의에서 제외했다.

(나) 고대그리스문학은 로마문학을 거쳐 서유럽문학으로 계승되었다고 했다. 그 때문에 고대그리스문학이 비잔틴문학을 거쳐 동유럽으로 계승된 사실은 무시했다. 비잔탄문학을 직접 계 승한 러시아문학은 언급조차 하지 않다가, 서유럽문학의 영향을 받은 19세기 이후의 시기에 비로소 등장시켰다.

(다) 민족어문학이 다양하게 발달된 시기에도 유럽문학은 그 중심점인 프랑스문학에서 동질성을 잘 유지하고 있다고 했다. 그런 내용의 프랑스중심주의가 흔들리지 않게 하기 위해서 다른 나라의 문학은 상대적으로 낮게 평가하고, 지면을 줄여 서술했다.

그렇게 하면서 유럽문명권문학의 동질성을 내세우는 것은 그대로

---

42) 같은 책, 제2권 63면.

두고 볼 수 없는 일이다. 반론을 어디서라도 제기해야 할 것인데, 영국에서 앞장서서 맡아 유럽문학사를 다시 쓰는 수많은 저술을 내놓았다. 그런 가운데 《문학과 서양문명》이라는 이름의 총서는 큰 책 6권으로 이루어져 있어 규모가 방대하고, 내용이 충실해서 반론의 무게가 대단함을 자랑한다. 거기서 영국의 경우를 부각시켜 다루기는 했어도 영국이 유럽의 중심이라고 하지는 않았다. 고대그리스 시대에서 근대에 이르기까지의 유럽문학을 동질성보다는 이질성을 중요시하는 관점에서 다루었다. 영국의 경우를 이질성의 예증으로 내세웠다.

그런 연구를 다양한 시각을 갖추고 진행한 것이 또한 커다란 장점이다. 문화사나 사상사와 관련시켜 고찰하는 관점을 택해서, 여러 필자가 각기 상이한 관점에서 유럽문학이란 얼마나 다채로우며 연구하고 이해하는 데 어느 정도로 많은 문제점이 있는가 충분히 납득할 수 있는 서술을 했다. 사실과 시각의 다양성에 압도당해, 중세문학에 관한 이해를 누구라도 쉽사리 일반화할 수 없게 했다.

유럽문학이 중세문학에서는 동질성을 보이다가, 근대문학에 이르러서는 이질성이 두드러지게 나타났다는 기존의 관념을 불식했다. 중세문학을 다룬 《중세의 세계》 편에서도[43] 유럽문학 내부에 상당한 이질성이 있었음을 납득할 수 있게 보여준 것이 그렇게 하는 데 핵심적인 구실을 했다. 그 부분을 검토하는 것이 보람있는 일이다.

중세의 라틴어문학은 고대문명의 존속을 다룬 장에서[44] 개괄적으로 언급하기만 한다. 그런 가운데도 각국의 사정이 서로 다른 점을 밝혀 논하고, 영국은 라틴어문학을 직접 받아들이지 못하고 스스로

---

43) David Daiches and Anthony Thorlby ed., *Literature and Western Civilization : The Medieval World*(London : Aldus, 1974).

44) Pierre Riché, "The Survival of Culture".

익혀야 했던 특수성이 있었다고 했다. 여러 로맨스어, 많은 게르만어가 성장해 각국문학이 출현한 상황을 자세하게 살핀 다음, 영어의 발달에 관해서는 별도의 장을 두어 특별히 고찰했다.[45)]

유럽이 서유럽만이라는 생각을 넘어서서 동유럽에도 관심을 가지고 비잔틴문명이 러시아로 이어지는 과정을 고찰한 장을 별도로 둔 것은[46)] 주목할 만하다. 그렇다고 해서 서유럽과 동유럽을 대등하게 다룬 것도, 그 양쪽을 포괄하는 전체 유럽에 관해서 말한 것도 아니다. 저쪽에 있는 러시아에서는 로마가 아닌 비잔틴을 계승했다고 해서, 이쪽에 있는 영국이 로마에서 상당한 거리를 둔 것이 당연하다고 생각되게 했다.

유럽문명에 관해 논의하면서 프랑스에서는 동질성을, 영국에서는 이질성을 더욱 중요시하는 것은 두 나라가 놓여 있는 위치로 보아 당연하다. 프랑스는 유럽의 중원에 자리잡고 있는 중심국가이고, 영국은 유럽의 변방에 자리잡고 있는 주변국가이다. 산업혁명을 거쳐 근대화를 할 때 주변국가 영국이 유럽 전체에서 가장 앞섰으므로 이질성을 강조하는 논법이 설득력을 가지게 되었다. 이질성에 근거를 둔 근대민족국가의 독자노선을 분명하게 하는 것이 발전의 길임을 역설하는 데 그치지 않고, 중세 이해에서도 이질성이 동질성보다 더욱 긴요하다고 하게 되었다.

밖으로 나가서 다른 민족을 억압하고 지배한 영국의 식민지 통치자들은 영국이 그 자체로 대단하다고 하지 않고 유럽문명 전체를

45) J. Cremona, "The Romance Languages" ; Gerhard Eis, "The Origins of German Languages and Literatures" ; Richard N. Bailey, "The Development of English"에서 그런 작업을 했다.

46) D. S. Likhachev, "Byzantium and the Emergence of an Independent Russian Literature".

계승하고 있다고 자부해서 위세를 높혔다. 특히 인도에 파견된 관리들이 인도의 문화 전통 때문에 기가 죽지 않게 하기 위해서, 고대그리스·로마문명의 우월성에 대해서 깊은 자부심을 느끼고, 영국은 아테네와 같고, 대영제국은 로마제국의 위업을 잇고 있다고 주장하도록 교육했다.[47] 그러나 유럽 안에서 유럽문명에 관해 논의할 때에는, 영국 학자들은 그 동질성보다 이질성을 중요시하고, 유럽은 하나가 아니고 여럿임을 강조해서 말했다.

유럽학계에서 수행한 중세에 대한 새로운 연구를 이끌고 있는 아날학파는 중세문명의 동질성을 중요시하고 있다. 유럽을 하나로 이해해야 한다면서, 프랑스를 중간에 둔 서유럽이 유럽이라고 하며 영국에 대해서는 깊은 관심을 가지지 않고, 스칸디나비아 쪽은 예외에 지나지 않은 변두리로 쳐서 특별한 경우가 아니면 언급하지 않는다. 러시아를 포함한 동유럽은 유럽이 아니라고 여긴다. 중세문명을 세계적인 범위에서 비교연구를 할 때에는 그런 폐단에서 벗어나야 하는데 그렇지 못하다.

중세문명을 광범위하게 비교한 업적을 찾는다면, 《제국의 개념》이라는 책이[48] 있어 주목할 만하다. 중세는 황제와 왕이, 제국과 왕국이 구분된 시대였다는 것이 근대와 달랐다. 유럽뿐만 아니라 다른 문명권에서도 또한 그랬으므로, 여러 곳의 사례를 한 데 모아 함께 고찰하는 것이 요망되는데, 그 책에서 그 일을 실제로 해냈다.

그러나 많은 사례를 모아들이는 데 그쳤다. 제국이라고 하는 것

---

47) 그런 교육을 실시한 사령탑 옥스퍼드대학의 제국주의 책동을 오늘날의 영국학자가 파헤쳐 논한 Richard Symonds, *Oxford and Empire, the Last Lost Course*(Oxford : Oxford University Press, 1986)가 있어 흥미롭다.

48) Maurice Duverger dir., *Le Concept d'empire*(Paris : Presses Universitaires de France, 1980).

이면 시대나 성격을 가리지 않고 등장시켜, 여러 필자가 분담해서 각기 그것대로 고찰하기만 하고 동질성과 이질성에 관한 비교론은 마련하지 못했다. 토론을 한 내용을 첨부했지만, 단편적이고 지엽적인 논의를 하는 데 그쳤다. 그래서 무엇이 문제인가가 오히려 불분명해졌다.

여러 가지 산만한 논의가 엇갈리는 가운데, 중세유럽의 동질성과 이질성에 관한 논란을 벌인 내용은 특히 주목할 만하다. 신성로마제국에 관한 글은[49] 중세유럽의 동질성을 부인하는 영국학자의 지론을 비판하는 데 주안점을 두었다. 〈제국의 개념이 영국에서 변천한 과정〉에서는[50] 영국인이 원래 제국이라는 것을 대단치 않게 여긴다고 하던 견해 표명의 추이를 자세하게 살피고, 영국인은 유럽에서 제국을 이룩하려고 하는 야심을 버리고 바다로 진출하는 것으로 대안을 삼았다고 했다. 거기서는 그렇게 말하는 데 그치고, 〈고대인도의 제국 개념〉에서는[51] 영국의 빅토리아여왕이 인도 무굴제국 황제를 몰아내고 그 자리를 물려받아 인도의 황제로 등극하고서 대영제국이 황제의 나라라고 자처하게 되었다는 내막을 드러내 논란했다.

그런 글에서 말하고자 한 바는, 다른 문명권에서도 그랬듯이 중세유럽에서도 황제의 제국이 여러 국왕의 왕국 위에 있어서 문명권의 동질성이 정치적으로 보장되었다고 하는 것이다. 다른 문명권의 경우를 널리 살펴 세계적인 범위의 비교고찰을 하는 작업은 제대로 이루어지지 못 했지만, 그 점을 강조해서 말한 성과는 뚜렷하다. 그래서 영국과 프랑스 사이에서 벌어진 중세의 이질성과 동질성에 관한 논쟁에서 프랑스의 동질성론이 더욱 설득력을 가질 수 있게 했다.

---

49) Karl Ferdinand Werner, "L'empire carolingien et Saint Empire".

50) Henri Grimal, "L'évolution du concept d'empire en Grande-Bretagne".

51) Gérard Fussman, "Le concept d'empire dans l'Inde ancienne".

근래 영국에서는 《중세기 민족주체성의 개념》이라는[52] 책을 내서 동질성론을 비판하는 이질성론을 더욱 진전시켰다. 기독교 중세사회에서는 민족주체성의 개념이 없었다는 주장이 부당하다고 하고, 관념과는 다른 삶의 실상을, 라틴어문화가 아닌 민족어문화를 정당하게 평가해야 중세의 실상을 바르게 이해할 수 있다고 했다. 중세동안에 민족이 형성되고 민족의식이 대두하는 과정을 광범위하게 확인할 수 있다고, 여러 논자가 많은 사례를 들어 논했다.

그 서두의 논문에서,[53] 영국의 경우를 자세하게 살펴 전체적인 논의를 이끌어가는 지침으로 삼았다. 중세영국은 원주민을 정복한 앵글로-색슨인 또한 여러 왕국으로 나누어져 있고 언어 또는 방언의 차이가 심해서, 어느 모로 보든지 이질성이 심했지만, 영국인(English People)이라고 할 수 있는 통합체가 형성되어 민족국가를 이룩하는 방향으로 나아갔다고 했다. 중세를 중세인의 관념에 따라 이해하면서 이상화하는 데 치우치고 삶의 실상은 살피지 않아 그 점을 제대로 알 수 없었다고 했다.

중세유럽의 동질성과 이질성에 관한 프랑스학계와 영국학계의 주장은 자기 나라의 위치에 관한 고려와 밀접한 관련이 있어 보편성을 지니기 어렵다. 동질성과 이질성 가운데 각기 일면을 강조하는 것은 실상을 총체적으로 파악하지 못하는 결함이 있을 뿐만 아니라, 인식논리에서도 타당하지 않다. 그러므로 다른 쪽에서 새로운 논의를 전개하는 것이 절실하게 요망된다. 자기 나라의 위치를 부각시키고자 하는 의도가 없는 작은 나라에서는 중세유럽 전체의 실상을 편견 없이 고찰할 수 있다 하겠는데, 덴마크에서 그 일을 맡고자

52) Simone Forde et al. ed., *Concept of National Identity in the Middle Ages*(Leeds : School of English, University of Leeds, 1995).

53) Lesley Johnson, “Imagining Communities : Medieval and Modern”.

해서 내놓은 업적이 발견되어 주목된다.

덴마크 코펜하겐대학의 중세센터(Medieval Center)에서 학술회의 결과를 엮어 낸《주체성의 출현, 중세의 덴마크와 유럽》이라는[54] 책이 바로 그것이다. 학술회의에서는 덴마크어로 발표한 논문을 영어로 옮겨 낸다면서, 영어가 국제어로 통용되는 시대에 덴마크의 독자적인 의의를 어떻게 살려나갈 수 있을 것인가 하는 문제를 제기했다.

덴마크에서 유럽의 동질성에 관한 해명을 새삼스럽게 시작하는 것은, 유럽연합이 이루어지는 역사적인 변화에 호응해서, 유럽은 하나임을 밝히자는 데 있다고 서두의 논문에서 말했다.[55] 지금까지는 유럽의 동질성을 유럽의 강대국들이 자기의 패권주의 구도에 맞추어서 논의해온 잘못을 시정하고, 중세문명이 어떤 면에서 동질성을 지녀 유럽이 하나일 수 있게 했는가를 거시적으로 파악하는 새로운 관점을 마련해야 한다고 했다.

그 작업은 '단일성'(unity)과 '다양성'(diversity)이라는 말을 표제로 내건 두번째 논문에서[56] 더 잘 이루어졌다. 이질성의 사례를 여럿 든 것 가운데 曆法이나 도량형이 서로 달랐던 것이 가장 주목할 만하다. 풍속의 영역에서는 그런 차이가 있었지만, 成文法으로 물려받은 로마법은 서로 같아서 동질성의 근거가 되었다고 했다. 언어에서도 민족어가 각기 다르면서 라틴어를 공동문어로 사용한 이질성과 동질성이 그것과 표리를 이룬다고 했다.

동질성과 이질성이 그렇게 나타난 것은 큰 나라이든 작은 나라이

---

54) Brian Patrick McGuire ed., *The Birth of Identities, Denmark and Europe in the Middle Ages*(Copenhagen : C. A. Reitzel, 1996).

55) Norman F. Cantor, "Ideological and Cultural Foundations of European Identity in the Middle Age".

56) Robert Barlett, "Patterns of Unity and Diversity in Medieval Europe".

든 아무런 차이가 없는 공통적인 현상이었다. 그러나 그 점을 어떻게 인식하고 평가했는가는 나라에 따라서, 경우에 따라서 달랐으므로 구체적인 연구의 과제가 된다. 그렇기 때문에 그 책에서는 덴마크의 이질성을 평가해서 덴마크인의 주체성을 높이는 작업이 어떻게 얼마나 이루어졌던가 하는 것을 문제로 삼아 여러 각도에서 고찰했다. 그 가운데 중세유럽 학문의 중심지 파리에 가서 활동하면서 라틴어로 저술을 한 덴마크인 철학자들이 자기네는 유럽인이면서 또한 덴마크인이라는 의식을 가졌던 사실을 밝힌 글이[57] 특히 흥미롭다.

오늘날 유럽의 동질성과 유럽인의 주체성을 재인식하는 데는, 유럽문명권을 다른 문명권과 대등한 관계에 놓고, 문명의 충돌 또는 문명의 화합을 문제삼자는 의도가 적지 않게 작용하고 있다고 했다. 그런 생각을 가지고 유럽의 형성을 동아시아의 경우와 비교해서 고찰한 글이 있다.[58] 그러나 그 일은 제대로 해내지 못했다. 논자가 원하기는 했어도, 인식범위와 논의방식이 유럽문명권중심주의를 넘어서지 못했다.

유럽문명의 동질성과 이질성을 밝히려고 한 덴마크의 작업을 길게 거론한 것은 그런 시각이 유럽문학사를 다시 쓰는 지침이 될 수 있기 때문이다. 역사학에서는 새로운 시각을 마련하는데, 문학에서는 그렇지 못하고 있다. 새로운 시각에 입각해서 유럽사를 다시 쓰는 것은 아직 요원한 일이니, 문학사는 더 말할 나위가 없다. 유럽문명권의 학문은 언제나 앞서나가 인류 전체의 지침이 된다는 생각은 착각이다. 근본적인 전환을 이제 시도하려고 하면서 차질을 빚

57) Sten Ebbensen, "How Danish were the Danish Philosophers?".

58) Uffer Østergaard, "The Meaning of Europe. Empire, Nation-states, Civilization".

어내고 있다.

차질을 빚어내는 이유는, 논의가 유럽 안에 갇혀 있고 유럽문명권중심주의에서 벗어나지 못하기 때문이다. 유럽사나 유럽문학사를 다시 쓰고 다른 문명권과의 비교연구를 해서 세계 전체를 논해야 하는 것은 아니다. 유럽 안의 크고 작은 일에 관한 개별적인 연구는 어지간히 했다. 그런데 유럽을 총괄해서 보는 새로운 작업이 마땅하게 이루어지지 않는 것은 유럽문명과 다른 여러 문명을 대등한 위치에서 비교해서 문명의 동질성과 이질성을 세계 전체의 범위에서 찾으려고 하지는 않기 때문이다.

유럽문명권의 비교사학이나 비교문학은 연구업적이나 학술활동이 아무리 활발해도 근본적인 장애가 있다. 1997년 8월 16일부터 22일까지 네덜란드 레이덴대학에서 열린 국제비교문학회 제15차발표대회에서 그 점을 거듭 확인할 수 있었다. 나는 21일 그 모임의 종합토론에 해당하는 순서에 발제자로 참여했다가, 폐회사에 해당하는 마무리의 말을 해달라는 사회자의 요청을 받고, 다음과 같은 요지의 발언을 했다.

오늘날 탈식민시대를 맞이해서 새로운 사고를 해야 한다든가, 오리엔탈리즘을 극복해야 한다거나, 유럽문명권중심주의에서 벗어나야 한다는 말은 유행이 되고 있다. 이번 모임에서도 그런 말을 많이 하고, 지금의 토론에서도 표제로 내걸었다. 그러나 유럽문명권 안에 들어앉아 있기 때문에 다른 문명권에 대해서는 알지 못하면서 그런 말을 되풀이하기만 해서는 아무런 진전이 없다.

한국에서 온 동아시아학자인 나는 동아시아문학의 동질성과 이질성에 관해 광범위한 고찰을 하는 논문을[59] 영어로 발표하고, 동아시

59) 거기서 발표한 논문이 "Historical Changes in the Translation from Chinese Literature : a Comparative Study of Korean, Japanese, and Vietnamese Cases"였다. 《문명

아에서 하는 일을 다른 문명권에서도 해서 서로 비교하자고 했다. 여러 문명권을 세계적인 범위에서 비교하는 일은 나도 아직 하지 못했다. 그러나 나는 동아시아에 관한 논의를 유럽의 언어로 전개한다. 지금 영어로 말하고 있을 뿐만 아니라 프랑스어도 할 수 있고 독일어도 조금 안다. 누구나 이런 범위에서 문명권을 넘나드는 비교연구를 해야 비교문학이 비교문학답게 된다.

이렇게 말하는 데 대해 그 자리에서 사회를 보고, 함께 발표를 하고, 질의하고 토론한 유럽문명권 각국 학자들이 한 마디 반론도 불만도 말하지 않았다. 해야 할 일이 무엇인가 알면서도 경험과 지식이 편벽되어 어쩔 도리가 없다. 그런 형편을 타개하는 데 유럽문명권에서 앞장설 수는 없으므로 다른 문명권에서 분발해야 한다.

그러나 유럽에서 잘못하고 있다고 나무라는 것이 능사가 아니다. 유럽에서 잘못하고 있으면 그 대안이 되는 새로운 연구를 다른 문명권에서 내놓아야 한다. 그 점에서 동아시아는 커다란 의무를 지니고 있다. 임무를 혼자 수행해야 하는 것은 아니다. 이제 동아시아가 다른 문명권은 젖혀두고 세계사의 주역이 되어야 하고, 한국이 그 중심이 되어 마땅하다는 착각은 하지 말아야 한다. 다원화된 세계에서 누구나 해야 할 일을 동아시아에서도, 한국에서도 해야 한다. 한국의 학자들은 마땅히 자기 장기를 살리면서 그런 연구에 적극 참여해 널리 도움이 될 수 있어야 한다.

그런데 동아시아문명에 대한 총괄적인 이해는 아직 이루어지지 않았다. 그 점에서 유럽보다 많이 뒤떨어진 것은 숨길 수 없는 사실이다. 동아시아사의 저술을 찾아보기 어렵고, 동아시아문학사는 하나도 없다. 내가 《동아시아문학사비교론》을 쓴 것이 최초의 시도

권의 동질성과 이질성》 말미의 부록에 그 논문을 수록한다.

임은 앞에서 말한 바와 같다. 동아시아문명에 관한 동아시아인의 인식이 그처럼 뒤떨어진 것은 깊이 반성하고 시급하게 시정해야 할 일이다.

중국은 동아시아를 중국과 그 주변국가로 이해한다. 주변국가라도 중국의 천자 또는 황제의 지배를 받고 중국문화를 숭상한 속국이었을 따름이었다고 생각한다. 그래서 동아시아문명은 중국문명이라고 여긴다. 프랑스가 유럽문명의 중심이라고 하는 것과 같은 생각을 한층 범박하게, 학문적 논리를 갖추지 않은 형태로 나타낸다.

사회주의국가 중화인민공화국에서는, '西方'이라고 지칭하는 유럽문명권에 대한 다른 모든 곳의 총칭인 '東方'의 반격을 중국이 주도하겠다는 포부를 가지고, '東方'의 모든 것을 한 데 모아 다루려고 한다. 문학사를 서술할 때에도 동아시아문학사에는 관심을 가지지 않고 《東方文學史》라고 하는 것을 거듭 내놓았다.[60] 그러나 그 내용은 사실을 엉성하게 열거한 데 지나지 않는다. 유럽문명권의 문학과 다른 여러 곳의 문학이 어떤 원리에 의해 대립되고, 그 대립을 어떻게 극복해야 하는가 하는 문제에 대한 탐구는 없다.

일본에서는 동아시아역사의 전개를 민족국가의 쟁패로 이해한다. 오늘날 일본이 지배하고 있는 국가의 영역을 지난 시기까지 소급 적용해서, 일본열도가 모두 원래부터 일본영토였던 것처럼 말하며, 아이누인은 일본 판도 밖에서 독자적인 삶을 누리고 琉球國이 주권국가였다는 사실을 부정한다. 그러면서 일본은 한국과는 다르게 중국의 지배를 받지 않은 독립국이었다고 한다. 거기서 한 걸음 더 나아가, 사실상의 중국문명인 동아시아문명에서 벗어나 일본은 독

---

60) 季羨林 主編, 《簡明東方文學史》(北京 : 北京大學出版社, 1987) ; 陶德臻 主編, 《東方文學簡史》(北京 : 北京出版社, 1990) 같은 것이 그 본보기이다. 그런 책의 결함에 관해 《세계문학사의 허실》, 409-411면에서 분석하고 비판했다.

자적인 문명을 이루었다고 하고,[61] 이에 대해서 일부 유럽문명권 학자들의 동의을 얻었다. 일본은 유럽문명권에서 영국이 펴는 것과 같은 지론을 더욱 극단화했다.

일본에서 세계문학사를 서술할 때에는 유럽문명권에서 한 작업을 일방적으로 수용하면서 유럽문명권중심주의를 더욱 강화했다.[62] 유럽문명권의 세계문학사에서 일본문학을 위한 자리를 마련하는 관례를 일본에서는 오히려 거부하고, 유럽문명권의 문학이 차지하는 위치를 더욱 확대해 일본문학을 위한 자리마저 없애려 하니, 동아시아 다른 나라를 무시하는 것은 오히려 당연한 일이다. 일본은 아시아에서 벗어나 유럽이 되었다는 이른바 脫亞論의 허상을 그런 방식으로 추구해 세계문학사 이해를 망치는 것을 자랑으로 삼고 있다.

중국에서는 문명의 동질성을 부각시키면서 이질성은 배제하고, 일본에서는 이질성을 내세워 동질성을 부인하거나 폄하한다. 그래서 서로 반대 방향으로 나아가는 것 같지만, 사실은 서로 합치된다. 동아시아를 양분해서 중국과 동일시될 수 있는 동질성이 두드러진 곳은 중국이 차지하는 데 대해서 합의하고, 거기서 벗어나 있는 이질적인 영역이 일본이라고 한다. 그렇게 해서 동아시아는 없어지고, 중국과 일본의 두 강자만 남게 했다.

문명의 공동영역을 민족국가로 분할하는 것은 근대유럽에서 먼저 한 근대화의 과업이었다. 일본과 중국은 뒤늦게 그 뒤를 따르면서 동아시아의 과거를 소급해서 훼손하고 있다. 동아시아의 중세를 근

---

61) 伊東俊太郎, 《比較文明》(東京 : 東京大學出版會, 1985)이 그런 주장을 편 저술의 좋은 예이다. 나는 《한국의 문학사와 철학사》의 〈근대 극복의 과제와 한·일학문〉에서 그런 주장에 대해서 다각적인 비판을 하고, 일본이 동아시아 문명권의 일원임을 명확하게 해야 한다고 했다.

62) 《세계문학사의 허실》, 357-373면에서 그 점에 관해 자세하게 고찰했다.

대의 관점에서 왜곡해 역사 이해가 그릇되게 한다. 이제 유럽에서는 근대를 넘어서기 위해서 중세를 재평가하는데, 동아시아에서는 일본이나 중국은 물론 한국에서도 중세 폄하가 여전히 진보적인 노선이라고 착각하고 있다.

동아시아가 서유럽에 비해 근대화에서 뒤떨어진 것은 부인할 수 없는 사실이며, 근대에 대한 연구는 서유럽에서 받아들여야만 했다. 그러나 동아시아의 중세는 서유럽의 중세에 비해서 뒤떨어지지 않았다. 두 문명권의 중세는 서로 대등한 위치에서 동질적이면서 또한 이질적인 양상을 보여주었으므로, 어느 한쪽의 일방적인 논리를 관철시키지 않으면서 비교연구를 해야 할 대상이다.

동아시아는 근대에 뒤떨어진 것을 보상하기 위해서, 중세를 재평가하는 것이 마땅하다. 이제 근대를 극복하고 다음 시대를 이룩해야 하므로, 그 지침을 중세에서 발견하기 위해 동아시아는 서유럽과 함께 분발할 필요가 있다. 그렇지만 전통주의자나 국수주의자들이 흔히 근대를 극구 비난하고 중세를 최대한 찬양하는 것은 그러한 역사의식이 결여된 일탈행위이다. 다른 한편에서 학문하는 사람들은 아직도 근대를 으뜸으로 여기고, 중세마저 근대의 관점으로 보아 왜곡하고 폄하하기만 하는 것 또한 시대착오에서 비롯한 무지라고 하지 않을 수 없다.

유럽학계는 유럽의 중세를 재평가하는 방향으로 선회하고 있는데, 동아시아에서 학문한다는 사람들은 그 전단계의 유럽을 뒤따르려고 근대의 관점만 일방적으로 존중하는 것은 부끄러운 일이다. 그러다가 중세론마저 유럽에서 수입해서 유럽의 중세론에 맞추어 동아시아의 중세를 이해하게 될까 경계하지 않을 수 없다. 프랑스 아날학파의 중세론을 수입하면서 대단한 일을 한다고 자부하고, 동아시아 중세론을 스스로 마련해서 그쪽과 토론하고 합작하려고 하지 않는 잘못은 용납할 수 없다.

새로운 논의는 중국인·한국인·일본인뿐만 아니라 월남인·유구인, 중국 안의 여러 소수민족도 각기 독자적인 삶을 이룩해왔다는 사실을 인정하면서 진행해야 한다. 오늘날의 국경 관념에서 벗어나 동아시아가 하나이면서 여럿이었던 중세의 실상을 바로 이해해서 근대의 편견에서 벗어나야 한다.

하나이면서 여럿의 기본논리

생성이 극복이고 극복이 생성이라 하는 生克論의 기본명제는 하나가 여럿이고 여럿이 하나임을 포함하고 있다. 하나가 여럿이고 여럿이 하나이므로, 하나가 되는 생성이 여럿으로 갈라져 서로 싸우는 극복이고, 여럿으로 갈라져 싸우는 극복이 하나가 되는 생성인 것이다. 생성이 극복이고 극복이 생성임을 밝혀 논하기 위해서는 하나가 여럿이고 여럿이 하나인 차원의 현상부터 분명하게 해야 한다.

“하나가 여럿이다”라고 하지 않고, “하나가 둘이다”라고 해도 좋다. 여럿 사이의 싸움은 둘 사이의 싸움이 겹친 것으로 정리될 수 있거나 실제로 모아지기 때문이다. 그러나 다양한 현상을 두루 다룰 수 있게 시야를 열어 놓는 데는 ‘여럿’이 유리하다. ‘하나’와 ‘여럿’을 ‘단일성’과 ‘다양성’ 또는 ‘동질성’과 ‘이질성’이라고 일컬을 수 있다. 다양한 성격이나 이질적인 성격을 문제삼을 때에는 그런 특정의 용어가 적합하다. 그러나 ‘하나’와 ‘여럿’은 그런 특정의 성격을 모두 포괄하고 있는 일반적인 용어이다. 여러 가지 경우를 함께 포괄시켜 다루려면 ‘하나’와 ‘여럿’의 관계를 논하는 것이 마땅하다.

"하나가 여럿이고, 여럿이 하나이다"라는 것은 무엇이든지 어떤 경우에든 다 그렇다는 말이다. 그러나 무엇이든지 다 그런 것이 개별화된 양상은 각기 다르고, 어떤 경우에도 다 그런 것이 경우에 따라서 변한다는 것이 "하나가 여럿이다"고 하는 원리이다. 그러므로 그 양면을 다 파악하기 위해서 특정 영역에서 나타나는 개별적인 사정을 파악해야 하는 데도 또한 힘써야 한다. 문학을 다루고 문학사의 전개를 문제삼는 것이 그 때문이다. 큰 일이 작은 일이고, 작은 일이 큰 일이다.

'동아시아문학'을 주어로 삼아 구체적인 논의를 전개해보자. '동아시아문학'에 관해서 다음과 같이 말할 수 있다.

(가) 동아시아문학은 하나이다.

(나) 동아시아문학은 여럿이다.

(가)와 (나)는 각기 타당하고, 동시에 타당하다. 그래서 (다)라고 말해야 한다.

(다) 동아시아문학은 하나이면서 여럿이다.

이렇게 말하면 (가)에서 시작해서 (나)로 가고 말기 때문에, 다시 (다)를 다음의 (라)로 고쳐 말해야 한다.

(라) 동아시아문학은 하나이면서 여럿이고, 여럿이면서 하나이다.

그러면서 다른 한편으로는 (가)와 (나)가 각기 부당하고 동시에 타당할 수 없으므로, 다음과 같이 고쳐 말해야 한다.

(-가) 동아시아문학은 하나가 아니다.

(-나) 동아시아문학은 여럿이 아니다.

(-다) 동아시아문학은 하나가 아니면서 여럿이 아니다.

(-라) 동아시아문학은 하나가 아니면서 여럿이 아니고, 여럿이 아니면서 하나가 아니다.

(다)나 (라)라고 말하면 하나와 여럿이 열거되기만 해서 실제로 어떤 관계인지 불문명하므로 다음과 같이 다시 말해야 한다.

(마) 동아시아문학은 하나이므로 여럿이고, 여럿이므로 하나이다.

(-마) 동아시아문학은 하나가 아니므로 여럿이 아니고, 여럿이 아니므로 하나가 아니다.

이보다 더욱 복잡한 사항을 계속 찾아갈 수 있다. 이렇게 하는 일은 끝이 있으므로 끝이 없고, 끝이 없으므로 끝이 있다. 그러나 이치를 그 자체로 따지기만 하면 혼란에 빠진다. 실제로 경험해 절실하게 생각하는 바를 넘어선 논의는 수긍할 수 없어서, 말장난이거나 관념의 유희가 되고 만다.

(가)에서 (마)까지, 또는 (-가)에서 (-마)까지가 실제로 어떻게 나타나는가 구체적으로 고찰해야 진실에 이를 수 있다. 실제 연구에서는 (가)에서 (마)까지, (-가)에서 (-마)까지를 순서대로 보여주기 어렵고, 한꺼번에 보여주는 것은 불가능하다. 사실을 제시하면서 이치를 따져야 하므로, 이치의 순서가 아닌 사실의 순서를 따라야 하기 때문이다.

동아시아문학에 위에서 든 (가)에서 (마)까지, 또는 (-가)에서 (-마)까지가 실제로 어떻게 나타났는가를 이치를 따지는 순서로 밝혀 논하려고 하지 않고, 사실로 나타난 양상이 두드러지고 흥미로우며 파악해서 논하기 쉬운 것들을 가려서 다루는 방법을 택한다. 이치의 논리는 미리 발견했더라도 일단 숨겨두고 사실에서 찾아내어 귀납한 것처럼 말하는 논문작법의 통상적인 절차를 이용해서 연구가 실제로 진전되게 한다.

동아시아문학이 하나이면서 여럿이어서, 위에서 든 (가)에서 (-마)까지가 모두 성립되는 것은 어느 시대에든지 인정되는 일이다. 그러나 동아시아문학이 하나라고 하는 (가)가 고대, 중세, 근대에서 각기 다르게 나타났다.

고대는 동아시아라고 하는 문명권이 성립되지 아직 않은 시기이니, 동아시아문학이 하나라는 것을 말할 수 있는 근거가 분명하지 않았다. 모든 사물은 하나이면서 여럿이라는 원리가 문학에도 해당되고, 문학은 하나이면서 여럿임이 고대에도 타당한 명제였지만, 동아시아문학을 특별히 거론하기 위해서 필요한 범위 설정을 할 수 없었다는 말이다.

중세에는 공동문어문학과 보편주의이념이 마련되어 동아시아문학이 하나임이 명확해졌다. (가)가 마련되어 (나) 이하 (-마)까지가 성립된 시기가 중세이다. 근대는 동아시아가 하나일 수 있게 하는 보편주의를 부정하고 동아시아 각국이 민족주의를 표방한 시기이다. 동아시아 문명권의 범위는 남아 있고 그 유산도 전해지고 있지만, 동아시아는 여럿이라는 (나)의 명제가 새로운 시대의 이념으로 등장했다.

동아시아가 하나이면서 여럿이라고 하는 명제는 중세에도 근대에도 타당하다. 그러나 중세에는 동아시아가 하나라고 하는 것이 공식적으로 표방된 이념이면서, 동아시아가 여럿이라고 하는 것은 그 이념의 이면을 이루고 있는 실제 상황이다. 근대에는 동아시아가 여럿이라고 하는 것이 공식적으로 표방된 이념이면서, 동아시아가 하나라고 하는 것은 그 이념의 이면을 이루고 있는 실제 상황이다.

하나와 여럿, 이념과 실제의 관계는 이렇게 말할 수 있는 것보다 훨씬 복잡하므로 (가)에서 (-마)에 이르기까지의 여러 단계의 논의가 필요하다고 했다. 중세는 (가), 근대는 (나)를 내세우는 점이 서로 다를 뿐만 아니라, (가)에서 (-마)까지 가는 과정이 중세와 근대는 서로 다르다. 그 가운데 여기서는 중세의 양상을 분석하는 데 치중한다.

(가)에서 (-마)까지가 동아시아 중세에 나타난 양상을 실제로 찾아내 분석하고 해석하는 작업을 통해 동아시아 중세문명의 구조를 알아내야 그 결과를 다른 문명권에 적용해서 중세문명의 구조가 하나이면서 여럿임을 밝혀내는 출발점으로 삼을 수 있고, 또한 동아시아 중세문명의 구조를 근대문명의 구조와 비교해서 논하는 작업도 시작할 수 있다. 그 모든 작업을 하는 데 이론적인 정합성을 갖춘 논리적인 명제를 도출하는 것도 긴요하고, 실제 상황을 자료를 통해서 점검하는 일도 긴요하다. 그 둘 가운데 뒤의 것을 연구의 본론으로 삼기로 한다.

실상을 검토하지 않고 이론 정립을 정밀하게 하는 것은 가능하지 않으며, 무리하게 진행하면 논리적 가능성을 희롱하는 말장난에 귀착될 염려가 있다. 사실은 논리적 가능성보다 더욱 넓게 열려 있어서, 논리적 가능성을 도출하는 도식에서 벗어나야 생생하고 풍부하게 받아들일 수 있다.

그렇다고 그 반대의 길로 나아가면 문제가 해결되는 것은 아니다. 실상에 대한 탐구는 예상하는 자료가 모두 갖추어져 있지 않아 폭이 좁을 수밖에 없어, 깊이 들어가면 존재와 해석 양면의 다양성 때문에 혼란스러워지게 마련이다. 그래서 길이 막혀 연구가 중단될 수 있다. 다양성이나 혼란을 그대로 받아들이는 것을 능사로 삼으려고 해도 논리적 언어를 사용하는 글쓰기가 제공하는 인식의 틀이 그렇게 하는 것을 허용하지 않는다.

그러므로 이론과 실제 가운데 어느 한쪽에 일방적인 의의를 부여하지 말아야 한다. 이론적 가능성 설정에서 시작해 실제상황 점검으로 나아가고, 실제상황을 점검해서 얻은 성과를 이론적으로 정리해서 다음 작업의 가설을 삼는 일을 끊임없이 계속해야, 양쪽이 각기 지닌 결함 때문에 연구가 중단되고 혼란에 빠지는 사태를 막을 수 있다.

이론 정립이 통찰의 과제라면, 실상을 다루는 작업은 과학에서 하는 일이라고 일단 갈라 말할 수 있다. 그러나 통찰 없는 과학, 과학을 배제한 통찰은 둘 다 온전하지 못하다. 통찰과 과학, 과학과 통찰을 아울러야 학문연구가 이루어진다고 하는 통찰력을 과학을 하는 실제 작업에다 옮겨놓아야 한다. 통찰과 과학, 그 어느 쪽도 아직 많이 모자라므로 계속 분발해야 한다. 통찰과 과학을 하나로 만드는 작업은 더욱 힘들다. 이 책에서 하는 작업으로 난관을 어느 정도 해결했는지 의문이므로 계속해서 노력해야 한다.

시조도래건국신화의 중세 인식

건국신화의 변모

중세문명의 중심지에서 도래한 인물이나 그 자손이 건국의 시조가 되어 왕조를 창건했다고 하는 기록이 산스크리트문명권의 동남아시아 각국, 한문문명권의 월남·한국·유구·일본에 공통되게 보인다. 唐肅宗이 건너와 作帝建의 아버지가 되고, 그 후손이 고려를 건국했다고 하는 것이 한국의 사례이다. 다른 여러 나라에도 그 비슷한 기록이 있다.

그런 인물을 '渡來人'이라고 하겠다. 일본에서 흔히 사용하는 그 용어를 받아들여 일반화할 만하다. '시조도래건국신화'라는 용어 선택에서 이 연구가 시작된다.[63] 문명권의 중심부에서 주변부로 이동한 도래인을 주인공으로 한 시조도래건국신화를 한 자리에 모아 서

63) '도래신화'라는 용어는 윤철중, 《한국도래신화연구》(서울 : 백산자료원, 1977)에서 이미 사용한 바 있다. 거기서 "건국시조나 그 모신격이 외지에서 배를 타고 건너온 신화"(171면)를 '도래신화'라고 한 견해를 받아들인다. 그러나 여기서는 고대의 도래신화는 논의의 대상으로 삼지 않고, 중심에서 변방으로 문명을 이식한 중세의 도래신화를 집중해서 고찰한다.

로 비교해서 고찰하는 것이 구체적인 과제이다.

시조도래건국신화를 역사연구의 자료로 삼아 사실인가 따져서 사실은 받아들이고 사실이 아닌 것은 버리고 말 수는 없다. 각국의 사례를 자기들의 국사연구에서 각기 그것대로 이용하는 데 그치는 것도 잘못이다. 자기 나라 건국시조가 외국의 혈통을 지녔다고 한 것 때문에 민족의 자존심에 상처를 입지 않으려고 변명도 하고 합리화도 하는 관습 또한 재고해야 한다. 이 셋으로 요약할 수 있는 잘못을 시정하는 것이 여기서 하는 새로운 연구의 과제이다.

그런 기록은 건국신화이므로, 사실 여부를 밝히는 것은 참으로 어려운 일이다. 신화는 사실이면서 사실이 아니다. 사실인 측면과 사실이 아닌 측면을 갈라놓으려고 하면, 뜻하는 바를 알아낼 수 없다. 건국신화를 연구하는 합당한 방법을 마련해 개별적 사실의 역사성과는 다른, 상징적 의미의 역사성을 밝혀야 한다.

각국의 사례를 비교하면서 함께 고찰해, 국사에서 문명권의 역사로, 문명권의 역사에서 세계사로 나아가는 길을 찾아야 한다. 외국인이 건국시조가 되었다는 일이 자기 나라만의 창피라고 여기는 좁은 소견에서 벗어나, 그 의미를 세계사 전환의 일반적인 과정과 관련시켜 이해해야 한다. 단순한 사실 이상의 역사를 밝히는 작업을 문학사·사상사·사회사의 시각과 서로 연결시켜 통합해야 한다. 세계문학사 이해의 역사철학을 정립하는 작업의 하나로 이 연구를 하고자 한다.

중세문명의 중심지에서 도래한 인물이나 그 자손이 건국의 시조가 되어 왕조를 창건했다고 하는 것은 중세에 이르러서 생겨난 건국신화의 개변이다. 고대에 이루어진 원래의 건국신화는 주인공의 소종래를 들어 나누어보면, 시조하강건국신화·시조용출건국신화·시조도래건국신화가 있었다. 그 가운데 시조도래건국신화를 다시 이야기하면서, 도래한 시조가 중세문명의 중심지에서 왔다고 하는 것이 이 논문에서 다루는 중세건국신화이다.

고대의 건국신화를 개작해서 중세로의 전환을 나타내는 데 쓰는 작업을 여러 곳에서 일제히 해서, 함께 다룰 만한 공통된 사례가 여럿 생겨났다. 그 자료는 모두 금석문이나 역사서에 글로 적혀 전한다. 글로 적는 것은 중세에 이르러서 널리 사용하게 된 정보전달의 새로운 방식이다. 중세화를 말해주는 중세신화를 중세의 방식으로 전달한 것은 당연한 일이다.

그러나 이런 형태의 중세건국신화는 중세문학의 새로운 갈래가 아니며 고대신화의 개작이다. 시조도래건국신화는 고대시기에서도 사람의 이주와 더불어 역사 창조가 달라진 과정을 말해준다. 그런 일이 새롭게 이루어져 고대에서 중세로의 이행이 촉진된 시기에 신화를 다시 만들었다. 고대의 시조도래건국신화를 개작해서 고대를 넘어서는 중세의 주장을 나타내는 새로운 건국신화를 만든 것은 적절한 선택이었다. 시조하강건국신화나 시조용출건국신화는 고대신화이기만 한 것과 다르게, 시조도래건국신화는 중세신화로 재창조된 것이 그 때문이다.

이렇게 말하면 결론이 다 난 것 같지만, 논문 성립의 근거를 말하고, 다루어야 할 과제를 제시한 데 지나지 않는다. 이제부터 필요한 자료를 구체적으로 검토하면서 무엇이 문제인가 깊이 논의하기로 한다. 그렇게 해서 민족문학사에서 문명권문학사로, 문명권문학사에서 세계문학사로 나아가는 이론 정립의 성과를 확대하고자 한다.

시조도래건국신화는 어느 문명권에도 있을 수 있다. 그 가운데 산스크리트문명권의 사례가 비교적 잘 알려져, 광범위한 연구대상이 되고 있다. 그쪽의 사례를 먼저 들어 살핀 다음에 한문문명권으로 넘어오는 것이 유리하다. 한문문명권의 시조도래건국신화는 개별적인 사례를 그리 긴요하지 않은 것으로 여기면서 각국의 국사학에서 그 나름대로 다루었을 따름이고, 전체를 총괄하는 개념 정립도 서로 비교하는 논의도 없었다. 각국의 사례를 서로 비교하기에 앞서서, 산스크리트문명권의 경우와 견주어 살피는 포괄적인 시야를 먼저 확보하는 것이 그런 폐쇄성을 쉽사리 넘어설 수 있게 하는 좋은 방안이다.

산스크리트문명권의 사례를 먼저 들어 고찰하면, 시조도래건국신화가 무엇이며 어떤 의의를 가지고 있는가 어렵지 않게 납득할 수 있게 된다. 그런 예비적인 고찰을 길게 하고 있을 것은 아니다. 산스크리트문명권의 경우는 대표적인 사례를 들어 간략하게 고찰하는데 그치고, 한문문명권 여러 나라의 시조도래건국신화에 대해서 구체적으로 고찰하는 것을 본론으로 삼는다.

한문문명권의 시조도래건국신화에 관한 고찰을 월남·한국·유구·일본의 순서로 전개한다. 사리가 비교적 명확한 쪽을 먼저 들고 문제점이 더 많은 쪽은 뒤로 돌리는 것이 유리하다고 판단해서 그런 순서를 택한다. 한문문명권을 이루는 그 다섯 나라의 사례를 모두 다루면서 공통점과 차이점을 분석하기로 한다.

다른 문명권의 사례

스리랑카의 역사서 《마하밤사》(*Mahavamsa*)에 인도에서 건너간 도래인이 현지 여인과 결혼해서 건국의 시조가 되었다는 이야기가 있다.[64] 사자가 인도 벵갈지방 공주를 납치해서 낳은 인물 쉬하바후(Shihabahu)가 아버지를 죽이고, 구자라트지방 시하푸라(Sihapura)를 다스리는 왕이 되었다고 했다. 그 아들인 비자야(Vijaya)가 무법자 노릇을 하다가 추방되어 모험가의 무리와 함께 남쪽으로 항해했다고 한다. 이는 석가모니가 입적한 해에 일어난 일이라고 한다. 석가모니는 그 일을 미리 알고, 비자야에게 스리랑카에 가거던 사카(Sakka, Indra의 다른 이름)신을 잘 섬기라고 했다고 한다.

비자야는 스리랑카에 이르러서 토착 세력 약카(Yakkha)의 공주 쿠반나(Kuvanna)를 굴복시켜 아내로 삼고, 그 부하들을 추방했다. 그런데 일단 정착하고서는 쿠반나공주와 그 소생인 아이들을 내쫓아, 내륙지방에 거주하는 종족의 선조가 되게 했다. 마두라(Madura)의 왕 판디얀(Pandyan)의 딸과 다시 결혼해 38년 동안이나 제왕 노릇을 하면서, 국가 창건의 과업을 완수했다. 그 과업을 후손이 이어받았다. 스리랑카의 역사가 그렇게 해서 시작되었다고 한다.

이런 이야기에는 인도에서 스리랑카로 이주한 도래인이 계속 있었던 사실이 반영되어 있다. 고대부터 그런 일이 있었다. 도래인이 원주민을 정복해, 혼인의 상대로 삼았다가 버리고 하는 일이 실제로 빈번이 일어났을 수 있었다. 비자야는 그런 도래인 정복자의 전형이라고 할 수 있다. 도래인 정복자가 문명권의 중심부에서 이루지 못한 정치적인 야심을 주변부에서 이루었다고 하는 것은 보편성을 가진 이야기이다.

그런데 비자야가 석가모니의 지시를 받고 석가모니가 입적한 해에 스리랑카에 이르렀다고 한 점은 특이하다. 그렇게 말해서 정복이 힘으로만 이루어지지 않고 문화 전파를 수반했다고 했다. 세계종교를 받아들여 종교적인 위계질서를 수립하는 것이 국가 창건 못지 않게 긴요하다고 했다. 이야기 속의 석가모니가 세계종교의 최

---

64) E. J. Papson ed., *The Cambridge History of India vol. 1 Ancient India*(Cambridge : Cambridge University Press, 1922), 607면 이하에서 소개한 자료를 이용한다.

고신으로 등장해서, 하위신이면서 지방신인 사카신에 대한 신앙도 버리지 않고 돌보라고 지시한 것이 그런 의미를 지닌다. 고대 단계의 시조도래건국신화에서는 볼 수 없는 내용이 첨가되어, 고대신화가 중세신화로 바뀌었다고 할 수 있다.

비자야가 도래한 시기를 석가모니의 입적과 일치시킨 것은 스리랑카에 불교가 전래된 이후에 지어낸 말일 것이다. 기원전 3세기에 아쇼카(Ashoka)왕이 전도승을 보내서 스리랑카에 불교가 전래되었다고 한다. 그때로부터 상당한 기간이 지나 불교가 정착된 시기에 시조도래건국신화를 고대의 것에서 중세의 것으로 바꾸어놓는 작업을 하면서, 불교 전래의 시기를 실제보다 훨씬 앞당겨 이야기했던 것으로 보인다.

지금까지 고찰한 시조도래건국신화의 기본설정은, 문명권 중심부의 인물이 주변부로 도래해서 현지의 지배자 신분의 여성과 결혼하고 그곳의 통치자가 되어 문명을 전파했다는 것으로 요약된다. 그런 것이 바로 중세의 건국신화이다. 시조도래건국신화는 실제로 있었던 사실에 근거를 두고 고대에 생겨났다. 고대 단계에서는 도래인이 정복을 하고 혼인을 해서 새로운 곳의 지배자가 되기만 했는데, 문명을 전파했다는 새로운 내용을 보태서 중세화의 과정을 말해 줄 수 있게 개작한 것이 중세의 시조도래건국신화이다.

그런 사례가 산스크리트문명권의 다른 곳에서도 보인다. 오늘날의 캄보디아 땅에 있던 푸난(Funan, 扶南)에는 그런 기본설정을 더욱 분명한 내용을 갖추어 구체화한 시조도래건국신화가 여럿 있어 널리 주목되고 있다. 그 가운데 첫번째의 것을 들어 개요를 소개하면 다음과 같다.

캄보디아의 사회생활은 인도의 영향을 압도적으로 받았으나, 캄보디아 고유의 재능이 그 때문에 파괴되지는 않았으며, 변화되고 개선되어 더욱 바람직한 문화형태를 산출했다. 캄보디아의 산스크리트 금석문은 그 당시의 사회와 경제에 대해서 많은 정보를 제공하고 있다. 브라만이 여러 차례 도래해서 왕족과 결혼을 했으므로, 통치자나 백성들이 인도인, 특히 브라만을 대하는 태도가 크게 바뀌었다. 브라만은 캄보디아 사회에서 존경받는 위치를 차지했다. 캄보디아에 와서 소마(Soma)공주와 결혼한 인도의 브라만 카운디니아(Kaundinya)가 존경을 받았다.[65]

이런 서술에 전반적인 상황이 잘 나타나 있다. 소마공주와 결혼한 카운디니아가 최초의 도래인이고 건국시조이다. 그 인물의 내력에 관한 자료는 세 가지가 전한다. (가)는 265년에서 420년까지 있었던 일을 기록한 중국 사서 《晉書》에, (나)는 420년에서 589년까지 있었던 일을 기록한 중국 사서 《南史》에 전한다. (다)는 658년에 세운 참파(Champa)의 비문에 적혀 있다.

(가) 其王本是女子字葉柳 時有外國人混潰者 先事夢神 神賜之弓 又教載舶入海 混潰旦詣神祠得弓 遂隨賈人 汎海至扶南外邑 葉柳率衆御之 混潰擧弓 葉柳懼遂降之 於是混潰納以爲妻 而據其國[66]

그 나라 임금은 원래 葉柳라고 하는 여자였다. 어느 때 混潰라고 하는 외국인이 신의 꿈을 꾸었다. 신이 활을 주고, 배를 타고 바다로 나가라고 했다. 混潰가 새벽에 신의 사당에 가서 활을 얻고서, 상인들

---

65) Mahesh Kumar Sharan, *Studies in Sanskrit Inscriptions of Ancient Cambodia*(New Delhi : Abhinav, 1974), 171면.

66) 《晉書》 권97, 列傳 67.

을 따라서 바다를 건너 扶南의 외읍에 이르렀다. 葉柳가 무리를 이끌고 混潰를 막았다. 混潰가 활을 쳐들자, 葉柳가 두렵게 여겨 항복했다. 混潰는 葉柳를 맞이해 아내로 삼고, 그 나라에 머물렀다.

(나1) 扶南國 俗本裸 文身被髮 不製衣裳 以女人爲王 號曰柳葉 年少壯健 有似男子 其南有激國 有事鬼神者混塡 夢神賜之弓 乘賈人舶入海 混塡晨起卽詣廟 於神樹下得弓 便依夢乘舶入海 遂至扶南外邑 柳葉人率衆見舶至 辱劫取之 混塡則張弓射其船 穿度一面 矢及侍者 柳葉大懼 擧衆降混塡 塡乃敎柳葉穿布貫頭 形不復露 遂君其國 納柳葉爲妻 生子分王七邑

(나2) 其後王憍陳如 本天竺波羅門 有神語曰 應王扶南 憍陳如心悅 南至盤盤 扶南人聞之 擧國欣戴 迎而入焉 復改制度 用天竺法[67]

(나1) 扶南은 풍속이 본래 나체로 살면서, 文身을 하고 머리는 풀어헤쳤으며, 옷을 만들지 않았다. 여인으로 임금을 삼고 柳葉이라고 했는데, 나이 어리지만 건장하고 남자 같았다. 그 남쪽에 激國이 있고, 귀신을 섬기는 사람 混塡이 있었다. 꿈에 신에게서 활을 받고, 상인의 배를 타고 바다로 나갔다. 混塡이 새벽에 일어나 사당으로 가서 신을 뵙고, 神樹 아래에서 활을 얻었다. 꿈에서처럼 배를 타고 바다로 나가, 扶南의 외읍에 이르렀다. 柳葉이 무리를 이끌고, 배가 오는 것을 보고서 배를 빼앗으려고 했다. 混塡이 활을 당겨 그 배를 쏘니 한쪽이 뚫어지고, 화살이 侍者에게까지 이르렀다. 柳葉은 아주 두렵게 여겨, 무리와 함께 混塡에게 항복했다. 混塡은 곧 柳葉에게 천을 뚫어 머리를 꿰는 방법을 가르주어, 몸을 드러내지 않게 했다. 마침내 그

---

67) 《南史》 권78, 列傳 68.

나라 임금이 되고, 柳葉을 아내로 맞이해서 아들을 낳아, 七邑을 나누어 임금 노릇을 하게 했다.

(나2) 그 뒤의 임금 憍陳如는 본래 天竺의 브라만이다. 신이 말하기를 "마땅히 扶南을 다스리라"고 했다. 憍陳如는 마음이 기뻐 남쪽 盤盤이라는 곳에 이르렀다. 사람들이 그 소식을 듣고서, 온 나라가 흔쾌히 임금으로 맞아들였다. 다시 제도를 고쳐 天竺의 법을 사용했다.

(다) 카운디니아(Kaundinya)라고 하는 브라만이 드로나(Drona)의 아들인 아스바타만(Acvathaman)에게서 창을 받았다. 장래의 수도를 정하기 위해 그 창을 던진 결과, 나가스(Nagas) 가문의 딸 소마(Soma)와 결혼해서 왕가의 시조가 되었다.[68]

(가)와 (나1)은 같은 이야기가 조금 다르게 기록되어 있다. 扶南 여왕의 이름이 (가)에서는 "葉柳"인데, (나1)에서는 "柳葉"이다. 원래의 이름을 직역한 말 "葉柳"가 잘못된 표기가 아닌가 해서 "柳葉"으로 고쳐 적었다고 생각된다. 도래한 남자를 "混潰"(혼지)라고도 하고 "混塡"(혼진)이라고도 한 것은 동일인을 지칭한 말이다. 그 인물이 扶南으로 오기 전의 일이나, 와서 승리자가 된 과정이 조금 더 자세하게 설명되어 있어 흥미롭다. 원래 扶南에서는 옷을 입지 않았는데, 도래인이 옷을 입는 제도를 마련했다고 한 것을 더욱 주목할 만하다. 도래인이 문명을 전했다고 그 대목에서 명확하게 말했다.

(나2)는 (가)의 자료에는 없는 새로운 사항이다. 인도의 브라만이 도래해서 扶南의 임금이 되고, 인도의 제도를 받아들였다고 바

68) G. Coedès, *Les états indouisés d'Indochine et Indonésie*(Paris : De Boccard, 1989), 75-76면.

로 말했으며, 신화의 내용을 복잡하게 구성하지는 않았다. 도래인의 국적에 관해서 (가)에서는 외국이라고만 하고, (나1)에서는 "激國"이라고 했는데, (나2)에서는 "天竺" 즉 인도라고 명확하게 말했다. 그렇다고 해서 (가)와 (나2)에서 말한 도래인이 따로 있는 다른 나라에서 온 것은 아니다. (가)와 (나1)에서는 신화로 전해져서 불확실하던 사실이 (나2)에서는 분명하게 인식된 차이가 있을 따름이다. 그 둘과 같은 사연을 별도로 전하는 (다)에서는 브라만이 도래했다고 했다.

(가)와 (나)는 전해들은 말을 적은 역사서의 기록이고, (다)는 비석에 적혀 있는 글이다. 푸난국 자체에서 (가)와 (나)처럼 말하던 내용을, 푸난이 망하고 그 문화유산을 이은 인접국 참파에서 (다)로 정리해서 비문에 새겼다고 할 수 있다. 신화다운 내용이 (다)에서는 많이 줄어들었으나, "드로나의 아들인 아스바타만에게서 창을 받았다"고 한 힌두교신화를 간직하고 있다. 참파가 힌두교를 믿는 나라였으므로, 그 대목을 소중하게 여겼기 때문이다.

신이한 능력을 가진 브라만이 좋은 곳을 찾아 캄보디아로 도래해서 그곳을 통치하던 여왕을 아내로 맞이해서 왕가의 시조가 되었다고 하는 점은 양쪽이 서로 일치한다. 도래한 남성과 토착인 여성의 만남은 두 문화가 결합된 것을 말한다. 도래한 남성이 중심부에서 가져온 중세문명을 토착의 여성이 이미 지니고 있던 민족문화와 합쳐서 캄보디아민족의 중세문명을 이룩한 것이 캄보디아의 중세화이다. 그런 일은 그 뒤에도 거듭되어, 카운디니아 2세의 통치 시대가 있었다.[69]

---

69) Mahesh Kumar Sharan, 위의 책, 26-28면. 중국 역사의 기록에 근거를 두고, 카운디니아 1세의 시대는 190-198년, 카운디니아 2세의 시대는 420년경이라고 했다.

중심부에서 가져온 문명은 힌두교이다. 힌두교의 사제계급이 힌두교문명을 이식했다. 토착문화의 전통이 무엇인지 확실하지 않으나, 여왕이 앞장서서 도래인의 배를 공격하고 약탈하려고 한 것을 주목할 필요가 있다. 공격과 약탈을 숭상하는 것이 토착사회의 관습인 고대적인 행위이다.

전래된 문명과 토착의 문화 사이에는 갈등이 있게 마련이지만, 융합되었다. 양쪽 인물이 결혼해서 낳은 자손이 왕위를 이어가면서 두 가지 전통을 합치는 중세화의 과업을 계속 추진했다. 캄보디아의 중세화가 그렇게 이루어졌다고 하는 것은 사실로 인정될 수 있는 설명이며 또한 상징적인 의미를 뚜렷하게 가져 다른 어디에도 적용할 수 있는 일반론이 된다.

후손이 왕 노릇을 하면서, 가문의 계보에서 아버지 쪽을 이었다고 할 것인가 아니면 어머니 쪽을 이었다고 할 것인가 하는 논란이 일어날 수 있었다. 계보를 밝힐 때는 양쪽이 대등하다고 할 수 없고, 어느 한쪽을 택해야 한다. 그렇지만 그런 논란은 다음과 같이 해결되었다.

> 캄보디아사회는 대체로 모계이다. 인도에서 도래한 사람들이 그런 토착전통을 개조하려고 하지 않았다. 동시대의 인도에서는 (지금도 그 점을 확인할 수 있는 바이지만,) 부계가 지배적이었지만, 캄보디아에서는 모계 관습이 성행하는 것을 그대로 두었다.[70)]

캄보디아 왕족의 자격은 부모 양계에서 모두 갖추어야 했다. 부계가 인도인이고 모계가 캄보디아인이라야 왕족일 수 있었다. '브라

---

70) 같은 책, 172면.

마샤트라'(Brahmashatra)라고 일컬어지는 그런 혼혈가문 출신이라야 왕이 될 수 있었다.

왕족은 그런 혈통을 지녀 일반인 위에 군림할 수 있었다. 문명어인 산스크리트를 능숙하게 구사해 기록을 하고 문학을 창작해서, 자국어밖에 모르는 하층 또는 인접 외국의 무식꾼들을 위압했다. 크메르제국을 이룩해서 강토를 크게 넓히고, 앙코르와트의 힌두교-불교사원을 놀라운 규모로 이룩한 데서 캄보디아왕족의 위세가 충분히 발현되었다.

캄보디아에서 산스크리트문명 이식의 중심지 노릇을 하면서 이룩한 성과가 다른 민족에게 전파되어 인도차이나반도 일대가 산스크리트문명에 의해 중세화할 수 있었다. 그런 유산을 받아들여 성장한 후발 산스크리트문명국의 첫번째 예가 바로 참파이다. 말레이인도 그 그늘에서 성장했다. 타이인은 뒤늦게 인도차이나로 이주해와서 캄보디아를 스승으로 삼아 산스크리트문명에 입문할 수 있었다.

중세화를 일찍 시작해서 충실하게 수행한 것이 캄보디아가 그렇게까지 행세할 수 있었던 이유이다. 그러나 캄보디아는, 중세보편주의를 중심부와 대등하게 이룩하는 중세전기의 과업을 다른 민족보다 앞서서 수행한 선진국이었던 바로 그 이유 때문에, 중세후기 이후에는 국세가 위축되고 문화발전에서도 뒤떨어졌다. '브라마샤트라'라고 하는 혼혈가문임을 자랑하는 왕족은 중세보편주의를 독자적으로 구현하는 중세후기의 과업이 제기된 새로운 상황을 알아차리지 못하고, 시대착오의 미망에 사로잡혀 있다가 패망하지 않을 수 없었다.

중세후기에 새롭게 대두한 민족의 통치자는 인도에서 받아들인 중세문명의 유산을 계속 적극 활용하면서도 자기네가 인도인의 혈통을 지녔다고 하지는 않았다. 캄보디아와의 주종관계를 뒤집고 타이의 민족국가를 크게 발전시킨 타이왕족의 가문에는 시조도래건국신화 같은 것이 아예 없었다. 중세후기에 인도차이나반도를 타이민족이 뒤흔든 것은 인습이 없어 새로운 시대를 과감하게 창조할 수 있었기 때문이다.

산스크리트문명권의 여러 곳, 스리랑카, 캄보디아, 티베트와 몽골에서 볼 수 있는 시조도래건국신화는 그 자체로 더욱 자세하게 고찰할 필요가 있다. 그 세 곳 밖 다른 나라의 사례도 찾아내서 논의를 확장해야 한다. 미얀마의 역사서에서는 아브히라자(Abhiraja)라고 하는 인도의 왕자가 상부 미얀마 지역으로 도래해 최초의 왕국을 세웠다고 한다. 자바의 기록에서는 인도에서 도래한 트리트레스트스(Tritrests)라는 브라만이 자바에 종교를 전했으며, 그 아들은 왕이 되었다고 한다.[71] 그런 자료가 여러 곳에 있어, 각기 고찰할 필요가 있다. 그러나 여기서는 그렇게 할 겨를을 가지지 못하고, 동아시아 한문문명권의 경우를 다루는 데 도움이 되는 몇 가지 사례만 논의의 대상으로 삼는다.

그러나 티베트와 몽골의 경우는 가까운 이웃이므로 특별히 주목할 만하다. 티베트와 몽골은 중국과 이웃하고 정치적인 쟁패를 다투는 관계에 있었지만, 산스크리트문명권에 속했다. 문명권 소속을 가리는 가장 중요한 징표인 공동문어와 세계종교를 중국이 아닌 인도에서 받아들였다. 티베트에서 산스크리트 불교경전을 받아들여 티베트어로 번역하고, 그것을 몽골에서 가져가서 사용하다가 후대에 몽골어 번역본을 만들었다. 그런 과정에서 티베트와 몽골의 중세화가 이루어졌으며, 건국신화가 개작되었다.

티베트와 몽골의 건국신화는 원래의 것과 개작된 것의 문명권 소

71) Himansu Bhusan Sarkar, *Literary Herutage of South-east Asia*(Calcutta : Firma Klm, 1980), 2-3면.

속이 서로 달랐다. 고대까지 이룩된 원래의 건국신화는 동아시아 이웃 민족들의 경우와 공통된 특징을 지니고 있었으며, 인도 쪽과는 무관했다. 그런데 중세시기에 들어서서는 인도에서 불교를 받아들여 산스크리트문명권의 일원이 되었으므로, 건국의 시조가 그쪽에서 도래했다는 신화를 만들어냈다. 그 두 가지 신화를 연결시키기 위해서는 독자적인 노력을 해야 했다. 건국신화를 기록한 역서서를 민족어로 썼다. 그렇지만 개작된 신화의 내용 일부를 중국에서 한문으로 소개해, 동아시아 여러 민족이 관심을 가질 수 있었다. 티베트와 몽골의 경우를 살피면, 산스크리트문명권에서 한문문명권으로 넘어오는 길을 찾을 수 있다.

티베트에는 건국신화를 거듭해서 기록한 역사서가 여럿 있어 변화 과정을 구체적으로 확인할 수 있다.[72] 티베트의 건국신화는 원래 시조하강신화였다. 건국신화에 관한 최초의 기록은 《贊普世系》라고 하는 敦煌문서에서 발견되었다.[73] 거기서는 천신의 손자가 지상으로 내려와 열두 사람의 영접을 받고 왕위에 올라, 최초의 군주 攝赤贊普(sPu-rgyal bTsan-po)가 되어 여러 가닥으로 나누어져 있던 티베트인들을 통합시켜 다스리다가 하늘로 되돌아갔다고 했다. "攝赤"(sPu-rgyal)은 나라 이름이고, "贊普"(bTsan-po)는 "위대한 사람"이라는 말이다.

---

72) 티베트의 역사서에 관한 개괄적인 이해를 中央民族學院, 《藏族文學史》(成都 : 四川民族出版社, 1985)의 〈歷史文學〉(298-321면) ; 佟錦華, 《藏族古典文學》(長春 : 吉林教育出版社, 1989)의 〈歷史文學〉(143-203면) ; Leonard W. J. van der Kuijip, "Tibetan Historiography", José Ignacio Cabezón and Roger R. Jackson ed., *Tibetan Literature, Studies in Genre*(Ithaca, New York : Snow Lion, 1996)에서 얻을 수 있다. 앞에 든 두 책에 의거해서, 역사서의 제목을 한문으로 표기한다.

73) David Snellgrove and Hugh Richardson, *A Cultural History of Tibet*(Boston : Shambhala, 1968), 23-25면 ; 丹珠昂奔, 《佛教與藏族文學》(北京 : 中央民族學院出版社, 1988), 34-35면에서이에 관해 고찰했다.

민족서사시 《게사르》(*Gesar*)도 그 비슷한 시조하강건국신화를 갖추고 있다.[74] 천상에 있던 게사르가 세상의 악을 징벌하고 佛法을 실현하기 위해서 사람으로 태어나, 외적을 물리치고 티베트인들을 행복하게 하는 위대한 통치자 노릇을 하고 천상으로 복귀했다고 했다. 게사르를 불법의 실현자라고 한 것은 중세서사시의 특징이라고 할 수 있지만, 시조하강건국신화의 주인공이 대단한 용맹을 발휘해 적대자를 물리치고 승리를 거두었다고 하는 고대의 전승을 간직했다.

그런데 불교가 널리 정착된 시기에 다시 쓴 역사서에서는 시조하강건국신화를 시조도래건국신화로 바꾸어놓았다.[75] 1388년에 이루어진 《王統記》라고 하는 본격적인 역사서에서는, 불교의 관점에서 우주사와 문명사를 연결시켜 서술하는 방식을 받아들여 티베트역사와 연관시켰다. 세계가 생겨나고, 인도의 역사가 시작되고, 석가가 불법을 편 내력부터 서술하고, 인도의 왕자가 티베트로 와서 나라를 세웠다고 했다.

아쇼카왕 후예의 세 아들 가운데 왕위를 계승하지 못한 막내가 신의 지시에 따라 티베트로 유배되었다고 한다. 한곳에 이르자, 사람들이 보고서 어디서 왔느냐고 물었다. 손으로 하늘을 가르키니, 하늘에서 내려온 신의 아들이라고 인정해 임금으로 받들게 되었다고 했다. 그 사람이 바로 티베트 건국의 시조 聶赤贊普라고 했다.

다른 여러 역사서에서는 조금씩 다른 말을 보탰다. 연대 미상의 《林下遺敎》 일명 《松贊干布遺訓》에서, 그 왕자는 사람 같지 않은

---

74) 《동아시아 구비서사시의 양상과 변천》, 302-314면에서 이 작품에 관해 자세하게 고찰했다.

75) 구체적인 사항내용은 아주 복잡하게 얽혀 있어 이해하는 데 어려움이 있다. 조현설, 〈건국신화의 형성과 재편에 관한 연구 : 티베트·몽골·만주·한국 신화의 비교를 중심으로〉(동국대학교 박사논문, 1997), 9-41면에서 정리한 내용을 간략하게 간추리면서 논의를 진행한다.

모습을 하고 있다는 이유로, 상자에 넣어 강에다 내다버려지는 시련을 겪었다고 했다. 버림받은 내력을 알고서 놀라 도망치다가 천상에 올라간 다음 티베트로 오게 되었다고 했다. 1564년에 이루어진 또 한 가지 중요한 역사서, 한역명 《賢者喜宴》에서는 건국의 시조가 티베트에 온 것은 관음보살의 배려 덕분이라고 했다.

그렇게 해서 티베트 건국신화의 중층적인 구조가 완성되었다. (가) 비정상으로 태어나 버림받은 아이가 자라나 건국의 영웅이 되었다고 하는 것은 고대건국신화에서 널리 보이는 공통된 설정이다.[76] (나) 건국시조가 하늘에서 내려왔다고 하는 시조하강건국신화는 국가 창건이 본격적으로 이루어진 단계의 더욱 발전된 고대신화이며, 동아시아 여러 민족이 공유하고 있는 전승이다. (다) 건국의 시조가 문명권의 중심지에서 건너왔다고 하는 시조도래건국신화는 중세에 와서 다시 만든 신화이다. (라) 관음보살이 자비로운 마음으로 그 모든 일이 일어나게 했다는 것은 건국신화보다 우위에 있다고 하는 불교신화이다.

최초의 기록에서는 (나)로 나타난 티베트의 건국신화를 (다)로 바꾸면서 파탄이 생기지 않고 설득력이 가중되게 했다. 도래한 인물이 천상에서 온 줄 알고 받들었다고도 하고, 천상을 거쳐 왔다고도 했다. (다)에다 (가)를 보태서, 한국의 朱蒙신화나 脫解신화에서 볼 수 있는 바와 같이, 버림받은 왕자가 영웅임을 납득할 수 있게 했다. 《게사르》에서도 이미 보이는 (라)를 중층적으로 재창조된 새로운 구조 전체에다 가져다놓아 건국신화가 불교신화이게 했다.

(가)에서 (라)까지가 복합된 중층적인 구조의 건국신화는 거듭 기록되고 구전되는 동안에 곁가지라고 생각되는 부분은 잘려나가,

---

76) 《동아시아 구비서사시의 양상과 변천》에서는 그런 사례가 서사시로 나타난 본보기를 제주도와 아프리카 자이레 니양가민족의 것을 들어 고찰했다.

전후가 유기적으로 연결되고 뜻하는 바가 분명하게 다듬어졌다. 그 완성판이라고 할 수 있는 공동의 전승이 형성되어, 티베트 사람들이 누구나 알고 이야기하게 되었다. 역사기록보다 구전설화가 시조도래건국신화의 핵심적인 내용을 더 잘 이해할 수 있게 하므로, 여기서 인용한다.

예전에 티베트는 열두 族長이 분할해서 다스리고 전체의 임금이 없어 불평과 싸움이 많았다. 그 시기에 인도의 임금 바트사(Vatsa)가 아들을 낳았다. 그 아이는 정상이 아니었다. 눈썹은 거북 같고, 눈을 아래에서 위로 감고, 손가락에 물갈퀴가 있었다. 왕은 아주 불만스러웠으며, 온 조정이 불안하게 여겼다. 왕은 아이를 없애기로 하고, 가죽 상자에 넣어 갠지스강에 버리라고 했다. 그렇게 한 다음 왕과 왕비, 그리고 궁중에 사는 모든 사람이 자연의 변덕에서 벗어났다고 안도의 한숨을 내쉬었다.

그런데 그 아이는 죽지 않았다. 농부가 상자를 발견하고 열어보니, 이상한 아이가 있어 데려가 자기 가족인양 사랑스럽게 길렀다. 아이는 농부 부부의 보살핌을 받고 소년 시절을 행복스럽게 보냈다.

아이가 청년이 되자, 농부는 이제 때가 이르렀다고 생각하고, 갠지스강에서 상자를 발견한 이야기를 했다. 아이는 자기가 버림받았다는 것은 이해할 수 없다고 했으며, 고귀한 신분의 "위대한 사람"에게는 그런 특별한 일이 일어날 수 있다고 농부가 말했다. 농부를 아버지라 여기고 살아오던 아이는 그 이야기를 듣고 슬픔을 참지 못해 집을 나갔다. 산 속에서 조용하게 지내고 싶어 히말라야산맥을 넘어 티베트 땅으로 들어섰다.

마침 티베트의 승려들이 하늘에서 내려온 신을 찾고 있었다. 기이한 모습을 하고 있는 젊은이를 보고서 신이라고 여겼다. 누구냐고 물

> 으니 "위대한 사람"이라고 대답했기 때문이다. 어디서 왔으냐고 물으니 산 너머 인도 쪽을 가리켰는데, 승려들은 하늘을 가리킨다고 생각했다.
>
> 말이 통하지 않아 그 이상의 대화는 하지 못했다. 그 청년을 네 사람이 메는 가마에다 태우고서, 승려들은 "이 분을 우리 임금으로 받들겠다"고 선언했다. 이 분은 "가마 위의 위대한 사람"이라고 일컬어지고, 모든 티베트인의 첫 임금이 되었다.[77)]

캄보디아의 경우와 티베트의 경우를 비교해보면, 캄보디아에서는 시조도래건국신화가 단순한 형태를 띠고 있는데 티베트의 것은 중층적인 구조를 복잡하게 갖추고 있어 커다란 차이가 있다. 캄보디아에는 기존의 건국신화가 없었으므로 시조도래에 관해서 쉽사리 말할 수 있었지만, 티베트에서는 시조하강건국신화를 시조도래건국신화로 바꾸어놓아야 했으므로 힘든 과정을 거쳐 복잡한 결과에 이르렀다. 그러나 인도에서 도래한 지도자가 새로운 역사를 창조해 자기 나라가 그 문명권에 소속되었다고 자랑스럽게 이야기하는 점에서는 그 둘이 일치한다.

몽골의 건국신화 또한 원래 시조도래와는 다른 형태였다. 《몽골비사》에서 "징기스칸의 선조는 위에 계신 하늘이 점지해서 태어난 푸른 이리였고, 그 아내는 흰 사슴이었다"고 했다. 천상과 지상, 동물과 사람이 하나로 연결되는 관계가 지상의 사람인 건국시조의 신이로움을 보장해준다고 한 말이다. 그런 신화는 고대 이전 원시 단계에서 건국과 무관하게 이루어졌겠는데, 건국시조의 내력을 설명하는 데 써서 동물시조건국신화라고 할 것을 내세웠다.

---

77) Fredrick and Audrey Hyde-Chambers, *Tibetan Folk Tales*(Boston : Shambhala, 1995), 21-22면.

동물시조건국신화는 시조시련건국신화와 시조하강건국신화와 함께 고대건국신화의 세 가지 기본 유형을 이루지만, 다른 둘보다 앞서서 원시 시대에 이루어진 것으므로 예가 많지 않고 단독으로 존재하는 경우가 드물다. 한국에서는 단군이 곰의 아들이라고 하는 것에 그 흔적이 남아 있다. 시조시련건국신화는 비정상으로 태어나 버림받은 아이가 시련을 극복하고 투쟁에서 승리했다고 하는 '영웅의 일생'을 갖춘 신화인데, 세계 도처에 널리 분포되어 있다. 앞에서 다룬 티베트 건국신화의 후대적인 형태에도 이 유형이 들어 있었다. 시조하강건국신화는 건국시조가 하늘에서 타고난 신이 성한 혈통이나 신이한 능력을 가졌다고 인정하는 단계에 생겼으니, 다른 둘보다 나중의 것이다.

이런 일반론을 기준으로 삼아 티베트와 몽골의 건국신화가 처음 갖추었던 모습을 견주어보면, 티베트의 시조하강건국신화는 몽골의 동물시조건국신화보다 발전된 형태이다. 티베트에서는 건국의 과업이 상당한 수준 진척되어 통치자의 우월성을 강조해서 나타냈는데, 몽골에서는 동물시조건국신화를 지니고 있어 후진성을 보였다. 그런 후진성을 징기스칸이 대제국을 건설한 뒤까지 간직한 것은 납득하기 어렵다. 이에 대해서 가능한 해명이 있다면, 특정 동물의 혈통을 이어받았다고 하는 동족들 사이의 평등관계를 계속 소중하게 여긴 것이 그 이유라고 할 수 있다. 그래서 몽골에서는 원시신화를 이어받아 고대신화로 삼다가 그것을 다시 중세로 연장시켰다고 할 수 있다. 1240년경에 이루어진 《몽골비사》는 중세의 저작이지만, 그 전 단계의 전승을 충실하게 지켰다. 제국을 확장하고 유지하기 위해서 원시시대 이래의 전통이 중세의 이념보다 더욱 소중하다고 여겨 그렇게 했다. 《몽골비사》는 산문으로 기록되었지만, 그 점에서 영웅서사시의 구실을 했다고 할 수 있다.[78] 영웅서사시 《장가르》

(*Djanggar*)가 별도로 창조된 것은 몽골제국이 망한 뒤의 일이다.

그런데 불교를 정착시켜 중세의식을 일반화한 다음 단계의 역사서에서는 시조도래건국신화를 등장시켰다. 티베트 불교를 받아들여 자기 것으로 삼는 과정에서 건국신화도 티베트의 것에다 연속시켰다. 티베트의 시조도래건국신화에다 몽골의 시조도래건국신화를 보태서 이중의 신화를 전승했다. 동물시조건국신화를 이중의 시조도래건국신화로 바꾸어놓은 것은 커다란 비약이다. 초기의 역사서인 《몽골비사》와 대조가 되는 후대 역사서의 대표작은 1652년에 이루어진 《몽골 諸汗 원류의 寶綱》(*Qad-un ündüsün-ü erdeni-yin toci*), 한문으로 번역할 때 《蒙古源流》라고 한 것이다.[79] 그 서두에서 저술의 취지를 말하면서 "梵(enedkeg), 티베트(tubet), 몽골(monggo), 세 나라의 연원을 옛 史書에 있는 바를 모두 모아 논의하겠다" 하고서, "外象界에서 일체의 因緣이 생겨나 生靈이 나타난" 내력부터 말하겠다고 했다.[80] 천지만물의 역사에다 인도의 역사를 보태고, 거기다가 티베트의 역사를, 다시 거기다가 몽골의 역사를 연속시켜 이야기했다. 티베트의 건국시조는 인도에서, 몽골의 건국시조는 티베트에서 도래했다고 해서, 《몽골비사》에서 볼 수 있는 것과는 전혀 다른 건국신화를 제시했다.

천지가 생겨나 四大部洲가 나누어지고, 色界·無色界·欲界가 생겨난 것을 포함한 여러 단계의 복잡한 과정을 거친 다음에, 生靈이

78) Nicolas Poppe, J. Krueger et al. tr., *The Heroic Epic of Khakha Mongols*(Bloomington : The Mongolia Society, Indiana University, 1979), 4-31면, "Written Epic Literature of the Ancient Mongols"에서는 《몽골비사》를 구비서사시의 기록이라고 보았다.

79) 최학근, 《滿文大遼國史, 蒙古諸汗源流의 寶綱(蒙古源流)》(서울 : 보경문화사, 1989)에 원문과 번역이 있다.

80) 같은 책, 253-254면. 직역한 글이므로 이해하기 쉽게 손질했다.

처음 나타난 뒤에 "민중에게 추대된 임금"이라고 하는 통치자가 나타나 모든 사람을 다스렸다고 했다. 어느 곳에서 있었던 일인가 말하지 않았지만, 천하만민의 지배자는 당연히 인도에 자리잡고 있었다. 석가도 그 후손이라고 했다.

그 뒤에 많은 시간이 지난 다음에 최초 임금의 먼 후손인 왕자가 기이한 모습으로 태어났다고 해서 버림받았다가 도망쳐 티베트의 건국시조가 되었다고 한다. 그 대목에서는 티베트의 시조도래건국신화를 세부적인 사항까지 그대로 수용했다. 티베트의 역사를 한참 서술하다가, 다시 오랜 기간이 경과한 다음에, 티베트 건국시조의 먼 손이 신하의 찬탈로 왕위를 잃었는데, 아들 삼형제 가운데 막내인 부르테치노(Burtecino)는 도망쳤다가 몽골에 이르러 몽골 여자와 결혼을 하고 몽골의 건국시조가 되었다고 했다. 그 대목을 들어보자.

> 서르치잠보汗이 롱남이라고 하는 신하에게 시해되고, 汗位를 찬탈당했기 때문에, 보로자, 지야치, 부르데치노, 형제 세 사람이 서로 흩어져 도주할 때에, 막둥이 부르데치노는 궁보지방으로 피신해 갔다. 궁보지방의 고와마랄이라는 여자를 처로 얻고, 덩기스바다를 건너가, 동방을 향해 가면서 바이갈江의 강변 쪽 부르간갈두나山에 이르렀다. 비다지방의 사람들과 만나서, 그에게 이유를 물으니, 그는 옛 인도지방의 모든 사람이 추대한 汗과 티베트 지방의 나야친잠보汗을 끄집어내서 말했다. 그 때문에 비다지방의 여러 사람이 의논해서, "이는 뿌리 있는 자손이로다. 우리 임금으로 추대하는 것이 옳은 일이다"라고 말하고, 그를 군주로 추대하고 그 뜻을 따라서 행했다.[81]

---

81) 같은 책, 302면. 이번에도 문장을 약간 손질했다.

왕위를 잃고 위기에 처한 영웅이 도망쳤다가 다른 나라에 가서 건국시조가 되었다고 하는 시조시련건국신화의 기본설정은 티베트의 경우와 공통되면서 몇 가지 중요한 차이가 있다. 기이한 모습을 하고 태어나 버림받았다고 한 것을 부왕이 왕위를 잃어 화를 피해 달아났다고 바꾸어놓아 실제로 있었던 역사적인 사건으로 이해될 수 있게 했다. 도래자를 국왕으로 추대한 이유가 하늘에서 내려온 줄 알았다는 데 있다고 한 것을 인도 및 티베트 제왕의 후손이기 때문이라고 고쳐놓아, 선진문명국은 하늘처럼 신성하다는 사고방식을 나타냈다.

인도건국·티베트건국·몽골건국은 시조의 혈통이 연속되어 한 줄기로 이어진다고 하면서, 인도건국 이후 1,821년이 지나 티베트건국이,[82] 3,181년이 지나 몽골건국이[83] 있었다고 연대를 밝혀놓았다. 干支를 사용했는데, 그것은 인도에서 가져온 방식이 아니다. 인도건국과 티베트건국 사이에는 그 정도의 시간 간격이 있었을 수 있으나, 티베트와 몽골의 경우에는 사실 이상의 과장을 했다. 시간을 많이 벌여놓은 것은 앞 선 나라가 신성하다고 하기 위해서 필요한 조처였다. 시간이 많이 경과했다고 하면 혈통의 연속이 의심스러울 수 있는 것을 무릅쓰고, 몽골보다는 티베트가, 티베트보다는 인도가 신성한 나라라고 하기 위해서 연대를 그렇게 헤아려놓았다.

인도·티베트·몽골 사이의 그런 관계가 정치적인 복속 때문에 생긴 것은 아니다. 인도가 티베트를, 티베트가 몽골을 정복하고 지배한 일은 없다. 그 세 나라는 평화적인 관계에서 공존하면서 문화적인 관계를 밀접하게 했다. 몽골인이 원나라 때 티베트를 지배한 일이

---

82) 같은 책, 273면.

83) 같은 책, 301-302면. 3,127년이 甲子라고 하고, 그 뒤의 戊子에 몽골건국이 있었다고 했으니, 몽골건국의 연대는 3,181년이다.

있지만, 티베트가 신성한 나라라는 생각은 버리지 않았다. 정치적인 이유가 아닌 문화적인 이유에서 형성된 중심부과 주변부의 관계를 티베트에서도 몽골에서도 시조도래건국신화를 통해서 나타냈다.

티베트인이 인도와의 관계 때문에, 몽골인은 티베트와의 관계 때문에 자존심 상한다고 하지는 않았다. 문화를 받아들이는 것은 당연하고, 또한 바람직한 일이다. 받아들이는 쪽이 그 때문에 손해를 보지 않고 덕을 보기만 했다는 점이 아무런 오해 없이 잘 인식되어 있다. 티베트와 몽골은 산스크리트문명권의 일원으로서 높은 수준의 중세문명을 누리고 있다고 자부했으므로, 중국인에게 정치적으로 시달릴 때에도 정신적인 자부심을 굽히지 않을 수 있었다.

지금까지 산스크리트문명권의 경우를 든 것은 한문문명권 각국의 사례를 이해하기 위해서 필요한 비교대상으로 삼으려고 한 일이다. 한문문명권에서는 중심국가 중국이 다른 나라에게 문화를 전파하면서 정치적인 침공이나 간섭도 했다. 그 가운데 정치적인 관계를 일방적으로 중요시하면서 사실 차원의 역사를 연구하는 데 그치면, 문명권의 동질성은 인식 대상 밖으로 밀려나거나 강압에 의해 이루어진 조작으로 오해되고 만다. 그런 잘못을 시정하고 문명권의 구조를 정당하게 인식하기 위해서 지금부터 하는 일이 필요하다.

산스크리트문명권에서도 중심부와 주변부의 정치적인 관계가 문명권 전체의 황제는 하나만이고 왕은 여럿이라는 방식으로 구현된 점이 한문문명권의 경우와 다르지 않았다. 그러나 산스크리트문명권에서는 정치적인 통일이 잘 이루어지지 않아 그런 관계가 실제의 상황보다는 관념의 형태로 중요한 의의를 가졌다. 산스크리트문명권의 황제 '차크라바르틴'(cakravartin)은 한문으로 '轉輪聖王'이라고 번역해서 일컫는 바와 같이, 세계종교의 진리를 널리 펴는 것을 사명으로 하는 성스러운 통치자로 이해되었다.

몽골건국신화를 말할 때 들었던, 이 세상 모든 사람을 다스린 "민중에게 추대된 임금"이 바로 '차크라바르틴'이다. 티베트국왕도 몽골국왕도 '차크라바르틴'의 신성한 권능을 나누어 가져 자기 나라를 다스린다고 했다. 그런데 '차크라바르틴'과 개별 국왕이 시간적 거리를 두고 존재하며, 혈통으로 연결되었다고 한 것이 특이하다.

한문문명권의 황제 '天子'는 '차크라바르틴'처럼 칭송되는 훌륭한 행적이 있다고 인정되지는 못하는데, 그 이유는 두 가지이다. '차크라바르틴'의 세계종교인 불교나 힌두교에 비해서 '天子'의 유교는 교리가 미비하고, 초월적인 권위가 많이 모자란다. '차크라바르틴'은 문명권 전체의 통일이 마땅하다는 소망을 집약한 가상적인 존재이므로 비난받아야 할 이유가 없지만, '天子'는 자기가 직접 통치하는 나라 중국의 침략주의나 패권주의를 실현하기 위해서 문명권 전체 공동의 이상을 저버리기도 하는 탓에 경계의 대상일 수 있는 차이점이 있다.

그렇지만 중세문명의 동질성과 통일성을 구현하는 구심체라는 점에서는 '차크라바르틴'과 '天子'가 서로 다를 바 없다. 그런 차원에서는 '天子' 또한 마땅히 있어야 할 이상적인 존재로 이해되어 칭송의 대상이 되었다. 문명권 주변부의 통치자는 문명권의 중심부에서 이룩한 문명에 동참하기 위해서 '天子'와 冊封을 받고 朝貢을 하는 관계를 가지는 것이 마땅하다고 여겼다. 중세인은 근대인이 아니므로 그렇게 생각했다. 중세인을 근대인이 아니라는 이유에서 비난할 수는 없다.

논의를 더욱 확대해서, 산스크리트문명권과 한문문명권뿐만 아니라, 아랍어문명권이나 라틴어문명권에서도 문명권 단위로 하나만인 황제와 여럿인 왕이 책봉관계를 가진 사실을 총괄해 논하는 작업을 해서 중세문명 일반론을 이룩하는 데까지 이르러야, 비로소 중세의 시대적 성격에 관한 갖가지 의문을 비로소 해소할 수 있다. 중국의 천자와 조선의 국왕 사이의 관계에 관한 수많은 오해나 논란을 해명하기 위해서 거기까지 나아가지 않을 수 없다. 그러나 그 일은 이 책에서 다루는 범위를 벗어나므로, 나중에 다시 하기로 한다.[84)]

여기서 하고자 하는 일은 동아시아의 경우를 구체적으로 검토해서 그런 일반론을 이룩할 수 있는 기초공사의 일부를 완수하는 것이다. 동아시아 여러 나라 가운데 '天子'의 나라 중국의 침공에 맞서 독립을 지키기 위해서 분투한 월남의 경우를 먼저 들어 논하면, 책봉-조공과 관련된 많은 문제를 풀어나갈 분명한 단서를 얻을 수 있다고 본다. 시조도래건국신화에 나타난 중세화의 길을 해명하는 작업이 그런 성과를 거두는 데 이를 것으로 기대한다.

월남

14세기에 편찬된 《嶺南摭怪》, 그보다 약 백년 뒤의 《大越史記全書》에 수록된 건국신화에서, 월남은 국가 성립 단계에 이미 중국과 밀접한 관련을 가졌다고 했다. 중국인이 도래해서 현지 여성과 결혼해 월남의 건국시조를 낳았다고 했다.

같은 이야기를 《嶺南摭怪》와 《大越史記全書》에서 첫 대목은 조금 다르게, 그 뒤는 아주 다르게 전했다. 두 자료 가운데 앞의 것에는 월남의 독자적인 전통이, 뒤의 것에는 중국 전래의 문화규범이 더 잘 나타나 있다. 두 자료의 차이점을 비교해 고찰하기 위해 양쪽 다 들기로 한다.

---

84) 《문명권의 동질성과 이질성》의 〈책봉체제〉에서 그 작업을 한다.

《嶺南摭怪》에는 다음과 같이 적혀 있다.

(가1) 炎帝神農氏三世孫帝明 生帝宜 南巡至五嶺 得婺仙之女 納而歸 生綠續 容貌端正 聰敏夙成 帝明奇之 使嗣位 綠續固辭 讓其兄 及立宜爲嗣 而治此(北)地 封綠續爲涇陽王 而治南方 號其國爲鬼赤國 涇陽王能行水府(一作 入水) 娶洞庭龍王女 生崇纜 號爲貉龍君 代治其國 涇陽王不知所之(一作 終) 貉龍君教民耕稼農桑 始有君臣尊卑之等 父子夫婦之倫 或時歸水府 而百姓晏然無事 不知所以然者 民有事則揚聲呼龍君曰 逋乎何在(越俗呼父曰逋) 不來以活我些 龍君則來 其顯靈感應 人莫能測

(가2) 帝宜傳子帝來 以北方天下無事 命其臣蚩尤代守國事 而巡南赤鬼國 時龍君已歸水府 國內無主 帝來乃留其愛女(一作 妾)嫗姬與衆侍婢居行在 周行天下 便覽形勝(一作 勢) 見奇花異草 犀象玳瑁 石乳枕香山殽海物 無物不有 又四時氣候 不寒不熱 帝來愛慕之 樂而忘返 南方之民 苦北方煩擾 不得安恬如初 乃相率呼龍君曰 逋乎何在 使北之侵擾方民 龍君倏然而來 見嫗姬 容貌奇異 龍君悅之 乃化作好兒郎 豊姿秀麗 左右前後侍從者衆 行歌鼓吹 達于宮中 嫗姬悅從龍君 藏于龍岱巖 帝來還行在 不見嫗姬 命群臣遍導天下 龍君事神術 變現萬端 妖精鬼魅 龍蛇虎象 不敢搜索 帝來乃還……

(가3) 龍君與嫗姬 居期年而生一卵 以爲不祥 棄諸原野 過六七日 胞中開出百卵 一卵生一男 乃取歸而養之 不勞乳哺 各自長成 秀麗奇異 智勇俱全 人人畏服 謂非常之兆 龍君久居水國 兄弟母子獨居 思歸北國 行至境上 黃帝聞之懼 分兵御塞外 母子不得歸 回南國 呼龍君曰 逋乎何在 使吾母子寡居 日夜悲傷 龍君忽來 遇于曠野 嫗姬曰 妾本北國人 與君相處 生百男 不同鞠育 使無夫無父之人 徒自傷耳 龍君曰 我是龍種 水族之長 你是仙種 地上之人 雖陰陽氣合而有子 然水火相克 種類不同 離以

久居 令相分別 吾將五十男歸水府 分治各處 五十男從汝居地上 分國而治 登山入水 有事相聞 无得相廢 百男聽從 然後辭去

(가4) 嫗姬與五十男居峰州(今白鶴縣是也) 自相推服 尊其雄長者爲主 呼曰雄王 國號文郎國[85)]

(가1) 炎帝神農氏의 3세손 帝明이 帝宜를 낳은 다음에 남쪽을 순회하다가 五嶺에 이르러 婺仙의 딸을 아내로 맞이해 綠續을 낳았다. 용모가 단정하고, 총명하고 민첩하며, 숙성했다. 帝明이 기이하게 여겨 자리를 물려주려고 하니, 綠續은 굳이 사양하고 형에게 양보했다. 宜를 후계자로 해서 북쪽을 다스리게 하고, 綠續은 涇陽王으로 봉해 남쪽을 다스리게 했다. 그 나라를 鬼赤國이라고 했다. 涇陽王은 水府에 갈 수 있어(물에 들어간다고도 했다), 洞庭龍王女를 아내로 삼아 崇纜을 낳아 貉龍君이라고 일컬었다. 자기 대신에 아들이 나라를 다스리게 하고, 涇陽王은 어디로 갔는지 알 수 없었다(일생을 마쳤다고도 한다). 貉龍君은 백성들에게 가꾸고 거두어 농사짓고 길쌈하는 일을 가르쳤다. 君臣尊卑의 차등과 부자와 부부의 윤리가 비로소 생겼다. 때때로 물속에 갔다. 백성들은 편안하게 별일 없이 지내면서, 그 까닭을 몰랐다. 백성들은 일이 생기면 龍君을 불러 "아버지 어디 계십니까? 와서 우리를 살리지 않으시렵니까?"라고 했다. 그러면 龍君이 왔다. 그 신령스러운 감응을 사람이 헤아릴 수 없었다.

(가2) 帝宜는 아들 帝來에게 자리를 물려주었다. 북쪽 천하에 일이 없어, 신하 蚩尤에게 국사를 대신 맡게 하고, 자기는 남쪽으로 와서 赤鬼國을 순행했다. 그때 龍君은 물속으로 가버려서, 국내에 군주가 없었다. 帝來는 愛女(또는 첩) 嫗姬와 많은 시비를 거처에 머무르게

85) 《嶺南摭怪等史料三種》(鄭州 : 中州古籍出版社, 1991), 9면.

하고 천하를 돌아다니면서 뛰어난 경치(또는 형세)를 구경했다. 奇花異草, 코뿔소와 코끼리, 그리고 거북껍질, 石乳와 枕香 등 산과 바다의 산물이 없는 것이 없었다. 또한 사철의 기후가 춥지도 않고 덥지도 않는 것이 좋아 帝來는 즐거워하기만 하고 돌아가는 것을 잊었다. 남쪽의 백성들은 북쪽 때문에 괴로움을 겪었으며, 처음처럼 편안하게 지낼 수 없었다. 그래서 무리를 지어 가서 龍君을 불렀다. "아버지 어디 계십니까? 북쪽의 침해로 백성들이 괴롭습니다." 그러자 龍君이 즉시 나타났다. 嫗姬의 용모가 기이한 것을 보고 龍君이 기뻐해 아름다운 젊은이로 변해, 풍성하고 수려한 거동을 하고 좌우·전후에 따르는 무리가 노래부르고 북치면서 궁중까지 이어지게 했다. 嫗姬는 기꺼이 龍君을 따라가서 龍岱巖에 모습을 감추었다. 帝來가 거처로 돌아오니 嫗姬가 보이지 않았다. 신하들에게 명해서 천하를 뒤졌다. 龍君은 神術을 부려 수많은 변화를 일으켜 요정도 되고 귀신도 되고, 용·뱀·호랑이·코끼리의 모습을 하므로, 수색을 할 수 없었다. 帝來는 그냥 돌아갔다…….

(가3) 龍君은 嫗姬와 함께 만 일년 살고서 알을 하나 낳았다. 상서롭지 못한 일이라고 해서 들에다 버렸더니, 육칠일이 지나자 그 속에서 알 백 개가 나와 알마다 사내아이가 되었다. 데려다 길렀더니, 힘써 젖을 먹이지 않아도 각기 스스로 성장해 수려하고 기이하며, 지략과 용기를 아우른 인물이 되었다. 사람들이 두려워하고 복종하면서 비상한 징조라고 했다. 龍君은 오랫 동안 물 속에 거주해서, 형제와 모자가 외롭게 지냈다. 북쪽 나라로 돌아갈 생각을 하고 국경에 이르니 黃帝가 소문을 듣고 두렵게 여겨, 군사를 나누어 국경을 수비해서, 모자가 갈 수 없어 남쪽으로 되돌아왔다. 龍君을 불러 "아버지 어디 계십니까? 우리 모자를 과부신세로 버려두어 왜 밤낮 슬프고 마음 상하게 합니까?" 龍君이 홀연 나타나 광야에서 만났다. 嫗姬가 말하기

를 “저는 본래 북쪽 나라 사람인데, 낭군과 함께 살아 아들 백 명을 낳았으나 함께 있으면서 길러주지 않고, 지아비 없고, 아비 없는 신세가 되게 해서 슬플 따름입니다.” 龍君이 말했다. “나는 본래 용의 족속이고 水族의 어른이며, 그대는 신선의 족속이고 땅위의 인물이니, 비록 음양의 기를 합쳐서 자식을 낳았어도 水火相克이고 종류가 같지 않으니, 오래 같이 살았어도 서로 헤어지자. 나는 50인의 아들을 데리고 물 속에 들어가 각처를 다스리게 하고, 50인의 아들은 그대를 따라가 땅 위에서 나라를 나누어 통치하게 하자. 산에 오르든 물에 들어가든 일이 있으면 서로 알게 하고, 소식을 끊는 일은 없게 하자.” 백 명의 아들이 그 말을 듣고 따르겠다고 해서, 서로 이별하고 갔다.

(가4) 嫗姬는 50인의 아들과 함께 峰州(지금의 白鶴縣이 그곳이다)에 살면서, 서로 추대하고 복종해, 그 존장을 임금으로 삼아 雄王이라고 일컫고 나라 이름은 文郞國이라고 했다.

《大越史記全書》에는 다음과 같이 적혀 있다.

(나1) 炎帝神農氏三世孫帝明 生帝宜 旣而南巡至五嶺 接得婺僊女生王 王聖智聰敏夙成 帝明奇之 欲使嗣位 王固辭其兄 不敢奉命 帝明於是立宜爲嗣 治北方 封王爲涇陽王 治南方 號鬼赤國 王娶洞庭君女 曰神龍 生貉龍君 (按唐紀 涇陽時 有牧羊婦 自謂洞庭君少女 嫁涇川次子 被黜寄書與柳毅 奏洞庭君 則涇川洞庭世謂婚姻 有自來矣)

(나2) 君娶帝來女 曰嫗姬 生百男 (俗傳 生百卵) 是爲百粵之祖 一日謂姬曰 我是龍種 儞是僊種 水火相剋 合併實難 乃與之相別 分五十子從母歸山 五十子從父居南 (居南作歸南海) 封其長子爲雄王 嗣君位

(나3) 史臣吳士連曰 天地開肇之時 有以氣化者 盤古氏是也 然後爲形化 莫非陰陽二氣 易曰 天地絪縕 萬物化醇 男女媾精 萬物化生 故有

夫婦然後 有父子 有父子然後 有君臣 然而聖賢之生 必異乎常 乃天所命 呑玄鳥卵而生商 而巨人跡而興周 皆紀其實然也 神農氏之後帝明 得婺僊女而生涇陽王 是爲百粤始祖……

(나4) 雄王之立也 建國號文郎國……

(나5) 史臣吳士連曰 …… 其五十子從母歸山 安知不如是也 蓋母爲君長 諸子各主一方也 今以蠻酋有男父道女父道之稱 觀之 (今朝令改爲輔道是也) 理或然也 若山精水精之事亦甚怪誕 信書不如無書 以傳疑焉[86)]

(나1) 炎帝神農氏의 3세손 帝明이 帝宜를 낳은 다음에 남쪽을 순회하다가 五嶺에 이르러 婺僊의 딸을 아내로 맞이해 왕(涇陽王)을 낳았다. 왕은 성스럽고 지혜로우며, 총명하고 민첩하며, 숙성했다. 帝明이 기이하게 여겨 자리를 물려주려고 하니, 왕은 굳이 사양하고 형에게 양보했다. 帝明은 宜를 후계자로 해서 북쪽을 다스리게 하고, 왕은 涇陽王으로 봉해 남쪽을 다스리게 했다. 그 나라를 鬼赤國이라고 했다. 왕은 洞庭君女를 아내로 삼았는데, 神龍이라고 하며, 貉龍君을 낳았다. (唐紀에 의하면, 涇陽 대에 양을 치는 여자가 스스로 "洞庭君 소녀"라고 일컬었으며, 涇川의 둘째 아들에게 시집갔다가 쫓겨났다. 柳毅에게 편지를 써주고, 洞庭君에게 아뢰었다. 涇川과 洞庭이 婚姻했다고 세상에서 말하는 일은 이에서 유래한다.)

(나2) 임금은 帝來의 딸을 아내로 맞았는데, 嫗姬라고 했다. 백 명의 아들을 낳았다(속전에는 알을 백 개 낳았다고 한다). 이네들이 百粤의 시조이다. 하루는 姬에게 말하기를 "나는 용의 족속이고, 그대는 신선의 족속이라, 水火相剋이다. 합치는 것이 참으로 어려우니 헤어지기로 하자. 50인의 아들은 어머니를 따라 산으로 가고, 50인의 아들은

86) 《大越史記全書》(東京：東京大學 東洋文化硏究所 附屬東洋學文獻セソター, 1984) 外紀 권1, 97-99면.

아버지를 따라 남쪽에서 살도록 하자." (남쪽에서 산다는 것은 南海로 간다는 말이다.) 그 장자를 봉해 雄王으로 삼고, 임금 자리를 잇게 했다.

(나3) 史臣 吳士連이 말한다. "천지가 처음 생겨날 때, 氣가 변화를 일으켰다. 盤古氏가 그것이다. 그 다음에는 形이 변화를 일으켰다. 陰陽 두 氣가 아님이 없다. 易에서 말하기를 '천지가 생겨나고 만물이 변화하며 남녀가 정을 나누어 만물이 생성된다'고 했다. 그러므로 부부가 있은 다음에 부자가 있고, 부자가 있은 다음에 군신이 있다. 성현이 태어날 때에는 예사롭지 않은 일이 반드시 있나니, 하늘이 명한 바이기 때문이다. 玄鳥의 알을 삼키고 商을 낳고 巨人의 자취를 밟고 周가 흥하게 되었다고 하는 것은 모두 실제로 있던 일의 기록이다. 神農氏의 후예 帝明이 務僊의 딸을 아내로 맞이해서 涇陽王을 낳았으니, 이분이 百粵의 시조이다……."

(나4) 雄王이 나라를 세우고, 이름을 文郎國이라고 했다…….

(나5) 史臣 吳士連이 말한다. "…… 50인의 아들이 어머니를 따라서 산으로 갔다는 것은 그랬던가 어찌 알겠는가. 어미를 君長으로 삼고, 여러 아들이 각기 한쪽을 다스리는 것은 지금 야만인 추장들이 '男父道'와 '女父道'라고 하는 것에 의거해서 살피건대(지금 조정에서 輔道를 고친 것이 그 일이다) 이치가 혹 그럴 수 있다. 山精과 水精의 일은 또한 심히 괴탄하다. 책을 믿는 것이 책이 없는 것만 못하다. 의문을 전해둔다."

帝明의 두 아들이 각기 남북 두 나라를 다스리게 된 일에 관해서는 (가)의 서술이 다소 불분명한 점이 있는 것을 (나)에서 잘 정리해서 무슨 말인지 알기 쉽게 했다. 涇陽王을 지칭하면서 (가)에서는 祿續이라는 이름을, (나)에서는 王이라는 칭호를 사용한 것은

(나)가 정식의 사서이기 때문이다.

涇陽王이 배필을 구한 일에 관해서는 (가)와 (나)에 상당한 차이가 있다. (가)에서는 "涇陽王能行水府 聚洞庭龍王女"라고 해서, 스스로 용궁에 가서 용녀를 아내로 삼았다고 했다. 그런데 (나)에서는 "王聚洞庭君女"라고만 해서, 용궁에 갔다는 말이 없고, 용왕의 딸을 아내로 삼았다고 하지도 않았다.

용궁에 가서 용왕의 딸을 아내로 삼는 것은 불가능하다는 합리적인 사고방식을 지니고 있어 그렇게 개작했다. 거기다 주를 달아 "양을 치는 여자가 스스로 洞廷君 소녀라고 일컬었다"고 했다. 그 여자가 涇川이라는 사람의 둘째 아들과 혼인했다가 내친 바 되었던 일이 있었다고 하면서 그 출처를 제시했다. 그 일이 잘못 전해져서 涇陽王이 洞庭君女와 혼인했다는 오해가 생겼다고 명확하게 말하지는 않았으나 그렇게 생각하도록 유도했다. 건국신화의 내용을 함부로 부정하지는 못하지만 합리성 여부를 생각해야 한다고 했다.

涇陽王의 아들 貉龍君 대의 일에 관해서, (가)에서는 길게 서술하고 (나)에서는 간략하게 말했다. 貉龍君이 북쪽 군주 帝來의 여자 嫗姬를 유인해 자기 아내로 삼고, 알 하나를 낳고, 그 알에서 알 백 개가 나와 아들 백 명이 되었다는 사건을, (가)에서는 신화적인 내용이 손상되지 않게 말한 것을 (나)에서는 신화가 아닌 사실인 듯이 기록하고, 嫗姬가 帝來의 딸이라고 했다.

(나3)의 "史臣吳士連曰" 이하의 논평에서는 역사가 시작된 내력에 대해서 다섯 가지 상이한 생각을 함께 나타냈다. 문면에 나타나 있는 내용을 순서대로 들추어내서 다음과 같이 번호를 붙여본다.

(1) 천지가 생겨난 것은 陰陽의 작용에 의한 氣化 때문이다.

(2) 盤古가 생겨난 내력이 있다.

(3) 《周易》에서 "天地絪縕 萬物化醇 男女媾精 萬物化生"이라는

말을 가져와서, 그 의미를 풀이했다.

(4) 중국 건국신화에서 商(殷)과 周의 시조 내력이 있다고 했다.

(5) 월남 건국신화에서 "百粵始祖"의 내력이 있다고 했다.

소종래를 따지면, 이 가운데 (2)·(4)·(5)는 신화이고, (1)·(3)은 철학이다. (2)·(4)·(5)의 신화 가운데 (2)는 중국 안의 다른 민족의 신화를 한족이 받아들인 것이고, (4)는 중국의 신화이고, (5)는 월남의 신화이다. (4)와 (5)는 신화로 남겨두고, 그 둘이 서로 대등하다고 했다. (2)는 신화로 남아 있지 않게 하고 철학에다 포함시켰다.

(1)·(3)의 철학 가운데 (3)이 선행한다. 고대의 철학이라고 할 수 있는 (3)을 중세철학으로 만들어 논리를 가다듬고 포괄하는 범위를 넓혀 보편적인 의의를 확장하고 확립한 것이 (1)이다. 고대에는 신화가, 중세에는 철학이 주도적인 위치를 차지했다. 고대의 신화 가운데 (2)는 중세철학의 예증으로 편입되고, 고대철학 (3)은 중세철학의 선행형태라고 해서 둘 다 독자적인 의의를 상실했다. 고대신화 (4)와 (5)는 중세철학에 편입될 수 없어 따로 남았다.

(나5)에서 사신 吳士連의 논평에서 괴탄해 믿을 수 없다고 한 산령과 수령의 이야기를 (나2)에서는 간략하게 간추려 그 괴이함이 감추어지게 한 것과는 다르게, (가2)와 (가3)에서는 괴이한 것 그대로 자세하게 나타냈다. 사람이 알을 낳고, 알 하나에서 알 백 개가 나와서 백 명의 아들이 되었다는 것은 그 자체로는 있을 수 없는 일이다. 百粵이라고 헤아리는 여러 겨레가 한 조상에서 나왔다고 하기 위해서는 알 백 개가 한 알에서 나왔다 하고, 부모가 그 알 하나를 낳았다고 해야 한다. 그 점에서는 사실 기술을 지향한 (나)보다 신화를 신화로 전한 (가)가 더욱 타당한 의미를 지닌다.

(가2)와 (가3)에서 말하는 바는 그것만은 아니다. 남북의 결합이

涇陽王의 탄생에서 한 번만 이루어지지 않고 貉龍君과 嫗姬 사이에서 또 한번 더 이루어진 것을 중요시해 말하면서, 涇陽王보다 貉龍君이 월남인의 시조로서 더욱 중요한 위치를 차지한다고 했다. 貉龍君은 백성들에게 가꾸고 거두어 농사짓고 길쌈하는 일을 가르쳤다고 했다. 君臣尊卑의 차등과 부자와 부부의 윤리가 비로소 생겼다고 했다. 때때로 물 속에 갔으나, 백성들이 편안하게 있고 별일이 없었다. 백성들은 일이 생기면 龍君을 불러 "아버지 어디 계십니까? 와서 우리를 살리지 않으시렵니까?"라고 한 대목을 주목하자.

월남의 윤리도덕이 토착의 전통에 의거하고 있음을 말했다. 월남의 시조는 북쪽의 침략을 받을 때마다 나타나는 민족수호신이라고 했다. 북쪽의 군주가 와서 월남인을 괴롭힐 때 貉龍君이 그 아내를 빼앗아 자기 아내로 삼아 백 명의 아들을 두었다. 북쪽에서 온 아내가 여러 아들과 함께 북쪽으로 돌아가려고 할 때 북쪽의 군주 黃帝가 막아서 갈 수 없었다고 했다.

그렇게 말한 데서 아주 중요한 원리가 하나 확인된다. 북쪽의 중국과 남쪽의 월남 양쪽의 혈통을 지닌 혼혈인을 중국에서는 월남인이라는 이유로 받아들이지 않았으며, 월남에서는 중국인이라고 해서 내치지 않고 자기 민족으로 여겼다. 그것은 참으로 주목할 만한 일이다.

혈통이나 문화가 섞인 중간 영역은 어디 속하는가 하는 것이 경계 구분에서 언제나 시비거리가 된다.[87] 남들과 섞이기를 싫어하고, 혈통의 순수성에 대해서 특별한 애착을 가지는 민족이 많다. 그런데 월남인은 그런 폐쇄성을 넘어섰다. 자기 민족과 다른 민족의 혈

87) 미국에서는 백인과 흑인의 혼혈인은 백인일 수 없고 흑인이라고 구분했다. 백인 농장주가 흑인 노예 여성과 관계해서 낳은 자기 자식을, 흑인이므로 노예라는 이유에서 돈을 받고 파는 일이 예사로 벌어졌다.

통이 섞인 혼혈인은 아무런 결격 사유가 없는 월남민족이라고 하는 개방적인 자세를 건국신화에서 분명하게 선포했다.

그런 개방적인 자세가 실제로 월남을 위해서 커다란 힘이 되었다. 혼혈인이 자기 민족이라고 하고, 혼합문화가 자기 문화라고 하면 민족의 역량이 증대된다. 월남이 중국보다 못하지 않은 수준 높은 문화를 이룩하고, 중국의 거듭되는 침공을 물리치고 독립을 지킬 수 있었던 이유의 하나가 그렇게 생각한 데 있다고 할 수 있다.

북쪽 아내의 혈통을 이은 아들들이 월남의 시조가 되어 文郎國을 세운 내력을 자랑스럽게 말한 것은 그런 생각에 근거를 둔다. 북쪽의 문명을 자기 것으로 해서 월남의 문화가 성장한 것이 당연하다고 했다. 월남 안에서 산과 물 두 계통이 있기는 하지만, 둘 다 남북의 결합을 자기대로 이룬 결과임을 말했다.

(가)에서는 중국과 월남이 하나인 것을 이용해서 중국과 월남이 둘임을 분명하게 했으며, (나)의 논평에서는 중국과 월남은 둘이지만 하나임을 중요시했다. (가)에서는 용왕 쪽의 문화 전통에서 토착의 논리를 전개하고, (나)에서는 음양의 이치는 하나라고 하는 문명권 공동의 철학을 가져와서 같은 주장의 다른 면을 보여주었다.

고대신화와 중세철학이 서로 상반된 주장을 펴는 것은 그대로 둘 수 없으므로, 그 둘의 관계를 적절하게 조절했다. 월남문화의 독자적인 전통은 고대신화에 근거를 두기 때문에 고대신화를 부인하거나 소홀히 여길 수 없었다. 그것이 중국의 고대신화, 그리고 중국과 월남이 공유하고 있는 중세철학과 어떤 관계를 가지는가 납득할 수 있게 해명해서 혼란이 일어나지 않도록 했다.

그래서 얻은 결론은 중세철학이 일반적인 원리를, 고대신화는 특수한 현상을 나타낸다고 하는 것이었다. 중세철학의 일반적인 원리는 중국에서든 월남에서든 아무런 차이가 없으니 그 둘을 구별해서 말할 이유가 없다고 했다. 고대신화의 특수한 양상은 월남과 중국에서 각기 독자적이면서도 서로 대등하게 구현했다고 했다.

고대와 중세, 월남과 중국의 관계를 그렇게 이해하면서 역사를 서술한 것은 획기적인 일이므로 높이 평가해야 한다. 거기서 중세 보편주의와 민족문화의 독자성이 서로 상반되지 않은 관계를 가진다고 하는 이치를 정립해서, 고대신화에서 유래한 민족문화의 독자적인 전통을 중국 전래의 중세보편주의와 결합시키는 것이 중세보편주의를 독자적으로 구현하면서 민족문화를 주체적으로 발전시키는 길임을 밝힌 의의가 크다. 중세사상에 입각한 역사서술로서 널리 모범이 되는 업적을 이룩했다.

黎文休가 1272년에 편찬한 기존의 국사서《大越史記》와 潘孚先이 1455년에 저술한 그 속편을 축소·개작해서 吳士連이 1479년에《大越史記全書》를 내놓았다. 그 일은《三國史》를《三國史記》로 고친 한국의 선례와 유사해서, 중세전기의 과업을 중세후기에 뒤늦게 수행한 것처럼 보인다.《三國史記》와《大越史記全書》의 서문이 유사한 문구로 이루어진 것이 그 증거라고 할 수 있다.[88] 건국신화에 관한《嶺南摭怪》의 기록과《大越史記全書》의 기록을 비교해보면,《大越史記全書》가 중세전기의 사고방식에 의거해서 고대를 정리한 사서임을 재확인할 수 있다. 사람이 용궁에 가서 용왕의 딸을 배필로 삼을 수 없다고 한 것이 그렇게 이해할 수 있는 핵심적인 증거이다.

그러나《大越史記全書》를 저술한 吳士連의 논평은《三國史記》에

88) 〈한문학권 역사서 개작의 문학사적 의의〉,《한국문학과 세계문학》(서울 : 지식산업사, 1991)에서 그 점을 밝혀 논했다. 金富軾의 〈進三國史記表〉와 吳士連의 〈大越史記外紀全書序〉 양쪽에서 모두 "列國各有史"의 전례에 따라서 자국의 역사를 갖추어야 한다 하고, 역사 서술을 바로잡아 善惡鑑戒의 구실을 분명하게 해야 한다고 했다.

서는 볼 수 없는 경지까지 나아간 면이 있다. 陰陽의 작용에 의한 氣化로 천지만물이 생성되었다고 했는데, 그런 理氣철학의 이치는 중세전기의 사고가 아니고 중세후기의 사고이다. 고대와 중세, 월남과 중국의 관계를 통괄해서 파악하는 철학은 중세후기에 이르러서 마련할 수 있었다. 중세보편주의를 독자적으로 구현하기 위해서 민족문화의 전통이 지니는 의의를 인정하고 계승해야 한다는 원리를 그때 정립할 수 있었다.

월남에서 한문문명을 받아들이는 과업을 실제로 시작한 군주는 趙佗이다. 趙佗는 중국인이며 秦나라에서 파견한 관원이었는데, 스스로 자립해서 월남인을 다스리는 南越國을 기원전 207년에 세워 武帝라고 칭했다. 중국의 秦과 漢에 대항하면서 주권을 지켰다. 한나라 사신 陸賈가 와서 漢나라가 南越을 정벌하려고 하다가 백성을 괴롭히지 않으려고 해서 그만두었다고 하자, 자기가 漢高祖보다 못할 것이 없다고 자부하는 말을 했다.

趙佗에 관해서 선행 사서 《大越史記》에서 黎文休가 쓴 논평과 《大越史記全書》를 다시 지술하면서 吳士連이 쓴 논평이 《大越史記全書》에 나란히 실려 있다. 각기 한 대목씩 인용한다.

> 黎文休曰 遼東微箕子不能成衣冠之俗 吳會非泰伯不能躋王覇之强 大舜東夷人也 爲五帝之英主 文王西夷人也 爲三代之賢君 則知善爲國者不限地之廣狹 人之華夷 惟德是視也 趙武帝能開拓我越 而自帝其國 與漢抗衡 書稱老夫 爲我越倡始帝王之基業 其功可謂大矣
>
> 吳士連曰 傳曰 有大德 必得其位 必得其名 必得其壽 帝何修而得此哉 亦曰德而已矣 觀其答陸賈語 則英武之威 豈讓漢高[89]

89) 《大越史記全書》 外紀 권1, 114면.

黎文休가 말한다. "遼東은 箕子가 아니면 의관의 풍속을 이루지 못했으며, 吳나라 會稽 고장은 泰伯이 아니면 강력한 패권을 장악하는 경지에 이르지 못했을 것이다. 大舜은 東夷人이지만 五帝의 英主가 되었으며, 文王은 西夷人이지만 三代의 賢君이 되었다. 그러니 나라를 잘 위할 줄 아는 사람은 땅이 넓고 좁은 데 구애되지 않으며, 사람의 華夷는 오직 德에 의거할 따름이다. 趙武帝는 우리 월남을 능히 개척해서 나라를 다스리고 한나라에 대항해 균형을 이루었으므로, 책에서는 老夫라고 칭했다. 우리 월남을 위해서 제왕이 통치하는 터전을 마련한 공이 크도다."

吳士連이 말한다. "傳에 이르기를, 큰 덕이 있으면 반드시 그 지위를 얻고, 그 이름을 얻고, 그 수명을 얻는다고 했다. 임금님은 어떻게 덕을 닦아 그런 것들을 얻었는가. 오직 덕일 따름이라고 다시 말해야 하겠다. 陸賈에게 대답하는 말을 보니, 英武의 위엄을 어찌 漢나라 高祖에게 양보하겠는가."

그런 평가는 중국인이라도 월남에 와서 월남을 위해서 일하면 월남인이 되고, 중국문화라도 월남으로 가져온 것은 월남문화라고 하는 개방적인 자세에 근거를 둔다. 건국의 시조가 중국인의 혈통을 지닌 것이 당연하며, 중국인과 월남인의 혼혈인은 월남인이라고 건국신화에서 말한 바가 역사를 서술하고 평가하는 유학자 문인들의 사고방식에도 동일한 양상으로 나타나 있다.

중국 것이 그 자체로 소중하다고 여겨 그렇게 생각한 것은 아니다. 월남문화의 발전을 위해서 중국문화가 필요해서 가져다 써야 했다. 중국이 침공해서 월남을 지배하면서 월남을 중국화하는 것은 용납할 수 없었다. 중국의 침공에 맞서서 월남의 주권을 지키기 위해 중국에서 가진 능력을 월남에서도 갖추어야 했다. 중국문화를 배격하지 않고 받아들여 포용한 것은 그 때문이다.

중국이 침공해서 월남을 지배하는 불행한 역사는 漢나라가 南越國을 멸망시키자 시작되었다. 漢나라가 南越 땅에 南海·蒼梧·鬱林·合浦·交趾·九眞·日南의 七郡을 설치한 것이 한국에 四郡을 설치하기 3년 전인 기원전 111년의 일이다. 칠군 가운데 처음 든 네 군은 오늘날의 중국 땅에 있었고, 나중에 든 세 군은 오늘날의 월남 땅에 있었다. 한나라가 남월을 치고 칠군을 설치한 대목에 이르러서는 黎文休와 吳士連 두 사람 모두 통탄하는 논평을 했다.

呂嘉라는 재상이 임금을 폐립하는 횡포를 저지르다가 나라를 망친 죄목을 지적해서 黎文休는 "今乃弑其君以逞私怨 又不能以死守國使越分裂 而入臣漢人 則呂嘉之罪不容誅者矣"(이제 그 임금을 시해하고 사사로운 원한을 풀었으며, 또한 죽음으로 나라를 지키지 않아 월남이 찢어지게 하고 중국인의 신하 노릇을 하게 했으니, 呂嘉는 죄를 용서할 수 없고 죽여야 할 자이다)라고 했다. 吳士連은 "國亡統絶"을 통탄했다.[90)]

기원후 40년에 두 여성 영웅 徵側, 徵貳 자매를 지도자로 하는 독립운동이 일어났다가 실패한 사건에 대해서 黎文休는 논평을 하고, "千餘年間 男子徒自低頭束手 爲北人臣僕"(천여 년 동안 남자는 다만 머리를 낮추고 손을 묶고, 北人의 臣僕 노릇만 했다)고 부끄러워 했다.[91)] 吳權이 939년에 왕위에 오른 시기에 월남이 비로소 독립을 했으므로, 중국에 복속된 기간이 기원전 111년에서 그 해까지 천 년이 넘는다. 그 기간 동안의 역사를 회고하면서 월남의 사가들은 독립운동의 영웅들을 깊이 흠모하고, 중국의 통치를 계속 받은 것을

90) 같은 책, 120면.
91) 같은 책, 126면.

큰 치욕으로 여겼다.

그러나 중국에 복속되어 있던 천여 년 동안이 암흑시대이기만 한 것은 아니었다. 기원후 187년에 日南郡의 통치자가 된 士燮은 월남에서 여러 대 살아온 중국인이며, 월남에서 한문문명을 일으키는 데 크게 공헌했다고 평가된다. 오사련은 사섭에 대해서 "我國通詩書習禮樂 爲文獻之邦 自士王始 其功德豈特施於當時 而遠及於後代"(우리나라가 詩書에 통하고 禮樂을 익혀 文獻之邦이 된 것은 士王에게서 비롯한 일이니, 그 공덕이 어찌 당대에만 베풀어졌겠는가, 멀리 후대까지 미쳤다)고 논평했다.[92] 그런 평가 또한 중국인이기도 하고 월남인이기도 한 인물은 월남인이라고 하면서, 그런 인물의 활약에 힘입어 중국문화를 받아들여 월남 것을 만들어야 마땅하다는 개방적인 자세에 근거를 둔다.

월남이 중국에서 독립해 세운 왕조 가운데 李朝가 처음으로 1009년부터 1225년까지 장기간 지속되었다. 李朝의 두번째 임금 聖宗은 한문문명을 확립하는 것이 국가발전의 길이라고 판단해, 1070년에는 文廟를 세우고, 1075년에는 科擧制를 실시했으며, 1076년에는 國子監을 설치했다. 바로 그 해 중국 宋나라가 침공해 오자, 李常傑이 맞아 물리치면서 다음과 같은 시를 지어 군사들의 사기를 돋구었다.[93]

南國山河南帝居　남국의 산하에는 남쪽 황제가 계신다고,
截然分定在天書　분명하게 갈라놓은 말이 천서에 있도다.
如何逆虜來侵犯　어째서 반역의 도당이 침범해 왔는고,
汝等行看取敗虛　너희들은 허망한 패배를 보고 말 것이다.

---

92) 같은 책, 133면.

93) 그 시가 유래 전설과 함께 《大越史記全書》 本紀 권3, 249면에 수록되어 있다.

여기서 중국과 월남의 두 가지 상이한 관계를 확인할 수 있다. 중국과 월남은 한문문명을 공유해야 한다. 월남에서 중국의 전례에 따라 문묘를 세우고, 과거제를 실시하고, 국자감을 설치하는 것은 당연한 일이다. 그래야만 월남이 문명세계의 일원일 수 있고, 나라를 지킬 힘을 얻는다. 그렇지만 중국과 월남은 정치적으로 분리되어 있는 별개의 나라이다. 중국은 北帝가, 월남은 南帝가 다스린다. 그런 구분을 무시하고 중국이 월남을 침공해서 지배하고자 하는 것은 반역의 도당인 "逆虜"의 짓이므로 용납할 수 없다.

그렇다고 해서 정치적인 관계에서 양국이 서로 대등하다는 원칙만 있었던 것은 아니다. 송나라의 침공을 격퇴하고 평화가 이룩되자, 두 나라는 국교관계를 가지게 되었다. 중국과 월남의 국교는 중국의 통치자가 월남 통치자의 통치권을 공인해 冊封하는 절차를 취하고, 월남의 통치자는 중국의 통치자에게 朝貢을 바치는 관계이다. 그것 외의 다른 관계는 없었다.

지금 여기서 양쪽의 통치자를 통치자라고 지칭한 것은 용어 사용을 신중하게 하기 위해서이다. 책봉을 하고 조공을 받는 쪽의 통치자는 皇帝이고 조공을 하고 책봉을 받는 쪽의 통치자는 王이라고 하는 것이 정상적인 칭호이다. 오고간 국서에서는 그런 칭호를 사용했을 것이다.

그런데 《大越史記全書》 1087년의 기사에 "宋封帝爲南平王"(송나라가 황제를 봉해서 남평왕을 삼았다)라고 기록한 말이 보인다.[94] 월남의 통치자를 월남 자체에서는 "帝"라고 해도 책봉관계에서는 '王'이다. 책봉관계는 '皇帝'가 '王'의 통치권을 공인하는 관계이다. '皇帝'는 하늘을 대신해서 지상의 권력을 공인하는 구실을 하는 '天子'이므로

94) 같은 책, 251면.

그렇게 할 수 있다.

'天子'가 통치권을 공인해서 '王'을 책봉하는 범위가 한문문명권이다. 책봉을 받아야 한문문명권의 일원일 수 있다. 책봉은 한문문명권의 동일성을 입증하는 상징적인 의미를 가진 종교적인 행사이고, 정치적인 지배권을 입증하는 것은 아니다. 그렇기 때문에 중국의 침공을 물리치고 승리를 거둔 월남에서 그 절차를 받아들였다. 문묘·국자감·과거제를 갖춘 월남에서 '天子'의 책봉을 거부하는 것은 생각할 수도 없는 일이다. 우주적인 질서에서 개인의 행실까지 일관되게 규정하는 禮를 갖추어야 유교국가일 수 있기 때문이다.

'天子'의 책봉에 종교적인 의미를 부여하는 근거는 유교에서 제공했다. 유교에서 '天子'만 하늘에 제사지내고 하늘의 뜻을 받아 지상에 편다고 했다. 그렇지만 유교는 종교의 요건을 최소한만 갖춘 종교이다. 문명권의 동질성을 상징적으로 나타내는 근거는 종교가 아니고서는 제공할 수 없으므로 유교가 그 일을 담당했다. 월남의 통치자는 '王'이 아닌 '皇帝'라고 했어도 '天子'는 아니었다. '天子'는 하나만 있어야 유교문명권의 단일성이 보장되었다.

월남은 내부적으로 皇帝國이고자 했지만 그것은 공인된 사실은 아니었으며, 국제적으로는 冊封國이기만 했다. 冊封國 노릇을 그만두고 국제적으로 공인된 皇帝國이 되기 위해서는 중국 대륙을 정벌해 통치하는 것밖에 다른 방법은 없었다. 그렇게 되면 통치하는 장소를 중국의 중심지로 옮겨가야 했으므로, 중국의 새로운 왕조를 창건한 것으로 인정되기나 하고, 월남이 그 자체로 皇帝國이 될 것은 아니었다. 몽골민족의 元나라나 만주민족의 淸나라는 그렇게 했는데, 그 결과 무슨 이득이 있었던가 참으로 의심스럽고, 공연한 일에 힘을 너무 써서 자기 민족의 쇠망을 가져왔을 따름이다. 월남인이 그런 무리한 짓을 하지 않은 것은 참으로 현명한 일이었다.

그 뒤에 1226년에 李朝는 陳朝로 바뀌었다. 陳의 시조 태종이 왕위에 오른 3년 뒤인 1229년에 "遣使聘于宋 宋封帝爲安南國王"(송나라에 사신을 파견하니, 송나라가 황제를 봉해 안남왕으로 삼았다)고 하는 기사가 《大越史記全書》에 있다.[95] 중국의 책봉을 받아 월남의 독립이 공인된 것이다.

그런데 1400년에 胡季犛가 陳왕조를 무너뜨리자, 중국의 명나라가 찬탈을 징벌한다는 이유로 1406년 월남을 침공해서 복속시켜 다스렸다. 월남의 독자적인 풍속을 금하고, 월남의 식자층을 북경의 국자감에 데려가 가르쳐 중국인으로 개조하려고 했다. 그렇게 해서 중국과 월남이 둘임을 부인했다.

陳朝의 왕족이 독립운동을 일으켰다가 실패해 명나라로 잡혀가 처형된 다음, 黎利를 지도자로 한 거사가 성공해서 월남의 주권을 되찾고 黎朝를 창건한 것이 1427년의 일이다. 그해에 阮廌가 《平吳大誥》에서, 명나라를 春秋시대의 吳에다 견주어 越이 吳와 싸워 이긴 위업을 천하에 알린 글의 서두에서 다음과 같이 말했다. 《大越史記全書》에 실려 있는 것을 인용한다.[96] 탈락된 말을 보충해서 괄호 안에 적는다. 논의의 편의를 위해서 (가)·(나)·(다)로 구분하는 말을 넣는다.

> (가) 仁義之擧 要在安民 弔伐之師 莫先去暴 (나) 惟我大越之國 實爲文獻之邦 (다) 山川之封域旣殊 南北之風俗亦異 自趙丁李陳之肇造我國與漢唐宋元 而各帝(一)方[97]

95) 같은 책, 本紀 권5, 323면.

96) 같은 책, 本紀 권10, 546-547면.

97) 지준모·조동일, 《베트남의 최고시인 阮廌》(서울 : 지식산업사, 1992), 65-66면에 원문과 번역이 있다.

(가) 어질고 정의로운 거사는 백성을 편안하게 하는 것을 요체로 삼고, 위로하고 징벌하는 군사는 먼저 포악함을 제거한다. (나) 우리 大越의 나라는 文獻의 고장이다. (다) 산천의 경계가 이미 구분되고, 남북의 풍속이 또한 다르며, 趙·丁·李·陳朝 이래로 우리는 漢·唐·宋·元과 더불어 각기 한쪽을 다스렸다.

(가)에서는 명나라의 침공을 물리친 전승을 기렸다. 포악한 명나라를 제거하는 정의로운 전쟁을 했다고 했다. 글 마지막 대목에서는 "雪千古無窮之恥"(천고의 무궁한 수치를 씻었다)고 했다. (나)에서는 월남이 높은 수준의 한문문명을 이룩하고 있다고 했다. 그 점에서는 중국과 하나이다. (다)에서는 월남과 중국은 남북으로 구분되며 각기 독립왕조의 역사를 이룩해왔다고 했다. 그 점에서는 월남과 중국이 둘이라고 했다.

월남과 중국이 둘인 (다)의 이치를 무시한 중국의 횡포를 물리치기 위해서 (가)의 싸움을 했다. 그런데 중국과 싸워 이길 수 있었던 것은 월남과 중국이 하나인 (나)를 갖추었기 때문이다. 한문문명권의 일원으로서 월남은 중국과 하나인 대등한 역량을 지녔으므로 월남과 중국이 둘임을 분명하게 할 수 있었다.

전쟁이 끝나고 평화가 찾아와 월남이 중국과 국교를 재개할 때에는 월남과 중국이 둘이라고 하는 (다)의 원리가 아닌, 중국과 월남이 하나라고 하는 (나)의 원리를 구현했다. 1431년에 "命帝權署安南國事"라고 한 말이 《大越史記全書》에 있다.[98] 명나라에서 월남의 새 왕조의 太祖 黎利를 안남국의 일을 임시로 맡아보게 하는 '權署安南國事'로 임명했다는 말이다.

---

98) 《大越史記全書》 本紀 권10, 563면.

명나라에서는 黎朝의 창업을 인정하지 않고 이미 책봉한 원조인 陳朝를 이으라고 했는데, 진조의 후손을 찾아보아도 발견되지 않고, 나라를 다스리는 사람이 없을 수 없어 임시 조처를 바란다고 한 데 대한 회답이다. 그 국서의 요지도 《大越史記全書》에 실려 있다. 그것은 고려를 무너뜨리고 새로운 왕조를 창건한 조선태조 李成桂를 명나라에서 '權知高麗國事'로 삼은 것과 같은 조처이다.

'權署安南國事'라고 했더라도 그것으로 책봉이 이루어져, 중국과의 관계가 정상화되었다. 그 뒤에 월남은 명나라에 자주 사신을 보내 조공했다. 명나라에 사신을 파견한 횟수에서 유구가 첫째이고, 월남이 둘째이고, 조선은 열째이며, 일본은 열셋째였다. 중국에게 책봉을 받고 조공을 하는 나라는 모두 한문문명권의 일원이어서 서로 동질적인 위치에 있고, 대등한 관계를 가졌다. 서로 국교를 맺는 절차를 별도로 갖출 필요는 없었다.

조선태조 李成桂가 '權知高麗國事'가 된 것은 명나라의 간섭을 물리칠 힘이 없어 부득이 수락한 치욕이라고 여기는 이들이 많다. 그러나 黎太祖 黎利는 명나라와 싸워 이겼다. 黎太祖가 세상을 떠났다고 한 기사에서는 "北擊明寇"의 공적을 세웠다고 칭송했다.[99] 그런데도 '權署安南國事'로 한 것은 이해할 수 없는 일이라고 할 수 있으나, 그렇지 않다.

월남이 한문문명권의 일원으로 복귀해서 중국뿐만 아니라 한문문명권의 다른 여러 나라와도 국교를 가지는 데 그렇게 하는 것밖에 다른 방법이 없었다. 근대적인 국교관계를 가지자고 명나라에 요청하면 상대방이 이해하지 못해서 수락하지 않았을 것이다. 월남인 스스로 그런 생각을 해낼 수도 없었다. 중세인을 근대인이 아니었

99) 같은 책, 本紀 권10, 564면.

다는 이유에서 불만을 가지고 나무라는 것은 역사를 이해하는 태도가 아니다.

국가 차원에서는 중국과 월남이 하나가 아니므로 "北擊明寇"한 월남의 군주가 문명권 차원에서는 중국과 월남이 둘이 아니므로 '權署安南國事'라는 명목으로 책봉을 받은 것이 당연하다고 중세인이 판단한 것을 근대인은 이해하지 못한다. 근대인의 생각으로는 중국과 월남은 어떤 경우에든 하나일 수 없고 둘이기만 하다고 생각하기 때문에 "北擊明寇"는 자랑스럽고, '權署安南國事'에 책봉된 것은 치욕이라고 한다.

"雪千古無窮之恥"(천고에 무궁한 수치를 설욕했다)고 해놓고서, 다시 그런 치욕을 받아들인 것이 정신 나간 짓이라고 근대인은 생각한다. 그러나 중국이 월남을 침공해서 주권을 말살하고 직접 지배한 것은 천고에 무궁한 수치이므로 설욕해야 하지만, 중국과 월남이 책봉관계의 국교를 재개한 것은 당연한 일임을 중세인은 분명하게 알고, 근대인은 모른다. 근대인의 무지와 편견을 시정하는 것이 역사연구의 당연한 과제인데, 근대의 역사가는 근대인이므로 그렇게 하지 못한다.

중국과 월남이 문명권 차원에서 하나인 것은 중국이 강요한 사항이 아니고, 월남이 적극적으로 희망하고 획득하려고 한 자격이다. 월남에서 한문문명을 수준 높게 이룩하고 적극 재창조해야 주권을 수호해 국가 차원에서 중국과 월남이 하나라고 중국에서 강요하지 못하게 할 수 있다. 黎朝의 통치자들은 그렇게 하는 데 선행 왕조들보다 더욱 힘을 써서, 가치관을 바로잡고 문장을 가다듬어 국사를 다시 쓰고, 과거를 보여 인재를 선발하는 데 더욱 힘썼다.

文廟에다 1442년에 세운 비 〈大寶三年壬戌科進士題名記〉가 과거 급제자를 기리고 그 명단을 적은 비의 첫 예이다.[100] 거기서 태조가

"武功旣定 文德誕敷"(무공을 이미 정착시키고서, 문덕을 마련했다)고 한 말로 핵심을 삼은 찬사를 늘어놓으면서, 무력으로 나라를 구하는 공을 세운 다음에는 문치의 덕을 이어서 폈다고 했다. 과거제를 재확립해서 "萬世太平之基"를 마련했다고 했다. "人文化成"(인문의 교화가 이루어지게 한다) 하고, "隆儒爲首務"(유학을 융성하게 하는 것을 으뜸가는 과업으로 삼는다)는 방침을 천명했다고 했다. 월남이 그런 전통을 이은 문명국임을 오늘날 사람들도 자랑하고 있다.[101)]

黎朝가 들어선 시기에 월남문화 전반에서 커다란 변화가 일어났다. 불교를 대신해서 유학을 국가의 최고이념으로 삼는 역사적인 전환을 겪고, 애민의 정치철학을 제시했으며, 한시와 병행해서 國音詩를 발전시켰다. 阮廌가 그런 변화를 선도했다. 《大越史記全書》가 이룩된 것도 그 때문이다. 중세전기에서 중세후기로 이행하기 위해 반드시 필요한 과업을 일제히 수행해서 국력을 거듭 쇄신했다.

월남은 오늘날의 중부월남에 자리잡고 있었던 참파(占城 또는 占婆, Champa)와 오랫동안 싸웠다. 참파는 산스크리트문명권에 속한다. 산스크리트문명권의 중심국가 인도는 다른 나라를 침공한 적이 없다. 참파는 인도의 침공을 받지 않고 스스로 선택해 산스크리트문명권에 소속되었으니, 중국에 정복된 월남의 불운과 좋은 대조가

100) 그 비문의 한문 원문과 영어 번역을 근래 《進士題名記 *The Stone Stele at the Temple of Literature*》(Hanoi : Gioi, 1993)로 출간했다. 1996년 12월 29일 하노이에서 그 책을 구입했다.

101) 월남의 유교를 개관한 Kguyen Khac Vien, "Le confucianisme", Alain Ruscio ed., *Vietnam, l'histoire, la terre, les hommes*(Paris : L'Harmattan, 1989), 82면에서 "월남에서는 언제나 기사, 사무라이 등의 칼잡이들을 존중하지 않았으며, 국가 통치에서 문인이 무인보다 우위에 있었다"는 것이 큰 자랑이라고 했다. 근래에 프랑스와 미국을 물리치는 전쟁을 할 때에도 胡志明을 위시한 최고지도자들은 문인이었다. 정치투쟁을 군사투쟁보다 앞세워, 군사력이 불리한 데도 승리할 수 있었다.

된다. 월남은 참파와 여러 세기 동안에 싸우다가 마침내 참파를 정복하고 참파인을 동화시켜 월남인으로 만들거나 소수민족의 처지로 전락시켰다. 불운과 행운을 완전히 역전시켰다.

중세전기에 월남은 중국의 지배를 받다가 가까스로 독립을 했지만 참파는 번성하는 나라였다. 982년의 전투에서 월남이 야만국이고 참파가 문명국인 차이점이 나타난다.[102] 중세후기에는 둘이 대등한 위치에서 싸우면서 공존했다. 1301년에서 1312년에 이르기까지 있었던 일련의 사건이 그런 관계를 잘 나타내준다.[103] 중세에서 근대로의 이행기의 싸움에서는 월남이 이기고 참파가 졌다. 1697년에 참파가 월남에 복속되어 두 나라 사이의 대립관계가 끝났다.

월남과 참파의 관계가 그렇게 된 것은, 한문문명은 시대에 따른 혁신을 적극적으로 하고 산스크리트문명은 그렇지 못한 데 이유가 있다고 할 수 있다. 월남은 계속되는 중국의 침공을 격퇴하면서 민족사의 발전을 이룩하기 위해서 한문문명의 혁신을 적극 수행하지 않을 수 없었는데, 산스크리트문명권의 중심국가와 싸울 기회가 없었던 참파는 그렇게 하지 못한 것이 불운의 이유라고 할 수 있다.

월남은 중국의 통치를 받는 천여 년 동안에 한문문명권에 소속되

---

102) 중국에서 갓 독립한 시기의 前黎朝 大行皇帝 黎桓은 자기가 보낸 사신을 거절했다고 분노해서 그 해 982년에 참파의 수도로 진격해 "獲宮妓百人 及天竺僧一人 選其重器 收金銀寶貨以萬數 夷其城池 毁其宗廟"의 만행을 저지르고 돌아왔다(《大越史記全書》 本紀 권1, 189면).

103) 陳朝의 仁宗은 아들 英宗에게 왕위를 물려주고 上皇으로 있던 시기인 1301년에 참파를 방문하고 자기 딸 玄珍公主를 참파 국왕 制旻의 왕비로 보내는 댓가로 두 州를 받는 협상을 이룩했다. 1306년 공주가 참파로 갈 때 그 일을 한나라에서 王昭君을 흉노에게 시집보낸 일에다 비해서 풍자하는 '國語詩'가 출현했다. 1307년에 참파 국왕 制旻이 죽자 그 곳 풍속에 따라 왕비가 불에 타 죽어야 했으므로 사람을 보내 공주를 구출해야 했다. 그 때문에 충돌이 일어나, 1312년에 英宗은 참파를 침공해 국왕을 포로로 만들었다(《大越史記全書》 本紀 권6, 383-391면).

었다. 그 점은 한국이나 일본의 경우와 달랐다. 한국은 민족과 국토의 일부가 한사군의 통치에 들어갔다가 313년에 한사군을 없앴으며, 그 뒤에는 한국의 주권국가 고구려·백제·신라에서 한문문명을 받아들였다. 한편 일본은 중국에 정복되어 통치를 받은 적이 없고, 중국인과는 직접적인 관련을 가지지 않으면서, 한국인을 통해 한문문명을 수입했다.

그런 차이가 있더라도, 한문문명권의 일원이 되어 중세화한 것이 한국이나 일본에서와 마찬가지로 월남에서도 민족사의 커다란 발전이었다. 중세화의 역량을 갖추었기 때문에 독립국가를 이룩하고 지켰으며, 백성의 삶을 성과 있게 돌보고, 수준 높은 문화를 이룩할 수 있었다. 중세화하는 월남에서도 자랑스러운 일이다. 중세인은 그 점을 분명하게 인식하고 있었다.

중국과의 관계가 바람직하지 않게 진행되었다고 비판하고, 그 이전에 월남이 이미 갖추고 있던 독자적인 문명을 찾아내서 평가한 것은 근대사학이 성장한 이후의 일이고, 중세에는 없던 새로운 학문인 고고학에서 제공하는 증거를 얻어 구체화되었다. 월남이 중국과 충돌해 전쟁을 한 1979년 이후에, 중국과의 관계를 가지기 전에 있었던 고대의 영광을 재평가하는 풍조가 두드러지게 나타났다.[104)]

월남은 지금 근대사학을 이룩하는 것을 긴요한 과업으로 삼고 있다. 중세 이전 고대사를 재인식한 점에서 근대인은 중세인보다 한 걸음 더 나아간다는 것을 입증하고 있다. 그러나 그 때문에 중세화의 의의가 부정될 수 있는 것은 아니다. 월남에서 근대를 극복하고 다음 시대로 나아가기 위해서는 중세화를 재평가해야 한다.

---

104) Nguyen The Anh, "Historical Research in Vietnam : A Tentative Survey", *Journal of Southeast Asian Studies*, vol. 26, nom. 1(Singapore : Singapore University Press, 1995)에서 그런 동향을 소개했다.

한국

위에서 월남의 사례를 길게 논한 것은 다른 여러 나라의 경우를 살피는 데 표준이 되는 공통된 원리를 도출할 수 있기 때문이었다. 이제 한국의 경우를 살피면서 월남과 대비하는 방법을 사용한다. 한국의 사례는 관련 자료를 풍부하게 활용할 수 있기 때문에 얼마든지 길게 서술할 수 있다. 그러나 그렇게 하다가는 논지가 흐려지고 만다. 시조도래건국신화에서 중세화에 관해 말해주는 공통된 내용을 한국에서도 확인해, 기존의 논란을 해결하는 것이 여기서 할 일이다.

한국의 시조도래건국신화에 등장한 첫번째 도래자는 箕子이다. 중국 殷나라 성인인 箕子가, 자기 나라가 망하고 周나라가 들어서자 한국으로 와서 통치자 노릇을 하면서, 한문문명을 전했다고 했다. 八條禁法을 만들어 교화를 베풀었다고 하는 것은 중세적 통치를 시작했다는 말이다. 고대의 군주 壇君의 신화적 능력으로 통치한 것과 달리 중세의 군주 箕子는 예법으로 국가 운영의 근간을 삼았다는 말이다.

"周虎(武)王卽位己卯 封箕子於朝鮮 壇君乃移於藏唐京"(주무왕이 즉위 기묘년에 기자를 조선에 봉하니, 단군은 이에 장당경으로 옮겨 갔다)고[105] 한 것은 고대와 중세의 교체로 이해될 수 있는 기사이다. 고대에는 한국이 한국이기만 했는데, 중세에는 한국이 중국의 책봉을 받는 나라가 되었다. 그런데 箕子가 도래한 내력은 자세하지 않다. 온전하게 전하지 못하는 시조도래건국신화이다.

駕洛國의 시조 首露王의 아내 許黃玉이 阿踰陁國에서 왔다고 하

---

105) 《三國遺事》 권1, 〈古朝鮮〉.

는 〈駕洛國記〉 서두의 기사도[106] 시조도래건국신화이다. 아유타국은 인도에 있던 나라이다. 인도의 인물이 바다를 건너 다른 나라로 가서 현지의 지배자와 혼인을 하고 그곳의 국왕이 되었다고 하는 것은 캄보디아에서 그 전형적인 예를 볼 수 있는 산스크리트문명권 건국시조도래신화의 공통된 설정이다. 그런 것이 한국에도 있어, 한국이 산스크리트문명권과 관련을 가졌음을 입증해준다고 할 수 있다.

그러나 도래한 인물이 남성이 아니고 여성이어서, 왕이 되지 않고 왕후가 되었다. 문명을 전래했다고 하는 말이 없다. 중세화가 시작되도록 했다고 이해할 증거가 보이지 않는다. 그 몇 가지 점에서, 고대의 시조도래건국신화이다. 원래는 허황후가 신라의 脫解처럼 어딘지 모를 가상적인 나라에서 왔다고 했는데, 중세에 들어서서 산스크리트문명권의 한 나라를 가져다 붙이는 개작을 했을 수 있다.

신라의 仙桃山 聖母 娑蘇에 관한 기사도 시조도래신화이다.[107] 중국 帝室의 딸 娑蘇가 辰韓에 이르러서 "生子爲海東始主"(자식을 낳아 해동의 첫 임금이 되게 했다)든가,[108] "生聖子爲東國始君"(성스러운 자식을 낳아 동국의 첫 임금이 되게 했다)고[109] 한 것은 시조도래신화라고 볼 수 있는 증거이다. 위에서 든 許黃玉의 경우와 함께 도래자가 여성인 점이 특이하지만, 왕의 배필이 되었다고 하지 않았으며, 제왕의 시조가 되었다는 점이 강조되어 있다.

그런데 "不夫而孕"(남편 없이 아이를 배어) 자기 고장에서 쫓겨났다 하고,[110] "盖赫居世閼英二聖之所自也"(대개 혁거세와 알영 두 성인이

106) 같은 책, 권2.

107) 윤철중, 《한국도래신화연구》에서는 이 자료를 도래신화의 좋은 본보기로 삼아 거듭 자세하게 논의했으나, 여기서는 간략하게 언급하는 데 그친다.

108) 《삼국사기》 권20, 〈신라본기〉 20.

109) 《삼국유사》 권5, 〈仙桃山聖母隨喜佛事〉.

110) 《삼국사기》, 같은 곳.

이로 말미암아 생겨났다)고 한 데서는 선도산 성모가 원시신화와 이어져 있는 고대신화의 주인공이고, 중세문명을 이식한 인물이 아니다. "嘗使諸天仙織羅緋染 作朝衣贈其夫 國人因此始知神驗"(일찍이 여러 天仙으로 하여금 비단을 짜서 붉은 물을 들여, 조정의 의복을 만들어 그 남편에게 주니, 나라 사람들이 이로써 신험함을 알더라)라고[111] 한 데서는 독자적인 전통의 문화영웅이라고 할 수 있는 모습이 보인다.

신라건국시조 혁거세의 어머니라고 하고 아내라고도 하는 재래신화의 주인공을 중국 제실의 딸이라고 한 것은 고대신화를 중세신화로 바꾸어놓은 무리한 처사이다. 그것만으로 부족해서, 선도산 성모가 불교를 숭상해 佛事를 즐겨 도왔다는 말을 보태서 억지 설정을 더욱 확대했다. 중세의 시조도래신화를 새롭게 창조하지 않고, 원시신화와 이어져 있는 고대신화에다 중세의식의 덧씌우기를 하는 데 그쳐 납득하기 어려운 결과를 얻었다고 할 수 있다.

한국에서 시조도래건국신화가 선명하게 나타난 것은 신라시대를 지나 고려시대에 들어서면서 있었던 일이다. 중국 당나라 천자 肅宗이 한국에 와서 나라를 세우는 군주의 시조가 되었다고 한《高麗史》서두의 기사에는 시조도래건국신화의 요건이 뚜렷하게 구현되어 있어, 해당 자료를 들어 자세하게 검토할 필요가 있다. 단락을 구분해서 (가)에서 (바)까지로 표시하고, 줄을 바꾸어 적는다.

(가) 寶育性慈惠 出家入智異山修道 還居平那山北岬 又徙摩訶岬 嘗夢登鵠嶺 向南便旋 溺溢三韓山川 變成銀海 明日以語其兄伊帝建 伊帝建曰 汝必生支天之柱 以其女德周妻之 遂爲居士 仍於摩訶岬 構木菴 有新羅術士見之曰 居此 必大唐天子來作壻

111)《삼국유사》, 같은 곳.

(나) 後生二女 季曰辰義 美而多才智 …… 唐肅宗皇帝潛邸時 欲遍遊山川 以明皇天寶十二載癸巳春 涉海渡浿江西浦 …… 遂至松嶽山 登鵠嶺 南望曰 此地必成都邑 從者曰 此八眞仙住處也 抵摩訶岬養子洞 寄宿寶育第 見兩女悅之 請縫衣綻 寶育認是中華貴人 心謂果符術士言……

(다) 代以辰義 遂薦寢 留期月 覺有娠 臨別云 我是大唐貴姓 與弓矢曰 生男則與之 果生男 曰作帝建……

(라) 年十六 母與以父所遺弓矢 作帝建大悅 射之 百發百中 世所謂神弓 於是欲覲父 寄商船……

(마) 賴郎君 吾患已除 欲報大德 將西入唐 覲天子父乎 富有七寶 東還奉母乎 曰吾欲者 王東土也 翁曰 王東土 待君之子孫三建……

(바) 作帝建 乃悟請之 翁以長女翥旻義妻之[112)]

(가) 寶育은 성품이 자비로왔으며, 출가해 지리산에 들어가 도를 닦았다. 돌아와서 平那山 北岬에 살다가, 다시 摩訶岬으로 이사했다. 일찍이 꿈에 鵠嶺에 올라가 남쪽을 향해 오줌을 누니, 三韓의 산천이 다 잠겨 은빛 바다를 이루었다. 이튿날 그 일을 형인 伊帝建에게 말하니, 伊帝建이 이르기를 "너는 반드시 하늘을 괴일 기둥을 낳으리라"고 했다. 자기 딸 德周로 아내를 삼게 했다. 드디어 거사가 되어 摩訶岬에다 나무 암자를 지었다. 신라의 술사가 보고서 말했다. "이곳에 거주하면, 반드시 大唐天子가 와서 사위가 될 것이다."

(나) 뒤에 딸 둘을 낳았다. 둘째가 辰義였는데, 아름답고 재주가 많았다. 唐肅宗皇帝가 임금이 되기 전에 산천을 둘러보기를 희망해 明皇 天寶 12년 癸巳 봄에 바다를 건너 浿江 西浦에 이르렀다. …… 마침내 송악산에 이르러 鵠嶺에 올라 남쪽을 바라보며, "이곳은 반드

112) 《고려사》 권1, 〈高麗世系〉.

시 도읍이 될 것이다"고 했다. 따르는 사람이 말하기를 "이곳은 八眞仙이 사는 곳입니다"라고 했다. 摩訶岬 養子洞에 이르러서 寶育의 집에 기숙했다. 두 딸을 보고 기뻐해 옷 타진 곳을 꿰매주기를 청했다. 寶育은 그 사람이 중국의 귀인인 줄 알고, 마음 속으로 술사의 말이 맞는구나 하고 생각했다…….

(다) 辰義에게 (언니를 대신해서) 잠자리를 모시게 하니, 몇 달 지나 임신을 했다. 작별할 때 말했다. "나는 大唐貴姓이다." 활과 화살을 주면서 말하기를 "아들이 나면 이것을 주어라." 과연 아들이 나서 作帝建이라고 했다…….

(라) 나이 열여섯에 어머니가 아버지가 남긴 활과 화살을 주었다. 作帝建은 크게 기뻐했다. 활을 쏘아 백발백중이니, 세상에서 말하는 신궁이었다. 아버지를 만나러 가려고 상선을 탔다…….

(마) "그대의 힘을 빌어 나의 근심을 제거했으니 큰 은덕에 보답하고자 합니다. 장차 서쪽으로 당나라에 가서 天子 아버지를 만나려고 합니까? 부유한 칠보가 있으니 동쪽으로 돌아가 어머니를 봉양하려고 하십니까?" 이에 답했다. "내가 바라는 바는 東土의 임금이 되는 것입니다." 늙은이가 말했다. "東土의 임금이 되는 것은 그대의 자손 三建을 기다려서 될 일입니다……."

(바) 作帝建은 이에 깨닫고 청하니, 늙은이는 장녀 翥旻義를 아내로 삼게 했다.

고려태조 王建의 시조가 셋 등장한다. 고조 寶育의 딸이 증조모 辰義이고, 그 아들이 조부 作帝建이다. 증조부는 중국에서 도래한 唐肅宗이라고 했다. 증조부는 가고 없어도, 가계가 한 대는 모계로 이어져 중단되지 않았다.

문명권의 중심부에서 도래한 귀한 인물이 현지의 여성과 결혼해서 건국시조가 되거나 건국시조의 선조가 되었다고 한 점에서 이 이야기는 스리랑카나 캄보디아나 월남의 경우와 동일한 내용을 갖추고 있다. 도래한 인물이 되돌아간 점은 월남과 일치한다. 그런데 도래한 시조의 아들이 바로 임금이 되지 않고, 몇 대 더 내려가 개국을 한 점은 특이하다. "王東土"(동쪽 땅의 임금이 된다)는 예언이 실현되기까지 여러 과정을 거쳤다.

(가)에서는 신라의 술사가, 당나라 천자가 와서 사위가 되리라고 하는 예언을 했다고 했다. 신라의 술사가 신라를 대신할 다른 역사의 시작을 예언하고, 중국과의 새로운 관계에서 다른 역사가 시작된다고 했다.

(나)에서는 唐肅宗이 송악산 남쪽이 도읍지임을 알아냈다. 캄보디아의 도래시조가 도읍지를 찾아온 것과 상통하는 내용이지만, 자기가 도읍지의 주인이 되겠다고 한 것은 아니다. 도래한 귀인은 국가 창건을 예견하고 그 주역이 태어나게 하는 구실을 하고서는 돌아갔을 따름이다. (다)에서는 도래인의 아들이 어머니를 통해서 아버지의 권능을 물려받았다고 했다. (라)에서는 영웅의 능력을 가진 아들이 아버지를 찾아갔다.

(마)에서는 서해용왕을 위기에서 구출하고, 자기 후손이 "王東土"의 소망을 이룩하리라는 예언을 들었다. (바) 용녀를 아내로 삼고 용궁의 보물을 얻어 돌아왔다. 용녀를 아내로 삼은 점은 월남과 같다. 월남에서는 창업주가, 한국에서는 창업주의 선조가 그런 일을 했다.

신라를 대신하는 새로운 나라를 세우는 것은 왕족이 아닌 일반백성의 힘으로는 할 수 없는 일이다. 범인이 영웅으로 비약해서 신이로운 힘을 얻기 위해서는 두 단계의 비약이 있어야 했다. 두 단계의 비약을 혼인을 통해서 실현해야 했다. 한쪽에서는 중국천자의 혈통을, 다른 쪽에서는 용왕의 혈통을 받아들여 그 후손이 제왕이 될 수 있었다고 했다.

이 이야기는 이미 오래 지속되어온 한국의 역사를 중간에 바꾸어 놓는 새로운 건국의 신화라는 점에서 캄보디아와 월남에서 보이는 최초의 건국신화와 다르다. 캄보디아와 월남에서는 도래한 남성과 혼인한 여성이 이미 지배자의 위치에 있었다. 건국신화에서 흔히 보이는 천신과 지신의 결합을 보여주면서 천신의 자리에다 도래인을 가져다놓으면 그만이었다.

천신과 지신의 결합으로 이루어진 건국신화는 한국에 흔하다. 고조선·고구려·신라에서 모두 그렇게 설정되어 있는 시조하강건국신화를 갖추었다. 신라에서는 시조도래형건국신화를 거기다가 덧보탰다. 그러나 고려건국신화는 일반백성이 기존의 국가를 무너뜨리고 새로운 왕조를 창건한 이야기여야 하므로, 그런 기존 유형을 그대로 사용할 수 없었다. 고려 건국은 고대국가를 거치지 않고 중세국가를 바로 만드는 작업이어서, 새로운 신화를 필요로 했다.

시조하강건국신화를 시조도래건국신화로 바꾸어놓고, 시조도래건국신화의 주인공이 원래 문명국 중심부의 귀인이었다고 하면 고대의 건국신화를 이용해서 중세의 건국신화를 만들 수 있었다. 그러나 고려는 건국의 시조가 원래 존귀한 인물이라고 할 수 없어, 그럴 수 있는 처지가 아니었다. 일반백성에 지나지 않던 선조가 두 대에 걸쳐 중국천자와 서해용왕의 혈통을 받아들여 제왕의 자격을 얻었다고 하는 것이 고려에서 중세의 신화를 만드는 최상의 방법이었다.

고대건국신화의 天父地母 설정을 두 대에 걸친 중국천자 아버지와 서해용녀 어머니로 바꾸어놓아 중세건국신화를 만든 것은 탁월한 착상이다. 건국신화가 무엇인지 정통하게 알고 새로운 건국신화를 적절하게 만들어냈다. 고려의 건국신화는 기존의 신화에서 여러 요소를 가져와서 편집한 것에 지나지 않아 독자적인 의의가 없다고 하는 견해는 부당하다. 왕건 선조들이 서해를 무대로 해상활동을 하는 가운데 그런 이야기가 저절로 생겼으리라고 추정하는 것은 안이한 발상이다.

중국천자의 혈통과 서해용왕의 혈통은 소종래가 서로 다르지만 중세문명의 각기 한 측면을 나타내는 상징적인 의미를 가진다는 점에서 서로 같다. 중국천자는 유교문명의 동질성을 보장해주는 구심체이다. 서해용왕은 불교영역에 들어가 있다. 서해용왕을 괴롭히는 요물이 부처의 모습을 하고 불경을 외워 혼란을 일으키는 것을 활로 쏘아 퇴치한 작제건은 불법을 수호하는 구실을 하고서 용왕이 관장하고 있는 신이로운 능력을 나누어 가질 수 있었다.

중국천자의 아들인 작제건은 아버지를 만나려고 바다를 건너가다가 서해용녀를 아내로 삼고 되돌아왔다. 천자와 용왕의 권능이 그 자체로 소중하지 않고, 자기 나라에서 제왕 노릇을 하는 데 필요하기 때문이었다. 천자의 궁전에 가서 서자 노릇을 하거나 용왕의 사위가 되어 용궁에 머물러 있는 것은 생각할 수도 없는 일이다. 역사를 새롭게 창조하기 위해서 유학도 필요하고 불교도 가져와야 했다.

고려건국신화는 고대의 것을 이어서 개작하지 않고 중세의 것으로 새롭게 만들었으므로 그 정도의 창의력을 발휘해서 평가할 만한 논리를 갖추었어도 계속 도전을 받아야 했다. 그 타당성과 진위에 관한 시비가 《고려사》에 여러 겹 나타나 있다. 서두의 〈世系〉에만 실어두고, 태조 왕건에서 시작되는 실질적인 역사와는 단절시켰다. 왕건은 신화적인 인물이 아니다.

閔漬의 《編年綱目》을 인용한 세주를 달고, 李齊賢의 史論을 첨부해 그 허황됨을 나무랐다. 《고려사》 편찬자들이 내린 최종적인 결론은 "自古論人君世系者 類多怪異 而其間或有附會之說 則後之人 不能不致疑焉"(자고로 임금의 세계를 논하는 이들은 괴이함이 많고, 그 사이에 이따금 무리하게 가져다 붙인 말도 있으니, 뒤의 사람이 의심을 하지 않을 수 없다)고 했다. 그 말은 모든 건국신화에 대한 공통된 비판이다. 고려건국신화의 구성 내용에 대한 검증을 개별적인 사실의 차원에서 진행하는 것은 부질없는 일이다. 중세시기에 중세건국신화를 다시 만드는 것이 과연 필요하고 가능한 일인가 하는 것이 근본적인 의문이다.

월남에서 만든 신화와 고려에서 만든 신화를 견주어 보면 둘 다 각기 그 나름대로의 장점이 있고, 또한 단점이 있다. 월남의 시조도래건국신화에서 중국과 월남이 하나이면서 둘인 관계를 밝힌 것은 논리가 명확하다. 그런데도 고대건국신화처럼 서술되어 있어 의문과 도전에 부딪히지 않아, 중세이념의 구현임을 알아차리기 어렵다.

원래 고대부터 그렇지는 않았고, 중세에 이르러서 역사의 방향이 달라진 다음에 개작한 신화임이 분명하게 드러나 있지 않아 혼란을 일으킨다. 고려의 건국신화는 중국천자와 동해용왕의 양쪽의 능력을 받아들여, 미천한 백성이 제왕으로 성장해서 새로운 왕조를 창건하는 역사적 과업을 수행한 과정을 잘 나타냈다. 그러나 중세건국신화를 마치 고대건국신화처럼 만들었기 때문에 불신과 비판을 자아내는 약점이 있다.[113)]

한국에서도 월남처럼 고대건국신화를 개작해서 중세건국신화를

---

113) 조선왕조가 들어섰을 때 《龍飛御天歌》와 《月印千江之曲》을 지은 것은 같은 과업의 재현이지만, 무리를 하지 않아 말썽이 없다. 《龍飛御天歌》는 중국천자 쪽의 유교세계와의 관계를, 《月印千江之曲》은 서해용왕 쪽의 불교세계와의 관계를 각기 간접적인 방법으로 합리적이라고 인정되는 범위 안에서 나타냈을 따름이다.

만들지 않고 새 작업을 한 데는 그만한 이유가 있다. 월남사에서는 고대와 중세가 그 사이에 들어선 중국 통치 때문에 확연하게 구별되므로, 역사가 새롭게 시작될 때 고대건국신화와는 다른 중세건국신화로 만들어야 했다. 그런데 한국에서는 고대가 중세로 중단되지 않고 이어져, 건국신화를 다시 만들 겨를이 없었다.

고구려·백제·신라에서는 국가가 지속되는 동안에 고대가 중세로 바뀌어서, 고대건국신화를 중세건국신화로 고칠 수 없었다. 고려의 건국에 이르러서 비로소 중세왕조가 새롭게 창건되어 중세건국신화를 만들 수 있었는데, 그렇게 한 시기가 너무 늦어 어려움이 생겼다. 조작이나 억지의 자취를 숨기기 힘들었다. 고려 때에도 자기네 시조도래건국신화를 크게 중요시 하지 않았으며, 조선왕조는 시조도래건국신화를 다시 만드는 일을 하지 않았다.

중세문명은 문명권의 중심부에서 가져왔다. 문명권의 중심부에서 이주해와서 토착사회를 지배한 통치자가 있으면 문명의 수입이 촉진되었다. 이른 시기 한국사에서 그런 변화가 거듭 일어난 경과가 월남의 경우와 유사하다. 중세문명이 성숙된 시기에 자국의 역사를 총괄해서 서술하는 작업을 하면서, 그 점에 대해서 납득할 수 있는 해명을 하고자 한 것도 공통된 일이다. 중세건국신화를 다시 만들지 않고, 이른 시기 역사를 사실에 입각해서 쓰면서 중세문명의 성립에 관해서 고찰하는 것이 후대 사가의 임무였다. 고려 때에도 이미 다양한 형태로 시도한 그 작업을 조선왕조 건국초에 국가의 사업으로 편찬한 역사서에서 본격적으로 추진했다.

건국의 시조 檀君이 중국 殷나라의 현자 箕子에게 자리를 물려주어 箕子朝鮮이 시작되었다. 중국의 燕나라 장수 衛滿이 들어와서 箕子朝鮮을 무너뜨리고 衛滿朝鮮을 창건한 것은 기원전 195년의 일이고, 다시 중국의 漢나라가 衛滿朝鮮을 치고 기원전 108년에 四郡

을 설치했다는 것은 연대를 들어 말할 수 있는 사실이다. 箕子는 월남의 趙佗와 견줄 수 있다. 衛滿은 그 다음에 등장했으니 월남의 士燮에 해당한다 하겠으나, 漢의 郡縣 설치 이전의 독자적인 지배자이다.

그런 일련의 변화를 일으킨 주역 가운데 어느 한 인물을 택해 문명권의 중심부로부터 중세문명을 가져오는 과업을 수행한 선구자라고 받들어야 후대에 이룩된 중세문명국가가 정통성을 확립할 수 있었다. 그래서 월남에서는 士燮을, 한국에서는 箕子를 내세웠다. 그 두 사람은 시대적인 위치가 서로 다르지만, 중국에서 이룩된 선진문명을 가져와 정착시켜 변방의 나라도 문명국이 될 수 있는 계기를 만들었다고 할 수 있는 공통점이 있다. 그렇게 해서 고대에서 중세로의 이행기가 시작되게 했다 하겠으므로, 중세국가에서 크게 받들 만했다.

중세국가는 공동문명만 지닐 수 없고, 공동문명과 민족문화를 공존시켜 生克의 관계를 가지게 해야 했다. 檀君과 箕子를 함께 숭상하면서 이따금 어느 쪽이 더 훌륭한가 하는 논란을 벌이는 것이 그래서 생긴 일이다.[114] 檀君 대신에 朱蒙이나 다른 건국시조를 내세울 때에도 箕子가 대칭이 되는 자리에 있었다. 箕子는 孔子보다 앞선 인물이므로, 한국유교의 연원을 孔子 이전으로 올릴 수 있게 했다. 箕子의 계승자가 중국에도 있고 한국에도 있어 서로 대등한 관계를 가진다고 했다. 한국에서 孔子가 부러워하고 칭송한 유교문명을 이룩했다고 했다.

고구려에서 "靈星神·日神·可汗神·箕子神"을 섬겼다고 중국인이 기록한 데에[115] 朱蒙이 포함되어 있으리라고 생각되는 재래의 신들

---

114) 한영우, 《조선전기사회사상연구》(서울 : 지식산업사, 1983)에서 단군과 기자에 관한 고려 및 조선전기의 인식을 자세하게 고찰했다.

과 함께 箕子가 등장한다. 그 뒤에 고려에서는 朱蒙과 함께 箕子를, 조선왕조는 檀君과 함께 箕子를 제사지내면서 國祖로 받들었다.[116)] 箕子가 國祖의 위치를 상실하고 단군만 남게 된 것은 근대에 일어난 변화이다.

'權知高麗國事'였던 왕건을 '高麗國王'으로 책봉한 後唐의 詔勅에 "踵朱蒙啓土之禎 爲彼君長 履箕子作蕃之跡 宣乃惠和"(朱蒙이 나라를 열었던 상서로움을 이어 그 군장이 되고, 箕子가 번국을 이룩한 자취를 밟아서 이에 은혜로운 조화를 펴도다)라고 한 말이 있다.[117)] 고려는 한국사 전체의 계보를 따지면 朱蒙과 箕子 양쪽의 정통을 이었다고 하는 사실이 책봉을 통해서 공인되었다.

고려는 새로운 세력이 일으킨 신흥왕조이다. 그 점을 명시하기 위해서는 위에서 들어 분석한 시조도래건국신화가 필요했다. 箕子의 정통을 이었다는 것은 천자의 혈통을 받았다는 것으로, 주몽의 정통을 이었다는 것은 용왕의 혈통을 받았다는 것으로 바꾸어 신화적 상징의 의미를 지니게 형상화해놓았다.

그렇지만 고려는 이미 신화시대에서 멀어진 시기에 이룩되어, 건국신화를 다시 만들어도 큰 효력이 없었다. 합리적인 사고를 가다듬어 역사를 이해하고 역사철학을 정립하고자 하는 선진적인 요구가 있어 별도의 작업을 해야 했다. 《삼국사기》 저술이 그래서 필요했다. 거기서는 단군의 전통보다 기자의 전통을 더욱 중요시해서 한쪽에 치우친 결함이 있었다.

고려후기에 들어서서 중세후기의 새로운 사고방식으로 단군이나

---

115) 《舊唐書》 東夷列傳 高麗條.

116) 金澤榮은 1910년의 국권 상실을 통탄한 〈嗚呼賦〉에서, 조선왕조가 망해서 箕子의 제사를 지낼 수 없게 된 것이 가장 큰 불행이라고 했다.

117) 《고려사》 권2, 태조16년 춘3월 辛巳.

주몽을 재인식했다. 중국과 한국은 문명이 하나이고 문화가 둘임을 밝히는 작업이 광범위하게 일어났다. 李奎報의 《東明王篇》이나 一然의 《삼국유사》가 그런 작업의 좋은 본보기이다.

한국에서 중세후기의 역사철학을 구현하는 작업을 李承休의 《帝王韻記》(1287)에서 더욱 명확하게 전개했으므로, 그쪽을 자세하게 살필 만하다. 그 서문 첫 문장에서 "自古帝王承相授受興亡之事 經世君子所不可不明也"(옛날부터 제왕이 서로 이어오면서 흥망한 사실을 經世하는 군자가 명확하게 하지 않을 수 없는 일이다)라고 한 말로 저술의 취지를 밝힌 것을 보면, 제왕의 통치가 서로 이어지면서 흥하고 망한 사적을 세상을 다스리는 군자는 분명하게 알지 않을 수 없다고 했다.

앞의 말에서는 역사 이해의 내용을, 뒤의 말에서는 역사 이해의 주체와 목표를 밝혔다. 역사는 한 가닥으로 이어졌다고 하고서, 천지창조에서 시작해 중국의 역사와 한국의 역사를 함께 다루었다. 역사 이해의 주체는 세상을 다스리는 군자이다. 세상을 다스리는 군자는 세상만사를 통괄해서 이해하는 역사철학을 갖추어야 한다고 했다.

본문 서두에서는 "混沌形狀如鷄子 盤古生於混沌裏"(혼돈의 형상이 달걀 같은데, 盤古가 혼돈 가운데서 태어났다)고 해서, 천지가 생겨날 때 盤古가 태어난 내력부터 들었다. 반고의 몸이 흩어져, 머리는 산이 되고, 기름은 바다가 되고, 눈은 일월이 되었다고 했다. 그 대목에서는 천지의 생성에 관해서 말했다. 그 뒤에 三皇五帝가 차례로 나타났다고 해서 인류역사의 시원에 관해서 말했다.[118)]

인류역사의 시원이 중국사로 이어져 역대 왕조의 흥망을 보게 되

---

118) 우주의 역사, 인류의 역사, 문명의 역사를 이어서 서술하는 방식은 無寄의 불교서사시 《釋迦如來行蹟頌》(1328)에서도 보인다.

었다고 했다. 그 내력을 상권에서 2,370행으로 다룬 데 이어서, 하권에는 〈東國君王開國年代〉를 1,460행의 분량으로 노래한다고 했다. 하권의 그 서두에서 한국에 관해 서술한 말을 보자.

遼東別有一乾坤　요동에는 한 건곤이 따로 있으니,
斗與中朝區以分　뚜렷하게 중국과 갈라지고 구분된다.
洪濤萬頃圍三面　큰 파도 넘실넘실 삼면을 둘러싸고,
於北有陸連如線　북쪽에는 육지가 실같이 이어져 있다.
中方千里是朝鮮　그 가운데 고장 천리 여기가 조선이라,
江山形勝名敷天　강산 좋은 형세 그 이름이 천하에 퍼졌다.
耕田鑿井禮義家　밭 갈고 우물 파는 예의의 나라,
華人作題小中華　화인이 이름해서 소중화라고 하노라.
初誰開國啓風雲　처음에 누가 개국해서 풍운을 열었는고,
釋帝之孫名檀君　석제의 손자 그 이름이 단군이라.

한국은 중국과 구분되는 지역에서 독자적인 역사를 이룩해왔다고 했다. 한국역사를 처음 연 단군은 "釋帝之孫"이라고 하는 불교의 용어로 일컬어 하느님의 손자라고 해서 하늘과 바로 이어진다고 했다. 그러면서 한국은 "禮義家"이고 "小中華"라고 해서 중국과 같은 동질적인 문명을 같은 수준으로 이룩하고 있다고 했다.

인용구 다음 대목에서는, 檀君은 중국 堯임금과 함께 戊辰년 같은 해에 왕위에 올랐다고 했으며, 舜임금 시절에서 夏왕조에 이르는 기간 동안 나라를 다스렸다고 했다. 중국사와 한국사는 서로 병행하는 관계에서 전개되었다고 했다. 단군이 산신이 되어 수명을 다한 다음에 箕子가 등장해서 後朝鮮의 시조가 되었다고 하고, 단군이 기자 때문에 물러난 것은 아니라고 했다. 한국사의 독자적인 전개를 더욱 강조해서 말하는 관점을 택했다.

중국의 周武王이 기자에게 "洪範九疇問彝倫"(洪範 九疇의 윤리에 관해서 물었다)했다는 것을 자랑스럽게 여기고, 후대에까지 "遺風餘烈傳熙淳"(남긴 기풍, 끼친 공적이 화합하고 순박한 마음가짐을 전했다) 했다고 칭송했다. 그러나 중국이 침공해서 한사군를 설치한 것은 부정적으로 평가 했다. 교화와 침공은 전혀 다르다고 한 점에서 월남의 사서와 일치되는 견해를 보여주었다.

한사군 시절에는 "眞番臨屯在南北 樂浪玄菟東西偏 胥匡而生理自絶 風俗漸醨民未安"(진번과 임둔은 남북으로 나누어져 있고, 낙랑과 현토는 동서로 치우쳐 있어, 서로 다투다가 도리가 저절로 끊어지게 했으므로, 풍속이 점차 박해져서 백성이 편안하지 못했다)고 했다. 각기 다른 곳에 자리를 잡은 한사군이 서로 어긋나는 통치를 해서 차질이 생겼다고 했다. 풍속을 그르치고 백성을 해치는 짓을 했다고 했다.

한국에서 국사를 통괄해서 서술하는 작업은 1485년에 완성한 《東國通鑑》에서 처음으로 본격적으로 이룩했다. 한국의 《東國通鑑》은 1479년에 완성한 월남의 《大越史記全書》와 흡사하다. 두 책은 1084년에 중국에서 이루어진 司馬光의 《資治通鑑》을 모형으로 삼아, 왕조 계승의 정통론을 앞세우면서 통치의 정당성을 입증하는 유교의 명분에 대한 해명을 역사서술의 출발점으로 삼은 점이 서로 같다. 그런 관점에 입각해서, 국왕이 다스리는 민족국가의 역사 또한 정당하게 계승되고 교체되어온 사실을 입증한 결과에는 더욱 뚜렷한 공통점이 있다.[119]

양쪽 다 이른 시기의 역사는 "外紀"라고 하고, 정통왕조가 확립된 다음의 역사는 왕조명에 "紀"자를 붙여 지칭했다. 《東國通鑑》에는

119) 이에 관해서 《문명권의 동질성과 이질성》의 〈역사서〉에서 다시 고찰한다.

"外紀" 다음에 "三國紀"·"新羅紀"·"高麗紀"가 있다. 《大越史記全書》에는 "外紀" 다음에 "丁紀"·"黎紀"·"李紀"·"陳紀"가 있다. 신유학의 가치관에 입각한 史臣의 評이 많이 들어가 있는 점도 공통된다.

한국의 조선왕조는 월남의 黎朝와 같은 시기에 들어섰으나, 중국과 싸워서 주권을 되찾는 과정을 거치지 않았다. 월남에서 〈平吳大誥〉를 쓴 것과 같은 일이 한국에서는 벌어지지 않았다. 그러나 〈平吳大誥〉에서 월남은 "文獻之邦"이어서 중국과 대등하다고 자부한 말을 한국에서는 〈進東國通鑑箋〉에서 했다. 거기서 다음과 같이 말했다.

> 我朝鮮有國古稱文獻之邦 檀君並立於唐堯 民自淳 而俗自朴 箕子受封於周武 過者化 而存者神然[120)]

> 우리 조선은 예로부터 文獻之邦이다. 단군은 요임금과 나란히 일어났다. 백성은 스스로 순후하고, 풍속은 저절로 질박했다. 箕子는 周武王의 책봉을 받았다. 지나간 것은 化이고 남은 것은 神이다.

"文獻之邦"이라는 말은 한문문명권의 일원이라는 뜻이며, 중국과 한국이 하나임을 지칭한다. 단군이 중국 요임금과 나란히 일어났다는 것은 중국과 한국이 대등한 위치에서 둘이라는 말이다. 백성이 순후하고, 풍속이 질박한 것은 단군 시대 이래의 전통이고, 밖에서 들어온 풍조가 아니라고 했다. 箕子가 周武王의 책봉을 받아, 한문문명을 받아들인 것은 그 다음의 일이라고 했다. 그 다음 대목에서 한 말은 箕子의 敎化는 이미 과거의 일이 되고, 箕子를 신으로 섬

120) 서울 : 景印文化社, 영인본, 1974, 1면.

기는 풍조는 지금도 남아 있다는 말로 보인다.

《東國通鑑》 도처에 수록된 史臣評에서도 중국과 한국이 하나이면서 둘인 관계를 납득할 수 있게 밝히려고 했다. 그런데 중국과 한국이 하나인 관계를 더 강조해서 말하다가 중국과 한국이 둘인 관계를 훼손한 대목이 이따금씩 있다. 백제가 망한 대목에서는 "不能禮事中國"(중국을 예의로 섬기지 못했다)고 하는 잘못을 나무라고, 고구려 패망은 "可謂保小國之永鑑"(작은 나라가 보존되는 방도에 관한 영원한 규범을 남겼다)고 했다.[121] 그런 말은 중국과 싸워 이기기만 한 월남의 《大越史記全書》에서는 찾아볼 수 없다.

그러나 그 차이점을 들어 한국의 사서는 월남의 경우와는 달리 사대주의로 기울어졌다고 하는 근대적인 평가를 내리는 것은 적합하지 않다. 월남에서는 중국과 월남이 둘임을, 한국에서는 중국과 한국이 하나임을 더 강조한 것이 결정적인 차이는 아니다. 양쪽 다 중국과 자국은 하나이면서 둘임을 인정하는 공통된 원칙을 실제 상황에 적용할 때 그런 편차가 생겼다. 근대의 역사학에서는 그 차이점을 중요시한 것이 그 나름대로 당연했으나, 지금은 중세의 공통된 특질에 대한 이해가 그 개별적인 양상보다 더욱 긴요하다.

월남과 한국에서 중세의 특질을 논하면서 신화와 역사가 경쟁을 한 것은 공통된 사실이다. 역사서에서 건국신화를 받아들이면서 신화의 의의를 의심하고 역사 이해의 합리적인 사고방식을 내세웠다. 그렇게 하는 것이 마땅한 발전이다. 신화가 고대의 유산이라면, 합리적인 역사관은 중세의 창안물이다. 그러나 문명권의 중심부와 주변부가 하나이면서 둘임을 말하는 데서 신화보다 역사 서술의 설득력이 부족할 수 있다. 역사 서술에 삽입된 史臣評은 더욱 편향된

---

121) 같은 책, 191면, 197면.

자세를 보일 수 있었다.

역사 서술도 그렇지만 더욱이나 史臣評은 문명권 중심부에서 가져온 이념에 따라서 전개되어 중심부와 주변부가 하나임을 말하는 데 치우치고, 둘임을 말하는 데는 소홀할 수 있다. “하나이면서 둘이다”라고 하는 논리는 합리적인 사고방식에서는 부인되기 쉽고 신화적 표현에서는 살아 있을 수 있었다.

유구

유구의 시조도래건국신화는 유구역사서에 다음과 같이 기록되어 있다. 여러 역사서에 기록된 내용이 동일한데, 그 가운데 《中山世譜》를 인용한다.

舜天王之父 爲朝公 生得身長七尺 眼如秋星 武勇出衆 最善于射 乃日本人皇五十六世淸和天皇後胤 六條判官爲義公第八子也 宋紹興二十六年丙子 (和朝保元元年) 日本神武天皇七十四世 鳥羽院與太子崇德院 失和構怨 各招兵戰 時爲朝公 住于鎭西 投崇德院 以助其戰 寡不勝衆 大敗被擒 諸將受誅 公見流于伊豆大島

宋乾道元年乙酉 公駕舟以遊 暴風遽起 舟人驚恐 公仰天曰 運命在天 余何憂焉 不數日 飄至一處海岸 因名其地曰運天 則今山北運天江 乃公之所飄至也 公上岸 徧行國中而遊 國人見其武勇 尊之慕之 公通于大里按司妹 而生一男 居處日久 故鄕之念自難禁 要携妻子還 乃至牧港

開舟 走得數里 颶豊驟起 舟人皆曰 余聞 男女同舟 爲龍神所嵩 請留夫人 以全性命 公不得已 乃謂夫人曰 吾與汝 情締鴛鴦 堅矢金石 奈天違人意 不能俱還 乞汝用心 養育吾兒 長成之後 必可有大位 言畢各淚如

雨 遂與妻子相別 開舟而還

夫人携兒 前至浦添而居焉 兒名尊敦 荏苒間 尊敦長 擧動異常 器量出衆 宋淳熙七年庚子 尊敦年十五歲 才德兼備 國人尊之 推爲浦添按司 境內大治[122)]

舜天王의 아버지는 조정 관리였다. 타고난 키가 7척이고, 안광이 가을 별 같았으며, 무예가 출중하고, 활 쏘기를 가장 잘 했다. 일본의 人皇 56세淸和天皇의 후손이고, 六條判官 爲義公의 여덟번째 아들이었다. 宋 紹興 26년 丙子(일본 保元 元年)에 일본 神武天皇 74년에 鳥羽院이 太子崇德院과 화친을 잃고 원한을 맺어, 각기 군사를 모아 싸웠다. 그때 조정 관리가 되어 鎭西에 있으면서 崇德院에 투신하고 싸움을 도우다가, 소수로 다수를 이기지 못하고 대패해 포로가 되었다. 여러 장수들이 죽임을 당하고, 공은 伊豆大島에 유배되었다.

宋 乾道元年 乙酉에 공이 배를 타고 놀 때 폭풍이 갑자기 일어나, 사공은 놀라 두려워하는데, 공은 하늘을 우러러 말했다."운명이 하늘에 달려 있는데, 내 어찌 근심하겠는가." 며칠이 되지 않아, 표류하다가 한 곳의 해변에 이르렀다. 그래서 그 곳 이름을 "運天"이라고 했다. 지금의 山北 運天江이 공이 표류해 이른 곳이다. 공이 해안에 상륙해서 나라 안을 두루 다니면서 노니, 나라 사람들이 그 무용을 알아보고 존경하고 사모했다. 공은 大里按司의 누이와 정을 통해 한 아들을 낳았다. 오래 머물러 있으니 고향생각을 금할 수 없어, 처자를 데리고 돌아가려고 牧港에 이르렀다.

배를 출발시키고서 몇 리 가니 큰 바람이 갑자기 일어나, 사공들이 일제히 말했다. "우리가 들으니, 남녀가 배를 같이 타고 있으면 용신

122) 《中山世譜》 권3 舜天王, 《琉球史料叢書》 1(東京 : 名取書店, 1942) 소재본, 31-32면.

이 노한다 하니, 청컨대 부인은 내려두어 목숨을 보존하소서." 공이 하는 수 없어 부인에게 말했다. "나는 그대와 더불어 정분이 원앙 같고, 금석처럼 굳으니, 어찌 하늘이 사람의 뜻을 어기리오. 함께 갈 수 없으니, 그대는 생각을 가다듬어 내 아이를 길러주오. 장성한 다음에 반드시 큰 자리가 있을 것이오." 말을 마치고 각기 눈물을 비오듯 흘렸다. 처자와 더불어 이별하고 배를 출발시켜 돌아갔다.

부인은 아들을 데리고 浦添으로 가서 살았다. 아이 이름은 尊敦이라고 했다. 얼마 뒤에 尊敦이 자라면서 거동이 비범하고, 器量이 출중했다. 宋 淳熙 7년 庚子에 尊敦 나이 열다섯일 때, 재덕을 겸비했으므로 국인이 존경해서 浦添按司로 추대되었다. 관내를 잘 다스렸다.

여기서는 국내의 전쟁에서 패배한 일본인이 우연히 표류해서 유구에 이르러 장차 새로운 왕조를 창건하는 군주의 아버지가 되었다고 하면서, 전후의 사건을 중국과 일본 양쪽의 정확한 연대를 들어 기록했다. "宋紹興二十六年丙子"나 일본 연호의 "保元元年"은 1156년이다. "宋淳熙七年庚子"는 1180년이다.

인용된 다음 대목에서는, 왕을 죽이고 왕위를 찬탈한 자가 있어서 尊敦이 의병을 일으켰다고 했다. "時尊敦 年二十一 英雄無比 倡義起兵 四方應之"(그때 尊敦이 나이 21세인데, 영웅스럽기가 비할 데 없고, 의병을 일으키니 사방에서 호응했다)고 했다. 의병을 이끌고 역적을 처단한 다음, "國人大喜 皆推尊敦 以就大位"(나라 사람들이 크게 기뻐하고, 모두 尊敦을 추대해서 大位에 취임하게 했다)는 과정을 거쳐 왕이 되었다.

왕이 된 다음의 치적에 관해서는 "舜天就王位 政法新定 國俗丕變 有功必賞 有罪必罰 德被萬民 澤溢四境"(舜天이 왕위에 취임하고, 정치하는 법을 새로 정해, 나라 풍속을 크게 바꾸었으며, 공이 있으면 반드시상을 주고, 죄가 있으면 반드시 벌주어, 德이 만민에 미치고, 혜택이 사방에 넘쳤다)고 했다. 이상은 모두 《中山世譜》의 기록이고, 유구역사를 다시 서술한 《球陽》에서는 다음과 같은 서술을 덧보탰다.

始宏國城規模 太古之世 天孫氏首出爲君 始定城都于中山 創建國殿 肇開王化 統莅萬民 自是之後 爲君王者 皆居此城 然而規模搾隘 制度未備 至于舜天王 王覃敷善政 撫綏遐邇 宏其規模 壯觀頗新[123)]

나라 성의 규모를 처음으로 크게 했다. 아득한 옛적에 天孫氏가 먼저 나서서 임금이 되고서, 처음으로 中山에다 도읍을 정하고, 나라 전각을 짓고 국왕의 통치를 열어 만민을 다스렸다. 그 뒤에 임금이 된 사람은 모두 이 성에 거처했으나, 규모가 협소하고 제도가 미비했다. 舜天王에 이르러서, 왕이 선정을 베풀고 멀고 가까운 곳을 두루 어루만졌으며, 성의 규모를 크게 해서 그 장관이 자못 새로웠다.

전후의 일이 실제의 사실이기만 한 것 같지만, 다른 여러 나라와 공통된 신화의 유형으로 사건이 전개된다. 역대 제왕의 내력에 관한 설명의 하나로 이런 기록이 역사서에 올라 있다. 상당한 부분이 실제로 일어난 일이라고 하더라도, 건국신화의 기능을 수행하고 있다.

유구의 건국신화는 그보다 앞서서 여러 단계로 서술되어 있다.

(가) 천지개벽과 더불어 인류가 생겨났다.

(나) 대홍수가 일어나 남녀 각 1인만 살아남아 유구인의 시조가 되었다.

(다) 天帝子라는 인물이 3남 2녀를 두어, 장남 天孫氏는 군주가,

---

123) 《球陽》(東京 : 角川書店, 1974), 157면.

차남은 按司가, 삼남은 백성이, 장녀는 君君이라는 무녀가, 차녀는 祝祝이라는 무녀가 되었다.

(라) 天孫氏의 통치가 17,802년이나 계속 된 다음에, 위에서 든 사건이 일어나 舜天王이 등장했다.

(마) 舜天王의 왕조가 3대 이어진 다음에, 햇빛으로 임신된 "天日之子" 英祖王이 등장했다.

(바) 英祖王의 왕조가 4대 이어진 다음에, 나무꾼과 선녀 유형의 설화로 탄생의 내력이 설명된 察度王이 등장했다.

(사) 察度王의 왕조가 2대 이어진 다음에, 내력이 불분명하지만 건국신화는 갖추지 않고 있는 尙思紹王이 등장해서 尙氏 왕조를 열었다.

천지창조, 인류기원, 대홍수, 주몽과 같은 懷日姙娠, 만주족을 위시한 동북아시아 여러 민족에서 보이는 나무꾼과 선녀의 유형이 다 갖추어져 있다. 왕조교체가 빈번하게 일어나고, 그때마다 새로운 건국신화를 갖추었다. (마)의 순천왕 내력은 다섯번째 건국신화이고, 그 뒤에 둘이 더 있다.

그런데 그 가운데 (라) 하나만 특이하다. 시조하강형이 아닌 시조도래형이고, 문명국인이 도래했으며, 문명국이 일본이다. 문명국인 아버지는 아이가 장성해서 크게 될 것을 미리 알았다고 했다. 아버지는 떠나가고 없는데, 아들이 세력을 얻어 새로운 왕조를 창건했다고 했다. 아버지가 활을 잘 쏘았다고 한 점은 캄보디아의 경우와 일치한다. 아버지는 떠나가고 없는데 후손이 자력으로 새로운 왕조를 창건한 것은 고려의 경우와 같다.

舜天王이 창건한 국가는 고대국가가 아닌 중세국가이다. 고대국가는 天孫氏 시절에 이룩되어 그 역사가 아주 오래되었다. 舜天王은 天孫氏 후예의 왕위를 빼앗은 역적을 몰아내는 의로운 일을 하고 나라 사람들의 추대를 받아 왕위에 올라, 德治를 표방하는 새로운 왕조의 질서를 확립했는데, 그것이 중세의 시작이다. 중세화를 더욱 확고하게 하기 위해서는 불교를 받아들이고 중국과 책봉관계를 가지는 일련의 변화가 다음 시기에 일어나야 했다. 그러기에 앞서서 이미 舜天王 시대에 중세에 들어섰다는 것을 유구사를 서술한 역사가들이 인식했다.

舜天王의 후손이 왕위를 2대 이은 다음에 등장한 다음 왕조의 창시자 英祖 시절에, 승려 禪鑑이 불교를 전해주었다고 했다. 이에 관한 기사는 다음과 같이 기록되어 있다.

> 先是 一僧 名禪鑑 不知何處人 駕舟瓢至那覇 王命構精舍于浦添 名極樂寺 令禪鑑禪師居焉 是我佛僧之始也[124)]

> 이보다 앞서, 한 승려가 이름은 禪鑑인데, 어느 곳의 인물인가는 알려지지 않았다. 배를 타고 표류하다가 那覇에 이르렀다. 왕이 浦添에다 精舍를 지어 極樂寺라고 일컫고, 禪鑑禪師가 거처하도록 했다. 이 사람이 우리나라 최초의 불교 승려이다.

英祖의 왕조가 4대 이어진 다음에 등장한 察度王 시절에 명나라의 책봉을 받았다. 洪武 5년 임자년(1372)에 "由是 琉球始通中國 以開人文維新之基"(이 일로 말미암아 중국과 통하기 시작해서, 人文을 새롭게 하는 기틀을 마련했다)[125)]고 했다. 명나라에 사신을 가장 빈번하게 보내는 나라가 되었으며, 중계무역의 막대한 이익을 거두어 유

124) 《中山世譜》 권3 舜天王, 《琉球史料叢書》 1, 35면.

125) 같은 책, 41면.

구역사상 전성시대를 맞이했다.

1458년에 만들어 왕궁에 건 종에다 새긴 〈萬國津梁鐘銘〉에 유구가 동아시아문명의 일원으로서 어떤 위치를 차지하고 있었는가 하는 데 대한 자각이 아주 잘 나타나 있다.[126] 유구국은 동아시아의 중심에 자리잡고 있는 나라라고 했다. 유구의 국왕이 동아시아문명의 이상을 구현한다고 자부했다. 그 몇 대목을 들어보자.[127]

"琉球國者 南海勝地 而鐘三韓之秀 以大明爲輔車 以日域爲脣齒"(琉球國이라는 곳은 南海의 勝地이니, 三韓의 빼어남을 뭉치고, 大明으로 輔車를 삼고, 日域으로 脣齒를 삼는다)고 했다. 序의 서두에서 이렇게 말하고, 자기 나라는 한국·중국·일본 사이에 있으면서, 세 나라 사이와 좋은 관계를 가진다고 자부했다. "須彌南畔 世界弘宏 吾王出現 濟苦衆生"(須彌山 남쪽 기슭에 世界가 넓다란 곳에 우리 임금 출현하시어, 고통받는 중생을 제도하시도다)라고 하고, "覺長夜夢 輸感天誠 堯風永扇 舜日益明"(긴 밤의 꿈을 깨고 하늘을 감동시킬 정성을 다하니, 堯임금의 바람이 길게 불고, 舜임금의 나날이 더욱 밝도다)라고 했다. 銘의 말미에서 이렇게 말해, 불교와 유교 양쪽에서 이상으로 삼는 정치를 이룩한다고 했다.

그런데 동아시아 전체가 중세에서 근대로의 이행기에 들어선 시기인 1609년에 유구는 일본의 침공을 받고 일본의 附傭國이 되었다. 중국의 冊封國 유구가 누리던 자유를 박탈당해 비참한 처지에 떨어졌다. 일본의 횡포로 동아시아의 중세질서가 파괴되는 첫번째의 희생을 유구가 겪고, 마침내 민족의 독립을 상실하는 처지에 떨어져 오늘에 이르렀다.

---

126) 塚田淸策, 《琉球國碑文記》(東京 : 啓學出版株式會社, 1970), 62면.

127) 그 전문은 《문명권의 동질성과 이질성》의 〈책봉체제〉에서 들고 고찰한다.

중국의 冊封國 유구는 책봉을 통해서 동아시아문명세계의 일원임을 공식적으로 확인했을 따름이고 정치적인 주권과 경제적인 자주를 누리는 점에서는 조선이나 일본과 전혀 다를 바 없었다. 중국 명나라에 조공사신을 빈번하게 보낼 수 있게 특별히 허용된 조건을 이용해서 중국 산물을 해외에 팔고, 해외 특히 동남아의 산물을 중국에 팔아 막대한 이익을 남겼다.

일본은 조선을 침략하고 이어서 유구를 침략했다. 조선 침략은 실패하고, 유구 침략은 성공해서 유구를 附傭國으로 삼았다. 그렇게 하는 것은 전례에 없던 일이고, 어떤 이념으로도 합리화될 수 없는 만행이었다. 일본은 중계무역의 이익을 자기네가 가로채기 위해서 중국에 대한 조공은 계속하게 하면서 다른 나라와의 무역은 금하고, 유구 안의 상권을 일본상인이 장악했다. 明治維新 이후 1879년에 일본이 유구를 일본의 일부로 합병할 때까지는 정치적인 독립과 문화적인 자주를 제한된 범위 안에서 누리면서도 민족의 소생을 꾀했지만, 힘이 모자랐다.

위에서 든 시조도래건국신화에서 유구는 일본을 통해서 동아시아 문명권에 들어섰다고 했다. 중국과의 관계도 있었고 한국의 영향도 받았지만, 지리적인 이유에서 일본의 작용이 가장 컸던 사실이 그렇게 나타났다. 세 나라 사이에서 균형을 유지하려고 하는 이상이 일본의 횡포 때문에 계속 실현되지 못했다. 이른 시기부터 일본과 긴밀한 관계를 가진 것은 공동문명의 수입과 일본문화의 침해라는 이중의 의미를 가지는 사건이다. 일본을 매개자로 삼았기 때문에, 공동문명의 혜택은 적게 누리고 일본문화의 침해를 많이 받았다.

한국·월남·일본은 한자를 이용해서 자국어를 표기했는데, 유구는 한자 대신에 일본의 문자를 가져가서 자국어를 표기했다. 유구에서 국사서를 저술한 시기는 일본의 附傭國이 된 다음이고, 첫 저술《中

山世鑑》은 1650년에 일본어로 썼다가, 그 다음 1701년에 짓고 1725년에 개고한 《中山世譜》에서는 한문을 사용했으며, 체제가 더욱 정비된 한문 국사서 《球陽》을 1745년에 다시 마련했다.

일본에 기울어져 있는 잘못을 바로잡고 균형 잡힌 역사서를 쓰기 위해 노력했어도 그 성과가 크지 못했다. 사실을 간략하게 기록하는 데 그쳤으며, 《球陽》에서만 史臣評이라고 내걸지 않고 약간의 논평을 조심스럽게 삽입하기나 했다. 위에서 인용한 "始宏國城規模" 이하의 글이 그런 본보기이다.

시조도래건국신화는 《中山世鑑》에 있던 것을 《中山世譜》에 옮겼으며, 《球陽》에 재수록했다.[128] 일본의 간섭을 받던 시기에 일본어로 쓴 역사서에 처음 올랐기 때문에, 그 기사에서 근거 없는 사실을 지어내 도래한 건국시조가 일본이라 했다고 보는 것은 무리이다. 다른 여러 나라의 시조도래건국신화가 유구의 것과 기본적으로 일치하므로 유구의 것만 의심스럽게 볼 수는 없다.

그러나 일본인 도래인이 일본에서 상당한 위치에 있던 인물이라고 하면서 신원을 명확하게 밝히고, 뜻하지 않게 표류해 유구에 이르렀는데도 크게 존경받았다고 하는 것은 일본을 대단하게 여기는 관점의 표출이다. 그래서 주권을 부인하고 유구를 일본의 일부로 삼을 때 표방한 이른바 日琉同祖論의 원천을 제공했다.

그렇기는 해도 유구의 시조도래건국신화는 유구가 일본의 附傭國이 된 것을 합리화하기 위해서 조작되었다고 보는 것은 무리이다.[129]

---

128) 《琉球史料叢書》 1 말미의 東恩納 寬惇의 해설 〈中山世鑑·中山世譜及び球陽〉에서 그 세 역사서의 상관관계에 관해 고찰했다.

129) 村井章介, 《東アジア往還》(東京 : 朝日新聞社, 1995), 313-319면에서 유구의 시조도래건국신화는 일본에 대한 유구의 附傭관계를 합리화하기 위해서 조작되었다는 견해를 폈다. 그 신화의 내용이 16세기 일본 자료에 기록된 것이 있어 조작의 유래가 오래 되었다고 했는데, 그 자료는 유구의 신화를 전해

신화는 어느 것이든지 사실과 부합되지 않을 수 있기 때문에 조작되었다고 하는 것은 타당한 말이지만 신화 이해에는 도움이 되지 않는다. 시조도래건국신화가 다른 여러 나라에도 있는데 유구의 것만 특별히 조작되었다고 하는 견해는 적합하지 않다.

그 전에는 없던 시조도래건국신화를 일본의 유구 침공 이후에 지어냈으므로 조작했다고 한다면, 몇 가지 의문점을 해소하기 어렵다. 舜天王의 왕조처럼 단명한 왕조의 시조가 일본인이라고 할 필요가 있었던가 의심스럽다. 舜天王의 치적이 훌륭했다고 하는 평가가 자기 아버지와 무관하게, 자기 아버지가 지녔던 무사다운 성격과는 다른 특성의 발현으로 서술된 점도 납득하기 어렵다.

도래한 시조가 일본인인가 중국인인가 하는 것은 그리 큰 문제가 되지 않고, 시조도래로 인해 중세화가 시작된 과정을 건국신화를 통해 보여주었다는 것이 가장 긴요한 내용이다. 그런 신화를 유구가 일본의 附傭國임을 합리화하는 데 쓴 것은 후대의 일이라고 생각된다. 일본의 억압 하에 쓴 후대의 역사서에서 그렇게 하기에 합당한 개작을 보태기는 했어도 그 본질을 바꾸어놓지는 못했을 것이다.

일본

일본의 시조도래건국신화로서 徐福의 도래를 먼저 들 수 있다. 중국의 秦始皇이 불로초를 구하려고 徐福(또는 徐市)을 보낸 곳이 일본이고, 徐福은 돌아가지 않고 일본에 머물러 살았으므로 그 후손이 퍼져 일본인이 되었다고 한다. 그때 책을 가지고 가서 문명을

듣고 일본인 나름대로 이해해서 옮긴 것이라고 볼 수 있다.

전한 덕분에 일본이 문명국이 되었다고 하고, 중국에 없는 귀한 책이 일본에 전하기도 했다고 한다.

그런 신화를 만들 만한 자료는 《史記》에 있다. 〈秦始皇本紀〉에서 불사약을 구하라고 서복을 바다 건너로 보낸 것은 徐福이 "海中有三神山 曰蓬萊方丈瀛洲 僊人居之 請得齋戒與童男女求之"(바다 가운데 삼신산이 있으니, 봉래·방장·영주라고 하고, 신선이 사는 곳이라 하니, 몸을 깨끗이 하고 동남동녀를 데리고 가서 구하기를 청합니다)라고 했기 때문이다. 같은 책 〈封禪書〉에서는 "三神山在渤海中"(삼신산이 발해 가운데 있다)고 했다. 그런데 徐福이 간 곳이 일본이라고 한다. 申叔舟는 《海東諸國記》의 〈日本國記〉에서는 그 일에 관해서 다음과 같이 말했다.

> 孝靈天皇 …… 七十二年壬午 秦始皇 遣徐福 入海求仙藥 福遂至紀伊州居焉 …… 崇神天皇 …… 徐福死而爲神 國人至今祭之

> 孝靈天皇 …… 72년 임오년에 秦始皇이 徐福을 보내 바다에 가서 선약을 구하라고 하니, 서복은 紀伊州에 와서 살았다. …… 崇神天皇 때에 …… 徐福이 죽어서 신이 되었다. 나라 사람들이 지금도 그 신을 제사지낸다.

신숙주가 책을 지은 1471년(성종 2년) 무렵에 일본에서 하던 말을 옮겨놓았다고 생각된다. 서복이 일본에 이르렀다고 확신하고, 머물러 살았던 땅이 紀伊州라고 했는데, 그곳은 지금의 和歌山縣이다. 徐福이 문명을 전수했다는 말은 없고, 죽어서 신이 되어 제사를 받게 되었다고 했다. 대단한 인물이면 으레 죽어서 신이 되었다고 하는 것이 일본의 관습이다.

徐福이 도래했다는 기사가 《古事記》나 《日本書紀》에는 보이지 않는다. 1339년에 이룩된 후대의 역사서 《神皇正統記》에서, 《海東諸國記》에서와 같이 孝靈天皇 때의 일이라고 하면서 다음과 같이 적어 놓았다. 일본어 원문을 번역해서 인용한다.

> 秦始皇은 仙方을 좋아해서 長生不死의 약을 일본에서 구했다. 일본은 三皇五帝가 남긴 책을 그 나라에서 구했다. 秦始皇은 그것을 보냈다. 그 뒤 35년이 지나, 그 나라에서는 焚書坑儒가 있었으므로, 孔子 경전 전부가 일본에만 남아 있다고 한다.[130]

《海東諸國記》에 적혀 있는 바와 상당한 차이가 있다. 이렇게 말하던 것이 한 세기 반 뒤에는 《海東諸國記》에 적힌 바와 같이 바뀌었을 것 같지는 않다. 오히려 《神皇正統記》를 저술하면서 세상에서 흔히 하는 말을 바꾸어놓았다고 보는 편이 타당하다. 진시황이 불사약을 구한 이야기의 초점이, 일본이 그 댓가로 삼황오제 이래의 오랜 문헌을 구한 데로 옮아간 것은 주목할 만한 변화인데, 일본에게 필요한 것을 구한 내력이 일본에 더욱 소중하다고 여겨 그렇게 했다고 생각된다.

진시황이 분서갱유를 하기 전의 오랜 문헌이 일본에만 남아 있다고 하는 것은 일본에서 처음 지어낸 말이 아니고, 중국에서 그렇게 말했다. 徐福이 일본에 갈 때 책을 가지고 갔기 때문에 그렇게 되었다고 한다.[131] 일본에서 그 말을 가져다가 국사서에 올리면서 徐福

130) 山田孝雄, 《神皇正統記述義》(東京 : 民友社, 1932), 116-117면.

131) 歐陽修의 〈日本刀詩〉에서 그 일을 "傳聞其國居大島 土壤沃饒風俗好 其先徐福詐秦民 採藥淹留丱童老 百工五種與之居 至今器玩皆精巧 前朝貢獻屢往來 士人往往工詞藻 徐生行時書未焚 逸書百篇今尙存 令嚴不許傳中國 擧世无人識

의 도래에 관해서는 언급조차 하지 않았다. 시조도래건국신화가 될 수 있는 소재를 도래인을 빼놓고 받아들였다.

《神皇正統記》는 일본역사의 독자적인 전개를 강조한 역사이다. 그래서 시조도래를 인정하지 않다. 시조도래와는 다르게 일본인이 해외로 원정해 문명을 가져간 일이라면 인정할 만하다고 해서, 위의 인용구에 이어 "神功皇后가 三韓을 평정하고", "經史의 學問"을 앗아갔다고 했다.

그런데 17세기에 들어서서 江戶 시대에는 신유학의 새로운 이념에 입각해 국사서를 다시 편찬했다. 신유학 역사서의 모형인 司馬光의 《資治通鑑》의 서술방법을 받아들여 《本朝通鑑》을 저술하는 일을 막부의 지시로 유학자 林羅山이 맡아서 했다.[132] 그 책에서는 중국에서 도래한 太伯이 일본 황실의 시조라고 했다. 그렇게 말한 근거는 중국의 사서 《晉書》의 〈倭人〉 대목에서 왜인들이 다음과 같다고 한 데 있었다.

男女無大小 悉黥面文身 自謂太伯之後 又言上古使詣中國 皆自稱大夫[133]

남녀가 어른이나 아이를 가리지 않고, 모두 얼굴을 검게 하고 몸에 문신을 했다. 스스로 太伯의 후예라고 했다. 또한 예전에 사신이 가서 중국을 섬겼다고 하며, 모두 大夫라고 일컫는다.

古文 先王大典藏夷貊 蒼波浩蕩无通津"(岡田正之, 《近江奈良朝の漢文學》, 東京 : 東洋文庫, 1929, 8면에서 재인용)이라고 노래한 것이 그 직접적인 원천이다.

132) 坂本太郎, 박인호·임상선 역, 《일본사학사》(서울 : 첨성대, 1991), 146-148면에 의거해서 이하의 서술을 하면서, 검토와 논의는 진전시킨다.

133) 《晉書》(北京 : 中華書局, 1965) 권97, 2535면.

太伯(일명 泰伯)은 周나라 古公亶父의 장자이나 임금 노릇을 하지 않으려고 나라를 아들에게 넘겨주고 荊蠻으로 달아나 短髮·文身을 하는 夷狄에 섞였다고 하는데, 孔子가 《論語》〈泰伯〉篇에서 "其可謂至德也已矣"(그 가히 지극한 德이라고 이를 따름이로다)라고 칭송했다. 일본인은 文身을 하고 있으므로 太伯을 자기네 선조라 했다고 위의 인용구 첫 대목에서 말했다. 둘째 대목에서 일본인은 일찍부터 중국과 관계를 가져 大夫라고 자처한다고 한 말에는 太伯과의 관련이 생략되어 있으나, 보충해서 생각할 수 있다. 일본인은 太伯이 至德을 행한 유풍을 잇고, 다시 사신을 보내 중국의 책봉을 받아 문명국이 되었다고 자부했다는 말이다.

《晉書》의 기록은 太伯을 내세우는 시조도래신화가 일찍부터 일본에 있었음을 알려준다. 그러나 《日本書紀》를 위시한 공식사서에서는 언급이 없었고, 中巖圓月이라는 승려가 1341년에 지은 《日本紀》 등의 몇몇 개인적인 저술에 그런 기록을 올린 것을 두고 시비가 있었다. 일본역사의 독자적인 전개를 강조하던 기간 동안에는 일본 천황은 천신의 후예이므로 다른 말은 하지 못하게 하는 것이 공식화된 방침이었다. 그런데 국가의 사업으로 편찬한 《本朝通鑑》에 그 기사를 올린 것은 중대한 변화이다. 일본역사를 동아시아와 연관시켜 이해하면서 보편적인 의의를 찾는 쪽으로 방향을 바꾸면서, 공자가 칭송한 至德을 잇는 것이 자랑스럽다고 생각해서 그렇게 했다.

그러면서 《晉書》에서는 "일본인 모두가 太伯의 후예이다"라고 한 말을 《本朝通鑑》에서는 "일본 황실은 太伯의 후예이다"라고 하는 것으로 고쳐 적었다. 군왕을 높이는 것이 역사가의 임무이고, 至德을 이어받아 행하는 것이 군왕의 임무라고 여겼기 때문이다. 그런데 《本朝通鑑》 저자의 그런 생각이 채택되지는 않았다. 천황은 천신의 후예라고 하는 믿음을 버리지 않은 쪽의 반발을 幕府에서 받아들여 수정할 것을 명했다. 1670년의 완성본에서는 그 대목이 삭제되어 볼 수 없게 되었다. 시조도래건국신화 하나가 중도에서 사라졌다.

일본에 문명을 전하는 데 멀리 있는 중국인보다 가까이 있는 한국인이 더 큰 기여를 했다는 것은 널리 알려지고 구체적으로 검증된 사실이다. 그러므로 한국인을 내세우는 시조도래건국신화가 일본에 있을 수 있다. 신라에서 延烏郎과 細烏女 부부가 일본으로 가서 그곳의 왕이 되었다는 것이 시도도래건국신화일 수 있다. 그런데 《三國遺事》에 전하는 그런 기사가 일본문헌에는 올라 있지 않다.[134]

일본에 기록되어 남아 있는 시조도래건국신화에서 일본 중세화의 자취를 찾아보려면 天之日矛 또는 天日槍의 이야기가 더욱 적합하다. 시조도래건국신화가 어느 정도 온전한 모습을 갖추고 기록된 사례를 거기서 찾을 수 있다. 그 이야기는 여러 자료에 다음과 같이 기록되어 있다.

(가) 昔有新羅國王之子 名謂天之日矛 是人參渡來也 所以參渡來者

新羅國有一沼名謂阿具奴摩（自阿以下四字以音）此沼之邊 一賤女晝寢 於是 日耀如虹 指其陰上 亦有一賤夫 思異其狀 恒伺其女人之行 故是女人 自其晝寢時姙身 生赤玉爾 其所伺賤夫 乞取其玉 恒裹着腰

134) 徐居正은 《筆苑雜記》 권2에서 "日本國大內殿 以其先世出自我國 向慕之誠異於尋常"한데 延烏郎과 細烏女의 후손이기 때문에 그런지 알 수 없는 일이라고 했다. 《삼국시대설화의 뜻풀이》(서울 : 집문당, 1990)에서 延烏郎과 細烏女 설화에 관해 고찰할 때 그 자료를 인용하면서 "大內殿"의 뜻을 잘못 풀이해서 "일본국 임금"이라고 했다. "大內殿"은 일본 本州 남쪽 山口縣과 九州 북쪽의 福岡縣에 자리잡고 있던 지방의 통치자이다. 延烏郎과 細烏女가 일본의 지방 통치자의 시조가 되었다고 하는 것은 충분히 가능한 이야기인데, 일본 쪽의 자료는 없어 구체적으로 고찰할 수 없다.

此人營田於山谷之間 故 耕人等之飮食負一牛 而入山谷之中 遇逢其國主之子天之日矛爾 問其人曰 何汝飮食 負牛入山谷 汝必殺食是牛 卽捕其人 將入獄囚 其人答曰 吾非殺牛 唯送田人之食耳 然猶不赦爾 解其腰之玉 幣其國主之子

故赦其賤夫 將來其玉 置於床邊 卽化美麗孃子 仍婚爲嫡妻爾 其孃子常設種種之珍味 恒食其夫 故其國主之子 心奢詈妻 其女人言 凡吾者 非應爲汝妻之女 將行吾祖之國

卽竊乘小船 逃遁渡來 留于難波 (此者坐難波之比賣碁曾社 謂阿加流比賣神者也) 於是 天之日矛 聞其妻遁 乃追渡來 將到難波之間 其渡之神 塞以不入 故更還泊多遲摩國 卽留其國 而娶多遲摩之俣尾之女 名前津見[135)]

옛날 신라에 天之日矛(아메노히보코)라는 왕자가 있었다. 이 사람이 일본으로 건너왔다. 건너오게 된 이유는 다음과 같다.

신라에 어떤 늪 하나가 있었는데 그것을 阿具奴摩(아구누마)라고 했다. 그 늪 근처에 어떤 신분이 천한 여인이 낮잠을 자고 있었다. 그때 무지개와 같은 햇빛이 그 여자의 음부를 비추었다. 그러자 신분 천한 남자 한 명이 이를 보고 이상히 여겨, 항상 그 여자의 동태를 살폈다. 그랬더니 이윽고 그 여인이 낮잠을 자던 때부터 태기가 있어 드디어 출산을 했는데 붉은 구슬이었다. 그리하여 그 모습을 보고 있던 그 천한 남자는 그 구슬을 달라고 애원한 끝에 받아내어 항상 싸가지고 허리에 차고 있었다.

그 남자는 산골짜기에서 밭을 일구며 살고 있으므로, 밭을 가는 인부들의 음식을 한 마리 소에다 싣고 산골짜기로 들어가다가, 그 나라

135) 《古事記》 중권 應神. 노성환 역주, 《古事記》(서울 : 예전사 1990), 중권 222-225면에 번역되어 있는 자료를 인용하면서 문장을 조금 다듬는다.

왕자인 天之日矛를 우연히 만났다. 이에 天之日矛가 그 남자를 보고 묻기를 "어째서 너는 음식을 소에 싣고 산골짜기로 들어가느냐? 필시 이 소를 잡아먹으려고 그러는 것이지?" 하며 즉시 그 남자를 잡아 옥에 가두려고 했다. 이에 그 남자가 대답하기를 "저는 소를 잡아먹으려고 하는 것이 아닙니다. 다만 밭 가는 사람들의 음식을 실어 나를 뿐입니다."라고 했다. 그래도 天之日矛는 용서하지 않았다. 그래서 그 남자는 허리에 차고 있던 구슬을 풀어 왕자에게 바쳤다.

그래서 天之日矛는 그 남자를 방면하고, 그 구슬을 가지고 가서 침상 곁에다 걸어 놓았더니, 그 구슬이 아름다운 여인으로 변했다. 그래서 그 여인과 혼인해 적실의 아내로 맞이했다. 그 여인은 항상 여러 가지 맛있는 음식을 장만해 남편을 먹였다. 그랬더니 그 나라의 왕자는 거만한 마음이 들어 아내를 나무랐다. 그 여인은 "나는 당신의 아내가 될 여자가 아닙니다. 우리나라로 가겠습니다"라고 말했다.

몰래 작은 배를 타고 도망쳐 건너와 難波(나니하)에 머물렀다. (그 여자가 難波의 比賣碁曾社, 히메코소신사에 좌정한 阿加流比賣神, 아카루히메라고 하는 신이다.) 天之日矛는 아내가 도망쳤다고 하는 소식을 듣고 곧 뒤를 따라 건너와 難波에 도착하려고 했다. 그런데 해협의 신이 막고 들어가지 못하게 했다. 多遲摩(타지마)라는 곳으로 가서 가기를 멈추고, 바로 그곳에 머물러 多遲摩之俣尾(타지마노마타오)의 딸 前津見(사키쯔미)를 아내로 삼았다.

(나) 新羅王子天日槍來歸焉……

僕新羅國主之子也 然聞日本國有聖皇 則以己國授弟知古而化歸之 仍貢獻物 …… 仍詔天日槍曰 播磨國肉粟邑淡路島出淺邑 是二邑 汝任意居之 時天日槍啓之曰 臣將住處 若垂天恩 聽臣情願地者 臣親歷視諸國則合于臣心欲被給

乃聽之 於是天日槍自菟道河泝之 北入近江國吾名邑而暫住 復更自近江經若狹國 西到但馬國則定住處也 是以 近江國鏡村谷陶人 則天日槍之從人也 故天日槍娶但馬國出嶋人太耳女麻多烏[136)]

신라왕자 天日槍이 내귀했다…….

"저는 신라국 임금의 아들인데, 일본국 성황이 계시다는 것을 듣고, 나라를 아우 知古에게 주고 귀화했습니다." 이에 선물을 바쳤다……. 천황이 天日槍에게 말하기를 "播磨國 肉粟邑이든 淡路島 出淺邑이든, 이 두 읍에 네 임의로 살아라"라고 했다. 그때 天日槍이 아뢨다. "신이 장차 살 곳은, 은혜를 베풀어주셔서 신이 희망하는 곳을 스스로 諸國을 돌아본 다음 마음에 드는 곳을 주셨으면 합니다."

그렇게 하겠다고 허락하니, 天日槍은 菟道河를 거슬러올라가 북쪽으로 近江國 吾名邑에 얼마 동안 머물다가, 다시 近江에서 若狹國을 거쳐 서쪽으로 但馬國에 이르러 거처를 정했다. 그래서 近江國 鏡村 골짜기의 陶人은 天日槍을 따라온 사람들이다. 그래서 天日槍은 但馬國 出嶋 사람 太耳의 딸 麻多烏에게 장가들었다.

(다) 天日槍命 從韓國度來 到於宇頭川底 而乞宿於葦原志擧乎命 曰 汝爲國主 欲得吾所宿之處 志擧卽許海中 爾時 客神 以劒攪海水而宿之 主神卽畏客神之盛行[137)]

天日槍이 韓國에서 건너가 宇頭川에 이르렀다. 葦原志擧乎命에게

136) 《日本書紀》 권6, 垂仁 3년 3월조. 전용신 역, 《완역 일본서기》(서울 : 일지사, 1989), 108-109면의 원문을 인용하고, 번역을 이용한다.

137) 《播磨國 風土記》, 揖保郡, 粒丘. 황패강, 《일본신화의 연구》(서울 : 지식산업사, 1996), 72면의 자료를 인용한다. 원문은 황패강교수가 별도로 제공해주었다.

숙소를 청하니 "너는 나라 주인이면서, 내 숙소에 와서 머무르려고 하는가?"라고 하고서 海中에 머무르라고 허락했다. 그때, 客神이 검으로 海水를 요동하고 숙박했다. 客神의 이와 같은 "盛行"을 보고 主神이 두려워했다.

(라) 奪谷 葦原志擧乎命與天日槍二神 相奪此谷 故曰奪谷[138)]

奪谷은 葦原志擧乎命과 天日槍 두 신이 이 골짜기를 빼앗으려고 서로 다투었으므로 奪谷이라고 했다.

(마) 詔群卿曰 朕聞 新羅王子天日槍 初來之時 將來寶物 今有但馬 元爲國人見貴 則爲神寶也 朕欲見其寶物 卽日 遣使者 詔天日槍之曾孫 淸彦而令獻 於是淸彦被勅 乃自捧神寶而獻之 羽太玉一箇 足高玉一箇 鵜鹿鹿赤玉一箇 日鏡一面 熊神籬一具 唯有小刀一 名曰出石

則淸彦忽以爲非獻刀子 仍匿袍中 而自佩之 天皇未知匿小刀之情 欲寵淸彦 而召之賜酒於御所 時刀子從袍出而顯之 天皇見之 親問淸彦曰 爾袍中刀子者 何刀子也 爰淸彦知不得匿刀子 而呈言 所獻神寶之類也 則天皇謂淸彦曰 其神寶之 豈得離類乎 乃出而獻焉 皆藏於神府

然後 開寶府而視之 小刀自失 則使問淸彦曰 爾所獻刀子忽失矣 若至汝所乎 淸彦答曰 昨夕 刀子自然至於臣家 乃明旦失焉 天皇則惶之 且更物覓 是後 出石刀子 自然至于淡路嶋 其嶋人謂神 而爲刀子立祠 是於今所祠也[139)]

천황이 여러 신하에게 말했다. "내가 들으니 신라왕자 天日槍이 처

138) 《播磨風土記》, 肉禾郡. 위와 같은 곳의 자료를 인용한다.
139) 《日本書紀》 권6, 垂仁 87년 추7월조. 같은 책, 118-119면.

음 올 때 보물을 가져와서 지금 但馬에 있다고 하며, 원래 나라 사람들이 귀하에 여겨 神寶로 삼는다고 하니, 내가 그 보물을 보고자 한다." 그날 사자를 보내 天日槍의 증손 淸彦에게 (보물을) 바치라고 명령했다. 淸彦이 명령을 받고, 보물을 가지고 와서 바쳤는데, 羽太玉 한 개, 足高玉 한 개, 鵜鹿鹿赤玉 한 개, 日鏡 한 면, 熊神籬 한 벌이었다. 小刀는 다만 하나인데, 出石이라고 일렀다.

淸彦이 갑자기 그 칼은 바치지 않으려고 하고, 옷에다 감추어 몸에 찼다. 천황은 小刀를 감춘 사정은 모르고 淸彦에게 총애를 베풀려고 불러서 御所에서 술을 주었다. 그때 칼이 옷에서 나와 모습을 나타냈다. 천황이 보고서 친히 淸彦을 문책했다. "너의 옷 속의 칼은 어떤 칼인가?" 淸彦이 감추지 못할 줄 알고, 말씀을 아뢰었다. "바친 神寶와 같은 것입니다." 天皇이 淸彦에게 말했다. "神寶를 어찌 따로 두겠는가." 그것을 바치니, 神府에 감추었다.

그 뒤에 보물창고를 열고 보니 小刀는 저절로 없어졌다. 淸彦에게 "네가 바친 칼이 홀연 없어졌으니, 네가 있는 곳으로 간 것이 아닌가?"하고 묻게 했다. 淸彦이 대답했다. "어제 저녁에 칼이 저절로 신의 집으로 왔다가 이튿날 새벽에는 없어졌습니다." 天皇은 두려워 해서 다시 찾지 않았다. 그 뒤에 出石刀子가 자연히 淡路嶋에 이르렀다. 그 섬의 사람들이 神이라고 일컫고, 칼을 위해 사당을 지었다. 지금까지 제사를 받들고 있다.

(가)에서 (마)까지를 연결해 이해하면 문명의 중심부에서 도래한 남성이 현지의 여성과 결혼하고 그곳의 통치자가 되었다고 하는 유형의 시조도래건국신화가 일본에서도 확인된다고 할 수 있다. 그런데 몇 가지 점이 특이하다.

주인공을 天之日矛 또는 天日槍라고 하는 것은 같은 말이다. 矛

와 槍은 그리 다를 바 없는 무기이다. 天·日·槍은 모두 신화시대 통치자의 탁월한 권능을 나타낸다. 하늘의 해를 상징으로 삼아 초월적인 권능을 지니고 무기를 사용해서 실제로 힘이 있는 통치자가 한국의 신라에서 일본으로 건너가서 그곳에서 통치권의 일부를 장악했다.

(라)에서는 칼을 휘둘러 힘을 과시했다. 그런 특징이 구체적으로 나타나 있는 점에서는 이 인물이 캄보디아의 도래인건국시조와 흡사하다. 가지고 간 물건이 신령스럽다고, 위에서 인용하지 않은 대목의 (가)·(나)에서 거듭 말했다. (나)에서는 天日槍을 따라서 陶人들이 일본에 가서 정착했다고 했다. 도자기 제조법은 문명국에서 수입하는 고급의 기술이었다.

같은 책 《日本書紀》에 (나)보다 85년 뒤의 일이라고 기록한 (마)에서는 천황이 詔群天日槍의 증손 淸彦을 위협해서 통치자의 권능을 나타내는 보물을 빼앗은 일을 말해준다. 천황이 보물을 보고싶다고 하며 가져오도록 하고 자기가 보관해도 淸彦이 아무런 항변도 하지 못한 것은 천황과의 대결에서 패배해 세력을 잃었기 때문이라고 생각된다. 다만 出石刀子라고 하는 작은 칼 하나는 별도로 감추어 두려고 하다가 천황에게 들켰다.

천황이 그것마저 거두려고 하는 책동은 실패로 돌아갔다고 해서, 天日槍의 세력이 완전히 패배한 것은 아니었음을 암시한다. 天日槍이 도래한 이래로 계속되던 天日槍과 천황의 대결이 그때 가서 그런 방식으로 끝난 것을 소급해서 기술하고, 당연한 일로 받아들이도록 하기 위해서 天日槍이 자기 나라를 아우에게 주고 일본에 와서 천황의 신하 노릇을 한 것으로 말을 바꾸었다고 생각된다.

(A1) 신라가 문명국이 아니고 일본이 문명국이라고 했다. (A2) 신라 국가를 통치하던 인물이 일본에 가서는 지방의 통치자가 되었

다. (A3) 신라의 두 왕자 가운데 동생에게 자리를 물려주고 형이 이주했다. 이렇게 말하면, 셋이 모두 사리에 맞지 않는다. 그런데 뒤집어놓거나 고쳐놓고 이해하면, 납득할 수 있는 내용이 된다.

(B1) 문명국인 신라에서 문명국이 아닌 일본으로 가서 문명을 전해주었다. (B2) 신라에서는 왕자에 지나지 않던 인물이 일본에 가서 자기가 통치할 곳을 마련했다. (B3) 왕위 계승자인 형은 신라에 남고 왕위 계승자가 아닌 동생은 일본으로 갔다. (B1)에서 (B3)까지가 실제 상황인데, 그것을 (A1)에서 (A3)까지로 고쳐놓았다고 하면, 사리에 맞는 해석을 할 수 있다.

도래인이 이르러 선진문명을 전해주는 (B1)의 관계가 실제 상황에서는 당연하다. 天日槍이 陶人들을 데리고 가서 도자기 제조법을 전한 것은 위에서 말한 바와 같다. 한문문명을 본격적으로 전하는 일은 그 뒤에 阿直岐와 王仁이 담당했다고, 應神天皇 시기의 기사로 《古事記》와 《日本書紀》 양쪽에 다 기록해놓았다.[140)]

《古事記》에서는 그 일이 天之日矛의 도래보다 먼저 있었다 하고, 《日本書紀》에서는 그 일이 天日槍의 도래 뒤에 있었다고 했으나, 기본 내용은 서로 다르지 않다. 阿直岐를 태자의 스승으로 삼았다가 阿直岐의 천거에 의해 다시 王仁을 초빙했다고 했다. 그 일도 낮은 자리에 있는 백제왕이 높은 자리에 있는 일본천황을 받들어 모시기 위해서 했다고 기록해 놓았다. 문명의 중심부와 주변부의 상하 위치를 사실과 반대로 바꾸어 기록하는 방식을 일관되게 사용했다.

(B2)가 (A2)로 바뀐 이유는 도래인이 선주자와의 경쟁에서 이겨내지 못해 전국을 장악하는 통치자가 되지 못하고 지방으로 밀려났

---

140) 《古事記》, 213-216면 ; 《日本書紀》, 176-177면.

기 때문이라고 할 수 있다. 전국을 장악한 통치자 쪽에서 역사를 기록할 때 도래인의 위치를 격하하기 위해 도래인의 본국까지 격하했다고 보면 전후의 사항을 두루 이해할 수 있을 것 같다.

(나)에서는 도래인이 지방의 통치자가 된 것은 전국의 통치자가 배려해서 자리를 마련해준 결과인 것처럼 보인다. 그러나 (다)와 (라)를 보면 도래인은 지방의 통치자가 되기 위해서 지방의 기존 통치자와 싸워야 했다. 그 싸움에서 이겨 지방을 장악한 통치자가 되었다.

그러나 天日槍이 도래한 시기에 일본 전국을 장악한 통일왕조가 있었던가는 의문이다. 여러 지역으로 다니면서 세력을 키운 것이 도래인이 정착하고 성장하는 정상적인 과정이었다고 할 수 있다.[141] 서로 대등한 위치의 지방의 통치자 가운데 어느 쪽을 전국의 통치자라는 이유로 사실과 다른 역사를 나중에 만드느라고 무리했다고 보는 편이 타당하다.

지방에서 세력을 얻어 전국의 통치자가 되는 도전을 할 수 있는 기반을 스스로 마련했다고 볼 수 있다. 《古事記》에 적어놓은 天之日矛의 후손에는 息長帶比賣命(어키나가타라시히에노미코토)가 있는데, 그 인물이 바로 신라를 정벌했다고 하는 神功皇后이다. 天之日矛의 가문이 지방의 통치자 가운데 유력한 위치를 차지하고 있다가 후대에는 전국의 통치자가 되었다고 볼 수 있다.

도래인이 목적지에 도착해서 현지의 여성과 결혼을 한다는 설정이 (가)에 나타나 있다. 도착후의 결혼은 다른 나라에서 볼 수 있는 바와 일치한다. 그런데 자기 나라에 있을 때 이미 결혼을 했으

141) 손대준, 《고대한일관계사연구》(수원 : 경기대학교출판부, 1993), 95-98면에서는, 天日槍이 활동한 지역에 대해서 자세하게 고찰하면서 대륙문화를 전달한 사람들의 활동 장소였음을 밝혔다.

며, 그 여성이 자기 나라로 귀환하자 뒤따라서 도래인이 되었다고 한 것은 특이한 설정이다.

첫번째의 배우자 嫡妻가 햇빛으로 잉태되고 구슬의 모습을 하고 태어났다는 것은 신화의 주인공다운 조건이다. 그 여인 자체가 신화적 통치자이다. 天·日·槍의 권능을 갖춘 왕자가 그런 여인과 결혼하는 것은 마땅한 일이다. 도래인이 현지의 지배자인 여성과 결혼하는 적절한 내용을 캄보디아의 사례보다 더욱 명확하게 보여준다.

다른 나라로 도래하기 전에 자기 나라에서 이미 그런 배우자와 결혼했다고 하는 것은 원래의 형태에서 벗어난 변조가 아닌가 의심하지 않을 수 없다. 신화의 주인공인 여성이 賤女를 어머니로 해서 태어나고, 오랫동안 구슬 상태로 있었으며, 賤夫가 그 구슬을 가지고 다녔다고 하는 것도 원래의 전승은 아니라고 할 수 있다. 그런 변화가 일어난 것은 신화가 사실과의 연관을 잃고 흥미 본위의 민담으로 바뀐 결과라고 생각된다.

일본은 오랫동안 중국과는 직접적인 관계를 가지지 않고 한국을 통해서 한국인의 이주에 의해서 한문문명을 받아들였다. 한국에서 간 도래인이 한문을 전수하고, 한문을 하는 전문가 노릇을 했기 때문에 일본이 한문문명권의 일원으로서 국제관계를 가지고, 자기 역사 발전에 필요한 지혜를 얻을 수 있었다. 일본의 한문 사용자는 수가 그리 많지 않았지만 능력은 그리 모자라지 않아서 일본이 뒤떨어지지 않을 수 있게 했다.

履中天皇 4년 秋8월의 기사에는 "始之於諸國 置國史 記言事 達四方志"(이에 처음으로 여러 고을에 국가 기록자를 두고 언사를 시록해, 사방의 소식이 서로 통하게 했다)고 해서, 여러 곳에 사실을 기록하고 정보를 전달하는 임무를 맡은 "국사"의 관원을 처음 두었다고 했다.[142] 敏達天皇 원년 5월의 기사에는 고구려 사신이 가져온 국사를 다른 史官들은 사흘이 지나도록 읽지 못하는데 辰爾라는 인물이 능히 읽고 해석하자, 천황이 "勤乎辰爾 懿哉辰爾 汝若不愛於學 誰能獨解"(부지런하도다 辰爾여, 훌륭하도다 辰爾여, 그대가 학문을 좋아하지 않았다면 누가 능히 해독했겠는가)하고 칭송했다고 했다.[143)]

한문을 구사하는 능력을 가진 사람들은 거의 다 도래인이었다는 것이 널리 인정되고 있는 사실이다. 일본한문학의 성립을 논하면서, "도래인" 대신에 "귀화인"이라는 용어를 써서 다음과 같이 말한 데 그 점이 명확하게 요약되어 있다.

> 요컨대 귀화인은 본래 한문학과 많은 관련이 있었던 까닭에, 우리나라에 오자, 教學의 스승도 되고, 기록하는 관원도 되고, 도서를 맡은 벼슬도 하고, 혹은 외국 사신의 통역도 맡고, 혹은 刀筆計算의 직책을 감당하면서, 자손에게 전해서 文史의 책무를 다하게 했다.[144)]

이런 사실은 널리 인정하면서도, 역사 전개의 전체적인 방향에 관해서 말할 때에는 논조를 바꾸는 것이 상례이다. 일본은 신성한 나라이므로 한국에서 한문문명을 가져다 바쳤다고 역사에 기록하고 한국을 줄곧 격하해왔다. 한국과 일본이 한문문명을 공유하고 있어서 하나라고 인정하지 않았다.

일본이 중국의 여러 왕조의 책봉을 받기는 했으나, 직접적인 교섭은 거의 없었다. 隋나라와 국교를 트기 위한 국사에서 "日出處天皇致書日沒處天子"(해 뜨는 곳의 천황이 해 지는 곳의 천자에게 편지를 보내노라)라고 했는데, 수나라에서는 일본의 통치자를 "倭王"이라고

142) 《일본서기》, 211면.

143) 같은 책, 356면.

144) 岡田正之, 《近江奈良朝の漢文學》(東京 : 東洋文庫, 1929), 26면.

고쳐 일컬었다.[145] 그 뒤에 일본은 동아시아 전체에 천자는 하나뿐이라는 것을 받아들여 동아시아의 일원이 되었다. 백제가 망한 해인 齊明天皇 5년(659) 추7월의 遣唐使에 관한 일이라면서 《日本書紀》에 올린 기사에 당나라 천자가 "所謂諸蕃之中 倭客最勝"(이른바 여러 번국 가운데 왜국의 사신이 가장 빼어나다)고 칭찬했다는 말이 있다.[146] 일본은 당·송·명과는 줄곧 정상적인 책봉관계를 맺고, 조공의 사신을 보냈다.

그러나 일본에서는, 한문문명권은 하나인 가운데 각국이 나누어져 있다는 양면성을 명확하게 인식하는 역사철학이 이루어지지 않았다. 이른 시기에 《日本書紀》를 위시한 六國史를 쓰고, 그 뒤에는 왕조사를 다시 쓰지 않았다. 일본통사를 써서 일본의 국제적인 위치를 밝혀 논하는 작업을 하지 않았다. 월남의 《大越史記全書》나 한국의 《東國通鑑》에 해당하는 중세후기의 역사서를 마련하지 않았다.

1180년 鎌倉幕府가 시작되면서 일본이 중세후기로 들어섰다. 수도보다 지방이, 대지주보다 중소지주가 더욱 중요한 구실을 하는 사회변화가 일어났다. 그 변화가 일찍 일어나고 뚜렷해서, 동아시아사에서 중세후기가 시작된 사실을 확인하는 데 소중한 의의가 있다. 그러나 일본 중세후기의 지배층 무사계급은 사학과 철학의 혁신을 이룩할 능력이 없었다.

1339년에 이룩된 무사의 사고방식을 나타낸 역사서 《神皇正統記》는, 군주가 학문에 힘쓰고 덕행을 닦아 정치를 행하는 것이 마땅하다고 하는 도덕사관을 표방한 점에서는 동시대 동아시아 다른 나라에서 볼 수 있는 바와 상통하는 중세의 가치관을 갖추었다고 하겠

145) 木宮泰彦, 《日華文化交流史》(東京 : 富山房, 1965), 63-66면에서 이에 관해 고찰했다.

146) 같은 책, 478면.

으나,[147] “大日者神國也”라는 말을 서두에 내세우고,[148] 그렇게 하는 데 일본이 홀로 으뜸이라고 해서 고대자기중심주의를 재현하려고 했다.

《日本書紀》를 위시한 일본의 이른 시기의 역사서에 없는 史臣評이 《神皇正統記》에도 발견되지 않는다. 사실을 있는 그대로 적고, 역사서를 저술하는 사람의 견해는 평을 써서 나타낸다는 관례가 일본에는 정착되지 않았다. 그 대신에 본문에서 기술하는 사실 자체를 저자의 의도대로 고쳐 적는 방식을 택했다.

동아시아 역사서술의 가장 큰 장점을 놓치고, 역사왜곡을 함부로 했다. 그렇게 하는 데 대한 비판이 중세후기에 이르러서도 일어나지 않았다. 중세후기 최고 수준의 문화창조는 五山禪僧들이 담당하고 있어, 한국이나 월남에서처럼 신유학의 역사서술이나 理氣론의 역사철학이 대두할 수 없었다.

중세에서 근대로의 이행기에 《大日本史》를 저술하면서 일본은 신성한 민족의 나라라는 생각을 다시 강조했다. 배타적인 민족의식을 키워 근대민족주의로 나아가는 길을 마련했다. 그래서 근대화에 앞설 수 있었으나, 근대를 극복하기 위해서 중세를 계승하고자 하는 지금의 시기에 이르러서는 새삼스럽게 재평가할 만한 역사철학의 유산을 찾기 어렵다.

일본의 역사서에는 史臣評이 없다. 신화를 의심하고 합리적인 것을 찾는 역사서술자의 노력이 보이지 않는다. 그렇다고 해서 신화

147) 坂本太郎, 박인호·임상선 역, 《일본사학사》(서울 : 첨성대, 1991), 121-124면의 논의에서는 그런 특징이 가장 큰 결함이라고 했다.

148) 山田孝雄, 《神皇正統記述義》, 1면. 그 다음 말까지 인용하면, “大日本者神國也 天祖始て基を開き, 日神長く統を傳へ給ふ. 我國のみ此事有り. 異朝には其類无し. 此故に神國と云ふ也”라고 했다.

가 온전하게 전해지는 것은 아니다. 합리적인 역사관에 의한 신화 비판을 역사서의 문면에서 보여주는 대신에, 신화를 그 자체로 고쳤다. 신화를 합리적인 사고방식이 아닌 신화적 사고방식으로 고쳐 적었기 때문에 그 흔적을 남기지 않았다.

신화 비판은 없고 신화 자체만인 것 같은, 자료가 전도되고 왜곡된 신화여서 원래의 모습을 찾기 어렵게 한다. 그 점을 일본 자체의 자료를 들어 검증하는 것은 불가능하다. 조작했으리라는 심증을 되풀이해 말하면서 가능한 추론을 전개하는 데 머무르면 소설을 쓰게 되고, 그렇게 해서 신화 조작에 가담한다. 일본을 격하하는 신화는 조작해도 그만이라고 하는 것은 잘못이다.

일본의 시조도래건국신화에서 무엇이 문제인가 밝히기 위해서는 다른 나라 자료와의 비교연구가 반드시 필요하다. 비교연구를 거쳐서 얻은 결과는 조작을 입증해줄 뿐만 아니라 조작 이전 원래의 상태에 대해서도 말해준다. 지금까지 고찰한 결과가 거기 귀착된다. 시조도래건국신화를 통해 중세화를 말한 점에서 일본은 캄보디아·월남·한국·유구와 근본적으로 다를 바 없었다. 각국의 차이점보다 여러 나라에서 함께 발견되는 공통점을 더욱 중요시하는 것이 이 연구의 일관된 관점이므로 그렇게 결론지을 수 있다.

이런 결론은 일본신화에 대한 거듭된 연구에서 이미 얻은 것이다.[149] 그러나 시조도래건국신화를 다른 여러 나라의 사례와 비교해서 고찰하는 새로운 방법을 썼으므로 이미 알려진 사실이 더욱 분명하게 입증되었다. 신화를 조작한 과거의 잘못을 들어 일본에 타격을 주고자 하는 근대인의 경쟁의식을 버리고, 근대를 넘어서서 다음 시대로 나아가는 데 일본도 동참하기를 바라고 지금까지의 논

149) 황패강, 《일본신화의 연구》가 좋은 예이다.

의를 폈다.

원래 상태의 시조도래건국신화를 확인해서, 일본에서 일어난 중세화 과정 및 그 신화적인 표현도 다른 여러 나라와 기본적으로 동일했음을 확인하는 것이 소중한 성과이다. 중세화의 과정이나 중세의 본질이 어디서나 같았다고 하는 사실에 근거를 두고 동아시아사 또는 세계사의 전개를 밝히고자 하는 목표를 달성해야 한다. 동아시아가 하나임을 확인해야 세계가 하나일 수 있는 근거를 마련할 수 있다.

중세화에 대한 중세인의 견해

지금까지의 논의는 고대에서 중세로의 이행을 거쳐서 중세화가 이루어진 과정과 그 본질을 밝히기 위한 작업의 하나이다. 중세화의 과정과 의의를 세계적인 범위에서 연구하려면, 근대인의 편견에서 벗어나고, 근대 역사가의 중세사 조작을 청산해야 한다. 그렇게 하기 위해서 중세화에 대한 중세인의 인식을 찾아내서 이어받는 것이 무엇보다도 긴요한 과업이다. 중세인의 중세화 인식은 신화와 역사서술의 두 가지 방식으로 나타났다. 중세화를 말해주는 시조도래건국신화를 역사서에 올린 기록물은 그 둘을 하나로 결합하거나 서로 연결시켜 놓아서, 특히 소중한 연구 자료가 된다.

역사는 오직 사실의 역사여야 하고, 사실인가 의심되는 자료는 비판해서 배격해야 한다고 하는 것이 근대사학의 기본 이념이다. 사실로 확인될 수 없는 생각이 사람을 움직이고, 사회를 구성하고, 가치관을 이룩하는 데 긴요한 구실을 하는 줄 알아, 그런 편견에서 벗어나야 한다. 사실의 역사만 역사가 아니고, 생각의 역사도 또한 역사이다. 사실과 생각은 명확하게 나눌 수 없게 서로 얽혀 있다. 근대사도 사실의 역사만으로 이해하는 것이 불가능하고 무의미하지만, 중세사야말로 사실의 역사와 생각의 역사가 불가분의 관계를 가진 역사이다.

중세사를 정당하게 이해하는 것을 선결과제로 삼아 역사 이해의 전반적인 방법을 다시 정립하는 데 시조도래건국신화는 아주 긴요한 자료가 된다. 시조도래건국신화는 사실과 어긋나는 거짓말이라고 해서, 사료 비판을 거쳐 폐기하는 잘못을 저지르지 말아야 한다. 거기 나타나 있는 중세인의 사고방식이 고대인의 사고방식과도 다르고 근대인의 사고방식과도 다른 양상을 명확하게 밝혀내야, 시대 변화에 대한 깊이 있는 이해를 할 수 있다.

고대·중세·근대의 차이를 사실의 역사에서만 고찰하려고 하는 실증사학이나 사회경제사는 중세에 대한 근대의 승리를 입증하는 데 급급해서, 중세가 중세다운 점을 밝혀내지 못하고 역사 이해의 폭을 부당하게 축소하는 잘못을 저지른다. 사실의 역사와 생각의 역사를 통괄해서 다루는 새로운 작업을 하기 위해서 실증사학이나 사회경제사를 버리자는 것은 아니고, 그 이상의 작업을 해야 한다. 건국신화를 정치형태와 함께 문제삼고, 문학사와 사회사가 별개의 것일 수 없다고 하는 것이 새로운 역사학이다.

그런 작업의 한 본보기를 제시하고자 하는 의도가 있어서, 여기서는 시조도래건국신화에 관해 고찰했다. 시조도래건국신화는 구전되는 신화가 아니고 역사서에 적혀 있는 기록이다. 그러면서 역사서술 자체와는 차이가 있다. 신화는 불신하고, 역사서술에서는 사실인 부분만 찾아내자고 하는 근대사학의 편향성을 극복하고, 양쪽을 함께 다루고 서로 연결시켜 이해하면서, 어느 한쪽에 치우치지 않은 통합된 관점을 찾는 것이 긴요한 과제이다.

중세인 자신이 신화를 통해서 말한 중세화와 역사서술을 하면서 밝힌 중세화에는 다소의 차이가 있다. 그 가운데 어느 쪽이 진정한 가치가 있는가 판정하려고 하지 말고, 신화연구와 역사연구의 방법을 함께 사용하면서 양쪽에서 말한 바를 비교해서 검토해야 한다. 문학연구와 역사연구를 엄격하게 갈라놓고, 생각과 사실은 함께 다룰 수 없다고 하는 근대학문의 관습을 타파해야만 그렇게 할 수 있다고 거듭 강조해서 말할 필요가 있다.

중세인이 신화와 역사서술의 두 가지 방식으로 중세화를 다룬 것은 어느 한 나라에서만 있었던 일은 아니므로, 관련 자료를 한 자리에 모아놓고 비교해서 고찰해야 한다. 비교를 하면서 각국의 서로 다른 차이점보다 어느 나라에서나 보이는 공통점에 더욱 주목해야 한다. 각국의 연구를 따로 하면서 자기 나라를 높이려고 하는 우열론 시비에서 벗어나, 근대학문의 또 한 가지 인습을 타파해야 그렇게 할 수 있다.

문명권의 중심부에서 도래한 인물이 주변부에 이르러 현지 여성과 결혼해서 자식을 낳아 그곳의 통치자가 되게 했다는 것은 여기서 다룬 여러 나라에 공통되게 나타난다. 그런 시조도래건국신화를 통해서 중세화를 말한 것은 반드시 문면에 드러나 있지 않으나 공통된 의미라고 인정할 수 있다. 문명권의 중심부와 주변부는 하나이면서 둘인 것이 중세화의 본질로 인식되어 있다. 그래서 공동의 문명과 민족의 문화를 서로 관련시켜 함께 발전시키는 것이 중세의 과제였다.

그런 공통적인 유형에 하위유형이 있다. 최초의 건국신화가 그렇게 되어 있는 형태도 있고, 왕조교체 이후의 새로운 건국신화를 그렇게 만든 형태도 있다. 스리랑카·캄보디아·월남이 앞의 예이고, 티베트·몽골·한국·유구·일본은 뒤의 예이다. 도래인이 특별한 무기를 지니고 무기 다루는 능력이 뛰어났다고 하는 형태도 있고, 그런 말이 없는 형태도 있다. 다른 여러 나라가 앞의 예이고, 티베트·몽골·월남은 뒤의 예이다. 도래인이 원래의 고장으로 돌아가는 형태도 있고, 돌아가지 않고 도래한 곳에 영주하는 형태도 있다. 월남·한국·유구는 앞의 예이고, 스리랑카·캄보디아·티베트·몽골·일본은 뒤의 예이다.

그런 건국신화가 산스크리트문명권 각국 및 유구와 일본에서는 신화 자체만으로 기술되어 있고, 월남·한국에서는 합리적인 역사서술 속에 들어가서 검증과 비판의 대상이 되었다. 비판과 검증을 수반하는 합리적인 역사서술은 산스크리트문명권에서는 나타나지 않고, 한문문명권의 유교사관에서만 갖추었으며, 한문문명권 주변부의 여러 나라 가운데 월남과 한국만 중심부의 중국과 대등한 수준으로 구현했다.

그래서 문명권의 중심부와 주변부가 하나이면서 둘이라는 원리의 구현을 두고 월남과 한국에서는 신화와 역사서가 서로 경합했다. 중심부와 주변부가 하나임을 월남에서는 신화에서, 한국에서는 역사서 속의 사신평에서 특히 강조해 나타냈다. 그런 상관관계를 무시하고 어느 한쪽의 자료를 일방적으로 평가할 수는 없다.

월남의 신화에서는 중국과 월남이 둘이어야 하나임을 밝히고, 한국의 사서에서는 중국과 한국이 둘임을 너무 주장해서는 하나임이 손상된다고 했다. 월남은 중국과의 무력투쟁을 거쳐 주권을 거듭 되찾고, 한국은 외교관계를 통해서 독립을 지켜온 차이가 있어 그렇기도 하지만, 합리적인 역사서가 신화적 형상화보다 뒤떨어질 수 있는 점도 지적할 수 있다.

일본에서만은 주변부가 우월하고 중심부가 열등하다고 하고, 도래인이 전국 통치자의 신하의 위치에 들어가서 지방의 통치자가 되었다고 한 점이 다른 여러 나라의 경우와 상반되고, 일본사의 실상과도 맞지 않는다. 그 두 가지 특수성은 일본에서는 신화를 원래의 모습과는 다르게 바꾸어 놓았다고 보아야 할 증거이다. 일본신화는 변조되었다고 하는 것이 그래서 나온 말이다.

일본신화의 변조를 일본사의 실상을 밝힌 데 근거를 두고 입증하는 작업은 이미 광범위하게 진행되고 있으나 쉽사리 판정할 수 없는 문제점이 많아 논란이 분분하다. 그런데 지금까지 전개한 시조도래건국신화에 대한 비교연구는 일본의 경우에만 보이는 특수성에 대해서 새로운 접근을 할 수 있게 한다. 문명권의 중심부와 주변부의 관계에 관해서 다른 모든 곳에서 일제히 확인되는 일반적인 사실이 일본의 시조도래건국신화에서만은 뒤집어져 있는 것은 자연스러운 일이 아니라고 보아 마땅하다. 문명권의 중심부를 따르는 중세화에 대한 비판이 나타날 때 시조도래건국신화를 원래와는 다르게 뒤집어놓았으므로 그렇게 되었다는 것이, 일본신화는 원래부터 특별했다고 하는 쪽보다 타당성이 크리라고 생각한다.

문명권의 중심부를 따르는 중세화에 대한 비판이 일어날 때, 월남이나 한국에서는 시조도래건국신화는 그대로 두고 거기다가 역사가가 논평을 첨부해서 견해차를 밝혔다. 그렇게 하는 것이 유교사관에 입각한 역사서술의 마땅한 방법이었다. 그런데 일본의 역사서는 역사가의 논평이 없다. 역사가가 논평을 달아서 표명해야 할 견해를 역사 자체를 고쳐서 나타내는 작업의 일환으로 시조도래건국신화를 개작했다고 보아 마땅하다.

시조도래건국신화로 중세화의 길을 말한 것은 고대신화를 중세전기에 개작해서 중세신화를 만들었기 때문에 생긴 일이다. 그때 어느 나라에서든지 일제히 신화를 개작한 것을 변조했다고 해도 무방하다. 그러다가 중세후기에 이르면 중세전기에 이룩한 중세화의 길에 대한 비판적인 견해가 대두했다. 중세보편주의를 중심부와 대등하게 구현하려고 하는 시대를 지나, 주변부에서 독자적으로 구현하려고 하는 시대에 들어섰기 때문이다.

중세후기에 이르러서 사고방식이 달라지자 시조도래건국신화도 그대로 둘 수 없어서, 새로운 조처를 했다. 한쪽에서는 중세전기에 만든 시조도래건국신화에다 역사가의 논평을 달고, 다른 쪽에서는 시조도래건국신화 자체의 내용을 고쳐 적었다. 월남·한국은 앞의 길을, 일본은 뒤의 길을 택했다.

그 때문에 일본을 나무라자는 것은 아니다. 일본이 잘못하고 월남과 한국은 잘 했다고 말해야 할 근거는 없다. 중세전기에 한 차례 변조한 건국신화를 일본에서 중세후기에 또 한 차례 변조했다고 사실을 밝혀내놓고, 앞의 것은 어디서나 한 일이니 잘못이 아니고 뒤의 것은 일본만 했으니 잘못되었다고 하는 것은 적절한 견해가 아니다.

신화를 개작했다, 변조했다, 조작했다고 하는 말은 지적하는 사실 자체에서 차이가 없고, 사실에 대한 평가의 차이 때문에 말이 달라질 수 있다. 신화는 지어낸 이야기이므로 다시 지어낼 수 있다. 그러나 일본에서 중세후기에 한 이차적인 변조는 변조가 아니라고 하면서 일본에서도 중세전기에는 다른 나라와 같은 방식으로 중세화를 이야기하는 건국신화를 만들었다는 사실을 부인하는 것은 부당하다. 윤리적으로 부당하다는 말이 아니고, 학리적으로 부당하다는 말이다.

일본은 한문문명권의 다른 나라와 같은 중세를 겪지 않고 이른 시기부터 근대적인 자주와 자존의 사상을 키워왔다고 주장하는 것이 근대일본의 신화이다.[150] 이제 그 신화를 버리고 일본 또한 중세화의 과정을 한문문명권의 다른 나라, 다른 문명권의 많은 나라와 함께 거쳐왔다는 보편성을 확인하는 것이 긴요한 과제이다. 중세 전기에 겪은 중세화에서 일본은 예외가 아니었음을 밝혀야 모든 일이 순조로울 수 있다.

문명권의 중심부와 주변부의 관계를 일본에서 하듯이 바꾸고 이해하는 것은 근대인이 보기에는 바람직하므로 평가해야 마땅하다. 그러나 그것은 중세를 중세답게 이해하지 못하게 한다는 점에서 역사의 왜곡이다. 이제 근대를 극복하고 다음 시대를 이룩해야 할 전환기에 이르렀으므로, 중세사의 왜곡을 바로잡아 근대의 편견을 시정하는 것이 긴요한 과제이다.

지금 인류는 민족국가끼리의 배타적인 경쟁에 말려들어 민족우열론을 가리려고 하는 근대인의 잘못된 사고방식을 버리고, 문명권의 동질성을 회복해야 한다. 그렇게 하기 위해서 세계가 하나임을 깨닫기 위해서는 중세보편주의를 재인식하고 계승해야 한다. 지금까지 고찰한 시조도래건국신화는 사고방식을 그런 방향으로 전환하도록 촉구하는 소중한 구실을 한다.

문명권의 중심부에서 도래한 시조가 중세화를 이룩하는 데 적극 기여했다고 한 시조도래건국신화는 근대인이 보기에 자존심을 크게 상하게 하는 괴이한 이야기로 생각될 수 있다. 그런 일방적인 견해 때문에 배격하거나 덮어둘 것은 아니고, 정당하게 해석해서 재평가해야 한다. 근대인의 중세사 왜곡을 시정하는 데 이보다 더 유용한 사례를 찾아내기 어렵다. 이에 관한 연구를, 근대를 넘어서서 다음 시대로 나아가는 전환의 디딤돌로 삼는 것이 마땅하다.

---

150) 《한국의 문학사와 철학사》(서울 : 지식산업사, 1996)의 〈근대 극복의 과제와 한·일학문〉에서 이에 대해 다각도의 논의를 전개했다.

대장경 주고 받기

연구의 의의

여기서 大藏經을 고찰하는 것은 동아시아의 중세가 어떤 시대였는가 논의해서 중세의 본질을 해명하기 위한 적절한 예증이 필요하기 때문이다. 그렇게 하는 것이 세계문학사에서 중세문학이 차지하는 위치와 의의를 밝히는 데 긴요한 의의가 있다. 문학사를 언어생활사의 일환으로 이해하고 사상사나 사회사와 통괄해서 다루는 관점을 확보하는 모범 사례를 하나 제시하기 위해 이 연구를 한다.

불교의 경전인 佛經은 인류가 이룩한 가장 방대한 분량의 문자문화일 것이다. 오랜 기간에 걸쳐 다양한 형태로 형성된 불경이 문명권의 경계를 넘어서 전달되고 번역되었으며, 필사본뿐만 아니라 인쇄본의 국제적인 유통이 광범위하게 이루어졌다. 그런 현상의 일단을 새로운 관점에서 연구하는 것이 여기서 시도하는 일이다.

불경 자체는 불교학의 연구대상이지만, 전달되고 번역되고 유통된 과정에 관해서는 문화사적 연구를 광범위하게 해야 한다. 불경을 주고 받으면서 벌어진 국제관계의 성격에 대한 인식은 세계사의 한 시기 중세의 특징을 극명하게 나타내주는 의의가 있다. 여기서는 바로 그 국면을 다루어, 중세의 시대 성격을 근거로 중세문학에 관한 일반이론을 수립하는 데 힘쓰고자 한다.

불교경전은 남-동남아시아문명권과 동아시아문명권이 공유한 중세문명의 창조물이다. 팔리어와 산스크리트어로 이루어진 남-동남아시아문명권의 불교경전은, 상좌(소승)불교와 대승불교, 그리고 그 둘의 여러 분파에 따라 서로 달랐다. 티베트에서는 산스크리트 대승경전을 티베트어로 번역했으며, 그것을 몽골에서도 가져다 썼다. 중국에서는 산스크리트 대승경전을 다 모아들여 한문으로 번역하고 다시 동아시아에서 만든 경전까지 추가해, 모든 경전을 한 데 모은 '大藏經'을 이룩했다. 그것을 동아시아 여러 나라에서 함께 이용했다.

불경은 문명권의 동질성을 보장하는 데 가장 긴요한 구실을 했다. 불경을 공유한다는 점에서 남-동남아시아문명권과 동아시아문명권이 한 문명권이었다. 티베트어 불경을 사용하는 나라들은 별개의 문명권을 이루었다. 한문본 대장경을 공유한다는 점에서 동아시아문명권이 한 문명권이었다. 한 문명권이 크게도 나누어지고 작게도 나누어지는 현상을 거기서 확인할 수 있다.

한문본 대장경은 한 가지가 아니며, 여러 나라에서 여러 차례 간행되었다. 자기 나라에서 만든 대장경을 자기 나라에서만 이용하지 않았으며, 국제적으로 이동시켰다. 그래서 특정 대장경을 공유하는 나라들끼리는 특별한 유대가 있어, 한 문명권을 다시 나눈 하위단위의 문명권에 함께 속했다. 한국에서 판각해 찍어낸 《高麗大藏經》을 일본이나 유구, 또는 다른 나라에서도 얻어가려고 하는 외교적 교섭이 빈번하게 벌어져, 그 몇몇 나라가 특히 가까운 관계를 가지게 되었다.

동아시아 여러 나라는 단일한 문명권을 이루고 있어서 大藏經을 공유재산으로 삼았으며, 공동문어 글쓰기의 공통된 방식을 사용하면서 그것을 주고 받는 외교적인 관계를 맺었다. 그렇지만 大藏經을 주는 쪽과 받아가는 쪽은 서로 다른 나라이고 이해관계가 상치되게 마련이어서 외교관계를 통해 갈등을 나타냈다.

그 점을 연구해서 불교학이나 한국학의 발전에 기여하자는 것은 아니다. 불교학이나 한국학에서 이미 연구한 성과를 기지수로 삼아 새로운 연구의 미지수를 풀어나가려고 한다. 大藏經 주고 받기가 한 문명권 안에 다수의 민족국가가 있어서 문명은 하나이고 문화는 여럿인 양면성을 아주 잘 보여주는 데 착안해서, 중세 이해의 일반 이론을 전개할 근거를 거기서 찾고자 한다.

한국문학에서 동아시아문학으로, 동아시아문학에서 세계문학으로 나아가면서 세계문학사 이해의 이론을 새롭게 정립하는 작업의 일단을 구체화하는 데 이 연구가 절실하게 필요하다. 세계문학사의 전개 가운데 중세 부분을 해명하는 이론 정립이 구체적인 목표이다. 중세시기에 공동문어문명이 어떻게 구획되고, 그 내부 구성원들의 관계가 어떠했던가 밝히는 데 세계종교의 경전이 긴요한 구실을 하고, 불교의 경전, 특히 한문본 大藏經이 결정적인 단서를 제공해준다고 보고, 그 점을 구체적으로 해명하는 작업을 하고자 한다.

대장경의 내력

불경의 역사 가운데 이 글에서 다룰 부분과 직접 관련된 영역을 정리해보자. 인도에서 마련한 불교경전을 중국에서 한문으로 번역한 대장경이 동아시아 각국에서 함께 이용되다가, 한국이 《高麗大藏經》을 이룩하자 일본이나 유구도 그것을 이용했으며, 나중에는 일본에서 자기네 대장경을 따로 만들었다. 그 경과를 간추려 나타내면 다음과 같다.

(가) 불교경전권의 형성 : 남-동남아시아문명권 및 동아시아문명권 전체.

(나) 한문대장경권이 (가)에서 분리 : 중국, 월남, 한국, 일본, 유구.

(다) 고려대장경권이 (나)에서 분리 : 한국, 일본, 유구.

(라) 일본대장경권이 (다)에서 분리 : 일본 (중국, 한국).

(마) 각국어번역 : 서역 여러 언어, 티베트, 몽골, 한국, 만주, 일본어로 번역.

(가)에서 (라)까지는 시대순으로 배열되었다. (가)에서 (라)로 가면서 문명권의 범위가 차차 세분되었다. 시대가 흐르면서 문명권이 세분화되는 것이 중세 이후 역사의 전체적인 방향이었다. 중세전기 첫 시기에 (가)의 대문명권이, 중세전기의 둘째 시기에 (나)의 문명권이, 중세후기에 (다)의 소문명권이, 중세에서 근대로의 이행기에 (마)의 민족문화권이 형성된 것이 세계사 전개의 보편적인 과정이라고 할 수 있을 것 같다.

한국에서는 한문대장경을 국문으로 번역하는 언해 사업을 진행했다. 불경언해에 의해서 (마)의 영역 안에 한국만의 국문불경의 영역을 마련한 것이 (라)가 생겨나기 전의 일이다. 그러나 여기서는 한문경전에 관해 고찰하기만 하므로 그 점은 일단 고려 밖에 둔다.

(가)에서 (라)까지의 변화가 언제 일어났는가 연대를 들어 말해 보자.

(가)는 불타가 열반하고 얼마 되지 않은 시기의 제1차에서 기원후 100년경의 제4차에 이르기까지 네 차례 結集에서 마련되었다.[151]

(나)로의 전환은 불경이 한문으로 번역되기 시작한 2세기경에 비

롯해서, 971년에 착수해서 983년에 중국 《宋版大藏經》(開寶版大藏經, 北宋官版大藏經, 蜀版이라고도 한다)이 1,076부 5,048권의 분량으로 완성되자 확정되었다.[152] 그 뒤에 宋版이 몇 번 더 이루어졌다. 1031년에서 1064년까지의 《遼版大藏經》, 1148년부터 1173년까지의 《金版大藏經》이 다시 이루어졌으나, 宋版을 능가하는 업적은 아니었다. 그 세 나라의 대장경판은 지금 전하지 않는다. 元·明·淸의 시기에도 대장경을 각기 여러 차례 판각해서 간행했다.

(다)의 시기는 고려에서 1074년에서 1082년 사이에, 《初雕大藏經》 1,067부 5,048권의 규모로 만들 때 시작되었으나, 그것은 1232년에 몽고란 때문에 불탔다. 1236년부터 1251년까지에 현존 《高麗大藏經》을 다시 만들었다. 《高麗大藏經》은 宋版을 받아들여 기본으로 하고,[153] 遼版 등의 다른 자료도 보태 한문본불경을 집대성하고 총정리한 성과이며, 교정을 철저하게 해서 완벽을 기했다. 1,516부 6,815권에 이르는 분량이며, 경판수는 81,258매이다. 그 전부가 온전하게 보존되어 현존 최고의 대장경이다.[154] 그 인행본을 여러 곳에서 원하

151) P. V. Bapat, *2500 Years of Buddhism*(New Delhi : Publication Division of Ministry of Information and Broadcasting, 1956), 31-44면에서 한 네 차례의 結集에 관한 고찰을 참고한다.

152) 여기서부터 서술하는 사실은 深浦正文, 《佛教聖典概論》(東京 : 生田書店, 1924) ; Kenneth K. S. Ch'en, *Buddhism in China*(臺北 : 汎美圖書公司, 연대 미상) ; 方廣錩, 《佛教大藏經史》(北京 : 社會科學出版社, 1991)에 의거해서 파악하고 ; 이기영, 〈고려대장경 그 역사와 의의〉, 《고려대장경》 48(서울 : 동국대학교출판부 1978) ; 안계현, 《한국불교사연구》(서울 : 동화출판공사, 1982)를 참고한다.

153) 宋版大藏經을 고려에서 받아들인 기사는 《宋史》 열전 246 外國史 高麗 편에 端拱 2년(989)의 일로 기록되어 있다. 그런데 《高麗史》에는 그 기사가 없는데, 조선왕조에서 《高麗史》를 편찬할 때 불교에 관한 일은 긴요하지 않게 여겨 제외했기 때문이라고 생각된다.

154) 이기영은 위의 글에서 산스크리트경전은 대부분 없어지고, 티베트어대장경에는 한문본에서 번역한 것도 많으므로, 고려대장경이 현존 불경 자료로서

고, 일본과 유구에서 가져갔다.

(라)의 시기는 1637년부터 1648년까지에 일본에서 《日本版大藏經》(天海版)을 1,452부 6,323권의 분량으로 만들면서 시작되었다. 그 뒤에 다시 1669년부터 1681년까지에 한 차례 더 만든 日本版(黃檗版)은 6,956권인데, 중국 明版을 가져가서 분량을 늘였기 때문이다. 대장경을 근대의 활자인쇄로 간행하는 일을 일본에서 몇 차례 하다가, 마침내 1922년부터 1933년까지 3,502부 11,970권 규모의 《大正新修大藏經》을 완성하기에 이르렀다. 그것이 한문대장경의 정본으로 인정되어 중국이나 한국에서도 널리 이용하고 있어, 한문대장경권의 중심이 바뀌었다.

(마)의 시기는 일정하지 않다. 불경이 한문으로 번역되는 기원전 1세기부터 시작해서 (가)의 원전이 龜玆(Kucha), 于闐(Khotan), 窣利(Suli, Sogdiana), 回鶻(Uigur), 突闕(Turk) 등의 여러 언어로 산발적으로 번역되었다. 그 번역이 한문 번역에 영향을 끼쳤으며, 그쪽 사람들이 한문 번역에 참여했다.[155] (가)의 원전 티베트어 번역이 7세기에 시작되어 몇 세기 동안 계속되었다. (가)의 원전이 없는 경우에는 (나)의 한문본을 번역했다. 티베트어본을 몽골어로 번역하는 사업이 1210년부터 1310년까지, 다시 1603년에서 1634년 사이에 진행되었다.[156] 1461년부터 1471년까지 한국에서는 刊經都監을 설치해서 한국어 번역을 했다. 1772년부터 시작해서 20여 년 동안 만주어 번역

최고의 가치를 가진다고 했다. 중국에서는 원나라 대장경을 다시 판각했으나 지금 남아 있지 않고, 명나라와 청나라의 대장경은 내용이 부실해서 고려대장경을 따르지 못한다고 했다.

155) 熱紮克 外共編, 《西域飜譯史》(烏魯木齊 : 新疆大學出版社, 1994), 49-82면, 108-110면.

156) 뒤의 사실은 Noble Ross Reat, *Buddhism, a History*(Berkeley, California : Asian Humanities Press, 1994), 274면에 근거를 둔다.

이 이루어졌다.

이 가운데 티베트어 번역은 몽골에서도 이용해서 또 하나의 공동문어불경 노릇을 했을 따름이고, 다른 것들은 자국의 범위를 넘어서지 못했다. 티베트어 이외의 다른 언어 불경은 일부만 번역되었으며, 한문불경을 대신할 만한 영향력을 가지지 못했다. 1917년에 시작된 일본의《國譯大藏經》과 그 뒤에 시작된 한국의《국역대장경》에 이르러 비로소 전면적인 번역이 이루어졌으나, 아직까지 한문본을 대신할 만한 영향력을 가지지는 못하고 있다.

고려대장경을 만든 의도는 李奎報가 쓴 〈大藏刻板君臣祈告文〉에 잘 나타나 있다.[157] 대장경을 다시 각판하면서 부처에게 기도하는 말을 다음과 같이 했다. 몇 대목을 인용한다.

(가) 國王諱 謹與太子公侯伯 宰樞文虎百僚等 熏沐齋戒 祈告于盡虛空界十方無量諸佛菩薩帝釋爲首三十三天一切護法靈官

국왕 아무개는 삼가 태자, 公, 侯, 伯, 정승, 문무백관 등과 함께, 목욕재계하고 끝없는 虛空界 十方無量諸佛·菩薩·帝釋을 비롯한 三十三天의 일체 護法靈官에게 기도합니다.

(나) 甚矣達旦之爲患也 其殘忍凶暴之性 已不可勝言矣 至於癡暗昏昧也 又甚於禽獸 則夫豈知天下之所敬有所謂佛法者哉 由是 凡所經由無佛像梵書悉焚滅之……

심하도다 達旦의 환란이여. 그 잔인하고 흉포한 성깔을 이루 말로

157) 그 글이《東國李相國集》권25에 실려 있다.

다하지 못하겠습니다. 어리석고 혼암함이 금수보다도 심하니, 어찌 천하가 소중하게 여기는 바에 불법이 있는 줄 알기나 하겠습니까. 그래서 지나는 곳마다 불상이고 불경이고 다 태워 없앱니다…….

(다) 伏願諸佛聖賢三十三天 諒懇迫之祈 借神通之力 使頑戎醜俗 斂蹤遠遁 無復踏我封疆 干戈載戢 中外晏如

엎드려 원하건대 여러 부처·성현·三十三天은 간곡하게 기원하는 바를 양찰하시어, 신통력을 주셔서, 저 완악한 오랑캐 추한 무리가 자취를 거두어 멀리 도망가, 우리 국토를 다시 밟는 일이 없고, 나라 안팎이 편안하게 해 주소서.

(가)에서는 기도하는 주체와 그 대상을 말했다. 지상의 고려국에는 국왕, 태자, 여러 관원들이, 천상 허공계에는 부처, 보살, 여러 천신이 있는 것이 서로 호응된다고 생각되게 했다. 眞과 俗, 上界와 下界, 不可視와 可視, 유한과 무한의 차이가 있기는 하지만, 양쪽의 모습이 꼭 같기 때문에 한쪽의 소망을 다른 쪽에서 들어준다는 생각을 나타냈다. 불교를 국가불교로 이해하고 국왕이 선두에 서서 신앙하는 방식을 제시했다.

(나)에서는 達旦이라고 칭한 몽골의 침략을 심하게 나무랐다. 그 횡포가 이루 말할 수 없이 많은 가운데 불상과 불경을 불태우는 것이 으뜸이라고 했다. 인용한 말 다음 대목에서, 符仁寺에 보관하고 있던 대장경을 하루 아침에 잿더미로 만든 짓을 들어 규탄했다. 나라를 잘못 지켜 그렇게 되었으니 불법의 제자로서 면목이 없으므로, 없어진 것을 다시 만들어야 한다고 했다. (다)를 말하기에 앞서서, 옛적 현종 때에 대장경을 만들겠다고 발원하자 契丹主가 침공을 멈

추고 돌아간 것과 같은 일이 다시 있기를 바란다고 했다. 대장경을 만들어 부처를 섬기는 일을 다시 하겠으니, 부처의 신통력으로 오랑캐를 물리치고 평화가 오게 해달라고 했다. 그 때문에 전란을 겪고 있는 어려운 조건에서 피폐한 국력을 기울여서 대장경을 먼저 것보다 더 훌륭하게 다시 만들었다고 했다.

고려의 조정에서는 매년 봄과 가을에 '轉大藏經' 및 '消災道場'의 행사를 개최했다.[158] '轉大藏經'은 대장경의 주요부분을 읽는 행사이고, '消災道場'은 국가의 재앙이 없어지도록 기원하는 행사였다. 그렇게 할 때 여러 문신들에게 부처의 공덕을 찬양하는 '音讚詩'를 짓도록 했다. 李奎報의 시도 그 가운데 하나이다. 〈大藏經及消災道場音讚詩應製〉(대장경 및 소재도량 음찬시 임금의 명을 받아 지은 것)이라고 하는 작품 두 편 연작을 보면 아주 장편이다.[159] 거기서 부처와 고려국왕의 관계를 두고 한 말 가운데 한 대목을 인용해본다.

照水月爲千佛鑒　물에 비친 달은 일천 부처의 모습이고,
滿天霞是一人誠　하늘 가득한 안개 한 사람의 정성이도다.
須知國運山難轉　국운은 산과 같아 옮기기 어려운 줄 알고,
已倚熏功辨太平　공덕에 의지해서 태평성대 이룩하리라.
吾皇覬沐覺皇慈　우리 임금 부처의 자비에 목욕하고자,
黃屋親臨講梵儀　절간에 친히 나와 불사를 거행하시네.
千指繙經秀勝力　천 손가락으로 경전 만지니 이기는 힘 빼어나
萬家高枕太平期　일만 백성 베개 높이고 태평을 기약한다.

158) 정원표, 〈여말 사대부의 불교시 연구〉, 한국고전문학회 편, 《국문학과 불교》(합천 : 성철선사상연구원, 1997)에서 그 행사 및 관련 작품에 관해 고찰했다.
159) 《東國李相國集》 권18 서두에 실려 있다.

부처는 기원받는 위치에 있고 국왕은 기원하는 위치에 있는데도, 그 둘이 서로 같아 기원하는 바가 이루어진다고 거듭 말했다. 국왕은 "吾皇"이고, 부처는 "覺皇"이어서 둘 다 "皇"인 점이 서로 같다 하고, 앞에서 말한 "千佛"을 뒤에서는 "千指"로 받았다. 부처는 하나이지만 그 모습이 일천 강에 달이 비치듯이 비치는 것처럼, 임금은 한 사람이지만 부처에게 기원해서 나라를 평안하게 하는 공덕이 수많은 백성에게 미친다고 했다. 그렇게 해서 불교가 국가불교임을 강조해서 말하고, 국왕이 불교 신앙의 구심점을 이룬다고 했다.

불교가 국가불교임을 몽골인들도 입증했다. 몽골인도 불교신도이지만 자기 나라 불교가 아닌 남의 나라 불교는 파괴해도 그만이라고 여겼다. 티베트어 원본이거나 몽골어 번역본인 자기네 경전이 아닌 한문경전을 고려에서 판각한 것은 불태워도 아깝지 않았다. 고려에서는 대장경을 만들어 부처의 힘을 빌어 나라를 지키고 평화를 이룩하려고 하는 것을 몽골군은 어떻게 해서든지 막아야 했으니, 대장경판을 불태우는 것이 당연히 필요한 작전의 하나였다고 할 수도 있다.

교리 자체를 보면 어디서나 하나여야 할 불교가 이처럼 여러 나라의 불교로 나누어져 있어, 자기 불교를 가지고 자기 나라를 지켜야 했다. 천상 허공계의 부처, 보살, 여러 천신이 모두 자기 나라를 지켜주는 수호신이라고 생각했다. 그런 수호신들의 환심을 살 목적으로 일으키는 불사의 하나로 대장경을 만들고 숭상했다.

그러나 대장경은 그런 목적에서 만들었어도 한 나라의 것으로 머물러 있지 않았다. 한문경전으로 불교를 신봉하는 여러 나라에서 고려대장경 인행본을 나누어달라고 거듭 요청했다. 만든 사람들이 생각하지 않은 새로운 쓰임새가 생겼다. 몽골의 침공을 불력을 빌어 물리치려고 해서 만든 대장경이, 처음 의도했던 바와는 다르게 외교적인 방법으로 왜구의 침입을 막는 데 쓰이는 기능을 수행하게 되었다. 대장경을 가진 쪽의 판단이 아닌, 대장경을 받아가고자 하는 쪽의 요청 때문에 그런 기능 변화가 이루어졌다.

대장경을 그처럼 유용하게 사용한 왕조는 고려가 아니고 조선이었다. 조선에서는 척불론을 표방하고 유학을 지배이념으로 삼았으므로 대장경을 대단하게 여기지 않았다. 대장경이 국가 수호를 위한 종교적인 기원에 소용된다고 생각하지 않았을 뿐만 아니라 그 자체의 문화적 가치도 인정하지 않았다. 대장경이 평화를 가져오는 기능은, 평화를 유린하는 쪽인 일본에서 대장경을 강력하게 원했기 때문에, 조선왕조가 의도하지 않은 가운데 실행되었다. 그래서 대장경으로 고려왕조가 몽골을 막은 대신에 조선왕조가 일본을 막았다. 의도와 결과가 그렇게 어긋나는 가운데 대장경이 평화를 가져오는 구실을 했다.

일본 이외에 유구에서도 대장경을 가져가고, 그밖의 여러 나라에서도 대장경을 요청했다. 대장경을 얻으러 국서를 가진 사신이 조선으로 오는 일은 조선전기 동안에 계속해서 있었다. 그런 가운데 15세기 후반 성종 연간에 그런 일이 특히 빈번하게, 서로 겹쳐서 일어났다. 그 모든 사건을 다 다루는 것은 너무 번다하므로, 성종 9년부터 성종 16년까지 있었던 다음과 같은 사건을 구체적인 고찰의 대상으로 삼기로 한다.

1478년(성종 9년) 11월 3일 경신 久邊國主 李獲 대장경 요청.
1479년(성종 10년) 6월 22일 정미 琉球國王 尙德 대장경 요청.
1482년(성종 13년) 윤8월 久邊國主 李獲 대장경 재요청.
1482년(성종 13년) 4월 9일 정미 일본국왕 源義政 대장경 요청.
1482년(성종 13년) 4월 9일 정미 夷千島王 遐叉 대장경 요청.

1483년(성종 14년) 12월 18일 정축 유구국왕 尙圓 대장경 재요청.

1485년(성종 16년) 8월 30일 무진 일본 大內政弘 대장경 요청.

일본과의 관계

《高麗大藏經》이 일본에 전해진 것은 1388년에 시작되어 1539년을 마지막으로 약 150년간 계속되었다. 그 기간 동안 일본에서는 대장경을 거듭 요청했고, 조선왕조에서는 요청자의 자격을 고려해서 일부만 응락했다. 내역을 보면, 일본국왕 및 왕족이 30회 청구해서 22회 받아가고, 大內라고 칭하는 유력한 지방통치자가 17회 청구해서 13회 받아가고, 對馬島主가 4회 청구해서 3회 받아가고, 다른 여러 지방의 통치자가 도합 15회 청구해서 5회 받아갔으며, 모두 합치면 66회 청구해서 43회 받아갔다고 한다.[160] 주요 사항을 들어 연표를 작성해보자.

1388년(고려 창왕 원년) 왜구에게 잡혀간 포로를 송환하면서 대장경을 요구했다.

---

160) 김병하, 〈고려대장경과 대일수출〉, 《조선전기대일무역연구》(서울 : 한국연구원, 1969)에 의한다. 대장경이 일본에 전해진 부수에 관해서는 다른 견해도 있다. 정병조, 〈대장경〉, 《한국민족문화대백과사전》 6(성남 : 한국정신문화연구원, 1990), 445면에서는 1389년부터 1539년, 중종 34년까지 대장경을 일본에서 83회 요청해서 63부를 가져갔다고 했다. 《조선출판문화사》(평양 : 사회과학출판사, 1995), 302-313면에서는 대장경을 일본에서 96회 요청해서 46회 받아갔다고 했다. 村井章介, 《東アジア往還》(東京 : 朝日新聞社, 1995) 266-277면에서는 대장경이 50부 일본에 전해졌다고 했다. 이 밖에 나종우, 《한국중세대일교섭사연구》(익산 : 원광대학교출판부, 1996) 제7장 〈조선전기 고려대장경의 일본 전수〉에서도 대장경의 일본 전래에 관해 고찰했다.

1425년(세종 5년 12월) 일본에서 대장경판을 탈취해가려고 하는 일이 있었다.

1429년(세종 11년 12월 을해) 朴瑞生의 귀국보고에서 "일본은 浮屠를 숭상하므로, 交好의 贈所物로 佛經보다 나은 것이 없다"고 했다.

1445년(세종 27년) 壹岐島의 통치자 呼子高가 대장경을 얻어갔다.

1450년(성종 11년) 博多의 상인 宗金이 대장경을 얻어갔다.

1539년(중종 34년) 大內義隆이 대장경을 요구한 것이 마지막의 일이다.

이 가운데 1425년(세종 5년 12월) 일본에서 대장경판을 탈취해가려고 한 일부터 살펴보자. 그해 12월 25일 임신에, 일본에서 승려 圭籌를 사신으로 보내 대장경판을 달라고 요청했다. 일본국왕의 국서에서 조선에는 대장경판이 여러 벌 있다고 하니, 그 가운데 한 벌만 주면 일본에 안치해놓고 "使信心輩任意印施 若能運平等之慈 忘自他之別 頒法寶而博"(신앙심이 있는 이들이 뜻대로 인쇄해 보시를 행하게 해서, 만약 평등한 자비를 움직여, 자기와 남의 구별을 잊게 하고, 법보를 펴서 넓히면) 그 공덕이 아주 클 것이라고 했다.

대장경은 모든 사람이 자기와 남의 구별 없이 평등하고 자유롭게 이용해서 불법의 이상을 함께 펴야 마땅하다고 했다. 그렇게 한 말에 불교를 통해서 구현되는 중세보편주의의 기본취지가 아주 잘 나타나 있다. 일본은 대장경을 얻어가고자 하는 목표를 달성하기 위해, 스스로 깊이 공감하지 않는 바이지만, 중세보편주의 구현의 모범 답안을 제시해야 했다.

그 국서를 가져온 일본 사신은, 대장경 판목을 주면 해마다 인쇄본을 청구하는 번거로움이 없어질 것이라고 했다. 이에 대해서 조선의 조정에서는 대신들이 의논하기를 "경판은 비록 아낄 물건이 아니지만, 일본의 요구를 들어주다가 나중에는 줄 수 없는 물건을 청구하는 경우에는 곤란하게 될 것이다"고 했다. 유교국가를 표방한 조선왕조인지라 대장경의 가치는 인정하지 않고, 경판을 주는 것이 나쁜 선례가 되어 외교상 유리하지 못하다고 했다. 보편주의의 이상과는 다른 국가이익의 관점에서 사태를 판단하고 처리했다.

세종임금이 일본 사신에게 공식회답을 하기를, 대장경은 한 벌뿐이어서 줄 수 없고, 그 대신에 "密教大藏經板註華嚴經板·漢字大藏經全部"를 주겠다고 했다. "密教大藏經板"은 티베트어대장경인 듯하다. 그것은 가져가도 "密字"를 읽지 못하니 소용없다고 했다. "註華嚴經板"도 "밀자"를 사용한 것인 듯하므로, 위의 인용구에서와 같이 끊어 읽는 것이 적합하다. "漢字大藏經全部" 라고 한 것은 인쇄본을 말한다. "密字"와 구별하기 위해서 "漢字"라는 말을 넣었다.

"密字大藏經"이 조선에 있었다는 것은 주목할 만한 일이다. 고려시대에 불교를 널리 연구하기 위해서 그런 자료까지 수집했다고 생각된다. 그런데 조선왕조에서는 한문이 아닌 다른 언어를 사용했으니 소용되지 않는다고 판단해 상대방이 원하지 않는데도 주어버리겠다고 했다. 문명권의 범위를 불교 세계 전체로 넓혀 생각하는 전례를 수정해서 한문문명권 이상의 영역은 돌볼 필요가 없다고 한 것이다.

그런 대답을 했더니, 일본 사신은 대장경판을 얻어가지 못하면 문책을 당한다고 하고, 음식 먹기를 거부했다. "주림을 참으며 트집을 하니, 어찌 사신의 체통이라고 하겠는가"라는 질책을 듣고서야 단식을 그만두었다. 위에 든 선물 외에 '金字華嚴經'을 더 준다고 하니, 일본국왕이 기뻐할 것이라고 해서 교섭이 일단락되었다.

그런데 대장경판을 외교의 방법으로 얻어가지 못하면 군대를 동원해서 탈취하려고 한 계획이 발각된 것이 이듬해 1월 20일의 일로 기록되어 있다. 일본에 잡혀 있다가 되돌아온 사람이 일본국왕이 對馬島主에게 그런 목적으로 전함을 수리해두라고 지시했다는 말을 들었다고 했다. 일본 사신 일행 가운데 한 사람인 加賀란 자가 자기네 사신 圭籌가 본국에 보내는 狀草를 조선쪽에 알려왔는데, 거기 "대장경판을 요청했으나 얻지 못했으니, 병선 수천 척을 동원해 약탈해 가는 것이 어떤가" 하는 말이 있었다.

일본 사신은 加賀의 절도행위를 심하게 나무라고, 일본에서는 절도죄를 크게 다스린다고 했다. 그러면서 대장경 탈취를 계획한 일은 절대로 없었다고 천지신명을 걸고 맹세하겠으니 용서해달라고 했다. 그렇게 말하면서 열거한 천지신명 명단에 "日本顯化天照大神·天滿大自在天神·一切大小天神地祇" 같은 일본 神道의 신들도 있다. 신의 이름을 많이 열거할수록 맹세의 효력이 더 커진다고 생각했다. 불교의 승려이고, 중세보편주의를 표방하는 국사를 가져온 외교사절인 최고수준의 국제적인 지식인이, 다급한 일이 생기자 감추어져 있던 내면을 드러내서 자기네의 고유신앙을 숭상하는 국수주의자로 바뀌었다.

대장경을 탈취해 가겠다고 한 것은 자기와 남의 구별이 없이 불법을 펴서 보편주의의 이상을 실현하는 마땅한 방법일 수 없다. 천지신명을 두고 맹세를 한다고 한 데 열거한 일본 神道의 신들은 일본 밖에서는 알아주지 않아 보편성이 없다. 천하만민이 누구나 공감하는 보편주의를 표방하는 것과, 어떻게 하든지 국가이익을 이룩하려고 하는 협소한 생각이 중세 동안에 어디서나 표리관계를 가지고 공존했다. 그러나 지금까지 다룬 사건에서만큼 그 양쪽의 거리가 멀어져 있는 다른 예를 찾기 어렵다. 대장경 때문에 그 양면의 차이가 선명하게 나타난 것이 흥미로운 일이 아닐 수 없다.

성종 13년(1482) 9월 9일 정미 日本國王 源義政이 대장경을 요청한 국서는 다음과 같이 시작되었다.

日本國書契曰 日本國王源義政 奉復朝鮮國王殿下 兩國千里 世修隣好 天知地知 人焉廋哉 然而 比年我國搶攘百色 暫廢 是以久阻音耗間之罪 不可遣也 汗愧汗愧……

欲求大藏經 安置寺內 以爲一方殖福之地 庶幾分法寶 以利邊民 施資財 以興梵利 則上國之化 無所不至也

日本國의 書契에서 말했다. "日本國王 源義政이 朝鮮國王殿下에게 답장을 합니다. 두 나라는 거리가 천 리나 되지만, 대대로 좋은 이웃으로 지내온 것을 하늘이 알고 땅이 아니 어찌 사람이 무시할 수 있겠습니까. 그런데 근년에 우리나라에서 시끄러운 일이 백 가지로 일어나서 잠시 폐지했습니다. 그 때문에 소식이 끊어지고 사이가 벌어진 죄를 피할 수 없습니다. 땀 나고 부끄럽습니다. 땀 나고 부끄럽습니다…….

대장경을 구해서 절에다 안치하고, 복을 심을 자리를 만들고자 합니다. 바라건대 法寶를 나누어주셔서 변방 백성을 이롭게 하고, 자재를 보시해서 불교의 이로움이 일어나게 하소서. 그렇게 하면 上國의 감화가 이르지 않는 곳이 없을 것입니다."

幕府의 將軍이 日本國王으로 칭하면서 국서를 보내는 것은 오랜 관례였다.[161] 일본과 조선 두 나라의 우의는 하늘과 땅을 두고 말해

161) 원래 일본에서는 天皇이라고 지칭하던 통치자가 중국의 天子에게 冊封을 받아 日本國王으로 인정되었다. 그런데 鎌倉幕府가 성립되어 무사가 권력을 잡은 이래로 일본에서는 공식 칭호가 征夷大將軍인 막부의 지배자가 대외적으로 日本國王 노릇을 하고, 天皇은 무력한 존재가 되었다. 그 점은 申叔舟

도 변할 수 없다 하고, 일본 국내 사정이 여의치 않아 관계가 잠시 중단된 것이 크게 잘못되었다고 했다. 관계 단절이 비정상이고 관계 회복이 정상이라고 했다. 중간에서 생략한 대목에서는 대장경이 필요하게 된 연유를 말하느라고 일본 국내의 일을 설명했다.

대장경을 보내 달라고 하면서 변방의 백성을 이롭게 하는 상국의 감화를 베풀라고 했다. 대장경이 있어서 주고, 없어서 받아가야 하는 곳은 중심과 변방, 상국과 하국의 차이가 있다고 했다. 일본국왕 명의의 요청은 응락하는 것이 상례였으므로, 경상도에 보관하고 있는 대장경 인쇄본을 주기로 했다.

그런데 일본에서 국왕으로 자처하는 將軍만 대장경을 요청한 것은 아니었다. 당시의 일본은 지방분권국가였다. 지방의 통치자 大名들도 각기 대장경을 원했다. 大名 가운데 유력자가 대장경을 요청한 일이 몇 년 뒤에 있었다. 성종 16년(1485) 8월 30일 무진에 "日本國大內左京兆尹中大夫兼防長豊筑四州太守多多良政弘"이 대장경을 요청하는 서계를 보냈다. 그 요긴한 대목을 들면 다음과 같다.

의 《海東諸國記》에서 정확하게 파악해서, 〈天皇代序〉에서 天皇의 계보를 설명한 것과 별도로 〈國王代序〉를 두어 國王의 계보를 설명했다. 〈國王代序〉 말미에서 "國政及聘問隣國 天皇皆不與焉"이라고 했다. 상징적이고 종교적인 통치자 天皇이 별도로 있고, 아이누민족을 정벌하는 임무를 맡고 있다고 해서 征夷大將軍이라고 하는 실질적 통치자가 국정을 담당하는 일본은, 그 자체로 보면 아주 특이하거나 예외적인 국가조직을 가졌다. 그러나 대외적인 관계에서 보면 일본도 다른 여러 나라와 마찬가지로 國王이 다스리는 나라이므로 하등 이상할 것이 없다. 日本國王은 중국의 天子에게 冊封을 받았으며, 자기 나라 天皇에게 冊封을 받은 것은 아니다. 그런데 明治維新 이후에 國王의 자리를 天皇이 차지하면서 혼란이 생겼다. 혼란을 역사의 과거까지 소급해서 합리화하느라고 日本國王이 중국의 天子에게 책봉을 받았다는 사실을 부인하거나 격하하고, 일본은 원래부터 天子國이었다고 강변하게 되었다. 《문명권의 동질성과 이질성》의 〈책봉체제〉에서 이에 관해 다시 고찰한다.

僕治內善山普門禪寺者 吾相國之分寺也 未安毘盧法寶 以爲缺典 冀得大藏全文一部 使衆日日轉之 則國寧兵熄 而編戶永豊焉 是貴國之化遠布下國之一端也

제가 다스리는 곳의 普門禪寺는 우리나라 相國寺 分寺이온데, 毘盧法寶를 안치하지 못해서 격식을 갖추는 데 결함이 있다고 합니다. 바라건대 대장경 전문 한 부를 얻어서 중생이 날마다 굴리면, 나라가 편안하고 전쟁이 그쳐, 호적에 편성되어 있는 백성이 영구히 풍요로움을 누릴 것입니다. 그것은 귀국의 교화가 멀리 下國에까지 퍼지는 한 가닥일 것입니다.

위의 일본국왕의 국서에서도 절에는 대장경을 갖추어야 한다고 했는데, 여기서는 그래야 하는 이유를 더욱 명백하게 했다. 대장경 자체를 신앙의 대상으로 삼아 복을 빈다고 했다. 대장경을 주어 교화가 下國까지 미치도록 하라고 했는데, 대장경 자체를 신앙의 대상으로 삼아 그런 의식을 거행하는 것이 下國임을 나타내는 증거이다.

이 요청에 대해서 어떻게 대처할까 조정에서 의논한 내용이 흥미롭다. 상대방이 일본국왕이라면 대장경을 주어 마땅하다. 대단치 않은 지방 통치자의 요청은 한 말로 거절하면 된다. 상대방이 그 어느 쪽도 아니므로 논란이 벌어졌다. 논란의 기사가 9월 16일 갑자 일자에 수록되어 있다. 원문의 문구가 문제되지 않으므로 번역을 든다. 盧思愼이 다음과 같이 발언했다.

대장경은 異端의 책이므로, 태워버려도 그만입니다. 더구나 이웃나라에서 구하니, 아끼지 말고 주는 것이 마땅합니다. 그러나 대장경 한 질을 만들려면 경비가 아주 많이 들어 쉽사리 마련할 수 없습니다. 전에는 우리나라에 소용이 없기 때문에 왜인들이 와서 구하면 아끼지 않고 주었는데, 국가에든 민간에든 대장경을 만들어놓은 것이 많았기 때문입니다. 모르기는 하지만, 지금은 몇 부나 있습니까? 얼마 지나지 않으면, 쉽사리 청을 따르지 못하게 될 듯합니다. …… 여러 섬에서 우리나라에 공물을 바치는 자가 한둘이 아닙니다. 자기네 나라 사람들은 부처를 좋아하므로 대장경을 금이나 옥 같이 여깁니다. 大內殿이 대장경을 받은 소문을 들으면, 그 일을 본받아 벌떼처럼 일어나 주기를 바랄 것인데, 지금 있는 대장경이 부족해서 주려고 해도 주지 못하면 그네들이 누구는 후대하고 누구는 박대한다고 하면서 실망할 것입니다. 그런 때를 당해서, 어떻게 民力을 아끼지 않고 인쇄해 줄 수 있겠습니까?

이에 대해서 다른 사람이 대장경을 주려면 운반하는 어려움이 있는데, 흉년이 들었으므로 백성을 괴롭힐 수 없다고 설명하자고 했다. 다른 사람은 "大內殿은 스스로 말하기를, 先代의 世系가 우리나라로부터 나왔으므로, 이미 예전부터 우호관계가 있어, 후대받는 것이 다른 酋長들과 달랐다 합니다"라고 하고, 대장경을 전부는 주지 못하면 일부라도 주자고 했다.[162] 이러한 논란에 대장경에 대한 조선왕조의 인식이 잘 드러나 있다. 조선왕조는 유교국가여서 불교경전인 대장경은 태워버려도 그만인 異端의 책이라고 여겼다. 이웃의

162) 大內殿이 어떤 존재인가 申叔舟가 《海東諸國記》에서도 분명하게 밝혀놓았다. 일본의 각지방 가운데 맨 먼저 〈山陽道八州〉에 관해 고찰하고, 그 곳의 인물을 소개한 첫번째 순서로 大內殿을 들었다. 大內殿 多多良氏는 大內縣 山口에 자리잡고 있으면서 周防·長門·豊前·筑前의 고을을 다스리는데, 군사력이 강해 세력이 대단하고, 백제왕실의 후예라고 해서 조선과 특별히 가까운 관계에 있다고 했다. 그 세력권이 지금의 本州 서쪽 끝의 山口縣 九州 북쪽의 福岡縣과 佐賀縣이다.

불교국가에서 달라고 하니 주어버려도 아깝지 않다고 했다.

그러나 대장경을 찍어내려면 종이가 필요하고, 노동력이 들고, 운반하기 위해서도 백성을 괴롭혀야 했다. 이미 찍어놓은 재고가 거의 바닥이 났으니 함부로 주지 말고 아껴야 한다고 했다. 대장경이 소중해서 아껴야 하는 것이 아니고, 일본열도 안의 무수한 酋長들이 제 각기 대장경을 원하는데 누구에게는 주고 누구에게는 주지 않고 할 수 없기 때문에 형평을 취하기 위해서 신중해야 한다고 했다.

일본에서 대장경을 얻어가는 관습은 임진왜란과 더불어 사라졌다. 그때 관계가 악화되어 일본에서 대장경을 요청할 수 없게 되었다. 그 대신에 일본에서 판각을 해서 대장경을 인쇄해냈다. 그렇게 할 수 있었던 이유는 임진왜란 때 목판인쇄의 기술자를 납치해 가서 그 기술을 전수받았기 때문이다.[163] 임진왜란은 기술약탈전쟁이었다. 일본은 가지지 못한 선진기술을 약탈하기 위해서 기술자를 대거 납치해갔다. 그 가운데 큰 비중을 차지한 도자기를 만드는 도공과 목판을 판각하는 인쇄공이 일본을 위해서 대단한 기여를 했다.

조선의 대장경판을 얻어가려고 애쓰고, 무력으로 탈취할 계획을 세우기까지 한 일본에서 임진왜란 때에 대장경판을 그대로 둔 것은 이해하기 어려운 일이다. 별도의 고찰이 있어야 하지만, 해인사를 일본군이 점거하지 못했거나 대장경판을 가져가는 일이 너무 번거로워 하지 못했을 것으로 생각된다. 그런데 대장경판을 가져가는 대신에 목판인쇄 기술자들을 납치해갔다. 그렇게 한 것이 수고는 적게 하고 효과는 더 커서 훨씬 현명한 방책이었다.

인쇄기술을 확보하면 대장경뿐만 아니라 다른 책을 찍어내는 데도 널리 활용할 수 있다. 그래서 일본의 인쇄문화가 크게 일어났다.

---

163) 深浦正文, 《佛敎聖典槪論》, 204-205면에서 그 사실을 지적해서 말했다.

상품으로 만들어 파는 인쇄물은 한국에서보다 일본에서 훨씬 번창했다. 소설 출판업이 발달한 것이 그 때문이다. 일본이 세계 전체에서 크게 앞서나가는 인쇄와 출판의 나라가 되는 시발점을 이때 마련했다.

일본에서 대장경을 판각해서 간행하는 일은 위에서 이미 말한 바와 같이 두 차례 했다. 1637년부터 1648년까지의 天海版 6,323권이 첫번째 것이고, 1669년부터 1681년까지의 黃檗版 6,956권이 두번째 것이다. 天海版은 중국의 南宋版과 元版에 의거해서 만들었으며, '一切經'이라는 명칭을 사용해서 고려대장경과 거리를 두었다. 그런데 착오가 많고 내용이 부실해서 다시 판각할 필요가 있었다. 黃檗版은 중국 明版의 복각인데, 원본 자체에 결함이 있어 그것 또한 온전할 수 없었다.

근대 방식의 활자인쇄를 도입하는 데 한국보다 앞선 일본이 활자본 대장경을 여러 차례 냈다. 1880년부터 1885년까지의 縮刷版, 1902년부터 1905년까지의 卍藏本 및 그 속편, 1922년부터 1933년까지의 《大正新修版》에서 모두 《高麗大藏經》을 저본으로 삼고, 大藏經이라는 명칭을 회복했다. 근대활자본의 시대가 시작되자, 오랜 기간 동안의 후진 일본이 일거에 선진으로 나서서, 대경의 공급처가 되었다. 한국이나 중국에서도 《大正新修大藏經》을 기본자료로 삼지 않을 수 없게 되는 역전이 일어났다.

유구와의 관계

성종 10년(1479) 6월 22일 정미 琉球國王 尙德이 대장경을 요청하는 국서는 다음과 같이 시작되었다.

琉球國王尙德 遣使來聘致書契曰 伏以 天開地闢 惻隱慈愛 揚於四海 君聖臣賢 流風善政 播於八荒 近者霑澤而歡忭 遠者聞風而仰慕矣

유구국왕 尙德이 사신을 보내 빙례를 올리고, 그 書契에서 일렀다. "삼가 생각하건대, 하늘이 열리고 땅이 생기고서, 측은하게 여겨 자애를 베푸심이 사해에 떨치시어, 임금은 성스럽고 신하는 슬기로워, 끼친 풍조와 훌륭한 정치가 팔방으로 퍼져나가므로, 가까이 있는 이들은 혜택을 누리면서 기뻐하고, 멀리 있는 이들은 소문을 듣고 우러러 사모합니다."

우주의 질서와 합치되는 훌륭한 정치의 이상을 재확인해서 피차의 유대를 돈독하게 하는 근거로 삼으면서, 조선국왕이 그런 도리를 훌륭하게 실행하고 있다고 칭송했다. 예의의 기준을 밝히는 것, 상대방이 그 기준을 지킨다고 하는 것, 자기가 그 기준에 따라서 행동한다고 하는 것을 한꺼번에 말했다.

신숙주는 《海東諸國記》〈琉球國記〉 서두의 기사 말미에서 유구의 국서는 "其書或箋或啓或致書 格禮不一 其稱號姓名 亦不定"(그 글이 箋이기도 하고 啓이기도 하고 致書이기도 해서 격식과 체제가 일정하지 않고, 칭호와 성명도 일정하지 않았다)고 해서 격식의 미비를 지적했다. 箋과 啓는 交隣이 아닌 事大의 문서이고, 致書는 외교문서가 아닌 편지글이다. 交隣의 문서는 書契라야 하므로 혼란을 일으키지 않아야 한다는 생각에서 그렇게 말했다.

그런데 琉球國王 尙德이 보낸 국서는 書契를 작성한 격식이 반듯하고, 내용이나 표현이 적절하다. 서두에서 한 말은 격조가 높아 널리 모범이 된다고 할 수 있다. 유구와 조선 두 나라는 문명의 원리가 서로 같아 동질성이 분명하고, 서로 이해할 수 있는 근거가 확실하다고 했다. 인용한 대목 다음에 이어지는 글에서는 유구국에 표류한 조선인들을 일본 상선편에 돌려보낸다고 했다. 또한 토산물을 보내니 변변치 못하더라도 받아달라고 했다. 그런 호의에 대한 댓가로 조선의 토산물도 원하는 바이지만 그보다 먼저 "寡人所望大藏經一部"라고 했다. 대장경이 가장 간절하게 바라는 바였다.

토산물이야 상인들의 무역을 통해서도 구해다 쓸 수 있지만, 대장경은 교역품이 아니고 국가에서만 관장하고 있으므로 사신을 통해서 얻어가야 했다. 그런데 세종 10년 7월 27일 신사의 회신에서 대장경은 다른 여러 곳에서 구해가서 보낼 수 없다 하고, 아끼는 것은 아니라고 했다.

성종 14년(1483) 12월 18일 정축 유구국왕 尙圓이 대장경 재요청하는 국서의 요긴한 대목이 다음과 같았다.

> 我國累世 推誠佛教 締緝伽藍 設金像 安毳徒 專莊嚴福慧 然三寶之內 猶以未具法寶 爲缺典也 是故 前此 求毘盧法寶一藏 報書諭曰 因諸處求去已盡矣 今更切望 以一藏付回介 俾南國不毛之地 永霑佛化

> 우리나라는 대대로 불교에 정성을 바쳐 절을 짓고 부처를 세우고 승려를 두어, 장엄을 갖추고 복된 은혜를 도모하는 데 힘썼으나, 다만 三寶 가운데 法寶를 갖추지 못해 격식에 결함이 있습니다. 그래서 전에 毘盧法寶 한 벌을 구했더니, 답서에서 "여러 곳에서 구해가서 없어졌다"고 했습니다. 이제 다시 간절히 바라노니, 一藏을 사신 편에 보내주셔서 南國不毛之地가 부처의 감화를 오래 누릴 수 있게 하소서.

조선왕조는 불교국가가 아니고 유교국가여서 대장경을 보내 불교를 포교하는 데는 관심이 없었다. 대장경을 보낼 것인가는 오직 외교적인 필요성에서 판단했다. 외교적인 필요성을 판단할 때 국가 이익의 당면과제만 고려하지 않고 유교문명의 질서 유지도 중요한 과제로 삼았다. 유교문명에서는 불교를 고려하지 않았지만, 유교와 함께 불교가 관여해서 문명권의 동질성을 유지했다.

불교의 정신문화가 유교의 실리적인 사고를 보충해서 유불공동의 질서가 마련되어 있는데, 조선왕조의 통치자들은 그 가운데 유교쪽만 의식했던 것이다. 불교가 없었다면 문명권의 동질성을 뒷받침하는 정신적 원리가 너무 빈약했을 것이다. 불교국가 고려가 남겨준 대장경의 유산이 없었다면 조선왕조가 문화적인 위상을 높일 수 없었을 것이다. 불교와 유교, 종교와 정치, 교역과 문학이 하나로 아울러진 문명권의 동질성이 다면적인 의미를 가지게 했다.

유구 쪽 기록을 보면, 1502년 尙德王 7년(조선왕조 연산군 8년)에 "朝鮮王寄送方冊藏經"(조선왕이 方冊藏經을 보냈다)고 했다.[164] 여러 차례 시도를 하다가 그때 뜻을 이루었다. 〈方冊藏經來朝記〉라는 글에서 그 일을 두고 다음과 같이 말했다.[165]

> 私聞 吾朝曾航海 屢通諸國 所以者何哉 仰余聞之耆老 云 一爲堅國盟 一亦欲財賄足也 就中 世祖尙眞王 天姿秀異 睿知聰明 而德播三府 名聞四夷也 特將兗職之勞 兼受靈山附囑也 是以 新設於布金之田地 且度於若干之僧侶也 當此時也 朝鮮國王 亦匪翅布仁政於海內 歸心於佛乘 要使率土濱 皆得窺佛祖之秘謀也 其善利懿哉也 恭惟 兩君之志願 如合符節也 而佛運時至矣 乘此志願 而弘治十五年壬戌之間 朝鮮國王 獻方冊藏經於吾朝也 遇此希遭之緣 上歡甚矣

164) 球陽硏究會 編, 《球陽》(東京 : 角川書店, 1974), 179면.
165) 《琉球史料叢書》 1(東京 : 名取書店, 1941), 196-197면.

내가 들으니 우리나라는 일찍부터 항해를 하면서 여러 나라와 통해왔다. 왜 그렇게 하는가를 삼가 연로한 분들에게 물으니 말했다. 나라 사이의 동맹을 굳게 함은 재물을 넉넉하게 하고자 하기 때문이다. 그런 가운데 世祖 尙眞王은 천성이 빼어나 남들과 다르고, 슬기롭고 총명해, 德이 三府에 퍼지고, 이름이 四夷에게 들렸다. 직무를 수고스럽게 수행하면서 靈山의 가호를 받는 일도 아울러 해서, 불법을 섬길 땅을 새롭게 마련하고, 몇몇 승려에게 일을 맡기셨다. 그때 마침, 朝鮮國王이 어진 정치를 海內에 펴니 또한 아름답도다. 불교에 귀의하는 마음을 가지셔서 모든 땅에 사는 사람들이 부처의 은밀한 뜻을 엿볼 수 있게 하니, 선하고 이로운 그 일이 아름답도다. 생각하건대, 두 임금님의 뜻이 부합되어, 불교의 시운이 이른 것 같다. 이런 뜻을 살려, 弘治 15년 壬戌년에 朝鮮國王이 方冊藏經을 우리나라에 바쳤다. 이런 얻기 어려운 기회를 만나 임금님이 아주 기뻐하셨다.

인용구 서두에서 항해를 하면서 외국과 통하면 경제적인 이득을 얻을 수 있다고 했다. 경제적인 이득은 정치적인 우호와 연결되어 있고, 정치적인 우호는 정신문화의 동질성을 수반한다고 했다. 조선과 유구의 동질성을 보장하는 정신문화는 유교의 덕치이기만 할 수 없고, 불교가 더욱 긴요하다고 유구에서는 생각한 것이 커다란 설득력을 가진다. 조선은 이미 척불숭유의 새로운 정책을 표방했으나 유구에서는 그런 변화에 관해서는 아는 바 없고, 대장경을 보내주어 멀리까지 불법을 펴는 조선이 불교국가라고 믿어 의심하지 않았다.

대장경을 보내달라고 조선에 여러 차례 요청하다 마침내 성공한 것이 유구로서는 대단한 일이었다. 尙德王과 尙圓王이 이루지 못한 일을 이룬 尙眞王은 유구에서 크게 받드는 영주이다. 유구국 최성기의 영광을 이룩한 임금이다.[166] 위의 글에서 尙眞王을 칭송한 말은 상투어가 아니고 대단한 英主를 숭앙하는 데 써야 마땅한 표현이다. 조선에서 대장경을 보낸 것은 시기가 적절했다. 대장경이 왕의 위엄을 높이고 영광을 장식하는 데 커다란 구실을 했다.

그래서 대장경을 보관하고 기념하는 전각을 세웠다. 그런데 그 뒤 180년이 지나 萬曆 37년(1609)이 되자, 책이 낡아서 열의 한둘도 온전하지 못하게 되었다고 탄식하는 말이 인용한 대목 다음에 이어져 있다. 거기서 "夫僅僅百載之間 存亡相隔"이라고 한 말은 대장경이 퇴락한 사실을 지적하고 만 것은 아니다.

그 해 1609년에 일본이 침공해서 유구가 자주성을 잃고 일본의 附傭國이 되었다. 유구가 중국의 冊封國이기만 할 때에는 다른 여러 나라, 특히 조선과 대등한 관계를 가지고 정치, 경제, 문화의 교류를 유구에게 이롭게 했는데, 일본의 침공 때문에 그렇게 興하던 시대가 가고 亡하는 시대가 온 것을 조선에서 온 대장경이 퇴락한 것을 한탄하는 말에다 얹어서 넌지시 일렀다.

다른 나라와의 관계

일본과 유구가 아닌 다른 나라에서도 대장경을 요청하는 국서를 보내는 일도 있었다. 성종 9년(1478) 11월 3일 경신조의 기사에는 久邊國主 李獲이 보낸 다음과 같은 국서가 있다.

> 久邊國主李獲 遣閔富來 獻土宜 其書曰 海天茫茫 雲山杳杳 風浪甚險 舟楫已微 以是久雖嚮聖化 不能寄音塵 怠慢怠慢 夫敝邑之爲州也 僻

166) 高良倉吉, 《新版 琉球の時代》(那覇 : ひるぎ社, 1989), 199-205면에서 그 점을 밝혀 논했다.

處南海之中 莰爾無匹偶 每歲事于大明國 遣入貢船 又通好于琉球南蠻 而不遑行李之往來 數企聘問 而相止者有年矣 數歲之傳 日本國薩摩人某 來家于吾國 粗知海程之可否 因命以爲專使 而陳下情 臣雖不肖 與貴國 同事于大明國 同以李爲性 夙緣可庶幾乎 吾久信三寶 而創建佛寺 大藏 經尤望之

久邊國主 李獲이 閔富를 보내와 토산을 바쳤다. 그 書에서 말했다. "하늘과 바다가 망망하고, 구름과 산이 아득합니다. 풍랑은 아주 험하고, 배는 작습니다. 그런 까닭에 聖化를 흠모한 지는 오래 되었으나, 소식을 전하지 못했으니, 태만하고 태만한 일입니다. 우리 邑이 州를 이루고 있는 곳은 멀리 남해 가운데라서, 무리를 지워 짝을 할 수 있는 이웃이 없습니다. 해마다 大明國을 섬겨 조공하는 배를 보내고, 또한 琉球 및 南蠻과는 잘 지내고 있습니다만, (귀국과는) 행장을 꾸려 왕래할 겨를이 없었습니다. 찾아서 문안드리기를 여러 번 꾀했다가 그만두어야 했던 일이 여러 해 동안 있었습니다.몇 해 전에 日本國 薩摩人 아무개가 우리 나라로 집을 옮겨와, 바닷길이 가능한지 불가능한지 대강 알고 있으므로, 전권사절로 임명해 다음의 뜻을 전합니다. 臣이 비록 不肖하오나 貴國과 함께 大明國을 섬기고 李로 성을 삼는 것도 같으니, 오랜 인연이 있는 것 같습니다. 우리는 三寶를 믿은 지 오래 되고, 또한 佛寺를 창건했으므로 大藏經을 크게 소망합니다."

그 다음에는 회답을 바란다는 말과 토산품을 보낸다는 말이 있다. 이 국서의 진위에 관해서는 처음부터 의심을 가졌다. 경상감사가 사신을 조사해서 그 나라에 관해서 알아본 바를 조정에 보고했다(9월 1일 기미). 임금이 사신을 의심하니 李承召가 답하기를 "薩摩州 博多 사람이 거짓으로 書契를 만들어 온 듯합니다" 하고, "전에도 博多 사람이 유구에 가서 書契를 받아 온 것이 있습니다"라고 했다(10월 15일 계묘). 사신이 도착해서 국서를 바친 것은 11월 3일이다.

13일에는 사신의 진위를 알 수 없으므로 임금이 만나지 않기로 하고, "巨酋 사신"의 예에 따라서 의복만 주어 보내기로 했다. 14일에 구변국에 관해 사신에게 물어 조사한 바를 보고했다는데, 나라의 크기는 동서가 6일정이고, 남북이 10일정이며, 순풍이 불면 남쪽 7일정에 南蠻이, 북쪽 2일정에 유구가, 8일정에 薩摩州가 있다고 하고, 언어는 유구말과 중국말이 섞여 있다고 했다고 한 것이 주목할 만한 내용이다.

국서의 내용에서 자기 나라가 바다 한가운데 있다고 서두에서 말한 것은 어울리지 않는다. 외국인이 보면 이상할 지 모르나, 그 나라 사람은 당연하다고 생각할 일을 구태여 적었기 때문이다. 南蠻에 관해서 구체적으로 서술하지 않았다. 조선왕과 함께 명나라의 책봉을 받았다고 하면서 조선왕에 대해서 稱臣했다. 사신이 말한 바와 같은 위치에 그 국서에서 말한 바와 같은 크기를 가진 땅이 없다. 琉球 아래의 작은 섬들, 지금의 宮古島, 石垣島, 西表島, 與那國島 가운데 어느 하나가 독립국 행세를 했다고 보기 어렵다.

성종 13년 윤8월 14일 경진에 久邊國主 李獲이 다시 국서를 보내 대장경을 거듭 요구했어도 응락하지 않았다. 久邊國이라는 나라가 있다고 인정하지 않고, 국서가 허위라고 판단해서 그랬을 것이다. 국서를 위조해서 대장경을 요청한 것은 일본 博多 상인이 한 짓이라고 생각된다.

성종 13년(1482) 4월 9일 정미의 기사에는 夷千島王 遐叉가 대장경을 요청한 국서가 있다.

南閻浮州 東海路 夷千島王遐叉 呈上朝鮮殿下 朕國元無佛法 自與扶桑通和以來 知有佛法者 于今三百餘歲 扶桑所有佛像經卷 悉求而有之 扶桑元無大藏經 以此未得之久 雖欲求之于貴國 海天遙遠 難通音塵 因循至今 聞扶桑元傳貴國之佛法 朕國又傳扶桑之佛法 由之觀之 朕國之佛法亦貴國之東漸也 俯賜太藏經 以令全朕三寶者 貴國之王化佛法 遠矣被東夷者也 若可賜者 重而厚幣帛 遣使船 朕國雖卑拙 西裔接貴國 謂之野老浦 雖蒙聖恩 動致返逆 若承尊命者 征伐而罰其罪者也 朕國人言語難通 命國中之扶桑人爲專使 眷戀不宣

南閻浮州 東海路 夷千島王 遐叉가 朝鮮殿下에게 글을 올립니다. 朕의 나라에는 원래 佛法이 없었으나, 扶桑과 교통하고 화친한 이래로 佛法이 있는 줄 안 것이 지금부터 삼백여 년 전입니다. 扶桑에서 가진 불상과 경전을 모두 구해서 가졌으나, 扶桑에는 원래 대장경이 없습니다. 이런 까닭에 얻지 못한 것이 오래되었습니다. 비록 귀국에서 구하고자 하나, 바다와 하늘이 아득하게 멀어 소식을 통하지 못하고 지금에 이르렀습니다. 듣건대 扶桑이 원래 귀국의 불법을 전승했다 하고, 朕의 나라 또한 扶桑의 佛法을 전승했으니, 이로 미루어 살피면 朕의 나라 불법 또한 귀국에서 東漸한 것입니다. 삼가 대장경을 하사하시어 朕의 三寶를 온전하게 해주신다면 귀국의 王化와 불법이 멀리 夷者까지 미치는 일입니다. 만약 내려주신다면, 폐백을 후하게 갖추어 사신을 보내겠습니다. 朕의 나라는 비록 卑拙하지만, 서쪽 끝이 귀국과 접한 곳에 野老浦라는 자들이 있는데, 聖恩을 입고 있으면서도 난을 일으켜 반란을 하니, 만약 尊命을 받들면 정벌해서 죄를 벌주겠습니다. 朕의 나라 사람은 언어가 통하지 않아, 나라 안의 扶桑人을 전권 사절로 삼았습니다. 眷戀의 뜻을 다 펴지 못합니다.

이 국서의 진위와 夷千島國이 실제로 있는지 의문이 제기되었다. 4월 25일 계해의 기사에서, 그 국서가 일본의 필적 같고, 온 사신도 "내가 친히 그 섬에 간 것이 아니고 전해 받아 가지고 왔다"고 하므로, 대장경도 주지 말고 답서도 보내지 말자고 예조에서 아뢨다고 했다. 5월 12일 경진의 기사에 답서가 있는데, 상대방을 "夷千島國王"이 아닌 "夷千島主"라고 칭해서 국가로 승인하지 않는다는 뜻을 내보였다. "대장경은 일본국왕이 사신을 보내 구해갔고 또한 여러 酋長이 구해 가서 남은 것이 없습니다" 하고, "夷千島가 있고 없음을 전부터 들은 바 없고, 온 사신의 말이 또한 착란되어 진위에 대한 의심이 없지 않습니다"라고 했다.[167)]

그 국서에서 설명한 말을 보면 夷千島國은 오늘날 일본 北海道의 아이누족의 나라라고 보아야 할 것 같다. 그 기사가 아이누족이 불교를 믿고 국가를 세워 대장경을 요청하는 국서를 보내는 일을 한 유일한 자료로서 소중한 의의가 있는가, 아니면 일본인이 아이누왕의 사신으로 위장을 해서 대장경을 얻어내는 사기극을 벌이다가 실패했을 따름인가 판가름하기 어렵다. 이에 대해서 먼저 연구한 일본 학자들은 대개 부정적인 견해를 가지지만, 아이누의 역사를 존중하는 쪽에서는 긍정론을 펴기도 한다.

자기네 나라 사람들은 말이 통하지 않아 扶桑國人이라고 일컬은

---

167) 이 국서에 대해서 한국학계에서는 검토한 바 없고 일본학계에서는 논의의 대상으로 삼아왔는데, 진위를 의심하는 견해가 지배적이다. 그런데 海保嶺夫, 《中世の蝦夷地》(東京 : 吉川弘文館, 1987), 194-200면에서는 자료의 가치를 긍정하는 견해를 폈다. 아이누민족 下國安東氏의 정권이 일본인의 침공 때문에 벌어진 1457년의 전란을 겪고 본거지를 秋田縣 檜山 방면으로 옮긴 시기의 통치자 安東政季가 그 국서를 보내지 않았을까 하고 추정하고, 조선국왕에게 "夷千島王"으로 인정되고 조선과 관계를 가지는 것이 일본의 억압을 막는 데 도움이 된다고 판단해서 그렇게 했다고 보았다.

일본인을 사자로 삼았다는 대목을 부정론의 근거라고 하기는 어렵다. 사신의 말이 착란되었다고 하는 것은 사신의 인선을 잘못한 탓일 수 있다. 유구에서도 일본인을 사자로 보낸 일이 이따금씩 있었다. 공동문어 한문으로 국서를 쓴다고 해서 외교교섭이 바로 이루어질 수 있는 것은 아니다. 국서를 가지고 오는 사신은 말을 하면서 의사를 교환할 수 있어야 한다. 유구국의 경우에 조선에 유구어역관이 없고, 유구에 조선어역관이 없어, 구두 교섭에서는 두 나라 사이에 있는 일본인이 개입해야 했다. 아이누민족의 나라 또한 그래야 하는 것이 당연하다.

夷千島國 사신이라고 하는 일본인이 일본국의 사신과 같은 날 도착해서 국서를 바쳐 그 둘이 실록에 나란히 실려 있는 것은 夷千島國의 국서를 신뢰할 수 있는 근거이다. 만약 사신도 국서도 가짜라면 일본국 사신과는 다른 때에 도착했을 것이다. 夷千島國의 사신이 일본인이니 일본국에서도 사신을 보내는 일을 모르고 있어 같은 날 도착하는 실수를 저질렀다고 볼 수 없다.

"夷千島國"이라는 국명은 의심스러운 데가 있다. 자기 나라 이름에 "夷"자를 넣은 것이 이상하다. 상대방의 선입견에 부합하려고 했다고 볼 수 있다. 자기네를 "東夷"라고 칭한 것도 문제이다. "夷"뿐만 아니라 "東"도 의심할 만한 말이다. 서두에서 자기네 나라가 "東海路"에 있다고 한 말도 문제로 삼을 만하다. 그러나 일본인들이 아이누민족을 "夷"라고 칭하고, 아이누민족은 자기네가 일본보다 더욱 동쪽이 있다고 해온 것을 고려하면 자기 소개를 그렇게 한 것이 당연한 일이다.[168)]

夷千島國王이 자기를 일컬어 "朕"이라고 한 것은 관례에 어긋난

168) 海保嶺夫, 위의 책에서 그런 견해를 폈다.

다. “夷千島王遐叉 呈上朝鮮殿下”라고 서두를 제대로 시작했으면, 그 다음에 자기를 일컫는 말을 “寡人”이라고 하는 것이 옳다. “朕”은 황제의 자칭이다. 설사 국내에서는 황제라고 하면서 “朕”이라고 자칭하는 통치자라도 대등한 관계에 있는 다른 나라에 국서를 보낼 때에는 “寡人”이라고 해야 옳은 줄 모르고 글을 잘못 썼다.

그러나 그 때문에 이 국서가 가짜라고 볼 수는 없다. 오히려 그 반대의 증거가 된다. 한문문명권에 이제 입문하려고 하는 처지이므로 격식을 잘 몰라 실수를 했을 수 있다.[169] 가짜를 만들 때에는 그런 초보적인 실수는 하지 않는 것이 상례이다.

그 나라 서쪽 끝과 조선 사이에 “野老浦”라는 자들이 있어 조선의 덕화를 입으면서도 자주 반란을 일으키니 원한다면 정벌해 주겠다고 한 대목은 이 국서를 신빙해야 할 가장 확실한 증거이다. 그 무리는 여진족이라고 보아 마땅하다. 北海島 건너편 조선 북쪽에 여진인이 있어 조선의 영향을 받으면서 반란을 일으킨 것은 사실에 부합한다. 아이누민족의 서사시에 해협을 건너 아시아대륙에 있는 민족들과 싸운 내력이 나타나 있다.[170]

久邊國은 중국의 책봉을 받았다고 했는데, 夷千島國은 그렇다고 하지 않았다. 그 말은 久邊國의 국서를 허위로 볼 수 있는 증거가 된다. 그러나 夷千島國은 자기네가 일본을 통해서 불교를 받아들여

---

169) 일본에서 중국 隋나라에 보낸 국서에서 “日出處天子致書日沒處天子”라고 했다는 것도 신참자의 실수이다. 그런 줄 알아 수나라에서 심각하게 문제삼지 않았다. 그 뒤에 당나라에 거듭 국서를 보낼 때에는 정해진 격식을 따랐다. 외교의 격식은 신참자가 주장해서 고칠 수 있는 것이 아니다.

170) 《동아시아 구비서사시의 양상과 변천》의 162-163면에서 이에 관해 고찰했다. 아이누민족이 자기 민족은 ‘야운쿠르’(yaunkur)라고 하고, 다른 민족은 ‘레푼쿠르’(repunkur)라고 하면서 서로 구별하고, 두 민족의 싸움을 영웅서사시에서 다루었다.

동아시아문명세계에 들어섰다고만 한 것이 신뢰할 수 있는 말이다. 久邊國이 있었던 곳은 찾을 수 없지만, 夷千島國의 터전이라고 생각되는 北海島는 광활한 땅이다.

다만 北海島의 아이누민족이 국가를 창건하고 불교를 믿는 단계에까지 갔던가는 의문이지만, 일본 동북지방의 아이누왕국의 불교 유적은 지금까지 분명하게 남아 있으니, 그 가능성을 아예 부정할 수는 없다. 그러나 진실이야 어쨌든 久邊國도 夷千島國도 동아시아 문명권의 일원으로 인정받지 못했다. 한문으로 쓴 국서가 의심을 사고, 대장경을 얻지 못해서 한문불교문명권에 입회하겠다는 뜻을 이루지 못했다.[171)]

중세의 본질에 관한 논의 확대

이 글에서 다룬 한국사의 조선전기는 내가 하는 역사의 시대구분을 들어 말하면 중세후기이다. 중세보편주의를 독자적으로 구현하는 데 한국이 앞장서서 이룩한 성과인 고려대장경을, 고려를 이은 조선왕조는 불교 대신 유학을 지배이념으로 삼는 역사적인 전환을 겪으면서, 문명권의 동질성을 다지는 국제관계에 적절하게 이용했다.

중국에 명나라가 들어서고, 월남·한국·일본·유구가 명나라의 책봉국가가 된 15세기와 16세기 동안에 동아시아는 평화로왔다. 왜구

171) 久邊國 및 夷千島國이 조선왕조에 사신을 보낸 사건에 대해서 지금까지 국내 학계에서는 별 다른 연구가 없다. 《한국사》 9(서울: 국사편찬위원회, 1973)의 조선전기 대외관계를 다룬 대목에서, 이현종, 〈유구·남만과의 관계〉는 久邊國 사신이 온 건에 관해서는 기록된 사실만 간추려 소개했으며, 夷千島國은 언급하고 있지 않다.

의 무리가 해안에 출몰하기는 했어도 국가간의 전쟁은 없고 우호적인 관계만 있었다. 명나라는 유학을 이념으로 한 한족의 정통왕조여서 책봉체제의 중세적인 질서를 고전적인 모범이 되게 갖추었고, 주위의 다른 나라에서도 그 질서를 인정하고 존중했다. 그 점이 그 전의 원나라 시대 및 그 다음의 청나라 시대와 달랐다. 그러므로 동아시아의 중세를 이해하는 데 가장 긴요한 시기이다.

그때 조선왕조는 국운이 극성한 시기를 맞이했다. 중세후기의 선진이념에 따라 잘 설계된 국가에서 이상적인 정치를 하며 백성을 통제하고 문화를 창조하고 대외관계를 이룩했다. 그 시기 대외관계에 관한 업무를 주도하던 申叔舟가 지은 《海東諸國記》에 국제관계 인식이 잘 나타나 있다.

신숙주는 그 서두 첫 문장에서 "夫交隣聘問 撫接殊俗 必知其情 然後可以盡其禮 盡其禮 然後可以盡其心"(交隣을 하면서 맞이하고 찾아가는 관계를 가질 때에는 특이한 俗을 이해해 받아들이고, 반드시 그 情을 안 다음에 그 禮를 다해야 하며, 그 禮를 다한 다음에라야 그 心을 다할 수 있다)고 했다. 그렇게 말한 데 아주 긴요한 상대개념이 들어 있다.

그 넷을 각기 규정하면, "禮"는 공통의 행위규범이고, "心"은 마음의 바탕이라면, "俗"은 민족마다 다른 풍속이고, "情"은 각자의 마음가짐이라고 할 수 있다. 둘씩 모아 정리하면, "禮"·"俗"은 외면으로 나타난 문화이고, "心"·"情"은 내면에 감추어져 있는 마음이다. 둘씩 모아 정리하는 각도를 바꾸면, "禮"·"心"은 문명권의 공동이념이고, "俗"·"情"은 민족문화의 개별양상인데, 이러한 구분이 더욱 중요한 의의를 가지므로, 그 둘을 각기 '禮心'과 '俗情'이라고 일컬으면서 논의를 계속하기로 한다.

'禮心'은 보편적이고 추상적인 것이므로 한 말로 일컬을 수 있으나, '俗情'은 상이하게 나타나는 구체적인 양상이므로 구분해서 지칭했다. '禮心'과 '俗情'의 관계도 두 가지로 말했다. '俗情'의 민족문화는 그 개별양상이 각기 다른 것을 이해하고 수용해야 '禮心'의 공동규범을 함께 따를 수 있다고 했다. '禮心'을 공동의 이상으로 삼는다는 점을 분명하게 해야 '俗情'에 대한 상호이해가 가능하다고 했다. 그렇게 해서 '俗情'의 상대주의와 '禮心'의 절대주의가 둘이 아니고 하나이며, 하나가 아니고 둘임을 분명하게 해야 한다고 했다.

신숙주가 《海東諸國記》를 쓴 시기는 1471년(성종 2년)이다. 위에서 든 대장경 외교의 사례들은 그 무렵에 있었던 일이다. 그 책에서 다룬 국제관계의 권역이 바로 고려대장경권이다. 여러 나라에서 대장경을 요청한 것은 각기 자기네 나라의 사정에 근거를 둔 '俗情'의 영역이지만 대장경 자체는 '禮心'의 구현이었다.

고려 때에 대장경을 만든 것은 외침에서 나라를 지키기 위한 '俗情'의 소망 때문이었다. '禮心'의 권능을 빌어 '俗情'에 닥친 위험을 막으려고 했다. 그런데 다음 왕조인 조선왕조 시대에 이르러서는 대장경이 다른 여러 민족이나 국가에서 함께 희구하는 '禮心' 구현에 기여하는 기능을 수행하게 되었다. 대장경이 그 자체로 '禮心'의 공동목표를 구현하고 있다고 인정하지 않은 조선왕조에서, 유교 이념에 의한 국제관계의 '禮心'을 조선왕조의 국가이익에 합당하게 다지는 데 대장경을 이용했다.

여러 나라에서 보낸 국서는 '禮心'에 관한 그 시대 동아시아 한문문명권의 공동이상을 모범적으로 나타내기 위해 경쟁을 해서, 대장경을 각기 필요로 하는 '俗情'의 목표를 달성하려고 했다. 국서를 가짜로 만들어 대장경을 얻어가려고 하는 사기극을 꾸밀 때에도 '禮心'의 기준에 합당한 글을 써야 했다. 그런 이중삼중의 역설에 의해 역사가 진행되는 것이 지극히 정상적인 일이다.

조선왕조에서는 대단하게 여기지 않는 고려대장경이 조선왕조 주도의 대외관계를 순조롭게 이끌어가는 데 결정적인 구실을 한 것은 참으로 흥미로운 일이다. 조선이 가지고 있는 고려대장경의 인쇄본을 보내달라고 여러 나라에서 국서를 보내 교섭을 한 외교관계는 동아시아의 한문불교문명권 또는 한문불교유교문명권의 동질성을 확인하고 강화하는 데 긴요한 구실을 했다. 이념의 공통성, 한문국서의 일치점, 외교방법의 고정된 관례를 거듭 분명하게 했다.

조선왕조 성종시기인 15세기 후반에 벌어지는 그런 관계가 중세후기의 동아시아 판도를 가장 잘 보여준다. 이는 중국의 일방적인 우위에서 벗어나 조선이 중요한 구실을 맡으면서 문명권이 세분화되기 시작한 시기의 상황을 말해준다. 그것은 중세후기의 질서여서 그 다음 시기인 중세에서 근대로의 이행기까지 유지되지는 못했다.

그때의 대장경 외교는 문명권에 입회하는 절차로 소중한 의미를 가졌다. 동아시아의 한문문명권에 입회하는 첫째 방법은 명나라의 책봉을 받는 것이었다. 그러나 명나라는 경제적인 이득이 되는 물산만 많이 가져오면 어느 나라 사신이든지 받아들이고, 어느 문명권 소속의 통치자라도 책봉을 했다. 동아시아의 범위도 넘어서고 한문문명권의 정통성도 무시해서 입회의 효력이 없게 했다.

명나라의 책봉을 받고 명나라에 조공 사절을 보낸 나라를 보면, 琉球, 安南, 朝鮮, 日本 같은 한문-유교문명권의 정회원만 있는 것은 아니고, 烏斯藏(티베트), 占城(참파), 暹羅(샴, 타이랜드), 土魯番(투르판), 爪哇(자바), 滿剌加(말라카) 등의 다른 문명권에 속한 나라들도 있었다.[172] 다른 문명권에 속한 나라에서도 경제적이거나 정치적인 필요가 있어 명나라와 책봉-조공의 관계를 가졌다. 자기 나라 안에 한문을 아는 사람이 있으면 이용하고, 그렇지 못하면 밖에서

172) 村井章介, 《アジアのなかの中世日本》(東京 : 校倉書房, 1985), 87면에서 제시한 자료를 이용한다.

구해와서 국서를 작성했을 따름이다.

중국의 天子는 유교-한문문명권의 정신적 구심점 노릇을 하는 임무와 자기네 국가 이익을 확장하는 이중의 임무를 함께 지니고 있고, 그 둘이 상반될 수 있어 이런 일이 일어났다. 중국의 국가 이익을 확장하기 위해서 유교-한문문명권의 정통성을 무시할 수 있기 때문에, 책봉-조공관계 유무를 들어 문명권의 소속을 가릴 수 없었다. 그 점은 이슬람문명권에서 칼리파(Khalifa)나 기독교문명권의 교황이 실시하는 책봉-조공과 상당한 차이가 있었다.[173)]

예언자 무하마드의 대리자인 칼리파가 세속의 지배자 술탄(sultan)과 책봉-조공의 관계를 가지는 것은 술탄이 이슬람교도임을 증명하는 행위였다. 기독교문명권에서는 교황이 황제를 책봉하는 대관식 절차를 직접 집행하면서 황제가 기독교의 황제임을 증명했으며, 그런 권능을 얻어야만 황제가 여러 왕을 책봉할 수 있었다. 그런데 유교는 신과 사람의 관계를 분명하게 서열 짓지 않은 종교이고, 유교문명권의 天子는 칼리파나 교황보다 훨씬 세속화되어 문명권의 소속을 가리지 않고 책봉을 남발했다.

한 나라에 여러 통치자가 다툴 때 누가 책봉을 받는가 하는 것이 누가 국왕인가를 국제적으로 공인하는 절차이다. 그런데 명나라의 책봉은 그 구실도 제대로 했는가 의심스럽다. 누구든지 국서를 보내 조공을 하고 책봉을 청하면 자격 유무를 엄격하게 심사하지 않고 명나라의 국가 이익을 도모하는 데 도움이 된다면 받아들였다. 天子의 책봉이 그처럼 혼란을 빚어내고 있어서, 동아시아 한문-유교문명권에 소속되는가를 가리기 위해서는 天子의 책봉과는 다른 절차가 또한 필요했다. 중국이 아닌 다른 나라가 동아시아문명권의

---

173) 《문명권의 동질성과 이질성》의 〈책봉체제〉에서 이에 대해 자세하게 재론한다.

정회원 자격으로 외교를 하는 원칙은 더욱 엄격해서 혼란을 막을 수 있는데, 조선왕조가 그 일을 맡았다.

조선왕조는 중국과의 관계인 事大, 다른 나라와의 관계인 交隣, 그 양쪽의 법도를 엄정하게 해서 중세국제관계의 모범을 보였다. 조선왕조가 그 법도를 적극 수호했을 뿐만 아니라, 대장경은 그렇게 하는 데 포함된 사항이 아니지만, 이웃의 여러 나라에서 대장경을 얻어가는 외교를 펼쳐 조선왕조가 동아시아문명권의 한 중심국가 노릇을 하지 않을 수 없게 했다.

조선왕조에 국서를 보내 대장경을 얻어가는 것이 동아시아문명권 소속을 가리는 절차로서 중요한 의의를 가졌다. 이 경우에는 심사가 너무 까다로워 신규가입자가 생기지 못하게 했다. 조선왕조의 회원심사권은 일본열도 안의 여러 통치자들 가운데 누가 국왕의 위치에 있어 일본을 대표할 수 있는가 가리는 구실을 충실하게 했다.

조선왕조는 抑佛崇儒의 유교국가여서 대장경을 대단하게 여기지 않았으며, 동아시아문명의 유대를 확인하는 바람직한 질서를 이룩하는 데 대장경이 소용되리라고 생각하지 않았다. 그러나 조선왕조의 통치자들이 원하지도 않고 예상하지도 않았지만, 대장경이 동아시아문명의 유대를 돈독하게 하는 데 가장 큰 기여를 했다. 중국 天子의 책봉이나 조선왕조의 交隣외교로는 구현해낼 수 없는 중세동아시아의 정신적인 이상을, 대장경을 공동의 경전으로 하는 불교가 감당할 수 있었기 때문이다.

일본에서 "運平等之慈 忘自他之別"이라 하고, "冀得大藏全文一部 使衆日日轉之 則國寧兵熄 而編戶永豊焉"이라 하며, 유구에서 "歸心於佛乘 要使率土濱 皆得窺佛祖之秘謀也 其善利懿哉也"이라고 한 중세보편주의의 이상을 불교가 아니고서는 제시할 수 없었다. 유교는 고매한 이상을 제시하는 종교로서는 수준 미달인 결격사유가 있어서 동아시아의 중세보편주의가 실리나 실용에 치우칠 수 있는 가능성을 불교에서 훌륭하게 극복했다. 그래서 동아시아의 이상주의가 다른 중세문명에 비해서 손색이 없도록 했다.[174)]

정신적인 유대의 근거를 들어 말하면, 동아시아의 중세는 대장경의 시대였다. 대장경 시대를 만들고 움직이는 데 대장경을 가진 조선이 홀로 주동적인 구실을 한 것은 아니다. 대장경이 없어서 인쇄본을 얻어가려고 하는 쪽에서 동아시아의 정신적 유대를 다지는 임무를 더욱 적극적으로 수행했다. 대장경을 주고 받는 것이 국가적인 이익을 고려한 외교적인 관계이고, 대장경을 가져가서 자국의 협소한 신앙에 이용하고, 상거래의 상품으로 삼기도 하고, 대장경을 사취하거나 탈취하려고 하는 일이 있었다고 해서 그 가치가 조금도 손상되지 않는다.

중세는 이상과 현실, 문명권 전체의 보편주의와 개별집단의 이해관계가 공존하는 이원적인 사회였다. 그 양면 가운데 보편주의의 이상을 구현하는 데 유교가 하기 어려운 일을 불교가 했다. 대장경은 불교의 가르침이기도 하고 주고받는 재보이기도 해서, 그 양면의 관계를 대장경을 통해서 명확하게 인식할 수 있다.

대장경이, 소용없다고 여겨 천대하는 조선에는 있고 신앙의 대상으로까지 삼아 간절하게 소망하는 일본에는 없는 것은 역설적이지만 당연한 일이었다. 조선은 불교시대를 이미 지났으니 선진국이고 일본은 불교가 한창이니 후진국이었다. 조선은 대장경을 만들 만큼

174) 그런데 오늘날 이루어지고 있는 일본 학계의 대외관계사 연구 中村榮孝, 《日鮮關係史の硏究》(東京 : 吉川弘文館, 1979) ; 田中健夫, 《對外關係と文化交流》(京都 : 思文閣, 1982) ; 佐久間重男, 《日明關係史の硏究》(東京 : 吉川弘文館, 1992) 등에서는 나라 사이의 우열과 이해의 관점에서 일본과 동아시아 이웃 나라들의 관계를 다루기만 하고, 동아시아문명의 동질성에 관한 관심은 보이지 않고 있다.

선진했기 때문에 대장경을 대단치 않게 여기는 그 다음 단계로 들어섰고, 일본은 대장경을 만들지 못하는 후진국이어서 대장경을 더욱 대단하게 여겼다.

선진국인 한국은 자기 대장경을 거들떠보지 않는데, 후진국인 일본은 남의 대장경을 골똘하게 섬기고 연구하는 것이 또한 당연한 일이다. 있는 것은 대단치 않아 그 가치를 잊고, 없는 것은 없기 때문에 더욱 숭상해서 그 가치를 확대하게 마련이다. 일본에서 대장경을 대단하게 여기니 조선에서도 대장경의 쓰임새를 재인식하지 않을 수 없었다.

조선의 대장경이 일본에 가서 그 진가를 발휘했다. 대장경을 만든 곳과 숭앙한 곳이 구분되어 서로 돕는 결과를 가져왔다. 일본뿐만 아니라 대장경을 필요로 하는 다른 여러 국가나 집단이 대장경을 매개로 해서 동일문명권의 일원임을 확인했다. 문명권의 동질성은 그대로 유지되는 동안에 그 안의 선진과 후진은 교체되었다. 조선의 불교문화는 쇠퇴의 길에 들어서는 데 비례해서 일본의 불교문화는 더욱 융성해서, 신진이 후진이고 후진이 선진이며, 승리가 패배이고 패배가 승리인 원리를 구현했다.

중세후기 동안에는 한국의 대장경을 가져가기만 하던 일본이 중세에서 근대로의 이행기에는 대장경을 독자적으로 판각했다. 고려대장경을 근간으로 해서 불교한문경전을 다시 집대성해서 근대의 출판물을 내놓는 일은 일본에서 맡아 수행했다. 그래서 오늘날 한국은 불교학을 일본에서 배워와야 하는 형편이 되었다.

유구가 일본에 복속된 시기에 동아시아 전체의 역사가 바뀌었다. 중세가 가고, 중세에서 근대로의 이행기가 되었다. 중세보편주의의 질서가 무너지지 시작하고 근대민족주의가 대두하기 시작했다. 시장경제를 일으키고, 민족문화를 발전시켜 근대민족주의를 지향하는 것은 어디서나 마땅히 해야 할 일이었다. 그런데 일본은 그렇게 하는 데 그치지 않고, 대외적인 침략을 일삼아서 피해를 끼쳤다. 조선은 일본의 침략을 격퇴했지만, 유구는 그렇게 하지 못했다.[175)]

이 글에서 다룬 대장경 외교는 중세문명권에 대한 이해를 선명하게 해주는 의의를 가진다. (가) 불교경전권 안에 (나) 한문대장경권이 있고, 그 안에 (다) 고려대장경권이 있고, 그 안에서 (라) 일본대장경권이 생겨 독립해 나간 데서 중세문명권의 여러 층위가 동심원의 관계를 이루고 있는 사실을 파악할 수 있다. 다른 문명권에서도 기본적으로 같은 현상이 여기서 아주 선명하게 나타나 일반이론을 정립하는 기준을 제공한다.

거기다 더 세부적인 작업을 더 보탤 수 있는 성과를 논문 진행과정에서 얻었다. 대장경을 읽고 국서를 교환하는 글 차원의 通文圈이 있고, 외교사절이 왕래하는 말 차원의 通語圈이 있었다. 글은 공동문어여서 같은 글을 사용하지만, 말은 민족어여서 다른 말을 사용한다. 그런데도 通語圈이 성립되는 것은 통역이 있기 때문이다. 통역을 거쳐 말이 통하는 권역이 通語圈이었다. 통역은 민간의 통역도 있고 국가의 통역도 있어, 그 활동 영역이나 방식이 서로 달랐다. 그런데 동아시아 중세후기에는 국가의 통역이 더욱 중요한 구실을 했다. 민간의 교역은 원칙적으로 금하고 국가끼리의 외교관계에 따른 공적인 교역만 허용되었기 때문이다. 대장경 외교는 공식적인 관계에서 이루어졌으므로 사적인 교역과 달랐다.

通文과 通語의 범위는 국가에서 제도로 정했다. 조선왕조 《經國大典》에서 그 내역을 찾아보자. 〈吏典〉 京官職 조항에서 弘文館을

175) 高良倉吉, 《新版 琉球の時代》, 243-245면에서 古琉球의 종말에 관해 고찰하며 조선과 유구에 대한 일본의 침공이 같게 시작되어 다르게 끝난 사실을 비교해서 논했다.

설치해서 "文翰"이라고 한 한문글쓰기에 관한 일을 관장하게 하고, 藝文館을 설치해서 왕의 "辭命"이라고 한 문서를 짓는 일을 맡긴다고 했다. 承文院을 설치해서 事大와 交隣의 문서를 맡게 했다. 그 세 기관의 임원은 대개 서로 겸직했다. 정2품 이상의 총책임자는 議政府의 직책과 겸임하고, 정3품 이하의 전임직은 세 기관끼리 겸임했다.

通語의 일을 담당하는 기관은 司譯院이었다. 그 기관의 전임종사자는 정9품의 訓導이며, 漢學·蒙學·倭學·女眞學의 훈도를 두었다. 국경지대인 평안도에는 한학훈도를, 경상도에는 왜학훈도를 두었다. 중국어·몽골어·일본어·만주어의 통역만 갖추었다. 그 밖의 다른 말은 국가에서 관장하지 않았다. 유구와 외교를 하면서 유구학훈도는 두지 않아, 글은 통해도 말은 통하지 않았다.

유구국에서 일본인에게 사신의 임무를 맡긴 것이 그 때문이었다. 신숙주는 《해동제국기》의 유구국에 관한 설명 첫 대목 말미에서, 유구는 "직접 자기 나라 사람을 보내기도 하고, 자기 나라에 가서 장사하는 일본사람을 사신으로 보내기도 했다"고 했다. 사사로운 교역에서는 일본 博多 상인들이 크게 활약해서 유구와 조선을 이어주는 구실을 했다.

당시에 安南이라고 불리워지던 越南은 중국 天子의 책봉국이고 동아시아 한문문명권의 일원이었지만, 조선왕조와 通文의 국교가 없었다. 通語를 담당할 역관이 없었음은 물론이다. 그쪽에서 조선에 사신을 보내 대장경을 요청했다는 기록은 보이지 않는다.[176] 그 이유

---

176) 월남에서 중국 宋版의 대장경을 가져간 기록은 《大越史記全書》 本紀 권1에 의하면, 前黎紀 臥朝皇帝가 1007년에 아우 明昶을 송나라에 사신으로 보내 "乞大藏經文"했다 하고, 1009년에 明昶이 송나라에서 돌아올 때 "得大藏經文"했다고 했다(東京 : 東京大學東洋文化硏究所, 附屬東洋學文獻セソター, 1984,

는 거리가 너무 멀었기 때문이라고 생각된다. 그렇지만 양국의 사신이 북경에서 만나서 필담을 나누고 시를 주고받아 통문의 관계를 확인했다.[177] 해난사고를 당해서 표류해간 사람들이 있어서 어떻게 하든지 通語를 해야 되었다.

通文 분야와 通語 분야는 지체가 달랐다. 通文 분야 종사자가 되는 것은 문과를 급제한 사대부라야 맡을 수 있는 명예롭고 승진에 유리한 길이었다. 통어 분야 종사자는 譯科에 급제한 중인이었다. 글과 말, 단일한 공동문어와 여러 민족어의 지체 자체가 거기서 극명하게 드러난다.세계 전체 중세사회에서 널리 인정되던 일을 조선왕조에서 분명하게 제도화했다.

通文은 공동문어를 통해서 이루어지고, 공동문어문명을 각국에서 재창조한 성과를 서로 주고받는 구실을 하는 통로였다. 대장경 자체뿐만 아니라 오고 가는 국서가 또한 공동문어문명의 재창조물이었다. 그런데 通語의 영역에서는 외교나 교역의 실질적인 업무만 이루어지고 문화교류는 거의 없었다. 역관이 되기 위해서 상대국의 구어를 배워야 하기 때문에 구어로 된 글을 어학훈련의 교재로 삼는 일은 있어도 그 내용에 대해서는 진지한 관심을 가지지 않았다.

大藏經 외교가 한창 진행되던 시기의 조선에서는 불경을 국문으로 번역하는 諺解 작업을 진행했다. 한문본 大藏經을 함께 사용한 동아시아문명권의 여러 나라 가운데 불경언해를 조선에서만 했던 것이 또한 주목할 만한 일이다. 조선이 아닌 다른 곳의 불경 번역은 티베트어본을 원본으로 하는 라마교권에서 이루어졌다. 몽골어

197-198면).

177) 1597년에 北京에서 조선사신 李睟光이 안남사신 馮克寬과 만나 시를 주고받은 사례를 조동일·지준모, 《베트남의 최고시인 阮廌》(서울 : 지식산업사, 1992), 12-17면에서 고찰했다.

번역이 그럴 뿐만 아니라, 만주어 번역도 라마교에서 해서 티베트 어본과 몽골어본을 옮겨놓은 것이었다. 한문본 대장경권의 여러 나라 가운데서는 조선에서만 불경을 번역했다.

일본에서는 한문에다 일본식 독법 표시를 하는 데 그치고, 번역문을 일본어로 옮겨 적지는 않았다. 한국에서도 그것과 같은 방식의 口訣을 사용하다가, 訓民正音 창제 이후에 세조가 적극 추진해서 刊經都監을 설치해 불경언해를 했다. 1461년(세조 7년)에 시작해서 1471년(성종 2년)에 이르기까지 모두 9종의 불경과 불서를 번역해서 간행했다.[178)]

大藏經 판각과 佛經諺解를 둘 다 해서, 조선은 공동문어와 민족어 양쪽의 불경을 마련하는 과업을 널리 모범이 되게 성취했다. 訓民正音의 창제와 더불어 민족어를 사용하는 글쓰기에도 대단한 관심을 가지고 언해사업을 광범위하게 추진하는 시기에, 불교를 옹호하는 군주 세조가 유학자들의 반대를 무릅쓰고 刊經都監을 설치해 불경언해를 과감하게 추진해서 그럴 수 있었다.

훈민정음을 이용해서 유교의 경서를 언해한 것은 원문 이해를 위한 참고서를 마련하자는 의도였다고 생각되고, 口訣을 달아서 읽던 방법을 표음문자를 이용해서 옮겨 적은 데 지나지 않는다고 할 수 있다. 그것은 아주 소극적인 번역이다. 그런데 불경언해는 경서언해와 다르게 번역본을 그 자체로 읽힐 수 있게 했다. 한문에 능하지 않은 부녀자들이 불교신도로서 더욱 중요한 구실을 하므로 그런 배려가 필요했다. 간경도감을 설치하기 전에 이미 내놓은 《釋譜詳節》에서 그런 본보기를 보였다.

불경언해는 일부 추진되는 데 그치고 곧 중단되고 말았으며, 번

178) 그 명단을 제시하면 불경은 《楞嚴經》·《妙法蓮花經》·《金剛經》·《般若心經》·《阿彌陀經》·《圓覺經》이, 불서는 《禪宗永嘉集》·《修心訣》·《法語》가 언해되었다.

역본이 널리 보급되지도 않아, 국문불경이 한문불경을 부분적으로 대신하는 기능을 수행하지도 못했다. 그렇지만 언해불경이 국문 글쓰기를 확대하는 데는 기여했다. 국문소설의 성립을 촉진하고, 국문소설에서 활용할 수 있는 문체를 제공했다.

불경언해본은 어디까지나 국내용이었고, 국제적으로는 아무런 관심거리도 되지 않았다. 한문 대장경을 달라고 하는 그 어느 나라에서도 불경언해에 대한 관심은 조금도 나타내지 않았다. 大藏經은 通文의 영역에, 불경언해는 通語의 영역에 속해 성격이 전혀 달랐다.

위에서 든 신숙주의 용어를 다시 이용하면, "通文"은 (가)라고 한 "禮"·"心"의 영역이고, "通語"는 (나)라고 한 "俗"·"情"의 영역이다. (가)는 존귀하고 (나)는 열등하지만, 둘 다 있어서 서로 돕는 관계를 가져야 했다. 그런 관례를 일반화해서 논하기 위해서 (가) 쪽은 '공동문명'이라고 하고, (나) 쪽은 '민족문화'라고 하는 용어를 확정해서 사용하기로 하자. 그런 용어를 사용해서 논의를 더욱 확장하고 일반화해보자.

중세는 '공동문명'과 '민족문화'가 공존하면서 生克의 관계를 가진 시기였다. 그 둘은 서로 다투기도 하고 서로 화합하기도 했다. 그 둘은 둘이면서 하나이고, 하나이면서 둘이었다. 간단하게 말하면 이렇다고 할 수 있는 원리가 실제로 어떻게 구현되고 작용했던가 이론화해서 말하는 것은 아주 어려운 일이다. 지금까지 고찰한 대장경 외교는 그런 원리가 실제로 어떻게 작용했는가 생생하게 보여주는 증거이다.

'공동문명'과 '민족문화'의 관련양상을 한국과 일본, 유구, 그리고 다른 민족집단 사이에서만 검증하지 말고, 중국과 한국, 중국과 일본, 중국과 유구 사이에서도 같은 작업을 하는 것이 당연히 요망된다. 그런데 문명권의 중심인 중국은 '공동문명' 자체이기만 하고

'민족문화'의 측면은 지니지 않고 있는 듯이 과거에 행세했으며, 오늘날의 연구자들도 그 점을 인정하고 있다. 그런 잘못을 시정하는 작업을 동아시아 다른 나라에서도 적극 시도하지 않는다.

근대 이후의 변화

중세시기 세계종교의 경전어가 '通文'을 가능하게 했다. 경전의 언어가 바로 '通文'의 언어였다. 세계종교의 기능이 무엇이었던가 하는 새삼스러운 질문을 한다면, '通文'을 통해서 문명이 하나임을 보장한 공적을 대답에 포함시키는 것을 잊지 말아야 한다. 그래서 중세보편주의를 이룩한 것이 세계사의 커다란 발전이다.

경전어가 나누어지면 '通文'이 갈라졌다. 경전어가 민족 단위로 나누어지면 '通文'이 사실상 '通語'와 구별되지 않게 되어 중세의 지속이 불가능하게 되었다. 종교의 경전을 '通語'의 언어로 옮겨놓은 시기인 근대에 이르러서는 규범화된 '禮'를 거부하지만, 삶의 실상을 있는 그대로 시인하기만 하면 된다고 하지는 않는다.

'通語' 영역의 '俗情'을 들어 '通文'의 '禮心'을 거부하자, 중세문명의 단일성 또는 보편성을 보장하던 규범이 손상을 입고 파괴되었다. 그러나 중세에서 근대로의 이행기를 끝내고 근대에 들어서서는 '通語'의 민족구어문학에서도 가치 있는 것을 추구하면서 중세보편주의를 각자 자기 나름대로 계승하려고 한다. 그래야만 '通文'에 대한 '通語'의 승리를 확정지을 수 있다.

그러나 지금 문명이 하나임을 부인하고 문화가 여럿임을 선언하는 것이 능사가 아니다. 근대화를 위한 그런 과업이 어지간히 진행되면서 그 폐해가 확대되고 있다. 근대화의 남은 과업을 완수하고

나서 근대를 넘어서려고 하는 것은 적절한 순서가 아니다. 오히려 근대화가 부진한 쪽에서 근대를 넘어서는 길을 찾는 데 앞장서야 한다. 근대를 넘어서기 위해서는 중세를 재인식하고 계승해야 한다.

중세의 열등생은 근대화에 앞장섰으므로 중세를 재인식하고 계승할 뜻도 없고 밑천도 부족하다. 근대화에 뒤떨어진 중세의 우등생이 근대를 넘어서는 선구자가 될 수 있는 것이 역사 전환의 당연한 이치이다. 이 글에서 살핀 高麗大藏經을 주고 받는 관계에서 한국이 중세의 우등생이고 일본이 중세의 열등생임이 잘 드러난다. 그렇기 때문에 일본이 근대의 우등생이고 한국이 근대의 열등생이 되었다. 일본에서 다시 만든 大正新修大藏經이 한국에서도 필수자료로 이용되고 있는 것이 그 단적인 증거이다.

근대 일본의 불교학자들은 한문경전을 자세하게 연구해서 대단한 경지에 이르렀을 뿐만 아니라, 산스크리트 원전 학습을 유럽에서 받아들여, 두 가지 경전을 비교해서 고찰하는 작업을 세계적인 범위에서 선도했다. 그렇게 해서 동아시아 전래의 학문과 유럽문명권에서 새롭게 개척한 학문을 합치는 위업을 일본에서만 할 수 있고, 불교학에서만 가능하다는 것을 보여준 의의가 아주 크다. 동아시아의 다른 나라는 한문경전 공부를 일본에서만큼 힘써 하지 않고, 유럽문명권의 산스크리트학을 받아들이지 못해 그럴 수 없었다. 일본의 다른 학문에서는 세분된 전공에 대한 전문지식을 미시적인 관점에서 개발하고 축적하는 것을 능사로 삼고 있는데, 오직 불교학에서만은 동서의 연구를 합치는 거대한 작업을 했다.

동경대학 문학부 인도철학과 불교학 교수들 가운데 특히 宇井伯壽와 中村元 두 사람이 그 정점을 보여주었다.[179] 中村元의 《世界思

179) 1994년 9월부터 1995년 8월까지 동경대학 문학부에 가서 강의하고 연구하면서 인도철학과의 장서와 연구업적을 현장에서 살펴보고, 다른 학과와 비교

想史》 연작은 세계문학사를 위한 내 작업을 위해 자극과 참고가 된다. 그 구상이 방대해 나를 분발하게 한다. 그러면서 자기 철학은 제시하지 않고 지식을 열거하는 방식으로 일본근대학문의 결함을 노출하고 있어, 나는 다른 길로 가겠다고 다시 다짐하게 한다. 철학사를 섭렵하는 사람은 높이 솟아 있는 거대한 봉우리들에 시야가 가려져 자기의 역사철학을 마련하지 못할 수 있으나, 문학은 만만하게 내려다보아도 되므로 나의 역사철학을 정립하는 자료로 삼을 만하다.

동경대학 도서관에는 세계문학사에 관한 방대한 작업을 하는 데 필요한 책이 많아 크게 도움이 되었다. 자료를 다수 복사해 와서 이용하고 있다. 그런데 일본에서는 동서의 학문을 합쳐서 거대이론을 만드는 작업을 다시 하지 않고, 세계문학사의 역사철학 같은 것은 생각도 하지 않고 있다. 일본의 학자는 책이 있으니까 공부하지 않고, 한국학자는 책이 없으니까 공부한다. 대장경이 있는 한국에서는 버려둔 불교공부를 대장경이 없는 일본에서 부지런히 한 것과 같은 일이 일본과 한국 사이에서 다시 벌어진다. 생극론의 역사철학에서 말해주는 바와 같이, 역전이 다시 역전되는 것은 당연하다.

일본인이 경험한 최상의 학습인 한문경전을 통한 불교연구가 그럴 수 있는 의욕과 안목을 제공했다. 대장경이 제대로 갖추어지지 않아 자료 부족 때문에 많은 고난을 겪어야 했던 것이 이유가 되어,

---

해 평가했다. 강의시간에 동경대학 문학부 각 학과에서 이룩한 연구업적을 비교해 평가하면 인도철학과가 단연 으뜸인데, 그 이유가 동서의 학문을 합치는 위업을 세계 최초로 달성했기 때문이라고 했다. 일본어일본문학과는 동경대학 문학부 각 학과 가운데 연구가 특히 빈곤한 편인데, 그 이유는 자기네 문학의 작품만 미시적으로 천착하고 있기 때문이라고 또한 강의시간에 말했다. 각 학과 학문의 비교논의에 필요한 기본자료가 《東京大學百年史》(東京 : 東京大學, 1976)에 정리되어 있다.

근대적인 방식의 대학을 열고 도서관을 만들자 동서의 문헌을 모아들이는 데 남다른 열의를 가졌다. 전에는 항상 앞서 나가던 한국이 이제는 많이 뒤떨어져, 대학이 이름만이고 도서관은 비어 있으며, 불교학을 공부하고자 하는 사람들은 일본에 유학해서, 불교학 일반이나 동아시아불교사는 물론 한국불교사까지 배워와야 하는 형편이 되었다.

역사의 방향이 한번 더 바뀌어 근대를 극복하기 위해서 중세를 재인식하고 계승해야 할 때가 되어, 이제 이 글을 쓰면서 지난 일을 되돌아보고, 세계사의 전개를 거시적으로 파악하는 이론을 마련하는 근거로 삼는다. 문명이 하나이면서 여럿이라고 하던 중세를 지나, 문명이 하나임을 부인하고 문화가 여럿이기만 하다고 하는 근대를 넘어서서, 이제 세계 전체가 하나이면서 여럿이라고 하는 시대를 만들어야 한다. 그 설계도가 될 수 있는 것이 지금 구상하고 있는 거대이론이다.

거대이론을 구성하는 데 필요한 부품은 근대화에 앞장선 유럽문명권 여러 나라나 일본에서 가져와야 한다. 인류가 이룩한 창조물을 실증적인 방법을 사용해서 부분적으로 정밀하게 연구하는 것을 큰 장기로 삼고 있는 근대학문은 우수한 부품이라고 할 수 있는 지식을 많이 축적한 공적이 있다. 그러나 부품을 다시 모은다고 전체가 달라지는 것은 아니다. 부품 조립만으로는 될 수 없는 전체 설계는 근대화에 뒤떨어졌기 때문에 근대 극복의 역사철학 창조를 선도하지 않을 수 없는 곳에서만 제시할 수 있다.

중세 때에는 大藏經을 주고 받은 것처럼 근대 동안에는 근대문화의 산물을 주고 받았다. 근대를 넘어서는 다음 시대를 만들기 위해서는 근대 극복의 학문을 주고 받는 것이 가장 긴요한 과제라고 보아, 그런 것을 만들어내는 작업의 일단을 이 글에서 시도했다. 거대

이론으로서 평가할 만해야 주고 받는 교역품일 수 있다. 이 글을 포함한 책 전체, 이 책을 포함한 세계문학사 연구총서 전체가 우선 일본 학계에 전달되어 근대가 역사의 종점이라는 망상에서 깨어나, 다음 시대를 향한 역사 창조의 새로운 길이 넓게 열려 있음을 알아차릴 수 있게 하기를 바란다.

이 글은 내가 깊이 연구하지 않고 있던 분야를 다루어서, 부품 조달을 제대로 하지 못하고, 전체적인 구상마저 엉성하다. 그러나 중세문명의 내부구조를 밝혀 중세가 근대로 이행하게 된 연유를 알아내고, 중세를 재인식하고 계승하면서 근대를 극복하는 방향을 학문의 동향과 관련시켜 이해하는 데 불가결한 내용이어서, 미비하지만 생략할 수 없다. 중세학문에서는 단연 우위를 차지하던 한국이 근대에 이르러서는 일본에 뒤떨어진 이유를 밝혀, 역전에는 다시 역전이 있게 마련임을 밝히는 데 이만큼 유용한 주제를 다시 찾기 어렵다. 이 글이 함량미달일 수밖에 없는 결함을 다른 글, 다른 책으로 메우면서, 재역전의 실상을 보이고자 한다.

한시가 같고 다른 양상

한시의 다면적 성격

중국인이 아닌 중국 주변의 여러 민족이 중국에서 한문을 받아들여 한시를 지은 것은 문학사 전개의 당연한 과정이었다. 한문은 중국글만이 아니고 동아시아 전체의 공동문어였으므로, 한문으로 한시를 지으면서 공동문어문학 발전에 동참해야 중세 문인으로서 온전한 자격을 가질 수 있었다.

동아시아한문문명권에 속하는 모든 나라는 한문학과 자국어문학, 한시와 자국어시를 함께 가꾸어왔다. 그 가운데 한시는 '詩'라고 하고 자국어시는 '歌'라고 하는 것이 공통된 용어였다. '詩'는 품격 높은 고급의 문학이고, '歌'는 그보다 아래 층위에 있는 격이 낮은 문학이라고 하는 점도 서로 같았다. '詩'는 문명권의 동질성을 보장해주는 구실을 하고, '歌'는 민족문화의 독자성을 확인하는 구실을 했다.[180)]

중세 동안에는 그 둘이 상하의 관계를 가지고 공존하다가, 근대에 이르면 민족어문학의 '歌'가 '詩'로 승격해서 그 전까지의 '詩'를

180) '詩'와 '歌'의 관계를 총괄한 〈東亞文化史上'華'·'夷'與'詩'·'歌'之相關〉을 《문명권의 동질성과 이질성》 말미의 부록에다 수록한다.

밀어냈다. 그렇게 하기 위해서 '詩'를 '漢詩'라고 명명하는 변화가 한국·일본·월남에서 일제히 있었다. 중국에서는 그런 용어를 받아들이지 않고 있지만, 그 세 나라에서 일제히 일어난 변화가 일반적인 의의를 가지므로, '漢詩'라는 말을 중국문학에도 적용해서 사용할 수 있다.

'漢詩'가 오랜 기간 동안 '詩' 노릇을 하면서 동아시아문명의 동질성을 보장해주는 구실을 했다. 그렇게 하기 위해서 표현의 규범이나 격식, 언어 사용이 변하지 말아야 했다. 일찍이 唐나라 때 확립한 近體詩의 격식을 그대로 유지해야 했다. 그러면서 다른 한편으로는 詩가 민족에 따라서 다르게 창조되고, 시대에 따라 변화하는 다양성을 보여주기도 했다. 여러 나라 역대의 시인들이 각기 자기 나름대로 새로운 창작을 하기 위해서 애쓴 결과가 그렇게 나타났다.

'古今'과 '華夷'라는 용어를 쓴다면, 한편에서는 '古今' 가운데 '古'와 '華夷' 가운데 '華'가 일방적인 우위를 가지니 '古華'의 원리에 따라서 동아시아가 하나여야 한다는 시가 있고, 다른 한편에서는 古今을 견주면서 今의 가치를 찾고 華夷의 논란을 夷의 관점에서 해결하려고 하는 '今夷' 노선의 시도 있었다. 그 둘은 陰陽의 관계를 가지고 서로 맞물려 있었다. 한편으로는 陰陽이 相生의 관계를 가져, '古華'를 '今夷'에서 찾고, '今夷'를 '古華'를 통해서 나타냈다. 다른 한편에서는 陰陽이 相克하지 않을 수 없어, '古華'와 '今夷'가 서로 배격하면서 성장했다.

그 가운데 '古華'와 '今夷'가 서로 어울려 相生의 관계를 가지는 측면에 관해서는 한시의 규범을 그 자체로 논한 중세시학에서 거듭 다루어 새삼스러운 문제점이 없다. 한국한시의 내력과 수준을 논한 徐居正의 《東人詩話》나 洪萬宗의 《小華詩評》 같은 것들이 그런 업적이다.

그러나 '古華'를 극복하고 '今夷'가 성장한 相克의 과정은 인식되고 해명될 기회가 거의 없었다. 근대시학이 자생하지 못하고 수입된 탓에 그런 과제를 버려두었다. 한시는 '古華' 일색인듯이 매도하면서 '今夷'의 전통과는 무관하게 남의 장단에 맞추어 근대시를 만들어내려고 했다. '古華'와'今夷'를 相生의 관점에서만 파악한 중세시학의 보수노선과, '古華'와 '今夷'가 相克의 관계를 가진 것을 몰라 '今夷'를 계승하지 않고 근대시를 만들려고 한 근대시학의 방향상실을 둘 다 바로잡기 위해서 이제부터의 논의가 필요하다.

이치의 근본을 다시 따지기 위해서 용어 정비를 계속하자. '古'는 규범이니 '古範'이라고 한다면, '今'은 변화한 모습이니 '今變'이라고 할 수 있다. '古範'의 시에서는 항상 같은 모습을 유지하는 일관성이 소중하다고 여겼는데, '今變'을 추구하는 쪽에서는 새로운 창조를 목표로 했다. '華'·'夷'는 '雅'·'俗'과 밀접한 관련을 가져, '華雅'와 '夷俗'이 대립되었다. '古範'을 존중하는 쪽에서는 '夷俗'에 대한 '華雅'의 우위를 입증하려고 했지만, 그 둘의 관계를 뒤집어놓는 '今變'의 출현을 막을 수 없었다.

그래서 동아시아 한시는 하나이면서 여럿이다. '古範'의 '華雅'에서는 하나여야 한다고 하고, '今變'의 '夷俗'에서는 여럿이어야 한다고 했다. '今變'의 의의를 평가해 시대변화에 적극 호응하는 한시가 생겨났다. '夷俗'의 가치를 긍정하면서 민족에 따라서 다른 한시가 나타났다. 그렇게 해서 동아시아문학은 하나이면서 여럿이다. 공동문어문학은 하나이고 민족어문학은 여럿이어서 그런 것만은 아니다. 공동문어문학의 핵심 영역인 한시 또한 하나이면서 여럿이다. 그 점에 관해서 고찰하는 것이 여기서 하는 일이다.

동아시아 한시가 하나이면서 여럿인 양상을 보여주는 자료는 너무 많아 그 전체를 개관할 생각은 하지 말아야 한다. 《동아시아한시사》라는 책을 쓴다 해도 그 일부만 간추려서 고찰할 수밖에 없다. 여기서 하고자 하는 일은 그런 책을 쓰는 설계도 초안의 일부를 마련하는 것이다. 동아시아 한시가 하나이면서 여럿인 이유와 그 기본양상에 대해서 최소한의 필요한 논의를 하는 데 그친다. 최소한의 자료를 들어 최대한의 논란을 벌이는 모험을 감행하지 않고서는 제기하는 문제를 감당할 수 없다.

'古華'와 '今夷'가 生克의 관계를 가져 동아시아 한시가 하나이면서 여럿인 양면은 서로 대등하게 다루어야 한다. 그 둘 사이에 경중이나 우열이 없었다고 보아야 중세문학을 정당하게 인식할 수 있다. 그런 원칙을 견지하면서 실제 작업에서는, 연구의 균형을 맞추기 위해서, 그리고 대상에 따라 인식의 방법이 달라져야 하는 또 하나의 이유에서, 어느 한쪽을 다루는 데 더욱 힘써야 한다.

'古華'와 '今夷'가 相生의 관계를 가져, 동아시아 한시가 하나인 면은 길게 고찰하지 않아도 된다. 그 둘의 相生관계에 관해서는 중세시학에서 이미 충분히 해명한 데만 그 이유가 있는 것은 아니다. 하나가 하나임을 거듭 확인하는 동어반복의 작업은 긴요하지 않다.

'古華'와 '今夷'가 相克의 관계를 가져, 동아시아 한시가 여럿인 면을 해명하는 것은 중세시학의 소관사가 아니고, 근대시학에서 버려둔 일이어서 힘써 하지 않을 수 없을 뿐만 아니라, 여럿이 어째서 여럿이고 어떻게 여럿인가에 관한 논의를 다양하게 펴야 비로소 납득할 수 있다. 그런 인식론적인 이유에서 여럿인 면에 관해 더 많은 서술을 해야 한다. 후반부에서 樂府詩에 관한 개념론과 작품론을 특히 자세하게 펴는 것이 그 때문이다.

동아시아 한시가 하나이면서 여럿임을 확인하기 위해서 聲律이라고 일컫은 율격을 중요시해, 古詩와 近體詩 양쪽의 '古範'이 무엇이며 '今變'이 어떻게 나타났는가 살펴야 한다는 주장을 할 수 있다. 그러나 그 일은 하지 않는다. 그 이유는, 율격은 대체로 보아 '古範'의 영역이어서 '今變'이 아주 제한된 범위에서만 가능했기 때문이다. 율격을 놓고 '古範'과 '今變'의 관계를 따지면 '古範'에 대한 '今變'의 반격을 과소평가하고 말 수 있다. '今變'은 '夷俗'의 가치를 주장하면서 나타난 문학사 전반의 변혁이었다.

聲律論을 포함한 '古範'의 규칙을 설명하고 옹호하기 위해서 '華雅'의 가치를 내세우기만 하면서 '今變'과 '夷俗'은 돌보려고 하지 않는 중세인의 인습에서 벗어나야 한다. 그렇지만 '今變'의 '夷俗'이 지니는 민족문학의 가치를 일방적으로 평가하고 마는 근대인의 관점을 그 대안으로 삼을 수는 없다. 근대인의 관점을 받아들이면서 넘어서고, 중세인의 사고를 재평가하면서 비판하는 이중의 작업을 공정하게 하는 것이 문학사가의 마땅한 자세이다. 세계문학사 서술의 이론을 그렇게 해서 마련해야 한다.

근대인의 관점을 받아들이면서 넘어서고 중세인의 사고를 재평가하면서 비판하는 이중의 작업은 근대를 넘어서기 위해서 처음으로 시도하므로, 아직 그 성격이나 내용이 명확하지 못하다. 그러나 중세에서 근대로의 이행기에 중세를 극복하고 근대를 지향하기 위해서 하던 일이 지금의 과업과 상통해, 거기서 교훈을 얻을 수 있다. 중세에서 근대로의 이행기에는 중세가 잘못되었다고 판단하는 국면을 새로운 시대 구상의 근거로 삼으면서, 중세까지 축적된 역량으로 역사 변혁을 시도할 수밖에 없었다. 중세에서 근대로의 이행기에 중세의 역량으로 중세를 넘어서려고 한 것과, 근대의 학문을 해오다가 근대를 넘어서기 위해 중세를 재발견하는 지금의 과업은, 진행방향에서 보면 서로 반대가 되지만, 중세와 근대 양쪽의 지혜를 함께 사용하는 점이 서로 일치한다.

지금까지의 인류역사 전개가 가장 높은 수준에 이른 두 시기인 중세와 근대의 지혜를 합쳐서 함께 이용하지 않고서는 다음 단계의 발전을 이룩할 수 없다. 중세와 근대를 함께 이용하면서 둘이 서로 극복하게 하는 작업을 성과 있게 이룩해야만 다음 시대를 창조할 수 있다. 중세학과 근대학 양면에 정통해서 그 둘을 합쳐야만 다음 시대로 나아가는 학문을 할 수 있다.

지금 다음 시대로 나아가는 도상연습의 설계도를 작성하면서 미래에 대한 공상이 허황할 수밖에 없는 결함의 많은 부분을 중세에서 근대로의 이행기 동안에 실제로 겪었던 바를 가져와서 보충하는 것이 마땅하다. 이 글에서, 중세문학을 대표하는 갈래인 한시를 논하면서, 전형적인 중세한시보다 중세에서 근대로의 이행기에 이르러서 새롭게 창조된 한시에 더욱 큰 관심을 가지는 이유가 바로 거기 있다.

동아시아는 하나라고 하는 한시

《後漢書》〈西南夷列傳〉 권76을 보면, 後漢 永平 연간(58-75)에 益州刺史 朱輔가 주변 여러 민족 백여 나라가 한나라에 조공을 하도록 했다 하고, 그 가운데 白狼王 唐菆等이 "慕化歸義 作詩三章"한 것을 한문으로 번역해서 수록한다고 했다. 〈遠夷樂德歌〉, 〈遠夷慕德歌〉, 〈遠夷懷德歌〉라고 한 그 노래 세 편은 〈白狼歌〉라고 통칭되는데, 한나라 통치를 찬양하는 내용이다.[181]

〈東觀記〉라는 문헌에 원래의 노래를 한자로 표기한 것을 받아들

181) 李明 主編, 《羌族文學史》(成都 : 四川人民出版社, 1994), 583면에서 그 노래를 지은 민족이 羌族이라고 했다.

여, 주해를 달아 다시 간행한 《後漢書》에서는 한역과 원문을 병기했다. 첫 노래의 서두를 옮겨보면, "大漢是治 提官隗構 如天合意 魏冒踰糟"라고 했다. "大漢의 바른 통치는 하늘과 뜻이 맞도다"라고 하는 말이다. 문학적 표현을 어느 정도 갖춘 것이 두번째 노래 〈遠夷慕德歌〉라고 하겠으므로 한역의 전문을 들어본다.

蠻夷所處　오랑캐가 사는 곳은
日入之部　해가 지는 땅.
慕義向化　의로움 사모하고 교화 바라는
歸日出主　해 떨어지는 곳의 뛰어난 임금.
聖德深恩　성스러운 덕과 깊은 은혜
與人富厚　여럿이 함께 두텁게 누리네.
冬多霜雪　겨울이면 서리, 눈 많고,
夏多和雨　여름이면 비가 알맞게 많아,
寒溫時適　추위와 더위 때에 맞도다.
部人多有　많은 사람 거느리고,
涉危歷險　위험을 넘기고 험란한 일 겪도다.
不遠萬里　만리가 멀다고 하지 않고,
去俗歸德　풍속을 버리고 덕으로 돌아오며,
心歸慈母　자애로운 어머니에게 마음을 돌리네.

처음 세 줄과 마지막 세 줄을 빼놓고, 그 중간 "歸日出主"에서 "涉危歷險"까지만 보면, 그 곳의 군주가 백성들과 함께 살아가는 모습을 당당하게 그렸다. 계절의 순환과 더불어 그 혜택을 누리면서 살아가고, 많은 사람이 함께 고생하면서 험난한 일 겪는 것이 자기 민족의 자랑스러운 생활사임을 알 수 있게 했다. 그런데 漢나라를 따르고 사모한다는 말을 앞뒤에다 붙여서 말을 바꾸었다. "去俗歸德"이라고 한 "俗"의 민족문화를 버리고 한나라 통치인 "德"을 받든다고 해서 그 민족의 독자적인 삶을 폄하했다.

이 노래를 지은 민족만 그랬던 것은 아니다. 중국 안팎의 여러 민족은 중국 한족의 간섭을 받고, 한문으로 이루어진 문화 규범을 받아들이고, 한자를 이용해 자기 말을 적으며, 이 노래에서 볼 수 있는 바와 같은 왜곡과 수모를 겪어왔다. 한족이 강요해서 그렇게 한 것만은 아니고, 스스로 선택해서 그 길로 들어섰다.

그 뒤 이천 년 가까운 기간 동안 동아시아 각국의 통치자들은 중국 天子의 冊封을 받고 朝貢을 하는 외교관계를 가지면서, 한시문을 소중하게 이용했다. 외교관계의 공식문서인 國書는 일정한 형식을 갖춘 산문으로 썼다. 國書를 써서 공식용건을 전하는 것 외에 별도로 주고받을 사연은 시로 나타냈다. 신라 眞德王이 지어서 사신 金法敏을 통해 唐高宗에게 전했다고 《三國史記》에 작품 전문까지 기록되어 있는 〈太平頌〉이 그런 예이다.[182)]

그 첫 대목을 들면 "大唐開洪業 巍巍皇猷昌 止戈戎衣定 修文繼百王"(大唐이 위대한 과업 이루어, 높고 높은 황제의 뜻 창성하도다. 싸움 멈추고 의복을 제정하고, 글을 닦아서 백대 임금의 과업을 이었도다)라고 해서, 위에서 든 〈遠夷慕德歌〉와 흡사하다. 그러면서 싸움을 멈추고 글을 닦는 것이 소중하다는 중세의 가치관을 명시한 점이 달라졌다.

외국에 파견되는 사신은 자기 나라 임금의 시를 전하는 일만 하지 않고, 자기 스스로 시를 지어야 했다. 시를 잘 지어야 사신이 될 수 있었다. 방문국 통치자의 시에 화답하고, 방문국 관원들이나 다른 나라 사신들과 서로 이해하고 친분을 나누는 시를 짓는 것이 사

---

182) 《삼국사기》 권5, 〈신라본기 5〉, 진덕왕 4년.

신의 임무였다. 말을 주고받는 通語 관계는 譯官의 통역을 거쳐야 가능했지만, 글로 통하는 通文 관계는 필담으로 가능했으며, 공식적인 용건을 둘러싼 교섭에서 벗어나 天下同文의 유대를 다짐하는 더 큰 목적을 수행하는 데 시가 필요했다.

중국에 몽골족의 元나라가 들어섰을 때 그 위세는 역대의 어느 왕조보다도 컸다. 유럽, 서남아시아, 남아시아, 동남아시아 등지에 이르기까지 수많은 나라를 정복해서 직접 통치했다. 그 시기 고려의 문인 李齊賢(1287-1367)은 오랫동안 거기 가 머물면서 원나라가 고려의 독립을 짓밟지 않도록 하는 외교적인 교섭을 하는 데 진력했다.

그렇게 하기 위해서 元나라 통치자를 설득할 수 있는 최상의 방안은, 元나라가 중국의 정통왕조로 들어섰으므로, 가까이 있는 민족을 정복해서 통치하려고만 하는 북방 유목민족의 관습을 버리고 주변의 여러 나라와 冊封-朝貢의 관계를 가지는 도리를 이으라고 하는 것이었다. 명분상의 지배권을 가지는 대신에 실질적인 독립을 인정하라는 것이었다.

元나라가 그렇게 하는 데 만족하고 궤도 이탈을 하지 못하도록 하는 데 元나라를 찬양하는 시가 요긴하게 쓰였다. 그래서 지은 시의 하나가 월지국의 사자가 말을 바치고 돌아가는 것을 길에서 보고 지었다고 하는 〈道見月支使者獻馬歸國〉이다.[183] 그 한 대목을 들어보자.

大元盛德冠百王　　원나라의 성한 덕 백왕 위에 있어,
一劍撥亂邦基肇　　한 칼로 혼란을 제거하고 왕업을 이루었네.

---

183) 《益齋亂藁》 권2에 수록된 작품이다.

更聞嗣皇膺寶籙	다시 황제의 자리 이어받고 寶籙을 받아
神機整頓乾坤了	神機로 乾坤을 정돈하는 일 완수했네.
越裳白雉黃支犀	越裳의 흰 꿩이며 黃支의 무소며
眩人馴象能言鳥	眩人의 길들인 코끼리나, 말하는 새까지
爭來作貢混文軌	다투어 와서 조공하면서 文軌를 섞는데,
可獨懷安煩介紹	우리만 홀로 편하려고 동참을 꺼려야 하겠나.

元나라가 천하를 지배하는 질서를 인정하고, 고려도 거기 동참해야 한다고 했다. 원나라가 안으로 중국 황제의 정통을 이어받고, 밖으로 수많은 민족을 정복해 갖가지 문화를 아우른 것이 천지를 정돈하는 위대한 과업이라고 찬양했다. 몽골족의 元나라가 그렇게 한 것이 자랑스러우면 황제의 과업을 이어받아 마땅한 도리를 행해야 한다고 했다.

여러 나라에서 다투어 조공하러 와서 "文軌를 섞는"다고 했는데, "文"은 문자문명이고, "軌"는 사회제도이다. 문자문명과 사회제도의 규범을 마련해서 중세보편주의를 확립하는 것이 황제의 도리인 줄 알고 힘써 행하기만 하고, "文軌"를 공유하는 다른 나라를 침공하지 말고, 내정을 간섭할 생각도 하지 말아야 한다고 했다.

중국 天子에게 國書를 보내 冊封을 받고 朝貢을 하는 일은 한문문명권에 속하지 않는 나라라도 할 수 있었다. 한문으로 글을 쓸 수 있는 사람을 시켜서 쓴 글을 중국어가 통하는 사람을 보내 전달하면 되었다. 중국 쪽에서는 그 내막을 짐작해도 무역상의 필요성이나 정치적인 이유 에서 외교관계를 가지는 것을 허용할 수 있었다. 그러나 사신으로 간 사람이 시를 지어 天下同文의 유대를 확인하는 것은 한문문명권 안에서만 가능했다. 그럴 수 있는 자격을 제대로 갖춘 나라는 조선, 일본, 월남, 유구, 이 넷뿐이었다.

중국의 天子가 짓는 시에 다른 나라 사신이 화답하는 것은 문명권의 동질성을 확인하는 행사 가운데 으뜸가는 의의를 지녔다. 몽고민족의 元나라를 물리치고 한족의 明나라가 들어서서 천하를 차지했을 때, 明太祖가 그렇게 하는 본보기를 확립했다. 元나라의 천자는 한시를 짓지 못해 천자 노릇을 제대로 하지 못한 잘못을 明太祖가 바로잡아, 다시 정비한 中華의 규범을 만천하에 알렸다. 天子가 여러 조공국의 사신들과 시를 주고받으면서 和唱을 하는 것이, 文治의 德化가 四海에 뻗어나가 태평성대를 이룩하는 위대한 과업 실현을 나타내는 최상의 상징적인 표현이었다.

明太祖가 그렇게 하기 위해서는 적절한 상대역이 있어야 했다. 조공국에서 한시 창작 능력을 최고로 갖춘 사신이 파견되어 능숙한 솜씨로 시를 주고 받아야 했다. 일본의 絶海中津(1336-1405)과 조선의 權近(1352-1409)이 그 일을 맡아 천고에 빛나는 업적을 남겼다. 두 시인이 明太祖와 화답한 應製詩를 두고두고 대단하게 여긴다. 絶海中津은 승려인데, 일본에서는 한문학으로 通文하는 일을 승려가 맡았으며, 일반 문신은 그 점에서 승려만한 능력이 없었다. 絶海中津과 權近이 明太祖에게 지어준 시는 조선과 일본이 어떤 나라인가 알리면서 각기 주체성을 드높인 내용이다.

명나라가 천하를 통일해서 천자의 위엄을 자랑하고 있는 데 호응해서 조선과 일본이 각기 冊封과 朝貢 관계의 외교를 다시 트는 것은 당연한 일이었다. 그래서 명나라 쪽에서만 영광을 누린 것은 아니다. 조선과 일본은 오랜 연원의 독자적인 역사를 자랑하고 있다는 사실을 재확인했다. 天子를 구심점으로 한 한문문명권의 여러 나라가 각기 자기네 군주를 받들고 있는 독립국임을 분명하게 했다. 동아시아는 하나이면서 여럿임을 명시하는 데 시를 지어 주고받는 것이 아주 효과적인 방법이었다.

絶海中津은 弘武9년(1376)에 명태조가 徐福을 제사지낸다는 熊野古祠에 관해서 묻는 시에 화답했다.[184] 徐福은 秦始皇 때 불사약을 구하러 일본에 가서 귀환하지 않은 인물이다. 중국과 일본의 관계를 처음 연 인물이어서 기억할 만하고, 일본에서는 어떻게 이해되고 어떤 대우를 받는지 궁금한 일이었다. 명태조가 지은 시는 다음과 같다.

熊野峰高血食祠　　熊野 높은 봉우리 산 제물 바치는 사당에서
松根琥珀也應肥　　솔뿌리가 琥珀이 된 것 또한 살쪄 있겠지.
當年徐福求僊藥　　그때 徐福은 선약을 구하러 가고서
直到如今更不歸　　지금까지도 되돌아오지 않는구나.

絶海中津이 이에 응답한 〈應製賦三山〉은 다음과 같다.

熊野峰前徐福祠　　熊野 봉우리 앞에 徐福의 사당이 있고,
滿山藥草雨後肥　　산에 가득한 약초 비 온 뒤에 살이 쪘다.
只今海上波濤隱　　지금 바다의 물결이 잔잔하니,
萬里好風須早歸　　만리의 좋은 바람 타고 일찍 돌아가리라.

명태조는 徐福의 옛 일에 대해서 호기심을 가지고 물었다. 일본에 徐福을 제사지내는 사당이 있으며, 제사를 지낼 때 산 제물을 희생으로 바친다는 말을 전해 들어 사실 여부를 확인하고자 했다. 거기다가 다른 말을 덧붙여, 과거와 현재, 중국과 일본의 관계를 두고 자기가 생각한 바를 전하고서, 상대방의 의견은 어떤가 물었다.

184) 絶海中津의 문집 《蕉堅藁》에 그 내력과 작품이 실려 있다(入矢義高 校注, 《五山文學集》, 東京 : 岩波書店, 1990, 143면).

솔뿌리가 땅 속에서 천 년을 지나면 茯苓이 되고, 다시 천 년이 지나면 琥珀이 된다는 속설을 말하고서, 일본에는 그처럼 신이로운 것들이 있으리라는 기대를 나타냈다. 徐福이 지금까지 돌아오지 않는다는 말을 하면서, 일본에서 선약을 구할 수 있다는 생각을 자기도 秦始皇처럼 해보았다. 그런 상상을 통해서 멀리 일본까지도 자기가 다스리는 영역 안에 있다는 사실을 확인했다.

이에 대해서 응답한 絶海中津은 徐福의 사당 앞 산 가득하게 자란 약초가 비 온 뒤에 살쪘다고 하면서 명태조가 상상하고 있는 바가 사실과 부합된다고 했다. 그러나 그렇게 말한 속뜻은 다르다. 그 약초가 명나라를 위한 것은 아니다. 일본은 땅이 비옥하고 풀이 잘 자라는 나라라고 하는 말로 살기 좋은 곳이라고 자랑하려 했다. 일찍 돌아가고자 한다고 한 그 다음 대목과 연결시켜 보면, 그런 뜻임을 알 수 있다.

바다의 물결이 잔잔하다는 것은 여러 겹으로 이해할 수 있는 말이다. 날씨가 좋아 자기가 돌아갈 때까지는 고난을 겪지 않으리라는 말이면서, 명나라와 일본 사이에 특별한 문제가 없다는 뜻이기도 하다. 더 나아가서 동아시아 전체가 평화로운 시기에 들어섰음을 암시한다고 볼 수도 있다.

權近이 명태조와 만난 것은 그보다 뒤의 일이다. 弘武 29년(1396)에 사신으로 간 權近에게 명태조가 시를 지으라고 해서 24수를 지으니, 명태조가 거기 응답해서 시 3수를 지었다.[185]

권근이 9월 15일에 지은 8수 〈王京作古〉·〈李氏異居〉·〈出使〉·〈奉朝鮮命至京〉·〈道經西京〉·〈渡鴨綠〉·〈由遼左〉·〈航萊州海〉에서는 사신 행로를 해설했다. 9월 22일에 지은 10수 〈始古開闢東夷王〉·〈相望日

185) 《陽村集》 권1에 그 자료가 수록되어 있다.

本〉·〈金剛山〉·〈新京地理〉·〈辰韓〉·〈馬韓〉·〈弁韓〉·〈新羅〉·〈耽羅〉·〈大同江〉에서는 조선의 역사와 지리에 관해서 말했다. 10월 27일에 지은 〈聽高歌於來賓〉 이하 6수에서는 임무를 마치고 즐겁게 논 사연을 다루었다.

명태조의 시는 〈題鴨綠江〉·〈高麗古京〉·〈使經遼左〉이며, 9월 15일자의 시에 대한 응답이다. 그 가운데 권근의 〈渡鴨綠〉과, 그 시에 대해서 명태조가 〈題鴨綠江〉으로 화답한 것을 보자. 권근의 시를 먼저 든다.

塞邑蕭條樹老蒼　변방 고을 쓸쓸하고 나무도 늙고 시퍼렇고,
長江一帶隔遼陽　길게 이어지는 강물 건너면 요양 땅이네.
皇風不限華夷界　皇風은 華夷의 경계를 넘어서 있는데,
地理何分彼此疆　지리는 어찌 피차 疆土가 나누어졌는가.
任見波濤掀小艇　파도에 맡겨 둔 작은 배 흔들리면서,
欣瞻天日照遐荒　天日이 멀고 거친 데까지 비추어 즐겁다.
誰知此去忽忽意　지금 바쁘고 바쁘게 가는 뜻 누가 알리오.
願奉恩綸報我王　은혜로운 분부 받들어 我王에게 보답하리라.

다음에 드는 것은 명태조의 시이다.

鴨綠江清界古封　압록강 물이 옛적 봉한 나라 경계 짓는데,
强無詐息樂時雍　힘과 속임수 종식돼 즐거운 시대 흡족하다.
逋逃不納千年祚　천년의 징조가 죄짓고 피할 길 막고,
禮義咸修百世功　백세의 공덕을 모두 예의로 닦노라.
漢伐可稽明載冊　한나라의 정벌은 기록이 분명해 상고하고,
遼征須考照遺蹤　요동 공격은 남은 자취에 비추어보아 안다.

情懷造到天心處	정을 품고 天心으로까지 나아가면서
水勢無波戍不攻	물 흐름 파란이 없고, 국경 싸움 그쳤다.

권근의 시는 가는 길에 보이는 풍경을 노래하는 말로 시작되었으나, 압록강을 건너면 요동이어서, 조선과 중국의 국경이 거기 그어져 있다고 하는 데서는 두 나라의 관계를 말하는 깊은 뜻을 드러내기 시작했다. "皇風은 華夷의 경계를 넘어서 있다"고 한 데서는 중국과 조선이 하나라고 했다. "皇風"은 "황제가 베푸는 풍속 교화"를 뜻한다. 황제를 구심체로 한 유교교화의 문명세계를 함께 이루고 있는 점에서는 華夷의 구별이 있을 수 없다고 했다. 그러나 지리는 피차의 疆土로 나누어져 있어, 중국과 조선은 둘이라고 했다.

"何"(어째서인가)라고 하는 글자를 넣은 것은 그 이유를 몰라서 묻는 말이 아니고, 이유야 어쨌든 그것이 엄연한 사실이라는 말이다. "天日"은 하늘에 있는 해이면서 또한 황제를 뜻하기도 한다. 그런 의미의 "天日"은 "我王"과 댓구를 이룬다. "天日"이 멀리까지 비추는 것을 다행스럽게 여기면서 자기는 "我王"의 분부를 시행하기 위해서 부지런히 길을 간다고 했다.

명태조의 시 또한 중국과 조선이 둘이라고 하는 데 동의하면서 둘의 관계를 적절하게 하는 하나의 원리를 재확인했다. 첫 구절에서 압록강의 맑은 물이 옛적에 봉한 나라와 경계를 짓는다고 하는 말로 周나라가 箕子를 조선에 봉했다는 사실을 상기시켰다. 그때부터 조선은 중국의 책봉국이 되어 양국의 기본관계가 분명해졌다 하고, 이제 전쟁이 끝나고 평화를 구가하는 시대를 맞이해서 불필요한 충돌이 없게 하자고 했다.

그러면서 漢나라가 고조선을, 隋나라와 唐나라가 고구려를 친 일을 들어 그런 일이 다시 일어날 수 있다고 은근히 일렀다. "정을 품고 天心으로 나아가면서"라고 한 데서의 "天心"은 권근의 "天日"에 상응하는 말이다. 강물이 흘러가는 바다 속 깊은 곳을 가리키는 말이면서 또한 황제의 뜻을 암시하기도 한다. 그런데 권근이 말한 "我王"은 없고 그 대신에 국경의 수비대 "戍"를 등장시켰을 따름이다.

중국과 조선이 하나이면서 둘이라는 것은 중국에서나 조선에서나, 명태조이든 권근이든 공통되게 인정하는 바였다. 문명권에서는 하나이고 국가는 둘이라는 원리는 새로 만들어낼 필요가 없었으며, 있어온 그대로를 재확인하기만 하면 되었다. 그런데 그런 공통된 견해를 가지면서, 중국의 명태조는 중국과 조선이 하나인 쪽을 강조해서 말하고, 조선의 권근은 중국과 조선이 둘인 쪽을 강조해서 말했다. 각자 자기가 강조하는 쪽을 분명하게 하는 데 새 시대 외교교섭의 중심과제가 놓여 있다고 여겼다. 그래서 權近은 〈始古開闢東夷王〉에서 다음과 같이 말했다.

聞說鴻荒日　말 듣건대, 아득한 옛적에
檀君降樹邊　단군이 나무 곁으로 내려와
位臨東國土　동국 땅 다스리는 자리에 오르니,
時在帝堯天　堯임금 시절의 일이었다.
傳世不知幾　전해진 세대는 얼마나 되는지 모르고,
歷年曾過千　지나온 해가 천 년을 넘어서,
後來箕子代　뒤에 온 기자 시절에도
同是號朝鮮　또한 조선이라고 일컬었다.

이 시에서 權近은 조선이 檀君 이래의 자랑스러운 나라라고 말했다. 단군이 중국의 堯임금과 동시대에 등장했으니 조선과 중국의 역사가 같은 시기에 시작되었다고 했다. 단군보다 천년 뒤에 箕子

가 중국에서 왔을 때에도 조선이라는 국호를 이어받으면서 단군의 전통을 계승했다고 했다. 중국과 조선이 둘임을 보장하는 檀君이 중국과 조선이 하나인 연유를 말해주는 箕子보다 선행한 통치자이므로, 箕子는 檀君의 유지를 이어받아야 했다고 했다. 그렇게 해서 명나라가 조선의 역사를 존중해야 한다고 생각하게 했다.

조선이나 일본뿐만 아니라 중국과 冊封-朝貢관계에 있는 다른 나라들도 각기 독자적인 연원과 오랜 역사를 자랑하면서 민족문화를 선양하는 것이 당연한 일이었다. 그래서 동아시아는 여럿이고, 그 여럿이 또한 하나였다. 冊封-朝貢관계가 여럿을 하나로 아우를 뿐만 아니라, 한문을 공동문어로 사용하고, 같은 형식과 표현을 사용하는 한시가 하나를 하나로 하는 유대가 더욱 두터워지게 하는 긴요한 구실을 했다. 絶海中津과 權近이 각기 자기 나라를 내세우는 말을 공동의 격식을 사용하는 한시로 나타낸 것 자체가 동아시아는 하나임을 확인하는 행위였다.

명나라 시절이 지나간 다음 청나라 시기 康熙 40년(1701)에 朱彝尊이 명나라의 시를 총정리해서 엮은 《明詩綜》을 보면, '屬國'이라고 한 곳에 朝鮮·安南·占城·日本의 시를 수록했다. 朝鮮 시인은 52인, 安南 시인 7인, 占城 시인 1인, 日本 시인 6인이다. 한문문명권 안의 명나라 책봉국은 두루 망라하려고 했는데, 琉球가 빠져 있다. 占城은 명나라의 책봉국이기는 해도 한문문명권은 아닌데, 성명은 없고 "占城貢使"라고만 한 이의 시를 한 수 실었다. 한시에 능한 사람을 구해서 사신으로 보냈을 것으로 생각된다.

조선 시인 가운데 權近이 있으며, 應製詩를 지은 일에 관해서 설명하기는 했다. 그러나 수록한 작품은 그 가운데 어느 것이 아니며, 〈題黃鶴樓〉라고 한 것 한 편뿐이다. "鶴鳴樓上久徘徊"(학이 우는 누각 위에서 오래 배회한다)는 말로 시작되는 그 시는 옛 일을 회고하는 상념을 전하기나 하고, 중국과 조선의 관계에 대해서 말하고자 하는 바를 나타내지는 않았다.

일본 시인의 시에는 "嗨哩嘛哈" 또는 "答黑麻"라는 이름의 시인이 지었다는 應製詩 〈答大明皇帝問日本風俗〉이 있어서 주목된다. 일본인의 이름 한자 표기를 옮겨 적지 않고, 발음을 받아 적은 것 같다. 그래서 그 인물이 누군지 알 수 없다. "國非中原國人同 上古人衣冠唐制 制度藝樂漢君臣"(나라는 중원이 아니지만 나라 사람은 같으며, 상고 사람의 의관은 당의 제도이고, 제도와 예악은 한나라 군신의 것이다)라고 하는 말을 넣어 중국과 일본이 같다고 한 것이다.

權近의 시를 들면서 응제시는 빼놓고, 일본 사신의 응제시는 들었으나 絶海中津이 아닌 다른 사람의 것이며 중국과 일본이 하나라고 하기만 해서 한쪽에 치우친 작품이다. 조선과 일본 양쪽 다 요긴한 것은 빼놓고 대단치 않은 것만 수록했다. 權近이 응제시를 지은 사실을 설명한 것을 보면 자료 부족 탓이라고 생각되지는 않는다. 중국과 자국이 하나이면서 둘이라고 한 權近과 絶海中津의 시는 편자 마음에 들지 않아 버리고, 중국과 일본이 하나라고 한 시를 일본 쪽에서만 찾아내서 수록했다고 짐작된다. 조선과 일본을 공식적인 호칭인 '藩國'이나 '外國'을 버려두고,[186] '屬國'이라고 지칭한 데서도 그런 생각이 드러났다고 할 수 있다.

청나라 때에는 고종 乾隆 55년(1790)에 황제의 80세 생일을 거창하게 축하하면서 각국의 사신들이 황제의 시에 응답하게 하는 행사를 벌였다. 그 자료가 徐世昌이라는 사람이 1928년에 《淸詩匯》라는 이름으로 청나라 때의 시를 집성한 책에 있다. 전2백 권 가운데 맨

---

186) 《明史》 권56 志32 禮10에서 책봉을 하고 사신을 맞이하는 절차를 설명할 때에는 '蕃國'이라는 말을, 권320 列傳208 이하에서 조선, 안남, 일본 등의 나라에 관해서 서술할 때에는 '外國'이라는 말을 썼다.

뒤의 권2백을 전례와 같이 '屬國'편으로 하고, 朝鮮시인 54인, 安南시인 14인, 越南시인 1인, 琉球 시인 9인의 시를 수록했다.

서두의 범례에서 말하기를, 《明詩綜》에는 "朝鮮·日本人"을 선정해 넣은 것과 달리, "朝鮮·安南·越南·琉球"를 선택해서 "觀光上國"한 사람과 "名人酬唱者"의 시를 뽑아 넣는다고 했다. 중국의 한 왕조의 시를 모으면서 '屬國' 시인들의 작품을 곁들이는 전례를 명나라 시를 집성한 《明詩綜》에서 받아들이면서, 대상이 되는 나라를 바꾼 것은 그럴 만한 이유가 있었기 때문이다.

일본은 명나라의 책봉을 받은 조공국이었으나, 청나라와는 그런 관계를 가지지 않았으므로 제외했다. 安南과 琉球는 조선과 함께 명나라와 청나라 양쪽의 조공국이었으니, 《明詩綜》에 그 두 나라 시인의 시도 수록해야 마땅한데 빼놓은 잘못을 시정하고, 이제 청나라의 조공국 가운데 한문학을 하는 나라는 넣어 미비사항이 없다 하겠다. "安南"과 "越南"을 구별한 것은 별반 의미가 없는 단순착오라고 생각된다.

중국을 "上國"이라고 하는 것은 공인된 용어였다. 중국에 사신으로 가서 선진문물을 구경하는 것을 "觀光"이라고 했다. 오늘날 사용하는 "관광"이라는 말이 거기서 유래했다. "觀光上國"한 사람과 "名人酬唱者"의 시를 수록한다고 하는 두 가지 원칙을 범례에서 내세웠는데, 그 가운데 앞의 것은 충실하게 따른 편이고, 뒤의 것은 그렇지 못하다.

사신으로 가서 지은 시나 중국에 사신으로 갔기 때문에 중국에 알려진 시인들의 시를 모은다 하고, 조선·안남·유구의 시를 널리 조사해 좋은 작품을 골라낸 것은 아니다. 이 글의 다음 항목에서 다룰 중국 기행시의 명편을 남긴 시인인 조선의 李德懋, 유구의 周新命, 월남의 阮攸를 그 책 《清詩匯》에서 하나도 등장시키지 않았다.

《明詩綜》이나 《淸詩匯》의 편자는 중국이 여러 '屬國'을 거느리고 있어서 자랑스럽다고 하는 데 필요한 최소한의 증거를 제시하려고 했을 따름이고, 동아시아가 하나이면서 여럿이고, 古今과 華夷가 시에서 어떻게 나타났는가 알아보려고 하지 않았다. 조선, 일본, 월남, 유구등의 시가 중국 당대의 시와 견주어보면 어느 정도인가 확인하는 데 필요한 자료를 제시하려고 하지 않고, 시에서도 중국이 홀로 우뚝하다고 하기 위해서 다른 나라 시는 수록하기는 하되 되도록 축소하는 기형적인 시선집을 마련했다.

그런데 오늘날 중국학자들은 그런 책에 수록된 중국시만 연구의 대상으로 삼고, 조선, 일본, 월남 등지의 학자들은 그런 책에서 자기네 나라 시를 일부 수록해 실상을 왜곡했다고 하는 사실 자체를 잊고 논의의 대상으로 삼지 않는다. 다만 지금 독립을 잃고 있는 처지를 개탄하면서 과거에 중국의 冊封國이었던 시절을 동경하는 유구인의 후예들만 중국에서 유구 시인들의 시가 조선시인이나 월남시인들의 시와 대등하게 취급되었던 사실을 자랑으로 삼는다.[187] 동아시아가 하나이면서 여럿이었던 사실을 한시를 통해서도 어느 한쪽에 치우치지 않고 실상대로 파악하는 것은 이제부터 힘써 해야 할 연구의 긴요한 과제이다.

《淸詩匯》 서두에 "李性源朝鮮人"을 등장시키고 주를 달아서 말하기를, 乾隆 55년(1790)에 조선에서 정사 李性源과 부사 趙宗鉉을 보냈을 때, 건륭황제 고종이 잔치를 하면서 스스로 시를 짓고 여러 나라 사신들로 하여금 응답하라고 했다고 했다. 그래서 지은 응답시가 〈恭和御製賜朝鮮琉球安南諸國使臣詩〉이다. 시 제목을 번역하면 〈임금이 지어서 조선·유구·안남 사신에 준 시에 삼가 화답한다〉

187) 島尻勝太郎 選, 上里賢一 注譯, 《琉球漢詩選》(那覇 : ひるぎ社, 1990), 20-22면.

는 말이다.

天子가 지어준 시에 여러 나라 사신이 화답하는 것이 근대인의 안목에서는 지배국과 종속국의 관계로 보일 수 있다. 그러나 그것은 한문학권의 동질성을 확인하는 중세인의 의식이라고 이해하는 것이 실상에 더욱 부합된다. 중국의 우월감보다 한문학권의 동질감이 더욱 큰 의의를 가진다고 해야 마땅하기 때문이다.

乾隆황제 자신은 중국인이 아니고 만주족이다. 자기 말 만주어로 말하고 노래를 짓기도 하지만, 한문문명권의 정신적 구심체인 天子 노릇을 하기 위해서는 한시 창작 능력을 보여야 했다. 그 자리에 모인 사람들은 乾隆황제를 포함해서 모두 다 한문과 자기 언어의 이중어문생활을 하는 점이 서로 같다. 자기 언어는 뒤에 두고 한문의 공동영역을 확인하기 위해서 시를 주고받았다.

〈恭和御製賜朝鮮琉球安南諸國使臣詩〉는 여러 편이다. 조선 사신 李性源, 趙宗鉉 ; 安南 사신 阮宏匡, 宋名朗, 黎梁愼, 陳登大, 阮止信, 阮偍 ; 유구 사신 鄭永功이 각기 한 편씩 지어서 모두 9편이나 된다. 안남에서 시를 짓는 사신을 여럿 보내 축하하는 뜻을 특별히 크게 나타낸 것은 주목할 만한 일이다. 두 나라 사이에는 친선관계를 확립해야 하는 중대한 사안이 있어 그랬다고 생각된다.[188)]

모두 칠언율시인 그 시 아홉 편은 같은 韻을 사용했으며, 시상이 모두 황제를 칭송하는 덕담이어서 서로 비슷하다. 표현이나 생각이

188) 월남에서 西山운동이라는 민란이 일어나 그 지도자가 명맥만 남은 왕조 黎朝를 멸망시키고 국권을 장악해 光中황제로 칭하고서 개혁정책을 시행하는 것을 청나라가 용납하지 않고 침공을 했다가 패배를 하고 물러난 것이 그 전해인 1789년의 일이다. 월남의 새 왕조를 청나라에서 인정해 책봉관계를 재개해야 하는 것밖에 다른 해결책은 없었다. 전쟁으로 인한 적대관계를 종식시키고 양국관계를 정상화해서 국교를 재개하는 임무를 띠고 월남 사신이 북경에 파견되었다.

서로 같다는 것을 확인하게 하는 데 그 의의가 있으므로, 각기 별개의 작품으로 분석하고 평가할 필요는 없다. 첫 줄과 끝 줄을 들어보자.

李性源： 堯階春葉報中旬 南山北斗總歸仁
趙宗鉉： 春回慶歲月中旬 雙挐雲漢頌皇仁
阮宏匡： 筵開前節值新旬 期頤介壽拜皇仁
宋名朗： 虞廷肆覲未盈旬 願將嵩壽祝皇仁
黎梁愼： 天眷皇王啓壽旬 頂踵均沾雨露仁
陳登大： 虞階何待舞經旬 共將華祝頌皇仁
阮止信： 華旦欣逢萬壽旬 早拜丹墀仰至仁
阮偍： 九十韶光甫二旬 濾傘難酬頂踵仁
鄭永功： 御極垂衣正八旬 永祝昇平萬壽仁

이 가운데 마지막으로 든 琉球 사신 鄭永功의 시만 전문을 든다.

御極垂衣正八旬 황제께서 나라를 다스린 지 꼭 팔십년
普天牀德獻琛頻 龍牀가득 덕을 갖추어 보물을 올리노라.
四夷駢貢蒙王化 四夷가 나란히 조공을 바쳐 王化 은혜 입고,
五代同堂仰聖人 五代가 한 집에서 성인을 우러러본다.
召入華筵龍掖酒 화려한 잔치에 불러들여 용의 술을 주고,
飛登紫苑鳳卮親[189)] 紫苑의 궁전에 들어가 친분을 나누네.
天顔咫尺沾恩湛 天顔을 지척에서 뵙고 맑은 은혜에 젖어,
永祝昇平萬壽仁 오랜 평화와 만년의 수명 영원히 칭송한다.

---

189) "鳳掖"이 궁전이라는 말인데, 앞 줄에서 "掖" 자를 썼으므로 여기서는 그 대신에 "卮" 자를 사용한 것으로 이해한다.

표현은 난해하고 말은 까다롭게 썼으면서 내용은 빈약하다. 축하를 한다는 것에 더 할 말이 없고, 축하를 해야 할 이유도 새삼스럽게 댈 것이 없으므로, 언어구사를 품위 있게 하는 데 온갖 정성을 기울였다. 그래서 자기 나라가 한문문명권의 일원으로서 다른 어떤 나라 못지 않은 문화 수준을 갖추고 있음을 알렸다.

청나라의 황제를 찾아간 각국 사신이 이런 시를 일제히 지어서 18세기말에 이르기까지 한문문명권의 동질성이 조금도 동요되지 않고 그대로 유지되며, 과거 어느 때보다도 더욱 확고하다는 것을 무리하게 확인했다. 그렇게 하는 것이 시대착오의 행사이므로, 청나라의 궁전 크기만큼 성대하고 야단스럽게 거행해야 했다.

만주족에서 天子가 나오고, 天子의 통치를 가까이서 보좌하는 일을 만주족 귀족이나 병사들이 맡은 영광이, 다른 한편에서는 만주족이 자기 문화를 상실하고 민족이 존속하기 어렵게 하는 재앙이었다. 만주족이 天子 노릇을 해서 동아시아문명의 전통을 수호하고, 중국의 중세지배체제를 유지하는 이중의 사명을 맡아 애쓴 것이 자기네에게는 덕이 되지 못해도 남들에게는 봉사했으니 칭송받아 마땅하다고 할 지 모르나, 끝나야 할 시대가 끝나지 못하게 했기 때문에 중국을 위해서 헛 일을 했을 뿐만 아니라 동아시아 전체를 위해서도 수고한 보람이 없다.

그 시기에 동아시아 각국이 자기 민족의 역사와 문화에 커다란 의의를 부여하면서 근대민족국가로 나아가는 움직임이 상당히 구체화되었다. 그런데도 天下同文의 고전적 규범이 변함없이 유지된다는 것을 입증해 시대 변화를 부인하려고 했다. 청나라를 세운 만주족의 제왕이 그렇게 하는 구심체인 天子 노릇을 맡아 자기네의 민족국가가 탄생할 수 있는 가능성을 스스로 말살하고, 한족 중국인의 역사가 후퇴하도록 했다. 다른 민족 또한 중세에 묶어두려고 하는 불가능한 시도를 거듭해서 했다.

한시를 통해서 동아시아가 하나라고 하는 데에는, 청나라 조정에서 벌인 공식행사 못지 않게 사신 노릇을 하면서 서로 만나 시를 주고받은 각국 문인들의 개인적인 교류가 긴요한 구실을 했다. 개인적으로 교류에서 얻은 시는 사사로이 모아두었으므로, 자료가 미비하고 또한 널리 알려지지 않았지만, 소중하게 평가해야 마땅하다. 정해진 격식을 따르지 않고, 각자 생각한 바를 진실하게 나타내서, 동아시아가 하나임을 입증하는 데 오히려 더 큰 증거력이 있다.

한국에서 柳得恭이 《冷齋書鍾》이라는 저술에 수집해놓은 동아시아 각국 시인들의 시가 그 좋은 본보기이다.[190] 저자 자신과 자기 주변의 몇몇 사람들이 사신으로 외국에 다녀오면서 지어 받기도 하고 모으기도 한 중국·일본·안남·유구 시인들의 시가 거기 수록되어 있다. 그 가운데 일본시인이 10인이고, 안남시인이 5인이며, 유구시인이 4인이어서,[191] 그 수는 중국시인보다 현저하게 적어도 크게 주목할 만한 자료이다.

일본 시인들을 등장시킨 것은 특기할 만한 일이다. 일본은 청나라의 책봉국이 아니므로 청나라 조정에서 개최하는 행사에는 참여하지 않았지만, 한문문명권의 일원인 점에서는 아무런 변화가 없다는 점을 명시했다. 그 점에서 일본시인은 안남시인이나 유구시인과

---

190) 문집 이름인 《並世集》과 저작 이름인 《冷齋書種》이라는 두 가지 표제가 표지에 함께 적힌 필사본이 규장각도서에 소장되어 있다. 그 책 제1권에서 제2권 중간까지에는 중국 시인들의 시를, 제2권 중간부터는 일본·안남·유구 시인들의 시를 수록했다.

191) 그 명단은 다음과 같다.
일본 : 木弘恭, 合離, 岡田宜生, 岡田惟周, 富野義胤, 那波斯曾, 艸安世, 源叔, 岡明倫, 田吉記.
안남 : 胡士棟, 阮仲鐺, 潘輝益, 武輝晉, 陶金鍾.
유구 : 程順則, 蔡文溥, 馬繼漢, 陳天龍.

차이점이 없다고 했다. 그러면서 일본 시인을 10인 등장시킨 것은 일본의 비중을 크게 보았기 때문이라고 할 수 있고, 자료가 풍부했던 것도 그 이유일 수 있다. 일본에 통신사로 간 사람들이 가져온 시가 있어 필요한 만큼 골라 넣을 수 있었다. 일본은 청나라의 책봉국에서 제외되어 고립되었던 기간 동안에도 한국과는 외교관계를 가져, 한국 사신이 일본에 간 기회에 두 나라 문인들이 시를 주고받는 긴밀한 교류를 통해 한문문명의 일원임을 재확했다.[192)]

안남 시인들의 시는 한국 사신에게 지어 준 것들이다. 그 가운데 하나를 들면 潘輝益은 "吏部尙書"라고 소개하고, 〈奉呈朝鮮國進賀使徐判書〉라는 시를 지었다고 했다. 월남 쪽의 자료를 들어보면, 潘輝益(1750-1822)은 월남의 이름난 시인이며, 새로 들어선 西山정권의 사절이 되어 1790년에 청나라에 간 것으로 확인된다.[193)] 그렇다면 한국의 "徐判書"는 徐浩修이다. 정사 李性源과 부사 趙宗鉉이 청나라에 다녀온 해인 1790년에 그 다음 순서로 정사 黃仁點과 부사 徐浩修가 북경에 갔다. 시 전문을 들면 다음과 같다.

居邦分界海東南	나라는 바다 동·남으로 나누어져 있으나,
共向明堂遠駕驂	함께 명륜당을 향해 멀리서 말달려 왔도다.
文獻夙徵吾道在	문헌을 옛부터 갖추어 우리 道가 있고,
柔懷全仰帝恩覃	황제의 은혜 마음에 품고 우러르네.
同風千古衣冠制	천고의 의관 같은 제도로 간직하다가,

192) 이혜순, 《조선통신사의 문학》(서울 : 이화여자대학교 출판부, 1996)에서 그 경과와 문학교류의 내역에 대해서 자세하게 고찰했다.

193) *Anthologie de la littérature vietnamienne tome II*(Hanoi : Éditions en Langues Étrangères, 1973), 143면. 여기에 생애 소개와 함께 시 세 편이 수록되어 있다. 서산 운동이 실패로 돌아간 뒤에는 형벌을 받고, 시골로 물러나 은거했다. 鄧陳琨의 〈征婦吟〉을 번역하기도 했는데 지금 전하지 않는다.

奇遇連朝指掌談　　여러 날 아침 우연히 만나 필담을 나누네.
騷雅擬追馮李舊　　馮·李 두 분을 따르면서 시를 지으니,
交情勝似飮醇甘　　나누는 정이 감미로운 술을 마시는 듯하네.

한국과 월남은 각기 바다 동쪽과 남쪽에 자리잡고 있어서 거리는 멀지만, 유학을 함께 받들고, 글·제도·풍속이 또한 같다고 했다. 그런 것들이 한 문명권에 속하는 징표임을 확인했다. 사신끼리 서로 만나 말은 통하지 않아도 필담으로 대화를 하는 오랜 관습을 재현하면서, 지난날 월남 사신 馮克寬이 한국의 李睟光과 만나서 시를 주고받았던 일을 상기했다.[194]

유구 시인들의 시는 북경에서 수집해온 것들이다. 서두에 내놓은 程順則(1663-1734)은 유구의 대표적인 시인이다.[195] 〈東海〉라는 작품을 수록했다. 전문을 들면 다음과 같다.[196]

宿霧新開敞海東　　오랜 안개 걷히자 바다 동쪽이 드러나니,
扶桑萬里渺飛鴻　　扶桑만리 길 기러기가 아득하게 난다.
打魚小艇初移棹　　고기 잡는 작은 배가 처음 노를 옮기니,
搖得波光幾點紅　　흔들리는 물결 위에 붉은 빛이 몇 점이다.

오랫만에 안개가 걷혀 바다로 나가 고기를 잡기 시작하는 자기나라 유구 사람들의 생활을 노래한 시이다. 동아시아에는 대륙의

194) 조동일·지준모,《베트남의 최고시인 阮廌》(서울 : 지식산업사, 1992), 12-17면에서 그 일에 관해 고찰하고, 주고받은 시를 들어 논했다.

195) 島尻勝太郎 選, 上里賢一 注譯,《琉球漢詩選》(那覇 : ひるぎ社, 1993), 25-79면에 생애와 작품이 소개되어 있다.

196) 같은 책, 28면에는 〈東海朝曦〉라는 제목으로 수록되어 있는데, 본문은 차이가 없다.

농민도 있고, 북방의 유목민도 있고, 동쪽 바다의 어민도 있어, 그 어느 쪽에서 살아가는 모습이라도 한시를 지어 나타낼 수 있다. 동아시아의 중심은 내륙에 있다고 하는 것은 일방적인 주장이다. 북방의 유목민이나 동쪽 바다의 어민 또한 동아시아의 중심에 자리잡고 있다고 자부할 수 있는 그 나름대로의 근거가 있다.

월남시인이 한국시인에게 지어준 위의 시에서는 두 나라가 각기 바다 남쪽과 동쪽에 있다고 하고, 여기서는 동쪽 바다 東海를 노래했다. 아시아대륙 동쪽에 있다는 뜻으로 동해라고 함께 일컬을 수 있는 바다는 한국·월남·유구·일본, 그리고 중국이 서로 연결되어 있는 통로이다. 동아시아의 중심이 북경이라고 하는 것보다 동해라고 하는 것이 더욱 타당한 말이다. 북경은 책봉체제의 중심점이고, 동해는 여러 민족이 서로 교류하면서 사는 중심점이다.

그런 생각을 가지고 이 시를 다시 읽으면, 오랜 안개가 걷히고 동해가 맑아진다는 것은 자연의 변화를 보는 대로 그린 말만이 아니고, 동아시아에 평화가 찾아온다는 말이기도 하다는 생각이 든다. 부상은 일본을 가리키는 말이다. 유구에서 부상은 만 리라고 한 것은 일본이 유구를 침공해서 국권을 유린하는 불행한 사태를 시정하고, 양국관계가 정상화되어 마땅하다는 말로 이해할 수 있다. 동해에 작은 배를 띄우고 고기를 잡는 사람들이 침해를 받지 않고 생업을 누리는 평화가 깃들기를 바라면서 이 시를 지었다고 할 수 있다.

그러나 그런 희망은 이루어지지 않고, 시간이 경과하면서 사태가 더욱 악화되었다. 동쪽 바다를 일방적으로 장악한 일본이 유구를 짓밟는 데 그치지 않고, 조선을 강점하고, 중국을 침략하고, 월남에까지 들어가서 동아시아의 평화를 짓밟았다. 그래서 동아시아는 하나라는 유대의식을 가해자와 피해자 사이의 적대의식으로 바꾸어놓았다.

시대에 따라서 달라진 한시

한문으로 지은 시가 모두 한시로 평가될 수 있는 것은 아니다. 한시를 지으려면 격식을 따라야 했다. 구어와 문어가 상당한 거리가 있어도 중국인은 쉽게 익힐 수 있는 한시 작법을 중국어와는 거리가 먼 언어를 사용하는 사람들이 제대로 휘어잡기 위해서는 많은 난관을 극복해야 했다.

격식만 맞추면 좋은 시가 되는 것은 아니다. 격식과 잘 어울리면서 또한 생동하는 내용을 갖추어야 했다. 중국과는 다른 독자적인 생활경험과 사고를 한시를 통해 생동하게 표현해야 중국에서도 인정받고 자국문학사의 전개를 위해 적극 기여하는 창작을 하고, 한문학을 동아시아 공동문어문학으로 발전시키는 데 적극 참여할 수 있었다.

중국 주변 민족의 시인들이 중국에 드나들면서 중국과의 관계를 문제삼은 시를 몇 편 들어 살피면서 그 역사적인 추이를 해명하기로 하자. 그런 시는 古今이 달라서 동아시아가 하나일 수 없다고 한다. 중국의 과거를 현재의 시점에서 재해석하고, 중국의 과거는 자기 나라의 현재와 더욱 큰 거리가 있다고 한다.

그런 시에서 중국이 마련한 동아시아문명의 고전적인 규범과, 실제로 가서 보고 경험하는 당대의 중국이 서로 다르다는 것을 발견했다. 古를 버리고 今을 문제삼으면서 중국과 자기 나라의 관계를 새로운 관점에서 다루었다. 그래서 동아시아는 하나가 아니고 여럿이고, 한시를 짓는 주제와 작풍 또한 다양할 수밖에 없다는 것을 입증했다.

위에서 다룬 공식적인 외교관계에 쓰인 시에서는 고금과 화이 가운데 古華를 일방적으로 존중해서 今夷의 차별을 부정해야 한다는 쪽으로 나아갔다. 그러나 중국에 간 외교사절이라도 공식적인 관계에서 벗어나 자기 나름대로 느낀 바를 시로 나타낼 때에는 생각이 달라졌다. 회고에 격분이 들어 있고, 중국의 경물을 노래하면서 자기 나라의 일을 말하기도 했다.

唐나라가 들어서서 중국의 판도를 크게 넓힐 때, 오늘날 운남지방의 南詔國은 당나라의 침공을 여러 차례 물리치고 주권을 굳건하게 지켰다. 南詔國의 지배민족은 白族이라고 한다. 지금은 중국 서남소수민족의 하나가 된 白族이 오랫 동안 독립국을 이루고 독자적인 문화를 가꾸어왔다는 사실을 바로 알아야 한다. 南詔國은 大理國으로 바뀌었다가 원나라에 정복된 다음 다시 독립하지 못했다.

南詔國은 한문을 받아들여 공동문어로 삼고, 나라를 다스리는 데 적극 활용했으므로 독립을 지킬 수 있었다. 위대한 제왕 閣羅風이 통일국가를 이룩하고 하늘의 뜻을 지상에서 실현해 나라의 위엄을 크게 떨친 사적을 천하에 알리는 〈德化碑〉의 비문을 한문으로 지어 돌에다 새긴 것이 766년의 일이다.[197] 고구려의 〈廣開土大王陵碑〉와 비슷한 것을 몇 세기 뒤에 세웠다.

한시의 명편을 남긴 南詔의 시인이 여럿 있어, 한문학의 수준이 대단했음을 알 수 있게 한다. 작품이 전하는 것은 《全唐詩》에 수록되었기 때문이다. 그렇게 된 것을 두고 두 가지 다른 평가를 할 수 있다. 南詔는 당나라가 아님을 들어 책 편찬이 잘못되었다는 부정적인 평가를 할 수도 있다. 또는 南詔詩의 수준이 인정된 것이 다행이라는 긍정적인 평가를 할 수도 있다.

그러나 그 어느 한쪽으로 치우치는 것은 부적당하다. "全唐詩"라고 할 때의 "唐"은 국가가 아니고 문명권으로 보아 마땅하다. 당나

---

197) 《문명권의 동질성과 이질성》의 〈금석문〉에서 이에 대해 자세하게 고찰한다.

라풍의 한시는 모두 "唐詩"라고 여기고, 책 편찬자가 입수할 수 있었던 그런 작품의 자료를 빠짐없이 수록하고자 했다. 南詔시인뿐만 아니라 新羅시인도 唐詩를 쓰는 唐詩人으로 취급되었다.

南詔의 시인 가운데 段義宗(?-883)을 들어보자. 《全唐詩》에서 段義宗을 등장시키면서 "外夷"라고 했다.[198] 외국인임을 밝혀 "外夷"라고 명기하고서, 시는 唐詩라고 인정해 《全唐詩》에 넣었다. 그렇게 한 데서 국적 구분과 문명권 소속은 별개의 사항임을 확인할 수 있다. 段義宗이 당나라에 가서 고국을 그리워하며 지은 시 〈思鄉作〉의 전문을 들면 다음과 같다.

瀘北行人絶	瀘水 이북에는 행인이 끊어지고,
雲南信未還	운남에서는 편지도 오지 않는다.
庭前花不掃	뜰 앞의 꽃을 쓸지 않는데,
門外柳誰攀	문 밖의 버드나무에 누가 올라가겠는가?
座久銷銀燭	오래 앉아 있어 은빛 초만 녹이면서,
愁多減玉顔	근심이 많아 옥 같은 얼굴을 망친다.
懸心秋夜月	가을 밤 달에다 마음을 매달고서,
萬里照關山	만리의 關山을 비춘다.

당나라 땅에 들어가서 조국의 소식을 모르니 고립되어 있고, 자기 혼자 근심에 사로잡혀 괴로워하고 있다. 가을 밤의 달에다 마음

198) 《全唐詩》 第11函 第9冊(上海 : 上海古籍出版社, 1986), 1953면. 《全唐詩》는 청나라 시기 康熙 42년(1703)에 편찬했는데, 편찬 시기의 국적 구분에 의거하지 않고, 당나라 시기의 상황을 정확하게 고려해서 段義宗을 "外夷"라고 한 것은 평가할 일이다. 崔致遠은 《全唐詩》 본권에 들어 있지 않고 일본인 毛河世寧이 일본연호 天明 8년(1788)에 엮은 보유편 《全唐詩逸》에서 찾을 수 있으며, "高麗人"이라고 했다.

을 매달아 만리 밖의 關山을 비춘다고 한 마지막 대목에서 향수에 얽힌 마음을 아주 잘 나타내는 절묘한 표현을 얻었다.

이 시인은 외교사절의 임무를 띠고 당나라에 갔다. 다른 두 사람과 함께 화친 맹약을 맺는 사신 노릇을 하다가 成都에서 독살되었다. 이 시인의 시를 다시 들먹인 오늘날의 논자는 그 사실을 적고, 이어서 그 시가 "頗具唐詩風韻"(자못 당시의 풍조와 운치를 갖추었다)고 했다.[199] 당나라에서 독살한 적국의 사신이 "자못 唐詩의 풍조와 운치를 갖추었다"고 하는 것은 기이할 듯하지만 당연한 일이다. 그런 수준에 이른 시인을 사절로 보낼 수 있었기에 南詔가 당나라와 계속 겨룰 수 있었다.

고려의 문인 李齊賢은 元나라를 찬양하는 시 〈道見月支使者獻馬歸國〉 같은 것들을 썼다. 멀리 있는 오랑캐 나라에서 말을 가지고 와서 바치니 천하가 하나임을 입증한 원나라는 위대하다고 그 시에서 말했다. 원나라에게 복속되어 고려의 주권이 위태롭게 되었을 때 원나라에 오래 머물면서 원나라를 칭송하는 것이 조국을 위하고 임금을 섬기는 마땅한 도리였다. 그러면서 다른 한편으로는 고향으로 돌아가고 싶은 생각이 간절하다고 다음과 같이 술회하는 〈思歸〉를 지었다.[200]

扁舟漂泊若爲情	조각배로 떠돌아다는데 어찌 정이 들겠나
四海誰云盡弟兄	사해가 형제라고 누가 일렀는가.
一聽征鴻思遠信	기러기 소리 한 번 들어도 먼 데 소식 생각나고,
每看歸鳥嘆勞生	돌아가는 새를 보면 수고로운 삶을 탄식한다.
窮秋雨鏁青神樹	궁상맞은 가을비 青神 땅에 가득하고,

199) 鮮于煌 選注, 《中國歷代少數民族漢文詩選》(北京 : 民族出版社, 1988), 18면.
200) 《益齊亂藁》 권1에 수록된 작품이다.

落日雲橫白帝城　　지는 해에 구름은 白帝城을 가로질렀구나.
認得蓴羹勝羊酪　　순채국이 양락보다 나은 줄 겪어보고 알았네.
行藏不用問君平　　내 진퇴를 君平에게 물어 점칠 필요가 없네.

元나라의 통치로 천하가 안정되었지만, 그 때문에 고려는 편하지 않았다. 원나라의 압력에 맞서서 나라를 구하려고 돌아다녀야 하는 시인의 삶은 고달프지 않을 수 없었다. 고국에서 누릴 수 있는 안정이 진실로 그리워, 수고로운 행적을 거두어 되돌아보고 돌아가고 싶은 마음이 간절하다고 했다. 그런데 청신의 땅이니 백제성이니 하는 곳에서 계절이 가고 하루가 저무는 것을 보고서 그런 생각을 했다고 했다.

양락은 중국의 음식이고 순채국은 고국의 음식이다. 음식이 서로 다르기 때문에도 사해가 하나일 수는 없다. 원나라가 중국을 지배하니 양락이라고 한 치즈가 그곳의 음식이 되었다. 그런데 순채국은 실제로 고국의 음식이 아니다. 晉나라 張翰이 자기 고장 음식인 순채국과 농어회가 그리워 벼슬을 그만두고 갔다고 하는 蓴羹鱸膾의 고사에서 가져온 말이다.

일본의 승려시인 絶海中津(1336-1405)이 明太祖와 시를 주고받는 사신의 임무를 수행한 것은 잠시 동안의 일이고, 명나라에 머물면서 불교를 공부하고 시를 가다듬는 것이 자기가 본래 하고자 하는 일이었다. 그렇게 하다가 중국을 떠날 때 지은 시 〈四明館驛簡龍河猷仲徽〉를 보자.[201] 귀국선을 타기 위해서 寧波로 가는 도중에 四明館驛에 머물러 숙박하면서 龍河 고장의 猷仲徽라는 사람에게 전하는 편지로 쓴 시이다.

---

201) 入矢高義 校注, 《五山文學集》, 83-84면에서 인용하고, 역주도 참고한다.

十年寄跡江淮上　십년 동안이나 강가에서 자취를 깃들이다가,
此日還鄕雨露餘　오늘 귀향하니 雨露 은덕 남아 있구나.
客路扁舟回首處　나그네 조각배를 타고 고개를 돌려보니
離愁滿幅故人書　벗이 보낸 편지에 이별의 슬픔이 가득하도다.
謀生空擬一丘貉　살아온 내력 언덕배기 담비에다 견주면서,
學道深慚千里魚　道를 공부한 바는 千里魚 보기 부끄럽다.
浩蕩所思向誰說　호탕한 생각 누구를 위해 설파하겠나,
旅亭風雨夜鐙疎　여관에서 맞는 비바람에 등잔불 빛이 성글다.

십 년 동안 옛 사람의 글을 읽고 도를 닦으며 공부를 했으나 미진해서 선뜻 떠나기 어렵고, 지나간 일들이 생각나 애수에 젖은 착잡한 심정이다. 고국에 돌아가게 되어 즐겁다는 말은 없다. 중국이 다른 나라라는 생각은 하지 않아, 떠나는 것이 아쉽고 미진한 사연이 너무 많다. "離愁滿幅故人書"라고 하는 데까지 이르는 절묘한 표현을 하면서, 내심 깊은 곳을 드러내는 감각적인 표현으로 시의 격조를 높이기만 하고, 명분론적 사고는 하지 않았다.

유구국의 시인들이 중국에 가서 지은 시에도 중국과 자기 나라, 옛적과 자기 시대의 관계에 관한 착잡한 생각이 나타나 있다. 그 한 예로 周新命(1666-1716)의 〈釣龍臺懷古〉를 보면,[202] 중국에 가서 짓는 시의 또 다른 세계가 드러난다. 중국에서 견문한 바를 노래하면서 자기 나라의 일을 개탄하는 마음을 나타냈다.

江上荒臺落日邊　강 위의 황량한 臺가 지는 해 곁에 있는데,
不知龍去自何年　알지 못하겠노라, 용은 어느 해에 가버렸는가.

202) 島尻勝太郎 選, 上里賢一 注譯, 《琉球漢詩選》, 144-145면의 원문과 주해를 이용한다.

殿檐花滿眠鼯鼠　전각의 처마에 꽃이 만발해 다람쥐가 잠들고,
輦道苔深哭杜鵑　輦이 지나던 길에 이끼 짙은데 두견이 운다.
遺事有時談野老　지난 일 이따금 시골 노인네들이 이야기하고,
斷碑無主臥寒煙　잘린 비석 주인 없어 차거운 안개에 누웠네.
凄然四望春風路　봄바람 부는 사방 처연하게 바라보니,
縱是鶯聲亦可憐　꾀꼬리 소리 또한 가련하게 들린다.

중국 福建省 侯官縣에 있는 釣龍臺에서 읊은 시이다. 漢代 東越王이 용을 잡고서 臺를 지어서 釣龍臺라고 했다고도 했는데, 뒤의 사람들은 越王臺라 하고, 지금은 南山臺라고 하는 곳이다. 그곳에 가서 역사가 단절된 것을 통탄하는 시를 지었는데, 누군지 모르고, 알아보아도 특별한 관계가 있을 수 없는 東越王에 대한 회고의 느낌이 대단해서 그런 것은 아니다. 남의 역사에 관해서 말하면서 자기 역사에 대한 울분을 토로했다.

"斷碑無主臥寒煙"이라고 한 것은 일본의 침공을 받고 유구국의 자랑스러운 역사가 단절된 것으로 이해된다. 비석이 잘렸다는 것은 외침으로 나라가 망한 비운을 가장 선명하게 나타내는 표현이다. 유구는 비석을 많이 세운 나라인 줄 알면, 그 말이 더욱 실감나게 된다. "遺事有時談野老"라고 해서 망국의 내력이 시골 노인들이 하는 이야기에나 오른다고 통탄했다. 역사서를 편찬했어도 쓸 말을 다 쓰지 못했다.

"江上荒臺落日邊 不知龍去自何年"이라고 한 것은 눈 앞의 광경이라기보다 자기 나라의 처지이다. 겉보기로는 나라가 유지되고 있어서 중국에 사신 가는 일도 계속하지만, 정치나 경제의 자주권을 일본에 빼앗긴 처지라서 유구의 용은 날아가고 없다고 하지 않을 수 없었다. 나라 안에 있으면서 망국의 역사를 정면으로 노래하는 시

를 쓸 수 없어서, 중국에 가서 그곳의 유적에다 빗대서 이렇게 통탄했다.

월남 시인 阮攸(1765-1820)는 1813년 중국에 사신으로 가서 여러 곳을 들르고 회고시를 지었다. 그 가운데 하나인 屈原이 죽은 곳에서 지은 〈反招魂〉을 보자.[203] 회고시는 표면적인 설정에 지나지 않는다. 옛일을 회고한다면서 중국과 월남 두 나라가 다 같이 겪고 있는 당대의 현실을 고발했다.

魂兮魂兮胡不歸	혼이여 혼이여, 어째서 돌아오지 않는가,
東西南北無所依	동서남북 어디에서도 머물지 못하면서.
上天下地皆不可	올라가지도 내려오지도 못하면서
鄢郢城中來何爲	鄢郢 성 안에 와서 무엇을 하겠는가.
城郭猶是人民非	성곽은 그대로 있으나 인민은 달라졌도다.
塵埃滾滾汚人衣	먼지가 들끓어 사람 옷을 더럽힌다.
出者驅車入踞座	나가면 수레를 달리고 들어오면 버티고 앉아
座談立議皆皋夔	주고받는 말은 皋夔 같은 명신의 언사인데,
不露爪牙與角毒	독한 손톱, 이빨, 뿔 따위는 드러내놓지 않고,
咬嚼人肉甘如飴	사람의 살을 달콤한 엿인 듯이 씹어먹는다.
君不見湖南數百州	그대는 보지 못하는가, 湖南 수백 고을에
只有瘦瘠無充肥	수척한 이들만 있고 살진 사람은 없는 것을.
魂兮魂兮率此道	혼이여 혼이여, 그 길을 따라라.
三皇之後非其時	三皇 시대 다음부터는 때가 아니니,
早斂精神返太極	일찌감치 정신을 거두어 太極으로 복귀하고,
愼勿再返令人嗤	되돌아 사람들의 웃음거리가 될까 조심하라.

203) *Tho Chu Han Nguyen Du*(Hanoi : Nha Xuat Ban Van Hoc, 1965), 526면.

後世人人皆上官　　후세 사람들은 누구나 높은 벼슬아치이고,
大地處處皆汨羅　　대지는 곳곳이 모두 汨羅水로다.
魚龍不食豹虎食　　魚龍은 豹虎의 밥을 먹지 않는다는데,
魂兮魂兮柰魂何　　혼이여 혼이여, 이를 어찌 하겠는가.

투신자살해서 불행하게 죽은 중국 초나라의 시인이며 충신 屈原(기원전 343-기원전 285?)의 고사를 노래하면서, 자기 시대에 자기 말을 하는 방식이 여러 겹 얽혀 있어, 절묘한 긴장과 커다란 설득력을 갖추었다. 〈招魂〉이란 屈原이 스스로 지었다고도 하고, 후배 시인 宋玉이 屈原의 혼령을 불러내 위로하기 위해서 지었다고도 하는 작품 이름이다. 굴원이 투신자살했다고 하는 汨羅水 현장에 가면 宋玉이 아니라도 屈原의 혼령을 불러내는 招魂의 노래를 부르고 싶을 수 있다.

그런데 阮攸는 招魂을 하지 않겠다고 하면서 招魂에 반대하는 노래 〈反招魂〉을 지었다. 屈原의 혼령에게 이르기를, 세상이 더욱 혼탁했으니 돌아오지 말고 우주의 근원으로 복귀하라고 했다. 그렇지 않으면 사람들의 웃음거리가 되고 만다고 했다. "早斂精神返太極 愼勿再返令人嗤"라고 한 것이 그 말이다. "魚龍不食豹虎食 魂兮魂兮柰魂何"라고 한 데서는 혼령 노릇을 하고 있는 것도 어울리지 않는다고 했다. 魚龍은 豹虎의 밥을 먹지 않는다는데, 屈原은 왜 어울리지 않게 혼령 노릇을 하면서 이 세상에 미련을 두느냐 하고 나무랐다.

세상이 그릇되었으니 돌아오지 말라고 한 것은 屈原이 죽을 당시의 일을 두고 하는 말이 아니다. 그 뒤에 세태가 더욱 그릇되었다는 것을 두 가지로 말했다. 벼슬하는 자들이 백성을 수탈하는 정도가 훨씬 심해진 것이 하나이다. 그러니 굴원이 되돌아와서 백성의 편에 서서 싸우려고 해도 뜻을 이루지 못하리라고 했다. 또한 사람

들이 누구든지 높은 벼슬아치인 것처럼 행세해서 이 세상 모든 곳이 굴원이 죽은 汨羅水와 같이 되었다고 했다. "後世人人皆上官 大地處處皆汨羅"라고 한 것이 그 말이다.

벼슬아치들이 백성을 착취한다고 해놓고 모두가 높은 벼슬아치라고 한 것은 무슨 말인가? 착취당하는 백성들도 세상을 바로 보지 못하고 마치 자기네가 무슨 높은 벼슬아치인 양 착각해서 屈原을 조롱하고 죽이는 데 가담하는 것과 같은 세태라는 말이다. 그것이 더 무서운 일이니 돌아오지 말고 되돌아가라고 했다. 마치 三皇 이후의 그릇된 역사가 시작되기 이전 상태로 되돌아가라고 했다.

屈原의 시대에 제기된 문제가 阮攸 자기 시대에 이르러서 더욱 심각해졌으니 굴원이 되살아와도 감당할 수 없다고 하는 말은 招魂을 하지 않겠다고 하는 더욱 중요한 이유이다. 屈原의 고장이던 楚나라의 수도 鄢郢 성의 성곽은 그대로 있으나 사람들은 달라져 먼지가 옷을 더럽힌다고 하는 것이 그곳에 국한된 사태는 아니다. 阮攸의 시대가 그렇게 되었다고 자기 나라에서 살아가면서 깊이 고심하고 있던 사연을 屈原의 유적지에서 회고시를 짓는다면서 털어놓았을 따름이다.

屈原의 이야기가 아닌 자기 이야기를 하면서, 屈原이 해결할 수 없었던 문제를 자기가 해결해야 했다. 자기 문제를 屈原의 방식대로 해결할 수는 없으니 굴원의 혼령은 사라지라고 했다. 屈原처럼 자살을 하고 마는 것은 현명한 방책이 아니니 살아서 문제에 부딪치겠다고 한 것만은 아니다. 屈原의 혼령을 쫓아내겠다고 해서 문학을 혁신하겠다는 선언이다.

월남의 혁명지도자 胡志明(1890-1969)이 1942년 8월부터 1943년 9월까지 중국 감옥에 갇혀 있는 동안에 겪고 느낀 바를 한시로 나타냈다. 《獄中日記》라고 한 한시집을 동아시아한문학사의 마지막을 장식하는 작품으로 들 만하다.[204] 로마자를 이용해서 월남어를 적는 이른바 國語 표기의 근대문학이 일어난 지 오래 되어 널리 기반을 다진 시기에 새삼스럽게 한시를 지은 것은 어울리지 않는다.

그렇게 한 이유를 몇 가지로 생각해볼 수 있다. 중국의 감옥에 갇혔으니 중국 사람들은 물론이고 다른 여러 나라 사람들도 읽으면 알 수 있는 국제적인 표현 매체를 사용할 필요가 있다고 생각했을 것이다. 한국인인 나도 한문을 알아 그 시를 어렵지 않게 이해한다. 감옥에서 글을 길게 쓸 수 없어서, 말을 적게 써도 되고, 외워둘 수 있는 한시를 지었을 것이다.

한시를 써서 말을 줄이고 집약된 표현을 하는 효과를 얻은 것만은 아니다. 중국과 월남, 과거와 현재를 대조하면서 자기 생각을 나타내는 데 한시가 유용하게 쓰였다. 그 점에서 동아시아 각국인이 중국에 가서 얻은 감회를 한시로 표현하는 오랜 전통을 이었다. 그러면서 감회의 내용은 아주 다르다. 정통한시를 짓는 오랜 격식을 준수하지 않고, 백화체를 섞어 써서, 시대변화에 걸맞는 새로운 발언을 했다.

중국에 직접 가서 지은 시라면 소문으로 듣고 글을 통해서 안 경치를 보고 과연 그렇구나 하면서 감탄하는 말부터 늘어놓게 마련이다. 그런데 胡志明은 명승지에 가더라도 죄수의 몸이었으므로 그럴 수 없었다. 桂林에 도착해서 지은 시 〈到桂林〉을 보자.[205]

桂林無桂亦無林　　桂林에는 桂도 없고 林도 없으며,

204) 한문 원문, 월남어 번역, 영어 번역을 갖추어 Ho Chi Min, 《獄中日記 *Prison Diary*》(Hanoi : Gioi, 1994)라는 표제로 출판된 그 책을, 1997년 1월 27일 하노이의 胡志明 기념관에서 샀다.

205) 같은 책, 203면.

只見山高與水深　다만 산 높고 물 깊은 것만 보인다.
榕蔭監房眞可怕　용나무 그늘의 감방이 참으로 두렵구나.
白天黑黑夜沈沈　대낮에도 어둡고 밤에는 침침하다.

첫 줄에서는 "桂林"이라는 이름 때문에 연상되던 경치가 실제로 보니 사실이 아니라고 했다. 눈에 보이는 것만 둘째 줄에다 적어놓으니, 산이 높고 물이 깊다고 해서 대단할 것 없다. 한가한 유람객이라면 그런 것만 보고 가지만, 나무 그늘에 가리워져 있는 그 곳의 감옥은 참으로 두려운 곳이라고 했다. 대낮에도 어둡고 밤이 되면 더욱 침침하다고 했다. 어느 곳이 어떻다고 소문만 듣고 아는 것은 잘못이다. 실제로 보아야 한다. 실제로 볼 때에도 어디까지 보는가 문제이다. 세상에는 밝은 곳도 있고 어두운 곳도 있고, 밖에 드러나 있는 것과 안에 감추어져 있는 것도 있는데, 어느 한쪽만 보는 것은 잘못인 줄 이 시를 읽으면 깨달을 수 있다.

〈看千家詩有感〉이라는 작품을 하나 더 들어보면, 고금의 시를 견주어 논하면서 새로운 시론을 전개했다.[206]

古詩偏愛天然美　옛 시는 자연의 아름다움을 편애해서,
山水煙花雪月風　산과 물, 안개와 꽃, 눈·달·바람이다.
現代詩中應有鐵　지금 시는 마땅히 쇠붙이를 갖추어야 하고,
詩家也要會衝鋒　시인들이 또한 싸우는 무리 이루어야 한다.

산수의 아름다움을 노래하는 것이 옛 시인들의 풍류인 것과 다르게 오늘날의 시인들은 시 속에 쇠붙이를 갖추고 싸우는 무리를 이

206) 같은 책, 242면.

루고 나서야 한다고 했다. 위에서 살핀 〈到桂林〉을 들어 다시 말한다면, 소문으로 들은 바에 맞도록 미화하든 "只見山高與水深"의 모습을 보이는 대로 그리든 산수나 읊고 있는 옛날 시풍에서 벗어나, "榕蔭監房眞可怕"라는 말로 집약해보인 현실을 직시하고 문제를 해결하기 위해 나서는 것이 새로운 시라고 했다.

고풍의 한시와 자기의 한시가 서로 다른 점을 소박하게 일컬은 것 같은 말에 무게 있는 발언이 들어 있다. 새로운 시대의 시가 사회에 참여하고, 억압에 맞서서 투쟁해야 하는 노선을 택해야 한다는 주장을 한시를 통해서 구현하면서 고금의 시를 비교하는 방법을 사용해서 커다란 설득력이 있다.

민족에 따라서 달라진 한시

'樂府詩'는 華夷가 달라서 동아시아가 여럿임을 나타낸다. 華의 영역인 詩에다 夷를 끌어들여, 詩를 歌처럼 시은 작품들을 '樂府', '樂府詩' 또는 그 비슷한 용어로 일컫는다. 그런 것이 동아시아 여러 나라에 있었지만, 총괄해서 고찰할 기회가 없었다. 그 이유는 우선 용어와 개념의 미비에 있다. 용어의 유래가 복잡하고 개념 규정이 잡다해서, 한 차례 예비적인 검토를 해야 동아시아문학 전반에 적용할 수 있다.

'樂府'라는 말은 원래 중국문학에서 사용한 특수한 용어이고, 그 의미와 지칭하는 대상이 시대에 따라서 변했다.[207] '樂府'는 원래 漢나라 때 음악을 관장하는 관청이다. 그 기관에서 수집한 민간의 노

---

207) 羅根澤, 《樂府文學史》(北京 : 東方出版社, 1996)에서 그 경과를 고찰했다.

래를 '樂府'라고 하는 말이 관청 이름에서 유래했다. 六朝 시대에는, '古詩'와 '樂府'를 시가의 두 가지 형태로 병칭하게 되었다. 문인들이 古樂府를 본떠서 지은 작품도 樂府의 하나로 취급했다. 宋·元대 이후에는 '樂府'라는 말이 노래를 수반하는 詩인 詞曲의 雅稱으로 사용되었다. 구체적인 의미는 이처럼 시대에 따라서 달라졌지만, 중국의 '樂府'가 지닌 기본적인 의미는 노래라고 할 수 있다.

한국에 '樂府'라고 일컬은 작품이 많은데, 모두 한시이다. 민간에서 부르는 노래를 글로 적어 '樂府'라고 한 점은 중국과 마찬가지인데, 한글로 적은 것은 제외하고 한시로 옮긴 것만 그렇게 불렀다. 그래서 "한국의 '樂府'란 민간에서 전하는 노래를 중국에서처럼 한시로 옮긴 것이다"라고 규정할 수 있다. 오늘날의 학자들이 그런 작품을 널리 찾아 힘써 다루면서, 그것이 한시임을 명시하기 위해 '樂府詩'라는 용어를 사용하고 있다.[208] '樂府詩'는 "樂府라고 인식된 한시"의 준말이라고 할 수 있다.

한국에는 한문을 사용한 '詩'와 한국어를 사용한 '歌'가 율문의 두 가지 형태로 병존했다. '樂府'는 '노래'라고 하는 중국의 용어를 그대로 쓴다면 '歌'가 '樂府'일 것인데, 그렇지 않다. 한국의 '樂府'는 한문을 사용한 '詩'의 영역에 속한 것이었다. '詩'에 "詩 자체인 詩"와 "樂府인 詩" 두 가지가 병립되어 있었다.

한문을 사용하는 율문은 '詩'라고 하고 자국어를 사용하는 율문은 '歌'라고 하는 구분은 일본에서도 한국에서와 동일하게 사용했

208) 《한국문학통사》 3(서울 : 지식산업사, 1994), 269-282면의 〈악부시의 성격과 양상〉에서 한국의 악부시에 관한 개념 논의 및 연구의 성과를 두루 고찰했다. 한국의 악부시에 관한 자세한 논의는 그쪽으로 미루고, 여기서는 다른 나라의 경우와의 비교론을 전개하기 위해서 필요한 사항을 추가해서 검토하는 데 힘쓴다.

다.[209] 그런데 일본에도 '樂府'라고 하는 한시 작품이 있었으나, 오늘날의 논자들은 그 용어를 일반화해서 사용하지 않는다. '狂詩'라고 하는 파격적인 한시가 유행했던 사실을 더욱 중요시한다. 한문산문에는 '狂文'이 있고, 일본어율문에는 '狂歌'라고 하는 것이 있어 서로 호응되는 관계를 가지고 있다. 오늘날 일본에서는 문학사를 서술할 때 '狂歌'와 '狂詩'를 상당한 비중을 두고 다룬다.[210]

월남에서는 한국이나 일본에서와 같이 '詩'와 '歌'를 구분하지 않고, 월남어시를 '國音詩'라고 했다.[211] 월남에서 월남어시를 한자로 표기한 점이 향가 시대의 한국이나 《萬葉集》 시대의 일본과 같다. 그러나 한국이나 일본의 경우와는 다르게, 월남어시는 한시의 5언시나 7언시를 그대로 가져와서 외형상으로 한시와 선뜻 구별되지 않았으며, 한시와 대등한 표현이나 사상을 갖춘 작품을 창작했으므로 '國音詩' 또는 '國語詩'라고 일컬었다. 월남에서는 詩가 한시와 國音詩로 나누어진다고 하고, 한시 안에 '樂府'나 '狂詩'와 같은 용어로 특별하게 일컬어지는 또 한 가지 부류가 있다고 하지는 않았다.

그런 상황을 점검한 결과를 보면, 중국·한국·일본·월남문학사의 전개에는 공통점보다 차이점이 더욱 두드러지게 나타나 있어 함께 다루기 어렵다고 생각된다. 한문학을 공유하고 한시를 창작한 것은

209) 中村幸彦 校注, 《近世文學論集》(東京 : 岩波書店,1966)에 수록된 율문론 가운데 〈國歌八論〉·〈歌意考〉·〈歌學提要〉처럼 제목에 "歌"자가 든 것은 일본어율문을, 〈詩學逢原〉·〈作詩志彀〉·〈淡窓詩話〉처럼 제목에 "詩"가 든 것은 한시를 취급 대상으로 했다.

210) 市古貞次 外 共編, 《日本文學全史》 4(東京 : 學燈社, 1978), 305-317면, 454-477면 ; 小西甚一, 《日本文藝史》 3(東京 : 講談社, 1986), 374-391면.

211) 월남어시를 처음 확립한 阮廌의 문집 《抑齋集》이 모두 일곱 권으로 이루어져 있는데, 그 제1권 《抑齋詩集》에는 한시를, 제7권 《國音詩集》에는 월남어시를 수록했다. 조동일·지준모, 《베트남의 최고시인 阮廌》를 참고로 해서 이에 대한 이해를 할 수 있다.

같지만, 한시의 양상이 서로 다르고, 한시와 민족어율문의 관계 또한 같지 않다. 그 네 나라 문학을 한 데 아울러 한문문화권 동아시아문학사를 쓰려는 희망은 실현 가능한 것 같지 않다.

그러나 위에서 네 나라 문학사의 전개에 차이점이 두드러진 것은 기본용어를 서로 다르게 쓴 탓이다. 한자용어를 서로 다르게 써서 문학사의 실상이 판이하게 된 것처럼 보인다. 나라에 따라서, 시대에 따라서 다르게 사용된 역사적인 용어를 가지고 문학사를 이해하고 서술하는 데 그친다면 어느 문명권의 문학사도 하나로 모아질 수 없다.

나라에 따라서, 시대에 따라서 변해온 역사적인 용어는 오늘날의 연구에서 사용하는 척도가 아니고 그 대상이어야 한다. 자가 아니고, 자로 재는 물건이어야 한다. 변해온 물건을 변해온 자로 잴 수는 없다. 문학사 전개의 기본양상을 지금 분석해서 만들어낸 개념적인 용어를 자로 삼는 것이 사실 기술 이상의 체계적인 연구의 출발점이다. 지금까지 동아시아문학사의 공통된 전개를 이해할 수 없었던 것은 그런 척도가 없었기 때문이다.

화학기호 같은 것이 개념적인 용어의 가장 좋은 본보기이다. 그런 것을 창안해서 사용하면 혼란이 생기기 않고, 논의가 엄밀하게 전개된다. 그런데 문학연구를 위시한 인문사회학문의 여러 영역에서는 수리논리가 아닌 언어논리를 사용하고, 일상적인 언어를 이용해서 개념적인 사고를 전개한다. 역사적인 용어를 떠나서 개념적인 용어를 별도로 설정하면, 새로 설정하는 용어의 역사성이 개입되어 새삼스러운 혼란이 생긴다. 역사적인 용어 가운데 어느 것을 가져다가 개념적인 용어로 다시 규정해 사용하면서 적용범위를 확대하는 것이 현명한 방책이다.

그래서 '樂府詩'라는 말을 개념적인 용어로 사용하기로 결정한다.

일반화해서 사용하는 데 그 말이 '狂詩'보다는 유리하기 때문이다. 개념용어는 '악부시'라고만 적고, 이제부터는 따옴표를 사용하지 않는다. '악부시'는 물론 '狂詩'까지도 포함하는 대표용어이다. "정격의 한시"와 "변격의 한시"를 구분하고서, "정격의 한시"를 그냥 한시라 하고, "변격의 한시"를 '악부시'라 한다고 그 정의를 다시 내릴 수 있다.

변격의 한시는 지은 사람이나 그 주위의 사람들이 '樂府' 또는 '樂府詩'라고 인식했든 인식하지 않았든 악부시이다. 정격과 변격이 엄밀하게 구별될 수 없다는 이유를 들어 일반 한시와 악부시를 나눌 필요가 없다는 것은 잘못이다. 모든 개념 구분에는 그런 문제가 있게 마련이다. 그 때문에 개념 구분을 그만두어야 한다는 것은 논리학에서나 학문방법에서나 부당하다.

정격과 변격을 구분하는 데 필요한 기본개념은 雅俗과 華夷이다. 雅이면서 華인 정격의 한시를 俗이면서 夷인 쪽으로 바꾸어놓는 변격의 한시가 악부시이다. 그런 추상적인 개념을 사용해야 여러 다양한 현상을 포괄해서 다룰 수 있는 이론이 마련된다. 다양한 현상을 포괄적으로 다루기 위해서는 추상적인 개념을 사용하는 거시적인 논의를 해야 한다.

雅俗의 구분과 華夷의 구분은 흔히 서로 겹치지만, 서로 나누어지는 경우도 있어, 양쪽의 개념이 모두 필요하다. 동아시아 중세보편주의의 이상과 현실을 들어 말하면, 雅俗이 구분된다. 국제적인 것과 민족적인 것을 가리면, 華夷가 구분된다. 雅이면서 華인 것이 흔하지만, 雅이면서 夷인 것도 있다. 俗이면서 華인 것은 드러나 있지 않고, 俗이면서 夷인 것은 쉽사리 확인된다. 민중을 내세울 때에는 雅에 대한 俗의 가치를, 민족의 자각을 나타낼 때에는 華에 대한 夷의 가치를 주장했다.

중국의 것은 華라고 하고 다른 민족의 것은 夷라고 속단하지 말아야 한다. 漢나라 때의 악부시에는 夷의 것이 많이 들어가 있다. 중국 역대 악부시의 원천이 되는 민간의 노래를 부르는 사람들은 구어가 서로 달랐다. 문헌에 나타난 고전적인 중국의 문화규범은 華이지만, 중국인이 실제로 살아가는 모습은 俗이면서 夷인데, 그런 모습이 표면화될 기회가 그 뒤에는 더 줄어들었다. 중국에는 구어를 그대로 적는 문자 사용법이 개발되지 않아 언어표현의 夷가 두드러지게 나타날 수 없었다. 白話문학의 시대에 이르러서는 사정이 달라졌으나 俗이나 夷에 대한 진지한 관심이 생겨나지 않았다.

한국·일본·월남에서 민족구어로 지은 작품은 언어 사용에서 모두 夷이지만 가치관에서는 華이면서 雅인 것도 있고, 夷이면서 俗인 것도 있다. 중국에서는 雅俗의 구분이, 다른 나라에서는 華夷의 구분이 더욱 중요시되었다. 중국에서는 雅보다 俗이 더욱 값지다고 하는 운동이 미약했던 것과 다르게, 다른 나라에서는 華와 夷의 위치를 바꾸어놓으려는 주장이 다양하게 나타났다.

악부시는 한문학이 시작된 이래로 문학사의 전과정에서 계속 이루어지면서, 두 시기에 특히 긴요한 구실을 했다. 첫째는 성립기의 악부시이다. 한문을 문학어로 사용하기 시작하면서 하층의 노래, 서로 다른 여러 민족의 전승을 적극 받아들였다. 한문학의 성립은 중세화의 길이고, 중세보편주의를 확립하는 작업이었다. 그러므로 雅華를 가치의 규범으로 삼는 것이 당연했는데, 그것과는 다른 俗夷를 한문학의 세계에 끌어들여 동아시아의 국제적인 중세보편주의가 경직되지 않고 융통성을 지니게 했다.

중세에서 근대로의 이행기에 이르러서는 雅華에 대한 俗夷의 반론이 제기되었다. 중세 지배층이 확립한 동아시아 중세보편주의 국제사조를 비판하고 민중 주도의 민족적 각성을 이룩하는 움직임이 사회 저변에서 일어날 때, 그 파장이 상층에까지 미치도록 하는 구실을 악부시가 수행했다. 악부시는 구비시도 아니고, 민족어시도 아니며 한시여서 한문을 문학어로 하는 상층 지식인이라야 지을 수 있고, 하층의 움직임을 그대로 전할 수는 없었다. 하층의 움직임이 심각하기 때문에 상층 지식인이 거기 호응하면서 중세 청산에 동조하게 된 변화를 악부시가 보여준데 그 의의가 있었으며, 상하층이 함께 이룩하는 새로운 문학일 수는 없었다.

오랜 권위를 가진 중세문화의 핵심 영역인 한시를 민중적이고 민족적인 문학으로 바꾸어놓으려고 한 점에서 악부시 운동은 주목할 만한 의의를 가졌으나, 한시의 범위를 넘어서지 못했기 때문에 중세에서 근대로의 이행기문학 안에 머물렀다. 악부시는 중세 안에서 중세를 청산하고자 했던 문화운동의 좋은 본보기라고 할 수 있다. 그 때문에 근대가 시작된 다음에는 널리 관심의 대상이 되지 못하고 있으나, 근대 극복의 과제가 제기되고, 동아시아문명의 동질성을 재인식할 필요가 있어, 악부시를 소중하게 여기게 되었다.

중세에서 근대로의 이행기 악부시는 둘로 나눌 수 있다. 하나는 민중적이고 민족적인 각성을 나타내는 통상적인 악부시이고, 다른 하나는 일본에서 '狂詩'라고 특별히 일컫는 희작시이다. 희작시는 기존의 체제나 이념에 대해서 불만을 가지면서도 민중적이고 민족적인 혁신 운동과는 연관되지 않을 때 생긴다고 할 수 있다.

일본에도 민란이 계속되었지만, 성공을 해서 국권을 장악한 월남의 西山운동이나 그 단계에 근접했던 한국의 洪景來 거사만큼 규모가 크지는 않았고, 사회적인 파장이 미약했으며, 지식인과의 연관이 불분명했다고 할 수 있다. 일본에서 통상적인 악부시보다 희작시를 짓는 데 더욱 열의를 가진 이유가 거기 있다고 할 만하다. 한국에서도 역사 발전에 대해서 냉소적인 자세를 지녔던 시인이 있어 희작시를 남겼다.

중세에서 근대로의 이행기 한국의 악부시는 '小樂府', '詠史樂府', '紀俗樂府', 이 세 가지로 나타났다. 소악부는 민족어로 된 노래를 한시로 번역한 것이다. 일찍이 고려 후기에 이제현이 자기 시대의 민족어노래를 한시 칠언절구의 짧은 형식으로 옮긴다고 해서 '小樂府'라는 말을 사용한 관례가 지속되어, 민족어시의 번역을 소악부라는 용어로 정립해서 사용하고 있다. 소악부는 '飜譯樂府'라고 해야 널리 사용할 수 있는 일반적인 용어를 마련할 수 있다. 민족사를 회고한 영사악부와 당대 자국의 풍속을 노래한 기속악부가 중세에서 근대로의 이행기인 조선후기 18세기 무렵에 생겨나서 크게 발전했다.

번역악부에는 시조를 한시로 번역한 것이 주류를 이루었다. 申緯(1769-1847)는 〈小樂府〉 40수를 마련하고, 그 서문에서 시조와 한시의 차이점을 살피면서 시조를 한시로 옮기는 마땅한 방법을 찾았다. 판소리가 새로운 문학갈래로 등장해 인기를 끌자, 柳振漢(1711-1791)의 〈春香歌〉를 위시해서 판소리를 옮긴 거작이 여럿 나타났다. 그러나 국문시가의 생동하는 언어구사를 한시로 옮기는 것은 쉬운 일이 아니었다.

민족어노래를 한시로 옮긴 번역악부와는 반대로 한시를 민족어노래로 옮긴 것도 있어야 양쪽의 문학이 소통되는 쌍방의 통로가 마련될 수 있었다. 그런데 번역악부만 특별히 발달했으며, 그 반대의 것은 찾기 어렵다.[212] 그 점은 장차 검토할 월남의 경우와 달라서 좋

212) 《杜詩諺解》를 내서 중국시는 힘써 번역했으며, 한시에다 토를 달아 시조를 만든 것도 중국 작품만이다. 순조의 아들이며 세자였다가 왕위에 오르지 못하고 세상을 떠난 翼宗(1809-1830)의 문집 《鶴石集》의 시를 번역한 《학셕집》이 한국한시 번역의 유일한 자료가 아닌가 한다. 藏書閣本 《학셕집》 필사본

은 대조를 이룬다. 차이가 생긴 이유를 밝혀 논하기 어려우나, 한국에서는 한시를 그 자체로 이해할 수 있는 사람들이 더 많았고, 월남에서는 민족어시가를 발전시키고자 하는 의지가 더 강했기 때문이 아닌가 추정해본다.

영사악부와 기속악부에서는 역사의식과 현실인식을 선명하게 보여주었다. 沈光世(1577-1624)와 林昌澤(1682-1723)의 〈海東樂府〉 이하 한국의 역사를 정리해서 노래하는 영사악부가 이어져 나온 것은 특기할 만한 일이다. 丁若鏞(1762-1836)과 李學逵(1770-1835)가 농민의 말을 한시로 옮긴 작품, 그리고 金鑢(1770-1821)의 〈古詩爲張遠卿妻沈氏作〉 같은 기속악부 명편이 자국의 당대를 비판적으로 다루는 문학의 발전에 크게 기여했다.

국문문학이 발달한 시기에 그런 작품을 새삼스럽게 한문으로 짓는 것은 시대착오인 것처럼 보이지만, 그렇지 않다. 영사악부와 상통하는 영사가사를 국문으로 지은 것은 그보다 뒤의 일이다.[213] 하층민의 항거의지를 국문가사로 나타낼 때에는 말을 과격하게 해서 기속악부에서와 같이 성숙된 사회의식을 갖출 겨를이 없었다.[214]

그런 사실은 여기서 새삼스럽게 밝히는 것이 아니고, 이미 잘 알

이 지금 한국정신문화연구원 도서관에 소장되어 있는데, 상단이 불에 탄 것을 배접하고 제책해놓아 전문을 알아볼 수 없어 유감이다. 원문의 독음에다 토를 달아 적고, 번역을 해서, 번역을 읽어 즐기게 하려고 하지 않고, 원문 이해를 위해 번역본을 이용하게 했다. 번역악부가 그 자체로 독자적인 작품이 되게 한 것과 다르다. 특별한 이유가 있어 번역을 했다고 생각되고, 번역본이 널리 통용되었다고 볼 수는 없다. 한시 번역이 널리 성행되지 않았던가 추측하는 데 쓸 수 있는 자료는 아니다.

213) 安致默(1826-1867)이 1867년에 지은 〈海東漫話〉, 司空檖(1864-1925)가 1913년에 지은 〈漢陽五百年歌〉가 영사가사의 대표적인 예이다. 《한국문학통사》 4 (서울 : 지식산업사, 1984), 110-113면에서 이에 관해 고찰했다.

214) 작자와 연대 미상의 〈合江亭歌〉·〈居昌歌〉·〈향산별곡〉 같은 것이 그런 본보기이다. 《한국문학통사》 3, 365-374면에서 이에 대해서 고찰했다.

려져 있는 바와 같다. 그런데 구태여 거론하는 것은 다른 나라와 비교하는 자료로 삼기 위해서이다. 우선 일본과 월남의 경우를 들어 비교의 대상으로 삼는다.

일본에서도 번역악부라고 할 것이 있다. 〈六如淇園和歌題百絶〉이라는 것이 있는데, 일본어노래 和歌를 한시 칠언절구로 옮긴 것 백 수이다. 칠언절구를 사용한 점이 한국의 경우와 같다. "六如淇園"은 두 번역자의 약칭이다. 六如菴(1734-1801)와 皆川淇園(1734-1807) 두 사람의 작품을 함께 수록했기 때문에 그렇게 일컬었다. 앞의 사람 작품은 12편이고, 뒤의 사람 작품은 88편이다. 그런 작품집이 있기는 해도, 일본의 번역악부는 한국 것들만큼 많지 않다.

일본의 영사악부를 개척한 시인은 賴山陽(1780-1833)이다. 한시의 다양한 작품세계를 보여준 賴山陽은 水戶蕃에서 진행한 《大日本史》 편찬 사업에 관여하고, 자기 스스로 《日本外史》를 저술해서 역사에 대한 깊은 관심을 나타냈으며, 영사악부를 지어 일본역사를 되돌아보고 선양하는 데 커다란 열의를 가졌다. 〈日本樂府〉 66수를 지어 일본역사를 통괄해서 다룬 것 외에, 〈詠史十二首〉에서는 일본역사의 요긴한 대목을 찾아 재평가했으며, 〈多賀城瓦硏歌〉 이하 여러 편의 장시에서는 역사의 현장을 찾은 시인의 감회를 서사적인 상상을 곁들여 나타냈다.[215]

中島米華(1801-1834)의 〈日本新樂府〉, 大沼枕山(1818-1891)의 〈日本

215) 일본의 문인 가운데 한국사를 소재로 한 영사악부시를 지은 사람도 있다. 이혜순, 《조선통신사의 문학》, 145-161면에서 소개하고 고찰한 바와 같이, 室直淸(호 鳩巢, 1658-1734)의 〈賦三韓事蹟奉寄朝鮮禮聘諸使君 二百二十韻〉는 1711년의 한·일문사 唱和集에 수록되어 있는데, 고조선에서 시작해서 당시의 사신 교류에 이르기까지의 한국사의 전개를 노래한 내용이다. 일본역사를 다룬 영사악부가 생겨나기 전에 이런 작품이 먼저 있었던 것은 주목할 만한 일이다.

詠史百律〉, 〈詠史絶句〉 등이 그 뒤를 이어서 나와, 영사악부에 대한 관심을 확대했다. 그 무렵 일본에서는 일본 역사의 독자적인 전개를 찾아 민족의식을 고취하는 것이 새로운 사조였으므로, 한문 역사서 못지 않게 한시 역사시인 영사악부가 소중한 구실을 했다. 그런데 영사악부에 해당하는 일본어 작품은 찾기 어렵다. 일본어시는 단형서정시만이어서 역사를 다룰 수 없었다. 그 점은 한국에서 가사가 한시와 함께 영사시 노릇을 했던 것과 좋은 대조를 이룬다.

일본의 기속악부에는 畠中觀齋(1752-1801)의 〈太平樂府〉, 〈精物樂府〉 같은 것들이 있는데, 시중의 생활을 묘사하는 데 주안점을 두었다. 〈太平樂府〉의 〈奇花子〉는 거지를 두고 지은 시이다. 〈精物樂府〉의 〈豆乳〉에서는 두부를, 〈蕎麥〉에서는 국수를 만드는 광경을 묘사했다. 賴山陽은 〈薩摩詞八首〉에서 지방의 풍속을 묘사하면서 민요에 대해서 관심을 가지고, 민요를 직접 옮겨온 번역악부시 〈前兵兒謠〉와 〈後兵兒謠〉로 그 속편을 삼았다. 大沼枕山의 〈東京詞三十首〉에서는 江戶에서 東京으로 이름이 바뀐 시기 일본 수도의 모습을 다각도로 그렸다.

그 무렵 일본에서는 수도의 풍속을 흥미롭게 묘사한 목판화가 크게 성행하고 상품으로 많이 팔렸다. 일본에서 시정의 풍속을 흥미롭게 관찰하고 능숙하게 표현한 풍속화가 성행하고, 목판으로 찍은 것이 많이 팔렸던 사실이 그런 기속악부에 대한 관심과 연관된다. 일본의 기속악부는 풍속화를 말로 나타낸 것이라고 할 수 있으며, 민중생활의 어려움을 나타내서 세상이 잘못되었다고 항변하는 것은 찾기 어렵다.

일본에서 '狂詩'라고 하는 것들은 범위가 너무 넓다. 기속악부를 그 범위 안에 포함시켜 이해하기도 한다. 그렇지만 그런 것을 빼고 파격적인 발상과 표현을 사용한 희작한시만 악부시의 한 갈래로 보는 편이 타당하다. 그런 것을 '戱作樂府'라고 하자. 희작악부를 보태면, 악부시는 번역악부, 영사악부, 기속악부, 희작악부의 넷으로 다시 정리된다.

희작악부시는 일본에서 특히 성행했다. 한국에서는 희작시가 표면상으로는 한시이지만 한국어로 읽어야 이해될 수 있는 肉談風月이어서, 대부분 한시의 범위에서 벗어나므로 희작악부라고 할 것은 많지 않았다. 그러나 일본에는 한시의 범위 안에서 파격을 찾은 희작악부시가 많았다. 일본어 표현이 일부 들어가 있기만 하고, 한시를 한시로 뒤집어엎는 희작을 해서 한시의 독자들 사이에서 인기를 얻은 점이 특이하다.

1761년에 나온 《古文鐵砲前後集》이라고 하는 桂井蒼八의 저작은 전문이 《古文眞寶前後集》에 대한 희작이다. 大田南畝(1749-1823)와 畠中觀齋는 희작악부를 한시의 한 영역으로 만들어 일세를 풍미하는 인기를 얻은 시인이다. 위에서는 기속악부로 든 畠中觀齋의 〈太平樂府〉는 기속악부이면서 희작악부였다. 고전명시를 모방해서 비속하게 만드는 패러디 방식을 즐겨 사용해 웃음을 자아낸 것이 희작악부를 짓는 비결이었다.

李白의 〈娥眉山月歌〉를 희작한 桂井蒼八의 〈娥眉山月歌〉를[216] 원작과 함께 들고, 뒤의 것만 번역해보자.

娥眉山月半輪秋	娥眉山月半臨腹
	아미산의 달인듯 반쯤이나 커진 배,
影入平羌江水流	形似平生孤柳柔
	그 모습 평생 외로운 버들처럼 부드럽다.

216) 市古貞次 外 共編, 《日本文學全史》 4, 306면.

夜發淸溪向三峽　　夜發傷産向散亂
　　　　　　　　　밤에 傷産을 발해서 散亂을 향하는데,
思君不見下渝州　　招醫不來下憂愁
　　　　　　　　　醫員은 불러도 오지 않고 근심만 닥친다.

월남에도 번역악부라고 할 것이 없지는 않다. 월남어로 쓴 阮攸의 율문소설 〈金雲翹〉를 張甘雨가 한시로 옮긴 〈漢譯金雲翹南音詩集〉이란 것이 있어, 한국에서 판소리를 한시로 번역한 것과 상통한다. 그러나 번역을 한 시기가 1961년이다.

월남에 영사악부가 있는지는 확실하지 않다. 중세에서 근대로의 이행기에 이르러서 월남역사에 대한 관심이 크게 고조되어, 월남통사인 《大越史記全書》를 완결지어 출간하고, 《歷朝憲章類誌》 같은 역사백과전서를 저술하고, 《皇黎一統志》 같은 역사 이야기책을 만들어냈다. 그러나 모두 한문산문을 사용하기만 하고, 역사 서술을 한시에다 옮겨서 하지는 않은 것 같다.

기속악부라고 할 수 있는 작품은 이어져 나왔다. 월남의 한문학은 일찍부터 월남의 현실에 관심을 가지고, 민중생활을 다루는 데 열의를 보였다. 악부시 운동을 특별히 일으키지 않아도 雅에 대한 俗의 의의를 말하고, 華보다도 夷를 높이는 경향을 나타냈다.

鄧陳琨(1710-1745)이 전장에 나간 남편을 염려하고 그리워하는 아내의 심정을 술회한 장편 한시 〈征婦吟〉을 여류시인 段氏點(1705-1748)이 월남어로 옮긴 번역시가 널리 읽혀 광범위한 호응을 얻었다.[217] 원작은 작품의 무대를 중국으로 하고, 한문학 고전의 고사나

217) 이에 관한 자료가 많이 나와 있어, *Chinh-Phu-Ngam Khuc*(Tan Viet : Tu Sach Giao-Khoa, 1950) ; *Chinh-Phu-Ngam Bi-Khao*(Paris : Minh-Tan, 1953) ; *The Song of a Soldier's Wife*(New Haven : Yale Southeast Asia Studies, 1986)를 참고할 수 있었다.

명구를 많이 사용해서 월남의 현실과는 거리가 있는데, 번역에서는 월남어를 생동하게 구사하고, 전란에 시달리는 당대의 현실을 절실하게 그렸다고 생각될 만한 표현을 풍부하게 갖추었다.

이름난 유학자이며 시인인 阮浹(1723-1804) 또한 악부시라고 할 작품을 남겼다. 농민반란의 지도자 阮惠가 국권을 장악하고 왕위에 올라 光中황제라고 칭했을 때, 阮浹을 초빙해서 나라를 다스릴 방도를 물었다. 그러자 통치자의 자세 "君德", 백성의 마음 "民心", 학문을 하는 방법 "學法" 셋을 바로잡는 데 힘써야 한다고 하고, 민심을 얻기 위해서는 "民生"을 안정시켜야 한다고 응답한 글을 바쳤다.[218] 황제는 阮浹이 崇正書院 원장이 되어 한문경전을 월남어로 번역하는 국역사업을 총괄하게 했다.

阮浹의 시 가운데 〈浮石逢老漁〉는 민생에 관한 생각을 나타낸 장시여서 특히 주목할 만하다. 관청에서 문서 다루는 일을 하다 지친 몸을 이끌고 물가로 나갔다가 늙은 어부를 만나 하소연하는 말을 들었다고 하면서, 시정의 삶이 벌어지는 광경을 실감 나게 그리고, 하층민이 살아가기 어려운 사정을 문제삼았다. 서두의 묘사, 어부를 만나게 된 경위, 어부가 하는 말에서 각기 한 대목씩 든다.[219]

思光寺左吳人鋪　　사광사 왼쪽은 중국 사람의 가게이고,
思光寺右藍江渡　　사광사 오른쪽은 남강 나루이다.
西風落日海初潮　　서풍에 해 지고 바다물 밀려올 때,
商賈前灣避風雨　　장사꾼들은 그 앞 灣에서 풍우를 피한다.

時於南浦覓佳蜆　　때마침 남포에서 좋은 조개를 찾다가

218) 《*La-Son Phu-Tu* 羅山夫子阮浹》(Paris : Minh-Tan, 1952), 290면.
219) 같은 책, 323-324면.

忽爾隣舟逢老漁　뜻하지 않게 이웃 배의 늙은 어부를 만났다.
頭髮蕉黃面犛黑　머리털은 누렇고 얼굴은 물소처럼 검은데,
隔舟答話如相識　배를 건너다보며 알던 사람처럼 수작을 건넸다.

窮通有分竟如何　궁통은 분수가 정해져 있어 어찌 하리오마는
世變人情重可嗟　세상의 인정 변하는 것은 더욱 개탄스럽다오.
江湖清冷魚鰕少　물은 맑고 차가워져서 고기도 새우도 드문데,
田野空侗狡獪多　육지에는 오히려 교활한 사람 많아졌다오.

앞에서 이미 한 차례 다룬 바 있는 阮攸 또한 악부시인이었다. 월남어 율문소설 〈金雲翹〉를 지어 월남 최대의 문인으로 평가될 뿐만 아니라, 한시집 《清軒詩集》도 남겼는데, 거기 실린 시편 가운데 노래부르는 것을 생업으로 삼는 하층광대의 모습을 그린 작품이 여럿 있다. 〈弔羅城歌者〉에서는 광대의 죽음을 애도했다. 〈太平賣歌者〉는 중국에 사신으로 가서 본 노래부르는 걸인가객을 길게 노래한 시이다.

〈龍城琴者歌〉는 그보다 더 장편이며, 서두에 〈小引〉이 있어 노래를 지은 경위를 밝혔다. 琴을 켜면서 노래도 부르고 재담도 하는 광대, 이름은 누군지 모를 위인을 자기가 어릴 때에 "西山諸大臣"이 풍류스러운 놀이를 벌이는 자리에서 처음 보았는데, 수십년이 지난 뒤에 중국으로 사신 가는 자기를 환송하는 연회석에 다시 나온 것을 보니 그 당당하던 모습이 초췌하게 되고 재주도 쇠퇴해서 크게 한탄스럽게 생각한다고 했다.

"西山"이란 阮惠를 지도자로 해서 일어난 농민반란 서산운동을 칭하는 말이다. 농민반란이 성공해 새로운 왕조를 세우고 阮惠가 왕위에 올라 光中황제라 칭한 것이 1789년의 일이었다. 황제는 사

회개혁을 단행하고 밖으로 중국 청나라의 침공을 물리쳐 월남역사를 크게 쇄신했다. 그러나 4년 뒤에 황제가 세상을 떠나 서산운동이 실패로 돌아가고, 阮朝가 들어서면서 외세의 간섭을 받기 시작하자 월남이 쇠망하는 길에 들어섰다. 阮攸는 시문을 짓는 재주를 이용해 과거를 보아 阮朝에 벼슬하고 살아가면서, 내심으로 깊은 회한을 느끼고 서산운동을 아쉬워했다.

〈金雲翹〉에서도 그런 뜻을 몇 겹으로 나타냈다. 작품 속의 주인공인 타락된 여인의 순수한 마음으로 자기 내심을 나타냈다고 할 수 있다. 노래하는 광대를 시에 자주 등장시킨 것도 자기 처지와 비슷하다고 생각했기 때문이다. 〈龍城琴者歌〉에서 예전에는 대단하던 광대가 초라하게 되었다고 한 것을 그런 맥락에서 이해해야 한다. 한 대목 들어 음미해보자.[220)]

顏瘠神枯形略小	수척하고 메마르고 왜소해지고,
狼藉殘眉不飾粧	눈썹이 많아 분장을 감당하지 못한다.
誰知就是當時城中第一妙	당시 성중에서 으뜸이었음을 누가 알랴.
舊曲聲聲暗淚垂	옛 가락 몰래 눈물을 흘리게 해서,
耳中靜聽心中悲	귀로 조용히 들으니 마음 속이 슬프구나.
猛然憶起二十年前事	이십 년 전의 일 기억이 드세게 일어나네.
鑑湖席中曾見之	鑑湖店의 자리에서 그이를 보았는데,
城郭推移人事改	성곽이 바뀌고 사람 일도 달라져서,
幾處桑田變滄海	몇 곳의 桑田이 滄海로 변했는가.
西山基業盡消亡	西山의 基業은 다 없어져 망하고,
歌舞空遺一人在	가무만 부질없이 한 사람에게 남아 있네.

220) *Tho Chu Han Nguyen Du*(Hanoi : Nha Xuat Ban Van Hoc, 1965), 504-505면.

瞬息百年能幾時　　순식간의 인생 산들 얼마나 되는가.
傷心往事淚沾衣　　지난 일 상심하니 눈물이 옷을 적시네.

인용구의 처음 두 줄에서는 다시 만난 광대가 쇠잔해진 모습을 그렸다. 셋째 줄의 “당시”는 西山운동이 성공해서 나라에 큰 희망이 있을 때이다. 그때는 그 광대가 성중에 으뜸이었다고 하면서, 지난 일을 아쉬워했다. “鑑湖店”은 西山大臣들을 위해서 흥겨운 공연을 마음껏 벌이던 장소라고 〈小引〉에서 밝혀놓았다. 西山운동이 마땅히 성공했어야 했다는 말은 한 마디도 하지 않았다. 西山운동을 패퇴시키고 들어앉은 왕조에서 벼슬을 하는 시인이 그럴 수는 없었다.

그러나 “西山의 基業”은 다 없어지고, 한 사람 광대만 남아 있어 그때의 가무를 이어가고 있다고 했다. 광대의 행색이 초라해진 것을 보고 상심한다고 하면서, 지난 시기의 영광이 사라지고 이제 절망 가운데 살아가야 하는 슬픔을 간접적으로 나타냈다. 그런 내심을 감추고 살아가기만 할 수는 없어, 광대의 모습을 그린다고 하고서 시내에 대해 통탄하는 기회를 마련했다.

阮安堵(1835-1909)는 과거에 급제하고 벼슬했으나 프랑스의 침략으로 국권을 잃고 있는 데 분개하고 항거해서 시골로 물러나 살면서, 농민의 편에 서서 민중의 항거의식을 나타내는 한시를 지었다.[221] 〈勉農夫〉, 〈田家自述〉, 〈凶年〉, 〈祈雨〉, 〈饑鼠〉 등 농촌생활을 다룬 일련의 작품을 통해서 어려움을 겪고 있는 농민의 하소연을 대변했다. 그 가운데 〈饑鼠〉에서는 곡식을 거둔 것이 없어 집안의 쥐도 굶주려 서로 싸우게 된 것이 미안하다고 쥐에게 하는 말을 적었다. 농민의 마음씨는 그렇게까지 선량하다고 했다.

---

221) *Tho Van Nguyen Khuyen*(Hanoi : Nha Xuat Ban Hoc, 1971)에 《安堵三元公漢字詩選集》이 수록되어 있어 자료로 이용한다.

농민과는 반대쪽의 관리를 두고 지은 시에서는 말이 달라졌다. 〈見吏〉에서는 벼슬을 그만두고 향리로 돌아간 자기도 관리를 만나는 것을 두렵게 여긴다고 했다. 〈優婦詞〉에서는 연극을 하는 광대가 아내더러 극중에서 높은 관원 노릇을 하게 되었다고 뽐내자, 아내가 부끄러운 줄 알아야 한다고 나무라는 말이 길게 이어졌다.

중국의 중세에서 근대로의 이행기 청나라 시인들도 한국·일본·월남에서 볼 수 있는 것과 같은 악부시를 이룩했던가 살피자면 袁枚(1716-1797)를 주목할 필요가 있다.[222] 袁枚는 性靈說을 내세워, 예교의 구속과 형식주의를 반대하고, 개성의 해방을 추구하며, 애정을 긍정했다. 그런 주장은 변격 한시 옹호론이고, 악부시 운동의 이론이었다고 할 수 있다. 그러나 청나라 한족 시인들의 보수적인 기풍을 크게 바꾸어놓지는 못했다. 雅華를 깨고 俗夷로 나아가지 못하고, 雅華를 다소 융통성 있게 하는 자극제 노릇을 하는 데 그쳤다.[223]

청나라에 벼슬하는 한족 문인층은 雅華의 전통을 유지하는 데 힘써 자기네의 존재 의의를 입증해야 했으며, 俗夷를 찾아내서 민중적이고 민족적인 각성을 이룩할 수 없었다. 俗에 동조하면 과거를 보아 벼슬을 하는 紳士의 지위를 유지할 수 없었다. 한족은 피지배자이면서 다수민족이고 중세문명의 보존자여서 자기네의 민족의식을 찾는 夷의 자각을 갖출 수 없었다.

222) 敏澤의 《中國文學理論批評史》 下(北京 : 人民文學出版社, 1982), 922-939면 및 《中國美學思想》 3(濟南 : 齋魯書社, 1989), 238-256면 ; 《中國文學理論批評史》(長春 : 吉林敎育出版社, 1993), 183-203면에 의거해서 袁枚를 이해한다.

223) 松下 忠, 《江戶時代の詩風詩論 — 明·淸の詩論とその攝取》(東京 : 明治書院, 1969)에서는 중국 시론의 格調說·性靈說·神韻說의 영향을 받아 일본 한시의 새로운 경향이 나타났다고 했는데, 이론의 영향을 지나치게 중요시해서 독자적인 변화를 찾으려고 하지 않았으며, 일본 한시의 변화가 한국이나 월남의 경우와 어떻게 같고 다른가 살피려고 하지 않은 결함이 있다. 중국 시론이 한국 한시에 끼친 영향을 찾는 연구에서도 이와 같은 결함이 발견된다.

그 시기, 중세에서 근대로의 이행기 동아시아 철학사상의 새로운 전개에서, 情을 긍정하는 것과 華夷論을 뒤집어 민족적 각성을 이룩하는 두 가지가 기본과업이었다. 그런데 중국에서는 王夫之가 앞장서서 앞의 것은 상당한 수준으로 이룩했으나, 민족주의를 개척하는 데서는 볼 만한 진전을 이룩할 수 없었다. 그 때문에 철학사상 혁신의 열의가 줄어들고, 침체기에 들어서서 뒤떨어졌다. 그런 현상이 철학과 문학 양쪽에서 함께 확인된다.

한문학의 변천은 언제나 중국이 주도해서 그 영향을 주변으로 확대했다고 하는 견해가 이 경우에는 타당하지 않다. 중세에서 근대로의 이행기문학의 새로운 움직임에서는 중국이 중심부 노릇을 하지 못했던 사실을 악부시에서도 확인할 수 있다. 한국·일본·월남에서는 악부시를 다양하게 개척해 한시의 오랜 규범을 혁신하면서 와해시켰다. 한시와 민족어시가가 밀접한 관련을 가지고 발전해 그럴 수 있었는데, 중국에서는 정격 한시를 그대로 유지하고 있다가 근대에 들어서서 비로소 白話詩 운동을 일으켰다.

그러니 청나라 문학의 판도를 그렇게 이해하고 마는 것은 편파적인 견해이다. 청나라 시기에 한시를 쓴 문인은 한족만이 아니다. 지금 중국에서는 소수민족이라고 지칭되는 한족이 아닌 다른 여러 민족 출신의 문인들도 한시를 썼다. 다른 민족에 대한 부당한 차별을 근본 이유로 하고, 작품의 수준이 낮아 돌볼 필요가 없다는 구실을 보태서 다른 여러 민족의 한시는 청나라 문학을 거론할 때 제외하는 것이 상례인데, 그러고 말 수는 없다. 근래에는 중국에서 소수민족의 문학을 정당하게 평가해야 한다는 주장을 구현하는 저술이 여럿 나와서, 부당하게 잊혀진 영역을 찾아낼 수 있다.

청나라 시기 한족 시인들은 雅華에 매달리고 있었던 것과 다르게 다른 민족의 시인들은 俗夷를 적극 평가했다. 자기네가 夷여서 한시를 쓰더라도 민족적 특색을 중요시하고 민족의 처지에 관심을 가지는 것이 당연했다. 한족이 아닌 다른 민족은 지배층과 민중 사이에 큰 거리가 없어 민중의 관점을 지닐 수 있었으며, 민족적 특색을 민중의 삶에서 더욱 선명하게 확인할 수 있었다. 청나라 안의 만주족, 몽골족, 白族 등이나 청나라 밖의 한국인·일본인·월남인이 그 점에서 서로 상통했다. 그 양쪽의 시인들이 변격 한시를 적극 개척해서 악부시를 창작하는 것이 공동 노선의 문학운동이었다.

만주족은 청나라를 지배하는 민족이므로 雅華의 수호자 노릇을 해야 하면서 또한 자기 민족의 특색을 옹호하고 선양하기 위해서 俗夷를 내세워야 하는 이중의 구실을 했다. 앞의 구실이 두드러지게 나타나 있어 뒤의 것이 가리워졌고, 앞의 구실 때문에 뒤의 것이 위축되지 않을 수 없었지만, 양쪽을 모두 들추어내서 서로 비교해보아야 한다.

앞에서는 乾隆황제의 시에 대해서 여러 나라 사신들이 화답한 사건을 들어, 청나라의 통치자가 한문학권의 '古範'의 '雅華'를 유지하는 구심체 노릇을 해야 했던 사정을 고찰했다. 그렇게 하는 것은 영광스러운 일만이 아니었다. 자기 민족 '夷俗'의 영역에서 '今變'을 창조하는 과업에 스스로 제동을 걸어야 했으니, 그런 줄 모르면 불행하기만 하고, 그런 줄 알면 괴롭기도 한 일이었다. 乾隆황제의 할아버지이고, 청나라 번영의 기초를 다져 그 영광을 손자가 누릴 수 있게 만든 康熙황제(1654-1722)는 '夷俗'의 '今變'을 버리지 않고 소중하게 가꾸기 위해서 자기 나름대로 애썼다.

康熙황제의 성명은 愛新覺羅 玄燁이다. 그런 만주족의 성명에 걸맞게 만주족 시인이고자 했다. 격조 높은 한시를 지어 만주족의 강건한 기풍을 자랑해서 그렇게 하는 데 모범을 보였다. 《御製詩集》에 수록된 1,100 수나 되는 작품 가운데 만주족의 기개를 드높인 것이 적지 않다. 〈松花江放船歌〉에서는 자기 고장의 경치와 흥취를 자랑했다.[224] 〈瀚海〉에서는 몽골족을 정벌하러 간 전투의 경과를 웅대한 규모로 그렸다.[225] 그뿐만 아니라 만주어 작품을 격조 높게 창작해, 자기 민족의 '歌'가 한문학권 '詩'와 대등한 위치와 수준에 이르렀음을 입증하고자 했다.[226]

만주족의 문인으로서 가장 이름이 높은 納蘭性德(1655-1685)은 자기 시론을 전개한 글 〈原詩〉에서 당시나 송시를 본뜨려고 하는 풍조를 비판하고, "今之爲唐爲宋者 皆僞體也"(지금 당시를 하느니 송시를 하느니 하는 것은 모두 거짓된 체법이다)라고 했다.[227] 그런 체법을 따르려고 하지 말아야 올바른 시가 된다고 했다. 시 작품을 보면, 〈記征人語〉 연작에서 三藩의 난을 평정하러 떠나간 청나라 군대의 활약상을 그리고, 돌아오지 못하고 원혼이 된 사람들의 말을 전했다.[228]

몽골족인 浦松齡(1640-1715)은 청나라의 과거에 급제하고 한문학의 세계에 들어섰으나, 체제에 순응하지 않고 항거를 일삼았다. 단편소설집 《聊齋志異》를 지어 사회의 모순을 신랄하게 비판한 것이 잘 알려져 있다. 한시도 많이 남겨, 몽골족이 겪은 俗夷의 세계를 증언했다.[229]

---

224) 朱眉叔 外 選注, 《滿洲族文學精華》(瀋陽 : 遼瀋書社, 1993), 33-34면.

225) 祝注先 主編, 《中國少數民族詩歌史》(北京 : 中央民族大學出版社, 1994), 165면.

226) 康熙帝가 만주어로 지은 시집 〈避暑山莊百韻詩〉가 또한 있어 영인본으로 나와 있다(《朱上如木刻四種 下 淸聖祖避暑山莊圖詠》, 臺北 : 廣文書國, 1983). 이에 관한 언급이 Louis Hambis, "Littérature manchoue", *Histoires des littératures I* (Paris : Gallimard, 1977) ; 馬丁稲穆, 〈滿洲文學述略〉, 《滿學硏究》 1(長春 : 吉林文史出版社, 1992)에 있을 따름이고, 구체적인 연구는 발견되지 않는다. 이들 논저를 제공한 성백인 교수에게 감사한다.

227) 王佑夫 主編, 《淸代滿族詩學精華》(北京 : 中央民族大學出版社, 1994), 5-9면.

228) 《滿洲族文學精華》, 37면.

〈靑石關〉에서는 자기네 고장으로 왕래하는 곳에 있는 험준한 관문의 모습을 그렸다. 〈日中飯〉은 황사가 몰아치는 사막에서 무더운 여름날 일가족이 모여서 식사를 하는 생활 모습을 실감나게 그린 시이다. 남쪽으로 내려와 농사를 짓는 동족이 어렵게 사는 모습을 〈田家苦〉, 〈愚荒〉, 〈旱甚〉 등에서 나타냈다. 〈飯肆〉(음식점)라는 시를 들어본다.[230)]

旅食何曾傍肆簾	길가다가 언제 음식점에 들려 밥먹겠나.
滿城白骨盡災黔	성에 가득한 백골이 모두 이재민이다.
市中鼎灸眞難問	시중에 솥 건 형편 물어보기 어려우나,
人較犬羊十倍廉	사람이 개나 양보다 열 배가 헐하도다.

유목민족인 몽골족은 길을 가다가 음식점에 들어가서 밥을 사먹는 일이 없었다. 그런데 세상이 달라져서 조상 대대로 살던 초원을 버리고 도시에 나와, 음식을 사먹어야 하니, 모두 이재민의 신세로 떨어져 백골이 될 수밖에 없었다. 무엇이든지 돈을 주고 거래하는 판국이라 사람 값을 계산해보면, 사람이 개나 양의 십분의 일의 가치일 뿐이라고 했다.

雲南지방의 白族은 민족어시 白文詩와 함께 한시를 이룩해온 오랜 내력이 있다. 청나라 시기에는 李於陽(1784-1826)이라는 시인이 있어, 자기 민족 하층민의 어려움을 처절하게 하소연하는 작품을 남겼다.[231)] 〈賣兒嘆〉에서는 아이를 팔아야 하는 지경에 이르렀다 하

229) 鮮于煌 選注, 《中國歷代少數民族漢文詩選》(北京 : 民族出版社, 1988), 168-175면.

230) 같은 책, 175면.

231) 같은 책, 225-228면.

고, 〈泣牛謠〉에서는 소를 잡고 운다고 했다. 〈食粥嘆〉에서는 죽도 먹지 못하게 된 처지를 한탄하고, 〈隣婦哭〉에서는 이웃 부인의 원통한 사연을 전했다. 그 가운데 〈賣兒嘆〉을 들면 다음과 같다.[232)]

三百錢買一升粟　돈 삼백이 있어야 서숙 한 되 사고,
一升粟飽三日腹　한 되 서숙으로 사흘 배를 채우는데,
窮民赤手錢何來　궁한 백성 맨주먹이라 돈이 어디서 나나?
携男提女街頭鬻　아들, 딸 데리고 나가서 거리에서 판다.
明知賣兒難救飢　자식을 팔아도 굶주림 해결하기 어려워,
認被鬼伯同時錄　귀신 명부에 함께 오를 것 알고 있네.
得錢聊緩須臾餓　돈을 얻어도 잠시 동안의 주림을 늦출 뿐인데,
到口饔飧卽兒肉　자식의 살점으로 입에 들어가는 조석을 삼다니.
小兒不識離別恨　작은 아이는 이별의 서러움 알아차리지 못하고,
大兒解事依親哭　큰 아이는 눈치 차려 어버이에게 기대 운다.
語兒勿哭速行行　말하노니, 아이야 울지 말고 어서어서 가거라.
兒去得食兒有福　가서 밥을 얻어먹으면, 그게 네 복이다.
陰風吹面各吞聲　스산한 바람 부는데 각기 소리를 삼키고,
拂漏血凝望兒目　피 맺힌 눈물 씻고 아이 눈을 본다.
賣兒歸來野難寐　아이 팔고 돌아온 밤에 잠들기 어려운데,
老烏啞啞啼破屋　늙은 까마귀 부서진 집에서 깍깍거리고 운다.

운남지방의 다른 민족 納西族의 牛焘(1790-1858)는 〈花馬竹枝詞〉 연작을 지어 자기 민족의 처지를 역사에 대한 회고와 함께 나타내서, 영사악부라고 할 수 있는 것을 마련했다.[233)] 거기 "六詔遺民概已

232) 같은 책, 225면.

非 山河風景尚依稀"(六詔 유민의 기개가 이미 그릇되어, 산하의 풍경도 흐려졌구나)라고 하는 구절이 있다. 여섯 갈래의 '詔'라고 문헌에 기록되어 있는 집단을 자기네 선조로 받들면서 오늘날의 처지가 부끄럽다고 했다. 이 밖에 廣西지방 壯族 시인 黃彥坊의 〈農事詩〉,[234] 土家族 시인 彭勇行의 〈竹枝詞〉[235] 등도 주목할 만한 작품이다.

지금까지의 고찰에서 다음과 같은 사실이 밝혀졌다. 악부시는 변격한시를 널리 일컫는 일반적인 용어로 쓸 수 있다. 雅와 俗, 華와 夷를 들어 구분한다면, 정격한시는 雅華 쪽에 속하고, 변격한시는 俗夷 쪽에 속한다. 중세보편주의의 이념이 雅華로 구현되기만 하던 시기를 지나서, 중세에서 근대로의 이행기에 이르자 俗夷를 긍정적으로 평가하는 새로운 움직임이 나타나서 악부시의 성행을 보게 되었다.

중세에서 근대로의 이행기 한문학권 여러 나라에서 악부시가 일제히 나타나서 한 시대 문학의 사조를 이루었으므로, 서로 관련시키고 비교해서 이해해야 한다. 중국에서 생겨난 새로운 사조가 주변으로 전파되었기 때문에 그렇게 된 것은 아니다. 중국 밖의 한국·일본·월남민족이 중세보편주의에서 벗어나 민족의식의 각성을 경험하고 지식인과 민중의 유대를 강화하고자 해서 한시의 혁신을 꾀했다. 중국 안에서도 한족이 아닌 다른 민족 출신의 문인들이 그렇게 하는 데 앞장섰으며, 한족은 악부시를 육성하기 어려운 제약 조건을 가지고 있었다.

한국에서 악부시를 소악부, 즉 번역악부, 영사악부, 기속악부, 이 셋으로 나누어 고찰한 데에다 일본에서 '狂詩'라고 하는 희작악부를

233) 같은 책, 229-230면.
234) 같은 책, 249-250면.
235) 같은 책, 259-260면.

하나 보태면, 악부시의 네 가지 형태가 드러난다. 그 넷은 문학사적 의의가 서로 다르고, 분포 양상도 서로 같지 않다.

악부시는 처음에 번역악부에서 시작되었다. 중국 한나라 시절의 악부가 바로 그런 것이었다. 번역악부는 후대까지 악부시의 기본을 이룬다. 그러나 번역악부는 원래의 작품을 대신할 수 있는 의의를 가질 수 없다. 영사악부는 자기 민족의 역사를 이해하고 찬양하는 데 필요한 구실을 했으며, 민족서사시라고 할 수 있는 규모로 발전한 것은 찾기 어렵다. 희작악부는 일시적인 흥미를 자아내는 데 쓰였다 하겠으며, 시로서 평가하기 어렵다.

악부시의 가장 중요한 형태이고, 악부시의 독자적인 가치를 입증해주는 것은 기속악부이다. 기속악부가 크게 발달한 시기가 중세에서 근대로의 이행기이다. 악부시가 그 시기 문학의 대표적인 갈래의 하나라고 할 수 있는 것은 기속악부가 민중생활의 현실을 문제삼는 시대적인 요구를 아주 잘 나타냈기 때문이다. 상층지식인이 민중에 접근하고자 한 시대의 움직임을 확인하는 데는 기속악부가 소중한 자료가 된다.

네 가지 악부시 가운데 번역악부와 영사악부는 특히 한국에서 중요시하고, 희작악부가 특히 일본에서 성행했다. 그런데 기속악부는 어느 나라, 어느 민족이든지 한결같이 힘써 창작했다. 그런 이유에서도 악부시의 가장 중요한 형태가 기속악부라고 할 수 있다. 기속악부는 雅와 俗 가운데 俗을 택해 하층민의 생활을 사실적으로 그리면서 사회적인 갈등을 문제삼는 것이 기본내용이다. 한문을 하고 한시를 짓는 상층지식인이 하층민중과의 동질성을 확인하고, 하층민중의 대변자가 되고자 해서 그런 작품을 창작했다.

악부시를 지어 한시를 혁신하고자 하는 운동은 한시의 종말과 더불어 자취를 감출 수밖에 없었다. 이제 청산되어야 할 한시를 개조하려고 한 일이 헛되었다고 할 수 있다. 민족구어와 동떨어진 문어 표현을 사용했기 때문에 민중생활을 생동하게 그리려고 하는 의도를 살릴 수 없었다. 그 때문에 악부시는 중세에서 근대로의 이행기 문학으로 종말을 고하고 근대문학일 수는 없었다.

그렇지만 근대시가 개인적 취향의 서정시로 치닫다가 내용이 공허해지고 표현이 난삽해지고 만 잘못을 시정해서 현실인식을 되살리고, 비판정신을 기르고자 한다면, 악부시를 재평가하고 계승할 필요가 있다. 근대문학을 넘어서서 다음 시기의 문학을 이룩하고자 할 때 근대에 가까운 시기의 소중한 창조물인 악부시를 새로운 시도의 발판으로 삼아 마땅하다.

문학사 전개의 추이

한문을 공동문어로 한 동아시아 각국의 중세문학에서 한시가 그 정점을 차지했다. 李珥가 "言者聲之精者也 文辭者言之精者也 詩者文辭之秀者也"(말은 소리 가운데 순정한 것이고, 문사는 말 가운데 순정한 것이며, 시는 문사 가운데 빼어난 것이다)라고 언명한[236] 시 제일주의가 중세시기에는 누구도 의심할 바 없는 절대적인 권위를 가졌다. 순정하고 빼어나다는 것은 문화적인 가치가 그만큼 높다는 말이다. '古今'과 '華夷'에 일관되게 통용되는 확고한 규범을 교술이 아닌 서정으로, 설명이 아닌 표현으로 구현하는 것이 한시의 이상이었다.

중국의 天子가 冊封國의 사신들과 주고받는 詩에서 동아시아는 하나임을 가장 극명하게 나타냈다. 그런 일은 다른 문명권에서 찾

236) 〈人物世藁序〉, 《栗谷全書拾遺》 권3. 《한국문학사상사시론》(서울 : 지식산업사, 1998), 197-198면에서 이에 관해 고찰했다.

아볼 수 없는 동아시아문명 특유의 행사였다. 동아시아의 유교는 힌두교, 이슬람교, 기독교 등에 비해서 교리가 엉성한 편이고, 초월계와 지상계의 연관을 분명하게 해서 문명권의 단합을 꾀하는 방도를 마련하지 못한 탓에, 세계종교가 해야 할 일을 공동문어문학이 감당해 그런 행사를 치러야 했다. 天子가 하늘의 뜻을 지상의 통치자들에게 전하는 대신에 冊封國의 사신들과 시를 주고받아, 문명권 공동의 문학창작 행위가 세계종교의 신앙을 함께 고백하는 행위와 같은 것이 되게 했다.

중국뿐만 아니라 한국·월남·일본·유구의 시인들도 그런 시를 최고의 수준을 갖추고 쓰기 위해 경쟁하면서 동아시아 중세문명의 이상을 함께 구현했다. 사신으로 왕래하는 사람들의 시 짓는 능력으로 그 나라가 어느 정도의 수준에 이르렀는가가 평가되었다. 위에서는 고찰할 기회가 없었지만, 한국·월남·일본·유구의 사신들이 서로 오고가거나 중국에서 만날 때에도 시를 지어 주고받으면서 天下同文의 동질성을 확인하고, 그 안에서 순위를 정해야 했다.

그렇지만 동아시아 한시는 서로 같으면서 달랐다. '古今'과 '華夷'에 일관되게 통용되는 규범은 '古華'에 대한 '今夷'의 반격을 초래할 수 있었다. 중국에 사신으로 가거나 여행을 하는 사람들이 중국의 '古今'이 다른 것을 발견하고, '今'의 관점에서 '古'를 재검토했다. '今'에다 '夷'를 보태 '今夷'의 가치를 주장하면서 반격을 더욱 적극화해 정격한시와는 다른 변격한시를 창작하는 일을 한문문명권 여러 민족이 일제히 했다.

그래서 樂府詩의 다양한 형태가 나타난 것은 중세를 청산하고 근대로 넘어오기 위한 중세에서 근대로의 이행기문학의 가장 두드러진 움직임의 하나였다. 그 양상을 밝히는 것이 이 글의 도달점이었는데, 내용이 미비하고 고찰이 부족해 구체적인 연구를 더욱 진전시키면서 보완해야 한다. 여러 나라의 사례를 충분히 조사해서 깊이 논의하는 추가 작업이 있어야 할 것이다. 악부시의 등장은 野談 등의 형태로 산문에서도 변격문학이 생겨나 한문소설의 성장을 보게 된 것을 함께 고찰해야 할 것인데, 그렇게 하지 못했다. 공동문어문학에서도 중세의 규범을 극복하려고 하는 혁신이 일어난 양상을 더욱 광범위하게 살펴야 문학사 전환의 전모가 드러날 것이다.

공동문어문학이 華의 규범에서 벗어나 夷를 긍정하는 방향으로 나아간 것을 세계문학사의 공통된 현상으로 파악하면서 연구를 더욱 확대해야 하는 것도 당연히 요망되는 과제이다. 그렇게 하자면, 악부시를 세계문학사의 일반적인 용어로 사용할 수 있는지, 雅俗과 華夷라는 말을 그대로 사용할 수 있는지 하는 등의 문제를 해결해야 할 것이다.

지금까지 전개한 詩에 관한 논의는 歌로까지 확장해야 온전할 수 있다. 歌는 古今과 華夷 가운데 今夷의 영역이다. 그러나 詩를 歌처럼 지어서 今夷의 영역에 들어가려고 하는 노력이 있었듯이, 歌를 詩처럼 지어서 古華의 영역에 들어가려는 노력도 있었다. 그 양쪽을 견주어살펴야 詩와 歌의 관계를 제대로 파악할 수 있어, 다음 작업이 요망된다.

古今과 華夷의 同異 때문에 詩가 달라져온 양상은 한문학에만 국한되지 않고, 다른 문명권의 산스크리트시·고전아랍어시·라틴어시에서도 있었을 것이다. '詩'와 '歌'라는 용어는 다른 문명권에서 공통되게 사용할 수 있어서, 비교연구의 기준점이 된다. 시가가 고금과 화이의 축을 두고 변해온 과정을 네 문명권에서 함께 파악하는 것이 앞으로의 목표이다.

민족어시의 대응 방식

율격 연구의 새로운 과제

동아시아문학이 하나이면서 여럿인 양상을 검토하기 위해서는 민족어시를 한시 못지 않게 중요시해야 한다. 민족어시는 한시와 어떤 관계를 가졌는가? 이에 대해서 고찰하는 것이 여기서 할 일이다. 한시와 민족어시가 주제나 소재에서 서로 얽혀 있는 양상에 대해서도 광범위한 고찰이 필요하지만, 그런 것들보다 더욱 긴요하고 근본적인 관련을 율격 형성에서 찾아야 한다.

한시와 민족어시는, 여러 민족어시가 율격이 서로 다른 원리를 가지고 형성되어 있어, 이질성이 두드러질 따름이고 동질성은 찾기 어려울 듯하다. 그러나 율격 형성의 서로 다른 원리가 각기 독립되어 있지 않고, 생성과 극복의 관계를 가지고 서로 연관되어 있다. 그 점을 밝히는 새로운 작업을 여기서 시도해, 동아시아문학이 하나이면서 여럿인 양상에 대해서 심층적인 이해를 하고자 한다.

그렇게 하기 위해서는 문제를 다시 제기해야 한다. 율격은 어떤 조건에 의해 형성되고 변천되는가? 이 물음에 대해서 세 가지 해답을 제시할 수 있다는 것을 논의의 출발점으로 삼아, 길게 이어질 탐색을 시작하기로 한다.

율격을 형성하고 변화시키는 조건 셋을 들어보자.

〔조건 1〕 율격은 언어의 특질에 따라서 형성된다.

〔조건 2〕 율격은 노래를 부르는 목적이나 방식에 따라서 결정된다.

〔조건 3〕 율격은 노래와는 다른 시의 가치를 높이기 위해서 의도적으로 창조된다.

〔조건 1〕은 언어가 고립어인가 굴절어인가 교착어인가, 단음절 단어가 많은가 다음절 단어가 많은가, 모음의 강약, 고저, 장단 같은 비분리음소 가운데 어느 것이 의미 구분에 일관되게 관여할 만큼 발달되어 있는가 하는 등의 사항을 말한다. 행을 이루는 조건이 음절수만인 것은 단순율이다. 단순율에는 음절수가 고정된 음수율과 가변적인 음절수가 음보를 이루는 음보율이 있다. 음절수 외에 다른 조건도 관여하는 것은 복합률이다. 복합률에는 모음의 고저도 관여하는 고저율, 모음의 장단도 관여하는 장단률, 모음의 강약이 관여하는 강약률이 있다.

〔조건 2〕는, 노래는 왜 필요하고, 어떤 기능을 하는가 하는 등의 사항이다. 수렵, 어업, 농업 등의 생업은 각기 그것대로의 노동요를 필요로 한다. 어떤 농사를 어떻게 짓는가에 따라서 농업노동요의 형태가 결정된다. 의식요나 유희요에서는 노래 부르는 방식이나 노래의 구성이 노동요와 달라질 수 있다. 그런 조건에 따라서 독창, 선후창, 교환창 등의 가창방식이 분화되고, 단형과 장형, 연이 나누어지는 장형과 연이 나누어지지 않는 장형이 생겨나고, 몇 행이 모여서 한 연을 이루고, 몇 연이 모여서 한 작품을 이루는가 하는 등의 구성 형식이 마련된다.

〔조건 3〕은 구비문학으로 전승하던 '歌'를 기록문학으로 창작되는 '詩'로 전환시킬 때 등장한다. '歌'와 '詩'는 널리 사용될 수 있는

공통된 용어이다. 그러나 자연스러운 한국어 단어가 필요해서 '歌'는 '노래'라고 말을 바꾸어 지칭하고, '詩'는 '시'라고 하겠다. 기록문학의 창작물인 '시'를 마련할 때, 구비문학으로 전승되는 '노래'를 만든 〔조건 1〕과 〔조건 2〕에서 멀리 벗어날 수는 없지만, 무리하지 않는 범위 안에서 어느 것을 특별하게 선택하고 특수화해서, 상층의 고급문화의 변별적인 특징이 되는 율격을 만든다. 어느 시대상황에서 어떤 사람들이 새로운 시를 만들어 자기네의 이념 구현의 틀로 삼는가에 따라서 그 결과가 달라진다. 시대가 달라지고 문학담당층이 교체되면 이미 한 일을 다시 해서 율격을 재정립한다.

〔조건 1〕·〔조건 2〕·〔조건 3〕이 서로 어떻게 작용되고 복합되어 율격이 형성되고 율격사가 전개되는가를 총괄하는 일반이론을 한꺼번에 구상하는 것은 아주 어려운 일이다. 그러므로 율격의 실제 상황을 되도록 광범위하게 점검하는 데서 시작해 보편적 원리를 찾는 작업을 한 단계씩 시도하는 것이 그 대안이 되는 적절한 방법이다. 한 나라의 상황이라도 제대로 알고, 다른 나라의 경우와 비교연구하는 데 힘써, 동아시아문학 또는 세계문학에 두루 통용되는 일반이론을 마련하는 방향으로 나아가야 한다.

나는 한국민요와 한국시의 율격이 어떤 상관관계가 있는가 두 차례 점검했다.[237] 민요의 현지조사를 통해서 〔조건 2〕가 민요에서 작용하는 양상을 밝히고, 〔조건 1〕이 한국시가 율격의 전반적인 특징으로 구현된 양상을 논하고서, 그 둘에 〔조건 3〕이 추가되어 시가사가 율격사로 전개된 과정에 대해서 다각적인 논의를 폈다. 그래도 아직 많은 부분이 미흡해서 재론이 필요하다.

---

237) 《서사민요연구》(대구 : 계명대학출판부, 1970)에서 특정민요의 현지조사를 통해서 율격의 실상을 파악하고, 《한국민요의 전통과 시가율격》(서울 : 지식산업사, 1996)에서 한국민요 및 시가 율격 전반의 문제를 광범위하게 고찰했다.

세부적인 사항에 대한 정밀한 검증이 더 필요한 것은 물론이지만, 거시적인 안목으로 광범위한 비교연구를 해야 이미 얻은 성과를 재확인하고 논의의 일반화를 꾀할 수 있다. 〔조건 1〕에 관한 심도 있는 고찰은 한 나라 문학의 범위 안에서 진행할 수 없고, 언어의 특징이 다른 나라 자료의 비교연구에서만 가능하다. 〔조건 3〕이 관여해서 이루어진 律格史의 전개 양상이 다른 나라의 경우와 어떻게 같고 다른가를 탐색하는 시야를 넓히면, 미처 모르고 있던 사실을 발견하고, 미해결로 둔 문제를 해결할 수 있다.

비교연구를 통해서 동아시아문학사의 율격에 대한 광범위한 이해를 하자는 것이 더욱 적극적인 목표이다. 동아시아문학은 율격사에서도 하나이면서도 여럿이다. 동아시아문학뿐만 아니라 세계문학 또한 그럴 것이다. 그 점에 대한 해명을 한국문학에서 동아시아문학으로, 동아시아문학에서 세계문학으로 나아가면서 구체화하기 위해 이 글을 쓴다.

동아시아의 율격사가 하나라고 하는 말은 구체적으로 따지면 세 가지 의미를 가지므로, 그 셋에 각기 하나씩 세 가지 연구과제가 있다. (가) 율격이 형성되고 변천되는 과정에 기본적인 동질성이 있다. (나) 공동문어시인 한시의 율격과 맞서서 자기 민족어시의 율격을 마련하려고 여러 민족이 일제히 노력한 점이 공통된다. (다) 민족어시에서 각기 마련한 율격이 서로 경쟁하는 관계를 가진 점이 어디서나 같다.

그 모든 과제를 한꺼번에 다 다루는 것은 벅찬 일이므로 논의의 범위를 한정해서, 여기서는 (나)를 가장 긴요한 연구과제로 삼는다. (다)에 관한 고찰은 (나)와 직접 관련되는 범위 안에서 진행한다. (가)에 관한 고찰은 한문문명권의 범위를 넘어서서 (나)에 관해서 더욱 광범위한 비교연구를 할 때 감당해야 할 과제로 남겨둔다. 한문문명권 여러 민족이 한시의 율격을 받아들여 거기 대응하는 민족어시의 율격을 만든 양상을 비교해 고찰하면서, 그 과정에서 〔조건 1〕이 어떻게 관여했는가 밝히는 것이 여기서 할 일이다. 〔조건 1〕로 설명할 수 없는 사항에는 〔조건 3〕이 개입했다고 보아 논의를 확대한다.

한시의 율격

한시는 《詩經》 단계에서 '노래'였다가, 古詩에서 '시'가 되고, 近體詩에 이르러서 '시'의 규칙이 완비된, 세 단계의 변화를 겪었다. 詩經體 '노래'에는 한 행을 이루는 음절수가 일정하지 않으나, 그 가운데 4음절 형식인 4언시가 가장 많다.[238] 고시에서는 한 행을 이루는 음절수가 변하지만, 그 가운데 5음절 형식인 5언시가 빈번하게 등장하는 가장 중요한 형식이었다.[239] 근체시에서 한 행이 5음절인 5언시와 7음절인 7언시가 확립되었다.

시경체 '노래'의 4음절, 고시의 5음절, 근체시의 5음절과 7음절은 모두 '기준음절수'라고 일컫기로 한다.[240] 기준음절수가 차차 늘어나고, 기준음절수가 아닌 다른 음절수는 찾기 어렵게 된 것이 중국시가 율격 변천사의 전체적인 변화의 개요이다. 그러면서, 다른 조건

238) 麻守中, 《中國古代詩歌體裁概論》(長春 : 吉林大學出版社,1988), 27-30면.

239) 같은 책, 109-117면.

240) '기준음절수'는 《서사민요연구》, 97-100면에서 한국민요의 율격을 분석하기 위해서 사용한 용어 '표준음절'을 다시 일컬은 것이다. 한 토막을 이루는 음절수가 2음절에서 6음절 사이여서 4음절이 중위수이고, 4음절이 출현 빈도에서도 최빈수이고, 평균음절수가 3음절보다 많고 5 음절보다 적을 때 4음절이 표준 또는 기준이 된다고 정의한다.

이 추가되었다. 시경체 '노래'나 고시에서도 있던 押韻을 근체시에서 필수적인 규칙으로 정립했다. 平仄 사용 또한 고시에서 출현했으나, 근체시에 이르러서 본격적으로 정비했다.

한시의 율격이 그렇다는 것은 이미 잘 알려진 사실이지만, 새로운 의문을 제기하는 출발점이 된다. 한시의 율격은 다른 나라의 시형과 견주어보면 어떤 특징을 가졌는가? 한시의 율격이 변한 데는 어떤 이유가 있는가? 한시의 율격을 그 자체로 이해하고 말 때에는 의식하지 않던 이런 문제를 제기해야 율격 비교연구를 향해 나아가는 길이 열린다.

한시 율격의 세 가지 규칙, 음절수, 平仄, 압운 가운데, 비교연구에서 가장 중요시해야 할 것은 음절수이다. 압운은 특정한 언어 조건과 관련 없이 널리 사용된다. 平仄은 중국어와 같은 성조어에서만 가능한 것이다. 압운과 평측은 그 둘이 율격을 이루는 부가적인 규칙이라면, 음절수는 기본적인 규칙이다.

한시의 압운은 압운이 있는 다른 시형과 비교해서 고찰할 필요가 있으나, 그렇게 해서 율격일반론을 다시 이룩하는 가시적인 성과가 있으리라고 예견되지는 않는다. 한시에서 갖추고 있는 평측의 규칙을, 고저율을 사용하는 시형의 다른 예와 함께 분석하면, 율격 형성의 내밀한 원리를 파악하는 데 도움이 될 것이다. 음절수 비교는 그 둘보다 더욱 긴요하다. 한시와 동아시아 다른 민족이 어떻게 같고 다른가 파악하는 데 음절수 비교가 필수적인 과제이다.

한시의 한 행은 4음절·5음절·7음절로 이루어져 있어 음절수가 적은 것이 특징이다. 다른 시형에서는 토막 또는 음보를 이룰 수 있는 음절수가 행을 이룬다. 4음절은 2|2‖, 5음절은 2|3‖, 7음절은 4|3‖으로 나누어져 있다. 이제부터 음보를 구분할 때에는 "|"의 기호를, 행을 구분할 때에는 "‖"의 기호를 사용한다.

4음절은 2|2||, 5음절은 2|3||, 7음절은 4|3||으로 나누어져 있어서 이른바 '逗'가 두 개씩이라고 한다.[241] '逗'란 한 행을 이루는 하위단위인 음보 또는 토막이다. 한시에서는 4·5·7음절이 각기 두 음보씩으로 이루어져 있어, 그 자체가 음보로 간주될 이유가 없으며, 행이 되는 충분한 조건을 갖추고 있다.

한 행을 이루는 음절수가 적은 것은, 한시의 언어인 중국어가 고립어이고 단음절 단어가 많은 〔조건 1〕 때문에 생긴 특징이다. 그러나 4음절형식이 5음절형식으로, 5음절형식이 다시 7음절형식으로 늘어난 것은 그렇게 볼 수 없다. 〔조건 2〕 또는 〔조건 3〕에 그 이유가 있지 않은가 찾아보아야 할 일이다.

시경체 '노래'가 4음절형식인 이유는 〔조건 2〕에 있다고 할 수 있다. 그것이 민요의 통상적인 형태인 노동요·유희요·의식요에서 널리 사용되는 민요의 기본형식이다. 《詩經》 國風에 수록된 그런 형식의 노래는 대부분 남녀가 축제를 거행하는 자리에서 만나 주고받으면서 부르는 사랑의 노래에서 유래했다고 하는데, 그것은 유희요이면서 노동요와 의식요와도 밀접한 관련을 가졌다. 서로 주고받으면서 부른 노래여서, 4행씩을 한 연으로 해서 되풀이하며, 사설에서도 반복이 많다.

고시가 생겨난 것은 '노래'를 '시'로 바꾸어서 고급의 문학을 만들고, 개인창작의 예술품을 만들고자 하는 〔조건 3〕의 요구가 있었기 때문이다. 고시에서 기준음절수를 한 음절 늘여 4음절을 5음절로 바꾸고, 유동성이 적게 한 것은 구비문학과는 다른 기록문학을, 민중문학과는 다른 상층문학을 만들고자 하는 의도적인 노력의 산물이다. '시'를 발전시키기 위해서는 그런 과정을 거쳐야 했다.

---

241) 袁行霈, 강영순 외 공역, 《中國詩歌藝術硏究》(서울 : 아세아문화사, 1990), 170면.

고시는 그렇지만 아직 음절수의 규칙이 유동적이며 '시'의 규칙을 엄격하게 갖추지 못했다. 그런 결함을 근체시에서 청산했다. 근체시에서는 5음절형식과 7음절형식을 정립해서 음절수를 고정시켰다. 5음절형식이라도 '노래'에서 벗어난 '시'의 특징을 갖추었지만, 7음절형식은 거기서 한 걸음 더 나아가 '노래'와는 거리가 더 멀어진 '시'의 독자적인 특징을 더욱 분명하게 했다.

고시는 줄 수가 고정되지 않았는데, 근체시에서는 4행의 絶句, 8행의 律詩, 10행 이상되는 排律을 명확하게 구분했다. 押韻과 平仄, 그리고 對句를 만드는 규칙까지 마련해서, '시'의 형식을 완비했다. 중국어의 특징 때문에 가능하고, '노래'에서도 이따금 사용하는 율격의 요소들을 엄격하게 규칙화해서 '시'가 '노래'에서 분리되게 했다.

對句는 여러 나라 시에서 널리 사용되는 표현 방식이다. 押韻을 갖추고 있는 시형도 흔하다. 중국어는 성조어여서 平仄을 묘미 있게 변화시킬 수 있다. 그 세 가지 형식이 《詩經》 '노래'에서 이미 등장했으며, 그 뒤의 '노래'에서는 더욱 뚜렷한 모습을 갖추고 있다.[242] 그 원천이 중국민요에 있는 그 세 가지 형식을 고시에서 한 차례 가다듬고 근체시에서 엄격한 규칙으로 만들었다.

한 줄이 4음절인 형식은 2|2||로 나누어지는 대칭형식이다. 2|3||의 5음절형식이나 4|3||의 7음절형식은 비대칭형식이다. 대칭형식은 같은 방식으로 되풀이되는 노동이나 보행의 율동이고, 비대칭형식

---

242) 高國藩, 〈敦煌民間歌謠的格律〉, 段寶林 外 主編, 《中外民間詩律》(北京 : 北京大學出版社, 1991)에 의하면, 敦煌에서 사본에 기록된 민요는 4·5·6·7음절 형식이 있고, 한 행을 이루는 음절수가 일정하지 않은 경우도 있으며, 押韻, 平仄, 對句 등을 경우에 따라 다르게, 산만하면서 다양한 모습으로 갖추고 있다.

은 신체의 자연스러운 움직임을 그대로 두지 않고 특정한 방법에 따라 재조절하고, 인위적인 질서를 만들어 긴장을 조성하는 무용의 율동이다. '시'를 '노래'에서 분리시키기 위해서는 비대층형식을 만들 필요가 있다.

5음절형식이나 7음절형식이 비대칭이기만 한 것은 아니다. 음절수는 비대칭이지만, 시 한 편을 이루는 행수는 4행이나 8행이어서 대칭이다. 비대칭은 대칭과 공존해야 한다. 양쪽 다 대칭이면 안정이 지나쳐 너무 가라앉으며, 양쪽 다 비대칭이면 긴장이 지나치고 너무 들뜬다. 한쪽이 비대칭이면 다른 쪽은 대칭이어야 안정된 가운데 긴장이 있고, 긴장 속에 안정이 있다. 그런 질서가 근체시에 이르러서 명확하게 된 것도 특기할 만한 사실이다.

고시가 생겨난 뒤에 시경체의 '노래'가 없어진 것은 아니다. 근체시를 마련하고서 고시는 버린 것도 아니다. 앞의 것 위에다 뒤의 것을 거듭 올려놓으면서, 그 엄격성에 등급이 있는 몇 가지 형식이 공존하게 했다. 공동문어문학을 일상구어문학에서 분리시켜 그 위엄을 높이는 성과를 두 단계 높여 근체시에서 그 절정을 마련해 긴장을 고조시키고, 이완이 필요할 때는 선행형식도 사용해서 서로 보완되게 하는 지혜를 발휘했다.

근체시를 확립해서 공동문어문학의 품격을 높인 것은 문학의 사회적 기능에서 두 가지 목표를 달성하기 위해 필요한 조처였다. 안으로는 피지배층에 대한 지배층의 위신을, 밖으로는 문명권의 주변부에 대한 중심부의 우위를 확립하려고 한 것이다. 피지배민중에 속한 사람이 지배층으로 상승하기 위해서, 문명권의 주변부가 중심부와 대등하게 되기 위해서는 반드시 넘어야 할 장벽을 만들어, 한편으로는 계급모순, 다른 한편으로는 민족모순이 분출되지 않고 잠재되어 있도록 했다고 할 수 있다.

그렇게 하는 최상의 방법을 시에서 마련한 것은, 근대인이 따를 수 없는 중세인 특유의 대단한 능력이다. 중세는 시의 시대이고, 중세문명은 시에 최상의 가치를 부여한 문명이었다. 중세의 시는 앞뒤 시기의 다른 시보다 탁월했다. 시대가 흐름에 따라서 인류의 지혜가 향상되고 역사가 발전했다고 하지만, 시는 그렇지 않아 중세에 절정을 보인 다음에 오히려 하강선을 그었다.

고대의 영웅서사시는 배타적인 자기중심주의의 표현이었으므로, 널리 감동을 줄 수 없었다. 근대의 소설이나 영화는 자기 민족의 삶에서 경험하는 일상적인 현실을 다루는 데 치중하고 자본주의의 이익추구를 위한 상품으로 판매된다. 중세의 공동문어시는 당면한 이해관계에 매인 협소한 시야에서 벗어나 누구나 인정할 수 있는 보편주의의 이상을 구현하면서 중세문명의 우월성을 입증해 반발을 잠재웠다. 어느 시대의 문학이든 모두 그 시대의 산물이고, 그 시대의 이념을 구현하며, 그 시대를 옹호하는 구실을 하지만, 중세의 공동문어시가 그 점에서 가장 모범을 보였다.

중세의 공동문어시는 서정시여서, 어떤 주장을 직접 나타내지 않고, 교환가치는 전혀 없었다. 다만 상투적인 사고에서 벗어나는 발상 자체의 가치를, 더럽혀지고 어지러워진 말을 다시 아름답게 다듬는 형식으로 전환시켜 발현해, 방향을 잃고 시달리면서 사는 사람의 내면에 영원한 이상을 추구하는 심정이 숨어 있다는 것을 깨닫게 하는 감동을 주었다. 중세의 이념을 구현하는 작업을 공동문어시와 보편종교가 서로 연관되어 함께 할 수 있었던 것은 그 때문이다. 구체적인 쓰임새가 없는 비실용의 순수문학이라야 한 시대의 세계사를 움직이는 작용을 할 수 있었다. 그렇지 못한 산문은 중세문학의 서열에서 하위에 머무르지 않을 수 없었다.

동아시아 한문문명권뿐만 아니라 다른 여러 중세문명권에서도 중세의 공동문어시는 같은 성격을 지니고 같은 구실을 했다. 그 형식이 까다로운 점도 서로 같았다. 한시의 근체시에 해당하는 공동문어시의 규칙을 복잡하고 세련되게 확립하면서 중세화를 완성한 것은 어디서나 볼 수 있는 일이다. 고도로 세련된 규범으로 중세문명의 우월성을 입증하면서, 결코 억압적이지 않고 배타적이지도 않고 교조적이지 않은 방법으로 동참자들을 모아들여, 이질성을 줄이고 동질성을 확대했다. 그렇게 하면서 중세문명권의 권역을 넓히고, 중세에 대한 평가가 후대에도 지속되게 했다.

한문문명권에서는 7·8세기 당나라 시기에 근체시를 정립하면서 중세화를 완성했다. 시의 역사를 들어 말하면, 시경체의 노래를 부르던 시대는 고대이고, 고시의 시대는 고대에서 중세로의 이행기이고, 근체시의 시대가 중세이다. 거대 규모의 중세제국이 이루어질 때 그런 일을 해야 할 필요성이 더 커지고, 그 효과가 더욱 확대되었다. 산스크리트문명권에서는 5세기 굽타제국시대에, 아랍어문명권에서는 8세기 압바시드제국 시대에, 라틴어문명권에서는 9세기 메로뱅제국 시대에 그런 일이 있었다.

한문문명권의 李白, 杜甫, 王維, 白居易 등이 산스크리트문명권의 칼리다사(Kalidasa), 아랍어문명권의 아부 누와스(Abu Nuwas)나 무타납비(Mutanabbi), 라틴어문명권의 프루덴티우스(Prudentius) 등과 함께 시의 정상에서 자유롭고 기발하게 노닐 때 세계문학의 절정이 마련되었다. 어느 문명권이든지 중세의 이상을 최고수준으로 구현하는 시인이 있어야 했다. 문명권의 전영역을 하나로 통합하려고 하는 거대제국의 지배자는 끝내 뜻을 이루지 못하고 곧 세력을 잃었지만, 최고시인의 위광은 오래 두고 지속되었다.

중세의 최고시인은 그리 행복한 사람이 아니었다. 제왕의 궁전을 드나들면서 시를 시어 인정을 받아야 하는 고민스러운 삶을 자유로운 창조의 발판으로 삼았다. 공동문어시의 규범을 엄격하게 지키면서 참신한 착상과 기발한 상상력을 한껏 보여주어, 법칙과 자유가 둘이 아니고 하나임을 입증하는 최상의 성과를 이룩했다. 중세의 최고시인은 제왕이나 종교지도자보다 더욱 숭앙되어 중세의 횡포가 은폐되고, 중세에 대한 평가를 후대에 이르기까지 높이게 하는 구실을 했다.

최고 경지에 이른 한시가 어떤 것인가 구체적으로 확인하기 위해서, 杜甫의 〈江村〉을 보자.[243] 번역은 장차 다른 논의를 펴면서 거론할 필요가 있으므로, 여기서는 하지 않는다. 분석의 편의를 위해서 행수에 번호를 붙인다.

(1) 淸江一曲抱村流
(2) 長夏江村事事幽
(3) 自去自來堂上燕
(4) 相親相近水中鷗
(5) 老妻畵紙爲碁局
(6) 稚子敲針作釣鉤
(7) 多病所須唯藥物
(8) 微軀此外更何求

이 시는 韻, 平仄, 對句, 시상의 전개 등의 기법을 완벽하게 갖춘 7언율시의 모범작이다.

韻은 下平聲韻 제11의 尤韻을 택해서 다음과 같이 배열했다. (1)에는 운자를 둘 수도 있고 두지 않을 수도 있는데, 두는 쪽을 택

243) 이현희 외, 《두시와 두시언해》 7(서울 : 신구문화사, 1997), 원문 34면, 언해 36-37면.

했다.

(1) ・・・・・・・流
(2) ・・・・・・・幽
(3) ・・・・・・・・
(4) ・・・・・・・鷗
(5) ・・・・・・・・
(6) ・・・・・・・鉤
(7) ・・・・・・・・
(8) ・・・・・・・求

平仄을 보면, 平聲에서 시작되는 平起式의 표준형식을 다음과 같이 갖추고 있다.

(1) 平平仄仄仄平平
(2) 仄仄平平仄仄平
(3) 仄仄仄平平仄仄
(4) 平平平仄仄平平
(5) 平平仄仄平平仄
(6) 仄仄平平仄仄平
(7) 仄仄平平平仄仄
(8) 平平仄仄仄平平

평성과 측성의 교체로 변화를 주면서, 변화의 양상을 일정하게 되풀이했다. (1)과 (4)가 같고, (2)와 (3)이 같아 짝을 이루고, (1)·(2)·(3)·(4)와 (5)·(6)·(7)·(8)이 같아서 짝을 이룬다. 그런데 제7

자가 (2)·(4)에서는 韻字여서 平聲이고, (3)·(5)에서는 韻字가 아니어서 仄聲이다. 제3자가 (3)에서는 平聲이 아니고 仄聲이고, (4)에서는 仄聲이 아니고 平聲인 것은 "自去自來"라고 하고, "相親相近"라고 해서 제1자를 제3자에서 다시 썼기 때문이다. 제3자에서는 그런 변화를 줄 수 있는 재량권을 활용했다.

다음에 對句를 보자. (1)과 (2)에는 부분적인 대구가, (3)과 (4), 그리고 (5)와 (6)에는 완전한 대구가 이루어져 있다.

(1) 淸江····流

(2) 長夏····幽

(3) 自去自來堂上燕

(4) 相親相近水中鷗

(5) 老妻畵紙爲碁局

(6) 稚子敲針作釣鉤

(7) ········

(8) ········

"淸江"과 "長夏"는 서로 대조가 되는 말이 "관형사+명사"로 연결되어 있는 점이 같다. "流"와 "幽"는 둘 다 서술어이다. "自去自來"와 "相親相近"에서는 새들이 짝을 지어 서로 따르면서 날아 다니는 모습을 같은 방식으로 거듭 묘사해 변화를 주었다. "堂上燕"과 "水中鷗" 또한 의미과 품사 구성에서 완벽한 대구가 된다. "老妻畵紙爲碁局"와 "稚子敲針作釣鉤"에서는 "老妻"와 "稚子", "畵紙"와 "敲針", "爲碁局"과 "作釣鉤"가 모두 대구이다.

시상은 두 행을 한 연으로 해서 전개된다. 한 연 안에서도 행에 따른 변화를 보였다.

(1)·(2)행의 首聯 : 자연

(1)행 : 자연의 공간, 江村

(2)행 : 자연의 시간, 長夏

(3)·(4)행의 頷聯 : 동물

(3)행 : 가까이 있는 작은 동물, 제비

(4)행 : 멀리 있는 큰 동물, 갈매기

(5)·(6)행의 頸聯 : 사람

(5)행 : 늙은 여자

(6)행 : 어린 아들

(7)·(8)행의 尾聯 : 자기 자신

(7)행 : 질병

(8)행 : 마음

이처럼 자연-동물-사람-자기 자신으로 가는 단계적인 변화를 택했다. 멀리서 시작해서 가까운 곳으로 갔다. 처음에는 외면을 그리다가 차차 내면을 향했다. 그 순서와 변화가 완벽한 이치를 갖추고 있다.

杜甫는 이런 시에서 고답적인 문화규범의 절묘한 형식을 구현하는 명시를 지었으면서, 다른 한편으로는 거기서 벗어난 자유로움을 얻었다. 상층이 아닌 하층의 삶이, 문화의 구속이 없는 자연 속에서, 규범에서 벗어나 있는 그대로의 상태에서 영위되는 모습을 보여주어 그럴 수 있었다. 절묘한 것과는 반대가 되는 천연스러운 기풍을 지니고, 형식이라고는 갖추지 않은 것처럼 보이는 소박한 말씨를 사용한 솜씨가 탁월하다. 천연스러운 상태로 되돌아가는 것이 인위적인 창조의 극치임을 보여주어, 중세문명의 규범에 대한 어떤 비판도 무력화할 수 있게 했다.

시인이 그 엄청난 과업을 수행해서 칭송을 받은 것은 아니다. "多病"·"微軀"라는 말을 써서 자탄한 시인은 건강을 잃고 보잘것없는 신세가 되었을 뿐만 아니라 모든 영광에서 소외되었다. 벼슬을 하고 권력을 잡아, 영달하고 득의한 것과 정반대쪽에서 몸을 가누고 마음을 다스리는 것 외에 다른 일을 할 수 없게 되었다고 한탄하는 말을 목소리를 최대한 낮추어서 조금만 들려주었다. 끝줄에서 "此外更何求"라고 한 "此"는 얼핏 보면 "藥物"을, 다시 생각하면 "江村"을 가리킨다. 그래서 "江村"이 "藥物"임을 알 수 있게 한다. 모든 영광에서 소외된 시인은 강촌의 모습을 바라보며, 제비와 갈매기를 벗삼아, 장기판을 그리고, 낚시 만드는 사람들의 삶을 함께 살아가면서 병을 고치고 마음을 바로잡는다고 했다.

그래서 이런 시는 갖가지 영광을 누리는 권력층에 대해서 간접적인 비판을 하지만, 비판의 대상이 되는 쪽의 반발을 산 것은 아니다. 권력층도 시를 이해하고 사랑한다고 자처하면서 시는 모름지기 이래야 한다고 칭송해 비판을 무력화했다. 그래서 시인은 스스로 원하거나 의식하지 않은 바이지만, 비판의 대상이 되는 쪽을 옹호하는 구실을 했다. 헛된 영광에 도취되어 함부로 횡포를 부리는 무리가 커다란 물의를 일으키더라도, 시를 대단하게 여기는 가치관은 흔들리지 않아 중세문명의 규범은 최고의 가치를 영원토록 가진다는 것을 입증했다.

이런 시를 지은 시인 杜甫는 몇 층위에 걸친 배타성과 포괄성을 함께 지녀 모순을 통일하는 작용을 했다. 불우한 문인의 처지를 대변해 문학을 영달의 수단으로 삼는 사람들과 대립되는 위치에 서면서, 또한 자기 시대의 세계제국 唐나라의 위세를 입증하는 구실을 한다. 중국문학은 대단하다고 하는 근거를 제공해 이웃 나라 문인들이 위축되지 않을 수 없게 하면서, 또한 동아시아문학이 다른 문명권의 문학보다 우뚝하다고 자부할 수 있게 한다. 중세문학의 탁월한 모습을 보여주어 다른 시기 문학을 압도하면서, 또한 시대적인 한계를 넘어선 세계문학으로서 가치를 발휘한다.

그렇지만 당나라 때 확립된 근체시는 그 형식이나 표현이 너무나도 뛰어나기 때문에 그것과 맞서는 다른 시형을 허용하지 않았다. 그것은 우월성에 반드시 수반되는 횡포이다. 중국시는 거기서 절정에 이르렀으므로 그 뒤에는 하강선을 긋지 않을 수 없게 되었다. 계속 상승선을 긋는 것은 자연현상에도 없으니, 문화에서 기대하는 것은 더욱 불가능하다. 상승선은 평행으로 유지하려고 하면 하강선으로 바뀐다.

천여 년을 두고 근체시를 불변의 가치를 가진 우상으로 섬기며 거듭해서 짓는 동안에 할 말이 고갈되고, 수준이 저하되었다. 근체시의 위세가 밑에서부터 민요가 치밀어오르는 통로를 단단히 막고 있으므로, 새로운 창조의 활력이 표층에 공급되지 못해서 그렇게 되었다. 중국문학사가 그런 질곡에 빠진 것은 당나라 때의 근체시가 너무나도 훌륭했기 때문이다. 선진이 후진이라고 하는 生克論의 역사철학이 그렇게 구현된 것은 너무나도 당연한 일이다.

중국문학사의 전개를 그 자체로 미시적인 관점에서 살피면, 宋詩에서 독자적인 노선을 찾고, 明代나 淸代에 이르러서 그 시대 나름대로의 詩風을 마련하려고 한 것이 대단한 일처럼 보인다. 그러나 그것들은 모두 唐代에 이룩한 근체시의 규범을 따르는 아류에 지나지 않고, 唐詩에서 이룩한 가치를 부분적으로 훼손시키는 것을 개변으로 삼았다. 근체시의 율격에서 벗어나 자유롭게 되려고 하는 詞나 散曲이 등장하기는 했어도 문학의 주변영역에 머물렀으며, 시를 혁신한다고 인정되지 못했다. 근체시를 대신할 수 있는 새로운 시는 20세기초의 신문학운동에서 주창한 白話詩에서 비로소 확립되었다.

그런데 중국에서 한시를 받아들이고, 근체시의 격식을 힘들게 익힌 동아시아의 다른 민족은 일찍부터 한시와 맞서는 민족어시를 마련하기 위해서 분투했다. 한시에서도 중국보다 뒤떨어질 수밖에 없었지만, 한시와 민족어시를 병행시켜 그 결함을 보충했다. 한국, 일본, 월남 등에서는 중국에 결핍되어 있는 민족어시를 시대마다 새롭게 창작해서 문학사의 전개를 다채롭게 했으며, 한시 또한 민족의 각성이나 민중의 삶과 밀착되게 하려고 각별한 노력을 했다. 그래서 후진이 선진임을 입증했다.

중세전기에 공동문어시를 이룩하고 그 규범을 정립하는 데서는 오직 중국이 선진이고, 그것을 받아들여 정착시키기에 급급한 다른 민족은 모두 후진이었다. 그러나 공동문어시에서는 중국이 선진이고 다른 민족들은 후진인 것이 이유가 되어, 민족어시에서는 다른 민족들이 선진이고 중국은 후진이었다. 공동문어문학의 전성기인 중세전기에 이미 그런 역전이 이면에서 일어났다. 중세후기 이후에 민족어시를 새롭게 창작하고 공동문어시 또한 민족과 민중의 문학이게 하기 위해 노력하는 과정에서, 중국의 후진성과 다른 민족들의 선진성 사이의 격차가 더욱 확대되었다.

중국문학과 다른 민족들의 문학 사이에서 벌어진 선진과 후진의 전환을 여기서 상론하려고 하는 것은 아니다. 중국에서 한시를 받아들여, 그것과 맞서는 민족어시를 마련한 여러 민족의 작업을 비교해서 고찰하는 것이 힘써 하고자 하는 일이다. 한시의 모형을 민족어시가 일제히 받아들인 점에서 동아시아 여러 민족의 문학은 여럿이 하나이지만, 그 결과가 상이해서 또한 하나가 여럿임을 밝혀 논하는 것이 구체적인 과제이다.

한국의 향가와 시조

한국에서는 杜甫의 시를 특히 숭상하고 애호해서 《杜詩諺解》라는 번역서를 거대한 규모로 이룩했다. 唐代의 다른 시인은 한국에서 杜甫만큼 대단하게 여기지 않았고, 한국이 아닌 다른 나라에서는 杜甫의 시를 그만큼 힘들여 번역하지 않았다. 杜甫의 〈江村〉을 어떻게 번역했는가 살펴보면, 한시와 한국어시의 율격이 어떤 관련을 가지는가 고찰하는 단서를 얻을 수 있다.

清江一曲抱村流
　　ᄆᆞᆯᄀᆞᆫ ᄀᆞᄅᆞᆷ ᄒᆞᆫ 고ᄇᆡ ᄆᆞᅀᆞᆯᄒᆞᆯ 아나 흐르ᄂᆞ니
長夏江村事事幽
　　긴 녀ᄅᆞᇝ 江村애 일마다 幽深ᄒᆞ도다
自去自來堂上燕
　　절로 가며 절로 오ᄂᆞ닌 짒 우흿 져비오
相親相近水中鷗
　　서르 親ᄒᆞ며 서르 갓갑ᄂᆞ닌 믌 가온ᄃᆡᆺ ᄀᆞᆯ며기로다
老妻畫紙爲碁局
　　늘근 겨지븐 죠ᄒᆡᄅᆞᆯ 그려 쟝긔파ᄂᆞᆯ ᄆᆡᆼᄀᆞᆯ어ᄂᆞᆯ
稚子敲針作釣鉤
　　져믄 아ᄃᆞᄅᆞᆫ 바ᄂᆞᄅᆞᆯ 두드려 고기 낫ᄀᆞᆯ 낙ᄉᆞᆯ ᄆᆡᆼᄀᆞᄂᆞ다
多病所須唯藥物
　　한 病에 얻고져 ᄒᆞᄂᆞᆫ 바ᄂᆞᆫ 오직 藥物이니
微軀此外更何求
　　져구맛 모미 이 밧긔 다시 므스글 求ᄒᆞ리오

이 시의 한국어 번역은 역자가 의도하거나 의식하지 않은 가운데 한국시의 율격을 갖추고 있다. 토막 구분을 해보면 그 점이 드러난다.

ᄆᆞᆯᄀᆞᆫ ᄀᆞᄅᆞᇝ|ᄒᆞᆫ 고ᄇᆡ|ᄆᆞᄉᆞᆯᄒᆞᆯ 아나|흐르ᄂᆞ니‖
긴 녀ᄅᆞᇝ|江村애|일마다|幽深ᄒᆞ도다‖
절로 가며|절로 오ᄂᆞ닌|짒 우흿|져비오‖
서르 親ᄒᆞ며|서르 갓갑ᄂᆞ닌|믌 가온ᄃᆡᆺ|ᄀᆞᆯ며기로다‖
늘근 겨지븐|죠ᄒᆡᄅᆞᆯ 그려|쟝긔파ᄂᆞᆯ|ᄆᆡᇰᄀᆞᆯ어ᄂᆞᆯ‖
져믄 아ᄃᆞᄅᆞᆫ|바ᄂᆞᄅᆞᆯ 두드려|고기 낫ᄀᆞᆯ|낙ᄉᆞᆯ ᄆᆡᇰᄀᆞᄂᆞ다‖
한 病에|얻고져 ᄒᆞ논 바ᄂᆞᆫ|오직|藥物이니‖
져구맛 모미|이 밧긔|다시 므스글|求ᄒᆞ리오‖

이와 같이 구분된 음절수를 적어보면, 다음과 같다.

4|3|5|4‖
3|3|3|5‖
4|5|3|3‖
5|6|4|5‖
5|5|4|4‖
5|6|4|6‖
3|7|2|4‖
5|3|5|4‖

이렇게 정리된 결과를 보면, 번역시도 율격을 갖추고 있어, 한 행이 네 토막씩인 네 토막형식 또는 4음보형식이라고 할 수 있다. 다시 두 토막으로 나눌 수 있는 긴 토막이 있기는 해도, 그런 것이 한국시 율격의 상례에서 많이 벗어난 예외라고 할 수는 없다. 한 토막을 이루는 음절수가 3·4·5음절의 범위 안에 든 경우가 절반이 넘으며, 4음절이 기준음절이다. 이 시를 번역한 사람이 번역시의 율격을 고려하지 않았을 것인데 이런 결과가 나타난 것은 잠재의식 속에 들어 있던 율격이 자기도 모르게 표출되었다고 할 수 있다. 그래서 네 토막형식이 한국시의 자연스러운 율격임을 확인할 수 있게 한다.

4음절을 기준음절수로 한 네 토막이 한 줄을 이루는 형식이 한시에는 있지 않으니, 한시에서 가져왔다고 할 수는 없다. 한시와는 반대쪽에 있는 민요의 율격에서 그 원천을 찾아야 마땅하다. 그런 형식은 민요에 흔히 있는 기본형식이다. 무가 또한 그 형식을 많이 사용한다. 한 줄이 7음절로 되어 있는 한시를 번역하면서 민요나 무가에서 전승하고 있는 그런 형식을 번역자가 자기도 모르는 사이에 잠재의식에 지니고 있어 찾아내 썼다.

이러한 사실에서 한국시의 4음절을 기준음절수로 한 네 토막 한 줄이 한시 7언시 한 줄과 내용상의 분량에서 대등함을 확인할 수 있다. 시의 형식을 이루는 '음절수'와 시의 내용에서 전달되는 '정보량'을 구분하는 용어를 제정하고 논의를 계속해보자. 한시 7언시와 한국시 네 토막 형식은 '정보량'에서는 대등하고, '음절수'는 그렇지 않다. 한 줄을 이루는 '음절수'에서 한시는 7음절인데, 한국시는 4음절을 기준으로 삼으면 4|4|4|4||여서, 음절수가 4×4=16, 대체로 16음절이다. 16은 7의 약 2.3배이다. 그 이유는 위에서 든 〔조건 1〕 때문이다. 한시의 언어는 고립어이고 단음절 단어가 많은데, 한국어는 교착어이고 다음절 단어가 많기 때문에 '정보량'을 대등하게 하려면 '음절수'는 2배 이상 늘여야 한다.

한국시는 향가에서 시작되었으므로, 한시와 한국시가 율격에서 어떤 관련이 있는가 고찰하기 위해서는 향가부터 살펴야 한다. 신라 향가 가운데 月明師의 〈兜率歌〉는 한시로 번역되어 있어서, 그 문제를 다루는 데 필요한 소중한 자료가 된다. 작품의 원문, 해독, 한시 번역을 나란히 들어보자.[244)]

今日此矣散花唱良	오늘 이에 散花 불러	龍樓此日散花歌
巴寶白乎隱花良汝隱	솟아나게 한 꽂아 너는	挑送青雲一片花
直等隱心音矣命叱使以惡只	곧은 마음의 命에 부리워져	殷重直心之所使
彌勒座主陪立羅良	彌勒座主를 뫼셔 羅立하라	遠邀兜率大仙家

향가도 4행이고, 한시도 4행인 점은 서로 같다. 그러나 한시를 보면 향가에 없는 말이 한 줄에 한두 자씩 추가되어 있다. 제1행의 "龍樓", 제2행의 "青雲", 제3행의 "殷重", 제4행의 "遠"이 추가된 말이다. 제4행의 "兜率大仙家"에서는 말을 바꾸어 늘였다. 한시로 옮기면서 말을 보태거나 늘인 것은 향가 한 줄과 한시 한 줄이 '정보량'에서 같지 않기 때문이다. 향가의 '정보량'을 늘여야 서로 대등할 수 있었다.

7음절 네 줄 한시 대신에 5음절 네 줄 한시의 형식을 택해서 다음과 같이 번역한다면, 양쪽 '정보량'의 차이가 줄어든다.

오늘 이에|散花 불러‖	此日散花歌
솟아나게 한|꽂아 너는‖	挑送一片花

244) 원문과 한시 번역은 《삼국유사》(서울 : 민족문화추진회, 영인본, 1973), 399면에서 인용하고, 해독은 김완진, 《향가해독법연구》(서울 : 서울대학교출판부, 1980)에 의거한다.

곧은 마음의|命에 부리워져|　　直心之所使
彌勒座主 뫼셔|羅立하라|　　遠邀大仙家

그렇게 해도 제1행의 "歌"는 보탠 말이고 , 제2행의 "挑送"은 앞의 '散'에 대한 불필요한 부연이다. 제3행의 "所使"도 "使"이면 그만이다. 제4행의 "遠"도 없던 말이다. '정보량'에서 향가 두 토막 한 줄이 한시 5음절 한 줄보다 모자란다. 그래서 향가를 두 줄로 적고 7음절씩 두 줄의 한시로 옮기는 방법을 택해 양자의 관련을 재조절하면, 다음과 같은 결과를 얻을 수 있다.

오늘 이에|散花 불러|솟아나게 한|꽃아 너는||
此日散花一片花
곧은 마음의|命에 부리옵기에|彌勒座主를 뫼셔|羅立하라||
直心之使邀仙家

이렇게 하니 향가 한 줄과 한시 한 줄의 '정보량'이 서로 같아진다. 향가 네 토막 한 줄이 한시 7음절 한 줄과 '정보량'에서 일치한다는 사실을 재확인할 수 있다. 향가와 한시가 '음절수'와 '정보량'이 둘 다 일치할 수는 없다. 각기 향가와 한시는 그것대로의 독자적인 형식을 구현하고 있어 '음절수'는 서로 어긋나야 '정보량'이 일치할 수 있다.

향가 네 토막 두 줄을 한시 7음절 두 줄로 옮기면 '정보량'이 일치해서 충실한 번역을 할 수 있는데, 그렇게 하지 않은 이유는, 한시에는 두 줄 형식이 없기 때문이라고 생각된다. 향가는 네 토막씩 두 줄 형식이 최소의 형식이고, 한시는 네 줄 형식이 최소의 형식이다. 번역을 해도 한시는 한시다워야 하므로, 번역자가 '정보량'의 불일치를 감수했다.

고려시대에 均如가 지은 향가 11수는 전편이 한시로 번역되어 있다. 번역을 한 崔行歸가 〈譯歌序〉를 길게 써서, 한시와 향가가 서로 다른 점을 밝혀 논했다. 그 대목을 인용하면서, 對句를 잘 갖추고 있는 점을 이해하기 쉽도록 배열하고, 번호를 붙인다.

(가) 詩構唐辭 琢磨於五言七言 歌排鄕語 切磋於三句六名

시는 중국글 엮어 五言七言으로 다듬고, 노래는 우리말을 골라 三句六名을 갈아낸다.

(나) 論聲則隔若參商 東西易辨 據理則敵如矛盾 强弱難分

소리를 논하면 參星과 商星이 동서에 나누어져 있는 것 같아서 쉽사리 구별되고, 이치에 의거하면 창과 방패가 맞서 있는 것과 같아서 강약을 분간하기 어렵다.

(다) 雖云對衒詞鋒 足認同歸義海

비록 말의 칼끝을 맞대고서 서로 자랑한다고 하지만, 의로운 곳으로 함께 간다고 충분히 인정할 수 있다.

(라) 各得其所 于何不臧

각기 그 장기를 발휘하는 것이 어찌 좋지 않다고 하겠는가?

(가)에서는 한시와 향가의 형식이 서로 다르다고 했다. (나)에서는 형식은 달라도 내용은 같다고 했다. (다)에서는 서로 경쟁하는 관계에서 같은 목표를 달성한다고 했다. (라)에서는 각기 특성을 발현하는 것이 바람직한 일이라고 했다.

한시와 향가는 (가)의 차이가 있어, 한 줄을 이루는 '음절수'가 서로 다르고, 줄이 연결되는 형식에서도 차이가 있다. 한시의 "五言七言"은 한 줄을 이루는 음절수가 5음절이나 7음절인 규칙을 말한다. “三句六名”은 무엇인가 불분명해서 논란이 많으나, 줄이 연결되는 규칙을 지적했다고 보는 편이 적합하다. “五言七言”과 “三句六名”이 다음과 같은 대립의 짝을 이룬다고 판단되기 때문이다.

	한시	향가
한 줄을 이루는 음절수	五言七言	4음절 4 토막 형식 등
한 편을 이루는 행수	절구, 율시, 배율 등	三句六名

복잡한 것은 생략하고 단순한 것만 적어서, 생략한 것은 각자 생각하게 했다. 품격 높은 시가 민요와 구별되는 특징을 한시에서는 ‘음절수’를 5음절·7음절로 늘여서 갖추었는데, 향가는 음절수가 가변적이므로 그럴 수 없었다. 그 대신에 향가에서는 작품 한 편이 몇 행으로 이루어져 있는가 하는 ‘행수’를 민요와는 다르게 만들었다. 崔行歸가 그 점을 간파하고 “三句六名”이라는 말로 ‘행수’에 관한 규칙을 지적했다고 생각된다.

‘句’나 ‘名’이 무엇을 지칭하는지 말뜻을 캐서는 알 수 없다. 한문학에는 없어 한자어와는 맞지 않은 형식에 관해서 말하니, 비유일 수밖에 없는 말뜻에 매달리지 말고, 무엇을 지칭하는지 실상에 근거를 두고 판단을 내려야 한다. 모두 10행으로 적는 향가 행수는 〔4행+4행+2행〕으로 나누면 “三句”이다. 句가 끝날 때 말이 끝나 종결어미가 있는 것이 예사이다. 〔4행+4행+2행〕을 다시 〔(2행+2행)+(2행+2행)+(1행+1행)〕으로 나누면 여섯 부분이 되는데, 그것을 “六名”이라고 하지 않았던가 한다. ‘句’는 시를 크게 나눈 단위여서 오늘날의 용어 연에 해당하고, ‘名’은 그것을 다시 나눈 단위여서 오늘날의 용어 행과 상통한다고 할 수 있다.[245)]

그런 형식은 어떻게 해서 이루어졌는가? 민요에서 가져왔는가? 이것이 또한 중요한 문제이다. 민요는 2행+2행을 기본으로 하고 있다. 4구체라고 하는 4행향가는 〔2행+2행〕을 그대로 받아들였다. 위에서 든 〈도솔가〉는 바로 그 형식이다.[246] 8구체라고 하는 8행향가는 〔2행+2행〕을 되풀이한 〔(2행+2행)+(2행+2행)〕의 二句로 이루어졌다. 10구체라고 하는 10행향가는 거기다가 〔1행+1행〕을 보탠 〔(2행+2행)+(2행+2행)+(1행+1행)〕의 三句로 이루어져 있다.

민요는 句가 갑절로 늘어나 一句·二句·四句일 수 있으나, 三句일 수는 없다. 또한 句는 길이가 균등해야 하는데, 10행향가에서 세번째 句는 앞의 두 句 절반의 길이인 것도 민요에서는 있을 수 없는 일이다. 句를 다시 名으로 나누면 名의 길이 또한 대등해야 하는데, 세번째 句에서는 명의 길이 또한 앞의 것들의 절반이다. 그래서 전후 비대층의 형식을 이루고 있다.

세번째 句 서두에 감탄구가 오는 것도 특이한 일인데, 그것은 앞의 두 句에서와 같은 句가 더 계속되지 않고, 이제 마지막에 이르렀다는 신호이다. 그런 장치가 있어 전후 비대칭으로 완결될 수 있게 했다. 句가 三句이고, 세번째 句는 그 자체의 길이나 句를 다시 나눈 名의 길이가 앞의 것들의 절반인 특이한 규칙을 만들고, 감탄구를 두어 비대칭으로 완결될 수 있게 하는 것은 모두 향가가 민요

245) 《한국문학통사》 1(서울 : 지식산업사, 1994)에서는 "三句六名"의 의미를 미해결로 두었는데(147면), 여기서는 최철, 《향가의 본질과 시적 상상력》(서울 : 새문사, 1983), 78-88면에서 정리한 견해에 대해 대체로 동의하면서, 句는 큰 단위이고, 名은 작은 단위로 본다.

246) 그런 사실을 지적해서 말하는 용어를 정비해야 다음의 논의로 넘어갈 수 있다. 4구체향가는 4행이라고 일컬어, 2행향가는 〔2+2〕의 一句로 이루어졌다고 해야 혼란이 생기지 않는다. 《균여전》에서 가져온 용어는 한자로 적어 오늘날의 용어와 구별되게 한다.

에서 분리되어 '노래'가 아닌 '시'가 되게 하는 구실을 한다.[247]

그런 형식을 갖춘 향가를 옛 사람들은 일반 향가와 구별해서 詞腦歌라고 특별히 지칭했다. 사뇌가를 만들어낸 것은 한시에서 7언시를 만든 것과 품격 높은 '시'를 창조한 작업인 점에서는 서로 같은데, 그 방법이 서로 달랐던 것은 율격을 만드는 데 소용되는 〔조건 1〕이 상이하기 때문이다. 한시에서는 한 줄을 이루는 '음절수'에 관한 五言七言의 규칙을 만들고, 한국시에서는 작품 한 편을 만드는 '행수'에 관한 三句六名의 규칙을 만드는 다른 방법을 써서 고급의 시를 만드는 동일한 목적을 달성했다. 고급의 시는 비대층의 형식이어야 한다는 점에서는 서로 같으면서, 비대층이 되게 한 방법은 서로 달랐다.

5음절이나 7음절 형식의 한시는 한 줄을 이루는 음절수는 비대칭이지만, 시 한 편을 이루는 행수는 4행이나 8행이어서 대칭이다. 그런데 사뇌가는 시 한 편을 이루는 행수는 비대칭이지만, 한 줄을 이루는 음절수 배열은 대칭이다. 양쪽 다 비대칭이면 너무 불안하므로, 대칭과 비대칭이 공존해서, 한쪽이 비대칭이면 다른 쪽은 대칭이어야 안정된 가운데 긴장이 있고, 긴장 가운데 안정이 있다. 그런 원리를 공통되게 구현하면서, 어느 쪽이 대칭이고 어느 쪽이 비대칭인가 하는 데서는 서로 반대가 되는 선택을 했다.

均如의 〈普賢十願歌〉 11수는 사뇌가의 좋은 본보기이다. 그 가운

---

247) 그렇게 해서 만들어낸 특별한 향가 형식은 이름이 여럿이어서 혼란이 일어난다. 흔히 10구체라고 해왔는데, 《균여전》에서 사용한 용어를 되살리면 三句體이다. '句'라는 말을 함부로 써서 생긴 혼란을 청산하기 위해서 10구체를 10행형식이라고 해야 한다. 향가는 10행이라고 하면, 시조는 6행이라고 해야 한다. 그런데 시조를 한 줄이 네 토막씩이라고 보아 3행이라고 하는 관습이 기득권을 가지고 있어서, 거기 맞추어 말하려면 10행향가는 5행향가라고 해야 한다. 5행향가는 〔2행+2행+1행〕으로 이루어진 三句 형식이다.

데 첫 수인 〈禮敬諸佛歌〉의 원문과 해독을 들고,[248] 최행기의 한역가 8행을 해당되는 곳에다 병기한다.

心未筆留	마음의 붓으로	心以爲筆畵空王
慕呂白乎隱佛体前衣	그리온 부처 앞에	
拜內乎隱身萬隱	절하는 몸은	瞻拜唯應遍十方
法界毛叱所只至去良	法界 없어지도록 이르거라	
塵塵馬洛佛体叱刹亦	티끌마다 부첫 절이며	一一塵塵諸佛國
刹刹每如邀里白乎隱	절마다 뫼셔 놓은	重重刹刹衆尊堂
法界滿賜隱佛体	法界 차신 부처	見聞自覺多生遠
九世盡良禮爲白齊	九世 내내 절하옵저	禮敬寧辭浩劫長
歎曰 身語意業無疲厭	아아 身語意業無疲厭	身體語言兼意業
此良夫作沙毛叱等耶	이리 宗旨 지어 있노라	總無疲厭此爲常

향가를 한시로 옮긴 방법이 句마다 다르므로, 하나씩 들어 살필 필요가 있다.

마음의|붓으로|그리온|부처 앞에|| 心以爲筆畵空王

절하는 몸은|法界|없어지도록|이르거라|| 瞻拜唯應遍十方

첫 句에서 이렇게 해서, 향가 네 토막이 '정보량'에서 한시 7음절과 대등한 것을 재확인할 수 있게 한다.

티끌마다|부첫 절이며| 一一塵塵諸佛國

---

248) 김완진, 위의 책의 해독을 현대어로 옮긴다.

절마다|뫼셔 놓은||	重重刹刹衆尊堂
法界 차신|부처|	見聞自覺多生遠
九世 내내|절하옵저||	禮敬寧辭浩劫長

이처럼 둘째 句에서는 향가 두 토막을 한시 7음절로 옮겼으므로 향가에는 없는 말을 한시에다 보태 '정보량'을 추가하는 일을 조심스럽게 했다. 앞의 두 줄에서는 "마다"를 "一一"과 "重重"으로 옮겨 추가작업을 최소한으로 줄였다. 뒤의 두 줄에서는 직역을 하지 않고 의역을 해서 추가작업을 한 흔적이 드러나지 않게 했다.

아아|身語|意業|無疲厭||	身體語言兼意業
이리|宗旨|지어|있노라||	總無疲厭此爲常

셋째 句에서는 이처럼 다시 향가 네 토막을 한시 7음절로 옮기면서, 말을 보태기도 하고 바꾸기도 했다. 앞줄의 향가에서 한자어를 그대로 사용한 것을 말을 보태서 옮겼다. "疲厭"은 뒷 줄로 돌려, 없는 말을 지어내서 보태야 하는 수고를 덜 수 있게 했다. 그 말은 그대로 쓰면서 다른 말은 바꾸어서 뜻하는 바가 전체적으로 맞아들어가게 하는 방법으로 뒷줄을 마련했다.

사뇌가가 퇴장하고 그 대신 등장한 시조는 사뇌가를 절반 가까이 줄인 형식을 갖추고 있다. 사뇌가가 10행이라면 시조는 6행이고, 사뇌가가 5행이라면 시조는 3행이다. 행 구분을 그렇게 하고, 한 행을 이루는 기준음절수를 4음절로 보면, 사뇌가의 형식은 4|4|4|4||4|4|4|4||4|4|4|4||4|4|4|4||4|4|4|4||이고, 시조의 형식은 4|4|4|4||4|4|4|4||4|4|4|4||이다. 시조는 민요의 '노래'에는 없는 품격 높은 '시' 특유의 행수를 갖추고 있는 점에서 사뇌가와 같으며, 세번째 句 서두에 감

탄구를 두어 비대층형식을 만든 원리도 그대로 이었다. 행수를 절반 가까이 줄여 형식을 단순화하는 한편, 비대층으로 인한 긴장은 더욱 고조시켰다.

시조 한 행의 '정보량'은 사뇌가의 경우와 같아, 7음절의 한시와 대등하다는 점은 달라지지 않았다. 그러면서 대응의 상대 선택이 달라졌다. 사뇌가는 한시 7언율시와 대응하는 관계를 가졌는데, 사뇌가를 절반 가까이 줄인 시조는 한시 7언절구와 대응하는 관계를 가졌다. 7언절구의 한시를 시조로 옮긴 것이 있어 그 점을 확인할 수 있게 하는 좋은 자료가 된다.

한시에서 율시의 절반 길이인 절구는, 한국시에서 사뇌가의 절반 가까운 길이인 시조와 시상이 더욱 압축되어 있는 단형시인 점이 서로 같다. 한시에서는 율시와 절구가 함께 나타나 병행해서 쓰였는데, 한국시에서는 사뇌가의 시대가 가고 시조의 시도가 시작되어, 마치 율시가 절구로 대치된 것과 같은 변화가 일어났다. 그 변화가 왜 일어났으며, 어떤 의의가 있는가 살피면 다음과 같은 견해를 펼 수 있다.[249)]

사뇌가를 창조한 중세전기의 귀족은 자기네 이념을 불교를 통해서 체계화한 이상주의자여서, 아득하게 먼 곳에 있는 이상을 추구하는 숭고미 위주의 시를 짓는 데 힘썼다. 시조의 주인이었던 중세후기의 사대부는 현실과 이상을 근접시키고자 하는 노력을 신유학을 통해서 구현하면서 가까이 있는 것들을 마음속으로 받아들이는 우아미 위주의 시를 애용했다. 멀리 있는 이상을 추구하기 위해서는 '행수'가 많은 형식이 요구되고, 가까이 있는 것들과 친근한 관

249) 《한국문학의 갈래 이론》(서울 : 집문당, 1992) ; 《한국문학통사》 1(서울 : 지식산업사, 1994) ; 《한국민요의 전통과 시가 율격》에서 논한 사실을 정리하면서, 중국의 경우와 비교하는 견해를 덧보탠다.

계를 가지는 데는 단형시가 필요했다. 단형시를 따로 만들지 않고 사뇌가를 절반으로 줄인 것은 선행형식이 전통으로 남아 있고, 민요를 고급의 시로 고치는 방법이 달라질 수 없었기 때문이다.

서정시의 역사에서 사뇌가와 시조가 그런 관계를 가진 것은 문학사 전개의 일면에 지나지 않는다. 사뇌가가 시조로 대치된 시기에는 서정시인 시조가 교술시인 가사와 공존했다. 서정시의 시대가 서정시와 교술시가 공존하는 시대로 바뀐 것이 문학사 전개에서 일어난 더욱 커다란 변화였다. 그렇게 된 이유는 중세후기문학의 담당층으로 등장한 사대부가 자아 영역의 心과 세계 영역의 物을 함께 소중하게 여기면서 그 상관관계를 밝히려고 힘쓴 데 있다. 그래서 세계의 자아화인 서정시 시조와 자아의 세계화인 교술시 가사 양쪽을 필요로 했으며, 그 둘이 상보적이고 경쟁적인 관계를 가진 작품세계를 창조했다.

가사는 사뇌가보다도 훨씬 긴 장시이므로, 시조는 사뇌가의 절반 길이의 단시가 될 수 있었다. 한시에다 견주어 말하면, 사뇌가는 律詩, 시조는 絶句, 가사는 排律에 상응한다고 할 수 있다. 그런데 한국시에서는 그 셋이 공존하지 않고, 중간 길이인 율시에 해당한 것이 퇴장한 다음 절구에 해당하는 것과 배율에 해당하는 것이 공존하게 되어, 단시와 장시의 대립이 뚜렷해졌다. 가사는 배율보다 더욱 장형이어서 단시와의 격차를 중국의 경우보다 더 벌였다.

한국시의 율격사가 중국의 경우와 그처럼 다르게 전개된 이유는, 한국에서 사뇌가의 형식을 정립해서 율격을 그 나름대로 체계화한 성과가 중국에서 근체시의 규범을 확립한 것과 비교할 때 미비하고 엉성했던 차이점에서 단서를 얻어 해명할 수 있다. 율격왕국의 지배질서가 엉성하기 때문에 개변하고 보완하는 작업을 시대가 달라지자 다시 해야 했다. 중국에서는 율격이 완성되어 변화가 일어나지 않았으므로 '시'의 역사가 그 내부의 영역에 머물렀지만, 한국에서는 율격 재형성 같은 기본과업이 사회사나 사상사의 변화와 맞물려서 진행되어, 문학사의 진폭이 넓어져야 했다.

시조가 사뇌가를 대신해서 단형서정시의 주역으로 등장하면서, 한시와의 대응관계를 다시 설정해야 했다. 사뇌가에서 상대역으로 삼은 7언율시를 버리고, 시조는 7언절구를 맞이해서 새로운 경기를 벌였다. 그 점을 확인하기 위해서 구체적인 예를 들어보자.

渭城朝雨浥輕塵
客舍青青柳色新
勸君更盡復一盃
西出陽關無故人

위의 7언절구는 王維의 〈送元二使西安〉이다.[250] 이 시는 중국에서 노래로 불렀으나,[251] 한국에서는 그럴 수 없었다. 한국에서는 한시를 그 자체로 노래하지 않기 때문이다. 그러나 이 시를 시조로 옮기면 노래할 수 있다. 그래서 다음과 같은 시조가 생겨났다.[252]

渭城 아츰비에 柳色이 새로왜라
그디를 勸ᄒᆞ나니 一盃酒 나ᄋᆞ시쇼
西흐로 陽關에 나가면 故人 업셔 ᄒᆞ노라

---

250) 劉大杰, 《中國文學發達史》(臺北 : 臺灣中華書局, 1966), 337면에서 옮긴다.
251) 柳晟俊, 《唐詩論考》(北京 : 中國文學出版社, 1994), 94-100면에서 이 시를 노래하는 唱法에 관해 고찰했다.
252) 심재완, 《정본 시조대전》(서울 : 일조각, 1984), 578면.

두 작품의 상관관계를 나타내기 위해서 다시 적어보자.

渭城朝雨浥輕塵	渭城아츰비에 柳色이 새로왜라
客舍青青柳色新	
勸君更盡復一盃	그더를 勸ᄒᆞ나니 一盃酒 나으시쇼
西出陽關無故人	西흐로 陽關에 나가면 故人 업셔 ᄒᆞ노라

한시의 절구는 4행이고, 시조는 3행이므로 서로 맞지 않는다. 4행시를 3행시로 옮기려면 네 행 가운데 어느 두 행을 한 행으로 축약하지 않을 수 없다. 제1행에서는 "渭城朝雨", 제2행에서는 "柳色新"만 따와서 "渭城 아츰비에 柳色이 새로왜라"고 하는 한 행을 만들었다. 그 다음에는 한시 제3·4행을 시조 제2·3행으로 충실하게 옮겨놓아 '정보량'의 가감이 거의 없다. 다만 한국어가 한시의 언어와 달라서, 제2행의 "……시쇼", 제3행의 "ᄒᆞ노라"와 같은 어미가 첨부되었을 따름이다.

한시를 시조로 옮긴 것보다 시조를 한시로 옮긴 것은 더 많다. 시조를 한시로 옮길 때에는 7언절구의 형식을 사용하는 것이 상례여서, 그 둘이 대응관계에 있음을 재확인할 수 있게 한다. 그렇지만 시조 3행을 한시 4행으로 옮기려면, 한시를 시조로 옮기는 경우와는 반대로, 한 줄을 두 줄로 늘여야 했다.

그런 본보기를 하나 들어 양쪽을 비교해보자. 金三賢이 지었다고 하는 이 시조를 洪良浩가 〈罷睡〉라는 제목을 달고 다음과 같이 옮겼다. 서로 대응되는 행을 밝혀 적기로 한다.[253)]

253) 《한국문학통사》 3(서울 : 지식산업사, 1994), 265면에서 다룬 사례를 이용한다.

松壇의 션즘 씌야 醉眼을 드러보니 罷睡松壇擡醉眸
夕陽浦口에 나드나니 白鷗ㅣ로다 夕陽浦口下雙鷗
아마도 이 江山 님즈는 나쁜인가 ᄒᆞ노라 問此江山誰是主
白鷗與我共分留

처음 두 줄을 한시로 옮기는 데서는 '정보량'의 가감이 거의 없다. 그런데 시조 제3행을 가지고 한시 제3행과 제4행을 만들 때에는 원문에 있는 "江山"·"主"·"我"에다 다른 말을 여럿 보태서 뜻이 달라졌다. 강산의 임자가 자기뿐이라고 한 말을 고쳐서 자기와 백구가 강산을 함께 나누어 가진다고 했다.

7언절구의 한시를 시조로, 시조를 7언절구로 옮기는 일을 직접 하지 않더라도, 시조 창작자들은 7언절구와 맞서는 시조의 가치가 무엇인가 하는 점에 대해서 상당한 자각을 가졌다. 두 가지 시를 함께 창작한 사람들은 어떨 때, 무엇을 말하기 위해서, 왜 그 둘 가운데 어느 한쪽을 택해야 하는가 깊이 생각해야 했다. 李滉은 사상 표현에서 한시와 대등한 수준을 보인 연작 시조 〈陶山十二曲〉을 짓고, 그 발문에서 한시는 읊는 데 그쳐야 하지만, 시조는 노래부를 수 있어 마음속을 맑게 하는 감동력이 더 크다고 했다. 노래불러야 흥겹고, 신명을 풀 수 있다는 생각이 시조의 가치 자각에서 언제나 큰 비중을 차지했다.

"天機自發"이라는 말을 써서 타고난 그대로의 마음이 저절로 발현하는 것이 무엇보다도 소중하다고 평가한 시대에 이르면,[254] '風謠'로 일컬어지는 민요의 가치가 재평가되고, 민요와 가까운 관계를

254) 그런 지론을 펴는 이론적인 근거를 홍대용이 특히 뚜렷하게 했다. 《한국의 문학사와 철학사》(서울 : 지식산업사, 1996)의 〈18세기 人性論의 혁신과 문학의 사명〉에서 그 점에 관해 자세하게 논했다.

가졌다는 이유에 시조 또한 '風謠'라고 했다. 그런 사고방식이 널리 퍼진 시기인 중세에서 근대로의 이행기에, 민요에 나타나 있는 농민의 말을 시조로 옮긴 魏伯珪의 〈農歌〉와 같은 작품이 등장했다. 형식이 산만한 장편민요가 시조에 밀어닥쳐, 형식을 파괴하고 품격을 뒤집어 웃음을 일으킨 것이 더욱 주목할 만한 변화였다.

민요의 충격이 한시에도 미쳐 가치의 전도를 가져왔다. 민요가 으뜸이고, 시조가 그 다음이므로, 그 다음 순위인 한시도 고답적인 영역에서 벗어나서 민요를 받아들여 민중과 민족을 발견해야 한다는 운동이 광범위하게 일어났다. 朴趾源이 "韻其民謠"하면 "眞機發現"이라고 하고, 丁若鏞이 "朝鮮詩"를 쓰겠다고 한 것이 한시 창작의 새로운 방법으로 등장했다.[255]

일본의 和歌

한시와 한국시가 어떻게 대응되는가 하는 문제를 놓고 지금까지 고찰한 내용은 너무나도 당연해서 길게 거론할 필요가 없다고 생각할 수 있다. 한시의 자극을 받아 '노래'를 '시'로 발전시키면서 한시의 율격과 대응되는 민족어시의 율격을 마련하고자 할 때 지금까지 살핀 것밖에 다른 길이 있을 수 없다고 해야 할 것 같다.

그러나 일본시는 한국시와는 아주 다른 율격을 선택했다. 한국시가 택한 길과 일본시가 택한 길을 비교해서 고찰해야 그 둘의 특성이 드러나고, 한시와 대응하는 관계를 가지고 민족어시의 율격을 마련하는 과정과 양상에 관한 일반론을 구상하는 단서를 얻을 수

255) 《한국문학사상사시론》, 269면, 288면.

있다. 한국시의 율격과 일본시의 율격이 서로 다른 원리와, 그런 원리가 생긴 이유를 밝혀 논할 수 없는 율격이론은 이론 구실을 하지 못한다.

한국어와 일본어는 교착어이고, 다음절 단어가 많은 공통점이 있을 뿐만 아니라 어순이나 어형에서도 유사점이 많아 〔조건 1〕에 근접되어 있다. 그렇다면 한국시와 일본시의 율격은 유사해야 할 것인데, 전연 그렇지 않다. 한국시는 한 행을 이루는 음절수가 가변적인 음보율을 택하고, 일본시는 그렇지 않아 한 행을 이루는 음절수가 고정되어 있는 음수율을 택했다는 것은 잘 알려진 바와 같다. 한국시에는 한 행이 네 토막이고 한 토막을 이루는 기준음절수가 4음절인 형식이 흔하며, 지금까지 고찰한 사례가 모두 그런 것인데, 일본시에는 한 행이 7음절 또는 5음절로 고정되어 있으며, 그런 음절수를 가진 행이 5‖7‖5‖7‖7‖또는 5‖7‖5‖로 되풀이되는 것이 지배적인 형식이다.

왜 그런 차이가 생겼는가? 이 의문은 율격을 이루는 〔조건 1〕에서는 해결할 수 없으며, 〔조건 2〕에서 해결하려고 하는 것이 당연한 순서이다. 일본시는 그런 형식을 일본민요에서 받아들였으며, 일본민요는 한국의 경우와 기능이나 가창방식이 다른 〔조건 2〕 때문에 그런 형식을 갖추고 있다는 사실을 밝히면 의문을 해결할 수 있다.

그러나 일본민요의 율격은 그렇지 않다. 음절수를 들어 일본민요의 율격을 정리한 결과를 보면, 여러 형태를 산만하게 열거하고 있어서, 거의 아무런 질서가 없는 것 같다.[256] 5음절과 7음절이 많이

256) 藤田德太郎, 《歌謠文學》(東京 : 河出書房, 1938), 278-282면에서는 "민요의 형식은 복잡하다"고 하며, 7·7이 되풀이되는 경우가 많고, 7·7·7·5가 기본형태이며, 7이 3·4 또는 4·3일 수도 있다고 했다. 淺野建二, 《日本の民謠》(東京 : 岩波書店, 1966)에서 실제의 사례를 들어 제시한 일본민요의 율격에는 5·

보인다고 하는데, 사실은 3|4 또는 4|3으로 이루어져 있는 것을 선입견에 맞추느라고 7음절이라고 하지 않았나 하는 의심이 든다. 나타나 있는 결과를 그대로 옮겨도 5|5|7|5‖, 4|5|7|5‖, 6|5|7|5‖, 5|5|7|4‖같은 것들이 다양하게 보여, 음절수는 가변적인 네 토막의 형식이 두드러진 위치를 차지한다. 그 점에서 일본민요는 한국민요와 기본적으로 동질적인 율격구조를 갖추고 있다. 그런 사실은 한국과 일본에서 율격을 형성하는 〔조건 1〕뿐만 아니라 〔조건 2〕 또한 서로 다르지 않다는 증거이다.[257)]

일본의 '시' 형식을 민요와 직접 비교한 성과가 있는가 찾고 있

5·7·5 ; 8·5·7·6 ; 8·5·8·5 ; 6·5·7·5 ; 4·5·7·5 ; 5·5·7·5 ; 7·5·7·5 ; 5·6·5·7·5 ; 5·7·5·7·5 ; 7·5·7·4 ; 5·7·8·5 ; 5·7·7·6 ; 5·7·7·4 ; 5·8·7·4 ; 5·7·8·5 ; 5·6·6·4 ; 5·6·5·4 같은 것들이 있다(108-111면에 있는 것 모두 옮긴다). 이러한 율격을 5음절과 7음절의 결합형 및 변이형으로 설명하려고 했으나, 납득할 만한 결과를 얻지 못했다. 한 토막을 이루는 음절수는 4음절에서 8음절까지의 범위 안에서 변하고, 한 줄을 이루는 토막수는 넷인 것이 예사이며, 다섯일 수도 있다고 할 수 있는 것 이상의 다른 어떤 특징도 발견할 수 없다. 그 점은 일본민요의 율격이 한국민요의 율격과 율격 형성의 원리에서 동일하다는 증거이다.

257) 小西甚一, 《日本文藝史》 1(東京 : 講談社, 1985) 및 그 영문판인 Jinichi Konishi, *A History of Japanese Literature vol. 1*(Princeton : Princeton University Press, 1984)에서는, 일본시를 이루는 기본 단위는 고저, 강약, 장단 등의 다른 자질은 발달되지 않아 음절수여야 하는데, "4음은 2음과 2음으로, 6음은 3음과 3음으로 분해되므로, 음수율의 단위는 홀수일 수밖에 없다" 하고, "3음 이하의 단위는 너무 적고, 11음·13음(영문판에서는 13음)은 너무 커서 응집력이 부족하므로, 나머지 홀수음은 5음이나 7음일 수밖에 없다"고 하는 논리로 5음과 7음의 규칙이 생긴 이유를 설명했다(일본어판, 175면 ; 영문판, 141-142면). 그런 견해는 몇 가지 점에서 논증이 결여되어 있어 논리의 비약이다. 짝수음절수는 부적당하다고 해야 할 이유가 없다. 한국시는 짝수음절수를 기본으로 한다. 홀수음절이라도 다시 나누어진다. 한시의 5음절은 2|3으로, 7음절은 4|3으로 나누어진다. 너무 적지 않고, 너무 많지 않은 홀수음절은 5음절이나 7음절이라고 해도, 그 둘을 반드시 교체해서 사용하는 이유는 설명하지 못한다. 일본민요의 율격은 관심 밖에 두었다.

으나 아직 발견하지 못했다. 그러나 '시' 형식이 '歌謠'에서 분화되었다고 하는 것은 널리 인정되고 있는 견해이다.[258] '歌謠'란 기록에 올라 있는 '노래'의 총칭이며, 그 가운데 상당수는 민요를 정착시킨 것으로 인정된다. 가요는 '시'라고 인정될 수 없는데, 형식이 일정하지 않은 것이 그렇게 판단하는 가장 중요한 이유이다.

'歌謠'는 "定型이 없다"고 한다.[259] 음절수와 행수가 일정하지 않다.[260] 《古事記》에 나타난 예를 보면, 4|7‖5|6‖6|8‖도 있고, 4|7‖5|7‖

258) 麻生磯次 외 공저, 이영구 역, 《일본문학개론》(서울 : 교학연구사, 1981), 11-12면, 83-86면.

259) 같은 책, 11면.

260) 藤田德太郎, 《古代歌謠の硏究》)(東京 : 金星堂, 1934), 44면에서는 《古事記》와 《日本書紀》에 나타난 歌謠의 음절수와 행수의 통계를 제시했다. 그 일부를 옮기면 다음과 같다. "三音句"라고 한 것을 "3음절"로 용어를 바꾸어 적는다. 《古事記》의 경우를 위에, 《日本書紀》의 경우를 밑에 적는다.

句數	3음절	4음절	5음절	6음절	7음절	8음절	9음절
3	0	3	8	5	15	0	0
	0	1	6	0	14	0	0
4	0	1	1	4	2	0	0
	0	0	0	0	0	0	0
5	1	16	80	17	111	9	1
	2	11	126	18	184	8	1
6	1	5	9	4	15	2	0
	0	5	10	5	14	2	0
7	1	7	12	6	15	1	0
	3	8	18	4	14	2	0
8	1	4	12	4	16	2	1
	1	4	25	14	18	2	0

이 표를 통해서 확인할 수 있는 사실은, 행수에서는 5행이, 음절수에서는 5음절과 7음절이 특히 빈번하게 등장한다는 것이다. 그렇기 때문에 5‖7‖5‖7‖7‖으로 율격을 규칙화한 것이 자연스러운 추세에 근거를 둔 적절한 선택이었음이 입증되는 것 같다. 그러나 이 표에서 제시한 음절덩어리가 한 행 내부의 음보를 이루는지, 독립된 행을 이루는지는 판단하지 않았다. 음보와 행을 구분하지 않은 "句數"라는 용어를 써서 자료의 성격을 모호하게 하고, 통

7|5||3||도 있으며,[261] 4|7||5|6||7||도 있다.[262] 7음절과 5음절이 자주 보여, '歌謠'가 7||5||에 근접하고 있다고 설명하는 것을 흔히 볼 수 있으나, '歌謠'에서는 7음절과 5음절이 각기 한 행을 이루지 않고, 한 음보를 이룬 점이 '시'와 달랐다.

'歌謠'는 시대적인 위치와 기능에 따라서 이름이 달라졌다고 하면서, 和歌가 생겨난 뒤의 가요로는 '今樣', '宴曲', '小曲' 같은 것들이 있었다고 한다. '今樣'는 7음절과 5음절을 네 번 되풀이하는 경우가 많다고 한다. 그런데 그것이 7||5||7||5||7||5||7||5||여서 한 토막씩 여덟 행을 이루지 않고, 7|5||7|5||7|5||7|5||으로 이루어진 두 토막씩 네 행 형식이거나, 7|5|7|5||7|5|7|5||로 이루어진 네 토막 두 행 형식이다.

일본민요에서는 7음절이든 5음절이든 그 전후의 다른 음절수와 대등한 자격으로 행의 하위단위인 토막을 이룬다. '歌謠'에서는 7음절과 5음절 토막이 민요의 경우보다 많다고 하더라도 그런 원리에서 벗어난 것은 아니다. 민요이든 '歌謠'이든 '노래'는 7음절이나 5음절의 행을 몇 개만 갖추고 있는 단형이 아니고, 여러 토막으로 이루어진 행을 여럿 갖추어 상당한 길이로 늘어나 있다.

'歌謠'는 민요와 '시'의 중간에 위치하고 있어서 민요의 특성에서 일부 벗어나 '시'에 가까워졌다고 할 수 있으나, '시'의 율격이 '歌謠'에서 마련된 것은 아니다. 일본학계에서 그렇게 말하지는 않고 '시'는 '歌謠'에서 분화되었다고 한다. 이 경우에는 분화가 이질화이

계를 낸 결과가 의의가없어지게 했다.

261) 市古貞次 外 共編,《日本文學全史》1(東京 : 學燈社, 1978), 171면.

262) 小西甚一,《日本文藝史》1, 174면 ; Jinichi Konishi, *A History of Japanese Literature vol. 1,* 141면. 4·7·5·6·7을 4||7||5||6|||7||로 표기해놓았으나 4|7||5|6||7||로 보는 것이 적합하다.

다. 민요나 '歌謠'에서 갖추고 있는 율격의 원리에서 벗어나 그것과는 다른 원리를 마련해서 일본의 '시'가 이루어졌다.

그렇다면 한국시와 일본시의 율격이 달라진 이유는 민요가 서로 다른 데서 찾을 수 없다. 그것은 〔조건 1〕이나 〔조건 2〕에서는 해답을 구할 수 없다는 말이다. 그러므로 그 이유를 〔조건 3〕에서 찾아야 한다. 한국시이든 일본시이든 민요의 율격을 그대로 받아들이지 않고 '시'의 율격을 별도로 만든 점은 서로 같다. '시'의 율격을 별도로 만든 이유는 민중의 '노래'와는 다른 상층의 품격 높은 문학을 마련해야 했기 때문인 점은 서로 같다. 한시를 받아들여 '시'의 모형을 삼고, 한시의 율격과 대응되는 민족어시의 율격을 마련한 점도 서로 다르지 않다.

한시를 받아들이기 전에도 품격 높은 '시'를 마련하고자 하는 요구는 있었을 수 있다. 구비시를 일반적인 형태의 민요와는 다르게 창작할 수 있다. 그러나 한문을 받아들여 사용한 다음에야 한자를 이용한 借字表記로 민족어시를 기록하는 것이 가능했다. 기록문학으로 창작하고 표기한 민족어시는 한시를 익힌 다음에 마련할 수 있었으며, 표기에서뿐만 아니라 창작방법에서도 한시를 모형으로 삼았다. 한국이나 일본뿐만 아니라 동아시아 한문문명권의 다른 나라도 그 점이 서로 일치했다.

한시의 자극을 받고 민족어시를 창작한 것을 직접 입증하는 자료가 있으면 구체적인 논의의 단서로 삼겠는데, 그런 것이 일본에 있다. 《日本書紀》 649년조의 기사에 실려 있는 "耶麻鵝播爾 烏志賦拕都威底 拕虞毗預倶 拕虞陛屢伊慕乎 多例柯威爾鷄武"라고 하는 것이 그 좋은 본보기이다.[263] 전문 한자로 표기되어 있지만, 일본어이

263) 《일본서기》 孝德天皇 大和 5년 3월, 전용신 역, 《일본서기》(서울 : 일조각, 1990), 460면.

다. 일본어의 통상적인 표기·독음·말뜻을 함께 적어 보이면 다음과 같다.[264)]

耶麻鵝播爾	山川に	Yamagawani	山川에
烏志賦挖都威底	鴛鴦雙つ居て	Oshi futatsu ite	鴛鴦이 쌍으로 살아,
挖虞毗預倶	偶ひ良く	Tagui yoku	배필이 좋았는데,
挖虞陛屢伊慕乎	偶へる妹を	Tagueru imo o	배필인 여인을
多例柯威爾鷄武	誰か率にけむ	Tare ka inikemu	누가 데려갔는가?

이 시는 《詩經》 周南 첫 머리의 〈關雎〉에 근거를 두고 착상을 얻은 것이다.

關關雎鳩	구욱구욱|물수리는‖
在河之洲	강 가에|있고요‖
窈窕淑女	아릿따운|아가씨‖
君子好逑	군자의|좋은 배필‖

좋은 배필을 물새에 견주어 말하는 전례를 받아들여, 배필을 구하는 사연을 배필을 잃은 사연으로 바꾸어놓았다. 그런 연유를 알아야 이해하는 층위가 깊어져서 묘미 있는 시라고 할 수 있으니, 율격도 유사하면 대응관계가 더욱 분명해질 것이다. 그런데 율격은 아주 다르다. 한시 쪽은 4‖4‖4‖4‖로 이루어진 시경체 '노래'의 전형적인 모습을 보여주고, 일본어시는 음절수가 5‖7‖5‖7‖7‖인 5행시여서 후대 和歌에서 규칙화되어 있는 것과 같다.

264) 小西甚一, 《日本文藝史》 1, 360면 ; Jinichi Konishi, *A History of Japanese Literature vol. 1*, 330면에서 가져온 자료이다.

한시를 교착어이고 다음절어인 언어로 옮긴다고 해서 율격이 그렇게 되는 것은 아니다. 〈關雎〉의 한국어 번역은 위에서 표시한 바와 같이 4|4‖4|4‖4|4‖4|4‖여서 4음절 두 토막 4행을 이룬다. 일본에서도 번역은 그렇게 할 수 있는데, 시 창작에서는 다른 형식을 마련했다. 한국에서는 번역을 할 때 사용하는 형식과 창작을 할 때 사용하는 형식이 같은데, 일본에서는 창작을 할 때 사용하는 형식은 별도로 특별하게 고안했다.

한시를 한 편 들어, 그 시의 일본어 번역과 그 시를 본뜬 和歌를 비교해보면, 차이점이 분명하다. 당나라의 수도 長安의 화려함을 노래한 盧照隣의 7언절구 〈長安古意〉는 唐詩로서는 그리 대단한 작품이 아니지만, 일본 시인들에게 큰 감명을 주었다. 長安을 일본에다 옮겨놓은 것 같은 방식으로 일본의 수도 奈良을 건설하고, 長安을 노래한 것처럼 奈良을 노래한 시를 和歌로 지으면서, 그 작품을 본떴다.

작품의 원문, 일본어 번역, 일본어 번역의 독음을 적고,[265)] 한국어 번역을 곁들인다.

南陌北堂連北里　南の陌と北の堂は北里に連なり
Minami no michi to kita no do wa kitasato ni tsunagari
남쪽 거리와 북쪽 집이 북쪽 마을에서 이어졌고,
五極三條控三市　五の極と三の條は三の市を控ふ
Go no kiwami to san no kuda wa san no ichi wo hikafu
다섯 작은 길과 세 큰 길이 세 저자를 당긴다

265) 小西甚一, 《日本文藝史》 1, 435면의 자료를 이용한다. 독음은 인용에서는 생략한 현대역의 훈독을 참고로 해서 적는다.

弱柳青槐拂地垂　弱柳と青槐は地を拂ひて垂れ
Warayagi to aoiinshyu wa tsuchi wo harafite tare
연한 버들 푸른 회나무 땅을 쓸면서 드리워졌고
佳氣紅塵暗天起　佳き氣と紅塵は天を暗く起こる
Yoki ki to koushin wa sora wo kuraku okoru
아름다운 기운 붉은 먼지 하늘 어둡게 일어난다

일본어 번역의 음절수와 한국어 번역의 음절수 구성을 견주어보자.

제1행 :　일본어 7|5|5|4||,　한국어 5|4|6|4||
제2행 :　일본어 6|5|5|3||,　한국어 6|4|4|3||
제3행 :　일본어 5|6|4|6||,　한국어 4|5|5|5||
제4행 :　일본어 4|4|6|3||,　한국어 6|4|5|4||

'음절수' 구성에서 일본어와 한국어가 거의 같다. 이러한 사실이 일본에서도 한국시에서와 같은 '음절수'를 가진 시형을 마련하는 것이 자연스러운 일이었다는 것을 증명해준다. 그런데 위의 한시를 본떠서 지은 일본의 和歌는 다음과 같다. 원문의 한자는 한자로만 적고, 훈독자의 독법은 독음을 표기할 때 나타낸다.[266] 한국어 번역을 곁들인다.

青丹よし	Aoniyoshi	녹청색을 한
寧樂の京師は	Nara no miyako wa	나라 서울은
咲く花の	Saku hana no	피는 꽃이

266) 小西甚一, 《日本文藝史》 1, 435면 ; Jinichi Konishi, *A History of Japanese Literature vol. 1*, 406면에서 원문과 독음 표기를 가져온다.

艶ふがごとく	Niou ga gotoku	아름답기도 해라
いま盛りなり	Ima sakari nari	지금이 한창이다

이 경우에도 일본어와 한국어의 '음절수'를 비교해보자. 일본어는 5‖7‖5‖7‖7‖이고, 한국어는 5‖5‖4‖7‖7‖이어서 서로 비슷하다. 한국에서는 5‖5‖4‖7‖7‖만 가지고 시가 되지 않는다. 일본시에서는 다섯 줄인 것을 다섯 토막으로 해서 5|5|4|7|7‖한 줄을 만들거나, 세 토막을 한 줄로, 다시 두 토막을 한 줄로 해서 5|5|4‖7|7‖둘을 만든 다음, 다른 말을 가져와서 몇 줄 더 보태야 한국시가 된다. 일본시도 한국시와 같이 만드는 것이 언어의 특징에 관한 〔조건 1〕에 비추어볼 때 자연스러운 일이다. 그런데 일본시에서는 5‖7‖5‖7‖7‖로 '음절수'를 규칙화했다. 그래서 한시에 비해 '정보량'이 크게 모자라는 것을 감수했다.

"寧樂"이라고도 적고 "奈良"이라고도 적는 자기 나라 서울 "나라"를 두고 지은 이 시를 보자. 거리 모습을 그린다든가, 나무의 생김새나 색깔에 관해 말한다든가 할 겨를이 없다. 여러 말을 할 수 없으므로, 꽃이 아름답게 피어 지금 한창이라고 하기만 했다. 한 순간에 파악되는 자연풍광의 일단을 인상 깊게 묘사하고 다른 것은 모두 생략하면서, 인생경험에 관해 하고 싶은 발언을 그것과 포개져서 나타나게 하는 방식을 썼다.[267] 꽃이 아름답게 피어 지금 한창이라고 한 말이 그 자체로 의미를 가지면서, 나라가 번영하는 것을 보니 감격스럽다는 생각을 함께 나타내게 했다. 5‖7‖5‖7‖7‖의 '음절수'를 가지고서는 그렇게 하는 것이 최상의 방법이다.

한시와 和歌의 관계를 살피는 데 《和漢朗詠集》이 소중한 자료이

267) 신은경, 《고전시 다시 읽기》(서울 : 보고사, 1997)에서, 일본시는 '포개짐'을, 한국시는 '펼쳐짐'의 구조를 가졌다고 한 것이 적절한 견해이다.

다. 11세기초에 이루어진 그 책에서는 한시 588편과 和歌 216편을 비슷한 것들끼리 모아서 함께 배열했는데, 和歌는 전편이지만 한시는 대부분 7언절구의 두 행이다. 한시는 두 행만 잘라놓아야 和歌와 짝이 맞는다고 판단해서 그렇게 했다. 그 책은 한시 독본이 아니었으며, 한시를 일본 방식대로 訓讀해서 和歌처럼 즐기고, 또한 한시를 의역해서 和歌처럼 만드는 데 쓰자는 것이었다. 본보기를 하나 들어보자. (가)는 원문이고, (나)는 훈독이고, (다)는 의역해서 和歌처럼 만든 것이다.[268)]

(가) 夕殿螢飛思悄然 秋燈挑盡未能眠

(나) 夕殿に螢飛んで思ひ悄然たり　秋の燈挑げ盡していまだ眠ることあたはず

저녁 궁전에 반딧불 날아 생각이 고적하다 가을 등불 다 타는데 아직도 잠 못이루네

(다) 夕ぐれの螢はかなしともしびを挑げつくしてねぶるをあたはず

저녁 저물녘 반딧불 덧없도다 등불 밝히고 모두 타버리도록 아직 잠 못이루네

원문은 白居易의 시 〈長恨歌〉의 한 구절이다. 당나라 玄宗이 楊貴妃를 잊지 못해 비탄에 잠진 모습을 그린 대목인데, 전후의 연결을 무시하고 누구에게나 해당될 수 있는 한 순간의 정경을 그렸다. 和歌라면 그것만으로 완결되어 있어 다른 말이 필요하지 않다. '정

268) 加藤周一, 김태준·노영희 역, 《日本文學史序說》 1(서울 : 시사일본어사, 1995), 151면에서 원문과 번역을 함께 옮긴다.

보량'을 줄일 수 있는 데까지 줄여야 뛰어난 작품이 된다.

5‖7‖5‖7‖7‖의 형식이 어떻게 이루어졌는가 그 시초로 소급해서 고찰해보자. 8세기 후반에 이루어진 《萬葉集》에 수록된 작품을 보면, 5‖7‖5‖7‖7‖의 형식이 자주 보이지만, 고정되어 있는 것은 아니다. 그런 형식이 만들어지는 과정을 보여주는 미완성품이 상당수 있다. 그런 예를 하나 들어보자.[269)]

君之行	Kimi ga yuki	그대 길 가고
氣長成奴	Ke nagaku narinu	아주 오래 되었네.
山多都禰	Yama tazune	산으로
迎加將行	Mukae ka yukan	맞으러 가야 하나,
待爾可將待	Machi ni ka matan	여기 기다려야 하나.

이 경우에는 각 행을 이루는 음절수가 5‖7‖5‖6‖6‖이다. 뒤의 줄이 7‖7‖이 아니고 6‖6‖이어서, 미완성 단계의 유동적인 상태를 보여준다. 그런 것은 '短歌'라고 하는 것이고, 《萬葉集》에 수록된 작품에는 '短歌' 외에, '長歌', '旋頭歌', '佛足石家體' 등이 있어 형식이 다양하다. 長歌에서는 5‖7‖이 길게 반복되고, 끝으로 7‖이 첨가되었다. '旋頭歌'에서는 5‖7‖7‖을 되풀이했다. '佛足石家體'는 5‖7‖5‖7‖7‖7‖로 이루어진 형식이다.

그런데 10세기초의 《古今和歌集》에 이르면, 초창기의 유동적이고 과도기적인 상태가 청산되고, 정통이 확립되었다. 《萬葉集》에 등장한 여러 형식 가운데 '短歌'가 일본시를 대표하는 자리에 올라 和歌라 일컬어지고, 음절수가 달라질 수 없는 5‖7‖5‖7‖7‖의 엄격한 형

269) 같은 책, 일본어판 363면에서 원문을, 영어판 335면에서 로마자 표기를 가져온다.

식을 갖추었다. "한시와 대립하는 일본적 시가이고, 31음절을 정형으로 하며, 해학을 거부하는 진지한 내용"을 갖추었다고 하는 "정통적이고 순수한" 和歌가[270] 그때 마련되어 변함없이 이어졌다.

일본시가 5||7||5||7||7||의 형식을 마련한 것은 〔조건 1〕이나 〔조건 2〕에 근거를 둔 자연스러운 선택이 아니고 〔조건 2〕에 의한 의도적인 결정이다. 일본은 한국과 〔조건 1〕이나 〔조건 2〕는 비슷해서 민요의 율격이 거의 같으나, 〔조건 3〕에서는 커다란 차이가 있어, '시'의 율격이 달라졌다. '노래'와는 다른 '시'를 마련해서 상층문화의 독자적인 가치를 구현하자는 것은 〔조건 3〕의 공통적인 사항이다. 그 점에서 중국·한국·일본이 서로 같았지만, 그렇게 하는 방법은 서로 달랐다.

한국시는 한시와 한 줄을 이루는 '정보량'을 대등하게 하느라고 '음절수'는 상이하게 하고, 일본시는 한시와 한 줄을 이루는 '음절수'를 대등하게 하느라고 '정보량'은 상이하게 했다. 한시와 민족어시가 '정보량'과 '음절수' 양면에서 대등하게 하는 것은 한국과 일본 양쪽에서 모두 불가능했다. 그 둘 가운데 어느 하나를 택하고 다른 것은 버려야 했다. 한국은 '정보량'을 택하고 '음절수'는 버렸으며, 일본은 '음절수'를 택하고 '정보량'은 버렸다.

일본시는 한시와 '음절수'가 대등한 쪽을 택해서 민요와 멀어졌다. 일본민요에는 5음절로 된 말도 7음절로 된 말도 있으나 결코 지배적이거나 고정적인 것은 아니다. 그런데도 5음절과 7음절을 고정시켜 불변의 규칙을 만든 것은 한시가 5음절 또는 7음절로 이루어져 있는 것과 일치시키고자 하는 의도적인 노력을 한 결과이다.

그런 일을 일본에서만 한 것은 아니다. 한국에도 한시의 '음절수'

270) 麻生磯次 외 공저, 이영구 역, 위의 책, 9면에서 그런 것이 순수한 和歌라고 했다.

를 그대로 본뜬 언문풍월이라는 것이 있었다. 언문풍월은 한시의 7언 절구와 같은 7‖7‖7‖7‖의 형식이고, 平仄은 없으나, 脚韻은 갖추고 있다. 5언절구를 본뜬 것은 없다. 〈蠶〉이라는 제목을 걸고 누에에 대해서 노래한 것을 본보기로 들어본다.[271)]

옷업다는말마오
뽕만만히심으고
나를힘써기르면
치운사람잇겟소

원래의 표기를 그대로 옮기면 위와 같은데, 율격 분석을 해보이면 다음과 같다.

옷업다는|말마오‖
뽕만만히|심으고‖
나를힘써|기르면‖
치운사람|잇겟소‖

7‖7‖7‖7‖이 다시 4|3‖4|3‖4|3‖4|3‖으로 나누어져서 율격의 세부적인 사항에서도 한시의 7언절구와 정확하게 일치한다. 일본의 5‖7‖5‖7‖7‖은 한 행이 다시 토막으로 나누어지는 규칙이 없다. 한 행이 한 토막이기도 하고, 다시 나누어지는 경우에도 그 경계가 일정하지 않다. 일본의 和歌의 율격도 한국의 언문풍월에서처럼 세부적인 사항에서도 한시와 일치시키는 것이 가능했겠는데, 그렇게 하지 않

271) 1917년에 있었던 언문풍월 현상모집에서 1등으로 뽑힌 작품이다. 《한국문학통사》 4(서울 : 지식산업사, 1994), 300면에서 가져온다.

았음을 이런 비교에서 확인할 수 있다.

언문풍월은 18세기무렵에 있었던 것이 확인되고, 20세기초에 많이 나와 단형 민족어시 형식의 정통성을 두고 시조와 경쟁하다 물러났다는 것이 표면에 드러난 사실이다. 그러나 그 연원이 훨씬 오래 되었을 가능성이 있다. 민족어시를 언문풍월처럼 지을 것인가 시조처럼 지을 것인가 하는 논란 또한 오래 전부터 있었을 수 있다.

언문풍월과 和歌의 차이점을 다시 살피면, 언문풍월은 한시에 직접 매여 있지만, 和歌는 어느 정도 거리를 두었다. 和歌는 7음절이나 5음절을 갖추는 데서는 한시의 본보기를 따랐지만, 둘이 교체되도록 하는 데서는 일본어가 굴절어이고 다음절어이기에 갖추고 있는 음절수가 가변적인 율격의 취향을 살렸다. 언어가 고립어이고 단음절어인 언어에서는 그렇지 않으나, 교착어이고 다음절어인 한국어나 일본어에서는 7음절형식에 매이는 것이 심한 구속일 수밖에 없는 결함을 일본에서는 시정했다. 언문풍월은 한시를 그대로 본뜨고, 和歌는 한시의 규범을 독자적인 방법으로 수용한 차이점이 있어, 한쪽은 단명하고, 다른 한쪽은 오랜 생명을 누렸다고 할 수 있다.

그러나 한국에서 언문풍월에서 버린 것은 그 자체에 약점이 있기 때문만은 아니다. 언문풍월과는 다른 방식으로 민족어시를 구현하는 향가와 시조가 별도로 있었던 것이 더욱 중요한 이유이다. 한국에서는 한시와 민족어시를 '음절수'에서 대등하게 하려고 하는 방식과 '정보량'에서 대등하게 하려는 방식이 경합하다가, '정보량'을 대등하게 하는 방식이 승리했다. 그렇다면 일본에서도 그 두 가지 방식이 서로 경쟁하다가 '정보량'을 대등하게 하는 방식이 밀려나고, '음절수'를 대등하게 하는 방식이 승리했을 수 있다.

한시와 민족어시가 '정보량'에서 대등한가 그렇지 않은가 하는 데 따라서 민족어시의 사상성이 좌우되었다. 한시와 '음절수'가 같게 한 대가로 '정보량'이 부족한 일본시는 형식미나 감각에서 뛰어나고, 함축적이고 암시적인 표현의 극치를 이루어 찬탄을 자아낸다. 한 순간의 인상을 예민하게 포착해 깊은 인상을 남긴다. 그런 반면에 사상적인 논란을 펴거나, 주장하는 바를 단계적으로 전개하는 것은 적합하지 않은 일이다. 5‖7‖5‖7‖7‖로는 그렇게 하기 어렵다.

한국시는, 4|4|4|4‖4|4|4|4‖4|4|4|4‖4|4|4|4‖4|4|4|4‖로 이루어진 사뇌가는 물론, 4|4|4|4‖4|4|4|4‖4|4|4|4‖로 이루어지는 시조에서도 자연풍광에 관한 말과 인생경험에 관한 말을 앞뒤에 두고 그 둘 사이의 관련에 관해 논란을 펼치지만, 일본의 和歌는 그렇지 않다. 한국시는 시간적인 전개를 갖추지만, 일본의 和歌는 한 순간의 느낌을 시각적 심상으로 나타내는 공간적 구성으로 이루어져 있다.[272] 시조는 歌唱하면서 향유하는 시간예술이어서 歌客에게 필요한 대본을 모아놓은 가집에 수록되었다. 和歌는 시간예술이 아닌 공간예술이어서, 그림을 곁들이고 글씨를 잘 써서 감상했다.[273]

한국시에는 행 구성의 기능이 크게 확대되었다. 사뇌가이든 시조이든 상당한 길이를 가진 행을 어떻게 배열해서 시간적 전개가 적절한 길이·순서·긴장을 갖추게 하는가 하는 것을, 한편으로는 민요

---

272) 김사엽, 《일본의 萬葉集》(서울 : 민음사, 1983), 180-191면에서 말한 바와 같이, 향가의 三句六名 형식이 일본에 수용되어 《萬葉集》에 수록된 작품 가운데도 3단계 구성을 갖춘 것 17편이 보인다는 견해가 있다. 그런 작품의 전형적인 모습은 3단계 구성이 드러나도록 표시하면 5|7‖5|7‖5|7‖5|7‖5|7‖5|7‖5|7‖5|7‖5|7|7‖이다. 5음절 음보와 7음절 음보가 한 행을 이룬다. 그런 전통은 이어지지 않고 사라졌다.

273) 일본에서 그림을 곁들이고 글씨를 잘 써서 和歌를 감상하는 관습에 관해서 Joshua S. Mostow, *Pictures of the Heart, the* Hyakunin Issu *in Word and Image*(Honolulu : University of Hawaii Press, 1990)에서 《百人一首》를 주자료로 들어 흥미롭게 고찰했다.

에서 분리되고 다른 한편으로는 한시와 대응되는 독자적인 고급시의 가장 중요한 징표로 삼았다. 사뇌가를 버리고 시조를 만들 때 행의 수를 줄여 그 기능이 달라지게 한 것이 가장 중요한 변혁 사항이었다.

일본의 和歌 또한 한시에도 없고 일본민요에도 없는 5‖7‖5‖7‖7‖의 행 구성을 마련해서 일본 특유 상층문화의 표상을 마련했다. 그 형식은 예외를 일체 허용하지 않고, 최소한의 '음절수'로 대단한 표현효과를 얻고, 5음절과 7음절의 배합이 절묘해서 완벽한 형식이라고 할 수 있다. 그러나 너무나도 훌륭한 극단의 선택을 해서, 몇 가지 점에서 율격 일반론의 원리와 어긋나 있다.

한시는 '음절수'는 홀수이고 '행수'는 짝수이며, 한국시는 '음절수'는 짝수이고 '행수'는 홀수여서 홀수와 짝수를 공존시키는 것과 달리, 일본시는 '음절수'도 홀수이고 '행수'도 홀수여서 짝수는 없다. 변화의 여유를 두고 긴장을 조성하지 않고, 한쪽으로 몰고갔다.

한시에서는 5음절은 2|3‖, 7음절은 4|3‖로 구분되고, 한국시는 4|4|4|4‖가 기본을 이루어 한 행이 몇 토막으로 나누어져 있다. 그런데 5음절이나 7음절로 이루어진 일본시에서는 한 행이 한 토막이다. 행이 토막으로 나누어진 원리는 없다. 일본민요에서는 5음절이나 7음절이 한 토막이 아니고 두 토막일 수 있는데, '노래'를 '시'로 만들면서 그럴 수 없게 했다. 한 행이 한 토막이어야 한다는 것은 그 어디에도 전례가 없는 일본시 특유의 선택이다. 일본시의 형식을 한시 이상으로 아주 엄격하게 정립하고자 해서 그런 극단적인 선택을 했다고 생각된다.

5‖7‖5‖7‖7‖ 다섯 행은 행이라 하기에는 너무 짧다. '정보량'을 보면 토막라고 해야 할 것을 행으로 벌여 놓았다. 그래서 시간의 순서에 따라 말이 달라지게 하는 구실을 하지 않고, 동시에 벌어진

상황의 몇 국면을 보여준다. 행 구성의 기능이 최소한의 것으로 줄어들었다. 그래서 다섯 행이 시간적인 순서를 가지고 있다기보다 동시에 공간적으로 배열된 것으로 보인다.

한국시는 일본시와는 다르게 시간적 순서로 배열된 특징이 있어, 행이 길고, 행수는 특별한 의의를 가지며, 행과 행의 선후관계가 중요시된다.[274] 사뇌가이든 시조이든 심각한 주제에 대한 진지한 논의를 단계적으로 진행한다. 그 때문에 서정시의 본령에서 벗어나지 않았던가 하는 혐의가 생길 수 있다. 지금 남아 있는 사뇌가 작품은 얼마 되지 않으나 모두 사상시라고 할 수 있는데, 《萬葉集》에 수록되어 있는 그 많은 작품에서는 그런 것을 찾기 어렵다. 사뇌가를 대신해 시조가 등장하면서 작품 전체의 '정보량'이 절반으로 줄어들었으나, 논란이 많은 문제에 대한 토론으로 진행되는 시조가 적지 않다. 서정시가 교술적인 성향을 많이 지니는 것은 중국이나 일본에서는 볼 수 없는 한국 특유의 현상이다.

한국시와 일본시가 크게 달라진 이유가 무엇인가 찾는다면, 상층문인과 기층민중의 동질성과 이질성에서 해답을 얻을 수 있다. 상층문인과 기층민중의 사이에서, 한국의 경우에는 동질성이, 일본의 경우에는 이질성이 더욱 두드러져, 두 나라 시의 율격이 달라지고 작품의 특성이 상이하게 되었다. 시가 율격이 다르게 형성된 이유가 〔조건 1〕이나 〔조건 2〕에는 있지 않으므로, 〔조건 3〕에서 찾아야

274) 일본은 미술의 나라라면, 한국은 음악의 나라인 것이 그 점과 깊은 관련이 있다. 일본의 和歌는 그 내용을 그림으로 그려 그림과 함께 감상하는 관습이 있는데, 한국의 시조는 그림을 수반하지 않고, 歌集에 수록되어 전하는 歌唱예술의 작품이다. 일본의 고전소설에는 삽화가 많이 들어가 있어 시각적인 이해를 중요시하고, 한국의 고전소설은 삽화는 하나도 없으며 낭독하는 것을 듣고 즐기는 경우가 많았다. 일요일 저녁의 두 나라 공영방송의 텔레비전에서 일본은 '일요미술관'으로, 한국은 '열린 음악회'로 국민의 호응을 모은다.

하겠다고 작정하고 오래 탐색해서 얻은 해답이 그 점에 집약되어 있다.

기층민중과 더불어 살아온 한국의 지배층은, 한시를 받아들여 민족어시를 만드는 중세문학 건설 과업을 민중은 동참시키지 않은 채 별도로 진행할 때에도, 민중과 공유하던 민요의 율격을 살리는 것이 당연하다고 여겼다. 일본의 경우에는 그렇지 않아, 이주민 집단이 상층을 이루어 기층민중과 어느 정도 혼혈을 이루고 동화되는 과정에 들어섰어도, 민요를 공유한 경험을 한국에서만큼 축적하지는 않았다. 민요와 한시 가운데 하나를 택해서 시의 율격을 이룩하는 모형으로 삼아야 하는 선택의 기로에 설 때 한시를 택한 것이 그 때문이다.

민족어시를 만드는 상층문인은, 한국에서는 민중과 공감을 확보하고, 일본에서는 한시의 율격을 받아들여 민중에 대해 위세를 갖추는 것을 더욱 긴요한 과제로 삼았다. 민중을 착취하는 지배층이 민중과 공감하는 관계를 가지는 것은 쉬운 일이 아니어서, 문제 해결을 둘러싼 논란을 한국시에서 힘들게 전개해야 했다. 일본에서는 민중의 이해를 구할 필요가 없는 영역에서 상층의 취향을 품격 높게 나타낼 때에도 그 나름대로의 어려움이 있었지만, 어려움의 본질이 사상성이 아닌 예술성에 있었다. 한국시에서는 사회문제와 관련된 上下의 情, 일본시에서는 계절감각과 관련된 男女의 情을 특히 중요시하는 풍조가 그렇게 해서 생겼다.

일본에서는 5|7|5|7|7|의 和歌가 그것과 맞서는 다른 형식을 용인하지 않은 절대적인 위치를 차지하고, 형식이 파괴되거나 다른 형식으로 대치되는 변화도 겪지 않았다. 그 점에서 한시의 근체시 형식과 같다고 할 수 있으나, 한시의 근체시에서는 5언시와 7언시, 절구, 율시, 배율 등이 공존하는 것과 달리 和歌는 단일 형식이다.

단일 형식이 절대적인 권위를 변함없이 누려온 이유는 상층문인의 우위를 입증하는 창조물이 궁정시가 되어 독점적인 의의를 가졌기 때문이다.[275] 나라마다 궁정시가 있었지만, 일본의 和歌만큼 궁정생활과 밀착되고 궁정 밖의 세계와는 격리되어 있는 시의 다른 예를 찾기 어렵다.

和歌는 백성이 군주를 칭송하도록 하는 예찬시도, 국가에서 백성을 다스리는 데 필요한 교훈시도 아니다. 그런 것들은 한국에 많고, 일본에는 없었다. 한국에서는 〈兜率歌〉, 〈安民歌〉, 고려왕조와 조선왕조의 樂章, 〈龍飛御天歌〉 같은 것들이 궁중시의 핵심을 이루었는데, 일본의 궁중시 和歌는 통치자나 신료들이 스스로 즐기기 위해서 필요한 자기 표현과 자기 만족의 시이다. 민간과의 연관은 철저하게 차단되어, 통치에 소요되는 목적 수행은 할 필요가 없었다.

和歌는 정치를 하는 장소를 떠나 있는 궁정 안의 또 다른 공간에서 휴식을 하면서 즐기는 행위의 하나로 지어 읊었다. 그렇다고 해서 자연스러운 해방감을 제공하는 구실을 한 것은 아니다. 엄격하게 통제된 인공의 정원을 완상하는 데 만족하지 않고, 꽃은 그대로 두지 않고 꺾어 실내로 가져와 꽃꽂이를 해야 더욱 아름답다고 하는 취향과 합치되는 기품을 지녀, 정치의 더러움을 씻어내는 문화적 장식품 노릇을 하도록 했다. 단순하고 소박한 가운데서 단일하고 절대적인 것을 찾고자 하는 요구를 언어표현을 통해서 구체화하는 것이 또한 그 임무였다.

일본문학사의 전개과정에서 和歌의 권위를 상대화하거나 훼손하

---

275) Robert H. Browner and Earl Miner, *Japanese Court Poetry*(Stanford, California : Stanford University Press, 1961)에서는 일본 和歌는 궁중시이며, 오랜 기간에 걸친 지속·반복·축적이 기본 특징이라고 했다. 그런데 그런 특징이 생긴 이유를 일본어의 언어구조와 관련시켜 이해하려고 한 것은 적절하지 못하다.

려고 하는 도전이 없었던 것은 아니다. 5ㅣ7ㅣ5ㅣ7ㅣ7ㅣ로 완결되는 단시와는 별도로, 5ㅣ7ㅣ5ㅣ와 7ㅣ7ㅣ을 서로 다른 사람이 주고받으면서 짓는 장형시 '連歌'가 있어, 지나친 긴장에서 벗어나 유흥적인 분위기를 즐기려는 사람들에게 애용된 것이 13세기 鎌倉 시대의 일이다. 통치자들이 부르는 '堂上連歌'란 것은 우아한 기풍을 유지하려고 했으나, 민간에서 부르는 '地下連歌'란 것은 웃음을 자아내는 표현으로 흥미거리를 삼았다.[276] 17세기 이후 江戶 시대에는 웃음을 자아내는 '連歌'가 크게 성행해서, '俳諧'라고 하는 별개의 이름으로 지칭되었다. 그때 5ㅣ7ㅣ5ㅣ7ㅣ7ㅣ의 和歌 형식을 이용해서 비속한 웃음을 불러일으키는 희작을 일삼는 '狂歌'도 생겨났다.

이렇게 요약될 수 있는 일련의 사태는 문학사의 전환에서 어떤 의의를 가지는가 한국의 경우와 비교해서 살피면 그 심층을 이해하는 데 도움이 된다. 13세기 鎌倉 시대는 중세후기이다.[277] 수도에 거주하는 중세전기의 지배자인 귀족 특권층의 권력을 무너뜨리고, 새로운 세력이 권력을 장악하는 중세후기의 변혁이 같은 시기 한국과 일본에서 함께 일어났지만, 그 양상에 차이가 있었다. 한국에서는 중세후기의 새로운 문학담당층 士大夫가 등장해서 중세전기의 사뇌가를 대신하는 중세후기의 새로운 시인 시조와 가사를 만들어내 새로운 세계관을 구현할 때, 일본에서 중세후기 사회를 만든 주역은

---

276) 麻生磯次 외 공저, 이영구 역, 위의 책, 73면.

277) 일본학계에서는 13세기 鎌倉 시대에 '중세'가 시작되었다고 하고, 17세기 이후 江戶 시대는 '近世'였다고 하는 것이 통설이다. 일본사에서만 사용하는 시대구분의 특이한 용어를 다른 나라에도 함께 사용하고, 동아시아사, 세계사의 시대구분과 합치될 수 있게 재조정하면, '中世'는 '중세후기'이고, '近世'는 '중세에서 근대로의 이행기'이다. 《동아시아문학사비교론》(서울 : 서울대학교출판부, 1993)에서 이미 이에 관해서 충분한 고찰을 했다고 생각해서, 재론하지 않는다.

그렇게 하지 못했다.

일본에서는 武士가 중세후기의 새로운 세력으로 등장했다. 중세후기의 무사는 중세전기의 귀족에 비해서 문화 수준이 낮고 자기네 나름대로의 의식 각성이 투철하지 못해서 통치구조를 바꾸어놓은 데 상응하는 문화혁신은 하지 못했다. 和歌를 완벽하게 창조해 민요의 침투를 막은 중세전기 귀족의 위업을 무사의 역량으로 무너뜨릴 수 없어, 和歌가 같은 모습으로 이어지는 것은 그대로 두고, 그 진지함을 훼손하고 품격을 낮춘 '連歌'를 별도로 육성하는 데 그쳤다.

17세기 이후 江戶 시대는 중세에서 근대로의 이행기이다. 그 시기에 시장경제 활동을 통해서 돈을 모은 시민이 새로운 문학담당층으로 등장해서, 중세문학의 규범을 파괴하고 근대 지향의 새로운 풍조를 일으킨 것은 한국과 일본 양쪽에 다 있었던 일이며, 일본의 경우에 더욱 뚜렷하게 나타났다. 중세후기에 이미 나타났던 '地下連歌'란 것을 더욱 확대해서, '連歌'가 진지한 기풍을 잃고 웃음을 일으키는 '俳諧'가 되게 하고, 또한 '狂歌'라는 것이 그렇게 해서 성행했다.

그 양상이, 한국에서 사설시조가 나타나고, 가사가 잡가로 바뀌고, 판소리가 등장한 등의 일련의 변화가 일어난 것과 상통해서, 문학사 전개의 공통된 과정을 확인할 수 있게 한다. 그러나 한국에서는 기존의 형식을 파괴하면서 변혁이 일어났으나, 일본에서는 和歌에서 정립한 '음절수' 규칙 자체는 그대로 두고서 내용이나 표현만 바꾸었으므로, 새로운 창조가 戱作이나 패러디에 머물렀다. 기존의 권위를 훼손시키기나 하고 그 대안이 되는 주장을 적극 펴지 못했다. 일본에 희작문학이 크게 성행했던 이유는 사회를 지배하는 원리가 확고부동해서 변혁을 정면에서 시도하는 것은 불가능했기 때문이다.

사회변화의 모든 영역에서 일본이 그런 보수성을 보였다는 것은 결코 아니다. 중세에서 근대로의 이행기의 한국과 일본은 보수와 혁신의 기풍을 각기 지녀, 단순하게 비교하기는 어렵다. 소설을 상품화하는 혁신은 일본에서 더욱 두드러지게 나타나고 한국소설은 그보다 보수적인 기풍을 지녔다. 그런데 시가는, 한국에서는 혁신이, 일본에서는 보수가 더욱 두드러지게 나타났다. 시가는 일본보수주의의 핵심 영역이었다.

대안은 없으면서 기존의 권위를 훼손하기나 하면 복구운동이 일어나게 마련이다. 보수주의는 복고운동을 통해서 강화된다. 和歌를 훼손하는 '連歌' 내부에서 '連歌'의 '發句' 5|7|5|만 독립시킨 '俳句'가 나타난 것이 바로 그런 사건이었다. '連歌'가 和歌의 5|7|5|7|7|을 계속 늘여서 단시형의 묘미를 훼손시킨 것을 그 내부에서 뒤집어, 5|7|5|7|7|에서 7|7|을 떼어내고 5|7|5|만 남겨 단시형을 다시 축소하는 특단의 조처를 한 결과 '俳句'가 출현했다. 한시에서 율시를 절구로, 한국에서 사뇌가를 시조로 줄인 것과 같은 일이 일본에서 일어났다고 보면 '俳句'의 출현은 당연하다 하겠으나, 단시형 가운데서도 단시형인 和歌를 다시 축소한 것은 말을 줄일 수 있는 극한을 시험하는 위태로운 일이다.

5|7|5|로 이루어진 '俳句'는 그 직접적인 모체인 '連歌'의 느슨함을 단호하게 버리고, 고답적인 아름다움을 추구하는 데 和歌보다도 한걸음 더 나아가야 했다. 그렇게 하는 데 앞장서서 俳句 창작의 모범답안을 제시했다고 칭송되는 松尾芭蕉가 "계절이 갖고 있는 자연의 情景 속에 파고들어가, 그 본질을 알아내서 그것을 純粹高雅하게 표현했다"고[278] 하는 것이 그 내역이다. '俳句'는 和歌에서 설

278) 麻生磯次 외 공저, 이영구 역, 위의 책, 42면.

정한 이상을 한층 철저하게 구현하고, 더욱 엄격한 구속력을 가졌다. 전혀 자연스럽지 않은 데 최상의 아름다움이 있다고 하는 것이 그 본질이다.

그런데도 '俳句'가 널리 정착되고 적극 계승되어 일본시를 대표하는 갈래로 자리잡아 오늘에 이르렀다. 그런 기적 같은 일이 일어난 것은 일반사회 전반의 보수화와 깊이 관련되었다. 단순하고 소박한 가운데서 단일하고 절대적인 것을 찾고자 하는 중세전기 귀족의 의식이 중세후기 이래로 훼손되고, 중세에서 근대로의 이행기에는 위태로운 지경에 이르렀다가 재긍정되었으므로, 처음 것보다 축소되어 더욱 극단화된 형태를 갖추었다. 무력하게 되었던 天皇을 다시 권좌에 복귀시키면서 절대적인 신앙의 대상으로 삼은 것과 같은 일이 벌어졌다. 군국주의로 향해 나아가는 근대일본에서 학교교육을 통해 일본정신을 교육하면서, 和歌에서 '俳句'로 이어진 전통을 천황제만큼이나 절대시했다.

만주민족의 滿文詩

만주어는 한국어 및 일본어와 계통상 관련이 있고, 구조가 유사한 언어이다. 그러므로 만주어민요와 만주어창작시의 율격이 얼마나 같고 다른가 고찰하면, 한국 및 일본의 경우와 비교해서 논할 수 있는 좋은 자료를 얻을 수 있다. 그러나 만주어시가의 율격은 자세하게 알기 어렵다. 작품의 원문을 접하기 어려울 뿐만 아니라 그것을 연구해서 논한 논저도 흔하지 않다. 민요의 율격과 창작시의 율격에 관해서 고찰한 글을 각기 한 편씩 찾아서 이용할 수 있는 것을 다행이라고 생각하면서, 몇 가지 가능한 논의를 전개하기

로 한다.[279)]

만주민요의 본보기 두 개를 들면 다음과 같다. 제목을 한자로 표기해서 (가)는 〈拉空齊〉라고 하는 것이고, (나)는 〈子孫萬代歌〉라고 하는 것이다. 국제음성기호로 표기된 것을 옮기면서 로마자에 없는 것은 유사한 글자로 바꾸어 적는다. 율격을 이해하는 데 국제음성기호 표기가 반드시 필요하지 않고, 다음에 드는 창작시의 본보기는 로마자로만 표기되어 있기 때문이다. 지금까지 사용하던 바와 같은|와||의 기호를 분석의 편의를 위해서 추가한다. 인용하는 자료 원문에 한 토막이 끝난 것을 뜻하는 '/' 표시가 있는 것을 '|'로 바꾼다.

(가)

kong tcie|pu la li|tsu tai||

tsu tai|pu lai li|kong tcie||

tsau sa ka|en tcie kei|kou min||

tsan ten|ka ua|e su min||

caau tcie|pan tci tcie|pian tau|fa ta mie||

xa ti|pan tcie|or ko tan te min||

(나)

ia tcie na|mu ta||

ian ma tsa||

279) 王宏剛·富育光, 〈滿洲族民間律格淺說〉, 段寶林 外 主編, 《中外民間詩律》에서 민요의 율격을 ; 沈原·毛必揚, 〈清宮滿文詩歌的韻律〉, 《滿學研究》 3(北京 : 民族出版社, 1996)에서 창작시의 율격을 고찰했다. 앞으로 인용하는 자료는 모두 그 두 글에서 가져왔으므로 출처를 다시 제시하지 않는다.

tu ia tcy|ma tsa tcy||

tu in|xa xa tci||

u lie lie|u lie lie||

음절수를 숫자로 나타내면 다음과 같다.

(가)

2|3|2||

3|3|2||

3|3|2||

2|2|3||

2|3|2|3||

2|2|5||

(나)

3|2||

3||

3|3||

2|3||

3|3||

작품 한 편을 이루는 줄 수는 일정하지 않다. (가)는 6행이고, (나)는 5행이다. 그 밖에 7행도 있고, 8행도 있다. 한 줄을 이루는 음절수는 일정하지 않다. 2음절 또는 3음절이 한 토막을 이룬다. 한 줄이 세 토막씩인 것도 있고, 두 토막씩인 것도 있으며, 예외가 허용된다. 행수와 음절수가 일정하지 않고, 또한 음절이 모여 토막을 이루는 점에서, 만주민요는 한국민요나 일본민요와 같은 원리를 지니고 있다.

그런데 한국민요나 일본민요에서는 거의 없는 韻을 이따금 사용한다. 韻이 규칙화되어 있지는 않지만, 각 줄의 서두나 결말에서 같은 음성을 되풀이하는 방법으로 頭韻이나 또는 脚韻이 될 수 있게 한다. 인용하는 자료에서 韻에 해당하는 음성은 표시를 해두었으므로, 그 부분만 문자로 나타내면 다음과 같다.

(가)

....

....

tsa .... min

tsa .... min

caa .... mie

xa .... min

(나)

ia ....

ia ....

tu ....

tu ....

u ....

(가)에는 頭韻과 각운이 다 보이고, (나)에는 頭韻만 보인다. 그 둘 가운데 頭韻이 더욱 흔하다는 사실을 확인할 수 있다. 다른 자료를 더 검토해보면, 한 줄을 이루는 토막 수가 세 토막 이상인 경

우에는 脚韻도 있고, 두 토막 이하이면 頭韻만 있는 것이 예사이다. 몇 줄이, 또는 몇 줄마다 같은 韻을 사용하는가 하는 규칙은 없다. 韻을 사용하는 것이 두드러진 경향일 따름이지, 고정된 규칙은 아니다.

만주어 창작시는 청나라 조정의 만주인 관원들이 지었으므로 '淸宮滿文詩'라고 한다. 한자를 사용하지 않고 몽고문자를 본뜬 만주문자를 사용했다. 그 율격은 만주민요의 율격을 그대로 사용하지 않았다. 만주민요의 율격을 가다듬고 한시의 율격을 받아들이는 이중의 작업을 거쳐, 율격에서 한시와 대등할 수 있게 했다.

본보기를 하나 들기로 한다. 康熙帝가 지은 〈避暑山莊百韻詩〉 가운데 한 수이다. 로마자 표기를 옮겨 적고, 한역을 병기한다.

mekei eyen i halhun sukdun de turgi jor sembi	暖溜蒸靈液
mudalime eyere bulukan talha i bita de irahinambi	暄派漾淺漪
mujilen i dolo sigiyame oboho gese	心身堪澡雪
mujaku gigsime irebure gunin be yendebumbi	興會益淋漓

한 줄을 이루는 음절수는 일정하지 않다. 줄 수는 네 줄로 고정되었다. 韻이 규칙화되어 있다. 한 줄이 시작될 때 같은 음성이 되풀이되어 頭韻이 어느 줄에든지 반드시 있다. 각운은 첫째·둘째·셋째 줄에서 되풀이된다.

한 줄을 이루는 음절수가 일정하지 않은 것은 민요의 율격을 그대로 사용했기 때문이다. 한시 5언의 내용을 15음절 내지 20음절로 나타내서, 민족어시 한 줄이 한시 한 줄과 정보량에서 대등하고 음절수에서는 대등하지 않다.

頭韻이 반드시 있고 같은 음성을 네 줄에서 모두 되풀이하는 것은 민요에 나타나 있는 경향을 규칙화한 결과이다. 한시와 경쟁하기 위해 민요의 자산을 최대한 활용했다. 한시에는 脚韻만 있는데 만주어 민족어시에는 頭韻과 脚韻이 다 있으니 짜임새가 더 훌륭하다고 할 수 있다. 그러나 脚韻의 규칙은 한시에 맞추어 정비했다. 한시에서는 脚韻이 둘째 줄과 셋째 줄에는 반드시 있고 첫째 줄에는 있기도 하고 없기도 한데, 만주어시에서는 첫째 줄에도 脚韻이 반드시 있게 해서 한층 엄격한 규칙을 만들었다.

줄 수가 네 줄이게 고정시킨 것은 한시를 따른 결과이다. 네 줄 형식 외에 여덟 줄 형식도 있고 네 줄을 거듭하는 장시 형식도 있다. 몇 줄 형식인가는 頭韻을 보고 판별할 수 있다. 여덟 줄 형식에서는 같은 음성으로 된 頭韻이 여덟 번 되풀이된다.

만주어시를 이렇게 만들어 한시와 대등하게 하려고 한 방법은 한국의 경우와 상통하고 일본의 경우와는 상이하다. 민요에 이미 있는 특질을 이용해서 율격을 가다듬고, 한시 한 줄과 민족어시 한 줄이 '정보량'에서는 대등하고 '음절수'에서는 대등하지 않게 한 점이 만주어시와 한국어시에서 서로 같다.

그러면서 한국어시는 律을, 만주어시는 韻을 가다듬는 데 힘쓴 점은 서로 달라, 왜 그랬던가 해명해야 하는 과제가 제기된다. 한국민요보다 만주민요에서 韻이 더 많이 나타나는 차이점이 있어서 그럴 수 있었다고 한 쪽의 이유는 설명할 수 있다. 그러나 만주어시에서는 민요의 律을 어떻게 다듬었는지 이용한 자료에서 밝혀 논하지 않고, 내 스스로 분석할 능력이 없으므로 논의를 더 진전하기 어렵다.

만주어로 창작하는 '淸宮滿文詩'는 청나라 건국과 더불어 일거에 나타났다가 곧 사라졌다. 만주어를 계속 사용하는 본고장의 사람들은 그런 시를 짓지 않고, 청나라 궁정의 만주인들은 곧 만주어를 상실했다. 만주어 민족어시의 역사는 이 글에서 다루는 다른 민족의 경우처럼 장기간에 걸쳐 자연스럽게 전개되지 못했으므로, 대등한 자리에서 함께 논하기 어렵다. 그러나 만주어시는, 한시에 대응하면서 민족어시의 율격을 가다듬는 방법에 관한 일반론을 구축하는 데는 소중한 기여를 한다. 한국의 민족어시가 택한 방법이 일반적인 것임을 입증하는 데 의의가 특히 크다.

南詔의 白文詩

한시를 받아들여 이해한 능력을 발휘해, 한자로 민족어를 표기하면서 한시에 대응하는 민족어시를 지은 일이 한국이나 일본에서만 있었던 것은 아니다. 한문문명권의 다른 민족도 일제히 그렇게 했다. 《後漢書》의 〈西南夷傳〉을 보면,[280] 거기 '爨文詩'라고 하는 것 세 편이 수록되어 있다. "爨"은 "아궁이 찬"자인데, 민족의 이름을 일컫는다. 오늘날의 彝族을 그렇게 일컬었던 것으로 보인다.[281] 시 세 편은 한자를 이용해서 민족어를 적은 借字表記詩인데, 《後漢書》에는 한문으로 번역된 것이 실려 있고, 차자표기를 한 원문은 별도로 전한다.[282]

그것은 차자표기시 가운데 가장 먼저 기록에 오른 것이어서 소중한 자료가 된다. 한국의 鄕歌나 일본의 和歌는 그보다 훨씬 후대에 등장했다. 그런데 《後漢書》에 '爨文詩'를 소개한 이유는 爨族 또는

280) 《後漢書》 권86, 〈西南夷傳〉 "夜郎國" 조항.
281) 馬學良, 《彝族文化史》(上海 : 上海人民出版社, 1989), 140면.
282) 《後漢書》(北京 : 中華書局, 1965) 권86, 〈西南夷傳〉에서는 본문의 한역시에다 《東觀記》라는 문헌에서 가져온 차자표기 원문을 병기해놓았다.

彝族의 민족문화를 존중할 뜻이 있었기 때문이 아니다. 시의 내용이 漢나라의 통치를 칭송한다는 것이다. 그런 시를 현지의 민족이 실제로 창작했다는 증거를 제시하기 위해서 한자 표기의 원문을 들고 한문으로 번역했다.

그 자료는 雲南民族群이 중국인들 때문에 시달리는 역사가 아주 오래 되었음을 입증해준다. 중국인의 정치적·문화적 압력에 맞서서 민족의 자주성을 수호하고 민족문화를 발전시키는 힘든 과제가 일찍부터 제기되었다. 한문을 받아들이고 한자를 이용한 차자표기로 민족어시를 적어야 했던 것은 시련이면서 기회였다. 그래서 고대까지 가꾸어온 민족문화가 왜곡되고 위축되었지만, 역사의 발전을 이룩해 중세문화를 창조할 수 있는 계기가 마련되었다. 고대문화의 위축을 가져오는 시련과 중세문화를 창조하는 기회 가운데 어느 쪽의 비중이 더 컸던가는 그 민족이 스스로 하기에 달렸다.

彝族과 가까운 관계를 가지고 운남지방에서 함께 거주하는 민족에 白族이 있다. 백족은 일찍이 南詔라는 나라를 세우는 주역 노릇을 했으며, 당나라의 침공을 물리치고 주권을 수호하고 자랑스러운 문화유산을 남겼다. 고대의 역량이 대단해서 그렇게 할 수 있었던 것은 아니다. 한문문명을 받아들여 중세를 이룩한 수준이 높아 그럴 수 있었다. 南詔는 大理로 나라 이름이 바뀐 다음에 원나라의 침공을 받고, 중국의 일부가 되었으나, 민족의 삶을 독자적으로 영위하는 전통을 지켜 오늘에 이르고 있다.

백족이 한문이나 한자를 사용해서 이룩한 문학의 유산은 세 가지이다. 첫째는 한문학 작품이며, 그 좋은 본보기가 段義宗의 시이다. 둘째는 한문으로 쓴 비문이며, 〈德化碑〉가 그 가운데 특히 우뚝하다. 段義宗의 시는 《全唐詩》에, 〈德化碑〉는 《全唐文》에[283] 수록되어 있어, 중국에서 대단하게 여겼음을 알 수 있게 한다. 셋째는 한자를 이용해서 민족어를 표기한 白文 작품이며, 그 가운데 〈山花碑〉가 가장 중요하다.

白文 저술이 적지 않았으며, 역사서도 있었다. 그런데 원·명·청의 통치자들이 백족이 독립할까 염려해서 백문 저술을 모두 불태우고, 남은 것이 거의 없다고 한다.[284] 금석문은 그런 시련을 견디고 지금까지 남아 있다.[285] 대부분의 금석문은 사실을 기록한 데 그치고, 문학작품으로 평가할 것은 1450년에 이룩한 〈詞記山花詠蒼洱境〉 약칭 〈山花碑〉가 홀로 우뚝하다. 그 비문은 한시인으로도 이름난 楊黻이 쓴 시이며, 白文을 사용한 白文詩의 대표적인 작품이다.

〈山花碑〉는 經源寺라는 불교사원 觀音殿에 세운 비이다. 그 비문을 시로 써서, 주변 산천의 경치를 묘사하고 질서와 안녕을 기원하는 마음을 나타냈다. 국가가 없어져 주권을 상실한 시기에 민족공동체의 정신적인 단합을 다지는 구실을 사원이 맡아, 불교에다 유교를 보태 도덕적 규범을 마련하는 일을 白文詩를 써서 감당했다. 전문 20연으로 이루어져 있다. 그 가운데 제13·14연의 원문과 역문을 든다. (가)는 원문이고, (나)는 직역이고, (나)는 의역이다.[286]

---

283) 《全唐文》(上海 : 上海古籍出版社, 1990) 999권, 4588-4590면.

284) 백족의 학자가 서울에 와서 발표한 논문 徐琳, 〈關于白族文字〉, 구결학회 편, 《아시아 제민족의 문자》(서울 : 태학사, 1997)에서 그렇게 말했다.

285) 같은 논문에서 그 목록을 다음과 같이 제시했다.
大理三十七部會盟碑(971).
大理國銅觀音造像 뒤의 銘文(1147-1172).
鄧川石竇香泉摩崖(1370).
詞記山花詠蒼洱境 약칭 山花碑(1450).
故善士楊宗墓志 弟楊安道書白文 약칭 楊宗碑(1453).
故善士趙公墓碑 약칭 趙公碑(1455).
處士楊公同室李氏壽藏 山花一韻 약칭 楊壽碑(1481).
史城燕山道人健安尹敬夫婦預爲塚記 附白曲一詩 약칭 尹敬碑(1703).

286) (가)는 龔友德, 《白族哲學思想史》(昆明 : 雲南民族出版社, 1992), 363-364면

(가)	(나)	(다)
盛國家覆世功名	盛國家蓋世功名	蓋世功名立國古
食朝廷尊貴爵祿	享朝廷尊貴爵祿	尊貴廷尊受爵祿
慈悲治理衆人民	慈悲治理衆人民	仁悲治理衆人民
才等周文武	才等周文武	才比周文武
恭承敬堂母天地	恪恭敬父母天地	忠實敬天地父母
孝養干子孫釋儒	孝養教子孫釋儒	教育子孫尊釋儒
念禮不絶鐘磬聲	禮佛不絶鐘磬聲	念禮不絶鐘磬聲
消災難長福	消災難長福	消災難添福

우리말로 번역해보자. 원문에 있는 한자어 가운데 우리말로도 이해 가능한 것은 그대로 옮긴다.

세상을 덮을 功名으로 국가가 번성하게 하며,
朝廷을 尊貴하게 하고, 爵祿을 누리노라.
뭇 人民을 慈悲로 다스리니,
재주가 周나라 文武와 같도다.

天地와 父母를 각별하게 恭敬하며,
子孫을 가르치고, 釋儒를 존경하노라.
염불하는 鐘磬聲 그치지 않으니,

에서, (나)는 張文勛 主編, 《白族文學史 修訂版》(昆明 : 雲南民族出版社, 1983), 140면에서 가져왔다. 徐嘉瑞, 《大理古代文化史稿》(香港 : 中國圖書刊行社, 1985), 429-535면 ; 龔友德, 《儒學與雲南少數民族文化》(昆明 : 雲南人民出版社, 1993), 157-158면에도 번역이 있는데, 현대중국어로 풀어쓴 것이다.

災難은 없어지고 福이 커진다.

한문문명권 어디서나 할 수 있는 말을 당당한 논조를 갖추어 폈다. 나라를 다스리는 재주가 周나라 文武와 같다고 한 데서는《詩經》의 여러 대목을 의식했을 것인데, 이미 있는 문구를 가져와서 상투적인 칭송을 하는 방법을 택하지는 않고, 성숙된 생각을 갖추었다. 불교와 유교를 아울러 숭상하면서, 신앙과 정치, 국가와 가족을 함께 만족스럽게 하는 도리를 실현한다고 했다. 그런 말을 민족어시를 통해서 나타낸 것은 중국과 맞서고자 하는 의지가 있었기 때문이 아닌가 한다. 중국인들이《詩經》에서 제시한 고대의 이상을 중세에 바로 적용하려고 하는 것에 동의하지 않고, 한층 차원 높게 성숙된 중세의 이념을 중국인의 통치에 시달리는 白族이 구현하고 있다는 자부심을 나타냈다 볼 수 있다.

이 시의 형식은 '음절수'가 7‖7‖7‖5‖이다. 그런 것이 白文詩의 고정된 율격이다. 그것은 바로 白族의 민요에서 가져온 율격이다. 白族의 민요는 각 행을 이루는 음절수를 7‖7‖5‖로 하는 것을 기본으로 하고, 3‖7‖7‖5‖, 7‖7‖7‖5‖로 연을 구성하는 것이 예사라고 한다.[287] 음절수가 가변적인 변형이 있기는 하지만, 그것과 대등한 비중을 가진 다른 규칙은 없다고 한다. 어느 지역의 민요이든 음절수에서는 서로 다르지 않고, 지역에 따라서 평측이 있기도 하고 압운이 있기도 한 차이가 발견된다고 했다.[288]

3‖7‖7‖5‖, 7‖7‖7‖5‖로 이루어진 민요의 율격 가운데 뒤의 것 7‖7‖7‖5‖를 가져와서 백문시의 율격을 만들었다. 민요의 실상에 관한

287) 張文勛 主編,《白族文學史 修訂版》, 16면.
288) 같은 책, 253면 이하.

설명을 들으면 그렇게 한 이유를 이해할 수 있다. 민요의 가창방식을 보면, 3|7|7|5|, 7|7|7|5|가운데 서두의 3|은 음악에서 調頭라고 하는 대목이어서 짧고, 그 다음의 7행은 악조에서도 전반 3행과 후반 4행이 나누어진다고 한다. 3|7|7|5|, 7|7|7|5|가 가창될 때에는 〔3|+(7|7|7|5|+7|7|7|5|)〕로 구분된다는 말이다. '노래'를 '시'로 바꿀 때 음악상의 이유에서 존재하는 부분은 떼어내고, 사설의 규칙이 정비되어 있는 부분만 받아들여 7|7|7|5|의 규칙을 만들었다.

7|7|7|5|로 이루어진 白文詩의 한 행은 한시와 '음절수'가 대등하다. 한시의 7언절구는 7|7|7|7|이고 5언절구는 5|5|5|5|인데, 白文詩는 그 둘을 아울러 7|7|7|5|이다. 7언시와 5언시를 함께 보여주고 있는 점이 일본시와 같다. 그런데 일본시는 자기네 민요의 율격을 버리고 한시를 따르면서 최소한의 수정만 해 5|7|5|7|7|을 만들었지만, 白文詩의 경우에는 민요의 율격을 그대로 받아들여 한시와 '음절수'가 대등한 정도에서 일본시에 뒤지지 않은 7|7|7|5|의 율격을 이룩했다.

그러면서 白文詩는 한시나 일본시와 중요한 차이점이 있다. 한시의 절구는 7|7|7|7|이나 5|5|5|5|로, 일본시는 5|7|5|7|7|로 끝나지만, 白文詩에서는 7|7|7|5|가 여러 번 되풀이된다. 7|7|7|5|가 두 번 되풀이되는 것은 한시의 율시와 대등하고, 그 이상 되풀이되는 것은 한시의 배율과 대등하다. 한시에서는 절구·율시·배율이 별개의 형식이지만, 白文詩에서는 단형과 장형이 구분되어 있지 않다. 〈山花歌〉는 7|7|7|5|가 20회 되풀이되어, 모두 20연으로 이루어진 장시이다. 장시는 행과 작품 전체 사이에 연이라는 단위가 있어야 읽기 쉽고 이해하기 쉬운데, 연 구분이 한시에는 없고 白文詩에는 있다.

한국의 경우에는 연시조가 있어 그 비슷한 형태를 이룬 것 같으나, 연시조는 서로 독립된 작품으로 구성된 점이 다르다. 동아시아 여러 민족 가운데 白族만 연 구분이 잘 된 장시를 마련한 것이 특기할 만한 일인데, 민요를 그대로 살리는 아주 쉬운 방법을 사용했기 때문에 그럴 수 있었다. 다른 민족의 경우도 그랬지만, 한국에도 연 구분이 잘 된 민요가 있고, 그런 형식이 속악가사로 부각되고 경기체가에 전용되었지만, 시조와 가사가 등장해서 시가사의 주류를 이룬 다음에는 퇴장했다.

한시와 白文詩는 한 줄을 이루는 '음절수'가 대등할 뿐만 아니라 '정보량' 또한 대등하다. 위에서 인용한 白文詩를 한시로 번역한 것을 보면, 어떤 대목에서는 白文이 곧 한문이고, 그렇지 않은 경우라도 한두 자만 바꾸어 놓으면 白文이 한문이 된다. 그런 동질성 때문에 白文詩에서는 한문에서 흔히 사용하는 문구를 그대로 가져다 쓸 수 있었다. 그래서 한시와 '정보량'에서 대등한 데 그치지 않고, 추상적인 논의를 펴서 사상을 구현하는 데서도 대등할 수 있었다. 〈山花歌〉는 사상시이다. 정감보다 사상을 더욱 중요시하는 정도가 한국시에서보다 더 크다.

그렇게 할 수 있었던 이유는 白族의 언어 白語가 중국어와 마찬가지로 고립어, 단음절 단어가 많고, 어순 또한 동일하기 때문이다. 율격을 이루는 〔조건 1〕이 서로 같아서, 白文詩는 한시와 '음절수'와 '정보량' 양쪽이 대등할 수 있다. 〔조건 1〕이 중국과 다른 한국이나 일본에서 '정보량'과 '음절수' 가운데 하나를 택하고 하나는 버려야 하는 고충이 없어, 白文詩를 만드는 것은 아주 쉬운 일이었다.

고심을 덜 한 것은 오히려 불행이었다고 할 수 있다. 白文詩는 〈山花歌〉 외에 이렇다 할 작품이 없으며, 지속적으로 발전해 다양한 작품을 산출할 수 없었다. 중국의 침공으로 주권을 상실하고 소수민족의 처지로 떨어진 것이 그렇게 된 가장 중요한 이유이지만, 다른 각도에서 고찰하는 것도 가능하다. 白文詩가 한시와 쉽사리 넘나드는 관계를 가져 白文詩를 발전시키기 위해 특별히 노력하지 않았던 것이 아닌가 하는 의심을 가져볼 수 있다.

월남의 國音詩

한문을 이용해 민족어를 표기하면서 한시와 대응되는 민족어시를 지은 또 한 가지 주목할 만한 사례가 월남에서 마련되었다. 월남에서는 한자를 이용해서 민족어를 표기하는 방법을 字喃이라고 하고, 그 표기법을 이용해서 짓는 민족어시를 國音詩 또는 國語詩라고 한다. 國音詩를 본격적으로 창작한 사람은 15세기의 대시인 阮廌이다.

阮廌의 國音詩를 한 편 들고 논의를 시작해보자. 제목은 〈甘棠〉이라고 하는 것이다.[289)]

体俸甘棠汝召公	팥배나무를 보면서 召公을 생각하노라.
坦餘移特件共椿	이 땅에서 나무와 더불어 살아온 사연
筆疎㐌箚香群變	노래 책에 올라 있어, 향기가 이어진다.
吟議閙埃拯動弄[290)]	그 시를 읽고서 누군들 감동하지 않으리.

289) Paul Schneider et al., *Nguyen Trai et son recueil de poèmes en langue national*(Paris : Éditions du CNRS, 1987) 자료는 LXXIII면에, 불역은 353면에 있다. 불역을 참고해서 번역한다.

290) 글자에 관해서 몇 가지 설명이 필요하다. 둘째 줄의 "坦"은 地와 怛이 합쳐진 글자이다. 뜻은 "땅"이다(竹内與之助, 《字喃字典》, 東京: 大學書林, 1988, 142면). "移"는 "옮기다", "共"은 "함께"를 뜻한다. 셋째 줄의 群은 存 밑에 群을 쓴 자의 약자이며, "이어진다"를 뜻한다(같은 책, 93면). 넷째 줄의 "市"는 위에 한 점이 아니고 두 점이다. 《字喃字典》의 339면에서 그 자는 鬧의 약자라고 했으므로, 본자를 적었다. "弄"은 그 밑에 "心"이 있는 자이다.

"팥배"를 뜻하는 시 제목 〈甘棠〉은 《詩經》 召南편에 수록된 노래 이름이다. 백성을 위해서 애쓰는 召公奭이 팥배 나무 밑에서 쉬었으니, 나무를 자르지도 꺾지도 말고 잘 보존하라고 한 사연으로 이루어져 있다. 그 전문을 들면 다음과 같다.[291)]

蔽芾甘棠 勿翦勿伐	싱싱한 팥배나무 자르지도 베지도 말라
召伯所茇	소백님이 멈추신 곳이다.
蔽芾甘棠 勿翦勿敗	싱싱한 팥배나무 자르지도 꺾지도 말라
召伯所憩	소백님이 쉬신 곳이다.
蔽芾甘棠 勿翦勿拜	싱싱한 팥배나무 자르지도 휘지도 말라
召伯所說	소백님이 머무신 곳이다.

《詩經》의 〈甘棠〉을 읽고 느낀 바를 국음시로 나타내서, 그 둘이 밀접한 관련을 가졌음을 입증한다. 《詩經》에 있는 작품에 호응하는 민족어시를 지은 것이 일본에도 있었고, 월남에도 있었다. 그 둘 다 한시를 익히면서 얻은 경험을 민족어시 창작에 활용하면서, 한시를 알고 있는 독자라야 이해하고 공감할 수 있도록 쓴 작품이다.

그런데 둘 다 《詩經》 본래의 4|4|4||의 율격은 따르지 않았다. 일본 것은 5||7||5||7||7||로 이루어졌는데, 이것은 7||7||7||7||의 형식을 갖추고 있다. 월남민요에서 갖추고 있는 독자적인 율격을 살려서 그렇게 한 것은 아니고, 한시의 7언절구를 따랐기 때문이다. 阮廌가 확립한 國音詩는 7언절구와 7언율시 두 가지 형식으로 이루어져 있으며,[292)] 평측과 운도 그대로 갖추려고 했다. 그렇게 해서 월남어시

음은 "弄"에서, 뜻은 "心"에서 가져왔다. 첫째 줄의 "公"(cong), 둘째 줄의 "椿"(thong), 넷째 줄의 "弄"(long)이 운자를 이룬다.

291) 김학주 역, 《시경》(서울 : 명문당, 1976), 55면에서 원문과 번역을 옮긴다.

가 한시와 한 줄을 이루는 '음절수'에서도 대등하고, '정보량'에서도 대등하게 하려고 했다.

阮廌의 한시 한 편과 國音詩 한 편을 들어 견주어보자. 한시는 〈漫興 其一〉이라고 하고, 國音詩는 〈述興 其四〉라고 하는 것이다. 제목도 비슷하지만, 사용한 말이나 나타낸 생각도 상당히 근접해 있다. 둘을 각기 원문을 들고 번역한다.[293] 國音詩 원문은, 한자에 있는 글자는 그대로, 한자에 없는 글자는 일단 비슷한 것을 들고 글자의 실상에 관해 주를 달아 설명을 하기로 한다.

〈漫興 其一〉

世路蹉跎雪上巓　세상일에 미끌어지고 머리에는 눈 쌓였네
一生落魄更堪憐　일생 동안 좌절한 뜻 생각하면 다시 가련하다
兒孫種福留心地　아들 손자 福을 심으면서 마음은 변하지 않고
魚鳥忘情樂性天　물고기와 새처럼 物情을 잊고 타고한 성격 즐기네
掃雪煮茶竹軒下　대나무 추녀 아래에서 눈 쓸고 차 끓이면서
焚香對案塢梅邊　매화핀 마을에서 향 피우고 책상 앞에 앉네
故山昨夜纏清夢　고향 산은 어제 밤 꿈속에 얽혀 있었고
月滿平灘酒滿船　평탄한 여울에 달이, 배에는 술이 가득하다

〈述興 其四〉

文尼吟体某村員　어진 이가 낸 글도 이제 소용없게 되었는가

292) 지준모·조동일, 《베트남의 최고시인 阮廌》(서울 : 지식산업사, 1992), 48-49면에서 阮廌 國音詩 전편의 제목을 들고, 절구와 율시를 구분해서 나타냈다.

293) 한시는 지준모·조동일, 위의 책, 179-180면에 원문과 한국어 번역이 있다. 되도록 직역하기 위해서 번역을 다시 한다. 國音詩는 Paul Schneider et al., 위의 책, XVII면에 원문이, 110면에 불어 번역이 있다. 불어 번역을 참고해서 한국어로 번역한다.

滄海哈犒鐵石門　滄海가 마르고 鐵石도 닳았도다
志窸些料饒事旭　뜻하는 일에는 언제나 장벽이 많구나
得初吏答体埃群　예전 역사에서 일컫던 인재 지금 어디 있나
月穿呵易億弄竹　달빛은 대나무 속으로 파고들지 못하고
渃泏謳坤掣俸嫩　흐르는 물이 산 그림자를 옮기지 못하니
双曰吏莫鬪貼積　나는 이제 집안의 보배나 쌓아
泊梅黃菊底朱昆[294]　매화나 黃菊을 자손에게 물려주리라

세상일이 뜻대로 되지 않아 좌절을 거듭하는 참담한 심정으로 고향을 그리워하고, 자손이나 잘 되기를 바란 점에서 이 두 시는 착상이 흡사하다. 차이가 있다면, 앞에 든 한시에서는 자기 내면의 심정 술회가, 뒤의 國音詩는 세태가 그릇되었다는 한탄이 더욱 두드러지게 나타나 있을 따름이다. 그래서 앞에서 한 말이 더욱 평온하고, 뒤에서 한 말이 더욱 비장하다. 國音詩는 이처럼 한시와 '음절수'와 '정보량' 양면에서 대등하고, 같은 정도로 차원 높은 생각을 서로 대등한 수준의 세련된 표현을 갖추어 나타냈다.

그런데도 왜 國音詩가 별도로 필요했는가 묻는다면, 두 가지 대답을 찾을 수 있다. 월남어를 일상생활의 언어에서 문학어로 상승시켜 중국과 월남이 대등하게 하기 위해서 국음시가 필요했다. 한시를 알 수 있는 사람들이라도, 들어서 이해하고 외면서 전할 수 있는 시가 별도로 필요하다고 판단한 것이 國音詩를 만들어낸 또 한 가지 이유이다. 위의 두 예에서, 國音詩 쪽이 세태가 그릇되었다

294) 제2행의 "門"에는 위에 "疒"이 있다. 제3행의 "窸"는 아래가 "心"이 아니고 "女"이다. 제4행의 "答"에는 오른쪽에 "寸"이 붙어 있다. 제5행의 "弄"에는 아래에 "心"이 있다. 제6행의 "嫩"에는 위에 "山"이 있다. 제7행의 "莫"은 "艹" 대신에 "竹"을 얹은 자이다.

고 개탄하는 데 한시보다 한걸음 더 나아간 것은 공동의 관심사를 다루었기 때문이다. 자기 혼자라면 체념을 해서 평온한 마음을 얻을 수 있으나, 역사 창조에서는 그럴 수 없어 더욱 비장한 말을 해야 했다.

월남의 國音詩는 월남어로 지은 한시와 대등한 '시'라고 생각했다. 민족어시를 한국에서는 鄕歌라고 하고, 일본에서는 和歌라고 한 것과 달리 월남에서는 國音詩라고 해서 '歌'가 아닌 '詩'로 일컬은 것은 한시에 비해서 조금도 손색이 없다고 자부했기 때문이다. 阮廌의 작품에서 한시와 國音詩는 편수가 비등하고, 다룬 주제의 무게나 표현의 품격에서도 우열이 없는데, 그런 일이 다른 나라에는 없었다.

國音詩가 한시와 '음절수'와 '정보량' 양쪽에서 대등할 수 있는 것은, 월남어는 한시의 언어와 같은 고립어이고 단음절어이기 때문이다. 한시처럼 '음절수'를 줄여도 '정보량'에 타격이 가지 않은 점이 일본의 경우와 다르다. '정보량'을 대등하게 하게 하기 위해서 '음절수'는 대폭 늘이지 않아도 되는 점이 한국의 경우와 다르다. '음절수'와 '정보량' 양쪽이 한시와 대등할 수 있는 것은 白族의 白文詩와 월남의 國音詩에서 공통적으로 볼 수 있는 일인데, 그럴 수 있는 이유는 율격을 이루는 〔조건 1〕이 한시 쪽과 같기 때문이다.

그러나 白文詩에서는 민요의 율격을 그대로 가져다 썼으나, 국음시는 월남의 민요와는 다른 율격을 마련한 점에서 그 둘은 커다란 차이가 있다. 월남민요의 율격은 몇 가지로 정리해서 말할 수 있다.[295] 특히 두드러진 것이 4|4|4|4‖4|4|4|4‖4|4|4|4‖4|4|4|4‖로 이

295) Duong Dinh Khue, *La littérature populaire vietnamienne*(Bruxelles : Thanh Long, 1976), 51-52면에 의거해서 월남민요의 율격을 파악한다. 거기 나타난 내용을 정리하면 다음과 같다.

루어진 4·4조 4행시와, 6|8|6|8|이 되풀이되는 6·8조이다. 그 밖에 6·8조의 변형이라고 할 수 있는 것이 몇 가지 있다. 4·4조 4행시는 어느 민족에게서도 볼 수 있는 민요의 기본형이다. 6·8조는 월남민요 특유의 율격이며, 제1행의 제4음절과 제2행의 제6음절, 제2행의 마지막 음절과 다음 연 제1행의 마지막 음절이 韻을 맞추는 규칙까지 있어서 짜임새가 정교하다.

월남민요에서 갖추고 있는 이런 율격을 버리고 월남의 국음시는 7언한시의 율격을 본따고, 押韻과 平仄의 규칙도 같은 방식으로 갖추었다. 國音詩는 한시와 '정보량'뿐만 아니라, '음절수'에서도 대등해야 같은 등급의 고급의 시가 될 수 있다고 생각해서 그렇게 한 것이다. 월남어는 한시의 언어와 마찬가지로 고립어이고, 단음절어이며, 또한 성조어이므로 그렇게 할 수 있었다. 월남의 민요에도 그 나름대로 平仄의 규칙이 있어 평측에서도 한시를 따를 수 있었다. 15세기에 이르러 阮廌가 국음시의 율격을 확립하는 일을 도맡아 일거에 이룩하면서 그런 결정을 내리고, 많은 작품을 써서[296] 스스로 정한 규칙을 확고하게 정착시켰다.

월남에서 國音詩를 짓는 일은 그 전부터 있었다. 國音詩가 처음부터 그런 율격을 갖춘 것은 아니었다. 이른 시기의 자료는 없어졌으나, 14세기에 禪僧들이 지은 작품 玄光의 〈詠雲煙寺賦〉[297] 같은 것

4·4조 4행시 : 제1행의 마지막 음절이 제2행의 제2음절 또는 마지막 음절과 韻을 맞춘다.

6·8조 : 제1행의 제4음절이 제2행의 제6음절과, 제2행의 마지막 음절이 다음 연 제1행의 마지막 음절과 韻을 맞춘다.

그것과 같은 韻을 갖추고서, 음절 수가 더 늘어난 6·8조, 7·7·6·8조(7·7이 되풀이되고, 6·8조가 이어지는 것), 7·7·6·8조의 변형 등이 있다.

296) 阮廌의 국음시라고 하는 것이 후대에 편찬된 문집《抑齋集》에 254편이 전한다. 그런데 Paul Schneider et al., 위의 책 37면에서는, 그 가운데 160편 정도가 阮廌의 작품이고, 나머지는 다른 사람들의 작품이라고 했다.

들이 몇 편 남아 있는데, 일정한 규칙을 발견하기 어려운 산만한 형식이다. 국음시가 그런 상태에 머무르고 있어서는 한시와 맞설 수 없다고 판단해서, 阮廌가 율격의 규칙을 확고하게 하는 과업을 서둘러서 수행했다.

阮廌의 작품은 질과 양 양면에서 國音詩의 전범이기에 충분한 자격을 갖추었으므로, 혼자서 제정한 율격의 규칙 또한 널리 인정되었다. 그렇기는 한지만 阮廌가 제정한 규칙은 율격 형성의 자연스러운 추세를 거치지 않은 일이라서 그 자체에 무리가 있고, 월남민요와는 맞지 않아 거부반응을 불러일으키지 않을 수 없었다. 그래서 시간이 흐르자 마침내 와해되었다.

阮廌 자신의 작품에도 억지가 있다. 한시에서 7음절시는 4|3||으로 끊어 읽어야 하고 예외는 허용하지 않는 것과 달리, 3|4||인 것이 이따금 있다. 한 줄이 7음절이어야 하는데, 여섯 음절만 갖추고 있는 경우도 이따금 있다. 6음절로 이루어진 월남시의 율격이 끼어들어, 6음절이라야 말이 자연스러웠기 때문에 그렇게 되었다.

7음절형식은 한시를 따르는 율격이고, 6음절형식은 월남민요에서 가져온 율격이어서 서로 경쟁하다가, 결국 6음절형식이 승리했다. 16세기의 대표적인 시인 阮秉謙은 3|3||으로 끊어 읽는 6언시를 마련했다. 그러다가 17세기 이후에는 6음절과 8음절이 한 행씩 교체되어 6||8||6||8||이 되풀이되는 6·8조가 널리 쓰였다.[298] 6·8조에도 押韻과 平仄이 있으나, 한시와는 다른 월남시 고유의 방식을 사용했다.

---

297) 《李陳詩文》 2(Hanoi : Nha Xuat Ban Khoa Hoc Xa Hai, 1988), 706-709면에 수록되어 있다.

298) 지준모·조동일, 《베트남의 최고시인 阮廌》, 47-48면에서 율격 변화의 추이에 관해 고찰했다.

그 기본형식을 도표로 나타낸 것을 옮기면 다음과 같다.[299] a와 b라고 한 것이 押韻이다.

平 平 仄 仄 平 平
　　　　　a
平 平 仄 仄 仄 平 仄 平
　　　　　a　　b
平 平 仄 仄 平 平
　　　　　a(b)
平 平 仄 仄 仄 平 仄 平
　　　　　a　　b

월남의 민족어시는 변화를 거치면서 '시'가 다시 '노래'로 되돌아갔다. 6·8조를 사용하는 긴 노래는 문자를 모르는 사람도 듣고서 욀 수 있었다. 작품의 내용에서도 민중의 삶을 다룬 것이 많아 널리 호응을 받았다.

그렇게 해서 월남 중세에서 근대로의 이행기문학에서는 민중의 발언권이 대폭 강화되었는데, 그것은 문자 사용의 상황과는 반대가 되었다. 한국이나 일본에는 민중도 쉽게 익혀 사용할 수 있는 국문이 있었으나, 월남에서는 그런 것을 마련하지 못하고 字喃을 계속 사용해야만 했다. 字喃은 한문을 모르는 민중의 접근을 허용하지 않는 식자층의 전유물이었다. 字喃을 사용해서 문학창작을 하는 문인들은 민요를 받아들여 민중의 말을 나타내고, 민중이 알아들을 수 있는 작품을 만들기 위해서 각별하게 노력했다.

---

299) 趙龍生, 〈越南詩歌的幾種體式〉, 段寶林 外 主編, 《中外民間詩律》, 1033면.

민중은 잠자코 있는데 그렇게 되었던 것은 아니다. 민중이 들고 일어나서 체제를 변혁시키는 것이 당연하다고 인정하면서, 정치에서는 실현하지 못한 소망을 문학을 통해서 구현하는 데 가담하고자 했다. 阮攸의 《金雲翹》 같은 소설이 그렇게 해서 이루어졌다. 그런 작품에서 산문이 아닌 6|8|6|8|의 '노래' 형식을 사용해, 식자층만 읽는 독서물을 만들지 않고 무식한 하층민이라도 누구나 외면서 즐길 수 있게 했다.

비교검토

동아시아문학의 공동규범은 중국에서 마련했다. 중국에서 만들어낸 한문, 그리고 한문으로 짓는 시인 한시를 주변의 여러 민족이 받아들여 동아시아의 한문문명권을 이룩했다. 그렇게 하는 과정에서 중국의 우위는 확고하게 입증되어 누구도 경쟁을 할 수 없었다. 중국은 공동문어 사용에서 선진이었으므로 일상생활의 구어를 살려 민족어 글쓰기를 별도로 마련하지 않았다. 한시의 종주국 노릇을 하는 데 대단한 자부심을 가져 한시와 민족어시를 병행시켜려고 하지 않았다. 그러나 중국 주변의 다른 민족은 문명권의 동질성과 민족문화의 독자성을 함께 가꾸어 나가 중국에 대응하는 자국의 주체성을 선양해야 했다.

문명의 원천을 따지면 동아시아가 하나인 것은 중국에서 마련한 규범을 널리 받아들였기 때문이지만, 역사의 전개를 보면 주변 여러 민족이 일제히 이룩하는 새로운 발전의 공동노선에서 중국은 홀로 뒤떨어져 특수한 나라가 되었다. 그 양면 가운데 앞의 것에 치우친 연구를 하는 것이 지금까지의 지배적인 학풍이었으므로, 뒤의 것의 의의를 동아시아 여러 나라 사례의 상호비교를 통해서 확인하는 것이 이 글에서 힘써 한 일이다. 민족어시의 율격이 한시와 어떤 관련을 가지고 형성되었는가 살피는 작업을 그 핵심으로 삼아, 동아시아문학이 하나이면서 여럿인 양상을 새롭게 밝히는 데 상당한 성과를 거둘 수 있었다.

한자를 이용해서 민족어를 표기하는 방법을 동아시아 여러 민족이 일제히 고안했다. 한국에서는 '鄕札', 일본에서는 '假名', 白族은 '白文', 월남에서는 '字喃'이라고 하는 차자표기를 마련했다. '鄕札'은 자기 고장의 글이라는 뜻이다. '假名'이라는 말은 한문을 '眞名'이라고 여겨서 만들어낸 상대어이다. '白文'은 '漢文'과 구별되는 白族의 글이다. 월남에서 한문은 선비의 글이라는 뜻으로 '字儒'라고 하는 데 대한 상대어로 만든 '字喃'은 민중의 글을 뜻한다. "喃"은 한자어가 아니고 "민중"을 뜻하는 字喃 문자이다.

그 네 가지 문자 이름은 자기말을 적는 문자가 한문 자체보다는 통용 범위가 좁고, 품격이 모자라고, 사용하는 사람들의 지체가 낮다고 한 점에서 서로 상통하는 뜻을 지니고 있다. 한문을 사용하면서 한자를 이용해서 자기 말을 표기하는 문자를 만드는 것은 문자생활의 보충수단을 강구한 데 지나지 않았다. 차자표기를 하는 자기네 글이 한문과 대등하거나 한문보다 우위의 가치를 가진다고는 생각할 수 없었다.

한국에서는 한국어를 직접 표기하는 표음문자 訓民正音을 창제했어도, 오랫동안 훈민정음을 한문을 보조하는 문자로 사용했다. 그것은 당연한 일이므로 유감스럽게 생각하지 말아야 한다. 훈민정음이 한문과 대등하거나 그것보다 우월한 문자라고 자부한 것은 훈민정음을 한글이라고 고쳐 일컬은 근대에 이르러서 생긴 변화이다. 중세 동안에는 한문과 자국문을 함께 사용하다가 근대에 이르러 한문은 버리고 한자 사용도 제한하면서 자국의 문자로 문자생활을 영위하고자 하게 된 것은 동아시아 다른 나라에서도 일제히 확인되는 공통된 변화이다.

일본에서는 假名의 자획을 간략하게 한 것을 오늘날까지 사용하면서 한자와 혼용하는 방식을 버리지 못한다. 白族의 나라가 주권을 상실하면서 白文 사용이 중단되었다. 월남에서는 字喃 대신에 로마자를 사용해서 불편함을 덜었다. 원래의 차자표기 방법을 일제히 버린 점은 서로 같으면서, 그 대신에 마련한 대안은 제각각이고, 일정한 원리가 없다. 중세 때에는 하나이면서 여럿이었던 동아시아 각국이 근대에 이르러서는 여럿이기만 하고 하나이지는 않은 상태로 나누어졌다.

동아시아 각국에서 창조하고 있는 각기 서로 다른 문학은 그 나름대로 자기네 전통시와 연관되어 있고, 전통시는 한시와 대응관계를 가지면서 율격을 마련하고 시상을 가다듬은 점에서 서로 동질적인 과정을 거쳐 형성된 상이한 창조물이다. 전통시가 하나이면서 여럿이었던 유산이 오늘날 시가 여럿이면서 하나이게 하는 저층 노릇을 한다.

한국에서 鄕札로 지은 시는 '鄕歌'라고 했다. 일본에서 假名으로 지은 시는 '和歌'라고 했다. 白族이 白文으로 지은 시는 '白文詩'라고 했다. 월남에서 字喃으로 지은 시는 '國音詩'라고 했다. 문자 이름에 상응하는 시 이름을 각기 갖추었으면서, 한쪽에서는 '歌'라고 하고 다른 쪽에서는 '詩'라고 하는 돌림자를 쓴 점이 서로 다르다.

민요는 '歌'이고, 한시는 '詩'라고 하는 용어 구분은 어디서나 공통되게 사용했다. 그 둘 사이의 민족어기록율문은, 노래할 수 있으니 '歌'이고 글로 적어 지었으니 '詩'인 이중의 성격을 지니고 있는 중간물이므로 어떻게 일컬어도 되지만 어느 한쪽을 택해야만 했다.

민족어기록율문이 한시와 근접된 점을 강조해서 말하려면 '詩'라고 하고, 민요와 동질성이 크다고 하려면 '歌'라고 하는 것이 바람직한 구분이었다. 白文詩와 國音詩는 앞의 것이고, 鄕歌와 和歌는 뒤의 것이다. 그러나 여기서는 공통된 명칭이 필요해서 '민족어시'라는 말을 일관되게 썼다. 그것을 '민족어노래'라고 하면 민요와 혼동될 염려가 있어 적합하지 않다.

민족어시는 어디서나 한시를 아버지로 하고, 민요를 어머니로 해서 태어난 자식이다. 겉으로 표방하는 가치는 아버지 쪽에서, 안에 간직한 특징은 어머지 쪽에서 가져왔다고 보아, 한시는 아버지에다, 민요는 어머니에다 견준다. 민족어시는 부모 양쪽을 다 닮았다. 아버지만 닮은 것도 없고, 어머니만 닮은 것도 없다. 그렇다고 해서 양쪽을 같은 비중으로 닮은 것은 아니다. 양쪽의 요소를 경우에 따라서 서로 다른 비중으로 가져와 그것들을 결합시키는 방법을 특별하게 강구해야 했다. 그 과정은 부모의 유전자를 결합시켜 자식이 태어나는 것과 다르니, 부모와 자식 관계의 비유는 이쯤에서 버려야 한다.

한시와 민족어시가 율격 형성의 조건에서 유사한 경우에는 그 둘을 결합시키기 쉬웠다. 白文詩가 바로 그런 경우이다. 白文詩는 민요의 율격을 사용하면서 한시와 '음절수'와 '정보량' 양면에서 대등할 수 있었다. 國音詩에서도 한시와 '정보량'과 '음절수' 양면을 대등하게 하려고, '음절수'에서 민요를 버리고 한시를 따랐으나, 그 차이가 그리 크지 않았다.

그런데 鄕歌나 和歌의 경우에는 율격을 형성하는 조건이 한시의 경우와 달라서, '정보량'을 대등하게 하는 것과 '음절수'를 대등하게 하는 것 가운데 하나를 택하지 않을 수 없었다. 그 둘 가운데 鄕歌는 '정보량'의 대등함을, 和歌는 '음절수'의 대등함을 택해 서로 다른 길로 나아갔다. 그 결과 鄕歌는 '음절수'를 민요에서 가져와 민요와 연결되었으나, 和歌는 '정보량'에서도 민요와 멀어졌다.

南詔의 白文詩와 월남의 國音詩는 율격 형성의 〔조건 1〕이 한시의 경우와 같아서, '정보량'과 '음절수'의 둘 가운데 하나를 택하지 않고, 그 둘 다 한시와 대등할 수 있는 공통점이 있었다. 그러나 '음절수'를 대등하게 하는 방법이, 白文詩에서는 민요의 율격을 받아들인 것이고 國音詩에서는 민요의 율격을 버리고 한시를 따르는 것이었다. 그래서 國音詩는 白文詩보다 더욱 품격 높은 시가 될 수 있었지만, 민요와 어긋난 비정상이 말썽거리여서 오래 지속되지 못하고, 내부의 와해와 외부의 도전을 겪다가 붕괴되지 않을 수 없었다.

한시와 '음절수'가 대등한 민족어시의 율격을 한시를 본따서 마련하는 일이 일본의 和歌에서도 있었다. 그런데 그 규칙이 일본에서는 확고부동한 전통이 되었으나, 월남에서는 시련을 겪다가 와해된 점이 서로 다르다. 그러므로 그 이유가 무엇인가 생각해보지 않을 수 없다.

일본에서는 여러 세대에 걸쳐 많은 사람이 관여해서 서서히 자연발생적인 과정을 거쳐 한 일을, 월남에서는 한 사람이 일거에 해서 무리를 빚어냈다고 볼 수 있다. 일본에서는 한시를 따르더라도 5‖7‖5‖7‖7‖의 변화를 두어 일본민요의 율격과 상통하는 일면이 있게 했는데, 월남에서는 한시의 7‖7‖7‖7‖을 그대로 가져왔으므로 토착화에 실패했다고 하는 것도 가능한 주장이다. 일본은 지배층의 권위가 확고하게 보장되어 질서가 확립된 나라이지만, 월남은 민란으로 흔들려온 나라라는 차이점과 결부시키는 논의를 펼 만도 하다.

그러나 한시, 민요, 민족어시 셋의 '음절수'와 '정보량'을 비교해서 고찰하는 작업을 해야 문제를 깊이 다루어 내밀한 사정을 찾아낼 수 있다. 민요의 침투와 도전을 막아 和歌가 안정되는 것과 같은 일이 월남에서는 가능하지 않았다는 것이 사태의 핵심이다. 그 이유는 월남의 國音詩는 월남민요와 '음절수'가 달라졌어도 그 차이가 일본의 경우만큼 크지 않았으며, '정보량'은 거의 대등한 점이 일본과는 달랐던 데 있었다.

일본 和歌의 5‖7‖5‖7‖7‖은 일본민요의 5|5|7|5‖, 4|5|7|5‖, 6|5|7|5‖, 5|5|7|4‖같은 것들과 5음절과 7음절이 자주 보이는 공통점이 있기는 해도, 구조가 전혀 다르다. 5음절이나 7음절이 和歌에서는 한 줄을, 민요에서는 그 하위 단위인 한 토막을 이룬다. 그런데 월남 국음시의 7‖7‖7‖7‖은 월남민요의 6‖8‖6‖8‖과 율격형성의 기본원리가 같아, 그 둘을 갈라놓는 장벽이 없다. 그래서 민요에서 국음시의 위엄을 대단치 않게 여기고 도전을 감행할 수 있었다.

민요의 도전이 감행되어 고급의 시가 타격을 받고 와해되는 일은 한국에서도 일어나고 월남에서도 일어났다. 그 두 나라 문학사는 상하층문학 사이의 生克관계가 역동적으로 전개되어, 시대변화가 뚜렷하고 질적 비약이 거듭 일어난 특징을 가졌다. 그러면서도 그 구체적인 양상에서는 상당한 차이점이 있다.

한국에서는 민요가 문학사의 표층에까지 치밀어온 것은 俗樂歌詞에서만 볼 수 있었던 일시적인 일이며, 민요의 도전을 받고 고급의 시가 혁신되고 교체되는 것이 문학사 전개의 일반적인 과정이었다. 판소리도 '소리'에서 '문학'으로 바뀌면서 상층문학의 관습을 대폭 받아들여 상승을 해야 했다. 판소리는 전문적인 기능을 갖춘 광대라야 부를 수 있고, 판소리를 정착시킨 판소리계 소설은 국문소설 가운데 유식한 편에 속했다.

월남에서는 시를 무너뜨린 민요의 율격이 문학사의 새로운 주류가 되는 작품을 산출했다. 《金雲翹》와 같은 율문소설이 6‖8‖6‖8‖의 율격을 변형 없이 그대로 사용해 글 모르는 민중들이 구비문학의 '노래'로 구전할 수 있도록 했다. 월남에서는 한자를 가지고 월남어를 적는 字喃을 계속 사용했으며, 한국의 한글이나 일본의 假名처럼 부녀자들도 쉽게 익힐 수 있는 글이 없었다. 그래서 국문소설이 독서물로 발달하기 어려운 조건을, 소설이 '글'이 아니고 '노래'이기 때문에 극복할 수 있었다.

한시와 대등하게 되면서 민요와도 가장 가까운 관계를 가진 白文詩와는 반대쪽에, 한시와 대등하게 되려고 민요와 가장 멀어진 和歌가 있다. 國音詩와 鄕歌는 둘 다 그 중간에 있으면서 國音詩는 한시와 대등한 품격을 갖춘 상층의 '詩'이고, 鄕歌는 상하층이 함께 노래할 수 있는 '歌'인 특성을 각기 지닌 점에서 서로 양극을 이루었다.

만주족의 '淸宮滿文詩'는 민요와 멀어진 정도가 중간 등급이면서 '歌'가 아닌 '詩'라고 한 점에서 國音詩와 유사하다. 일시적인 창안물에 그쳤으며, 오랜 기간 동안 지속되면서 문학의 기능을 수행하고 문학사적 변화를 겪은 것은 아니다. 그 두 가지 사유 때문에, 다른 넷과 대등한 자리를 차지하는 다섯번째의 사례로 인정하기 어렵다.

白文詩·和歌·國音詩·鄕歌의 서로 다른 특징을 다음의 도표로 그려 나타낼 수 있다.

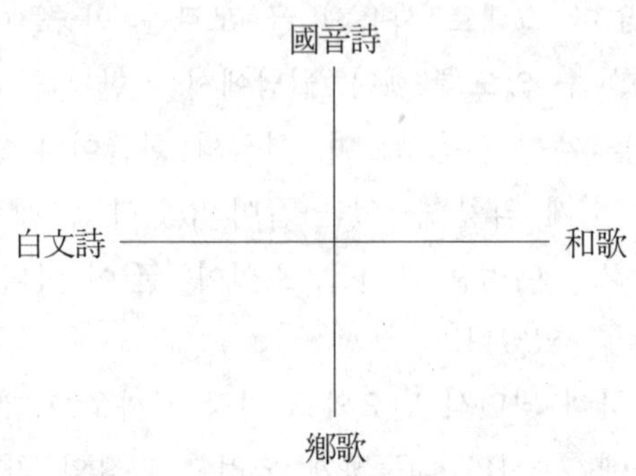

이 표에서 좌우로 벌여 있는 白文詩와 和歌는 그 나름대로 안정을 얻었는데, 중간에 상하로 벌여 있는 國音詩와 鄕歌는 그렇지 못했다. 민요가 치밀어 올라오는 것이 白文詩에서는 필요하지 않고 和歌에서는 허용되지 않아, 둘 다 안정을 얻었으나, 國音詩와 鄕歌는 그 어느 쪽도 아니어서, 민요의 도전 때문에 타격을 입어 밀려나고, 다른 형식의 새로운 시가로 대치되었다. 월남과 한국에서는 한시와 민요가 만나 민족어시를 산출하는 일이 거듭 벌어져 문학사의 전개에서 격변이 거듭되었다. 그런 사태가 오늘날의 문학으로 이어지고 있다.

한시를 경험하고서 한시와 대응되는 관계에 있는 민족어시를 창조하는 과업을 수행한 사람들이 자기네가 하는 일의 성격이나 방법을 의식하고서 이런 결과를 산출했는가 하는 의문을 가져보면, 그렇지 않다고 하는 것이 정답이다. 행위자들이 스스로 의식하지 않으면서 이런 일을 했다. 행위자가 스스로 의식하지 못한 일은 실제로 없었고, 오늘날의 연구자가 공연히 지어낸 가상의 현실에 지나지 않으므로 연구의 대상으로 삼지 말아야 한다는 반론을 펼 수 있다. 그러나 부모의 형질을 물려받아 자식이 태어나는 일은 당사자인 자식이 의식하지 않았다는 이유에서 연구하지 말아야 한다는 주장은 성립될 수 없다.

인문학문에서 주도하는 문화연구에서도 당사자가 자각한 범위를 넘어선 심오한 영역을 찾아내서 복잡하게 얽힌 현상의 내밀한 원리를 밝혀내야 한다. 주어진 조건 속에서 가능한 선택을 하는 것이 사람이 하는 모든 행위의 기본원리이며, 조건에 대한 인식이나 선택을 위한 결단은 대부분의 경우에 무의식적으로 이루어진다. 그런 일이 집단적으로, 공통되게 이루어지면서, 또한 서로 다른 양상을 밝혀내는 작업을, 대단한 통찰력과 치밀한 논증을 결합시켜 해나가는 것이 새로운 학문의 긴요한 과제이다.

번역으로 맺어진 관계

번역학의 동향

중국문학의 수용과 변모를 밝히는 데 번역을 고찰하는 것이 긴요한 과제이다.[300] 중국문학을 받아들이기 위해 한국·일본·월남에서 각기 자기네 말로 번역해야 했다. 언어는 각기 다르지만, 번역을 해야 했던 이유나 번역을 한 과정에는 주목할 만한 공통점이 있었다. 번역의 원천과 번역한 시기에 따라서 상이한 번역을 해온 과정이 서로 다르지 않았다.

그런 사실을 밝혀 논하는 작업은 번역학연구에 속한다. 근래 번역학에 대한 관심이 크게 일어나서 도움을 얻을 수 있을 것 같다. 번역학의 현황과 문제점을 검토하고, 이 논문에서 하는 작업의 방향과 방법을 가다듬기로 한다.

번역학연구의 필요성은 번역의 의의를 생각하면 쉽사리 입증된다. 번역은 인류문명을 발전시키는 데 필요한 핵심적인 수단이다.

---

300) 이 글의 영문 요약본 "Historicl Changes in the Translation from Chinese Literature : a Comparative Study of Korean, Japanese, and Vietnamese Cases"을 《문명권의 동질성과 이질성》 권말의 부록에다 수록한다.

인류문명이란 여러 민족 또는 인종집단이 이룩한 창조적인 활동의 집결이라고 정의할 수 있다. 그렇지만 그렇게 말하고 마는 것은 지나치게 이상주의적인 견해라고 하지 않을 수 없다. 언어 장벽을 극복해야 창조적 활동이 집결될 수 있기 때문이다.

언어의 장벽이 인류가 함께 문명을 발전시키지 못하도록 저해한다. 세계의 모든 민족 또는 인종집단은 서로 이해할 수 없는 상이한 언어를 사용하고 있어서 창조적인 활동의 집성이 쉽사리 이루어지지 못하게 한다. 창조적인 활동의 성과를 언어의 장벽을 넘어서서 서로 주고받으려면 번역 또는 통역이 반드시 필요하다. 번역을 거치지 않고서는 인류문명이 발전할 수 없다.

언어로 이루어진 문화창조물뿐만 아니라 물질적인 고안이라도 번역을 거쳐야 언어권의 범위를 넘어서서 교환될 수 있었다. 번역의 역사를 서술해서 그 과정을 밝히면 인류문명 발전의 양상을 소상하게 파악할 수 있다. 그러나 세계번역사와 같은 책을 아직 내놓지 못했다. 우리 인류는 우리 자신에 대해서 그만큼 무지하다. 번역에 대한 연구를 힘써 해야 하는 이유가 바로 거기 있다.

그런데 번역학이라는 학문은 생겨난 지 얼마 되지 않고, 성격과 방향이 불분명해서 그런 사명을 감당하지 못하고 있다. 번역학은 비교문학의 한 영역이라고도 하고, 독립학문을 이룬다고도 한다. '번역학'(traductologie, Übersetzungswissenschaft)이라는 용어가 독립학문을 지칭하기 위해서 특별히 고안되었다. 그러나 양쪽 다 아직 연구를 진행하고 이론을 정립한 역사가 짧아서 뚜렷한 차이점은 없으며, 해야 할 일을 제대로 하지 못하는 점에서 서로 다르지 않다.

비교문학의 한 영역으로 번역을 연구하는 경우에는 문학사의 전개에서 번역이 어떤 구실을 해왔는가 밝히는 데 힘쓰고, 번역관의 변천이나 각국에서 번역을 한 양상의 차이점에도 주목한다.[301] 그런 연구를 하는 데 프랑스가 앞서서 얻은 성과를 보자. 프랑스의 경우에는 중세문학에서 이미 번역이 긴요한 구실을 하고, 문예부흥기에 그리스·로마문학을 프랑스어로 번역하는 일을 많이 했다고 했다. 그런데 그리스·로마문학은 고전문학이고 외국문학은 아니라고 여겨, 고전문학을 당대의 언어로 옮기는 것은 번역이 아니라고 여겼다고 했다.

고전문학 또는 외국문학을 번역하는 방식은 다양했다고 했다. (1) 대역, (2) 원작에 충실한 번역, (3) 원작을 대신하고자 하는 번역, (4) 개작번역 등이 병행해서 이루어졌다고 하는데, 그런 구분은 번역일반론으로 이용할 만하다. 그런데 1866년 베른조약이 체결된 다음에는 원문에 충실한 번역만 인정하게 되었다. 번역을 문학에서 자유롭게 할 수 있는 여지를 축소하고 법률로 규제하는 사항으로 삼았다. 근대번역이 시작된 다음에는 번역의 문제가 원문 전달의 기술에 관한 것으로 축소되고 단순화되었다.

프랑스인은 외국어를 경시하고, 번역을 소중하게 여기지 않는 것이 독일이나 러시아와는 다르다고 했다. 번역을 '제2의 창작'(Nachdichtungen)이라고 하는 말은 독일어에나 있다고 했다. 독일이나 러시아에서는 번역이 자기네 문화의 한 구성요소로 인정하고, 번역에 대한 총체적인 연구를 하려고 힘쓴다고 했다. 그런 비교론은 다른 문명권에서 시도할 필요가 있다.

---

301) Pierre Brunel et Yves Chevrel dir., *Précis de la littérature comparée*(Paris : Presses de Universitaires de France, 1989)에 편자 가운데 한 사람인 Yves Chevrel이 쓴 "Le texte étranger : la littérature traduite"라는 장을 두었다. 거기서 비교문학의 관점에서 번역을 다루는 통상적인 방식을 확인할 수 있다. Michel Ballard, *De Cicéron à Benjamin, Traducteurs, traductions, réflections*(Lille : Presses Universitaires de Lille, 1992)에서는 번역론 및 번역의 역사를 고찰하면서 프랑스에서 한 작업의 특징을 살폈다.

번역학을 독립된 학문으로 정립하려는 노력은 독일에서 주도했다. 번역에 관한 어학적 연구에서 시작된 번역학이 번역의 문화사적 의의를 다각적으로 고찰하려고 하는 데 이르려 하고 있다.[302] 그런데 번역학을 엄밀한 과학으로 정립하고자 하면서 언어학의 방법을 원용하는 데 그쳐서는, 번역의 양상을 원문에 충실한 것과 원문에서 벗어나서 자유롭게 이루어진 것으로 나누어 정리하면서도, 실제 연구는 앞의 것에 치우칠 수밖에 없었다. 그래서 문화사적 관점의 번역학을 개척해야 한다고 주장하지만, 그 성과가 아직 뚜렷하지 않다.

독립된 학문이라고 표방하는 번역학이 근대번역을 다루는 데 머무르고 마는 것 또한 문제이다. 원문에 충실한 번역이라야 인정하는 근대번역에 이르러서 번역이 단순화된 양상을 다루는 데 치중하고, 베른조약 이전 시기 번역에서 제기되는 광범위한 문제를 널리 고찰하지 못한다. 번역의 문제를 유럽문명권을 넘어서서 다루지 못하는 것은 더 큰 결함이다. 여러 시기 여러 문명권에서 이루어진 번역을 널리 고찰해서 세계번역문화사의 시야를 여는 것이 앞으로의 과제이다.

프랑스, 영국, 독일, 네덜란드, 러시아 등에서 이루어진 번역의 역사를 고찰해서 유럽번역사를 서술한 업적이 있어 높이 평가할 수 있다.[303] 한 사람이 그 여러 나라의 자료를 읽어 고찰한 박식은 칭송받아 마땅하다. 그러나 각국의 번역사를 독립시켜 다룬 것이 문제

302) Wolfram Wills, *Übersetzungswissenschaft, Probleme und Methoden*(Stuttgart : Klett, 1977)이 번역학을 독립된 학문으로 정립시키고자 노력한 업적의 대표적인 예이다. Mary Snell-Hornby, *Translation Studies, an Integrated Approach*(Amsterdam : John Bejamin, 1988)에서 그런 노력의 경과를 정리해서 고찰했다.

303) Henri Van Hoof, *Histoire de la traduction en occident*(Paris : Duclot, 1991)이 그 책이다.

이다. 유럽 여러 언어 사이의 번역이 서로 얽혀서 이루어진 복합적인 과정을 역동적으로 파악하려고 하는 시도를 하지 않고, 번역 과정을 각국의 영역으로 갈라놓아, 번역 이론 정립을 위해서 기여하는 바는 그리 크지 못하다.

유럽문명권 안의 여러 민족어권 사이에서도 그렇지만, 유럽문명권과 다른 문명권 사이에는 번역을 둘러싸고 문화적 패권 다툼이 더욱 심각하게 벌어졌다. 중세시기에 라틴어권과 아랍어권 사이의 경쟁을 그런 각도에서 고찰할 만하다. 시야를 그렇게까지 확대한 연구는 보이지 않고, 가까운 시기에 프랑스와 이집트 사이에서 번역을 둘러싸고 벌어진 문화적 주도권 경합을 들어 새로운 관심사를 개척하고자 하는 시도가 있어 주목된다.[304)]

동아시아의 번역 연구

동아시아에서 이루어진 번역에 관한 연구는 번역학의 범위를 유럽문명권 밖으로 확대하는 의의가 크다. 역사의 오랜 기간 동안에 유럽에서 이루어진 번역과 동아시아에서 이루어진 번역을 둘 다 연구해 양쪽의 성과를 함께 이용하면, 세계번역문화사를 향해 한걸음 나아가면서 번역 일반론을 새롭게 정립하는 커다란 진전을 가져올 수 있다. 유럽문학과 동아시아문학 사이의 번역을 연구해, 번역에 수반되는 문화적 주도권 다툼을 해명하는 것도 필요한 과제이다.

그러나 동아시아에서 하고 있는 번역 연구는 그런 기대를 충족시

---

304) Richard Jacques, "Translation and Cultural Hegemony", in Lawrence Venuiti ed., *Rethinking Translation : Discourse, Subjectivity, Ideology*(London : Routledge, 1992)에서 그런 연구가 이루어졌다.

키지 못하고 있다. 대단한 수고를 한 업적이 이따금 있어 주목되기는 하지만,[305] 연구의 대상과 시각을 반성할 필요가 있다. 유럽문명권문학이 번역을 통해서 동아시아 각국에 이식된 양상을 자기 나라의 경우만 고립시켜 다루는 데 그쳐서 시야가 한정되어 있으며, 사실 고증 이상의 작업을 하지 않는다. 그런 연구는, 유럽문명권 어느 나라 문학을 전공한 지식을 학문 연구에 활용해 두 문화 사이에서 연구자 자신이 느낀 충격이나 방황을 조절하는 데 긴요한 구실을 하지만, 번역학의 유럽문명권 편향성을 시정하는 데는 도움이 되지 않는다.

유럽과 관련을 가지기 전에 이루어진 동아시아문학 상호간의 번역은 각국의 고전문학 전공자들의 소관사이다. 고전문학연구에서는 번역 문제가 그리 중요시되지 않아 광범위한 연구를 시도하지 않는다. 자국 고전문학의 어느 한 영역을 다루는 과정에서 번역과 관련된 문제나 처리한다. 그래서 얻은 성과 가운데 높이 평가해야 할 것들이 있지만, 다른 나라 학자들에게는 물론 번역 연구를 표방하는 자국의 근대문학 전공자들에게도 알려지지 않아 번역학의 발전을 위해서 이용되지 못하고 있다.

동아시아에서 이루어진 번역의 역사 전체는 아직 학문연구의 대상이 되지 못하고 있으며, 어느 누구도 전모를 짐작하지 못하고 있는 미지의 영역이다. 그 때문에 동아시아문명의 내부적인 관련이 제대로 파악되지 못하고 있다. 번역학의 새로운 전개를 위해 동아시아에서 적극 기여하지 못하는 이유가 또한 바로 거기 있다. 그런 상황을 점검하고 타개책을 강구하는 일조차 없는 형편이다.

유럽에서 번역학을 전개할 때 그 출발점을 기독교성서에서 잡는

305) 김병철, 《한국근대번역문학사연구》(서울 : 을유문화사, 1975)가 그 가운데 특히 우뚝한 업적이다.

것처럼 아시아에서는 불경번역부터 거론하면서 번역에 관한 논의를 시작하는 것이 마땅하다고 하겠으나, 연구 부족 탓에 그럴 수 없다. 불경에 관한 번역학연구가 개척되지 못했을 뿐만 아니라, 불교학에서도 불경번역의 전체적인 과정과 양상에 대해 정리해서 논할 수 있는 연구를 축적하지 못했다. 그것은 장차 해야 할 일이다.

문학작품의 번역으로 논의의 범위를 한정한다 해도, 전반적인 양상을 파악하지 못하고 있는 사정이 달라지지 않는다. 동아시아문학사가 충실하게 서술되지 않아 동아시아번역사 연구의 과제가 구체적으로 파악되지 못하고 있다. 동아시아번역사의 연구가 진척되지 않아 동아시아문학사를 구성하는 세부적인 사항이 마련되지 못한다.

그런데 중국소설을 아시아 각국에서 어떻게 번역하고 수용했는가 광범위하게 살핀 업적이 나와서 그런 형편을 타개하는 데 큰 도움이 된다.[306] 거기서 한국·일본·월남·타이·캄보디아·말레이시아·인도네시아의 경우를 함께 다룬 것은 획기적인 일이다. 여러 나라의 사정을 구체적으로 밝힌 논문을 적절하게 모았으며, 각국 고전문학 전공자들이 자국의 학자들만 독자로 해서 쓴 소중한 논문이 여럿 번역되어 국제화한 것도 커다란 성과이다.[307]

그러나 그 책은 일관된 체계를 갖춘 저작이 아니고, 논문집일 따름이다. 편자가 서문을 써서 전체적인 양상을 파악하고자 했으나 개별적인 고찰에서 제시한 성과를 요약하기만 했으며, 일반론을 구성하기 위해 노력하지는 않았다. 각국의 사례를 비교해 얻어낸 공

306) Claudine Salmon ed., *Literary Migrations, Traditional Chinese Fiction in Asia*(Beijing : International Culture Publishing Corporation, 1987)이 그 책이다.

307) 중국소설과 한국소설의 관계에 관한 글은 Kim Dong-uk, "The Influence of Chinese Stories and Novels on Koean Fiction"(translated by W. E. Skillend)이 수록되어 있다.

통점과 차이점을 번역학 또는 소설 이해의 일반이론을 새롭게 이룩하는 데 활용하려고 하지 않았다.

중국과 동아시아 각국이 번역을 통해서 맺은 관계를 살피는 기본 관점이 너무 단순하게 설정된 것도 문제이다. 중국은 주는 쪽이고 다른 여러 나라는 받는 쪽이다. 표면에 나타난 그런 현상을 파악하는 데 그쳤다. 주는 쪽과 받는 쪽이 번역을 통해서 맺는 복합적인 관계와 그 때문에 빚어지는 문화 창조의 주도권 경쟁에 대해서는 관심을 가지지 않았다.

동아시아 각국은 중국문학 번역을 계속해왔으나, 번역의 대상이나 성격이 시대마다 달라졌다는 사실을 주목하면서 번역에 대한 새로운 이해를 하는 거시적인 관점을 다시 마련할 필요가 있다. 중국과 다른 나라 사이의 관계가 새롭게 형성되는 과정이 바로 거기 나타나 있으므로 역사 철학을 가다듬어 이해해야 한다. 동아시아가 하나이면서 여럿인 원리를 다시 밝히면서 그런 연구를 해야 한다.

중국문학 번역은 그 원천이 단일하지 않다. '중국'이 무엇인가 하는 것에서부터 차이가 생긴다. 유교나 불교의 경전까지 포함시켜 말하면, 원문을 충실하게 이해해야 할 것도 있고, 번역을 하더라도 원문에 이탈하지 말아야 할 고전시문도 있고, 내용을 바꾸어 자유롭게 번역하고 개작해도 그만인 소설류도 있다. 앞의 둘은 "중국에서 이루어진 동아시아 공동문어문학"이라는 뜻에서 "중국문학"이라고 할 수 있을 따름이고 중국의 민족문화는 아니다. 소설은 그렇지 않아, 중국어의 구어인 白話를 사용한 것은 물론 文語를 사용한 것조차도 중국의 민족문화이며 대중문학이다. '通俗小說'이라고 일컬어 그 점을 명시하는 것이 관례이다.

동아시아 각국에서 동아시아 공동의 고전을 받아들이기 위해서 번역을 한 것과 외국문학인 중국의 소설을 번역한 것은 태도와 방법이 달랐다. 처음에는 공동의 고전을 번역하다가 나중에는 중국소설을 번역하게 되는 변화가 한국·일본·월남에서 일제히 일어났다. 그 과정을 밝혀 동아시아번역사를 서술해야 한다. 동아시아는 하나이므로 공동의 고전을 함께 이용했으며, 동아시아는 여럿이므로 각기 자기 민족문화를 발전시키기 위해서 서로 경쟁했다. 그 과정이 번역의 역사를 통해서 선명하게 확인된다.

동아시아는 하나여서 공동의 고전을 함께 이용할 때 공동의 고전이 중국에서 마련되었다고 해서 중국민족이 위대했다고 하는 것은 적합하지 않다. 여러 민족이 공동창작을 한 장소가 중국이었다. 동아시아는 여럿이어서 서로 경쟁할 때 중국소설을 각국에서 번역한 것은 중국의 우위를 확인하는 행위로 보이지만 그 반대일 수도 있다. 중국소설을 번역하는 쪽에서는 중국에서 가져간 것과 자기가 이미 지니고 있던 것을 합쳐서 그 둘의 한계를 한꺼번에 극복하는 새로운 창조를 할 수 있었는데, 남의 것을 받아들이지 못하는 중국에서는 그렇게 할 수 없었다.

그런 복합적인 현상을 부당하게 단순화시키지 않고 실상대로 파악하기 위해서 민족우열론의 관점에서 벗어나야 한다. 근대의 이념인 민족우열론의 관점 때문에 지난 시기 역사를 왜곡한 잘못을 시정하기 위해서 이 연구를 한다. 동아시아 공동의 고전을 중국문학이라고 하고 세계제국을 중국민족의 국가라고 하는 것이 부당하다. 한국·일본·월남 가운데 어느 나라가 중국과의 관계에서 더욱 자주적이었던가 가리려고 하는 것은 어리석다.

동아시아가 하나이면서 여럿이었던 관계의 실상과 그 역사적인 변천을 바로 파악해서 유럽문명권에서 가져온 근대적인 편견을 시정하려고 한다. 그렇게 하는 데 번역이 적절한 사례이므로, 이번에는 번역을 연구한다. 뜻하고 있는 연구가 제대로 이루어져야, 번역학의 새로운 이론을 이룩하고 세계문학사 이해의 유럽문명권중심주의를 넘어서면서, 근대를 극복하고 다음 시대로 나아가는 세계사를 설계하는 데 도움이 되는 성과를 얻을 수 있다. 동아시아의 번역사에서, 다른 문명권에 널리 적용하고 세계 전체를 새롭게 이해하는 데 필요한 문학사 및 문화사 이론 정립의 작업을 시작하고자 한다.

유럽의 경우이든 동아시아의 경우이든, 다른 어떤 문명권에서도, 베른조약에 의해 규제되는 근대번역이 시작되기 전의 번역이 그 본질, 양상, 의의 등을 해명하는 데 더욱 유용한 자료이다. 유럽문명권의 세계제패 때문에 유럽문명권문학을 세계 도처에서 일방적으로 번역해서 받아들이게 된 시기 이전에, 여러 문명권 많은 나라가 각기 독자적인 판단에 의해서 다른 곳의 문학을 수용해 이용할 때에 이루어진 다양한 번역의 양상을 깊이 있게 이해하는 것이 긴요한 과제이다. 근대지상주의와 유럽문명권중심주의를 극복해야 하는 사명이 번역연구에도 부과되어 있음을 절감하고 이 연구를 서둘러 한다.

그렇지만 이 연구를 하는 데 여러 가지 제약조건이 있다. 최초의 시도인 탓에 문제의식이 앞서기만 하고 논의가 성글지 않을 수 없다. 월남이나 일본에서 한 중국문학 번역을 자세하게 다룰 만한 자료를 확보하지 못하고, 자료 이해의 능력도 부족한 것이 커다란 결함이다. 그런데도 이 연구를 서둘러 하는 것은 사실 고증보다 이론 정립을 목표로 하기 때문이다. 동아시아는 하나이면서 여럿인 원리를 밝히기 위해서 번역을 다루는 것이 불가피하다.

이 글의 미비점은 내 자신이 장차 더욱 노력한다고 해서 만족스럽게 보완되지는 않는다. 월남문학과 일본문학 전공자들이 동참하는 공동연구가 국내에서 또는 국제적으로 이루어져야 만족스러운 결과를 얻을 수 있다. 그렇게 하자고 제안하면서 최초의 주제발표를 하는 것이 이 글의 의의이다.

한문 읽기를 통한 첫 단계 번역

논문의 표제에서 '중국문학'이라고 한 것은 한문학과 백화문학을 함께 일컬은 말이다. '白話文學'이 아닌 것을 중국에서는 '文言文學'이라고 하지만, '漢文學'이라고 하는 것이 더 적합한 용어이다. 월남·한국·일본에서는 한문을 공동문어로 사용하면서 '漢文'이라는 용어를 아무런 혼란이나 차질이 없이 사용하고 있다. 중국에서는 '漢文'이라면 "漢나라 시절의 文"이어서 다른 뜻이지만, 세 나라의 공통된 용어를 중국에도 적용시켜야 동아시아 전체에 공통된 논의를 진행할 수 있다. '漢文'을 중국에서는 '古漢語' 또는 '古代漢語'라고 하는데, 그것은 중국에서나 통용되는 용어이므로 일반화해서 사용할 수는 없다.

월남·한국·일본이 한문을 받아들여 함께 사용한 경위는 서로 다르다. 월남은 중국에게 정복되어, 한국은 일부만 중국인의 통치를 받으면서, 일본은 중국과는 직접적인 관계를 가지지 않으면서, 각기 한문을 받아들인 과정이 서로 다르다. 그러나 한문을 통해서 중세문명을 이룩하고, 보편주의의 세계관을 구현할 수 있었던 점은 서로 같다. 중국에서 한문으로 이룩한 문명을 민족문화로 재창조하는 과제가 세 나라에 동일하게 제기되었다.

'한문'이 무엇인가 명확하게 해야 구체적인 논의를 시작할 수 있으므로, 이미 알고 있는 사실을 드러내서 분석하기로 한다. '한문'의 다면적인 성격이 분석의 대상이다. 중국인은 제외하고, 월남인·한국인·일본인에게 '한문'이 어떤 글이었던가 몇 단계에 걸쳐 밝혀 논하기로 한다.

(가) 한문은 어휘와 문법 자체에서 중국어를 나타낸 중국글이다.

(나) 한문은 언어의 자연스러운 변화를 따르지 않도록 고정화하

고 규범화해서 사용하는 중국글 문어이다.

(다) 한문은 동아시아 여러 나라에서 서로 대등한 자격을 가지고 함께 사용한 공동문어이므로 국적을 가릴 수 없다.

(라) 동아시아 각국에서 각기 다른 발음을 사용하면서 독자적인 방식으로 "읽는 한문"은 "씌어진 한문"의 번역이며, 각국어의 언어 행위의 일부를 이룬다.

(가)에서 (라)까지를 영어로 어떻게 일컬어야 하겠는가 따지면 그 성격을 이해하는 데 도움이 된다. 한문은 (가)이므로 영어로 일컬어 'Chinese'라고 한다. 그러나 한문이 중국어구어와는 구별되는 (나)의 특징을 명시하기 위해서는 'Classical Chinese' 또는 'Written Chinese'라고 한다. (다)는 그렇게만 말해서는 분명하지 않으므로 다른 명칭이 필요한데, 월남에서 쓰는 'Han'이라는 말이 적절하다.[308] (라)를 별도로 지칭하는 말이 영어에 있다면 일본어 '訓讀'을 옮겨 적은 'kundoku'가 있을 따름이다. 한국에서 '口訣文'이라고 하는 것도 같은 뜻인데, 영어로 옮길 기회가 없어 알려지지 않았다.

한문이 아닌 다른 공동문어 산스크리트, 고전아랍어, 라틴어 등도 (가)에서 (다)까지의 성격은 공통되게 지니고 있었다. 그런 것들도 (가)에서 든 것과 같이 각기 어느 고장의 말이었지만, (나)의 고정성과 규범화 때문에 구어와 구별되었다. 산스크리트가 힌디어와, 고전아랍어가 아라비아에서 쓰는 아랍어구어와, 라틴어가 이탈리아어와 다른 이유가 바로 거기에 있다. 그런 공동문어도 (다)에서 든

308) 한문을 서양어로 지칭할 때 쓰는 말이다. 월남에서는 전통적인 글 두 가지 "漢·喃"을 구별해 하나는 "han", 다른 하나는 "nom"이라고 하는 일이 흔해서 그런 용어가 생겨났다. Nguyen Khac Vien, *Aperçu sur la littérature vietnamienne* (Hanoi : Éditions en Lagues Étrangères, 1976) 및 그 책의 영어본 "Historical Background", *Vietnamese Literature*(Hanoi : Foreign Languages Publishing House, 연도 미상)에서 그 용례를 확인할 수 있다.

것처럼 문명권 전체에서 함께 사용되었다.

그런데 (라)는 한문에서만 있던 일이다. 산스크리트, 고전아랍어, 라틴어 등의 다른 공동문어는 어디서든지 공통된 발음으로 읽었으며, 글이기도 하고 말이기도 했다. 지역에 따라 발음이 달라진 것은 공통된 발음을 지키려고 해도 어쩔 수 없이 생긴 부득이한 변이였다. 말을 해도 서로 통하는 것은 발음의 차이가 그리 크지 않았기 때문이다.

그처럼 (라)가 한문에만 있는 이유는 무엇인가? 한문은 뜻글자를 사용하기 때문이다. 그래서 자형과 의미만 고정시키고, 발음은 달라질 수 있게 허용했다. 중국 안에서도 상이한 구어를 사용해서 발음을 다르게 하는 사람들이 한문을 함께 만들고 전수했다. 지역의 한계와 시대변화를 넘어서는 고정된 발음은 제정되지 않았으며, 그럴 필요가 없었다.

월남·한국·일본에서 한자를 배우고 한문을 익힐 때 그 당시 중국에서 통용되는 발음을 받아들였으나, 그것은 지속적인 효력이 없는 임시조처에 지나지 않았다. 일본에서는 받아들인 지역과 시기가 다른 두 가지 한자음 吳音과 唐音이 있어 혼선을 빚어내지만, 그 때문에 한문 사용에 지장이 생긴 것은 아니다.

한자 발음은 고칠 수도 있고 바꿀 수도 있다. 받아들인 발음을 자기 말의 음운조건에 맞게 고쳐 자기네 한자음으로 만드는 일을 어디서나 했다. 자기네 음운조건에 맞는 부분은 고칠 필요가 없으니 오래 두고 보존해, 중국에서는 시대에 따라 변한 발음과 커다란 차이가 생겼다. 立聲 말미의 〔-p〕·〔-t〕·〔-k〕가 한국과 월남에는 남아 있는데 중국에서는 없어진 것이 그 한 예이다. 중국말을 하는 譯官 또는 通事는 중국말의 발음이 변하는 대로 따라가야 하지만, 한문을 하는 문인은 한문 발음을 옛날과 다름없이 지켜나가기만 하면 되었다.

그런데 한문을 공동문어로 사용하지 않는 곳에서는 독자적인 발음이 필요하지 않았다. 중국과 밀접한 관련을 가지고, 지금은 중국의 일부가 되어 있는 티베트나 몽골에는 독자적인 한자음이 없다. 한문학습은 필요하지 않고 중국말을 하는 사람만 있으면 되어, 그때 그때 중국에서 하는 중국말을 배워서 했다. 말하는 것과 글하는 것이 구별되지 않아 한문 문장을 읽을 때에도 당대의 중국음을 사용했다.

티베트는 산스크리트를 공동문어로 해서 자기네 말을 또 하나의 공동문어로 만들어 몽골에 전해 주었으므로, 두 민족 모두 한문이 필요하지 않았다. 그런데 만주족은 다른 공동문어가 없는데도 문자생활을 해야 할 단계에 들어서지 않아, 한문을 자기 것으로 만들지 않았다. 독자적인 한자음이 없었던 점이 티베트인이나 몽골인과 다르지 않았다. 원나라 때 몽골인 일부가 한문학의 작가가 되고, 청나라 때 만주족 문인 다수가 한문학 창작을 할 때에는 동시대 중국인의 한문 발음을 사용했다.

한문을 공동문어로 사용하는 곳에서 한문을 읽는 방식은 세 가지였다. 첫째는 한문을 원문 그대로 읽으면서 자국의 발음을 사용하는 것이다. 그 방식은 월남·한국·일본에서 공통되게 사용했다. 둘째는 한문 원문에다 다른 말을 첨가하면서 읽는 방식이다. 한국에서 한문에다 토를 달아서 읽는 것이 그런 방식이다. 셋째는 한문 원문에다 다른 말을 첨가할 뿐만 아니라 그 어순까지 바꾸고, 어떤 말을 뜻을 풀이하면서 읽는 방식이다. 오늘날 일본에서 사용하고 있는 訓讀 방식이 바로 그것이다.

이 셋 가운데 첫째 방식은 번역이 아니지만, 둘째 방식과 셋째 방식은 번역이다. 둘째 방식을 사용하는 경우에, 한국에서 단 토는 원문에 없는 한국어이고, 토를 달아 읽는 한문은 한국어 문어체이므로, 한문 읽기가 바로 번역하면서 읽기라고 할 수 있다. 지금 일본에서 사용하고 있는 셋째 방식은 원문의 어순을 일본어에 맞게 바꾸고, 일본어로서는 이해할 수 없는 말은 풀이해서 읽으니 일본어로 번역해서 읽기를 완성한 형태이다.

한국이나 일본과는 달리 월남에서는 첫째 방식만 사용한 데는 그만한 이유가 있다. 월남어는 중국어와 같은 고립어이고 단음절 단어가 많으며, 중국어처럼 "주어+서술어+목적어"의 어순을 갖추고 있으므로, 둘째 또는 셋째의 방식을 사용해서 한문을 읽어야 할 이유가 없었다. 그러나 한국어와 일본어는 (1) 의미를 나타내는 말에 문법적 관계를 나타내는 말이 보태져서 활용하는 첨가어(교착어)이고, (2) 중국어와는 다르게 "주어+목적어+서술어"의 어순을 갖추고 있으므로 둘째 또는 셋째의 방법을 사용할 필요가 있다.

(1)의 조건을 따르면서 한문을 고쳐 읽는 것이 둘째 방식이다. (2)의 조건까지 따르면서 한문을 고쳐 읽는 것이 셋째 방식이다. 어순을 바꾸면 자국어로는 이해할 수 없는 말은 음으로 읽지 않고 뜻으로 읽는 훈독을 해야 한다.

지금 한국에서는 둘째 방식을 사용하고 일본에서는 셋째 방식을 사용하는 점이 서로 다르다. 그렇게 된 경위를 밝히려면 다각적인 검토가 있어야 하지만, 한국에서는 글쓰기를, 일본에서는 글읽기를 더욱 긴요하게 여긴 것이 가장 큰 이유라고 할 수 있다.

과거제를 실시해 한문 글쓰기를 통해서 인재를 선발하는 한국에서는, 한문 읽기를 한문 쓰기를 위한 수련의 과정으로 삼아야 했으므로, 한문을 한국의 방식대로 읽어 이해하기 쉽게 하면서도 원문의 어순은 바꾸지 않아야 글쓰기를 하는 데 바로 활용할 수 있었다. 그런데 과거제가 실시되지 않은 일본에서는 한문을 하는 문인이 글

읽기의 전문가 노릇을 하는 것이 더욱 긴요한 일이었다. 한국에서는 한문으로 명문을 쓰는 것이, 일본에서는 한문고전의 원문을 정확하게 이해하는 것이 최고의 능력이었다.[309]

그러나 한국과 일본이 한문을 받아들인 처음 시기부터 그처럼 서로 다른 길을 간 것은 아니라고 생각된다. 한국에서도 한문을 받아들일 때에는 오늘날 일본에서 볼 수 있는 바와 같은 셋째 방식으로 한문을 번역하면서 읽었다고 추정된다.

신라 시절에 薛聰이 한문경전을 읽는 방식을 마련해서 한문을 가르친 일을 두고서 다음과 같이 기록한 말을 보자.

(가) 薛聰性明銳 生知道術 以方言 讀九經 訓導後世 至今學者宗之[310]

설총은 성격이 밝고 예민하며, 태어나자 도리와 술법을 알았다. 방언으로 九經을 읽어 후세를 가르쳤다. 지금까지 공부하는 이들이 설총을 으뜸으로 삼는다.

(나) 薛聰生而睿敏 博通經文 新羅十賢中一也 以方言 通會華夷方俗物名 訓解六經文學 至今海東業明經者 傳受不絶[311]

설총은 슬기롭고 민첩해 經文에 널리 통달하고, 신라 十賢의 하나였다. 방언으로 중국과 우리나라 양쪽의 풍속이나 물건 이름에 모두

---

309) 그런 차이점을 확인할 수 있는 사례 가운데 특히 흥미로운 것이 司馬遷의 《史記》를 다룬 방식이 서로 대조가 되는 것이다. 한국에서는 《史記》에 관해서 論을 쓰는 일에, 일본에서는 그 원문을 주해하는 일에 열중했다.

310) 《삼국사기》 권46, 열전 6.

311) 《삼국유사》 권4, 〈元曉不羈〉.

통달하고, 六經의 문학을 訓解 했다. 지금까지 해동에서 경전을 공부하는 사람들이 (그 방법을) 전수해서 잇고 있다.

(가)에서는 "방언으로 九經을 읽었다"고 했다. 발음에서 "방언의 발음으로" 읽었다고 하기 위해서 그렇게 말하지는 않았을 것이다. "방언으로 풀이해서" 읽었다는 말일 것이다. (나)에서는 한문을 풀이해서 읽은 사실이 더욱 분명하게 밝혀져 있다. 한문 원문은 그대로 두고 풀이해서 읽는 작업을 말로 하는 데 그치지 않고, 풀이해서 읽는 방식을 글로 적기도 했을 것이다. 그래야 그 방법이 후대까지 이어질 수 있었다.

(가)에서 "오늘날에 이르기까지 학자가 자기네의 연원을 삼는다"고 하고, (나)에서 "오늘날까지 해동에서 경전을 공부하는 사람들이 그 방법을 전수해서 끊어지지 않게 한다"고 한 것은 글로 적은 "訓解"를 전수했기 때문에 가능했을 것이다. '訓解'를 글로 적은 것이 바로 '口訣'이다. 고려시대나 조선전기에 적은 것이 오늘날까지 남아 있는 자료를 보면 口訣에는 '釋讀口訣'과 '音讀口訣' 두 가지가 있다. '釋讀口訣'은 어순을 바꾸어 읽으니 '逆讀口訣'이고, '音讀口訣'은 원문의 어순대로 읽으니 '順讀口訣'이라고 할 수 있다.

'釋讀口訣'또는 '逆讀口訣'에 따라서 한문을 읽는 방식이 앞에서 말한 셋째 방식이다. 한국에서도 셋째 방법을 사용한 사실이, 《舊譯仁王經》의 구결이 발견되어 처음으로 분명하게 알려졌다. 그 자료는 12세기 중엽의 것으로 추정된다. 그보다 앞서 10세기 均如의 〈釋華嚴經敎分記〉에서 사용한 釋讀口訣의 흔적도 남아 있다.[312] 한문

312) 남풍현, 〈吏讀·口訣〉, 서울대학교대학원 국어연구회 편, 《국어연구 어디까지 왔는가》(서울 : 동아출판사, 1990)에서 이에 관한 자료와 연구를 개관했다. 均如가 사용한 釋讀口訣은 안병희, 〈均如의 方言本 저술〉, 《국어사연구》(서

을 읽을 때 '音讀'을 하기도 하고 '釋讀'을 하기도 하는 것이 오랜 관례였으며, 16세기까지 분명히 확인된다.[313] 그런데 그 가운데 '석독'의 방식은 오늘날까지 전해지지 않고 그 뒤의 어느 시기에 없어졌다.

한문 원문에다 口訣을 다는 것은 번역을 해서 국문으로 옮겨 적는 諺解를 하기에 앞서서 해야 하는 필수적인 일차작업이었다. 언해서에는 口訣文을 먼저 적고 이어서 諺解文을 적는 것이 관례이다. 口訣은 누가 달고 諺解는 누가 했다고 구분해서 적은 것이 있는 것을 보면 그 두 단계의 일을 각기 따로 하기도 했다.

順讀口訣을 국문으로 표시한 것을 후대에는 懸吐라고 하는 용어가 널리 사용되었다. '口訣'이라는 것과 '吐'라는 것이 같은가 다른가 하는 문제를 두고 견해가 갈라져 있으나,[314] 어원을 찾아서 시비를 가리려고 하지 말고,[315] 용례를 주목할 필요가 있다. 그래서 다음과 같은 논의를 추가하는 것이 가능하다.

'吐'라는 말이 널리 사용되면서 '口訣'이라는 말이 사라져서 '口

울 : 문학과지성사, 1992)에서 밝혀 논했다.

313) 선조 임금이 經筵에서 한문 읽는 모습을 자세하게 기록한 柳希春의 일기가 그 점을 확인할 수 있게 하는 소중한 자료이다. 한 예를 들면, 1567년 11월 5일에 《大學》 〈正心章〉을 읽을 때 자기가 "音讀二度釋一度"하니 그 다음은 임금 차례여서 "上卽音讀一度釋一度"했다고 기록해두었다. 안병희, 〈구결과 한문 훈독〉, 《국어사연구》, 299면에서 이 자료를 인용하고 논의한 것을 참고한다.

314) 남풍현의 위의 글에서 이에 대한 논란의 경과를 소개했다. '口訣'과 '吐'가 같은 것이라는 견해는 최현배와 안병희가, 다르다고 하는 견해는 논자 남풍현 자신이 제기했다고 했다. 남풍현의 견해는 '吐'는 '口訣'을 글로 적어 나타내는 부호로 보자는 것이다.

315) "口訣"은 "입겿"이라는 고유어의 이두식 표기이고, "吐"는 "吏讀" 또는 "句讀"의 "讀"이 변한 말이라고 안병희, 〈구결과 한문 훈독〉, 《국어사연구》에서 밝힌 것이 가장 유력한 견해이나, 아직 불분명한 점이 있다.

訣'이 '吐'로 대치되었으니, 그 둘이 서로 다른 대상을 지칭하지는 않는다고 할 수 있다. 그렇지만 원문의 일자일구를 중요시해야 하는 유학이나 불경의 경전에는 '口訣'을 단다고 한 것과 다르게, 흥미본위로 읽는 책에는 '吐'를 단다고만 했다. 《懸吐三國志》라는 책만 있고, 《口訣三國志》라고 하는 책은 없다.

원전 학습의 독해를 위해서 '口訣'을 사용하다가, 흥미 본위의 독서를 위해서 '吐'를 사용하는 시대로 넘어온 변화가 일어나서 '口訣'이 '吐'로 대치되었다고 할 수 있다. 독서의 대상과 방법이 다르니 '口訣'은 엄격하게 고정시켜 놓아야 하는 것과 다르게 '吐'는 편리한 대로 달면 그만인 유동성이 허용된다고 갈라 말할 수 있다.

'口訣'의 시대가 '吐'의 시대로 바뀌자, 유학의 경전에 단 것은 '口訣'이라고 일컬어야 마땅한 것을 잊어버리고 그것마저 '吐'라고 하게 되었다고 생각된다. 흥미 본위로 읽을 독서물이 등장하면서 '口訣'의 시대에서 '吐'의 시대로 넘어온 것은 한문독해의 역사에서 크게 주목할 만한 변화이다.

일본에서 한문을 읽는 방식에는 '音讀'과 '訓讀'이 있다. 그 가운데 '訓讀'은 '釋讀口訣' 방식의 독법과 일치한다. 薛聰이 "訓解"의 방식을 마련했다고 한 말이나 "訓讀"이라고 하는 말은 그리 다르지 않다. '訓讀'은 일본말이고 한국말은 '釋讀'이라고 구태여 구별해야 할 이유는 없다. 위에서는 일반적인 관례를 좇아 '釋讀'이라는 말을 썼지만, '訓讀'을 한·일 공통의 용어로 사용할 수 있다.

그런데 일본의 '音讀'은 한국에서 사용하는 '音讀口訣' 방식의 독법과 일치하지는 않는다. 한국에도 '音讀口訣' 방식의 일반적인 독법과는 다르게, 口訣 또는 吐를 달지 않고 한문을 音으로 읽기만 하는 방식이 있다. 제문을 읽을 때에는 반드시 그렇게 한다. 일본의 '音讀'은 바로 그렇게 읽는 방식이다.

'釋讀口訣'과 '音讀口訣' 두 가지 방식에 의한 독법이 원래 두 나라에 다 있다가 한국은 뒤의 것을, 일본은 앞의 것을 택해서 서로 갈라졌다. 일본에서는 '釋讀口訣' 방식의 읽기에 관해서 이렇게 말한다. 일본의 한문독법은 "音訓相交"와 "上下顚讀"을 특징으로 하므로 "만약 독법상으로 그것을 판단하면 한문도 일종의 和文에 지나지 않으니 시험삼아 귀에 들리는 바대로 쓰면 보통의 和文과 하등의 차이가 없다"고 한다.[316]

그러한 독법은 일본에서 생겨나지 않고, 阿直岐와 王仁이 전수했다고 보아 마땅하다고 했다. 그 이유는 "지금 조선국 漢書 독법에는 두 가지 있는데, 하나는 音讀이고 하나는 國譯을 동반한 독법이다"라고 하고, "國譯을 동반한 독법이 우리 독법과 비슷"하기 때문에 그렇게 판단한다고 했다.[317] 그렇다면, '釋讀口訣'에 의한 읽기 또는 '訓讀'은 신라에서 薛聰이 처음 창안하지 않고, 백제에서 먼저 사용했으며, 고구려에서 만들어냈을 수도 있다.

'訓讀'의 구체적인 방법을 "音訓相交"와 "上下顚讀"이라고 설명하는 말은 적절하다. 한문 원문을 때로는 음으로 읽고, 때로는 뜻으로 읽어, 음과 뜻을 섞으니 "音訓相交"라고 했다. 한문 원문을 상하의 위치를 바꾸어 읽기도 하니 "上下顚讀"이다. '音訓相交'는 '釋讀口訣'에 해당하는 말이고, '上下顚讀'은 '逆讀口訣'에 해당하는 말이면서, 뜻하는 바가 더욱 명료하다. 양쪽의 말을 합쳐서, "音訓相交口訣"·"上下顚讀口訣"이라고 할 수 있다.

'口訣'은 한국에서만 쓰는 용어이고, 거기 해당하는 일본어는 '返點'(返り点, かえりてん)이다. 양쪽 다 원래 한자를 그대로 사용하다

---

316) 岡田正之, 《近江奈良朝の漢文學》(東京 : 東洋文庫, 1929), 4면.
317) 같은 책, 17면.

가 약자를 만들고, 또한 약호를 제정해서 쓰는 점이 같고, 약자나 약호의 구체적인 양상에서만 차이점이 있을 따름이다. 같은 방식의 독해를 위해서 서로 다르지 않은 표기를 했다. 독법 자체뿐만 아니라 '口訣'과 '返點'의 표기법도 한국에서 만든 것이 일본으로 갔을 수 있다.

일본에서도 한문을 읽을 때 그런 訓讀만 하지 않고 音讀도 했다. 이미 통용되고 있는 吳音이라는 발음을 바로잡아 한문을 漢音이라는 새로운 발음으로 읽도록 하기 위해서 音博士라는 직책을 두어 直讀을 가르친 것이 8세기에서 9세기전반까지 있었던 일이다. 11세기 문헌에 "一度는 訓으로 一度는 音으로"라는 말이 있어서, 훈독과 음독이 병존했음을 알 수 있게 한다. 그런데 중국과의 외교관계가 끊어진 다음에는 音博士에 의한 한문교육이 없어지고, 한문을 일본 방식대로 이해하는 데 치중해서 한문의 표현력과 독해력이 점차 저하되었다. 그 뒤에 훈독 방식만 일방적으로 성행하고, 일본 특유의 變體漢文이 많아졌다고 한다.[318)]

한국에서 처음 만들어 일본에 전한 '音訓相交'와 '上下顚讀'의 독법을 한국에서는 조선전기까지 사용하다가 버린 것으로 보인다고 위에서 말했다. 그런데 과연 그랬던가 하는 의문을 가지고 일본학계에서 조사한 바는 그 점을 재고하게 한다. 1748년에 일본의 유학자와 조선에서 간 사신 사이에 다음과 같은 문답이 오고간 것이 발견되기 때문이다.[319)]

---

318) 이 단락의 서술은 川口久雄, 《平安朝日本漢文學の研究》 中(東京 : 明治書院, 1982), 338-340면에 의거해서 서술한다. 인용한 11세기 문헌은 〈物語藏開卷〉이라고 하는 것이다.

319) 같은 책, 17-18면에서 인용한 《韓事輯要》의 〈善隣風雅〉에 있는 말이다. 글을 쓴 연대가 "寶延元年(2408년)"이라고 했는데, "2408년"은 皇紀이니 1748년이다. "寶延"은 "寬延"의 오식으로 생각된다. 寬延 원년이 바로 1748년이고,

千鼎臣稟 貴國亦有回環顚倒之讀法耶

海皐復 回環顚倒之讀法 雖有之 君子不之貴也

千鼎臣이 물었다. "귀국에도 回環顚倒의 독법이 있는가요?"

海皐가 대답했다. "回環顚倒의 독법이 있기는 해도, 군자는 소중하게 여기지 않는다."

千鼎臣은 일본의 유학자이고, 海皐는 일본에 사신으로 간 李命啓의 호이다. 여기서는 '上下顚讀'을 "回環顚倒"의 독법이라고 했다. 그런 독법이 조선에도 있는가 물으니, 그런 것이 있기는 해도 군자는 소중하게 여기지 않는다고 했다고 적었다. 그런 독법을 군자가 소중하게 여기지 않는 이유는 말하지 않았으나, 글을 짓는 데 도움이 되지 않기 때문이라고 짐작할 수 있다.

앞에서 한국에서 한문 '釋讀'을 하는 방식이 16세기까지 사용된 것은 분명하게 확인되고, 그 뒤의 어느 시기에 없어졌다고 했다. 그런데 이 자료는 그런 독법이 18세기에도 있었음을 확인하게 한다. 한국에서는 관심의 대상이 되지 않아 기록에 남기지 않았던 일에 관해, 일본에서 알고 싶어 캐물어 밝혀놓았다.

번역문을 옮겨 적은 둘째 단계 번역

한문을 口訣이나 返點을 달아 자국의 어순과 어법으로 읽는 첫 단계의 작업과는 다르게, 한문을 자국어로 번역해서 적는 것이 둘

조선왕조 영조 24년이다.

째 단계의 작업이었다. 둘째 단계의 작업이 언제 어떻게 시작되었는가 밝히는 데 월남의 역사서 《大越史記全書》의 다음 기록이 소중한 자료이다.

(가) 季犛因編無逸篇 譯爲國語 以教官家[320)]

季犛는 〈無逸篇〉을 편찬해서 국어로 번역하고, 관가에서 가르치게 했다.

(나) 季犛作國語詩義幷序 令女師教后妃及宮人學習 序中多出己意 不從朱子集傳[321)]

季犛가 《國語詩義幷序》를 짓고, 여교사에게 명해 后妃와 宮人에게 가르치게 했는데, 序 가운데 자기 뜻을 많이 내놓고, 朱子의 集傳을 따르지 않았다.

이런 일이 있었던 시기는 1395년이다. 陳朝 말기인 그때 국권을 장악하고 있었으며 5년 뒤인 1400년에는 大虞라고 일컫는 새로운 왕조를 창건해서 왕위에 오른 胡季犛가 유학의 경전을 월남어로 번역하는 일을 했다. (가)에서는 《書經》의 〈無逸篇〉을 다시 편찬하고 국어로 번역했다고 했다. (나)에서는 《國語詩義幷序》라는 책을 지었다고 했다. 《詩經》을 월남어로 번역하고 서문을 붙인 책이다.

(가)에서 말한 《書經》 번역은 관가에서 가르치도록 했다고 하니, 교육 대상이 남성이다. 그런데 (나)에서는 《國語詩義幷序》라고 하는 책을 궁중의 여성들을 가르치는 교재로 삼았다고 했다. 그 序에

320) 《大越史記全書》(東京 : 東京大學東洋文化研究所 附屬東洋學文獻セソター, 1984), 本紀 권8, 470면.

321) 같은 책, 471면.

朱子의 集傳과는 다른 자기 견해를 많이 내놓았다고 하는 것은 사상의 혁신을 꾀한 처사이다. 그 점에서 (가)에서보다 더욱 과감한 시도를 한 것으로 보인다.

사상의 혁신이 부녀자들을 상대로 할 일은 아니다. 동조자의 범위를 장차 확대하기로 하고 우선 부녀자들부터 설득의 대상으로 삼았다고 할 수 있다. (나)의 기사 다음에 실려 있는 "史臣吳士連曰"이라는 논평에서는 朱子의 견해를 따르지 않은 것이 마땅하지 않다고 했다. 유학의 정통을 지키려고 하는 쪽에서는 그런 시도를 배격하는 것이 당연했다. 그러나 유학의 경전을 국역한 것 자체는 나무라지 않았다.

胡季犛가 유학의 경전을 번역하고 자기 나름대로 해석한 것은 우발적인 일이 아니고, 광범위하게 추진한 일련의 개혁 가운데 하나였다.[322] 정권을 잡아 자기 세력을 구축하면서 기득권을 누리고 있는 귀족세력을 제어하기 위해서 토지와 노비 소유를 제한했다. 형벌을 줄여 일반백성이 살아가기 쉽게 하고, 의료기관을 설립했다.

교육을 받을 기회를 확대해서 일반백성의 자식도 과거를 보아 새로운 문인층을 형성할 수 있게 했다. 과거 답안에서 공허한 수식을 남발하지 못하도록 경계하고, 실질적인 지식을 존중하는 풍조가 생기게 하기 위해서 과거 과목에 算學을 포함시켰다. 과거 급제자를 크게 확대해서 새 왕조 지지층을 넓혔다. 字喃 사용을 장려하고, 국가에서 공용하도록 추진했다.

그런 일련의 조처는 愛民, 民本, 訓民 등으로 지칭할 수 있는 이

---

322) 胡季犛의 집권에서 黎朝 창건까지의 경과를 유인선, 《베트남사》(서울 : 민음사, 1884), 141-156면에서 설명했다. 胡季犛의 개혁에 관해서는 Le Thanh Khoi, *Histoire du Vietnam des origines à 1858*(Paris : Sudestasie, 1987), 196-198면에서 자세하게 다루었다.

념의 구현이다. 그런 이념을 구현하면서 중세전기와는 다른 중세후기를 만들어냈다. 일반백성을 강압적으로 다스리기만 하던 시대를 지나 어려움을 덜어주고 진출의 기회를 주고 문화의 혜택을 누리는 데 어느 정도 참여시켜야 지배체제가 안정되고 생산력이 높아질 수 있다고 깨달아 커다란 변혁을 시도했다.

그렇게 해서 중세전기와는 다른 중세후기의 새로운 시대를 이룩한 것이 월남과 한국 양쪽에서 확인된다. 한국에서는 고려말의 신흥사대부가 그 과업 수행이 필연적으로 요구되는 것을 절실하게 깨닫고 조선왕조를 창건했다. 월남에서도 시대변화가 같은 방향에서 진행되어 胡季犛가 정권을 잡고 새로운 왕조를 창건해서 광범위한 개혁을 추진했다.

그런데 조선왕조는 중세후기로의 진입을 성공적으로 수행했으나, 胡季犛가 세운 왕조는 그럴 수 없었다. 과감한 개혁을 급진적으로 추진하다가 국내외의 제재를 받았기 때문이다. 새로운 시대를 창조할 역량이 부족하고 여건이 미흡한데, 지나치게 나아가다가 실패했던 것으로 보인다. 국내의 반발세력은 누를 수 있었으나, 밖에서 닥쳐오는 간섭 때문에 패망하고 말았다.

월남에서는 중국 明나라가 침공한 것을 막아내지 못했다. 1407년에는 胡季犛가 왕위를 물려준 아들과 함께 중국으로 잡혀가는 신세가 되었다.[323] 명나라는 胡季犛가 陳朝의 왕위를 찬탈한 죄를 묻는다

---

323) 胡季犛의 급진적인 개혁은 조선왕조 건국기 鄭道傳의 노선과 상통한다고 할 수 있다. 조선왕조에서는 온건노선에 선 李芳遠이 鄭道傳을 제거하고 정권을 잡아 왕위에 오른 것을 어떻게 평가해야 할 것인가 하는 문제는 단순하지 않다. 명나라가 주권을 유린하고 침공하는 위험은 월남과 한국 양쪽에 다 있었다고 보면, 한국에서는 온건노선의 등장으로 그 위협을 피한 것이 현명한 일이었다고 할 수 있다. 월남에서는 명나라의 침공을 무력으로 분쇄하는 영웅적인 승리를 거두고 주권을 되찾은 것이 자랑스럽다고 해야 하겠으

고 했으나, 그것은 침략을 감행하는 구실에 지나지 않았다.

그 뒤에 陳朝의 왕족이 독립운동을 하다가 잡혀가서 죽은 것을 보면, 陳朝를 다시 세울 뜻은 없었다. 명나라가 역사발전을 정지시켜, 월남이 중세후기로 넘어가지 못하고 중세전기에 머물도록 하려고 한 것도 아니다. 명나라는 월남을 중국의 일부로 삼으려고 했다. 월남의 인재를 중국의 國子監에 데려가 교육시켜 중국인을 만들어 독립운동이 일어나지 못하게 막으려고 했다.

명나라의 통치는 20년 동안이나 계속되다가 黎利를 지도자로 하는 민족해방운동이 성사되어, 黎朝가 출현했다. 黎朝는 陳朝의 뒤를 이었다고 자처하고, 胡朝는 인정되지 않아 胡季犛는 왕위찬탈자로 취급된다. 역사서에서 성은 빼고 "季犛"라는 이름만 적은 것은 역적이라고 규정되었기 때문이다. 黎朝는 정통유학을 국가이념으로 삼고, 한문학을 크게 일으켜서 중국과 맞설 수 있는 힘을 기르는 데 힘썼다. 그렇게 하는 것이 중세후기로의 전환을 이룩하는 더욱 슬기로운 방법이라고 판단했다. 胡季犛가 시작한 개혁 노선을 대폭 수정하면서 무리하지 않게 점진적으로 실현했다.

유학의 경전을 월남어로 번역하는 일은 계속해서 했다. 그러나 번역을 하면서 정통에서 어긋나는 새로운 해석을 하는 일도 함께 하려고 하는 胡季犛의 시도는 잇지 않았다. 정통 유학에 입각해서 경전을 이해하는 데 필요한 참고서를 마련하기 위해서 경전을 번역했던 것으로 보인다.

월남에서 한 한문고전 번역의 경과나 내역은 알려지지 않아 단편적인 자료를 통해서 짐작해볼 수밖에 없다. 18세기말에 민중반란의

나, 그 결과 명나라와 월남 사이에 대등한 외교관계가 수립된 것은 아니다. 명나라 천자와 월남의 왕이 冊封-朝貢의 관계를 가진 것은 조선왕조나 월남의 黎朝가 다를 바 없었던 점을 기억하고, 비교논의를 펴야 한다.

지도자 阮惠가 새로운 왕조를 창건해 光中황제라고 칭했을 때, 이름난 유학자 阮浹을 초빙해 崇正書院이라는 연구기관의 책임자로 삼고, 경전 국역사업을 맡아 《小學國音》을 만들도록 했다. 그러나 그 일은 몇 해 뒤에 황제가 세상을 떠나 오래 지속되지 못했다.[324)]

지금 남아 있는 도서목록을 보면 《周易國音歌訣》 같은 책이 있어서 유학의 경전을 월남어 노래로 옮겨 외기 쉽게 한 것을 확인할 수 있다.[325)] 불경 번역에는 《觀世音經象眞經》, 《彌勒眞經演音》 같은 것들이 있다. 《唐詩摘譯》과 《唐律國音詩》는 둘 다 당시 번역인데, 앞의 것은 원문의 일부만, 뒤의 것은 원문의 전부를 번역한 점이 서로 다르다.[326)]

월남에서 그런 번역 사업을 할 수 있었던 것은 한자를 이용해서 월남어를 표기하는 字喃이 있었기 때문이다. 字喃은 연원이 오래되지만 시를 짓는 데 사용한 확실한 증거는 14세기초까지 소급된다.[327)] 월남에서 15세기초 이래로 한문고전을 월남어로 번역하고 字喃으로 표기해서 그 용도를 확대했다.

월남의 字喃은 한자를 이용해서 자국어를 표기한다는 점에서 한국의 鄕札과 같다. 월남에서 字喃으로 國語詩(또는 國音詩)를 지었듯이 한국에서는 鄕札로 鄕歌를 지었다. 그런데 한국에서는 鄕札로

---

324) 〈黎末節義錄〉, 《*La-Son Phu-Tu* 羅山夫子阮》(Paris : Minth-Tam, 1952), 268면에 기록되어 있는 사실이다.

325) 《皇越文選》 권7에 〈周易國音歌訣序〉가 수록되어 있다.

326) 불경과 唐詩 번역에 관한 사항은 川本邦衛, 〈越南社會科學書院所藏漢喃本目錄〉, 《慶應義塾大學言語文化研究所紀要》 2(東京 : 慶應義塾大學 言語文化研究所, 1981)에 의거해서 파악한다.

327) 陳朝 시기인 1306년에 공주를 占城國主에게 시집보내려고 하자 문인들이 "作國語詩詞諷刺之"했다 하고, 같은 해에 阮士固라는 인물이 "能作國語詩賦"해서 "我國作詩賦多用國語 自此始"라고 하는 기록이 《大越史記全書》, 本紀 권6, 388면에 있다.

시를 짓는 일이 먼저 개척되었다가 중단되었으며, 鄕札을 이용해서 중국고전을 번역하는 일은 없었다. 口訣은 鄕札처럼 한국어를 전면적으로 표기하지 못하고 한문원전을 釋讀 또는 音讀하는 데 최소한 필요한 말만 적는 기호일 따름이었다.

월남에서 胡季犛가 한문경전을 번역한 것과 같은 일을 한국에서 그 이전이나 같은 시기에 하지 못한 것은 번역된 말을 표기하는 적절한 방법이 없었기 때문이다. 1446년(세종 28년)에 訓民正音을 내놓자 비로소 그런 어려움이 없어졌다. 訓民正音을 만든 중요한 의도의 하나가 한문으로 된 글을 번역해서 訓民을 하려는 데 있었다. 胡季犛의 통치가 단명했던 것과 다르게, 訓民正音을 창제해서 訓民을 성취하고자 한 세종의 뜻은 후계자 임금들이 충실하게 이어서 諺解라고 일컬은 한문고전 번역 사업을 한국에서 더욱 큰 규모로 이룩했다.

胡季犛는 朱子學을 거부하고 사상 혁신을 이룩하면서 유교경전을 번역하는 일을 함께 했는데, 한국에서는 그렇게 하지 않고 朱子學을 정통으로 삼고 朱子의 주장에 따라 유교경전을 이해하는 데 도움이 되는 번역을 한 점이 서로 다르다. 한국은 월남에서 黎朝가 들어서서 朱子學에 입각한 정통유교를 선양한 것과 같은 일을 동시대에 함께 수행하면서 경전 번역 사업을 진행했다. 정통사상 비판을 수반하는 번역 사업은 단명하고, 정통사상을 옹호하면서 수행하는 번역 사업은 오래 지속되는 것이 당연한 일이다.

그렇지만 한국에서는 유교경전부터 언해하지 않았으며, 번역서가 다양했다.[328] 세종은 《三綱行實圖》 같은 윤리서를 당장 諺解해서 백

328) 그 시기 번역서의 실상을 쉽게 알아볼 수 있는 자료는 고영근·남기심, 《중세국어자료강해》(서울 : 집문당, 1997)에 집성되어 있다. 어학적인 측면에서의 본격적인 논의는 서울대학교대학원 국어연구회 편, 《국어사자료와 국어학

성의 행실을 바로잡는 訓民에 직접 이용하자는 것을 가장 긴요한 사업으로 삼았다. 그 책 언해는 훈민정음 반포 다음 해인 1447년(세종 29년)에 시작되어 1459년(세조 5년)에 완성된 것으로 보인다. 그런 취지를 이은 후계자들이 《女訓》, 《鄕約》, 《警民篇》 등을 언해하게 했다. 유교경전 가운데 그런 것들과 성격이 비슷한 책을 옮긴 《飜譯小學》을 먼저 1518년(중종 13)에 내놓고, 유교경전의 근간을 이루는 《四書》와 《三經》은 1584년(선조 17년)에 성균관에 經書校正廳을 설치한 다음에 본격적으로 추진했다.

조선왕조는 불교를 배격하는 유교국가를 표방했으면서, 유교경전보다 먼저 불교경전을 언해하는 데 한동안 힘을 기울여서 언해 사업의 폭을 크게 확대했다. 훈민정음을 창제하자 바로 1447년에 《釋寶詳節》을 내놓아 불교경전 번역에 착수했으며, 그 일이 1459년의 《月印釋譜》로 이어졌다. 세조는 1461년(세조 7년)에 刊經都監을 설치해 불경 번역을 맡게 했다. 세조 사후 1471년(성종 2년)에 간경도감이 폐지될 때까지, 《大佛頂首愣嚴經諺解》, 《妙法蓮華經諺解》, 《禪宗永嘉集諺解》 등 모두 9종의 불경 및 불서의 번역이 이룩되었다.

이와 함께 문학작품 번역에도 힘써 중국 당나라 시인 杜甫의 시를 옮긴 《杜詩諺解》, 원래의 이름을 다 들면 《分類杜工部詩諺解》라고 하는 것을 1481년(성종 12)에 내놓았다. 번역자의 한 사람인 曺偉가 쓴 서문에서 杜甫의 시는 이해하기 어려워 자세한 주석이 여럿 나와 있으나 학설이 많고 서로 어긋나기도 하므로, 정리할 필요가 있다 하고, "以諺語 譯其意旨 向之所謂難澁者 一覽瞭然"(언문의 말로 그 뜻을 번역하니 지금까지 난삽하다고 하던 바가 한 번 보기만 해도 분명해졌다)고 했다.[329] 《杜詩諺解》가 나온 2년 뒤에는 《聯珠詩格》

의 연구》(서울 : 문학과지성사, 1993)의 여러 글에서 찾을 수 있다.

과 《黃山谷詩集》의 언해에 착수했는데, 그 두 책은 지금 전하지 않는다.

그런 일련의 번역서는 번역의 목적에 따라서 번역하는 방식에 차이가 있었다. 한문 원문을 접할 수 없는 일반백성이나 부녀자들에게 읽히려고 한 번역서는 원문에 충실하지 않고, 이해하기 쉽게 번역하려고 했다. 《三綱行實圖》 번역이 그 좋은 예이다. 한문 원문을 읽어서 이해해야 할 식자층을 위한 번역은 원문 해독을 위한 참고용에 지나지 않고 독자적인 의의가 없어, 먼저 원문에다 공식화된 구결을 달고, 원문을 충실하게 옮겨놓았다. 四書三經 언해가 그 좋은 예이다.[330]

책의 성격이 양쪽에 걸친 것이 있어 두 가지로 번역된 예도 보여 흥미롭다. 《小學》을 처음 번역한 1518년의 《飜譯小學》은 한문을 모르는 국문 독자를 위한 윤리서로 쓰이도록 하기 위해서 의역을 했다가, 다시 번역한 1587년(선조 20년)의 《小學諺解》에서는 유교경전 언해의 일반적인 방식을 따라서 구결문을 먼저 내놓고 직역을 했다.

불교경전을 번역할 때에도 《釋譜詳節》이나 《月印釋譜》에서는 원문은 버리고 번역만 수록해서 번역이 그 자체로 독자적인 의의를 가지도록 했으며, 의역을 하면서 한자어를 순수국어로 바꾸었다. 그런데 刊經都監의 불경언해에서는 구결을 단 원문을 먼저 제시하고

---

329) 《杜詩諺解》(서울 : 대제각, 1973), 1면.

330) 《詩經》은 三經의 하나이므로 경서언해의 일반적인 방식을 따라서 《詩經諺解》를 해내서 원문 해독에 필요한 참고서를 제공하는 것이 당연한 일이었다. 그런데 《詩經諺解》와는 전혀 다른 번역본도 있다. 표제도 국문으로 적어 《국풍》이라고 한 필사본이 한국정신문화연구원 도서관에서 소장하고 있는 藏書閣本에 있는데, 《詩經》 앞 부분을 국문으로 옮기면서 한자는 한 자도 쓰지 않았다. 국문으로 원문 발음에다 토를 달아서 적고, 말뜻을 풀이하고, 朱子의 주해를 번역해서 덧붙이면서 해설을 했다. 국문에 익숙한 부녀자들이 《詩經》을 이해할 수 있게 하기 위해서 만든 번역·해설본이라고 생각된다.

원문에 충실한 직역을 했다. 독자적인 의의를 가지는 번역을 하려고 하지 않고, 원문을 이해하는 데 필요한 참고서를 마련하려고 했기 때문이다.

그런 사실을 검토하면서 번역 방식의 차이가 책 이름에 나타나 있는 것을 주목할 필요가 있다. 의역하고 원문은 수록하지 않아, 원문은 잊고 번역서만 읽도록 한 경우에는 책 이름에 번역서임을 알리는 말이 없다. 《三綱行實圖》와 《釋譜詳節》이 거기 해당하는 예이다. 《飜譯小學》처럼 책 이름에 '飜譯'이라는 말이 들어 있는 책은 원문을 수록해서 원문과 번역을 함께 보도록 했지만, 어느 정도 의역해서 번역이 독자적인 의의를 가지게 했다.[331] '諺解'는 '飜譯'과 달라서, 원문을 이해하기 위해서 필요한 원문에 충실한 번역을 했음을 알리는 말이라고 할 수 있다.

《杜詩諺解》 또한 원문 이해를 위한 번역이다. 원문을 먼저 제시하고 번역을 한 것이 그 때문인데, 원문에 구결을 달지는 않았다. 시의 원문은 구결을 달지 않고 그냥 음독하는 것이 마땅하다고 여겨 그렇게 했다. 원문 이해를 돕는 직역을 하려고 했지만, 시를 시로 이해해야 하는 사정이 있어서 유교경전을 언해하듯이 할 수는 없었다. 시를 시답게 번역하기 위해서 한문 표현을 국문으로 옮기는 수고를 피할 수 없었다. 문학작품 번역의 어려움을 해결하려고 애써야 했다.

그런데 일본에서는 한문을 訓讀하는 첫 단계의 번역만 하고, 번역한 말을 자국어로 옮겨 적은 둘째 단계의 번역을 하지는 않았다.

331) 장경희, 〈'老乞大'와 '朴通事'의 언해본〉, 서울대학교대학원 국어연구회 편, 《국어사 자료와 국어학의 연구》(서울 : 문학과지성사, 1993)에서 밝힌 바와 같이, 역학서 번역인 《飜譯老乞大》와 《老乞大諺解》, 《飜譯朴通事》와 《朴通事諺解》 사이에도 그런 차이점이 있어, 논의를 일반화할 수 있다.

유교경전, 불교경전, 문학고전 등에 返點을 찍어 訓讀하도록 하는 책이 많이 나와 널리 유통되었다. '訓解', '訓點', '通解' 등의 말을 직접 표제에 내놓거나 본문 서두에다 그 일을 한 사람 이름과 함께 적은 책은 물론이고, 그런 말이 없는 경우라도 한문고전은 거의 다 訓讀을 위한 返點을 찍어 놓았다.[332)]

그처럼 일본에서는 첫 단계의 번역을 지속시킨 이유는 訓讀의 전통이 차질없이 이어지고, 첫 단계의 번역이 광범위하게 이루어져서 그 다음 단계로 나아갈 절실한 필요가 없었기 때문이었다고 생각된다. 일본어는 문법이 한국어와 유사하면서 격어미나 활용어미가 한국어만큼 분화되어 있지는 않아 返點을 이용해서 어렵지 않게 표시할 수 있으므로, 返點을 일본어로 옮겨 적지 않아도 되었다. 또한 일본에서는 훈민정음과 같은 새로운 문자를 만들어내지 않아, 번역의 방법을 바꾸어야 할 특별한 계기가 마련되지 않았다.

그보다 더욱 중요한 이유는 새로운 번역을 필요로 하는 통치 이념의 변화가 일본에서는 나타나지 않았다는 데 있다. 앞에서 이미

---

332) 《藏書閣圖書日本版總目錄》(성남 : 한국정신문화연구원, 1993)을 참고로 하면서 한국정신문화연구원 도서관에 소장되어 있는 藏書閣 도서의 일본고서를 조사하고, 서울대학교 도서관 소장의 자료에서 얻은 사실을 보태서, 비교적 이른 시기에 일본에서 나온 한문고전 훈독본을 다음과 같이 제시할 수 있다. 경서류로는 鵜信之子直 等 訓點, 《官板五經大典》(1652) ; 小出入庭 訓點, 《新刻性理大典》(1653) ; 《周易》(1664) ; 《詩經說約》(1669) ; 《首書五經集註》(1724) ; 《毛詩》(1749) ; 伊藤善韶 通解·失部保惠 句讀, 《周易經翼通解》(1774), 불경류로는 《維摩經略疏》(1652) ; 《大方廣佛華嚴經合論》(1671) ; 《科註妙法蓮花經》(1676), 문학서로는 《杜詩集註》(1656) ; 《唐三體詩備考大成》(1673) ; 《增註唐詩五言絕句三體家法》(1692) 등이 모두 표제가 다르고 손댄 사람의 이름이 나와 있기도 하고 없기도 한 차이가 있지만 모두 訓讀을 위한 返點을 찍어 놓았다. 그런데 新井白蛶 校, 《直音傍訓周易句解》(1759)에는 어절이 끝나는 것을 동그라미로 표시하는 구두점만 찍어놓았다. 음독을 하도록 하기 위해서 그렇게 했다고 생각된다.

살핀 바와 같이 월남의 통치자 胡季犛는 유교경전을 해석하는 朱子의 견해를 수정하면서 유교경전을 번역했다. 朱子學의 모든 주장은 유교경전의 자구 해석을 자기 관점에서 하는 데 근거를 두고 있으므로, 朱子의 견해를 수정하기 위해서는 경전 독해를 새롭게 해야 했다. 경전을 월남어로 번역하면 새로운 독해를 분명하게 할 수 있었다. 朱子의 경전 독해를 수정하는 것은 朱子學을 넘어서서 새로운 사상을 마련하는 출발점이다.

胡季犛는 월남어로 번역한 경전을 교재로 삼아 새로운 교육을 실시해서 사상 혁신을 널리 정착시키려고 했다. 국가 권력을 장악하고 새로운 왕조를 창건해서 그 과업 수행에 필요한 정치적인 힘을 마련했다. 그렇게 한 것이 엄청난 반역이었으므로 국내의 반발을 불러일으키는 데 그치지 않고, 밖으로 명나라의 간섭을 초래해서 胡季犛의 왕조가 무너졌다.

胡季犛가 그렇게 한 것은 중세보편주의를 독자적으로 구현하고자 하는 중세후기의 운동을 급진적으로 추진한 노선이었다고 할 수 있다. 중세보편주의를 문명권의 주변부에서도 중심부에서와 대등하게 구현하는 것을 목표로 하는 중세전기에는 중세보편주의의 근거가 되는 경전을 그대로 두고 읽어서 이해하기만 하면 되었다. 그러나 중세후기에는 경전을 읽어서 이해하는 데 그치지 않고 자기 것으로 재창조해야 했으므로 단순한 독해를 넘어선 둘째 단계의 번역이 필요했다.

경전 해석을 새롭게 하는 데서 논거를 찾은 朱子學은 유교를 중세후기의 이념으로 정립하기 위한 노력의 산물이다. 理의 원리를 분명하게 하면서 氣를 또한 소중하게 여기는 理氣二元論이 이상과 현실을 함께 인정해야 하는 중세후기의 이념적 요청에 대한 아주 설득력 있는 해답이었다. 중국뿐만 아니라 한문문명권의 다른 나라도 朱子學을 받아들여 중세후기의 이념을 이룩했다. 朱子學이 중세후기로 나아가는 역사의 전환에서는 진보적인 사상이었음을 바로 인식해야 한다.

그렇지만 중국이 아닌 다른 곳에서 朱子學을 수용하는 것은 중세후기로 나아가기 위해서 유익한 일면과 불리한 일면이 있었다. 朱子學의 理氣論에 입각해서 이상과 현실의 관계를 재정립하는 것은 바람직한 일이었지만, 華夷論의 측면에서는 그렇지 않았다. 夷에 대한 華의 우위를 재확립한 다른 일면을 그대로 받아들이면 중세보편주의를 독자적으로 구현해서 문명권 주변부의 발전이 가속화되는 변화에 제동이 걸리지 않을 수 없었다.

朱子學은 중세후기로 나아가는 역사적인 과업 수행을 촉진하기도 하고 저해하기도 하는 이중의 구실을 했다. 그래서 그 둘의 관계를 어떻게 조절해야 하는가 하는 문제가 심각하게 제기되었다. 이에 관해서 월남과 한국은 서로 다른 대책을 마련했다.

월남에서 胡季犛는 주자학의 저해 작용을 제거하면서 중세후기로 나아가려고 했다. 한국에서 세종을 위시한 조선왕조 통치자들은 주자학의 촉진 작용을 이용하면서 중세후기를 이룩하려고 했다. 앞의 것이 위험 부담이 많은 급진노선이라면, 뒤의 것은 성사되기 쉬운 온건노선이었다. 胡季犛의 왕조는 단명하고, 조선왕조는 오래 지속된 것이 그 때문이다.

胡季犛의 왕조를 무너뜨린 명나라의 침공을 물리치고 월남의 주권을 되찾은 黎朝에서는 조선왕조처럼 온건노선을 택했다. 조선왕조와 함께 월남의 黎朝에서도 科擧를 잘 운영해 능력 있는 인재를 선발해야 나라를 지키고 발전시킬 수 있다고 여겼다. 과거에서 경전 시험을 볼 때 있어야 하는 표준화된 해석을 주자의 견해에서 가져온 점도 서로 같다. 그렇게 하지 않고 경전 이해를 통일시킬 다른 방도가 없었다.

월남에서 胡季犛가 유교경전을 번역한 것은 朱子와는 다른 해석을 공포하기 위해서 필요했던 것과 다르게, 조선왕조에서는 朱子의 해석을 분명하게 정착시켜 다른 주장이 없게 하기 위해서 유교경전을 번역했다. 서로 반대가 되는 일을 했지만, 중세후기로의 전환을 하기 위해서 경전을 번역해야 했던 것이 서로 같고, 번역에 따르는 문제점이 제기되는 양상 또한 그리 다르지 않았다.

경전에 대한 朱子의 해석이 경전을 번역해보니 자명하지 않았다. 朱子가 모든 시비를 가렸다는 것은 사실이 아니었다. 문법적인 관계 표시가 대폭 생략된 한문의 글을, 그런 것을 세밀하게 갖추어야 하는 한국어로 옮기자니 분명하게 해결해야 하는 시비거리가 적지 않게 생겨났다. 말뜻만 문제되지 않고, 사상적인 쟁점이 또한 부각되어 해결하기 어려웠다. 《四書》와 《三經》 언해가 많은 진통을 겪고 오랜 기간 완성되지 못한 것이 그 때문이다.[333] 科擧에서 경전 시험을 실시할 때 반드시 필요한 통일된 견해를 마련하는 중대과업 성취가 계속 지연되었다.

상당한 기간 동안의 논란과 합의를 거쳐 국가 공인의 번역이 완결될 무렵에 李珥가 나선 것은 시비가 끝나지 않았기 때문이다. 李珥가 다시 한 四書諺解에서는 구결과 풀이를 정확하게 하려고 힘쓰고, 한자어는 옮기지 않고 원문 그대로 이용했다. 《三經》에 관한 논란은 그보다 더 복잡했다. 그런 일이 있어서 朱子學의 문제점을 두고 중국에서보다 더욱 치열한 논란을 벌였다. 朱子學의 범위를 넘어서거나 그것을 부정하는 理氣心性의 철학이 크게 일어난 것이 경전 번역을 둘러싼 논란과 관련되어 있었다.

---

333) 李滉이 〈四書釋義〉와 〈三經釋義〉를 저술해서 문제점이 있는 난해구에 대해 자기 견해를 밝힌 것이 경서 번역의 어려움을 말해주는 좋은 증거이다.

신유학의 근본이 되는 철학의 어렵고 복잡한 문제를 온통 한국에서 떠맡아 고민하는 시대가 중세후기였다. 그때의 한국인은 중국인과 다름없이 글은 한문으로 쓰는 한편 한문을 한국어로 번역해 이해하는 데도 힘쓰면서, 경전 해석상의 시비를 그 양면의 글쓰기에서 철저하게 따져 해결하려고 했다. 그렇게 규정할 수 있는 언어생활의 이중성이 중세후기를 그 앞 시기와 구별할 수 있게 하는 한 가지 중요한 특징이다.

조선왕조의 통치자들은 주자학의 촉진 작용을 이용하면서 중세후기를 이룩하려고 하는 온건노선을 택했다고 위에서 말했는데, 그 노선은 융통성이 많았다. 주자학의 명분론으로 모든 문제를 철저하게 해결하려고 하는 무리한 시도는 하지 않았으며, 사상의 폭을 넓히는 데 주자학이 장애가 되지 않게 한 것이 번역에서도 확인된다. 유교경전보다 일반백성을 위한 윤리서 번역을 먼저 해서 訓民을 하는 데 힘쓰고, 불교경전 번역을 위해 한동안 노력을 기울이기도 하고, 문학작품도 번역하고 해서, 번역 대상의 폭을 넓히고 번역의 방법을 다양하게 했다.

그렇게 한 것은 표리가 다른 처사라고 할 수 있다. 국가에서 공식적으로 표방한 노선에서는 朱子學의 촉진 작용을 이용하겠다고 하고서, 그 이면에서는 朱子學의 저해 작용을 제거하고자 했다. 조선전기의 국정담당자들이 사실상 그런 절충노선을 택한 것을 불만으로 여겨, 한편에서는 朱子學을 엄격하게 실행해야 한다는 도학파의 반론이, 다른 한편에서는 朱子學을 버려야 한다는 方外의 주장이 나타났다.

한문고전을 자국어로 옮겨 적는 둘째 단계의 번역이 일본에서는 이루어지지 않은 이유를 월남이나 한국과 비교해서 살피면, 중세후기로의 전환을 위한 진통이 일본에서는 朱子學 수용 여부와 관련되어 나타나지 않았던 데 있었다고 할 수 있다. 중세후기로의 전환이 일본에서는 수도의 귀족을 대신해서 지방의 무사가 세력을 잡는 변화와 함께 뚜렷하게 나타났다.[334] 불교의 주류가 禪宗으로 바뀌고 五山의 禪僧이 무사 지배시대의 이념구현과 문화창조를 주도한 것도 시대구분을 분명하게 할 수 있는 증거이다.

한국에서 고려전기까지 지속된 문벌귀족의 지배체제가 무너지고, 무신란을 거친 다음에 지방 출신의 사대부가 등장하며, 새로운 시대의 불교가 선종으로 바뀐 것과 같은 변화가 일본에서도 나타난다. 월남의 경우에도 그런 사회변화가 일어났던 사실을 胡季犛의 개혁을 통해서 알 수 있다. 일본이나 한국과 같은 시기에 월남에서도 禪宗이 대두한 점은 서로 같다. 한문학을 통해서 중세보편주의를 독자적으로 구현한 양상에도 주목할 만한 공통점이 있다.[335] 동아시아사에서 중세후기가 시작된 과정과 양상에 관해서 공통된 논의를 전개할 여지가 커서 앞으로 더 많은 연구가 필요하다.

그런데 중세후기로 나아가면서 유학을 혁신해 통치자와 피치자의 관계를 다시 조절하는 과업은 월남과 한국에서는 하고, 일본에서는 하지 않았다. 월남과 한국에서는 선불교와 신유학이 새로운 시대 이념을 마련하는 일을 두고 경쟁하다가 신유학이 승리했는데, 일본에서는 중세후기 동안에는 선불교가 홀로 나아가다가 중세에서 근대로의 이행기에 신유학을 하게 되었다. 일본에서는 월남이나 한국과는 다르게 科擧를 실시하지 않았으므로 경서 이해를 통일시키기 위해 번역을 할 필요도 없었다.

334) 일본학계에서 중세의 시작이라고 하는 그 시기의 전환이 중세후기로의 이행이다.

335) 《동아시아문학사비교론》(서울 : 서울대학교출판부, 1993)의 한 대목인 중세후기문학 〈한문학의 다변화〉, 363-376면에서 그 점에 관해 고찰했다.

신유학에서는 통치자와 피치자의 관계를 재조절해서 訓民 또는 民本의 이념을 내세웠으나 선불교는 그렇게 하지 못해서 경쟁에서 밀려났다. 월남이나 한국에서 있었던 그런 일이 일본에서는 나타나지 않았다. 신유학을 하기 위해서 유교 경전을 다시 해석하고, 한문을 모르는 대중에게 읽힐 훈민의 교재를 마련할 필요가 없는 일본에서는 한문을 訓讀하는 첫째 단계의 번역만 계속하면 되었고, 한문을 자국어로 옮겨 적는 둘째 단계의 번역은 하지 않았다.

일본에서는 한문을 읽을 때 반드시 訓讀을 하고, 한문책을 간행할 때 返點을 붙이는 것이 관례이므로, 번역서를 별도로 내지 않아도 모두 번역서이고, 모든 독해가 번역이었다. 그렇게 하는 것이 한문 원전의 정확한 이해를 위해서 크게 도움이 되었다. 한국에서 한문을 토나 붙여서 音讀하고, 한문책을 간행할 때 원문만 내놓고 구두점도 찍지 않는 방식은, 독해를 정확하게 하는 데서는 일본의 방식만큼 효율적이지 못했다.

그런 차이점을 독해의 관점에서 비교하고 마는 것은 적절하지 못하다. 한문을 공부하면서 일본에서는 글읽기에 힘쓰고, 한국에서는 글쓰기에 힘썼다. 한문을 번역하면서 읽는 일본의 방식은 독해에 유리한 것만큼 작문에는 불리한 작용을 했다. 일본에서 한문 문장을 제대로 쓴 정격한문 못지 않게 한문으로 글을 쓰면서 일본어 어법을 받아들인 變體漢文이 많은 이유가 바로 거기 있다.[336] 한국에서는 한문 원문의 어구를 세밀하게 따지지 않고 음독해 외면서 자기 글을 짓는 데 활용하고자 했으므로, 한문으로 쓴 글이라면 으레 정격한문이다. 변격한문이 없는 것은 아니지만 가치를 인정하지 않는다.

---

336) 峰岸 明, 《變體漢文》(東京 : 東京堂出版, 1986)에서 그 어법과 독해 방법에 대해서 고찰했다. 한국에는 그런 책이 없다.

한문을 訓讀하고 변격한문을 쓰는 방식이 중국문화를 받아들여 자기 것으로 하는 데 한걸음 더 나아갔다고 할 수 있을 것 같다. 토착화의 정도를 기준으로 삼으면 그렇게 말할 수 있다. 그러나 중국문화를 받아들여 자기 것으로 하기 위해서는 재창조가 또한 긴요한 과제이다. 원래의 것에 비해 모자람이 없는 수준에서 새 시대의 창조물을 내놓아야 문명의 발전에 적극 기여한다. 토착화가 민족문화의 특수성을 살리는 길이라면, 재창조는 공동의 문명을 더욱 발전시키는 길이다.

자유로운 개작을 수반한 셋째 단계의 번역

지금까지 논의한 첫째 단계의 번역과 둘째 단계의 번역이 어느 시기가 지나면 사라진 것은 아니고 줄곧 계속되었다. 중세후기가 지나고 중세에서 근대로의 이행기에 들어섰어도 그 두 가지 번역은 한문고전 이해를 위해서 필수적인 방법으로 이용되었다. 한문고전의 번역에 관해서는 다른 방법이 나타나지 않았다.

중세에서 근대로의 이행기에는 그러면서 다른 한편으로 새로운 번역거리가 등장하고 번역의 방법이 달라져서 번역의 역사에서 커다란 변화가 일어났다. 중국고전 대신에 중국소설이 번역의 대상으로 등장하고, 원전에 충실하지 않은 자유로운 번역이 나타나고 개작을 마음대로 하기도 했다.

소설 번역에서는 원문을 소중하게 여기지 않았다. 원작이 무엇이라고 밝히지 않아 독자는 번역서임을 알 수 없게 하는 것이 상례였다. 중세후기에 경전을 번역할 때 원문 이해를 도와주는 번역을 하던 방식에서 벗어났으며, 저작권을 존중해야 하는 근대번역의 제약도 없는, 그 중간의 자유로운 시기에 자유롭고 창조적인 번역이 다채롭게 이루어졌다.

소설은 고전이 아니다. 동아시아 여러 나라에서 함께 받드는 중국고전은 문학사의 시대구분을 들어 말하면 중세전기까지에만 이룩되었다. 唐宋八家文이라고 하는 것이 그 마지막이고, 작가를 들어 말한다면 蘇軾이 최후의 고전작가이다. 중세전기가 중국문학사에서는 北宋 때까지이다. 중세후기로 보아야 하는 南宋 이후에는 동아시아 여러 나라에서 따르며 배워야 할 고전시문이 중국에서 산출되지 않았으며, 정통한문학 창작에서 중심부와 주변부의 실력이 평준화되었으며, 새로운 시대정신을 나타내는 데서는 주변부가 앞섰다. 정통한문학을 통해서 민족의 각성과 민중의 약동을 나타내는 李奎報나 阮廌 같은 작가가 중국에서는 나오지 않았다.[337)]

중국문학사 서술에서도 南宋 이후의 문학에서는 소설과 희곡이 주류를 이룬다고 한다. 소설에는 문언소설도 있고 백화소설도 있으며, 희곡은 백화희곡이다. 어느 쪽이든지 학습이나 교양과는 관계없이 흥미 본위로 읽히며, 科擧를 보는 데 장애가 되는 저질 독서물로 취급되었다. 중국에서 소설과 희곡이 발달할 때, 월남·한국·일본의 문학 또한 같은 길에 들어서서 중국과 대등한 작업을 했다.

그런데 언어 소통의 이유 때문에 중국문학이 동아시아 다른 나라로 번역되는 일방통행의 문화교류만 계속되었다. 월남·한국·일본의 문학 사이의 상호번역도 응당 이루어질 만했지만, 언어가 소통되지 않아 그렇게 되지 못했다. 소수의 역관이 있기는 했어도 문학작품 번역에 종사할 겨를이 없었으며, 수요를 창출해서 새로운 활동을

---

337) 중세후기에 이르러서 중국 南宋의 시인 陸游나 辛棄疾이 문명권 중심부의 쇠퇴를, 한국의 李奎報와 월남의 阮廌가 문명권 주변부의 발전을 극명하게 나타낸 양상을 위의 책, 같은 대목에서 비교해 논의했다.

할 만한 계기를 마련하지 못했다. 그러나 그 세 나라에서 중국문학의 작품을 가져가서 읽는 일은 중국문학의 성격이 달라져도 지속되었으며, 수용층이 더욱 확대되었다.

다음 시대로 넘어오면서 관심을 소설로 돌렸다. 중국소설 瞿佑(1347-1433)의 《剪燈新話》를 받아들여 한국에서 金時習(1435-1493)이 《金鰲新話》로, 16세기경 월남에서 阮嶼가 《傳奇漫錄》으로, 일본에서 淺井了意(?-1691)가 《伽婢子》로 개작한 데서 전환의 계기가 마련되었다. 그렇게 해서 당시로서는 가치가 인정되지 않던 비공식적 문학의 영역에서 새로운 교류관계가 시작되었다.

《剪燈新話》에 있는 이야기를 작품 배경이나 인물 설정은 자국의 것으로 바꾸고 다른 소재를 보태서 재창작하는 일을 세 나라에서 함께 했다. 《伽婢子》는 《剪燈新話》뿐만 아니라, 《金鰲新話》와도 관련을 가졌다. 그 네 작품은 네 나라 소설이 구체적인 관련을 가진 첫번째 사례이다. 특정의 중국소설을 한국·월남·일본에서 모두 받아들인 것은 이 밖에 더 찾기 어렵다.

동아시아문학의 동질성과 이질성을 밝히는 데 그 네 작품이 아주 좋은 사례여서 자세하게 논의할 만하지만, 지금 여기서 그 작업을 하는 것은 적합하지 않다. 그 네 작품에 관한 연구는 각기 충분하다고 할 만큼 이루어졌다 하겠으며, 셋씩 한 자리에 놓고 비교하는 연구도 크게 진척되었다.[338] 넷을 함께 비교하는 새로운 시도가 필요하기는 하지만, 세부적인 사항에서는 새롭게 보탤 것이 그리 많지 않은 것이 그렇게 판단하는 첫째 이유이다.

또한 그 네 작품은 장편이 아니고 단편집이며, 네 나라에서 아직

---

338) 한영환, 《한·중·일소설의 비교연구》(서울 : 정음사, 1985) ; 전혜경, 〈한·중·월 傳奇小說의 비교연구〉(숭실대학교 박사논문, 1995) ; 張介宗, 〈한·중·월 傳奇小說 비교연구〉(성균관대학교 박사논문, 1996)이 그 대표적인 예이다.

소설이 본격적으로 발달하기 전에 소설 성립을 선도하는 구실을 했다. 문학사 시대구분의 용어를 사용해서 말하면, 중세후기문학이 중세에서 근대로의 이행기문학으로 나아가도록 하는 구실을 하는 선구적인 작품이었다. 소설이 성립되는 단계에서 네 나라가 서로 관련을 가지고 소설시대를 함께 준비하게 한 데 그 네 작품의 의의가 있다고 할 수 있다.

《剪燈新話》는 정통한문을 사용하고 백화를 섞지 않았으며, 《金鰲新話》와 《傳奇漫錄》 또한 자국어를 사용하지 않은 한문소설이다. 《金鰲新話》은 한국한문소설의 첫 작품이고, 《傳奇漫錄》은 월남한문소설의 대표작이다. 《伽婢子》는 일본어를 사용했지만, 소설이 발달되기 전에 나온 假名草子의 하나로 취급되고, 怪異物로 분류된다.[339)]

사람들이 살아가는 현실생활의 이야기가 아니고 귀신과 사람이 관련되어 있어, 저승과 이승을 넘나드는 이야기이다. 그런 특징을 《剪燈新話》에서 공통되게 물려받았으면서, 《金鰲新話》에서는 작자의 비판정신을, 《傳奇漫錄》에서는 자국에 대한 해박한 지식을, 《伽婢子》에는 괴이한 것에 대한 관심을 특색 있게 갖춘 점이 서로 대조가 되지만, 소설다운 구상을 충분하게 전개하는 독자적인 노선을 뚜렷하게 했다고 하기 어렵다.

중국소설을 자국어로 번역하고 개작한 것은 소설시대가 본격적으로 시작된 뒤에 일반화된 일이다. 그렇게 하기 위해서 중국소설을 많이 받아들이고, 열심히 읽었다. 중국소설에는 한문을 그대로 사용

---

339) 市古貞次 外, 《日本文學全史》 4(東京 : 學燈社, 1978), 34-35면에서 "假名草子"는 "소설적인 結構를 갖춘 계몽·교훈의 讀物의 총칭"이라 하고, 井原西鶴의 《好色一代男》이 나오기 전까지 유행한 "중세의 御伽草子에서 본격적인 근세소설인 浮世草子로 넘어가도록 하는 구실을 하는 과도적인 성격을 지니고 있다"고 했다.

한 문언소설뿐만 아니라 구어를 삽입한 백화소설도 있었으나, 수용과 재창조에서 그 둘의 차별을 두지 않았다.

문언소설은 다른 나라 식자층이 읽어 즐기는 데 지장이 없었다. 백화소설이라는 것도 한문에다 구어를 섞은 중간문체를 사용하므로 구어를 다소 익히거나 사전류의 도움을 얻으면 읽을 수 있었다.[340] 중국어 역관은 백화소설을 잘 읽어 번역을 하는 데 앞설 수 있었다.[341] 독자의 관심과 요구가 있기 때문에 중국소설을 번역하는 것은 수지가 맞는 일이었다. 희곡은 모두 백화희곡만이고, 그대로 번역해서는 재미가 없으므로 소설로 고쳐 번역해야 했다.

소설이 성행하는 시대에도 중국은 중심부이고 월남·한국·일본은 주변부인 관계가 그대로 지속되고, 중국소설을 다른 세 나라에서 번역해 받아들이기만 하고, 다른 세 나라 소설을 중국에서 번역해 가는 일은 없었다. 그러나 그것이 우열의 관계는 아니다. 번역의 원천을 제공하는 쪽은 얻는 것이 없고, 번역해가는 쪽에서는 수입이 있어 흉풍이 바뀌다가 우열관계가 역전될 수 있었다.

동아시아의 소설이 일어난 시기인 17세기 후반에서 19세기 전반까지의 각국소설 가운데 중국소설만 높이 평가하고 다른 나라의 소

340) 한국에서는 중국어 속어를 이해하기 위해서 필요한 사전 《語錄解》가 1657년에 처음 나온 다음 몇 차례 증보되었다. 《小說語錄解》라는 책에서 중국소설 어휘를 작품별로 정리한 것도 있다. 일본에서 1784년에 간행한 《小說字彙》 또한 중국소설을 읽는 데 필요한 어휘집이다. 일본에서는 《水滸傳》을 읽는 데 필요한 어휘집을 여러 차례 만들었다.

341) 한국정신문화연구원 도서관에 소장하고 있는 藏書閣本 《紅樓夢》 번역서 117책본은 각면 1/3 정도 넓이의 상단에 붉은 글씨로 쓴 원문을 한 줄, 한글로 표기한 원문의 발음을 한 줄씩 나란히 적고, 2/3 정도 넓이의 하단에 번역을 적는 특이한 방식을 사용한 대역본이다. 소설에 사용된 중국어를 공부하면서 소설 번역을 위한 훈련도 하려고 하는 역관 또는 역관 지망자를 위한 교본이라고 생각된다.

설은 같은 위치에 두고 보지 않는 것이 지금까지의 관례인데, 그 이유는 연구 또는 연구성과 소개의 불균형 때문이다. 다른 세 나라의 소설, 특히 그 가운데서도 한국소설은 외국에서 연구하지 않고 국내의 연구성과가 밖으로 알려지지 않아 무시되고 있다. 연구의 균형이 이루어지면 평가가 달라질 것이다.

다른 세 나라에서 중국소설을 번역하거나 번안해서 이용한 것은 중국이 대단하고 중국소설이 홀로 우뚝하기 때문에 그랬던 것은 아니다. 동아시아 각국의 소설은 서로 대등한 위치와 크기를 가진 문학으로 자라났다고 생각된다.[342] 다른 나라에서 중국소설을 가져가 즐기면서 창작을 하는 데 필요한 소재나 자극을 널리 구하기 위해서 그랬다고 생각된다.

그렇게 해서, 무역관계와는 반대로 수출만 하는 중국소설은 빈곤해지고, 수입을 많이 한 다른 세 나라 소설은 부유해지는 것이 당연한 과정인데, 그런 차이점이 크게 확대되기 전에 西文東漸의 시대변화가 닥쳐와 동아시아문학사의 독자적인 전개가 중단되었다.

---

342) 동아시아 각국의 소설을 작품 수를 들어 비교하는 것은 아직 가능한 일이 아니다. 월남소설은 목록을 입수하지 못해서 함께 비교하지 못한다. 한국고전소설은 아직 총목록을 작성하지 못해 정확한 숫자는 알지 못한다. 국문소설이 500여 종쯤 되리라고 추정될 따름이다. 한 작품에 평균 다섯 이본이 있다고 보면, 작품 편수는 2,500여 편이다. 한문소설은 野談이나 傳과의 경계가 불분명하고 단편 위주인 점이 특이해 국문소설과 함께 논하기 어려우나, 구태여 종수를 헤아려본다면 국문소설과 비등할 것으로 예상한다. 그러면서, 이본이 많지 않아, 작품 종수와 편수에 그리 큰 차이가 없다. 국문소설과 한문소설을 합친 한국고전소설의 총수는 1,000여 종, 3,000여 편쯤 되지 않을까 짐작할 수 있다. 한편, 《中國通俗小說總目提要》(北京 : 中國文聯出版公司, 1990)에 오른 중국고전소설은 1,164종이고, 《新修日本小說年表》(東京 : 春陽堂, 1925)는 일본고전소설 3,414편을 수록했다. 한쪽은 종수이고, 한쪽은 편수여서 그런 차이가 나타났다. 중국·한국·일본의 고전소설은 작품의 종수에서든 편수에서든 그리 큰 차이가 없었던 것으로 보인다.

西文東漸을 가져온 유럽문명권 열강의 동아시아 진출이 없었거나 한 세기 정도라도 늦게 이루어졌더라면, 동아시아문명권 내부에서 중심부가 후진이 되고 주변부가 선진이 되는 변화가 뚜렷하게 나타났을 것인데, 그렇게 되지 않았다.

중국소설과 월남소설

월남에서 소설이라는 문학갈래가 등장한 것 자체가 중국문학과 관련을 가지고 이루어진 일이다. 월남에서는 소설을 '傳喃'(truyennom)이라고 했는데, 그 말은 "傳의 字喃 표기"를 뜻한다. '傳'이라고 하던 것은 중국소설이다. 중국소설을 가져다가 월남어로 번역한 것이 '傳喃'이다.

'傳喃' 가운데 '傳喃平民'(truyen nom binh dan)이라고 하는 것은 설화에서 소재를 가져와서 창작했다. 사대부 작가가 자기 이름을 밝히고 창작했다는 이유로 '傳喃博學'(truyen nom bac hoc)이라고 해서 그것과 구별한 또 한 가지 소설은, 대부분 중국소설을 번역하거나 번안했다.[343)] 두 가지 부류의 소설 가운데 '傳喃博學'이 먼저 생기고, 작품이 더 많으며, 한층 높이 평가되어, 월남소설을 대표하는 위치에 있다. 중국소설은 '傳'이라 하고, 월남소설은 '傳喃'이라고 하는 관례가 '傳喃博學'에서 생겼다.

---

343) 월남어는 관형어가 명사 뒤에 오기 때문에 '傳喃平民'·'傳喃博學'이라고 한다. 관형어가 명사 앞에 오는 어순으로 고치면 '傳喃平民'은 '平民喃傳'이 되고, '傳喃博學'·'博學喃傳'이 되어 다른 나라에서 사용하는 한자어와 같아서 이해하기 쉬워진다. 그러나 월남어 용어를 그대로 사용하는 것이 마땅하다고 보아 어순을 바꾸지 않는다.

'傳喃平民'은 동물설화를 이용해서 만든 우화소설이 많으며 소설 발전의 초기단계에 머물러 있었으나,'傳喃博學'은 사회생활에서 벌어지는 자아와 세계의 대결을 밀도 있게 다루어 소설의 발전을 선도했다. 《傳奇漫錄》 단계에서는 월남소설도 한국의 경우와 마찬가지로 한문소설로 시작되었다. 그러나 그 뒤에 월남의 사대부 작가들은 한문소설 창작에 힘쓰지 않고, '傳喃博學'을 통해서 새로운 문학을 이룩하고자 하는 뜻을 폈다. 한국의 한문소설과 국문소설에 상응하는 상하소설의 구분이 월남에서는 국문소설 내부에서 博學소설과 平民소설이 서로 다른 데서 이루어졌다.[344)]

'傳喃'의 형식은 博學소설과 平民소설이든 양쪽 다 산문이 아니고 율문이다. 산문인 한문을 월남어 율문으로 옮겨놓은 것을 "演音"이라고 했는데, "傳喃"도 "演音"에 속한다. "演音"은 6자 행과 8자 행이 교체되는 6·8조의 장시형을 흔히 사용하는데, 월남소설이 대부분 그 형식을 사용하고, 일부는 7·6·8조이다.

'傳喃'의 성립과정을 추적하면, 명대소설 《第八才子花箋記》를 18세기 후반에 阮輝似가 《第八才子花箋演音》으로 옮긴 것이 그 선구적인 작품으로 확인된다. 그 뒤에 阮朝에 들어서서 《今古奇觀》 제34화 〈女秀才移花接木〉이 작자미상의 《女秀才傳》으로, 措陰堂主人의 《二度梅全傳》 6권 40회본이 《二度梅傳》으로 번역되었다.[345)]

---

344) 陳慶浩 編, 《越南漢文小說叢書》 전4권이 나오기는 했지만, 거기 실린 글은 거의 다 야사·설화·실기·잡록류이고 소설이라고 할 수는 없다. 월남학자 쩐응이아(Tran Nghia, 陳義)가 1997년에 발표한 논문 〈월남한문소설의 목록과 분류〉에 관해서 배양수, 〈베트남 한문학과 쯔놈문학 고찰〉(한국한문학회 1997년도 동계학술대회 발표논문, 1997년 12월 13일 연세대학교)에서 소개한 것을 보면, 1392년의 〈越甸幽靈集〉에서 1921-1935년의 〈重光心史〉에 이르기까지 목록에 오른 월남한문소설이 모두 37종인데, 위의 책에 실린 것들과는 다르게 한국한문소설과 상통하는 개념을 갖춘 소설은 찾기 어렵다.

345) 川本邦衛, 〈金雲翹新傳成立をめぐる若干の問題〉, 《慶應義塾大學言語文化研

18세기말에 민중반란인 西山運動을 일으켜 통치권을 장악한 阮惠는 光中황제가 되어 字喃 사용을 적극 장려하고 字喃詩賦로 科擧 시험을 보게 하는 한편, 중국고전을 번역하는 사업을 크게 일으켰다. 그러다가 광중황제가 갑자기 세상을 떠나자, 서산운동은 실패로 돌아갔다.[346] 그 뒤를 이어 등장한 阮朝에서는 정통한문 공용을 회복했다. 그 때문에 字喃文學은 민간으로 밀려나 정치를 비판하고 인생을 논하는 이면의 활동을 하는 데 쓰였다. 그런 이유가 있어 "傳喃"이라고 하는 소설의 발달을 보게 되었다.[347]

중국소설을 번역한 월남소설은 월남소설의 대종을 이룬다.[348] 그렇지만 그 때문에 월남의 주체성이 훼손되었다고 보는 것은 부당하다.

究所紀要》 2(東京 : 慶應義塾大學言語文化硏究所, 1981).

346) 그 경과를 자세하게 들면 다음과 같다. 黎朝 顯宗 景興 32년(1771) 西山 봉기를 阮岳, 阮侶, 阮惠)가 주동했다. 35년(1775) 남부 阮氏정권의 수도 順化가 함락되고, 38년 阮氏 정권이 멸망했다. 景興 43년(1782)에 북쪽 鄭氏정권이 위기에 봉착하고, 4년 뒤에 西山黨에게 패망했다. 昭統 2년(1788) 阮惠 光中황제 昇龍에 도읍한 새 왕조를 건립했다. 光中 2년(1789) 청나라 침공을 물리쳤으며, 청나라가 阮惠를 安南國王에 봉해야 했다. 많은 개혁 가운데 字喃을 國字로 한 것이 있다. 鄕試의 제3기에 字喃詩賦의 시험을 실시하게 했다. 字喃을 행정집행상의 공용문자로 사용하게 했다. 光中 5년(1792) 崇正書院을 설립해서, 阮浹을 원장으로 하고 字喃에 능한 학자들을 모아 經學, 思想의 서적을 월남어로 번역해 字喃으로 옮겨쓰는 사업을 시행했다.

347) 川本邦衛, 〈黎末景興期の文學覺書--濫觴期の演歌について〉, 《慶應義塾大學言語文化硏究所紀要》 15(東京 : 慶應義塾大學言語文化硏究所, 1983).

348) 陳光輝, 〈越南喃傳與中國小說關係之硏究〉(臺灣大學 博士論文, 1973)에서 고찰한 중국소설 번역본은 다음과 같다. (가) 取材於中國小說的喃傳 : (가1) 士大夫所作的喃傳 : 王昭君故事 — 王嬙傳, 孫恪傳 — 林泉奇遇傳, 花箋記 — 花箋傳, 金雲翹傳 — 斷腸新聲, 隋唐演義 — 軍中對傳, 女秀才移花接木 — 女秀才傳, 崔俊臣巧會芙蓉屛 — 芙蓉新傳, 忠孝節義二度梅全傳 — 二度梅傳, 玉嬌梨傳 — 玉嬌梨新傳. (가2) 平民作者所作的喃傳 : 西遊記 — 西遊傳, 觀音出身南遊記傳 — 佛婆觀音傳, 龍圖寶卷 — 芳花傳. (나) 取材於中國史書和戲曲的喃傳 : 蘇武故事 — 蘇公奉使傳, 玉簪記 — 潘陳傳, 西廂記 — 西廂傳.

월남인은 자기네 관점에서 중국소설을 선택하고, 고치고, 다시 써서, 자기 작품을 만들었다.[349)]

그런데 월남에 수용된 중국소설 四大奇書 가운데 《西遊記》만 보이는 것이 특이하다. 《西遊記》만 인기가 있어 《西遊傳》으로 옮겼으며, 《西遊傳記》라는 초본을 만들기도 했다. 《觀音出身南遊記》라는 작품은 《西遊記》의 일부인데, 그것을 《佛婆觀音傳》이라고 번안해서 무대를 월남으로 바꾸고 관음을 월남에서 활동하는 신으로 만들었다.[350)] 《隋唐演義》를 번역하기는 했지만, 월남에서 演義類는 큰 인기가 없어서 《三國志演義》는 등장하지 않았다. 《水滸傳》이 보이지 않는 것도 특기할 만한 일이다.[351)]

---

349) Maurice Durand dir., *Mélanges sur Nguyen Du*(Paris : École Française D'éxtrême-orient, 1966) 서두의 총설 "Introduction aux problèmes posés par le *KIM VAN KIEU*", 5면에서 "월남의 傳이 중국의 소재를 이용해서 독창성이 없다고 외국인들이 흔히 비난하는데, 그것은 프랑스의 라씨느나 코르네이유가 그리스·로마·스페인의 소재를 사양한다고 비난하는 것과 마찬가지이다.", "베트남의 율문소설은 그런 소재를 독창적으로 사용한 점에서 우리 프랑스 고전주의 작가들의 율문작품과 정확하게 일치한다. 언어, 문체, 심리분석, 인물의 행위가 순전하게 월남적인 분위기로 전환되었으며, 더 나아가, 아주 흔하게, 월남인의 마음을 깊이 감동시키는 아주 아름다운 구절을 마련했다."고 한 말이 적절하다. 《金雲翹》의 영역본 Huynh Sanh Thong tr., *Kim Van Kieu*(New Haven : Yale University Press, 1983)의 서두의 해설 Alexandre B. Woodside, "The Historical Background"에서는 월남소설과 중국소설의 관계가 영문학이 그리스나 로마의 문학에 크게 의존한 것과 같다고 했다.

350) Yan Bao, "The influence of Chinese Fiction on Vietnamese Literature", Claudine Salmon ed., *Literary Migrations, Traditional Chinese Fiction in Asia*, 274면.

351) 黎貴惇은 《芸臺類語》 권7의 〈書籍〉에서 "委巷叢談云"이라고 하고, 羅貫中이 소설 십수 종을 지었다 하는데, 《水滸傳》은 도적의 이야기를 교묘하게 해서 작자의 후손이 삼대에 걸쳐 벙어리가 되었다고 하고, 《三國演義》는 역사를 날조해서 혼란을 일으켰다고 하는 상투적인 비판을 했다. 중국문헌을 인용하면서 중국에서 흔히 하는 말을 전했을 따름이고, 월남에 수입된 작품을 자기 스스로 읽어서 평한 것은 아니라고 생각된다.

월남에서는 四大奇書 가운데 《西遊記》만 인기가 있었던 이유를 세 가지로 설명할 수 있다.[352] 첫째는 《西遊記》의 觀音신앙이 월남인의 종교적인 취향과 합치된다고 했다. 둘째는 인도로 불법을 구하러 간 월남의 승려 大乘燈禪師의 행적이 작품 속의 三藏法師와 유사하다고 생각해서 월남인이 특별한 관심을 가졌다고 했다. 셋째는 인도서사시 《라마야나》(*Ramayana*)의 원숭이왕 하누만(Hanuman)의 이야기를 참파국에서 가져와서 크게 애호하는 것을 월남이 참파국을 복속하면서 받아들여 孫悟空과 동일시했기 때문이라고 했다.

원래 《라마야나》의 전래와 더불어 하누만이 중국에 알려져서 孫悟空이 생겨날 수 있게 했으나, 그런 연관이 잊혀지고 학자들 사이에서도 인정되지 않고 있다. 한국이나 일본에는 《라마야나》가 전해지지 않고 하누만에 관해서 아는 바 없다. 월남은 《西遊記》와 《라마야나》를 각기 받아들여, 孫悟空과 하누만을 새삼스럽게 동일시한 것이 아주 흥미롭다. 《西遊記》의 번역이나 번안은 하층민의 소설인 '傳喃平民'에 속한다. 그 부류의 작품은 재래의 설화를 소재로 하는 것이 관례인데, 《西遊記》에서 유래한 이야기도 재래의 설화와 다를 바 없다고 취급된 것이다. 고급 소설을 이룩하기 위해서는 그것과는 다른 원천이 필요했다.

중국에서 흔히 '才子佳人書'라고 하는, 인정과 세태를 그리면서 남녀의 사랑을 다룬 소설은 다른 나라에서도 환영을 받았지만, 월남소설 발전을 위한 최상의 원천 노릇을 한 점을 특기할 만하다. 사대부의 소설인 '傳喃博學'는 '才子佳人書' 수용을 통해서 성장했다. 위에서 든 《花箋記》, 《二度梅》 같은 것들이 그 본보기이다. 헛된 공상을 배격하는 사대부 작가들은 그런 작품을 가져와서, 삶의

352) 磯部 彰, 《'西遊記'受容史の硏究》(東京 : 多賀出版, 1995)의 〈第2章 ベトナム(安南國)における'西遊記'の受容〉(150-155면)에서 편 견해를 받아들인다.

진실성을 찾는 데 이용하고자 했다.

《金雲翹傳》을 《斷腸新聲》으로 옮긴 것도 그런 작품의 하나이다.[353] 《斷腸新聲》은 阮攸(1765-1820)의 작품이다. 《金雲翹》라는 이름으로 더 잘 알려져 있는 그 작품이 월남소설 최대의 명작으로 평가된다. 阮攸는 과거에 급제해서 벼슬한 문인이고, 한시 명편을 남겼다. 중국에 사신으로 갔다가 1813년에 돌아올 때, 중국소설 《金雲翹傳》을 월남어로 옮기면서 개작했다. 그렇게 한 시기는 1814년이나 1815년이라고 추정된다.[354] 禮部右參知가 된 1815년 이전에 작품을 썼으리라고 생각되기 때문이다. 원고 단계에서는 《斷腸新聲》이라고 하던 작품을 판각을 할 때 范貴適이 원작의 제목을 가져와서 《金雲翹新傳》이라고 했다.

작품의 소재는 원래 역사적인 사실이었다. 역사적인 사실이 중국에서 두 차례 소설화되고, 다시 월남작품으로 개작되었다. 작품 목록을 정리해놓고 그 과정을 고찰하자.[355]

(1) 胡宗憲과 함께 徐海 토벌에 참가한 茅坤의 〈紀剿徐海本末〉 및 그 뒤에 붙은 謝湖老人의 〈附記〉.

(2) 明史 列傳(권205, 전93) 胡宗憲傳.

(3) 陸人龍의 소설집 《型世言》에 수록된 〈胡揔制巧用華棣卿 王翠

353) 최귀묵, 〈金雲翹와 翠翹傳詳註를 통해 본 월남소설의 변모〉(한국한문학회 1997년도 동계학술대회 발표논문, 1997년 12월 13일 연세대학교)에서 다룬 내용이 이하의 논의를 정밀하게 하는 데 직접 도움이 되었다.

354) 《金雲翹傳》을 중국에 가지 않아도 입수할 수 있었으리고 추정하고, 다른 방증을 들어 창작 시기를 1805-1809년으로 보는 견해도 있다고 월남학생 주 부이 홍이 말했다.

355) Maurice Durand dir., 위의 책에 실린 논문, Nguyen Toan, "Sur quelques sources littéraires et historiques du *KIEU* de Nguyen Du"에서 고찰한 내용을 이용한다.

翹死報徐明山〉, 余懷의 〈王翠翹傳〉 등의 단편.

(4) 靑心才人의 장편 《金雲翹傳》.

(5) 阮攸의 《金雲翹》.

阮攸가 (3)을 읽었을 가능성이 있고, (2)는 분명히 읽어 (4)를 개작할 때 참고로 삼았다. 사건 설정이 달라진 양상은 다음과 같이 정리해서 말할 수 있다.

(1)·(2)에는 도적 두목 徐海가 절강성과 복건성에서 반란을 일으켜 조정에서 胡宗憲을 파견해서 진압하게 한 사실이 기록되어 있다. 徐海의 첩을 매수해서 이용하는 술책을 썼다. 徐海는 첩과 함께 도망가다가 투신자살했다. "海挾兩妾走"하다가 "投水死"했다 했으니, 첩이 둘이었다. 첩의 이름이 翠翹라고 밝히고, 출신과 내력을 소개한 말은 (1)의 〈附記〉에 있다.

(3)에서는 王翠翹가 기녀로서 이름을 떨칠 때 徐海라는 무뢰배가 접근해서 첩을 삼았다고 했다. (3)을 (4)에서는 장편으로 개작했다. 작자의 본명은 밝혀지지 않는다. 작품명을 《雙奇夢》·《雙和歡》이라고도 한다.[356] (4)에서 비로소 남주인공 金重을 등장시켰다. 그래서 이루어진 줄거리를 요약하면 다음과 같다.

翠翹와 金重이 사랑해서 혼인을 약속하고, 金重이 숙부의 喪을 만나 고향 遼陽에 갔다. 아버지가 참소를 입어 옥에 갇히는 수난이 닥쳐 翠翹는 아버지를 구하고 집안을 보존하기 위해서, 金重과의 언약을 지켜달라고 아우 翠雲에게 부탁하고, 馬監生이라는 불량배의 첩으로 팔려갔다가 娼妓가 되었다. 束生이라는 사람을 만나 첩이 되어 창기 신세에서 벗어났으나, 束生 본처에게 걸려 노비가 되

356) 《中國通俗小說總目提要》(北京 : 中國文聯出版公司, 1990), 308-309면의 작품 해설에서 그렇게 말했다.

었다. 불경 베끼는 일을 맡았다가 도망치고 비구니 覺緣에게 의탁했다.

다시 팔려가서 창기가 되었다가, 徐海라는 호걸을 만났다. 徐海가 贖身을 해서 새로운 삶을 시작했다가, 반란을 일으킨 徐海가 싸우다 죽고, 翠翹는 투신자살을 기도했으나 覺緣에게 구출되었다. 金重은 고향에서 돌아와 翠翹의 아우 翠雲과 결혼했다. 翠翹가 투신했다는 말을 듣고, 제사를 지내러 갔다가 구출된 翠翹와 만났다. 翠翹도 아내로 맞이해서 육체관계는 가지지 않는 정신적인 동반자로 살아갔다. 金重이 벼슬을 하고 두 아내와 함께 오랫동안 잘 살았다고 한다.

(5)에서는 (4)의 산문을 율문으로 바꾸어놓았으며, 분량이 줄어들었다. 전체 분량이 68체의 율문 3,254자이다. 자세한 묘사는 생략하고 시적인 표현을 통해서 정감을 불러일으키는 데 힘썼기 때문이다. 翠翹의 아버지가 수난을 당해 몰락하는 과정을 서술할 때 자세한 사항은 생략했다. 다른 여러 가족이 겪은 수난에 대해서 각기 관심을 가지지 않고 翠翹의 경우를 집중해서 다루었다. 娼妓 생활의 풍속을 그리는 데도 관심을 두지 않았다. 馬監生이 翠翹를 겁탈하는 대목을 적나라하게 서술하지 않고 시적인 표현으로 바꾸어 전했다. 육감적인 묘사는 피하고, 翠翹의 처지를 그리는 데 힘썼다.

(3)은 한국에도 전래되고 번역되었다. 〈王翠翹傳〉이 소설 목록에 올라 있다.[357] 《型世言》의 번역에 그 일부인 〈胡摠制巧用華棣卿 王翠翹死報徐明山〉의 번역이 포함되어 있다. 그러나 《型世言》 번역본은

357) 조선왕조 영조의 후궁인 暎嬪 完山李氏가 1762년에 중국소설의 주요 장면을 그림으로 나타낸 《中國小說繪模本》을 만들도록 하고, 거기다 붙인 〈小序〉에서 열거한 83종의 서명 가운데 "王翠翹傳"이 있다(박재연 편, 《中國小說繪模本》, 춘천 : 강원대학교출판부, 1993, 152면).

유일본이며,[358] 널리 읽힌 것 같지 않다. 그 작품이 《型世言》을 떠나서 별도로 유통된 증거는 없다. 한국에서는 관심을 끌지 못한 작품이 월남에서는 대단한 반응을 불러일으켰다.

일본에서도 (4)의 장편을 거듭 번역했다. 西田有則이 번역한 《繡像通俗金翹傳》이 1763년에 간행되었으며, 瀧澤馬琴이 다시 옮긴 《風俗金魚傳》이 1839년에 이루어졌다.[359] 그런데 둘 다 흥미 본위로 만든 통속적인 읽을거리인 점이 월남의 (5)와 달랐다. 《風俗金魚傳》은 배경과 인물을 일본으로 바꾼 번안인데, 무사들 사이의 싸움을 복잡하게 전개하는 데 원작의 사건을 이용했다. 徐海에 해당하는 무사가 싸우다 죽은 다음에 翠翹에 해당하는 여주인공이 적과 맞서서 용감하게 싸우도록 했다.

(4)는 중국소설 자체로 보나, 일본어 번역에서나 그리 대단한 작품은 아니다. 원작에서 찾을 수 없는 가치를 (5)에서 마련한 것은 阮攸가 자기 나름대로 특별한 의도가 있었기 때문이다. 그 점을 확인하기 위해서 우선 작품의 서두를 견주어보자.

(4)의 서두는 다음과 같다.[360]

第一回 無情有情陌路弔淡仙 有緣無緣劈空遇金重

제1회, 무정하고 유정하게도 길에서 淡仙을 조문하고, 인연이 있고

---

358) 번역원본은 장서각 소장본이어서 현재 한국정신문화연구원도서관에 있으며, 박재연 교주, 《형셰언》(서울 : 학고방, 1995)이 출간되었다.

359) Hatakenaka Toshio, "On *Kim-Van-Kieu* — China, Viet Nam, Japan", *Tamkang Review*, Vol. II, Nom. 2 and Vol. III, Nom. 1, October 1971-April 1972(Taipei : Tamkang University)에서 일본판의 내용과 특징을 확인할 수 있다.

360) 《金雲翹 青心才子》 上(Saigon : 越南共和國國務卿府特責文化衛出版, 1971), 13면.

도 없어서 푸른 하늘 아래에서 金重을 만났다.

情之一字 乃此篇之大經 苦之一字 乃此篇之大緯 然情必待境而生 苦必待遇而出 開券豈能一日便見

情이라는 글자 한 자는 이 책의 大經이고, 苦라는 글자 한 자는 이 책의 大緯이다. 그러나 情은 반드시 境을 기다려 생겨나고, 苦는 반드시 遇를 기다려 나타나니, 책 펼치고서 하루 만에 쉽게 볼 수 있는 바는 아니다.

(5)의 서두는 다음과 같다.[361)]

백년 안의 우리 人生에,
才字와 命字가 서로 미워하기 쉽도다.
滄海가 변해서 桑田이 되는 것을
보기만 해도 가슴 아프다.
彼嗇斯豊이라는 것이 어찌 기이한가.

361) 작품 번역본은 張甘雨 譯, 《漢譯金雲翹南音詩集》(간행지 미상, 1961) ; Xuan-Phuc et Xuan-Viet tr., *Kim Van Kieu*(Paris : Gallimard, 1961) ; Nguyen Khac Vien tr., *Kim Van Kieu*(Hanoi : Éditions en langues étrangères, 1979) ; Huynh Sanh Thong tr., *Kim Van Kieu*(New Haven : Yale University Press, 1983) ; Nguyen Van Vinh tr., *Kim Van Kieu*(Hanoi : NHA XUAT BAN VAN HOC, 1994)이 있다. 여러 번역을 종합해서 원문의 뜻을 파악하고 《翠翹傳祥註 *Thuy-Kieu Truyen Tuong Chu*》(Saigon : Bo Van-Hoa Giao-Duc Va Thanh-Nien, 1973)의 원문을 참조해서 되도록 직역을 한다. 원문에 "才"·"命"·"彼嗇斯豊"은 한문 그대로, "字"·"人"·"天"·"紅"은 字喃 글짜로 바뀌어 있다. 金萬重은 《西浦漫筆》에서 비록 금강산에 가보지 못한 사람이라도 각종 도본을 모아놓고 자세하게 연구하면 실상과 방불한 생각을 할 수 있다고 했는데, 그럴 수 있기를 바란다.

蒼天이 紅顔을 질투해서 학대하도다.

(4)에서는 情과 苦의 관계가 흥미롭게 펼쳐진다고 했다. 境을 기다려 情이 생기고, 遇를 기다려 苦가 생겨나는 사연을 간단히 즐기려고 하지 말고, 책을 오래 두고 읽어야 한다고 했다. (5)에서 阮攸는 情과 苦를 才와 命으로 바꾸어놓았다. 그래서 제삼자의 위치에서 구경을 하는 대신에 주인공이 재능을 타고났으면서도 운명이 기구해 시련을 겪는 것이 안타깝게 여기도록 했다.

滄海가 변해서 桑田이 되는 불행이 닥쳐온 사연 때문에 가슴 아파한다고 했다. "彼嗇斯豊"이란 "저것이라고 일컬은 운명이 비색하면서 이것이라고 일컬은 재능은 풍부하다"는 말이다. 하늘이 미인을 질투하고 학대해서 그런 일이 생기게 한다고 했다. 그런 시련을 겪는 주인공의 처지를 자기 일인 듯이 받아들이면서 인생론의 심각한 문제에 부딪히게 했다.

(4)에서는 흥미로운 구경거리를 보여주고 제삼자의 관점에서 구경하도록 하므로, 翠翹가 겁탈당하는 장면을 핍진하게 그렸지만, 阮攸가 그렇게 하지 않은 것은 독자 스스로 翠翹의 처지가 되도록 유도했기 때문이다. 묘사의 솜씨 대신에 시적 표현을 사용해 절실한 공감을 불러일으키면서 사건 자체가 아닌 사건의 의미를 함께 생각하게 했다. 그래서 원작에서는 볼 수 없는 깊은 진실성을 지닌다.

《金雲翹》 원문에다 한문 주해를 달아 내놓은 《翠翹傳詳註》의 저자 玷雲이라는 사람이 그 序에서 다음과 같이 말했다.

北本金雲翹錄 其筆墨庸淺 其宗旨僅爲一女子寫情寫苦 殆於小說中無價值 乃鴻山之國音傳 精神踴躍 情韻深長 無論雅人俗子 讀之者無不欲歈欲泣 而不能自已 此其故何哉 說者歸之鴻山之筆力 噫筆力而能動人乎

哉 文章之事 眞而已矣[362]

北本 金雲翹錄은 筆墨이 졸렬하고 천박하며, 그 宗旨가 다만 한 여자를 위해서 寫情寫苦를 하는 데 그쳤기에, 거의 소설 가운데 무가치한 것이다. 이 鴻山의 國音傳은 정신이 용약하고, 情韻이 깊고 길어 雅人와 俗子를 막론하고 읽는 사람이 칭찬하고자 하고 울고자 하는 마음을 가지지 않을 수 없어, 스스로 그만두지 못한다. 그것은 무슨 까닭인가? 말하는 이들은 그 까닭이 鴻山의 筆力에 귀착된다고 한다. 오호라, 筆力이 능히 사람을 움직이는구나. 文章의 일이란 진실일 따름이다.

"北"은 중국책이란 말이다. "鴻山"은 阮攸의 호이다. 월남의 율문소설은 "國音傳"이라고 했다. 중국의 원작은 문장이 천박하고 한 여자에 관한 "寫情寫苦"에 지나지 않는데, 완유의 작품은 "精神踴躍情韻深長"의 경지에 이르러서 커다란 감동을 주는 진실성이 있다고 했다. 양자의 차이점을 명확하게 인식하고, 월남의 작품에 대해서 대단한 자부심을 나타냈다. 위의 인용구에 이어서 작가와 작품의 관계에 대해서 다음과 같이 말했다.

攷鴻山之爲人 故黎相家子也 歷滄海而出處無失節 平生所抱 以尊黎爲無二主義 …… 鬱鬱不能忘乎故黎 此鴻山之情也 故其吐爲文也 眞氣盤旋 意味攜永 感已之無命 不能尊黎 翹之無命 不能全情 …… 幽感哀艷 悱惻鬱結 無一語不自丹田吐出 無一語不眞摯 傳之感人 其在是乎[363]

---

362)《翠翹傳祥註》, 원문 4면.

363) 같은 책, 4-5면.

> 鴻山의 사람됨을 살펴보면, 黎朝 재상가의 아들이라, 몸으로는 蒼海를 돌아다니면서도 出處의 절개를 잃지 않았다. 평생의 포부로 하는 바는 黎朝를 존중하고 두 주인을 섬기지 않는 의리였다. …… 울울한 심정으로 黎朝를 잊지 못하는 것이 鴻山의 情이므로 토해서 문장을 만드는 것이 眞氣가 서리고, 의미를 오래 지닌다. 자기가 命이 없어 黎朝를 섬기지 못하고, 翠翹가 命이 없어 情을 온전하게 하지 못한 것을 슬퍼한다. …… 깊은 감회를 哀艶하게 지녀, 말못하고 안타깝게 여기는 바가 울적하게 얽혀 한 마디 말도 丹田에서 나오지 않음이 없고, 한 마디 말도 진지하지 않음이 없다. 傳이 사람을 감동시키는 바가 이에 있다.

阮攸는 黎朝 재상의 아들이고 黎朝를 충성스럽게 섬기는 신하이고자 해서 새 왕조 阮朝에 벼슬을 하면서도 자기 처지에 불만을 가지고 그 내심을 토로했으므로 작품이 진실성을 가지고 감동을 준다고 했다. 阮攸가 다른 왕조에 벼슬하면서 黎朝를 잊지 못해 하는 것과 翠翹가 타락된 생활을 하면서 마음 속에 간직한 사랑을 버리지 못하는 것이 서로 같다고 했다. 그래서 원작에서는 볼 수 없는 진실되고 감동적인 작품을 이룩할 수 있었다고 했다.[364)]

그러나 阮攸가 阮朝에 벼슬하면서 자기 처신이 떳떳하지 못하다고 생각한 것과 黎朝에 충성하는 마음을 간직했다고 하는 것은 별개의 사항이다. 黎朝는 남북 분립의 오랜 기간 동안 이름만의 왕조로 남아 있다가 西山운동 때문에 완전히 사라졌다. 西山운동을 패퇴시키고 阮朝가 등장했다. 西山운동이 일어나지 않았어도 黎朝는

364) 그렇게 생각하는 것은 널리 알려지고 때로는 과장되기조차 한 견해이지만, 부당하지는 않다고 Xuan-Phuc et Xuan-Viet tr., *Kim Van Kieu*의 서두 해설 17-18면에서 말했다.

재기할 수 없었으며, 阮朝를 창건하는 대신에 黎朝를 재현하는 것은 불가능했다. 阮攸의 불만은 黎朝가 사라진 데 있지 않고 阮朝가 기대한 바를 실현하지 못한 데 있었다고 보는 것이 정당하다.

阮朝는 프랑스 군대의 힘을 빌려 등장한 탓에 민족 독립을 위태롭게 했으며, 西山운동의 혁신을 폐기하고 보수적이고 반동적인 통치를 했다. 阮攸는 西山운동에 가담하거나 호의를 표시하지는 않았지만 내심으로 동조했다. 그때의 꿈이 사라진 것을 못내 그리워하는 심정을, 서산운동 당시에 크게 활약해 대단한 인기를 모으던 광대가 초라하게 된 것을 한탄하는 사연으로 이루어진 장시 〈龍城琴者歌〉에서 다음과 같이 나타냈다.[365]

城郭推移人事改	성곽이 바뀌고 사람 일도 달라져서,
幾處桑田變滄海	몇 곳의 桑田이 滄海로 변했는가.
西山基業盡消亡	西山의 基業은 다 없어져 망하고,
歌舞空遺一人在	가무만 공연히 한 사람에게 남아 있네.

중국에 사신으로 갔을 때 屈原이 죽은 곳을 찾아 지은 시 〈反招魂〉에서는 민중의 삶을 비참하게 만드는 지배층의 수탈을 통곡하는 심정으로 고발했다.

不露爪牙與角毒	독한 손톱, 이빨, 뿔 따위는 드러내놓지 않고,
咬嚼人肉甘如飴	사람의 살을 달콤한 엿인듯이 씹어먹는다.
君不見湖南數百州	그대는 보지 못하는가, 湖南 수백 고을에
只有瘦瘠無充肥	수척한 이들만 있고 살찐 사람은 없는 것을.

365) 지금부터 다루는 阮攸의 시 두 편은 앞 대목의 〈한시가 같고 다른 양상〉에서 전문을 논하고 출전을 밝혔으므로, 여기서는 몇 구절만 든다.

그런 심정을 간접적이고 우회적인 방법을 사용해 더욱 절실하게 토로하기 위해서 중국 작품을 가져다가 개작한 소설을 지었다. 작품 속의 반역자 徐海의 모습에서 西山운동 지도자에 대한 기억을 되살리고, 翠翹가 겪는 시련으로 그 시대 민중의 삶을 나타내면서, 실현되지 못하는 이상을 못내 그리워했다.

작품이 출현하자 하층민중은 직접 읽지 못하고 들어서 외면서 徐海를 해방의 영웅으로 그린 데 대해서 깊은 공감을 나타냈다고 한다.[366] 창작의 노고가 대단했던 것을 고맙게 여겨, 작자가 밤을 새워 작품을 쓰고나니 머리가 새하얗게 되었다는 전설을 만들어냈다고 한다. 식자층 문인들 가운데도 글솜씨가 대단하다고 칭송하는 사람이 있었지만, 정통유학자들은 절개를 굽히고 阮朝에 벼슬한 阮攸가 불륜을 미화한 책을 쓴 것이 못마땅하다고 했다.

근대에 이르러서는 숭배와 단죄의 양극단은 청산되고, 작품의 실상에 입각해서 긍정적인 평가를 하는 것이 일반적인 경향이 되었지만, 평가의 근거가 무엇인가에 관해서는 견해가 일치하지 않는다. 작품의 성격이 다양해서, 사건 전개는 멜로드라마이고, 표현에서는 정감을 자아내는 시이면서, 사회의식에서는 풍자문학이고, 주제에서는 철학적 교훈을 준다.[367] 그래서 "고전적 교양을 가진 문인, 근대적인 지식인, 부녀자, 하층민이" 모두 좋아하고 애독하면서, "감수성, 서사시다운 점, 소설의 특성, 고귀함, 종교, 경이, 아름다움"을 함께 발견한다고 한다.

---

366) 이 단락은 Nguyen Van Hoan,"Controverses sur le *Kieu*", *Études vietnamiennes 1965 4* (Hanoi : Éditions en Langues Étrangères)에 의거해서 쓴다.

367) Maurice Durand의 위의 글 "Introduction aux probèmes posés par le *KIM VAN KIEU*"에서 "(1) mélodrame, (2) pathos, (3) satirique, (4) morale"라고 한 측면이다. 이하의 논의도 그 글을 참고해서 전개한다. 번역해서 인용한 말을 거기서 가져온다.

학자들의 연구는 여러 경향으로 나누어졌다. 작품의 가치에 대해서 문장의 아름다움과 심리묘사의 탁월함을 기리는 심미적인 평가가 있고, 월남인의 자부심을 높였다는 민족주의적 평가가 있고, 계급투쟁을 그린 점을 중요시하는 마르크스주의의 평가가 있다. 그래서 의견이 서로 엇갈리지만, 이 작품을 월남문학 최대의 걸작으로 드는 점은 서로 같다. 최근에 나온 월남문학사에서는 "민중의 언어와 학자의 문어를 훌륭하게 결합시킨" 것이 최대의 가치라고 했다.[368)]

월남에서는《金雲翹》를 소설로 읽고 즐기는 외에 다른 여러 가지 방법으로 흥미거리를 삼고 있다.[369)] '보이 키우'(boi Kieu)라고 하는 것은 작품을 아무렇게나 들추어보고 우연히 나오는 대목을 보고 점을 치는 풍속이다. 작품의 문장을 옮겨서 책을 다시 만든 것도, 시로 재창작한 것도 있다고 한다. 만화로도 인기를 끈다고 한다.

중국소설과 일본소설

일본소설은 그 명칭과 범위를 명확하게 규정하기 어렵다. 여기서 복잡한 논의를 펴는 것은 적합하지 않으므로 문학사의 시대구분을 명확하게 하면서 무엇이 문제인가 정리해서 논하기로 한다.[370)] 일본소설이 (가) 중세전기에 이미 출현한 '物語'에서, (나) 중세후기에 처음 나타난 '草子'에서, (다) 중세에서 근대로의 이행기의 '戱作'에

368) Nguyen Khac Vien, *Aperçu sur la littérature vietnamienne*(Hanoi : Éditions en Langues Étrangères, 1976), 69면.

369) 월남학생 부주이홍이 알려준 사실이다.

370) 《한국문학과 세계문학》(서울 : 지식산업사, 1992)의 〈중국·한국·일본 '小說'의 개념〉에서 한 차례 시비를 가렸으므로 자세한 논의는 그쪽으로 미룬다.

서, (라) 근대소설에서 시작되었다고 하는 네 가지 견해가 있어 혼선을 빚어낸다. 일본소설에 관한 논의를 동아시아 다른 나라 특히 월남이나 한국의 경우와 병행해서 전개하자면 (다)를 택하는 것이 바람직하다.

(다)의 '戱作'이라는 것은 편의상의 범칭일 따름이고, "滑稽本, 談義本, 洒落本, 黃表紙, 咄本, 人情本, 合卷, 讀本" 등으로 일컬어지는 것들이 독립성을 가진 점이 특이하다. 그런데 그 가운데 다른 것들과 '讀本'은 성격이 다르다. "讀本은 繪本에 대한 칭호로서, 문장이 주를 이루고, 그림은 口繪(권두화)나 揷繪(삽화)로서 본문의 이해를 돕는 것이다"[371]라고 말뜻이 규정된다. 다른 戱作들은 그림이 많이 들어가 있는 그림책인데, '讀本'만은 글 위주의 본격적인 독서물이다.

그림과 글이 밀접한 관련을 가지고, 소설이 그림에 많이 의존하는, 일본에서만 볼 수 있는 특수한 현상이 '讀本'에서만은 어느 정도 시정되었다. 중국·월남·한국의 소설과 나란히 놓을 수 있는 일본소설은 讀本이라는 것들이다. 다른 戱作들은 일본에서 독자적으로 형성되고, 중국소설과 별반 관련이 없으나, 讀本은 그렇지 않아 다음과 같이 규정된다.

> 讀本은 中國 白話(口語體)小說의 번안으로 성립된 傳奇小說로서 歷史性·思想性을 갖춘 지적인 소설이다.[372]

> (讀本은) 중국의 稗史小說을 근저에 두고 성립·성장한 문학이다. 작자가 자기가 포부로 삼는 세계관이나 인간관을 형상화하려는 의도를 가지고 창작한 지적활동의 소산인 문학이다. 당연히 작자는 지식

371) 高野辰之, 《江戶文學史》 下(東京 : 東京堂, 1938), 536면.
372) 長導弘明·池澤夏樹, 《上田秋成》(東京 : 新潮社, 1991), 26면.

인이 주체가 되었으며, 시대를 과거로 설정한 역사소설, 또는 초현실의 怪異소설의 형식을 택한 것이 많다.[373)]

일본에서 고급의 소설인 讀本이 중국소설을 적극 받아들여 하급의 부류의 소설들과 구별될 수 있었던 것은 월남에서 중국소설의 번역과 번안을 주종으로 하는 '傳喃博學'이 재래의 설화를 다수 이용하는 '傳喃平民'보다 격이 높을 수 있었던 것과 상통한다. 양쪽에서 모두 중국소설을 지식인인 '士'가 하층민은 지니지 못하는 학식과 심각한 내용을 갖춘 소설을 만들어내는 원천으로 삼았다. 중국소설의 수용과 더불어 소설 발전이 본격화된 점도 서로 같다.

讀本 성립의 역사는 바로 중국소설 수용의 역사였다. 그 선구자 上田秋成(1734-1809)가 1776년에 내놓은 《雨月物語》는 단편 9편을 수록한 단편집인데, 대부분 중국소설의 번안이다.[374)] 그런 단편집으로 시작된 讀本을 거작의 장편으로 발전시켜 그 절정을 보인 작가는 瀧澤馬琴(1767-1848)이었다.

瀧澤馬琴은 50년간 60여종의 讀本을 내놓은 정력적인 작가이고, 《三國志演義》에서는 수법을 빌려오고, 《水滸傳》은 《水滸繪傳》을 위시한 여러 형태로 번역하고 번안했으며, 《西遊記》에서는 《金毘羅船利生纜》을, 《金瓶梅》에서는 같은 이름의 작품을 만들어냈다. 그 밖에 《好逑傳》은 《俠客傳》을, 《檮杌間評》은 《近世說美少年錄》을 지어내는 데 이용했다.[375)]

---

373) 神保五彌·杉浦日向子, 《江戶戲作》(東京 : 新潮社, 1991), 66면.

374) 石崎又造, 《近世日本に於ける支那俗語文學史》(東京 : 弘文堂書店, 1940), 223면에서 그 사실을 지적하고, 〈夢想の鯉魚〉과 《醒世恒言》의 〈薛錄事魚證仙〉, 〈蛇性の淫〉과 〈西湖佳話〉의 〈雷塔怪蹟〉, 〈菊花の約〉과 〈警世通言〉과 〈今古奇觀〉의 관계를 구체적으로 고찰했다.

375) 高野辰之, 《江戶文學史》 下(東京 : 東京堂, 1938), 541면.

일본에서 중국소설을 받아들인 양상을 보면 《水滸傳》 애호가 두드러지게 나타난다. 그 점은 월남에서 《水滸傳》의 번역이나 번안이 보이지 않는 점과 좋은 대조가 된다. 《水滸傳》은 용력과 무예가 뛰어난 무사들의 활약상을 다룬 소설이므로, 무사의 나라 일본에서 특별히 환영을 받을 만했다. 19세기까지의 江戶시대에 번역이나 번안이 이루어진 회수를 보면, 《水滸傳》은 16회, 《西遊記》는 7회, 《三國志演義》는 3회이다.[376)]

1728년판 《忠義水滸傳》에는 返點이 붙어 있다.[377)] 長崎에서 중국어 통역인 '唐通事'로 활약하다가 京都까지 진출해서 명성을 떨친 岡島冠山이 返點을 붙였다고 하는 그 책이 널리 읽혀 《水滸傳》의 해독과 수용을 위한 대본 노릇을 했다. 岡白駒의 《水滸全傳譯解》(1727), 陶山南濤의 《忠義水滸傳解》(1757) 등 원문의 난해어를 일본어로 풀이한 어휘집이 거듭 나왔다.

그렇게 해서 일차적인 번역이 이루어지고 원문의 독해가 용이하게 되었으나, 소설은 경서가 아니므로 원문을 존중할 필요가 없으며, 일본어로 옮겨 적어 광범위한 독자와 만나도록 해야 했다. 1757년부터 1790년까지에 걸쳐 간행된 《通俗忠義水滸傳》은 일본어로 옮겨 적은 번역본의 효시가 된다. 이것 또한 岡島冠山의 번역이라고 했는데, 사실 여부가 의심받고 있다. 그 뒤에 의역본, 축약본을 포

---

376) 石崎又造, 《近世日本は於ける支那俗語文學史》(東京 : 弘文堂書店, 1940) 권말 부록 〈近世俗語文學書目年表〉에 의한다. 《水滸傳》 번역은 1727년에 처음 이루어졌다. 그 해에 岡龍洲의 《水滸全傳譯解》(120회본)와 岡嶋冠山訓點, 《忠義水滸傳》(100회본)이 모두 나왔다. 1757년에 다시 岡嶋冠山 譯, 《通俗忠義水滸傳》이 출간되었다. 1814년의 《新編水滸畵傳》 9編 90권은 初編 10권은 瀧澤馬琴의 번역이고, 2-9編 80권은 高井蘭山의 번역이다.

377) 이제부터 《水滸傳》의 일본 수용에 관해서 논의하면서 高島俊男, 《水滸傳と日本人, 江戶から昭和まで》(東京 : 大修館書店,1991)에 의거해서 사실을 확인한다.

함한 다양한 방식의 많은 번역이 이루어져 인기를 얻었다. 《水滸傳》의 주요 장면을 그림으로 그려 나타내고, 간략한 설명을 곁들인 繪本이 여럿 출간되어 수용자의 범위를 더욱 확대하는 구실을 했다.

《水滸傳》을 배경과 인물을 바꾸어 일본에서 일어난 사건으로 만드는 번안을 하는 것이 또한 유행이었다. 根本武夷의 번안이라고 하는 《湘中八雄傳》이 1768년의 서문이 있는 것을 보면 그 첫 작품이라고 생각되고, 그 뒤를 이은 建部綾足의 《本朝水滸傳》이 1773년에 전편 10권만 나오고 미완성으로 끝났다. 그 뒤에 《日本水滸傳》, 《女水滸傳》 등이 계속 나타났다.

내용상으로는 별반 관련이 없으면서 《水滸傳》이라는 작품도 여럿 나타났다. 그래서 '水滸傳'(すいこでん)이라는 말이 보통명사가 되어, "강한 남자들이 많이 등장하는 파란만장한 이야기", "勇壯活潑한 이야기", "浮沈變化하는 이야기" 등의 의미를 지니게 되었다. '水滸傳'(すいこでん)과 발음이 같은 《醉故傳》, 《醉虎傳》, 《粹語傳》 등도 나왔다.

瀧澤馬琴의 대표작이며 106책이나 되는 장편 《南總里見八犬傳》은 그런 부류의 '水滸傳' 가운데 가장 방대하고, 가장 인기가 있었다. 그러면서 《水滸傳》에서 빌려온 내용이 적지 않아 그 번안으로 인정될 수 있다. 과거의 모든 소설 가운데 가장 걸작이라고 하는 《水滸傳》과 경쟁해 더욱 우뚝한 작품을 만들고자 혼신의 힘을 기울인 거작이다.

월남의 阮攸가 중국소설을 번안해서 월남문학의 최대걸작이라고 칭송되는 《金雲翹》를 지은 것이 일본에서 瀧澤馬琴이 중국소설을 이용해서 일본고전소설의 최장편을 만든 것과 비슷한 일이므로 서로 견주어 살필 만하다. 《金雲翹》는 1814년이나 1815년에 지었고, 《南總里見八犬傳》은 1814년부터 시작해서 1842년까지 창작했으므로,

창작 시기도 서로 같다. 그 무렵에 두 나라에서 소설의 발달이 절정에 이르렀으며, 그 둘이 그 꼭지점을 끌어올리는 구실을 했다.

阮攸와 瀧澤馬琴은 둘 다 한문을 익혀서 행세하는 士의 신분을 지닌 지배층의 일원이다. 한문학을 하는 것이 마땅한데, 본의 아니게 소설을 썼다. 원래 소설을 써야 하는 위치에 있지 않았으나, 한문 독서를 통해서 알게 된 중국소설을 자기 소설 창작에 활용하지 않을 수 없게 된 점은 서로 같고, 구체적인 사정은 서로 달랐다. 阮攸는 한문을 하는 능력을 발휘해 과거를 보아 관직에 나아가서 한시를 본령으로 한 문학 창작을 하는 겨를에 한시로는 표현할 수 없는 사연이 있어 소설을 썼다. 그런데 瀧澤馬琴은 士의 지위를 상실하고 별도의 생업을 개척하지 않을 수 없게 되어 소설을 쓰는 데 몰두해야 했다.

일본에서는 士가 칼 쓰는 무사인 점이 월남과 달랐다. 또한 일본은 지방분권사회였으며, 지방의 지배자들이 자기 나름대로 무사를 거느렸다. 지방의 지배자에게 소속된 하급무사의 아들로 태어난 瀧澤馬琴은 아버지의 생업을 이을 수 있는 처지가 아니어서, 생계를 도모할 방도를 찾아 여러 직업에 종사하면서 전전하다가 마침내 소설가가 되었다.[378] 쓰기만 하면 지체 없이 목판으로 출판되어 많이

---

378) 德田 武, 森田誠吾, 《瀧澤馬琴》(東京 : 新潮社, 1991)에 서술되어 있는 생애를 간추려보자. 旗本의 松平信成에게 봉사하는 瀧澤運兵衛興義의 제3자로 태어났으며, 이름은 興邦, 나중에는 解이고, 馬琴은 호이다. 曲亭馬琴은 필명이다. 9세 때 아버지가 죽고 형이 그 자리를 잇자 냉대를 받아 유랑생활을 했다. 10세 때에 主君 손자 시중드는 일을 맡았다가, 견디지 못해 14세 때에 그만두었다. 하급무사로 살아갈 것을 포기하고, 醫·易·俳諧·狂歌·儒道를 배워 마침내 소설가가 되었다. 山東京傳의 문하생이 되어서 소설가 수업을 했다. 작품을 발표하기 시작했으나 원고료만으로 살아갈 수 없어, 잡화상도 하고, 아이들을 가르치기도 했다. 처음에는 黃表紙 작품을 여러 편 쓰다가, 30세가 되어서 讀本을 내놓았다. 첫 장편 《伽羅先代萩》에서 "水滸傳 취향을 합

팔리는 흥미 본위의 소설을 부지런히 썼다.

그 가운데 가장 오랜 기간 동안 힘을 제일 많이 들여 쓴 야심작이 《南總里見八犬傳》이다. 1814년에 시작해서 1842년까지 모두 180회 98권 106책이나 되는 분량으로 써서 일본고전문학사상 최대의 장편을 이루었다. 1833년에는 오른쪽 눈이, 1838년부터 왼쪽 눈도 보이지 않아 실명 상태에 들어갔다. 그 뒤부터는 구술필기 방식으로 창작을 계속했다.

작품 전편의 구성을 보면, 伏姬라는 여성의 胎內에서 飛翔한 八犬士가 安房의 里見家에 모여서, 主君을 위한 충절을 다 이루고 성공하고서 은퇴한 이야기이다. 室町 말기 60여 년 간 房總과 관동지방에서 일어난 전란을, 4백여 인이나 등장시킨 사건으로 꾸며 긴밀한 구성을 갖추어 다룬 작품이다.

그 속에 작자의 우주관, 정치사상, 처세관, 학예의 지식 등이 풍부하게 들어 있다. 때로는 웅혼하게, 때로는 화려하게, 갖가지 정서의 얽힘을 다양한 문체를 사용해서 나타냈다. 기상천외한 이야기를 지어내서 충격적인 내용을 전했다. 복잡한 사건의 전후가 잘 연결되어, 발단에서 대단원에 이르기까지 정연한 관계를 가지게 해서 또한 감탄을 자아낸다.

서두의 사건을 보자. 1441년에 結城合戰에서 패배한 里見義實은 安房으로 도피해 지내면서 五十子와의 사이에서 一女一男 伏姬와 義成을 낳았다. 딸 伏姬는 八房이라는 개를 좋아했다. 적대자 安西景連의 공격을 받아 위기에 이르자, 義實은 八房이 景連을 죽이면 伏姬를 주겠다는 농담을 했다. 八房이 실제로 景連의 머리를 취해 하는 수 없이 伏姬를 주니, 八房은 伏姬를 등에 태우고 富山의 동

쳤다고 하는 知的인 방법"을 시험했다.

굴로 갔다. 伏姬는 개의 氣를 느끼고서 임신하고, 수치심을 이기지 못해 자결했다. 伏姬의 몸에서 仁義禮智忠信孝悌의 글자가 하나씩 새겨져 있는 여덟개의 구슬이 나와서 팔방으로 흩어졌다. 그 대목에서, 《水許傳》 서두에서 洪太尉가 伏魔殿의 石碑를 건드리자 108명의 魔群이 흩어져 108인의 영웅으로 태어난 것을 본땄다.

여덟 구슬에서 여덟 勇士가 태어났다. 모두 "犬"자가 들어 있는 성을 사용하는 집안에서 태어났으며, 仁·義·禮·智·忠·信·孝·悌를 각기 하나씩 구현한 인물이다. 여덟 용사가 한 사람씩 등장해서 여러 사건을 겪고 이합집산의 복잡한 과정을 거치다가, 서로 만나서 형제의 義를 맺었다. 최후에는 里見家에 모여들어 적을 물리치고 가문을 다시 일으키도록 하는 대승리를 거두었다. 그 공로로 里見義成의 딸들을 아내로 맞이해서 자손만대 부귀를 누렸다. 八犬士는 최후에 출생의 인연이 얽혀 있는 富山에 은거하면서 仙術을 닦고 행방을 감추었다.

여덟 용사가 각기 활약하다가 하나씩 서로 만나더니 마침내 다 모여 의형제를 맺고 공동의 목표를 위해서 함께 싸우게 되는 과정은 《水許傳》에서 볼 수 있는 바와 같다. 그러나 《水許傳》의 반역을 주군에 대한 충성으로 바꾸어놓았다. 주군과의 관계는 신이로운 혈연으로 이미 맺어졌다. 의형제들의 관계도 신이로운 혈연으로 맺어졌다. 그렇게 해서 충성과 의리가 절대적이라고 보증하는 최종적인 근거가 확고부동하다고 했다.

작자는 이 작품이 흥미, 표현, 사상 등 여러 면에서 최고의 경지에 오르도록 하기 위해서 혼신의 노력을 기울였다. 그러나 의도가 지나치고, 노력이 자연스럽지 못해서 진실성이 결여되었다는 평을 듣는다. 《水許傳》은 자연스럽게 전개되는데, 이 작품은 무리한 이치를 갖추려고 했다는 것이 적절한 지적이다.[379)]

阮攸는 《金雲翹》에서 하고자 하는 말이 무엇인지 바로 드러내지 않고 작품이 주는 진실된 감동 속에다 감추어놓는 방법을 썼는데, 이 작품에서는 작자가 의도하는 바를 지나치게 드러내고 선전해서 반감을 산다. 괴이해서 두렵게 느끼는 마음이 감동보다 앞서서 걸작이기는 해도 명작이라고 하기는 어려운 작품을 만들어냈다.[380)]

이 작품이 예사 소설과는 다른 가장 큰 특징은 소설론을 계속 삽입해 놓은 점이다. 각권의 서두에 한문으로 써넣은 서문에서 자기가 어떤 생각을 가지고 어떤 소설을 쓰는가 해명하는 말을 계속해서 했다. 소설론을 통해서 중국소설과 대결하고, 자기가 비록 소설을 쓰지만 최고경지의 문학을 한다는 사실을 입증하려고 했다.

소설은 통속적인 읽을거리이므로 일본어로 쓰는 것이 부득이한 일이지만, 그 이론은 한문으로 써 자기 실력을 과시하면서, 자기의 소설론이 소설 작품 이상의 가치를 지닌다고 했다. 그렇게 하고 다시 일본어로 쓴 소설론을 본문에다 삽입해서 보충설명을 했다. 일본에서 역사서를 쓸 때에는 다른 나라에는 있는 史臣評이 없더니, 소설에는 소설론이 많이도 들어가 있는 점이 특이하다.

논의의 편의를 위해 (가), (나), (다)……로 일컬으면서 우선 그 내용을 소개해보자.[381)]

---

379) 1899년에 쓴 正岡子規의 《水滸傳と八犬傳》에서, 두 작품의 가장 큰 차이가 "無邪氣"와 "理窟ぽい"에 있다고 한 데 그런 견해가 집약되어 있다. 高島俊男의 위의 책, 187면에 그 말이 길게 인용되어 있는 것을 참고한다.

380) 次田 潤, 《國文學史新講》 下(東京 : 明治書院, 1936), 1115면에서 작품의 결함을, (1) 八犬士가 도덕의 權化여서 인간미가 없고, (2) 고증벽과 현학적 태도를 보이는 여담이 많고, (3) 작중인물의 입을 통해 자주 도덕을 설명하고, (4) 권선징악에 철저하려고 하면서도, 자주 남녀의 불륜이나 참혹한 사건을 취급하고, (5) 문장이 형식적 수사에 흘러 진실성이 부족하다고 하는 다섯 가지로 든 것이 적절한 견해이다.

381) 이하의 논의에서 인용하는 말은 모두 《南總里見八犬傳》(東京 : 國民文庫刊

(가) 〈八犬傳序〉라고 한 맨 서두의 글에서는 자기 작품에서 다루는 사건을 설명했다. "初里見氏之興於安房"할 때 크게 활약한 "勇士八人 各以犬爲姓"의 내력이 자세하지 않은 것을 애석하게 여겨 밝혀서 쓰겠다고 했다. 글을 쓴 연도는 文化 11년(1814)이다.[382]

(나) 〈八犬傳第二集序〉에서는 소설은 유해하지 않다고 변호했다. 소설은 사실로 믿지 않고 읽는 것이므로 해롭지 않다고 했다. "苟不如史合者 誰能信之 旣已不信 猶且讀之 雖好亦何咎焉"(역사와 합치되지 않는 것이라고 한다면, 누가 그것을 믿겠는가. 이미 믿지 않으면서 읽으니 비록 좋아한다고 해도 어찌 허물이 되겠는가)라고 했다. 글을 쓴 연도는 文化 13년(1816)이다.[383]

(다) 〈八犬傳第三集敍〉에서는 소설의 효용성을 말했다. "誘衆生以俗談 醒之以勸懲 其意精巧 其文奇絶 乃方便爲經 寓言爲緯"(속된 말로 중생을 유혹해서 권징해 깨우치니, 그 뜻이 정교하고, 글이 기이하고 절묘하다. 이에 方便을 經으로 삼고, 寓言을 緯로 삼는다)고 했다. 글을 쓴 연도는 文政 원년(1818)이다.[384]

(라) 〈八犬傳第四集敍〉에서는 개의 충성스러움을 들어 작품의 주제를 설명했다. 충성스러움을 권장하기 위해서 작품을 쓴다고 했다. "是余之爲八犬傳 所以寤蒙昧 抑取義於玆"(여기서 내가 八犬傳을 짓는 것은 몽매함을 깨우치고, 또한 이에서 의로움을 취하기 위함이다)고 했다. 글을 쓴 연도는 文政 3년(1820)이다.[385]

(마) 〈八犬傳第五輯序〉에서는 사람들은 각기 자기가 놀고 싶은

行會, 1910) 전4권에서 가져왔다. 주는 달지 않고 권수와 면수만 괄호 안에 적어 인용구의 출처를 밝힌다.

382) 제1권, 1면.

383) 제1권, 136면.

384) 제1권, 273면.

385) 제1권, 417면.

곳에서 논다고 하면서, 소설을 쓰는 일도 그런 것의 하나라고 변호했다.

遊乎世者 適於自所適 不適於人所適 是以樂在內無竭也 爲世所遊者 適於人所適 不知自所適 是以徵其樂於外 以自苦焉[386]

세상에서 노는 사람이 자기가 하고자 하는 바를 하고 남들이 하는 바를 하지 않으면, 그 때문에 즐거움이 마음 속에 있어 고갈되지 않는다. 세상에서 놀기를 당하는 사람은 다른 사람들이 하는 바를 하고 자기가 하고자 하는 바를 알지 못하므로, 즐거움을 밖에서 구해서 스스로 괴롭게 된다.

그 다음에는, 옛적에 歌詠·寓言·文場(章)·詩詞·傳奇小說에서 놀았던 사람들이 각기 있었다는 말로, 문학이 시대에 따라 사람에 따라 변해왔다고 하고서, "雖所遊不同 而其樂一致 亦惡踏人之足跡哉 蓋鸞鳳不群飛"(비록 놀았던 바는 같지 않으나 그 즐거움은 일치했으니, 또한 어찌 남들의 자취를 답습하겠는가. 대개 난새와 봉황은 무리를 지어 날지 않는다)고 했다. 글을 쓴 연도는 文政 5년(1822)이다.[387]

(바) 〈八犬傳第六輯有序〉에서는 출판사에서 판각해서 내기를 서둘러 서문을 간략하게 쓴다고 했다. 글을 쓴 연도는 文政 9년(1826)이다.[388]

(사) 〈八犬傳第七輯有序〉에서는 소설평이 작품을 따르지 못한다고 했다. "金聖歎水滸傳評 讀者駭嘆稱妙 以余觀之 未可盡爲妙也 聖

386) 제1권, 571면.
387) 같은 책, 같은 곳.
388) 제2권, 2면.

歎尙如此 況其他乎"(김성탄의 《수호전》 평은 읽는 사람들이 놀라서 묘하다고 칭송하지만, 내가 보니 묘한 것을 다하지 못했다. 성탄도 오히려 이렇거늘 하물며 그 밖의 사람들이야)라고 했다.[389]

자기 작품에 대해서 비방하는 사람들이 있는데, "稗史雖無益於事 而寓以勸懲 則令讀之於婦幼 可無害矣 且也鬻之者 與書畵剞劂刷印製本諸工 咸以衣食於此 抑不亦太平餘澤也"(패사는 비록 일에는 도움이 되지 않으나 寓言으로 권징하는 바가 있으니, 아녀자들로 하여금 읽게 해도 해롭지는 않을 것이다. 또한 이것을 파는 사람이나, 글씨 쓰고, 그림 그리고, 판각하고, 인쇄하고, 제본하는 사람들이 모두 衣食을 이에 두었으니, 이 또한 태평스러운 혜택이 아니겠는가)라고 변호했다. 글을 쓴 연도는 文政 10년(1827)이다.[390]

(아) 〈八犬傳第八輯自序〉는 자서전으로 썼다. 그 내용이 가장 주목할 만하다. 몇 단락으로 나누어 인용하고 논의하기로 한다.

曲亭主人 江湖隱士也 別號多有 平居綴文處 爲著作堂 其次名 小書齋 爲蠶齋 繙國史舊錄奇文諸雜書時 號彫窩 閱儒書佛經諸子百家之書 號玄同 自序於稗史小說時 號簑笠 耽戲墨時 號曲亭 編兒戲小策子時 稱馬琴 下俚巴人 其曲不高 和者彌衆 是以馬琴曲亭二號 著于世云"[391]

曲亭主人은 江湖의 隱士니라. 別號가 여럿이다. 평소에 거처하면서 글을 쓰는 곳은 著作堂이라고 한다. 그 다음에는 小書齋 蠶齋라고 이름 지었다. 國史·舊錄·奇文·諸雜書를 조사할 때에는 호를 彫窩라고

389) 제3권, 177면.
390) 제3권, 178면.
391) 제3권, 369면.

한다. 儒書·佛經·諸子百家之書를 열람할 때에는 호를 玄同이라고 한다. 稗史小說에다 스스로 서문을 쓸 때에는 호를 簑笠이라고 한다. 戱墨에 탐닉할 때에는 호를 曲亭이라고 한다. 兒戱의 小菓子를 엮을 때에는 馬琴이라고 일컫는다. 저급하고 속된 시골뜨기들은 곡조가 높지 않으면서, 화답하는 자들이 아주 많아, 그 때문에 馬琴曲亭 두 호가 세상에 많이 알려졌다.)

그 다음에는 세주를 달아 "曲亭山名 見漢書……" 운운하면서 그 말의 유래를 밝혀 시중에서 싸구려로 매매될 이름이 아니라고 했다. 이어서 다음과 같이 말했다.

非但文人墨客有別號 貴賤有家號 又有綽號 萬物有方言 多異名 至諸家本草 乃藥物異名最煩多 非學而得焉 識別殆不輒 故老氏曰 名可名非常名 漆園亦曰 名實之賓 名實兩忘 始可知非常之名也 由此觀之 余之十數號 猶無也 古之高人 許人聞名 不許人見面 余胡爲望古人 然惜身而不思名 比肩於稗官者流 而意織筆耕 不斁造化 小兒與之 爲狡獪也 豈思名者所庶幾 能察是意者 可俱評稗史焉 未得是意者 何憑知作者之觀世寫情有寓言 以奬忠孝 戱謔中辨貞淫 猶且正是非昭法戒 又善懲隱慝禁竊盜之旨哉 雖然集虛假之詞 而綴虛假之文 事之與文 素所無之 徵諸華胥乎 抑討於南柯乎 胸中有物 則求之于內 胸中無物 則求之於外 內外撮合 然後許多脚色出焉 於戱噫噫 誰徐悟立談之旨於言外 世人多不思之 好閱稗史者 啻喜虛假之詞之奇中出奇 且有千情萬形可笑可悲可怒可罵之闇合已矣 不閱者 不擇巧拙 亦唯謂虛假之詞之誣世惑俗 無益於名教 而擯斥之[392)]

392) 제3권, 370-371면.

비단 文人墨客이 別號가 있고, 귀하든 천하든 집에는 家號가 있고 또한 別號가 있을 뿐만 아니라, 萬物에는 方言이 있어, 異名이 많으며, 諸家의 本草에 이르면 藥物의 異名이 가장 번다하다. 배워서 얻지 않으면 식별이 온전하지 못하다. 그러므로 老子가 말했다. '名을 名이라고 하는 것은 常名이 아니다.' 漆園(莊子) 또한 말했다. '名은 實의 손님이다.' 名과 實을 둘 다 잊어야 비로서 非常의 名을 알 수 있다. 이를 통해 살피건대 나의 여나믄 호는 오히려 호가 없는 것과 같다. 옛적의 뛰어난 분들은 사람들이 이름은 듣게 하면서 얼굴은 보지 못하게 한다. 내가 어찌 옛 사람의 경지를 바라리오마는, 몸을 아끼고 名을 생각하지 않은 점이 稗官者에 비견된다. 뜻으로 베를 짜고 붓으로 밭을 갈아, 창조하고 변화하는 일을 풍성하게 이룩하지 못하면서, 그것을 아이들에게 주는 짓은 교활하니, 어찌 名을 생각하는 사람들과 가까울 수 있으리오. 이 뜻을 능히 헤아리는 사람은 가히 稗史를 제대로 평할 수 있을 것이다. 이 뜻을 이해하지 못하는 사람은 어떻게 작자가 觀世하고 寫情한 바에 寓言이 있어 忠孝를 권장하고, 戱謔 가운데 정숙함과 음란함을 가려 또한 시비를 바르게 하고 法戒를 밝히며, 또한 권선징악의 뜻을 숨겨 절도를 막는 줄 판단해 알 수 있으리오. 그러나 虛假의 詞를 모아 虛假의 글을 엮어 글에 따르는 실제가 도무지 없으니, 華胥의 꿈에서 그 증험을 찾을 것인가, 南柯의 꿈에서 그 마땅함을 찾을 것인가. 흉중에 있는 것은 안에서 구하고, 흉중에 없는 것은 밖에서 구해서 안팎을 맞추어 결합하면 허다한 각색이 생겨난다. 아아 탄식할 일이로다. 누가 말 밖에서 전개하는 논의를 서서히 깨닫겠는가. 세상 사람들은 대부분 그것을 생각하지 않는다. 稗史 보기를 즐기는 사람은 다만 虛假의 말 가운데 奇에서 奇가 나오고, 또한 千情萬形이 있어 웃을 만하고 슬퍼할 만하고 노할 만하고 꾸짖을 만한 것이 암암리에 합쳐 있음을 즐길 따름이다. (稗史를) 보지 않는 사람은 巧拙을 가리지 않고, 다만 虛假의 詞가 세상을 속이고 풍속을 미혹하게 하고 名教에 도움이 되지 않는다고 해서 배척하기만 한다.

글을 쓴 연도는 天寶3년(1832)이다.

(자) 〈八犬傳第九輯自敍〉에서는 자기가 〈八犬傳〉을 지은 의도를 다시 설명했다.

今之所傳 非古之八犬士事也 非古之八犬士事 猶且曰里見八犬士 其故何也 野史用心 假彼名而新其事 於是乎 善可以勸 惡亦足懲 果乎 君子尋文外隱微而解悟奬導深意 婦幼代一日觀場 而不覺春日秋夜之長[393)]

지금 지은 傳은 옛적의 八犬士의 일이 아니다. 옛적의 八犬士의 일이 아니면서 里見八犬士라고 하는 것은 무슨 까닭인가? 野史에서 힘써서 그 이름을 빌려 새로운 일을 지어내, 바야흐로 善을 권장하고 악을 또한 징벌하기에 족하기 때문이니, 과연 그렇다. 君子는 글 밖에 숨은 것을 깨달아 깊은 뜻을 찾아낸다. 아녀자가 교대로 하루 장을 보기나 해서야 봄날과 가을 밤이 긴 것을 깨닫지 못한다.

글을 쓴 연도는 天保 5년(1834)이다.

(차) 〈第九輯卷之三十六簡端附言〉이라고 하면서 일본어로 써서 본문에 삽입한 말에서는 소설의 효용에 대한 논의를 다시 펴서 소설의 결말에 대해 말했다. 자기는 《水滸傳》을 본뜨지만 결말은 더 잘 맺으려고 하니, 《水滸傳》의 뒷부분은 《續水滸傳》이라고 폄하한

---

393) 제4권, 2면.

것처럼 자기 작품 뒷부분을 《續八犬傳》이라고 하는 일은 없기를 바란다고 했다.[394]

(カ) 〈第九輯巻之五十三下 回外剩筆 頭陀枕中を說話す四十八城稗史本傳を大成す二十八年〉이라고 하면서 일본어로 써 본문에 덧붙인 대목에서 자기 자신에 대한 술회를 했다. 자기를 찾아와 꿈 이야기를 한 두타승과의 대화를 앞에다 내놓고, 작품에 대한 해설, 작품 전개와 역사적 사실과의 관계, 지명 설정, 작품 창작의 기간과 경위, 눈이 멀어서 받아쓰게 한 사연 등을 설명했다. 자기는 어려서부터 독서를 좋아해서, 和漢의 역사, 제자백가의 서, 소설, 전기, 歌書, 草紙, 物語, 醫書, 불경, 卜筮 등을 두루 읽고, 和漢의 치란, 군신의 득실, 士農의 일이며, 工商의 巧拙, 奸直, 殖貨, 名所舊跡, 금수초목의 이름까지 두루 익혔다고 했다. "학문하는 여가에 몽매한 사람들을 깨우치기 위해서 戱墨의 冊子를 編倣해서 書肆의 수요에 응했다" 하고, 그 일로 의식을 이어오고 책을 사서 보았다고 했다.[395]

이상 (가)에서 (카)까지에서 한 말을 순서대로 살피는 것은 적합하지 않다. 서로 관련된 말을 한데 모아서, 문제 중심으로 검토하는 것이 마땅하다.

(가)·(라)·(자)에서는 자기가 《八犬傳》을 짓는 이유와 의도를 설명했다. 여덟 용사의 행적이 역사에 자세하게 남아 있지 않아 傳을 지어 밝혀낸다고 하고서, 실제로 있었던 일을 찾아내서 그대로 적지 않고 새롭게 지어낸다고 했다. 그렇게 하는 것이 온당한가 하는 질문에 대해서 창작 자체의 의의를 말하지는 않고, 선행을 권장하고 충성스러움을 가르치기 위해서 필요하다면 창작을 해도 무방하

394) 제4권, 430-431면.

395) 제4권, 966면.

다고 했다. 그런 의도를 작품에서 발견하고 평가하는 독자라야 아녀자의 수준을 넘어선 군자라고 했다.

(나)·(다)·(사)·(자)에서는 소설배격론에 대해서 응답했다. 소설은 사실과 어긋난다고 비난하지만, 그런 줄 알고 읽으면 해로울 것이 없다고 한 것이 첫번째 해명이다. 소설은 기이하고 절묘한 표현을 사용해서 사람들을 사로잡기 때문에 소설을 방편이나 우언으로 삼아 진실된 도리를 깨우치는 것은 바람직한 일이라고 했다. 소설을 교화의 수단으로 삼아 마땅하다는 주장이다. 소설이 권선징악을 하는 줄 모르는 사람은 아녀자와 다름없다고 했다. 그런데 거기다 덧보태서, (사)에서는 출판이 관계자의 생업이 되기 때문에 혜택을 베푼다고 했다. 일본에서 소설출판업이 특히 발달되어 그런 생각을 하게 되었다.

(마)에서는 자기는 옛 사람들을 따르지 않고 스스로 원해서 소설을 창작하고, 소설 창작의 독자적인 경지를 개척한다고 자부했다. 오랫동안 숭앙되어온 다른 여러 가지 문학갈래와 견주어보면 소설은 격이 낮다는 생각을 부정하고, 소설의 가치를 옹호했다. 자기가 소설을 쓰는 것은 세상에서 노는 일을 마지 못해 피동적으로 해서 내심의 만족이 없는 즐거움을 밖에서 구하는 짓이 아니고, 최상의 만족을 얻으면서 독보적인 창조력을 보인다고 했다. 창작 태도의 성실성, 작자의 자기 만족, 작품의 독창성 등 어느 기준에서든 소설은 과거의 어느 문학갈래에 못지 않은 가치를 가졌다고 했다.

(아)에서는 자기는 학식이 많고 독서가 넓으며 품격이 고결해서 소설이나 쓰고 지낼 사람이 아니라고 했다. 소설은 장난삼아 쓰는 것에 지나지 않고 아이들이 재미로 보는 것일 따름이라고 했다. 세상에 허다한 미천한 무리는 자기가 소설가인 줄로만 알아서 소설을 쓸 때 사용하는 호만 널리 알려져 있는 것이 불만이라고 했다.

작품을 파는 데 필요한 등록상표와 같은 號라도 고서에 유래가 있는 고귀한 이름이라고 해서, 고결한 마음을 안에다 숨기고 타락한 시대에 적응하면서 살아가는 줄 알아보도록 했다. 號를 여럿 지어 자기 정신세계의 다양함과 고결함을 나타내던 관습을 버리지 않고서 자기 필명으로 등록상표를 삼는 시대를 이끌어갔다. 자기가 그렇게 하면서 살아가야 하는 것은 시속 사람들의 무식 탓에 부득이한 일이라고 했다.

살아갈 방도를 잃은 하급무사가 한학을 공부하며 학식을 넓혀도 세상에 쓰일 데가 없으니 소설을 지어 생업을 삼을 수밖에 없으면서도, 그렇게 타락하고 마는 것이 불만이어서 소설에다 온갖 유식한 소리를 다 늘어놓고, 그것만으로 부족해서 한문으로 된 서문을 삽입하고 그런 소리를 했다. 그러면서 유능한 소설쟁이가 되어 시정 장사치인 '町人'의 생업을 영위하는 데 성공했다.

자기 이름이 많다고 한 대목에서는 多名主義라고 할 것을 내세웠다. 多名主義가 어떤 의의를 가지는가 밝혀 논하기 위해서는 그런 사고가 한국에서 철학의 논리를 갖추어 나타난 양상과 비교해볼 필요가 있다. 한국에서 任聖周·洪大容·朴趾源이 정통유학의 正名主義 또는 一名主義를 거부하고 진리 자체나 진리에 대한 인식은 무한히 개방되어 있으며, 성현의 가르침에 구애되지 않고 계속 새로운 탐구를 해야 한다고 선언한 사상이 多名主義이다.[396] 그렇게 하기 위해서 그 세 사람 모두 글쓰기를 다각도로 혁신했으며, 朴趾源은 그 원리를 구현하는 소설을 썼다.

瀧澤馬琴이 多名主義를 택한 것은 동시대 한국의 선각자들과 기본적으로 같은 생각을 했기 때문이라고 할 수 있다. 그러나 多名主

396) 《한국의 문학사와 철학사》(서울 : 지식산업사, 1996)의 〈18세기 人性論의 혁신과 문학의 사명〉에서 이에 대해서 자세하게 고찰했다.

義에 대한 자각이 확고했던 것은 아니다. 사고의 근본을 다시 설정하는 혁신을 이룩하지는 못해 중도에서 되돌아섰다. 소설이 多名을 다채롭게 하는 데 적극적인 구실을 한다고 하지 않고, 소설을 짓는 것은 이름을 소중하게 여기는 짓이 아니라고 해서 一名主義를 다시 긍정하고, 소설의 가치를 낮추었다. 그런 주장을 표면에다 내세우고 소설의 가치를 반어적으로 긍정한 데서는 새로운 견해가 있으나, 모처럼 선포한 다명주의를 적극 활용하지 못했다.

흉중에 있는 것은 안에서 구하고, 흉중에 없는 것은 밖에서 구해서 안팎을 맞추어 결합하면 허다한 각색이 생겨난다고 한 데 창작의 비결이 나타나 있다. 흉중에 없는 것은 얼마든지 밖에서 구해 번역하고 번안해서 쓰면 된다고 했다. 창작방법에 대한 자각은 잘 나타나 있으나, 소설이 무엇이며 왜 소용되는가 하는 문제에 대해서 특별히 얻은 바가 있다고 인정하기는 어렵다.

소설을 읽지 않고 배격하는 자에 대한 반론은 새삼스러운 의의가 없다. 소설에서 흥미만 찾는 사람을 나무란 것은 좋으나, 흥미 이상의 것이 권선징악이라고 한 점은 생각이 모자란다. 새로운 진실을 발견해서 자유롭게 표현해 세계관을 바꾸어놓는 작업을 선포할 만한 철학적 자각이 없고 실제 작품이 또한 그렇지 못하다.

중국소설과 한국소설

중국소설과 한국소설의 관계에 대한 전면적인 논의를 여기서 펴는 것은 적절하지 못하다. 자료가 많이 있다고 해서 한국의 경우는 길게 말하면, 중국소설과 월남소설, 중국소설과 일본소설에 관한 대목과 균형이 어긋난다. 기존 연구에서 이미 밝힌 사실은 필요한 경우에 간략하게 언급하기만 하고, 여기서 새롭게 하는 작업의 성과를 제시하는 데 힘쓰는 것이 마땅하다.

여기서 새롭게 하는 작업은 중국소설과 한국소설의 관계를 월남이나 일본의 경우와 비교해서 논하는 것이다. 비교에 직접 소용되는 논란거리를 이미 다룬 순서에 따라서 검토하는 것이 마땅하다. 세 나라의 경우를 비교하면서 한국소설에 관해 논하는 것이 합당한 방법이다.

월남의 '傳喃'이나 일본의 '戱作'에 해당하는 한국의 용어는 '小說'이다. 중국에서 가져온 '小說'이라는 용어를 계속해서 사용하면서, 원래는 모든 잡된 글을 뜻하는 말을 한국에서 새롭게 창작하는 소설 작품의 실상에 맞게 사용하고, 그런 새로운 뜻을 명확하게 규정하기에 이르렀다.[397] '소설'의 의미를 규정한 글 가운데, 洪羲福(1794-1859)이라는 사람이 중국소설 《鏡花緣》을 번역해 《第一奇諺》이라고 하고 그 서두에 붙인 〈제일긔언서문〉을 특별히 주목할 만하다.[398]

그 글 서두에서 伏羲氏가 書契를 지은 뒤에 누천백 년이 지나는 동안에 經史子集과 九類百家의 책이 이루어져, '소설'이라는 것도 생겨났다고 했다. '소설'은 처음에 史記에 빠진 말과 草野에 전하는 말을 기록하는 野史 노릇을 하더니, 그 뒤에 새로운 '소설'이 나타났다고 하면서 그것이 무엇인지 명확하게 규정하려고 했다. 그렇게 하기 위해서 '소설'이라는 말의 개념이 문학사의 전개와 더불어 새롭게 형성된 과정을 밝혀 논했다.

---

397) 《한국문학과 세계문학》의 〈중국·한국·일본 '小說'의 개념〉에서, 한국에서 '소설'의 개념이 변천한 과정을 중국과 일본의 경우와 견주어 살폈다.

398) 유탁일 편, 《한국고소설비평자료집성》(서울 : 아세아문화사, 1994), 183-184면에 수록한 자료를 이용한다.

가장 요긴한 대목을 들면, “문장ᄒᆞ고 닐 업ᄂᆞᆫ 션ᄇᆡ 필묵을 희롱ᄒᆞ고 문ᄊᆞᄅᆞᆯ 허비ᄒᆞ야 헛말을 늘여ᄂᆡ고 거즛 닐을 실다히 ᄒᆞ야 보ᄂᆞᆫ 사ᄅᆞᆷ으로 ᄒᆞ야곰 쳔연이 미드며 진졍으로 맛드려 보기ᄅᆞᆯ 요구ᄒᆞ니” 소설이 크게 성행하게 되었다고 했다. 소설의 작자는 글하고 일없는 선비라고 했다. 소설 창작은 문자를 허비해 헛말을 늘어놓고 거짓 일을 참되게 만드는 것이라고 했다. 그렇게 만든 작품이 독자로 하여금 진정으로 맛들여 보게 한다고 했다. 소설은 진실인 것같이 받아들여지는 허구로 독자를 사로잡는 새로운 문학임을 명확하게 지적해서 말했다.

그 다음 대목에서는 중국소설과 한국소설을 비교해서 논했다. 중국의 선비는 과거를 보아 뜻을 이루지 못하면 문학을 자랑하고, 가계가 빈궁하면 소설을 지어 저자에 매매한다고 했다. 한국의 소설은 부녀자들의 글인 ‘언문’을 사용하는 점이 중국과 다르다 하고, “일업ᄉᆞᆫ 션ᄇᆡ와 ᄌᆡ조 잇ᄂᆞᆫ 녀ᄌᆡ 고금 쇼셜에 일홈ᄂᆞᆫ ᄇᆡ를 낫낫치 번역ᄒᆞ고 그 밧 허언을 창셜ᄒᆞ고 긔담을 번연ᄒᆞ야 신긔코 ᄌᆞ미 잇기ᄅᆞᆯ 위쥬ᄒᆞ야 거의 누쳔권에 지ᄂᆞᆫ지라”고 했다. 남자뿐만 아니라 여자도 있는 한국소설의 작가는 자기 나름대로의 사정이 있어 소설을 쓰기보다 부녀자 독자를 흥미롭게 하는 소재를 널리 구한다고 했다. “고금 쇼셜에 일홈ᄂᆞᆫ ᄇᆡ를 낫낫치 번역”한다고 했다. 소설의 소재를 널리 구하기 위해서 중국소설 번역에 힘쓴다고 했다.

그 글을 쓴 洪羲福 자신은 중국소설을 가져와서 “번거ᄒᆞᆫ 바ᄅᆞᆯ 덜고 간략ᄒᆞᆫ 곳을 보ᄐᆡ며 풍쇽에 갓지 아닌 곳과 언어의 다른 곳을 곤치고 윤식ᄒᆞ야 언문으로 번역ᄒᆞ야” 이름을 《제일긔언》이라고 한다고 했다. “진셔쇼셜” 가운데 《三國志演義》를 ‘第一奇書’라고 하는데 맞추어 “언문쇼셜” 가운데 으뜸인 ‘第一奇言’을 내놓는다고 했다. 번역하는 사람은 원작을 마음대로 고칠 자격이 있다고 했다. 번역한 소설은 "언문쇼설"이므로 중국소설이 아니고 한국소설이라고 했다.

그 앞 대목에서 자기가 본 한국소설은 "그 지은 뜻과 베푼 말을 볼진듸 대동쇼이ᄒᆞ야 사ᄅᆞᆷ의 셩명은 고쳐시나 ᄉᆞ셜은 흡ᄉᆞᄒᆞ고 션악이 ᄂᆡ도ᄒᆞᄂᆞ 계교ᄂᆞᆫ ᄒᆞᆫ가지라"라고 하면서 길게 서술한 대목에 한국소설의 전형적인 형태가 구체적으로 서술되어 있다. 한국소설 가운데 으뜸가는 '諺文小說 第一奇書'를 자기가 내놓는다고 하면서, 그 말을 축약해서 '第一奇言'이라고 했다. 한국어로 번역한 소설은 '진서소설'이 아니고 '언문소설'이므로 중국소설이 아니고 한국소설이라고 한 것만은 아니다. 번역하는 과정에서 중국소설이 한국소설의 특징을 갖추는 개작이 이루어져 한국소설로 바뀐다고 보았다. 한국소설은 중국소설과 밀접한 관련을 가지고 중국소설의 번역이 적지 않으면서 독자적인 작품세계를 이룩하고 있다는 인식이 그 글에 잘 나타나 있다.

한국소설을 일컫는 말에 '諺飜傳奇'도 있다. 李德懋(1741-1793)는 "諺飜傳奇 不可耽看 廢置家務 怠棄女紅 至於與錢而貰之 沈惑不已 傾家産者有之"(諺飜傳奇는 탐독해서는 안되나니, 집안 일을 게을리하며 길쌈을 버려두고, 돈을 주고 빌려와서는 빠져들어가 정신을 차리지 못하고, 가산을 기울인 사람도 있다)고 했다.[399] 중국소설을 번역한 것이 적지 않아, 국문으로 번역한 소설을 뜻하는 '諺飜傳奇'를 소설 일반을 지칭하는 말로 사용했다. 그러나 한국소설은 중국소설과 다르게 여성 독자를 위한 소설이고, 세책가를 통해서 여성 독자와 연결되었던 점도 특이하다.

중국소설은 한자로만 표기되었으며, 중국에는 부녀자가 쉽게 읽

399) 〈士小節〉, 《靑莊館全書》 中(서울 : 서울대학교출판부, 1966), 401면.

을 수 있는 글이 없었다. 월남소설은 한자를 이용하는 차자표기 字喃을 사용했다. 일본소설에서는 한자를 일본 假名과 섞어 쓰는 것이 상례이며, 특히 讀本에는 한자가 많고, 瀧澤馬琴은 한문을 삽입하기도 했다. 그런 이유에서 그 세 나라 소설은 모두 여성독자보다 남성독자와 더욱 밀접한 관련을 가졌다.

그러면서 중국소설이 여성을 가장 멀리 했다. 중국에서는 소설의 주인공도 소설을 통해서 나타낸 관심사도 남성 위주였다. 월남소설은 여성이 읽기 어려운 글을 사용하지만 여성 수난을 여성의 관점에서 다룬 것이 적지 않았다.[400] 여성은 낭독을 듣거나 구전에 참여하면서 그런 소설과 가까운 관계를 가졌다고 생각된다. 일본에서는 원래 중세의 假名문학이 여성의 문학이었는데, 중세에서 근대로의 이행기의 戱作은 남성이 차지해서 남녀관계를 남성 위주로 다루었다. 다만 人情本이라고 하는 것만 여성 독자와 가까운 관계를 가졌다.[401]

월남이나 일본에는 한문소설이 거의 없다. 월남의 《傳奇漫錄》은 한문소설이었지만, 그 뒤를 잇는 작품이 생겨나지 않았다. 일본에서는 洒落本이라고 하는 것이 처음 나타날 때 한문소설이 몇 종 나타났을 따름이다.[402] 한국의 용어를 들어 말하면 월남이나 일본의 소설은 국문소설이 아니고 국한문 혼용체의 소설이어서 남성 취향의 사건을 전개하기 때문에 한문소설이 따로 필요하지 않았다고 생각된다. 월남의 '傳喃博學'이나 일본의 '讀本'은 지식인의 학식을 보여주는 고급소설이며, 중국소설을 가져가서 이용한 것도 그런 특징의

400) 그런 특징이 월남의 현대소설에까지 일관되게 이어졌다고 Bui Xuan Bao, *Le roman vietnamien contemporain, tendances et évolution du roman vietnamien contemporain 1925-1945*(Saigon : Tu Sach Nhan-van Xa-hoi, 1972)에서 밝혀 논했다.

401) 神保五彌, 杉浦日向子, 《江戶戱作》(東京 : 新潮社, 1991), 48면.

402) 《兩巴巵言》(1728), 《史林殘花》(1730), 《南花余芳》(1733)이 한문소설이라고 神保五彌·杉浦日向子, 위의 책, 19면에서 말했다.

하나였다.

월남이나 일본에서는 출현단계에서 멈추었다고 하겠고 한국에서만 크게 발전한 한문소설은 중국문학을 받아들여 토착화하는 것과는 다른 길을 택한 재창조의 좋은 본보기이다. 중국에서도 이미 위치가 흔들리고 있는 정통한문을 사용해서 시대변화를 역행한 것 같지만, 사회를 비판하고 사상을 혁신하고자 하는 새 시대의 요구를 높은 수준으로 구현했다.

국문소설은 중국소설을 이용했어도, 국문소설과 겹치지 않고 한문소설이기만 한 작품은 자국 당대의 현실에서 일어나는 일을 직접 다루었으며, 비판의 강도가 지나치게 높다고 생각될 때에만 중국의 무대를 빌렸다. 소설론과 소설, 철학과 문학을 하나로 아우르는 참신한 방법을 개척해서 전에 없던 충격을 주는 작품을 마련했다. 그 정점을 장식한 朴趾源의 한문소설은 그 이론적 근거인 多名主義와 함께 한국문학사의 범위를 넘어서서 동아시아문학사의 새로운 경지를 개척한 성과로서 높이 평가되어야 마땅하다. 나는 〈虎叱〉 분석을 도달점으로 하는 장문의 논문에서 그 내역에 대해 자세하게 검토한 바 있다.[403)]

그렇지만 그런 한문소설은 작자나 독자가 식자층의 남성으로 제한되어 있는 한계가 있었다. 국문소설은 그렇지 않아 남녀 양쪽의 독자가 함께 읽을 수 있지만, 그 가운데 여성 독자를 더욱 중요시하는 여성 취향의 소설이었다. 남성을 위한 한문소설과 여성을 위한 국문소설이 나누어져 있었던 것이 한국소설의 특징이다.

한문소설에는 국문이 전혀 없고, 국문소설에는 아주 드문 예외를 제외하고는 한자가 들어가 있지 않았다. 같은 작품이 한문본에서

---

403) 《한국의 문학사와 철학사》의 〈18세기 人性論의 혁신와 문학의 사명〉에서 그 일을 했으므로, 자세한 논의는 그쪽으로 미룬다.

국문본으로, 또는 국문본에서 한문본으로 번역될 때에도 그런 원칙을 엄격하게 지켜, 남녀독자의 언어생활의 관습에 혼란이 일어나지 않게 했다.

(가) 한문소설이기만 한 작품, (나) 한문소설과 국문소설 양쪽이 다 있는 작품, (다) 국문소설이기만 한 작품은 작자에 관한 사항이 서로 달랐다. (가)는 작자가 밝혀져 있다. (나)는 작품에 작자가 밝혀져 있지는 않으나 방증 자료를 통해서 알아낼 수 있다. (다)의 작자는 밝혀져 있지 않고, 알아내는 것이 거의 불가능하다. (다)는 영리를 목적으로 쓰고, 여성 독자를 위한 소설이기 때문에 그랬다고 생각된다. 영리를 목적으로 소설을 쓰는 것은 떳떳하지 못하기 때문에 작자가 이름을 내놓지 않았다. 여성이 외간남자의 이름을 알 필요가 없는 관습이 있어, 여성 독자에게 소설 작가의 이름은 고려 밖의 사항이었다고 할 수 있다.

그런 사정은 월남이나 일본과 상당한 차이가 있다. 월남의 '傳喃博學'은 字喃을 사용했지만 한국의 한문소설과 같은 식자층의 문학이어서 작자가 밝혀져 있다. 《金雲翹》의 독자는 작품을 읽으면서 작자 阮攸를 존경하고 칭송했다. 일본의 瀧澤馬琴은 '讀本'을 고급소설로 만드는 것을 사명으로 삼았으나, 자기 이름을 상표로 사용해야 하는 인기작가이므로 多名主義를 표방하기만 하고 그대로 실행할 수 없었던 사정을 위에서 밝혀 논했다.

그 두 사람에 상응하는 한국소설가를 찾는다면 金萬重이 있다고 할 만하다. 그러나 金萬重은 그 두 사람보다 시대가 앞서며, 소설의 상품화가 본격적으로 이루어지기 전의 작가이다. 阮攸나 瀧澤馬琴과 동시대에 그 두 사람이 한 것과 상응하는 중국소설 번안 작업을 해서 한국소설 발전의 절정을 이룩하는 데 기여한 작가는 이름이 없다. 그래서 작가는 비교하지 못하고 작품 비교로 만족하지 않을 수 없다.

월남에서 '傳喃博學'과 '傳喃平民'을 구별하고, 일본에서 다른 '戲作'류와 '讀本'을 구별하는 것에 해당하는 한국 국문소설의 구분은 '錄冊'과 '傳冊'이라고 할 수 있다. 표제에 "……록"이라는 말이 들어간 작품군은 '錄冊', "……전"이라는 말이 들어간 작품군은 '傳冊'이다. 표제에 근거를 두고 만들어 구두로나 통용되던 단순한 용어가 소설의 두 계열을 나누어 살피는 데 다각도로 유용하므로, 적극 사용할 필요가 있다.

유식한 소설인 '錄冊'은 한문본이기도 하고 국문본이기도 해서 (나)의 부류일 수 있고, 무식한 소설인 '傳冊'은 국문본만이어서 (다)의 부류로 한정되었다. 金萬重의 소설은 '錄冊'의 전형이며 윤리적이거나 사상적인 가치가 있다고 인정되고 소설 배격론을 누그러뜨리는 데 필요한 논거를 제공했다. 작자가 알려지거나 알려질 수 있는 작품은 모두 '錄冊'이다. '傳冊'은 작자가 알려질 수 없고, 설사 알려진다 해도 누군지 모를 사람이다.

'錄冊'은 여러 권으로 이어지는 장편이며, 중국을 무대로 하면서 상층의 생활을 다루는 것이 관례이다. 그런 제한이 없는 '傳冊'은 한 권 분량이며, 국내를 무대로 할 수도 있고, 하층민을 등장시킬 수도 있다. 이 가운데 '錄冊'이 중국소설과 더욱 친근한 관계를 가진 것이 월남이나 중국의 경우와 같아, 중국소설을 번역하거나 번안하기도 하고, 중국소설의 수법이나 문체를 받아들이기도 했으며, 독자적인 창작품도 중국소설인 듯이 보이게 했다.

그러나 四大奇書에 속한 중국소설은 '錄冊'보다 '傳冊'에서 더욱 적극적으로 받아들였다. 한국에서 가장 인기가 있었던 《三國志演義》의 수용에서 분명하게 확인되는 그런 사실은 월남에서 《西遊記》를 하층소설인 '傳喃平民'에서 받아들였던 것과 같고, 일본에서는 《水

滸傳》을 고급소설인 '讀本'에서 활용한 것과 다르다. 어느 작품을 선택했는가, 어떻게 받아들였는가 하는 것이 모두 구체적인 비교대상이 되어야 할 항목이다.

중국소설을 받아들일 때 월남에서는 《西遊記》가, 일본에서는 《水滸傳》이 가장 인기가 있었던 것과 달리, 한국에서는 《三國志演義》를 위시한 演義類의 역사소설을 특히 애호했다. 許筠(1569-1618)이 "余得戲家說數十種 除三國隋唐外 而兩漢齬 齊魏拙 五代殘唐率 北宋略 水滸則姦騙機巧 開不足訓"이라고 한 말이 그 증거가 된다.[404] "戲家說"은 소설을 총칭하는 말이다. 중국소설을 수십 종 구해 읽었다고 하면서, 역사소설인 演義類에 대해서 특별한 관심을 가졌다.

《三國志演義》와 《隋唐演義》를 제외하고 나머지는 모두 본받을 만한 것이 못된다고 해서, 그 둘은 가치가 있다고 평가했다. "兩漢齬"이라는 말은 《西漢演義》와 《東漢演義》는 사실 또는 이치에 어긋난다는 말이다. 《齊魏演義》는 졸렬하다고 했다. 《五代殘唐演義》는 경솔하다고 했다. 《北宋演義》는 소략하다고 했다. 《水滸傳》은 간사하게 속이고 책략이 교묘하다고 했다. 그래서 그 모두 본받을 만한 것이 되지 못한다고 했다.

그런 소설을 읽고 자극을 받아 許筠 자신은 역사소설이 아니고 영웅소설인 《洪吉童傳》을 지었다. 그 이유를 찾자면, 소설 이전 서사문학의 전통에서 중국과 한국이 달랐던 점부터 주목해야 한다. 불행하게 태어난 영웅이 죽을 고비를 넘기고 투쟁에서 승리하는 영광을 차지한다는 고대문학 이래의 '영웅의 일생'이 서사무가를 통해 전승되어, 소설로 재창조되었다. 許筠은 중국소설의 영향과 자극을 받고서 중국소설과는 다른 한국소설을 만들어내는 일을 했다.

---

404) 〈西遊錄跋〉, 《許筠全集》(서울 : 성균관대학교 대동문화연구원, 1972), 137면.

한국에서 《三國志演義》가 특별한 인기를 누린 사실은 번역 회수에서도 확인된다. 《三國志演義》는 33회 번역되어, 《水滸傳》 17회, 《西遊記》 7회와 상당한 차이가 있다.[405] 그렇게 된 이유는 일본에서 《水滸傳》을 애호한 것과 견주어 살필 필요가 있다. 무사의 나라 일본에서는 무사 개개인이 무예를 자랑하는 《水滸傳》에 대단한 흥미를 느끼고, 무대와 인물을 일본 것으로 바꾸어 번안하기를 즐겼다. 중앙집권국가이고 유교적인 명분을 중요시하는 한국에서 국가의 운명을 정통성 유지와 충절의 관점에서 다룬 《三國志演義》를 애독하는 것은 당연한 일이었다.

그러나 한국에서 《三國志演義》를 거듭 완역한 것은 아니었으며, 개작하거나 번안하는 일이 많았다. 그런데 무대를 한국으로 바꾸고 한국의 인물을 등장시키는 일은 없었다. 어느 한 인물의 일대기를 따로 독립시켜 별개의 작품으로 만드는 개작을 하는 데 힘써서, 《姜維實記》《孔明先生實記》《關雲長實記》《桃園結義錄》《山陽大傳》《赤壁歌》《趙子龍傳》《華容道》《黃夫人傳》 같은 것들을 내놓았다.[406]

《三國志演義》 전편이 너무 길어서 그랬던 것은 아니다. 藏書閣 소장의 전역본이 39책인데, 한국에서 창작된 소설은 그보다 더 긴 것이 수십 종이다. 《洪吉童傳》의 전례를 이어 국가의 운명을 영웅의 일대기를 통해서 말하는 소설이 유행하고 있어서, 《三國志演義》도 그 비슷한 일대기소설로 개작해야 인기가 더 커질 수 있었다.

한국소설에서 작품을 늘일 때에는 주인공의 자손이나 친척의 일대기를 보태는 방법을 쓰는데, 《三國志演義》 개작본은 그렇게 할 수 없어서 장편을 만들지 못했다. 장편으로 늘이지 못하는 《三國志

---

405) 박재연, 〈조선시대 중국통속소설 번역본의 연구〉(한국외국어대학교 박사논문, 1993)의 부록 〈韓國所在見中國通俗小說朝譯本書目〉에 의거해서 계산했다.
406) 이경선, 《삼국지연의의 비교문학적 연구》(서울 : 일지사, 1976), 161-184면.

演義》 개작본은 錄冊의 대열에 들어서지 못하고 傳冊에 머물렀다. 錄冊은 상층의 부녀자들을 주독자로 한 품위 있는 상류소설이고, 傳冊은 하층의 남성을 독자로 끌어들이는 상스러운 하류소설인 점이 서로 다른데, 《三國志演義》 개작본들은 장편으로 늘일 수 없어서 앞의 것이 되지 못했다.

傳冊의 범위 안에서 더욱 흥미로운 작품을 만드는 방법은 새로운 이야기를 지어내는 것이었다. 원작에는 없는 諸葛亮의 아내를 주인공으로 한 《黃夫人傳》 같은 것이 그래서 생겨났다. 판소리로 가창된 《赤壁歌》에서는 曺操의 침략전쟁에 동원된 군사들이 원통한 사정을 호소하는 장면을 길게 만들어 넣어 권력을 풍자하고 전쟁을 반대하는 주제를 구현했다. 원작에서 인물만 빌려 새로운 작품을 쓴 《五虎大將記》, 《夢見諸葛亮》 같은 것들도 있다.

《三國志演義》를 수용해서 만든 작품 가운데는 장편의 걸작이라고 할 것이 없다. 《三國志演義》와 마찬가기로 국가의 흥망을 거대한 규모로 다룬 다른 演義를 받아들여 개작한 작품은 그렇지 않을 수 있다. 《殘唐五代演義》와 관련을 가지고 이루어진 일련의 작품은 그래서 주목할 만하다.

《華山仙界錄》이라는 작품은 80권의 거질인데, 그 제2권에서 말하기를 宋太祖 趙匡胤의 "님국 ᄉᆞ연은 잔당연의에 긔록ᄒᆞ고 위공의 ᄉᆞ젹은 본뎐 텬슈셕의 히비이 긔록ᄒᆞᆫ 고로 ᄎᆞ뎐의ᄂᆞᆫ 위현이 ᄉᆞ젹만 긔록ᄒᆞ고 다른 ᄉᆞ연은 번다 불긔ᄒᆞ다"고 했다.[407] 거기서 말한 "잔당연의"는 중국소설 《殘唐五代演義》이다. 그 작품이 "텬슈셕"이라고 한 《泉水石》과, 또한 "본뎐"이라고 한 《華山仙界錄》과 서로 이어져 있는 연작이라고 했다. 《殘唐五代演義》에서 필요한 요소를 일부 가

407) 《華山仙界錄》 1(서울 : 고려서림, 1986), 87-88면.

져다가 이용하면서 새로운 내용으로 두 작품을 창작하고, 그 셋을 모두 창작한 것처럼 말했다. 번역과 창작을 구분하지 않았기 때문이다.

《泉水石》은 위의 인용구에서 "위공"이라고 한 아버지대의 일을, 《華山仙界錄》은 "위현"이라고 한 아들대의 일을 다루었다고 했다. 그런데 앞의 것은 9책이고, 뒤의 것은 80책이어서 분량이 균형을 이루지 않고 있을 뿐만 아니라, 수법이나 주제에서도 상당한 차이가 있다. 한 작가가 처음부터 계획해서 연작을 썼다고 하기 어렵고, 뒤의 것은 다른 작가가 나중에 지었을 수 있다.

《殘唐五代演義》는 위에서 말한 바와 같이 許筠이 언급한 작품이니 한국에 일찍 전래되었다.[408] 許筠이 보았을 이른 시기의 간행본이 지금은 전하지 않는다고 한다. 《三國志演義》와 함께 羅貫中의 작품이라고 하지만 확실하지 않고, 작품 가치에서 《三國志演義》보다 떨어진다고 평가된다.

당나라 말기에 黃巢의 반란이 일어난 다음 趙匡胤이 宋太祖가 되어 등극할 때까지 80여 년 간의 역사를 다룬 작품이 《殘唐五代演義》이다. 李克用, 李存孝, 朱溫 등의 영웅이 천하를 쟁패하는 과정을 역사적 사실과 많이 어긋나지 않는 범위 안에서 흥미롭게 서술했다. 서두의 世系, 삽입한 詩와 評을 제외하고 원문을 비교적 충실하게 옮긴 번역본 5책도 《殘唐五代演義》라고 하고 표제를 바꾸지 않았다.

《泉水石》은 《殘唐五代演義》에서 시대배경과 일부 인물을 가져와서 새로운 창작에 이용한 작품이다.[409] 《殘唐五代演義》는 모두 60회

408) 《殘唐五代演義》 및 그 번역본에 관한 이하의 논의는 박재연의 위의 논문, 108-132면을 참고해서 이루어졌다.

409) 박순임, 〈천수석연구〉(한국정신문화연구원 석사논문, 1981) ; 임근수, 〈잔당

로 이루어져 있는데, 그 가운데 21회까지가 《泉水石》에서 다룬 시기와 일치한다. 당나라 말기에 일어난 黃巢의 반란을 평정하는 李克用의 활약상을 다룬 내용을 《殘唐五代演義》에서 가져와, 다른 사실을 보태고 허구적인 인물과 사건을 등장시켜 창작품을 만들었다. 번안이라고 할 수 있는 범위마저 벗어나, 중국소설을 일부 이용하면서 넘어서는 작품의 한 본보기이다.

《殘唐五代演義》에는 등장하지 않으나 《新唐書》에 행적이 보이는 韋保衡이라는 재상을 주인공으로 설정했다. 실제의 韋保衡은 행실이 바르지 못해 지탄받는 인물이고 권력을 남용하다가 화를 입어 죽었는데, 《泉水石》의 위보형은 고매한 뜻을 지닌 군자의 전형이 되게 바꾸어놓았다.[410] 《殘唐五代演義》에서는 사실 그대로 후반의 사태수습을 맡은 後唐 통치자이기만 한 李嗣源을 《泉水石》에서는 위보형의 아들이었는데 부모를 잃고 헤매다가 이극용의 양자가 되어 그 후계자가 되었다고 바꾸어놓고, 위보형과 이극용이 서로 연결되면서 대조가 되게 하는 구실을 하도록 했다.

《殘唐五代演義》는 실제로 있었던 인물들의 활약상을 상상을 보태 그리는 데 그쳤다. 《泉水石》에서는 허구적인 인물을 여럿 등장시켜 개인의 가정생활에서 일어나는 파탄을 통해 한 시대 사회의 해체과정을 그렸다. 위보형의 아내 설씨, 위보형의 사랑을 차지하려고 수단을 가리지 않고 애쓰는 여성 이초혜, 설씨를 사모해서 줄곧 괴롭히는 남성 간옥지 등이 그런 인물이다.

《殘唐五代演義》는 역사소설이기만 하지만, 《泉水石》은 영웅소설·

오대연의연구〉, 《다곡이수봉박사정년기념 고소설연구논총》(서울 : 경인문화사, 1994)에서 두 작품의 관계를 논했다.

410) 박순임의 위의 논문에서, 《新唐書》 권74 列傳 제109의 〈韋保衡傳〉을 들어, 이에 관해 자세한 고찰을 했다.

가문소설·역사소설을 겸한 작품이다. 주인공 위보형의 생애가 '영웅의 일생'과 어느 정도 부합되는 방향으로 진행되고, 아들 사원의 경우에는 어려서 버림받아 죽을 고비에 이른 데서부터 '영웅의 일생'과 정확하게 일치하니, 이 작품은 영웅소설이라고 할 수 있다. 위씨 가문 전체의 내력을 다룬 점에서는 가문소설이다. 영웅소설을 중간에다 두고, 가문소설로 그 주위를 싸고서, 국가의 흥망과 천하대세의 행방을 다룬 역사소설이다.

그 가운데 영웅소설이기도 하고 가문소설이기도 한 쪽은 한국소설의 독자적인 전통에 근거를 두고 있다. 《洪吉童傳》에서 시작해서 《九雲夢》 계통의 소설로 이어진 전통과 연결된다. 주인공이 투쟁의 영웅에서 행운의 영웅으로 바뀌고, 적대자와 무력으로 싸우는 대신에 여성과의 사랑을 지혜로 성취하는 과정을 길게 다루어 錄冊으로서 크게 평가된 성과를 받아들였다.[411)]

역사소설인 쪽은 《殘唐五代演義》와 연결되었다. 영웅소설에서 가문소설로 나아간 작품은 개인에서 가문으로, 가문에서 국가로 관심을 확대해서 국가의 흥망을 다루기는 하지만, 시대 설정이 막연하고 어느 때나 있을 수 있는 苦盡甘來의 순환과정을 보여주는 데 그치는 것이 상례이다. 唐나라 때의 일이라고 하든 明나라 때의 일이라고 하든 사정이 달라지지 않았다. 그러나 《泉水石》은 唐나라가 망하고 있는 과정의 실제 역사를 다룬 《殘唐五代演義》의 시대 인식을 받아들여 역사의 실상을 문제삼았다.

唐나라의 거대한 제국이 망하면서 질서의 근본이 흔들리고 모든 가치가 무너져 수습할 수 없게 되었을 때, 다른 사람은 대부분 패배자가 될 따름이고 오직 대단한 결단력을 가진 행동인 李克用 같

411) 그 점에 관해서 《한국문학통사》 3(서울 : 지식산업사, 1994), 541-542면에서 말한 바를 여기서 상론한다.

은 영웅이 사태를 휘어잡아 위기를 극복하는 방향을 제시한다는 것이 《殘唐五代演義》에서 가져온 전체적인 구상이다. 그러면서 주인공으로 설정된 위보형은 《九雲夢》의 양소유나 《玉樓夢》의 양창곡 같은 이상적인 인물이다. 양소유나 양창곡처럼 과거를 보아 급제하고 관직에 나아가 순조롭게 승진하며, 부마가 되어 공주를 아내로 삼기도 하면서 모든 영화를 누렸다.

그 두 가지 설정은 상충된다. 위보형이 양소유나 양창곡과 같이 영화를 누리는 것은 태평성대에나 가능한 일이고 모든 것이 무너지는 위기가 닥치는 상황에서는 그럴 수 없다. 서로 상충된 내용을 해결한 방법은 위보형의 영화를 의심스럽게 보고 행운을 뒤집어 엎은 것이었다.

위보형은 성현의 도리로 세상을 구할 수 없는 말세가 이르렀음을 절감하고 심한 좌절감에 사로잡힌 인물로 그렸다. 과거 보기를 원하지 않았으나 장원급제하고, 벼슬 하기를 싫어하는 데도 순조롭게 승진하고, 바라지 않은 황제의 총애 때문에 수난을 겪는다. 모든 일을 버리고 세상에서 벗어나 멀리 선계에 가서 도를 닦기를 바랄 따름인데, 소망 밖의 일만 계속 일어났다. 위보형의 아내 설씨 또한 모든 덕성을 구비한 현숙하기 이를 데 없는 부인인데, 자기에게 닥친 일을 알아차리고 대처할 능력이 없었다.

그 두 사람의 모습을 그렇게 그려서 중세라고 할 수 있는 한 시대가 그 고결한 정신이 그 자체로 손상되지 않았어도 시대 변화에 대처할 능력이 없어 무너지지 않을 수 없음을 보여주었다고 할 수 있다. 세상이 혼탁하게 되는 것은 여러 차례 있었던 일이지만, 성현의 도리를 굳게 지켜 악을 다스려 선으로 만들 수 있다는 신념이 살아 있어서 중세의 이상이 재현될 수 있었다. 그런데 이제는 그 이상 자체가 무력하게 되었다.

위보형과 설씨는 지고한 선인이고, 그 주위에는 저열한 악인이 득실거린다고 한 것 같은 데, 악인의 성격이 단순하지 않다. 이초혜와 간옥지는 명문재상가의 자식들이면서 상례에서 벗어난 생각을 하고 무슨 짓이든지 서슴지 않고 저질렀다. 이초혜는 위보형을 사모해 정을 통하기 위해서 몇 차례나 위보형의 잠자리에 뛰어들었다. 간옥지는 설씨를 차지하기 위해서 수단을 가리지 않고 덤볐다.

짓궂은 뚜장이가 그런 줄 알고 간계를 꾸몄다. 이초혜에게는 위보형과, 간옥지에게는 설씨와 관계를 맺는 은밀한 기회를 만들어주겠다고 속이고서 그 둘을 각기 유인했다. 그랬더니 그 둘이 서로 껴안고 즐거워하는 사건이 벌어져, 그 두 사람의 성격을 잘 나타내고, 독자의 흥미를 가중시킨다.

인물 설정의 실상을 구체적으로 살피면, 위보형을 다음과 같이 칭송했다.

> 제ᄌᆞ중의 보형이 특이ᄒᆞ여 산천정긔롤 모화 휘휘찬난ᄒᆞ미 상운셔일 ᄀᆞᆺ고 호호쥰상ᄒᆞ여 츄국상셜 ᄀᆞᆺ흐여 당시무젹ᄒᆞ니 공이 다ᄋᆡᄒᆞ고 일가의 취ᄋᆡᄒᆞ미 불가형연이러라[412)]
>
> 장셩슈미ᄒᆞᆫ 체지와 슈려ᄒᆞᆫ 용뫼 만물이 ᄉᆡᆼ긔롤 ᄇᆞ라고 츈봉이 화모의 깃드린듯 강산의 뎡긔 면모롤 두르고 호호ᄒᆞᆫ 풍광이 제형중의 셧긔ᄆᆡ 오족중 봉황이요 쥬슈중 긔린이라[413)]

이런 말은 국문으로 썼으나 한자어의 연속으로 이루어져 있다, 어떤 한자어인지 알아야 비로소 이해할 수 있다. 한자어를 한자로

---

412) 《泉水石》(서울 : 이화여자대학교출판부, 1972), 14면.
413) 같은 책, 16-17면.

적고, 오늘날 표기법으로 고치면 다음과 같다.

> 諸子中의 보형이 特異하여 山川精氣 모아 輝輝燦爛함이 祥雲瑞日 같고, 浩浩俊尙하여 秋菊霜雪 같아서 當時無敵하니, 公이 多愛하고 一家의 聚愛함이 不可形言이라.
>
> 長成秀眉한 體肢와 秀麗한 容貌 萬物이 生氣를 바라고, 春鳳이 花莽에 깃든듯, 江山의 精氣 面貌를 두르고, 浩浩한 風光이 諸兄中에 섞이매 鳥鵲中 鳳凰이요 走獸中 麒麟이라.

"公"은 보형의 아버지이다. 아버지를 위시한 가족들에게 보형은 이렇게 칭찬해야 할 덕성을 지닌 기특한 소년이라고 했다. 칭찬해야 할 이유를 구체적으로 말하기 위해서 비유를 사용해도, 이미 있는 문구를 빌려오기만 했으니 실감이 나지 않는다. 상투적인 표현으로 감싸서 허공에다 띄운 인물이다.

위보형의 아내 설씨를 묘사한 말을 보자. 시어머니에게 폐백을 드릴 때의 모습을 다음과 같은 말로 형용했다. 원문과 함께 한자어를 노출한 현대역을 든다.

> 면모의셔 ᄎᆡ상광이 휘휘ᄒᆞ고 보광이 뇨일ᄒᆞ니 유한ᄒᆞ며 슉요ᄒᆞ여 쳔고졀염이오 만고의 독등ᄒᆞᆫ 셩덕긔질이니 만좨 훌훌 칭션ᄒᆞ고 존당구괴 다망 ᄃᆡ희ᄒᆞ여 졔ᄀᆡᆨ의 치하ᄅᆞᆯ 좌슈우응의 깃부믈 ᄉᆞ양치 아니코[414]

> 面貌에서 彩祥光이 輝輝하고 寶光이 耀日하니, 幽閑ᄒᆞ며 淑窈하여 千古絶艶이오, 萬古의 獨騰한 聖德氣質이니, 萬座가 훌훌 稱羨하고,

414) 같은 책, 34면.

尊堂舅姑가 다만 大喜하여 諸客의 致賀를 左受右應의 기쁨을 辭讓치 않고

위보형이든 설씨이든 생김새나 자질이 특별한 점을 찾아내서 그리려고 하지 않았다. 옛날부터 흔히 쓰던 좋은 문구를 있는 대로 가져와서, 묘사하는 말로 삼았다. 옛 사람이 쓰던 문구에서 말하는 고정된 틀을 재현하고 있다는 사실을 확인하면 그만이고, 개성이라는 것은 인정되지 않는다.

작가가 자기 문체 탓에 이런 글을 쓰는 것은 아니다. 위보형을 이성으로 사모하는 이초혜와의 관계를 다룰 때에는 위보형의 모습을 전혀 다르게 나타냈다. 앞에 드는 말은 이초혜가 위보형을 처음 만났을 때의 반응이다. 뒤에 드는 말은 이초혜가 위보형의 방에 몰래 들어가서, 잠들어 있는 위보형을 껴안고 하는 말이다. 이런 말에 들어 있는 한자어는 하나도 어렵지 않다. 언어관습의 차이 때문에 지금은 적게 쓰여 생소하게 느껴지는 것 이상의 거리가 없기 때문이다. 그런 것은 지금 흔히 쓰는 말로 옮기고, 표기법도 고쳐 적은 것도 함께 들면 다음과 같다.

쵸혜 ᄒᆞᆫ번 보ᄆᆡ 암암이 흠모ᄒᆞ여 뎡신이 ᄉᆞ라지니 경ᄀᆡᆨ의 이신이 일신 되지 못ᄒᆞ믈 한ᄒᆞ더라[415)]

위랑아 그ᄃᆡ 호남자의 풍ᄎᆡ로뼈 ᄂᆡ게 ᄒᆞᆯ노 은ᄋᆡᄅᆞᆯ 빌니지 아니나뇨 만일 금야 인연을 일우지 못ᄒᆞᆫ즉 그ᄃᆡ와 후ᄉᆡᆼ의 부부 되기ᄅᆞᆯ ᄆᆡᆼ세 ᄒᆞ고 ᄒᆞᆫ가지로 죽으리라.[416)]

415) 같은 책, 30면.
416) 같은 책, 148면.

초혜는 (보형을) 한번 보자, 암암리에 흠모하여 정신이 사라지니 당장 두 몸이 한 몸이 되지 못함을 한탄하더라.

"위랑아. 그대 호남자의 풍채로서, 내게만 홀로 사랑을 나누어주지 않는가. 오늘밤에 인연을 이루지 못하면 그대와 후생에 부부가 되기를 맹세하고 함께 죽으리라."

이런 말은 전혀 상투적이지 않고, 상황에 꼭 맞으며, 심리상태를 정확하게 나타내는 것들이다. 그래서 구체적이고 절실한 의미를 지녀, 위보형이 전혀 다른 사람이 되게 했다. 가족의 칭송 때문에 죽어 있던 위보형이 이초혜의 사랑 때문에 살아났다. 이초혜가 간옥지를 위보형인 줄 알고, 간옥지는 이초혜가 설씨라고 생각해서 두 사람이 서로 껴안고 즐거워한 장면은 설정이 기발할 뿐만 아니라, 문장 표현도 생동한다. 원문을 손상하지 않고 현대역으로 옮겨 인용할 수 있다. 쉬운 말로 풀이해 적으면 너무 길어질 한자어만 한자로 적는다.

(간옥지가 걸어 들어가니,) 향내가 어리어 코에 쏘이고, 깁으로 만든 장막을 들치니, 혼혼침침한 가운데 장막 밖의 불빛은 쇠잔하고 또한 희미하더라. 장막을 들고 먼저 보니, 玉床衾裏에 한 미인이 누웠는데, 정신이 어리는지라. 魂魄이 飛越하여, 喜出望外하니. 빨리 옷을 벗고 소저 침상 위에 오르니, 그 소저 놀라 두 손으로 밀치며 가는 소리로 시녀를 부르거늘, 간옥지가 황망히 소저의 입을 막고 핍박하기를 급히 하니 그 소저 또한 거역하지 않더라.[417)]

417) 같은 책, 48면.

이초혜와 간옥지를 악인이라고 하고 말면, 선악구분의 사고방식이 사실 인식에서는 효력을 상실하는 결함을 나타낼 따름이다. 도의에 매여 욕망은 돌보지 않고, 의식에 갇혀 행동은 하지 못하는 위보형과 설씨 쪽을 비웃으며, 도의는 부정하고 욕망만 인정해서 생각이 명쾌하고, 의식과 행동 사이에 아무런 간격이 없어 과감하게 살아가는 이초혜와 간옥지 쪽이 다음 시대를 만들어가는 구실을 했다. 명분에 대한 실리, 중세에 대한 근대의 도전이 그렇게 닥쳐온 것이다.

그러나 이초혜와 간옥지의 승리로 작품이 끝나지 않았다. 그 둘 못지 않은 과감한 행동을 질서 파괴가 아닌 질서 재건의 노선에서 하는 영웅 이극용이 사태 수습을 맡아 나섰다. 이초혜와 간옥지가 위보형과 설씨의 아들 사원을 납치해가는 음모를 분쇄해 사원을 구출하고, 그 두 사람을 처단하는 일을 이극용이 맡았다.

그렇게 해서 위보형의 무력과 이극용의 결단력이 극명한 대조를 이루었다. 설씨의 사촌뻘인 유소저라는 처녀는 나약하고 무력한 설씨와는 다르게 활을 쏘고 창을 쓰는 무예를 익히는 진취적인 기상을 보였으며, 이극용의 아내가 되어 남편의 임지를 찾아갈 때 천리마를 타고 달렸다.

위보형은 중앙정계 최고의 관직에 있으면서도 자기 가족의 안전도 지키지 못하고, 이극용은 변방의 무장에 지나지 않으면서 누구의 곤경도 해결할 수 있었다. 위보형은 자기 아들 사원이 납치되는 것을 막지 못하고, 아들을 찾을 능력도 없었다. 그 일을 이극용이 맡았다. 그러나 이극용이 사원을 구출해서 위보형에게 돌려준 것은 아니다.

이극용은 사원을 자기 양자로 삼았다. 사원은 이극용의 뒤를 이어 새 왕조의 왕위에 올라 천하의 혼란을 수습하고 새로운 시대를 열었다. 어려서 부모를 잃고 죽을 고비에 이르렀다가 구출·양육자를 만나 살아나고, 다시 닥친 위기를 투쟁으로 극복해 최후의 승리자가 되는 영웅이 나와서 역사를 재창조해야 한다는 오랜 소망을 사원을 통해서 다시 나타냈다.

위보형 같은 군자는 이제 가망 없게 된 다른 한편에서, 이극용처럼 행동하는 인물이 나타나 역사의 위기를 극복하기를 바라면서 작품을 그렇게 전개했다고 생각된다. 그래서 중세가 재건된 것은 아니다. 이극용은 자기가 바라는 바를 서슴지 않고 실현해 의식과 행동 사이에 간격이 없는 점에서 이초혜·간옥지와 같은 쪽에 선다. 욕망 추구 때문에 남들에게 피해만 끼치는 근대가 아닌 질서 재건의 근대에 대한 막연한 희망을 이극용을 통해서 나타냈다고 보면 양쪽의 차이점을 이해할 수 있다.

《泉水石》은 작자를 알 수 없는 작품이다. 국문소설만이고, 세책가를 통해서 여성독자와 만나는 작품이어서 작가 이름을 알릴 필요가 없었다. 사대부의 신분과 학식을 가지고 소설을 흥미롭게 써서 돈벌이를 하는 누군지 모를 인물이 세상이 달라지고 있는 것을 깊이 깨달은 바를 작품에다 나타내서, 기존의 소설과 맞서는 소설론을 소설로 전개하고, 소설이 바로 역사철학이게 했다. 그런 뜻이 표면에 드러나 있지 않아, 쉽사리 알아보지 못하게 했다. 《金雲翹》에서 시적 표현으로 나타낸 인생론이나 《南總里見八犬傳》에서 저자가 계속해서 말하는 소설론에 해당하는 내용을 작품 속 깊은 곳에 숨겨두어 찾아내기 어렵게 했다.

《泉水石》은 《金雲翹》나 《南總里見八犬傳》만큼 높이 평가되고 있는 작품은 아니다. 그 두 작품은 각기 월남소설과 일본소설을 대표할 수 있는 위치에 있다고 외국에서도 널리 인정되는 것과 다르게, 《泉水石》은 한국 안에서도, 고전문학 전공자들에게도 그리 중요한 작품으로 평가되지 못하고 있다. 그것은 분명히 잘못된 일이다.

근래 연구논문이 이어서 나와 새로운 논의를 전개하는 것은 다행스러운 일이지만,[418] 평가를 결정적으로 향상시키지는 못하고 있다. 작품 내부의 상황에 관한 미시적인 분석을 하는 데 머물러 있고, 작품의 문학사적 위치에 관한 거시적인 논의를 하지 않은 것이 그 이유의 하나이다.

논의의 확대 가능성

지금까지의 고찰을 통해서 번역의 세 가지 방법을 확인할 수 있다. 원문을 그대로 읽기 위한 일차적인 번역이 있고, 원문 번역을 자국어로 옮겨 적는 이차적인 번역이 있고, 번역하면서 개작하는 삼차적인 번역이 있다. 이 가운데 이차적인 번역만 번역이라고 하면서 번역의 범위를 협소하게 잡는 견해는 부적당하다. 번역의 개념을 확장하고, 번역의 변천을 문학사의 전개와 연결시켜 이해하는 새로운 이론이 필요하다.

그 세 가지 번역이 상이하게 이루어진 시기가 각기 중세전기, 중세후기, 중세에서 근대로의 이행기에 해당한다. 중세전기는 중세보편주의를 문명권의 주변부에서도 중심부와 대등하게 이룩하고자 했으나 뜻을 이루지 못했다. 그 시기에는 한문경전의 원문을 자국어

418) 변우복, 〈'천수석' 연구〉(한국교원대학교 석사논문, 1992) ; 김정숙, 〈'천수석'에 나타난 인물형상화의 양상과 의미〉(영남대학교 석사논문, 1994) ; 강은혜, 〈'천수석'의 서술구조와 묘사담론 연구〉, 《국어국문학》 113(서울 : 국어국문학회, 1995) ; 김재웅, 〈'천수석' 연구〉, 《한국학논집》 23(대구 : 계명대학교 한국학연구원, 1996) ; 김은혜, 〈'천수석' 연구〉(한양대학교 석사논문, 1996)이 나왔다.

로 읽는 데 그칠 수밖에 없었다. 중세후기에는 중세보편주의를 문명권의 주변부에서 독자적으로 이룩하고자 한 노력은 가시적인 성과를 나타냈다. 한문경전이나 고전시문을 자국어로 번역해서 옮겨 적는 것이 그래서 필요하고 가능했다.

그러다가 중세에서 근대로의 이행기에 이르러서는 중세보편주의를 민족주의로 극복해 문화 창조를 다원화하는 움직임에 상응해서 중국문학의 번역에서도 커다란 변화가 일어났다. 중세문화의 규범을 마련한 고전과는 다른 그 시대의 산물인 흥미 본위의 문학 소설을 번역해서 자국의 소설을 발전시키는 데 이용했다. 소설은 원문에 충실한 번역을 할 필요가 없고, 번역임을 밝히고 번역하지 않았으며, 자유롭게 개작했다. 세번째 단계의 번역이 바로 그런 것이었다.

월남·일본·한국의 소설은 중국소설과 관련을 가지고 생겨났다. 세 나라에서 모두 상하 등급으로 양분되는 소설 가운데 상위등급인 월남의 '傳喃博學', 일본의 '讀本', 한국의 '錄冊'은 하위등급인 월남의 '傳喃平民', 일본의 다른 여러 가지 '戱作', 한국의 '傳冊'보다 중국소설을 받아들이는 데 더욱 적극적이었다. 그러나 세 나라의 소설이 그 때문에 중국소설에 종속된 것은 아니다. 중국에서 이미 이룬 바를, 스스로 목표로 하는 새로운 문학을 다양하게 창조하는 데 활용했다.

중국소설 四大奇書 가운데 《三國志演義》·《水滸傳》·《西遊記》가 특히 인기 있어 거듭 번역되고 개작되었다. 그런데 그 세 작품 가운데 어느 것을 더 좋아하는가는 나라에 따라서 달랐다. 중국에서 얻은 평가와는 관계 없이 수용하는 쪽에서 자율적인 선택권을 행사했기 때문이다. 한국에서는 《三國志演義》를, 일본에서는 《水滸傳》을, 월남에서는 《西遊記》를 애호했다. 한국에서는 국가의 흥망이,

일본에서는 무사들의 활약이 더욱 긴요한 관심사였기 때문이다. 월남 특유의 신앙과 전승이 《西遊記》를 좋아하도록 했다.

그 세 작품을 각기 번역하면서 개작을 하는 방식도 서로 달랐다. 한국에서는 《三國志演義》의 주요 인물을 주인공으로 독립시킨 '傳冊'의 일대기소설을 여럿 만들어냈다. 월남에서도 《西遊記》를 하급소설인 '傳喃平民'에서 받아들였다. 그런데 일본에서는 《水滸傳》을 '讀本'에서 활용하면서 장대한 규모로 전개되는 무사들의 모험담은 무엇이든지 '水滸傳'이라고 불러 그 말이 보통명사가 되게 했다.

그렇기 때문에 한국과 월남의 상위등급의 소설은 《三國志演義》나 《西遊記》를 받아들여 비속화한 것과 다른 방향에서 중국소설을 활용해야 했다고 생각되며, 월남의 경우에 그 점이 분명하게 확인된다. 월남에서는 중국에서 흔히 '才子佳人書'라고 하는, 인정과 세태를 그리면서 남녀의 사랑을 다룬 작품을 적극 수용해서 '傳喃博學'을 마련하는 원천으로 삼았다. 그러면서 중국에서는 대단치 않게 여기는 작품을 가져가서 명작이 되게 개작했다.

월남문학의 최고작품이라고 하는 《金雲翹》가 그렇게 해서 생겨났다. 중국에서는 그리 알려지지 않은 같은 이름의 작품을, 장소와 인물, 사건 전개까지 그대로 두고 월남어로 옮기면서 원작에는 없는 심오한 사상을 나타냈다. 중국소설의 원천을 대폭 개작해서 민족문학의 걸작을 산출하는 일이 세 나라에서 모두 있었는데, 원작과 개작 사이의 우열이 완전히 역전되는 가장 좋은 본보기를 월남에서 가장 명확하게 보여주었다.

일본 고전소설의 최대장편인 《南總里見八犬傳》은 몇 가지 요소를 《水滸傳》에서 가져와 중국소설과의 경쟁을 의식하면서 쓴 작품이며, 일본에서 보통명사가 된 '水滸傳'의 최대걸작이다. 월남의 《金雲翹》, 일본의 《南總里見八犬傳》과 나란히 놓을 수 있는 한국소설의 명편을 든다면《泉水石》이 있다.《泉水石》은 중국 演義의 전형적인 작품의 하나인《殘唐五代演義》의 시대배경을 국가의 역사를 다루는 데 이용하면서, 그것과는 다른 차원에서 가문의 역사, 개인의 역사를 한국소설의 전통에 따라 창조해 양쪽의 관습을 뒤집어놓은 작품이다.

그 세 작품은 중국소설과의 관련이 서로 달랐다.《金雲翹》는 번역이고,《南總里見八犬傳》은 부분적인 번안이라면,《泉水石》은 시대배경을 차용하는 데 그쳤다. 번역과 번안을 나타난 현상을 위주로 해서 다룬다면《南總里見八犬傳》은 적합한 사례인가 의심스럽고,《泉水石》은 자료에 포함시키기 어렵다. 그러나 중국소설과 동아시아 다른 나라 소설의 관련양상을 문화적 주도권 경쟁의 관점에서 이해하려고 하면 세 작품은 모두 소중한 의의가 있다. 번역 연구는 거기까지 나아가야 한다.

《金雲翹》는 번역이므로,《泉水石》은 중국소설에서 시대배경을 차용했으므로 중국을 무대로 했다. 그런데《南總里見八犬傳》은 중국소설을 번안하면서 일본을 무대로 하는 일본의 방식을 사용했다. 중국문화를 받아들여 월남과 한국에서는 재창조에 힘쓰고, 일본에서는 토착화를 소중하게 여기는 전통의 차이가 그렇게 나타났다고 할 수 있다.

무대가 중국인가 아니면 자국인가 하는 것으로 작품의 가치를 평가하는 척도로 삼을 수 없다. 자국의 역사에서 일어났던 일을 구체적인 관심을 가지고 작품화한 것은 인정해야 할 성과이다. 그러나 중국을 무대로 한 소설이라야 당대 자국에서 경험하는 현실에 대해서 더욱 과감한 비판을 전개하면서, 역사의 한 시기에 대해서 포괄적인 발언을 할 수 있었다.

그 세 작품은 중국소설을 자국소설을 만드는 데 이용하면서, 중국소설보다 더 나아간 새로운 작품을 만들어 중국소설과 대결하고자 하는 점에서는 서로 같다. 중국소설을 받아들여 문화적 주도권 경쟁에서 열세에 처한 상황을, 더욱 발전된 작품을 창작해서 역전시키려고 했다. 그런 노력이 주목할 만한 성과를 거두어, 동아시아 소설 발전의 새로운 방향을 다채롭게 보여주었다. 그 양상과 의의를 문학사의 역사철학을 가다듬으면서 이해해야 한다.

그 세 작품은 중세에서 근대로의 이행기문학으로서 서로 대조가 되는 특징을 지니고 있다. 중세이상과 근대현실의 공존을 문제삼은 공통점이 있으면서, 그 둘에 관한 비교논의를 서로 다르게 전개했다. 《金雲翹》에서는 이상을 짓밟는 현실을 고발하고 비판하면서 어떻게 사는 것이 진실된 삶인가 하는 문제를 제기했다. 《南總里見八犬傳》에서는 현실의 어려움을 넘어서서 이상이 실제로 이루어지기까지의 복잡한 과정을 대단한 흥미를 불러 일으키는 문장으로 서술해서 독자를 사로잡았다. 《泉水石》에서는 이상을 헛되게 만드는 현실의 움직임을 생동하게 그리면서 한 시대가 가고 다음 시대가 오는 전환이 무엇인가 말해주었다.

《金雲翹》는 삶의 진실 추구, 《南總里見八犬傳》은 소설을 읽는 흥미 조성, 《泉水石》은 역사에 관한 논란을 핵심 사항으로 삼아 서로 다른 길을 택했다. 세 작품의 개성이 세 나라 문학의 특징을 비교해서 논하는 단서가 될 수 있다. 그러면서 그 셋이 모두 경쟁의 대상이 된 중국소설을 넘어서는 새로운 가치이고, 소설이 이를 수 있는 그 나름대로의 최고의 경지인 점에서 서로 상통한다. 그 세 작품은 각기 자국소설의 성장을 가속화하고, 동아시아소설의 발전을 다채롭게 하고, 세계소설사의 진행방향을 다시 설정하는 구실을 함께 해서 모두 소중하다.

소설은 언제 누가 만들어낸 문학갈래인가 하는 문제는 간단하게 해결하기 어려우나, 중세에서 근대로의 이행기에 귀족과 시민이 경쟁하고 협동하면서 소설을 만들어냈다고 하는 것이 가장 요긴한 대답이다. 중세의 이상과 근대의 현실에 대한 서로 다른 인식과 표현이 얽혀서 소설의 구조는 복잡해졌다. 귀족이 이어온 중세의 이상을 가져오기 위해서는 공동문어문학의 유산을 활용해야 했으며, 근대의 현실에 대한 시민의 인식을 생동하게 나타내기 위해서는 민족의 구어를 동원해야 했다.

중세에서 근대로의 이행기소설에서는 그 양면이 生克의 관계를 가져, 그 어느 한쪽에 치우친 문학에는 없는 역동적인 작품세계를 이룩할 수 있었다. 불변의 가치를 내세우는 중세의 공동문어문학은 이념 차원에서 조화로운 '生'을 내세우고, 현실의 모습을 보이는대로 그리는 근대의 구어문학은 사회집단 사이의 충돌인 '克'을 문제삼아, 각기 한쪽에 치우쳤다. 그 둘 사이에서 그 둘을 함께 아울러 충돌시키는 중세에서 근대로의 이행기문학은 양쪽의 단점을 장점으로, 장점을 단점으로 삼았다.

이러한 견해는 중세에서 근대로의 이행기 세계 모든 곳의 소설에 두루 해당된다. 중국소설이 그렇게 하는 데 앞서서 동아시아 여러 나라에서 소설이 발전하는 데 커다란 자극을 주었다. 월남·일본·한국의 소설은, 위에서 고찰한 바와 같이, 중국에서 가져온 것과 자국에서 이룩한 서로 다른 원천을 한문의 글과 자국어의 말을 섞는 방식으로 나타내서 소설을 이루는 양면성의 生克 관계를 중국에서보다 더욱 분명하고 더욱 긴장되게 했다.

중세전기, 중세후기, 중세에서 근대로의 이행기의 세 시기 동안 문명권의 중심부와 주변부의 관계가 달라졌다. 중세전기에는 중심부가 절대적으로 우세했다. 중세후기에는 주변부가 성장해서 중심부와 대등하게 되었다. 중세에서 근대로의 이행기에는 주변부가 우세하게 되었다. 문명권의 중심부가 계속 영향을 끼치는 원천지 노릇을 한 점에서는 중심부의 우위가 무너지지 않았다.

그러나 영향과 자극을 받아서 자기 것으로 만드는 쪽에서 더욱 역동적인 창조를 해서 우열이 역전될 수 있다. 중세에서 근대로의 이행기 동안에 공동문어문학을 민족문화의 저층과 결합시켜 민족주의문학으로 만드는 상하층의 협력이 주변부에서는 활발하게 이루어져서 침체기에 들어선 중심부와 좋은 대조를 이루었다.

이 논문에서 밝힌 사실이 산스크리트문명권, 아랍어문명권, 라틴어문명권 등의 다른 문명권에서는 어떻게 나타났는지, 시야를 넓혀 광범위한 비교연구를 하는 것이 다음의 과제이다. 원문을 그대로 읽기 위한 일차적인 번역, 원문 번역을 자국어로 옮겨 적는 이차적인 번역, 번역하면서 개작하는 삼차적인 번역이 각기 중세전기, 중세후기, 중세에서 근대로의 이행기에 등장해, 번역으로부터 창작으로 나아가고, 문명권의 주변부가 더욱 발전하는 것이 세계번역사를 통해서 확인되는 세계사의 일반적인 과정임을 입증하고자 한다.

그런 일반적인 과정이 각 문명권 여러 나라에서 구체적으로 구현되는 양상에는 상당한 차이점이 있으리라고 생각된다. 공통점과 차이점을 함께 다루어야 연구대상의 전모가 드러날 수 있다. 공통점은 차이점을 매개로, 차이점은 공통점을 매개로 삼아 추적해야 제대로 밝혀진다. 그 작업을 세계 전체의 범위에서 하려면 얼마나 많은 노력이 필요한가? 생각하면 아득하므로, 내 스스로 할 수 있는 일을 한정하고, 국내외 수많은 연구자의 동참을 촉구한다.

여기서 동아시아번역사를 중세에서 근대로의 소설 번역과 함께 진행된 개작에다 초점을 맞추어 고찰하면서 내가 지금 할 수 있는 일의 반경을 최대로 넓혔다. 그래서 문제를 제기하고, 연구의 필요성을 입증하고, 장차 더욱 정밀하게 다듬고 논의의 범위를 확대해서 검증해야 할 기본가설을 수립했다. 이 정도의 일이라도 학문의 역사를 바꾸어놓는 데 적지 않은 기여를 했다고 자위하면서, 다른 분들의 토론과 동참을 청한다.